Aux descendants
des combattants du Désert
et des galériens pour la foi

AVANT-PROPOS

J'AI passé ma vie entière sans oser commencer ce livre. Il est fait. Il était temps de le faire. Mais je dois dire pourquoi j'ai voulu l'écrire.

Ce n'est pas un livre d'histoire, ni ce qu'il est convenu d'appeler un roman historique. C'est un roman dans l'histoire et, surtout, une autobiographie passionnée. L'obscur galérien pour la foi dont j'ai raconté l'existence était un de mes ancêtres, et je crois avoir parlé de lui comme j'aurais pu parler de moi, mais au-delà de moi-même, et dans un destin plus grand que n'aura été le mien.

Ce galérien n'était séparé de nous — je veux dire de notre époque —, que par l'épaisseur de sept hommes. Sept hommes ne font jamais que cinq demi-siècles, quand celui qui parle a passé la soixantaine. Deux cent cinquante ans et sept hommes, petit espace de temps et petite troupe ! Ces sept hommes auraient tous pu prendre place autour de ma table et me regarder écrire ce livre. Je crois les voir, réunis comme ils le seraient pour le Jugement dernier : mon père, Jean, son père, Jules, cinq autres encore, plus ou moins dans la pénombre, des Jean, des Louis surtout, et voilà le galérien, en pleine lumière.

De ce « domestique de Dieu », je ne savais pourtant pas grand-chose, mais assez pour le connaître et avoir vécu longtemps avec lui. On trouve son nom sur la Matricule des galères, Grand Livre d'un enfer terrestre, aujourd'hui presque complètement oublié, mémorial du malheur conservé aux Archives de l'Amirauté de Toulon. Sur ce registre d'écrou, j'ai trouvé le signalement de cet ancêtre lointain, son portrait cursif brossé par des gens de police, « *petite taille, cheveux, barbe, sourcils châtain clair, visage ovale, y ayant plusieurs taches de grains de poudre, tête chauve* », et ce portrait pourrait, à peu de chose près, être aussi le mien. La Matricule porte également mention de son crime : il était allé prier Dieu au Désert, ce qui se dit, sous la plume des magistrats de l'époque : « *pour assemblée illicite* ». Ils furent alors des milliers à commettre le même crime, et ceux qui l'ont payé comme lui, dans les camps de la mort de l'époque, sont aussi nombreux que les victimes de la Terreur. Il est dit aussi, dans la Matricule, que ce criminel sans crime avait quarante ans et qu'il était déjà marié, petit détail qui m'a permis d'être. On y trouve, enfin, mention de sa mort à l'hôpital des forçats, dans la marge, à la place laissée en blanc pour cela, dès le jour de son arrivée à Marseille, quand on avait marqué l'indication de sa peine : « *cy-vie* ». Mais la vie, ici, voulait dire : jusqu'à la mort.

Ce galérien, natif du Pompidou, village perdu de la Lozère, comme toute ma tenace tribu, ce tisserand de cadis qui devait sans doute être aussi travailleur de terre, s'appelait Louis. On s'est toujours transmis ce prénom dans ma famille, et il est encore un des miens. Ce Louis Chanson, ou Chamson, car je trouve les deux orthographes, à travers le temps, a souffert sur les galères de France de 1726 à 1736. De tous les miens, il me semble être celui qui a traversé les événements les plus terribles, les plus lourds de sens, les plus chargés d'avenir, bien qu'ils soient ensevelis dans un repli obscur de l'Histoire. C'est par lui que je suis sûr de tenir à cette noblesse de la Liberté, sans laquelle l'histoire des hommes ne serait pas ce qu'elle est.

Un autre des miens, cependant, appelé Jean-Pierre, m'a laissé la trace de sa présence sur un exemplaire des *Psaumes de David*, mis en rimes françaises par Clément Marot et Théodore de Bèze, et suivi par les prières, les oraisons et la confession de foi des Eglises Réformées du royaume de France. « Ce présent livre appartient à moi, qui m'appelle... » a écrit ce Jean-Pierre, en pleine page de garde, d'une écriture qui n'est pas celle d'un ignorant, et il a daté cette affirmation de propriété, qui n'allait pas sans courage, de l'année 1689, quatre ans après la Révocation de l'Edit de Nantes, au pire moment des persécutions.

Ici commence ma rêverie. J'ai imaginé que ce Jean-Pierre avait précédé son fils Louis dans la chiourme des galères et qu'il s'y était trouvé de 1702 à 1705, dates de sang pour le petit peuple de mes montagnes. Ces trois années ont été, pour ce peuple, celles des dévastations, des déportations, des batailles sans merci, à un contre dix, mais aussi celles des camps de la mort. C'est sur les galères du Roi que j'ai voulu les revivre, dans la plus profonde servitude, dans la plus ferme constance, dans l'esclavage du corps, et la liberté de l'âme. Autorisé par ce que je savais de Louis, j'ai pris le droit d'enchaîner Jean-Pierre dans cette géhenne, mais ce droit seul, car pour le reste il fallait être fidèle à la vérité de l'Histoire, et je crois que je l'ai été.

Dire tout, quand ce qu'on découvre est horrible, retrouver la grandeur et l'ignominie, la persécution et la résistance, la victime et le tortionnaire, l'abjection et la charité, sans se laisser entraîner par une juste fureur, sans couper le monde en deux, jour et nuit, bien et mal, lumière et ténèbres, n'est pas chose facile. Il fallait équilibrer la passion du créateur par l'exactitude du chartiste. Je l'ai fait. Rien, ici, n'a été adopté sans preuves. Je n'en suis pas moins entré dans ce monde affreux comme si je l'avais connu avant de le découvrir. Préfiguration de l'histoire de notre temps, tout ce qui nous hante, aujourd'hui, existait déjà dans ce monde et nous aide à y pénétrer : la persécution de l'homme par l'homme, le délire totalitaire, la guerre absolue où tout un peuple se sacrifie et que nous nommons, aujourd'hui, guerre subversive, ce qui se dit aussi génocide si l'on regarde de l'autre côté, l'univers concentrationnaire enfin, que nous n'avons pas inventé, mais aussi dans quelques âmes, déjà, la recherche de la paix et de la fraternité entre les hommes. J'ai retrouvé tout cela en prenant ma place dans la chiourme de *La Superbe*, et j'ai dit ce que j'y ai vu avec les yeux de Jean-Pierre.

Je sais bien que c'était toucher à des choses douloureuses, enfouies dans les catacombes de l'Histoire. N'aurait-il pas mieux valu les laisser dans le silence, alors que nous essayons de surmonter des erreurs qui furent parfois des crimes, pour retrouver une fraternité réciproque et, peut-être, notre unité dans le respect de nos différences ?

Je répondrai qu'on ne surmonte vraiment que ce qui est clair, dans la conscience, et seulement quand on a résolu de le faire. Ce qui reste obscur glisse dans l'inconscient comme un invisible poison. Il faut, pour se rapprocher les uns des autres, quand on a été séparés, que certaines choses soient dites, dites loyalement et loyalement entendues. Nous avons sans cesse besoin d'exorciser notre Histoire, et les erreurs du passé sont comme un trésor commun, car nul n'est coupable, ni responsable, à trois siècles de distance. Ce que nous avons besoin de savoir, c'est comment certaines choses ont été possibles. Elles ne le sont plus, aujourd'hui, mais d'autres fureurs ont peut-être pris leur place, et nous semblent naturelles. Ainsi va le monde. Ce livre n'accuse personne. C'est seulement en se refusant à voir ce qui a été que l'on renouerait avec des culpabilités abolies. Qu'on ne me reproche surtout pas d'avoir assombri ce morceau de notre passé, qu'on ne me dise pas qu'il n'a pas été si terrible. Je suis certain, au contraire, de l'avoir éclairé autant qu'on pouvait le faire, sans manquer à la vérité. Le curé Jean Bion, M. Bernier et Lucrèce de Montal sont les trois témoins de cette lumière. J'aurais pu, en restant aussi véridique, faire un livre bien plus atroce. L'histoire de *La Superbe* ne s'est pas ouverte, pour moi, sur la haine et sur la fureur, mais, en redonnant à ces mots le sens qu'ils avaient dans la bouche des Confesseurs, sur la charité fraternelle, la paix sur la terre et la bienveillance envers les hommes.

PREMIÈRE PARTIE

VOGUE LA GALÈRE

I

LA COLLATION ET LA SYMPHONIE

« HAU... Hau... Hau... »

Ces trois cris rauques, séparés par deux intervalles de silence, ne firent qu'une seule clameur, un hurlement poussé par deux cent soixante poitrines humaines, au double signal d'un grêle sifflet d'argent, pareil au cri répété d'un oiseau de mer. Le silence revint d'un coup sur la solitude du grau, et le canon tonna vers le large, plus grave que le sifflet, moins puissant que la clameur sortie des ventres et des gorges de la chiourme.

Le caïque se rangeait devant l'échelle de poupe. Dans leurs habits d'ordonnance en drap bleu, à doublure rouge, garnis de parements d'écarlate et sanglés par de gros boutons d'étain, huit pertuisaniers gigantesques formaient une double haie devant le carrosse. Disposés quatre par quatre, en quinconce, ils faisaient comme une voûte d'acier avec les fers de glaive à deux oreillons qui jaillissaient en haut de la hampe de leurs pertuisanes inclinées, au-dessus d'une grosse houppe de laine.

« Casse ! » crièrent des voix de rustres, comme nouées par l'effort des muscles du cou et de la poitrine. C'était le cri de tout effort collectif, le « Ho hisse » de toute manœuvre. « Casse ! » reprirent les mêmes voix. Loin, vers la proue, on entendait rouler des tambours. Une corde siffla.

« Tenez bon ! » dit une voix jeune et, l'une après l'autre, Mme de Baschis, Mme de Gaillard et Mlle Lucrèce de Montal sautèrent d'un bond léger sur la galère, les jupes retroussées d'une main, le rouge aux joues, les yeux brillants de plaisir, comme à l'ouverture d'un bal. Au même instant, une musique invisible se mit à jouer en sourdine.

La galère était immobile, à peu de distance du rivage, presque devant l'entrée de la passe du Grau du Roi. La mer était aussi calme que l'étang du Repausset. Le mistral, la tramontane, le marin et le vent grec semblaient se tenir en équilibre pour que rien ne bouge dans l'air et, cependant, l'écusson du roi qui est au bout de la flèche, les deux petits écussons qui l'encadrent, les estendeaux blancs, bleus et rouges du tabernacle, les deux banderoles de l'arbre mestre et du trinquet, l'une portant les armoiries du roi, l'autre celles du capitaine, et les seize bandières flottant de chaque côté et soutenues par de longues perches, semblaient se déployer dans la brise, aussi fermes que les vingt-six rames de droite et les vingt-cinq rames de gauche étendues à l'horizontale au-dessus des eaux de la mer. La galère avait l'air d'un monstre marin, rouge, bleu et blanc, et doré, d'un dragon aux écailles hérissées, ruisselant de gouttes d'eau et d'étincelles liquides.

« Sa Majesté elle-même nous ferait l'honneur d'une visite, qu'elle n'aurait pas droit à un cri de plus, dit M. d'Autigny, en s'avançant vers ses visiteuses. C'est le salut du roi qu'on vient de vous faire. Soyez donc les bienvenues sur *La Superbe*, mesdames. Ce n'est pas tous les jours que nous jouissons d'une telle compagnie ! *La Superbe* est à vous, et nous sommes à *La Superbe*. »

Le caïque avait débordé l'échelle de la galère. Le canot s'était rangé à sa place, et M. de Baschis et M. de Gaillard montaient à leur tour sur la plage de poupe.

« Mon cousin, dit M. de Gaillard à M. d'Autigny, voilà bien la plus étonnante partie de campagne que l'on puisse imaginer ! Etre les hôtes de Sa Majesté sur les abîmes marins, ce n'est pas un plaisir commun, et nous nous vanterons longtemps de la chose. C'est grâce à vous que ces arrangements ont pu être faits, et je vous en remercie pour ces dames qui ne manqueront pas de vous en remercier elles-mêmes.

— Nous vous en avons déjà remercié, en tremblant jusqu'à la dernière minute à l'idée de manquer votre rendez-vous, enchaîna Mme de Gaillard en riant. Nous avons affronté toutes les fatigues et tous les dangers pour être là au jour dit. Imaginez, monsieur, qu'il nous a fallu dormir sur des paillasses et manger de la daube de taureau, à Saint-Laurent, village perdu où ce saint ne semble avoir laissé que son nom et que le souvenir de son gril, car nous y avons étouffé tout en servant de pâture aux moustiques. Mais nous avons oublié ces mortifications quand nous avons vu les mâts et les flammes de *La Superbe*, un peu avant Aigues-Mortes.

— J'avoue que l'aventure est plaisante, répondit M. d'Autigny. Comme capitaine de cette galère, j'ai eu l'honneur, à plusieurs reprises, de recevoir des dames de distinction et des personnes de qualité. Il n'y a même pas très longtemps, nous avons touché terre à Monaco, et nous avons donné la collation et la symphonie au prince lui-même. A Marseille, il nous arrive parfois d'avoir aussi des visites, mais c'est dans un port, et les gens viennent à nous par la planche, ce qui n'est pas un exploit comparable à celui que vous venez d'accomplir. Il est tout de même heureux que la mer ait bien voulu se faire clémente pour votre petite escapade. Nous avons donné fond, hier soir, non sans quelques difficultés.

— Donner fond, mon cousin ? C'est un bien mystérieux langage. On croirait que vous avez manqué de couler.

— Excusez-nous de parler comme on parle sur les galères. Donner fond, c'est tout simplement jeter l'ancre et les ancres, chez nous, s'appellent du reste des fers. Tout est particulier, ici, et les marins des vaisseaux sont aussi perdus sur nos galères que vous pouvez l'être vous-mêmes... Nous vous expliquerons ces mystères tout au long de cette visite, quand vous vous serez reposés. Je disais donc que la mer avait bien voulu se faire clémente pour vous. Le mistral s'est calmé pour votre arrivée. C'est un vent un peu fou qui n'est pas sans galanterie. A Marseille, il trousse les filles avec une désinvolture pleine de grâce... Mais connaissez-vous ces messieurs ? »

Ils étaient quatre, en grand uniforme du corps des galères, en justaucorps de drap bleu à parements rouges, comme la galère elle-même, l'épée au côté, le chapeau sous le bras gauche, alignés devant le carrosse comme ils auraient pu l'être dans un salon.

« Monsieur de Marle, mon fils qui, à mon bord, n'est plus que mon lieutenant... Monsieur de Maroulles, sous-lieutenant, monsieur Desroches, garde de l'étendard qui fait avec nous cette campagne, et je n'ai pas à vous présenter notre enseigne, monsieur du Cairon, qui est venu vous chercher à terre avec le caïque et le canot. »

M. du Cairon ne devait pas avoir dix-neuf ans et se donnait l'air d'un vieux marin accoutumé aux bourrasques, sans pouvoir s'empêcher de devenir écarlate, comme un échappé de collège à sa première entrée dans le monde.

Sans avoir l'excuse de l'extrême jeunesse, M. de Maroulles, le sous-lieutenant, rougit aussi jusqu'au lobe des oreilles en s'inclinant devant Mlle de Montal. Ses yeux restaient fixés sur le visage de la jeune fille et celle-ci, comme retenue par ce regard, resta un moment immobile. On aurait dit qu'elle était seule avec ce bel officier, au milieu des eaux de la mer, et elle ne rompit cet enchantement qu'en esquissant un sourire et une imperceptible révérence.

« Mesdames, nous pouvons vous donner ici la collation et la symphonie, enchaîna M. d'Autigny. Nous pouvons même vous y donner le spectacle, aussi bien et avec autant de machinerie que dans n'importe quel théâtre du monde. Regardez ce décor ! Vous le connaissez mieux que moi, mais vous ne l'aviez jamais vu de la mer, ce qui change tout, comme quand on tourne une médaille au creux de sa main. A dextre, la Terre-Neuve, jusqu'à l'ancienne embouchure du Rhône, avec la cabane de Madame et le bois des Agaces. C'est là que les Saintes Maries ont abordé en Provence. Notre aumônier que voici, M. Jean Bion, curé d'Ursy, qui vient d'arriver depuis peu de temps sur notre galère, pourrait vous raconter leur histoire, en prêtre savant et, déjà, en homme de mer. Il connaît tous les miracles du ciel et des eaux. Au-delà des Saintes-Maries, passé le grand Rhône, par le travers du golfe de Fos, on fait route droit sur Marseille... A senestre, vous avez Le Boucannet, avec les Boudres et La Motte, devant l'étang de Mauguio.

— Mon cousin, vous connaissez ce côté de la médaille, c'est-à-dire ce rivage, mieux que n'importe lequel d'entre nous. Nous vous en donnons quittance. Mais l'arrière-pays appartient aux gens de la terre. Vous pouvez voir d'ici les plus hautes tours d'Aigues-Mortes, mais La Carbonnière est cachée par les arbres de Saint-Clément, cachés aussi les pays où se trouvent Saint-Gilles et Nîmes. Ce que vous voyez, dans le fond, ce sont les Cévennes, des monts affreux où l'on ne peut plus se risquer sans escorte.

— Nous ne les connaissons que trop bien, dit à mi-voix M. d'Autigny. Sur nos galères, on connaît ces monts des Cévennes aussi bien que Rome ou Jérusalem. C'est la terre promise des antéchrists et je ne la regarde pas sans horreur... Mais nous avons bien d'autres spectacles à vous faire voir. Prenez place. Notre taulad de poupe est assez grand pour nous recevoir et vous y serez à l'abri des familiarités du soleil. »

∴

Des hommes au torse nu avaient disposé des fauteuils sur l'emplacement que M. d'Autigny appelait le taulad de poupe et qui s'étendait devant le carrosse où il avait ses appartements. Chacun des hôtes prit place, tourné vers l'avant de la galère qui s'allongeait devant eux, jusqu'à l'éperon de proue, comme un grand chemin posé sur la mer. Quand ils furent tous installés dans ce salon flottant, au plancher recouvert d'une grosse étoffe de laine qui le rendait douillet et capitonné comme un boudoir de duchesse, la musique se fit plus forte. C'était un chant de hautbois et de violons avec, par instants, des coups éclatants de cornets et de trompettes qui semblaient venir de derrière le tabernacle.

« Cette musique à l'air de sortir de la mer, dit Mlle de Montal, en cherchant à découvrir l'orchestre invisible.

— Elle en sort pour vous, lui répondit en riant M. d'Autigny. N'avez-vous jamais entendu parler du chant des sirènes ? Elles se sont rassemblées pour vous tenir compagnie et vous recevoir comme il convient. Mais je ne voudrais pas qu'elles me fassent oublier mes devoirs. Nous allons changer l'ordre habituel de notre visite. Vous avez fait une longue route et, sans doute, aurez-vous plaisir à refaire un peu vos forces, après toutes les fatigues que vous avez affrontées pour arriver jusqu'à nous. Commençons par la collation, après cela, nous vous donnerons le spectacle, et puis nous vous ferons visiter *La Superbe.* »

M. d'Autigny ne devait pas avoir encore atteint la cinquantaine. Il était grand, bien pris, avec des mollets ronds, les gestes gracieux, le teint hâlé par le vent de mer. Il était à la fois martial et précieux, homme de guerre et homme de cour et il se tenait sur sa galère comme il l'aurait fait dans un salon, alors que dans un salon il devait garder des allures de guerrier. Sur un signe de lui, une table fut vite dressée. Nappe brodée au point de Gênes, vaisselle et cuillers d'argent, verres de cristal et bouquets de fleurs, tout semblait tomber du ciel comme par enchantement. Aussitôt, des melons, de petites figues grises et des tranches de jambon cru furent présentés aux convives.

« Je n'ai jamais eu si grand appétit, soupirait Mme de Gaillard, en dégrafant, d'un petit coup de doigt, un bouton de son corsage, ce qui découvrit un peu sa poitrine qu'elle avait haute et ronde, et je n'aurais jamais cru qu'on faisait de si grands festins sur les galères du roi. Ces melons ont gardé toute la fraîcheur de l'aube, et voilà maintenant un gâteau des fruits de la mer... »

Les services se succédaient avec une rapidité merveilleuse. C'est à peine si l'on avait le temps d'entrevoir les grands gaillards qui portaient les plats et les saucières. Ils ne disaient pas un seul mot et semblaient même ne pas respirer pour qu'on ne puisse pas entendre leur souffle. Vêtus d'habits rouges soutachés de jaune et coiffés de bonnets de velours à la polaque, galonnés d'or, ils disparaissaient comme des ombres, dès qu'ils avaient posé un plat sur la table.

Après les amuse-gueules du début et le gâteau de fruits de mer couleur de crevettes safranées, il y eut un loup grillé au fenouil, des cailles rôties, des sorbets au citron et à l'orange que suivit immédiatement un grand plat de viandes.

« J'espère que vous aimerez ces nourritures à la mode de Provence, reprit M. d'Autigny. Ce ne sont que de minces tranches de veau roulées qui contiennent un œuf dur que l'on a coupé en deux, après l'avoir enrobé dans un voile de jambon. C'est un manger rustique. Il peut pourtant satisfaire un raffiné, surtout quand on le mange en buvant un vin des pays du Rhône, comme celui que vous avez maintenant dans vos verres. Les papes l'ont honoré de leur faveur quand ils résidaient en Avignon.

— Têtebleu ! mon cousin, répondit M. de Gaillard après avoir dévoré une de ces paupiettes, faites-en manger à des princes et ce plat fera fureur à Paris. Il doit y avoir un tour de main et quelques secrets bien cachés pour la cuisson de l'œuf, du jambon et de la viande, chacun mis à point à part, et parachevés ensemble.

— M. de Montolieu, premier chef d'escadre des galères de France, nous a fait l'honneur d'en raffoler, quand nous avons pris la liberté de lui en servir, lors d'une de ses visites. »

Le vin que Leurs Saintetés avaient distingué pendant leur séjour en Provence avait animé les convives. Mme de Gaillard découvrait de plus en plus sa poitrine que M. du Cairon ne pouvait s'empêcher de regarder. Mlle Lucrèce de Montal plaçait sa voix sur un registre plus haut, comme font parfois les colombes quand la chaleur du jour précipite leurs roucoulades, et cette voix semblait plonger dans l'extase M. de Maroulles. Mme de Baschis effeuillait un lis et une rose et refaisait d'étranges fleurs, en disposant devant elle leurs pétales alternés sur les broderies de la nappe. L'air de cérémonie, que chacun avait observé au début de la rencontre, laissait place à une familiarité légère qui ne s'écartait jamais du ton de la bonne compagnie. Les trois femmes étaient belles, avec un grand naturel et des façons qui n'avaient rien de la provinciale, ni de la précieuse. Chacun parlait maintenant avec une liberté retenue qui n'attentait jamais à la liberté des autres convives. Un équilibre exact de l'éducation et de la spontanéité gardait un ordre à ces conversations entrecroisées.

« Comment faites-vous, monsieur, pour servir froid ce qui doit l'être et servir bien chaud ce qui ne saurait être mangé froid ? Toutes ces commodités paraissent bien merveilleuses à une femme, et l'on ne fait rien de mieux dans une maison bien tenue.

— Nous avons des réservoirs qui nous servent de glacières et des fourneaux que nous appelons le fougon.

— Fougon, monsieur ? Vous voulez dire fougau ? C'est un mot de chez nous qui désigne le foyer, répliqua Mlle Lucrèce.

— Lou fougau, approuva M. de Maroulles.

— Tout le langage de nos galères, mademoiselle, est fait de mots provençaux mis à la mode de France.

— Votre taulad, où nous sommes installés, n'est pas autre chose qu'un plancher ou qu'un toit. En arrivant ici, j'ai entendu parler d'une escale... En français, ce n'est jamais qu'une échelle.

— Je suis ici le seul officier qui parle le provençal, comme vous le parlez vous-même, disait M. de Maroulles à Mlle de Montal, et je sais bien que nos messieurs de Paris entendent mal les mots qu'on emploie sur nos galères. Ils croient qu'il s'agit de parfum quand on parle de parafum, qui n'est qu'un pare-fumée qu'on met autour du fougon. Ils comprennent mal le mot de « gigantes », qui désigne les statues que l'on voit sculptées derrière nous, des deux côtés du carrosse. Ils disent rode de poupe et rode de proue, sans savoir que le mot rode signifie endroit. Que voulez-vous, ils ne sont pas nés dans notre rode, mais cela ne les empêche pas de bien connaître le bâtiment !

— Si M. Bion avait déjeuné avec nous, il aurait pu vous dire, mesdames, dans quel étrange latin nos mariniers font quelquefois leurs prières, dit M. du Cairon, sans quitter des yeux la généreuse poitrine de Mme de Gaillard.

— Je la connais comme eux, et ces dames vont me comprendre, reprit M. de Maroulles. Pourquoi Dieu n'entendrait-il pas, lui aussi, cette litanie provençale ? C'est péché que de lui parler en français, mais non pas dans notre langue qui est catholique et romaine.

Nous chantons parfois des noëls qui ne sont pas hérétiques. Ecoutez ! ce qu'il faut, c'est psalmodier tout cela sur un ton lugubre, dans les profondeurs de la nuit, quand on craint une tempête. Ecoutez donc en fermant les yeux :

Christe nous mande boun vouyage et boun passage.
Fasen preguiero à Diou e a Madamo Santo Heleno,
Que Diou sauve l'aubro e l'antenno...

— J'ai fini par savoir, moi aussi, cette prière, dit M. d'Autigny, bien que je sois né en Bourgogne, et je peux vous en dire la fin :

Sentino agoutado, murado espoungado,
Sempre sie revisitado.
Que la mar siegue bonasso
E largo siegue lou vent. »

Les quatre officiers de la galère dirent alors d'une seule voix, sur un ton plus lugubre encore : « Ainsi soit-il » ! et, tout aussitôt, ils éclatèrent de rire.

« Ansin si ! » dit Mlle de Montal en se signant.

∴

« Puisque nous parlons provençal, reprit M. d'Autigny, nous allons vous donner un petit ballet à la mode de ce pays. Il vous étonnera moins qu'il n'étonnerait des dames qui n'auraient jamais quitté Versailles, mais sans doute y trouverez-vous du plaisir. »

Il fit un geste, et la musique des violons et des hautbois cessa de se faire entendre, pour laisser place à une musique à la fois grave et légère. Au même instant, à l'extrémité de la galère, devant la rambade, à la pointe de la coursie, comme l'expliquait M. de Maroulles à ses voisines, on vit apparaître des joueurs de tambourins et de galoubets. D'une main, ils frappaient la peau de leur longue caisse avec une baguette d'ivoire et, de l'autre, ils filaient un air grêle avec leur petite flûte à trois trous. Aussitôt, tout au long de la coursie, des mariniers de petite taille, bruns de poils et de peau, vêtus de pantalons qui laissaient voir leurs chevilles et les cordons blancs de leurs sandales de corde, se mirent à danser avec une agilité extraordinaire, tandis que d'autres se mettaient à grimper au long des cordages, tout en haut de l'arbre mestre et de son gousset, comme le disaient, au fur et à mesure que se déroulait le spectacle, les officiers de *La Superbe* à ces dames émerveillées.

« Regardez... les voilà déjà au bout de l'antenne. Voyez-les courir sur la penne de mestre et sur le car de trinquet. Ce sont des saltimbanques qui feraient honneur à des princes et, l'autre année, Mme de Monaco nous disait qu'elle n'avait jamais assisté à un divertissement aussi galant... Regardez ces deux-là qui se tiennent debout sur la mesiane. Ils remontent jusqu'au gousset en se servant des carneaux. »

Ces hommes glissant sur les mâts, les cordages et les antennes, dans le vide du ciel, au-dessus des danseurs qui sautaient sur l'étroit corridor de la coursie, sans manquer une seule de leurs figures, donnaient une impression d'allégresse, de légèreté et de joie. La musique des tambourins et des galoubets marquait la cadence de leurs bonds, et scandait le rythme de ce ballet aérien que la mer et le ciel entouraient de toutes parts.

« Il est impossible de trouver des mariniers plus agiles et plus indifférents au vertige. Ils sont, là-haut, comme au sommet d'une maison de six étages et c'est, pour eux, marche d'escalier, ou premier barreau d'une échelle, dit M. d'Autigny, en cachant mal sa fierté. Sa Majesté veut avoir les meilleures galères du monde et, grâce au Ciel, on peut dire qu'Elle les a. Il y a peu, Elle a donné mission à M. de Viviers, qui commande une de ses galères, d'aller juger de l'état de celles de la Religion de Malte qui auraient pu rivaliser avec nous pour l'excellence de leur conduite. Mais M. de Viviers nous a pleinement rassurés. Nous avons la meilleure escadre de toutes les principautés et de toutes les Républiques. Ni les

Génois, ni les Vénitiens, ni les Espagnols, ni Sa Sainteté ne peuvent prétendre à nous disputer cette mer. Pour ce qui regarde les Barbaresques, c'est affaire entre chrétiens et mécréants. Le Ciel veille sur nous et, pour l'aider à le faire, nous avons à notre avant cinq pièces de canon de bronze dont la principale est le coursier. Il tire trente-six livres de balles et, comme il est fait en couleuvrine, il porte terriblement loin, et tire à fleur d'eau. Sa manœuvre est d'une simplicité merveilleuse. On le charge dans sa caisse qui est faite par l'avant de la coursie, puis on le hâle au moyen de deux palans jusqu'à son embrasure qui est exactement à la proue et, par le moyen de coins qu'on frappe sous sa culasse, on le pointe comme on veut. En tirant, il recule de lui-même et se trouve en position d'être rechargé. Vous avez servi, messieurs, et vous devez voir les avantages d'une pareille manœuvre... A droite et à gauche de ce coursier, il y a deux autres canons de chaque côté. Les deux qui sont sur le côté droit tirent, l'un vingt-quatre livres de balles, l'autre dix-huit, mais les deux du côté gauche sont de ce même calibre, ce sont les bâtardes et les moyennes. Pour les servir, nous avons quatre canonniers qui connaissent leur affaire, aussi bien que des canonniers de Hollande. »

Ces considérations d'homme de guerre semblaient passionner M. de Gaillard et M. de Baschis qui avaient servi tous les deux comme cavaliers, ainsi que venait de le rappeler le capitaine de *La Superbe*, mais les dames, peu versées dans l'art des combats, s'étaient mises à bavarder entre elles, à voix basse, en entraînant M. de Maroulles, toujours fasciné par Lucrèce de Montal.

« Sur la rambade, ce petit château qui surplombe les canons, reprit M. d'Autigny, se trouve le poste d'honneur au moment des abordages. C'est là que se tient le premier officier major qui commande les grenadiers... Mais je crains de lasser ces dames avec ces discours sur l'artillerie et la guerre. Grâce à tous nos saints protecteurs, il n'est pas question, aujourd'hui, de faire une mauvaise rencontre. La mer est vide, et il n'y a pas le moindre souffle de vent pour gonfler les voiles des Barbaresques, s'il en est en train de rôder au-delà de notre horizon. Quand il n'y a pas de vent, nos galères sont maîtresses. Jouissons donc de notre heureuse assemblée, et ne pensons qu'à nous divertir. »

*
* *

Les mariniers continuaient à danser tout au long de la coursie et sur la rambade, tandis que leurs compagnons poursuivaient leurs acrobaties dans le réseau des cordages et sur les antennes. L'odeur des fruits dont la table était maintenant chargée restait en suspens dans l'air immobile. On se serait cru dans un verger, au soleil levant, au milieu de pêchers, d'abricotiers, de grenadiers et de vignes. Les rouges et les ors étincelaient au soleil. Entre les cils de leurs yeux mi-clos, Mme de Gaillard, Mme de Baschis et Mlle de Montal entrevoyaient un monde de rêve, une sorte d'île enchantée où tout était parfum et musique, doux assoupissement, tranquillité et bonheur.

« Holà, premier bourreau », cria tout à coup M. d'Autigny d'une voix qui fit sursauter ses visiteuses, une voix dure et impitoyable qu'elles n'avaient pas encore entendue, l'autre voix que presque tout homme garde en lui et qui révèle un côté caché de sa nature, nous allons changer d'amusement. « Fais faire la mounine à ces chiens.

— La mounine ? demanda Mlle Lucrèce, n'est-ce pas une guenon ou un singe ? Comment pouvez-vous faire faire le singe à des chiens ?

— Vous allez voir », lui répondit M. d'Autigny en reprenant sa voix d'homme habitué aux délicatesses du beau monde, la douce voix d'un homme de guerre et de cour qui, dans sa jeunesse, avait dû fréquenter les dernières ruelles des précieuses.

Les danseurs avaient disparu de la coursie et de la rambade. Les mariniers aériens se laissaient glisser le long des cordages et disparaissaient à leur tour. La galère semblait vide. Un géant se dressa soudain près de l'arbre mestre, le crâne rasé comme un boulet de canon et piqué de grains de poudre, la chemise ouverte sur la poitrine, un sifflet d'argent à la bouche, une double corde à la main. Il la faisait sauter comme un serpent dont il aurait tenu la tête et la queue dans sa poigne. Il siffla, et d'un coup, des deux côtés de la coursie, un énorme mouvement révéla la présence des deux cent soixante hommes qui avaient poussé les trois hurlements d'accueil et qui, jusqu'à ce moment, étaient restés immobiles, enroulés, malgré la chaleur, dans leurs casaques rouges, la tête courbée sous leur bonnet d'écarlate. Aucun des visiteurs ne s'était encore aperçu de leur présence. Ils n'avaient vu devant eux qu'une immense ondulation d'étoffes rouges, comme des vagues figées, un fantastique ornement qui semblait faire corps avec tous les autres ornements de la galère, les estandeaux, les écussons, les banderoles, les flammes, les gaillardets, tous les ornements de drap, de serget ou de taffetas, plus rouges encore d'être frappés par les grandes fleurs de lys jaunes.

Au premier coup de sifflet, ces deux cent soixante galériens avaient révélé leur présence en disparaissant brusquement. Couchés sous leurs bancs, ils étaient devenus invisibles. Un autre coup de sifflet, et deux cent soixante index se dressèrent, comme des doigts de noyés au moment de couler sous les eaux. Un autre coup et deux cent soixante bras se tendirent vers le ciel. Un autre coup, et les deux cent soixante galériens se levèrent.

Debout, face aux visiteurs et aux visiteuses, ils prenaient, pour la première fois, leur aspect d'êtres humains. Le sifflet retentit de nouveau, et deux cent soixante bonnets, enlevés d'un seul mouvement, découvrirent autant de crânes rasés comme les cailloux roulés d'un torrent, des cailloux qui devaient abriter des rêves, des souvenirs, des espérances et des désespoirs.

C'était un spectacle extraordinaire et terrible. Les trois jeunes femmes le regardaient avec stupeur. Elles n'avaient plus envie de rire, ni de plaisanter avec leurs voisins. Ces hommes muets qui savaient ce qu'ils devaient faire, à chaque coup de sifflet, et qui manœuvraient sans qu'il soit besoin de leur dire une parole, donnaient l'impression de ne plus être des hommes de chair.

Un autre coup de sifflet et, tous ensemble, avec le même geste et d'un même mouvement, ils quittèrent leurs chemises et leurs torses nus apparurent, zébrés de traces de coups, marbrés de longues blessures saignantes.

« Allons, premier bourreau, anime-moi un peu cette meute. Ils sont encore endormis », dit M. d'Autigny en prenant ses aises dans son fauteuil, les deux mains appuyées au pommeau d'ivoire d'une longue canne.

Le géant se mit à courir tout le long de la coursie en faisant pleuvoir des coups de cordes sur le dos de ces misérables. Des gémissements et des cris s'élevaient de ce lamentable troupeau. D'anciennes blessures se rouvraient sur les torses nus et, sous cette flagellation démente, de longs sillons de pourpre apparaissaient tout à coup, comme des stigmates miraculeux, sur ces flancs et sur ces épaules d'hommes.

« Celui qui mène la danse est appelé le comite, expliquait M. de Marle à ces dames. C'est lui le muscle et le nerf de la galère. Sans lui, nous serions comme un voilier dont aucun vent ne gonfle les voiles. Le nôtre porte le sobriquet de Tustaïre, et puisque vous savez le provençal, je n'ai pas besoin de vous expliquer que cela veut dire le Frappeur. Il est assisté de deux sous-comites et de petits proyers qui font leur apprentissage, pour leur succéder un jour. Tenez, vous les voyez qui distribuent aussi quelques bonnes rations d'avoine. Tous ces gens sont habitués à ce métier dès leur enfance. Ils commencent à battre les hommes dès leurs plus jeunes années, à huit ou neuf ans. Il leur faut un cœur insensible et c'est une affaire d'accoutumance. L'important, c'est que vogue la galère, aux ordres du capitaine. »

Le spectacle continuait sous une bourrasque de horions et de sanglades, dans un concert de cris de douleur et de hurlements de rage. A chaque coup de sifflet du comite répondait un mouvement de la chiourme. Un coup, et tous les bras droits se levaient ; un autre coup, et c'étaient tous les bras gauches ; un coup encore et chaque galérien mettait la main sur les fesses de son compagnon le plus proche. Deux cent soixante hommes obéissaient en l'espace d'une seconde, et le même geste, répété dans le même instant, prenait une dimension hallucinante. C'était comme un geste de géant, mais ce géant était ligoté par des chaînes et ne pouvait vouloir que ce que lui ordonnait ce sifflet.

« C'est merveilleux ! déclara M. de Gaillard. Je ne crois pas qu'on puisse mieux discipliner des hommes que vous le faites ici. Je n'en ai jamais vu manœuvrer avec un pareil ensemble. Aucun régiment de Sa Majesté n'obéit aux ordres comme le font ces gaillards. Dans la cavalerie, il y a des chevaux et les chevaux ne se dressent jamais aussi bien que les hommes. »

Les gestes se succédaient, tantôt dérisoires ou grotesques, tantôt indécents. C'était une étrange pantomime réglée à l'avance, dans ses moindres détails : les forçats secouaient leurs chemises rouges pour en faire tomber les poux ; ils mettaient la main dans les caleçons de leur voisin, puis la portaient à leur nez et soufflaient bruyamment dessus comme pour en chasser la pestilence. Sur un nouveau coup de sifflet, ils levèrent la tête, face aux officiers majors de la galère et à leurs cinq visiteurs, et ces derniers eurent l'impression de ne plus avoir devant eux que deux cent soixante visages. Rasés jusqu'au sang, tous étaient sans barbe et sans cheveux, mais la plupart portaient de longues moustaches qui leur donnaient un air farouche, l'air du guerrier qui descend de la montagne vers la mer. Certains, pourtant, avaient une touffe de longs cheveux noués sur le sommet de leur crâne, comme une queue de cheval. Il y en avait de vieux et de jeunes, d'athlétiques et de chétifs, certains étaient maigres d'une maigreur de chien fou, d'autres, tannés par le vent de mer et par le soleil, les muscles noueux, donnaient une formidable impression de puissance.

« Le chenil est bien nourri, dit M. d'Autigny, en étouffant dans sa main ouverte le petit hoquet d'une digestion difficile, et les plus robustes en profitent. Ils ont chaque jour leurs vingt-six onces de biscuit, quatre onces de fèves et toute l'eau qu'ils désirent. Pour dire vrai, chaque fois qu'une chaîne nous est livrée, ce qui est un arrivage de forçats, il faut compter une perte de deux ou trois hommes sur dix dans les premiers mois. Ceux qui résistent ont toutes les chances de s'en tirer, et c'est même un brevet de longue vie que de ne pas succomber après trois ou quatre mois de galère. »

∴

Pendant que le capitaine expliquait à ses visiteurs ce qu'était la vie quotidienne des forçats, M. du Cairon essayait de retenir l'attention de Mme de Gaillard, et lui décrivait les manœuvres d'une galère au combat, en prenant des airs de vieux guerrier.

« Si l'on met en mer par grand calme et qu'on aperçoive l'ennemi, il suffit de faire force de rames et de l'aborder par-derrière, là où il n'y a presque pas d'artillerie, en faisant feu de toutes nos pièces. Il est déjà foudroyé par nos canons avant d'avoir pu leur répondre, car ils sont de longue portée. Pendant ce temps, les grenadiers s'entassent sur la rambade, aux ordres de leur officier-major, la hache d'arme et le sabre à la main. Alors, nos galériens font la chamade, ce qui est une épouvantable huée qui glace le sang des ennemis. Il est vrai que pour s'assurer de la fidélité de la chiourme on place deux pierriers sur le rode de poupe, avec lesquels ont pourrait balayer tous les bancs des rameurs, de chaque côté de la coursie. C'est à ce moment que notre éperon s'engage dans les œuvres de l'ennemi, et que nos grenadiers se précipitent à l'abordage.

— Combien de fois avez-vous participé à de pareilles actions ? demanda Mme de Gaillard en regardant le visage encore enfantin de l'enseigne qui n'était pas beaucoup plus âgé que le garde de l'étendard.

— Mon Dieu, madame, depuis que je suis sur *La Superbe,* nous n'avons pas eu l'occasion d'en venir à livrer combat. Il est vrai que je suis ici le plus jeune, avec M. Desroches, et que nous n'avons pas beaucoup navigué. J'espère bien avoir la chance de faire bientôt mes premières armes...

— Vous l'aurez d'ici peu, affirma M. d'Autigny. L'Angleterre, la Hollande et l'Empire nous ont déclaré la guerre. Ces derniers temps, nous ne pouvions espérer que de tomber sur quelque chébec barbaresque, mais nous allons voir arriver les flûtes de Flessingue et les vaisseaux d'Angleterre. Le divertissement d'aujourd'hui est sans doute le dernier que nous pourrons prendre avant longtemps. Dès demain, nous rejoindrons l'escadre à Marseille et nous ferons sentir à nos ennemis la puissance de nos galères.

— Il me souvient d'une grande bataille entre les galères de France et les galères d'Espagne, au temps où ces deux pays se faisaient la guerre, dit M. de Gaillard qui prenait volontiers le ton militaire.

— Il y a de cela un demi-siècle, répondit le capitaine de *La Superbe.* Il y a peu, nous avions encore un ou deux vieux Turcs, dans la chiourme, qui avaient assisté à cette rencontre. Sur cette mer, on n'avait pas vu de longtemps une aussi sanglante bataille. Les galères d'Espagne en vinrent à l'abordage, et nous aurions été submergés si l'on n'avait donné à chaque rang de la chiourme des corbeilles de cailloux que les forçats firent pleuvoir sur les Espagnols.

— Admirable exemple de fidélité ! fit remarquer M. de Gaillard. Quand on pense à la condition de ces gens-là...

— Il est vrai, reprit M. d'Autigny en riant, qu'on leur avait promis la liberté, mais je ne suis pas très sûr qu'on leur ait tenu parole. En le faisant, on aurait anéanti le corps des galères pour des années. Sans doute, il est d'usage que Sa Majesté accorde leur grâce à ceux qui sont blessés au combat. Mais quelques blessés, dont certains resteront infirmes, ne sont pas difficiles à remplacer, d'autant plus qu'il faut exclure les huguenots du bénéfice de cette grâce. Ce sont des gens qu'on ne saurait relâcher, car ils infecteraient la France entière. Il faut se protéger d'eux comme de la peste, et l'on sait bien qu'il suffit d'un homme infecté pour donner le mal à toute une ville.

— Ce qui est sûr, c'est qu'il faut des galériens pour faire voguer les galères, dit M. de Marle, et ces galériens doivent être esclaves ou forçats. Des hommes de liberté ne feraient jamais ce que peut faire une chiourme sous la corde et le bâton. On l'a bien vu à l'escadre du Ponant où, pour porter la guerre jusqu'au cœur de la Hollande, dans la crainte d'une sédition des forçats, on a mis des hommes libres à la rame. Il n'en est résulté qu'une affreuse confusion, malgré l'excellence des équipages et celle de capitaines comme le chevalier Langeron-Maulevrier.

— En ce qui concerne l'excellence de nos capitaines, déclara M. de Maroulles avec un ton de raideur qui faisait oublier ce que sa remarque pouvait avoir de complaisance et de courtisanerie, Sa Majesté ne peut plus avoir aucun doute depuis que M. de Viviers lui a rendu compte de ce qu'il a vu pendant son voyage à Malte. Malgré leur grande réputation, ces messieurs de la Religion s'en remettent à leurs pilotes et à leurs comites pour la conduite à la mer. Il leur suffit d'être braves dans les combats qui les opposent aux barbaresques. Aucun d'eux ne commande véritablement sa galère, ce qui n'est jamais le cas sur les galères de France. »

∴

Avec le plein du jour, le vent grec s'était réveillé et soufflait doucement de la proue à la poupe. C'était un souffle à peine sensible, un soupir du ciel, assez fort pourtant pour charrier jusqu'au petit salon flottant où se trouvaient les trois belles visiteuses, toutes les puanteurs qui stagnaient sur la galère. Ce fut comme une invasion invisible, l'exhalaison d'une effroyable sentine, le vomissement pestilentiel d'une fantastique fosse d'aisance dans laquelle se mêlaient le remugle des excréments, l'odeur âcre de la sueur de deux cent soixante mâles et la puanteur des abcès dégorgeant de pus sur leurs bras, leur dos, leurs épaules.

« Holà ! Holà ! dit M. d'Autigny, il faudra peut-être virer au vent sur nos fers. » Tout en parlant, il avait dévissé le pommeau de la canne qu'il tenait entre ses genoux et la tendit à Mme de Gaillard : « Mettez-la sous votre nez, lui conseilla-t-il. C'est le moyen dont nous usons pour nous protéger de ces miasmes.

— C'est merveilleux, répondit la jeune femme après avoir aspiré longuement en faisant palpiter ses narines. Seriez-vous donc alchimiste, monsieur, pour transmuer cette puanteur et faire d'elle une bouffée de tous les parfums de l'Asie ?

— Ce ne sont que des parfums que nous faisons venir d'Italie, madame. Ils ont pourtant assez de vertu pour nous permettre de résister à toutes ces carognes d'enfer, quand le vent les porte sur nous. »

Le garde de l'étendard et M. du Cairon avaient imité M. d'Autigny en présentant chacun une canne à Mme de Baschis. Celle-ci les avait prises toutes les deux et elle respirait les essences subtiles dégagées par ces réservoirs d'ébène. C'étaient des parfums violents, des senteurs à la fois légères et pénétrantes, des extraits de fleurs rares ou de produits animaux macérés dans l'alcool, qui abolissaient toutes les autres odeurs.

« Sans cette commodité, nous étions en passe de défaillir », murmurait Mlle de Montal, en faisant un cornet de ses mains ouvertes au-dessus de la canne que M. de Maroulles venait de lui tendre, comme il l'aurait fait d'une fleur.

« On peut tout exiger de ces chiens, mais pas les empêcher de puer, déclara M. d'Autigny qui respirait, lui aussi, l'odeur d'une canne qu'on venait de lui apporter. Heureusement que le vent ne s'est pas levé pendant notre collation. Je crois, du reste, qu'il est en train de mollir. Ce n'est qu'un petit mouvement de l'air surchauffé par le grand soleil. »

Sous une tornade de coups, les forçats continuaient à faire la mounine. Pas plus qu'on ne pouvait les empêcher de puer, on ne pouvait étouffer leurs gémissements et leurs cris. Malgré cela, aucun des spectateurs ne prêtait plus la moindre attention au fantastique spectacle qu'ils continuaient à donner.

Mme de Baschis parlait avec M. de Marle et recherchait avec lui quelques lointains cousinages. « Le Premier Président, mon oncle, avait marié sa fille... » Mme de Gaillard s'entretenait à mi-voix avec le garde de l'étendard qui, même assis et carré dans son fauteuil, gardait une extraordinaire prestance. M. du Cairon avait l'air triste et faisait tout ce qu'il pouvait pour paraître indifférent. Lucrèce de Montal regardait ses mains qu'elle avait reposées sur les accoudoirs du fauteuil dans lequel elle était assise, comme si ses mains eussent été le seul objet digne de quelque intérêt parmi tous ceux qui pouvaient s'offrir à sa vue, et pourtant M. de Maroulles était assis auprès d'elle et elle n'écoutait que lui comme elle ne regardait que ses mains. M. d'Autigny parlait gravement avec M. de Gaillard et M. de Baschis et leur expliquait l'utilité des galères.

« Elles sont le signe de la grandeur du Royaume

sur cette mer que menacent les Infidèles. Nous sommes là pour leur courir sus et pour protéger nos côtes. Les vaisseaux de haut bord ne peuvent rien sans le vent. Le calme les retient au port, tandis que nous pouvons aller à notre guise, même par la plus grande bonace. On l'a bien vu dans cent occasions où nous avons fait merveille. Mais ce n'est pas seulement au combat qu'éclate la gloire de nos galères. Comme vous l'avez pu voir, rien ne saurait égaler leur magnificence. Ce que le palais de Versailles est aux châteaux de la terre, elles le sont à tous les bâtiments qui vont sur la mer. Je voudrais que vous puissiez voir le déploiement de l'escadre, quand *La Réale* arbore, à la penne de mestre, la bandière de partance, pavillon blanc timbré à l'image de la Sainte Vierge. Trente galères peuvent alors se déployer sur la mer, sur une colonne par division, *L'Invincible* venant en tête, avec neuf galères qui la suivent et qui sont *La Grande, La Fidèle, La Souveraine, La Saint-Louis La Magnanime, La Guerrière, La Dauphine, La Sirène* et *La Magnifique*. Derrière vient *La Patronne-Réale*, avec *La Favorite, La Hardie, La Réale, La Fleur-de-Lys, La Couronne, La Perle, La Fière, L'Illustre* et *La France*. Enfin, derrière *La Fortune* qui est le troisième chef de division, viennent *La Belle, La Galante, La Renommée, L'Héroïne, La Duchesse, La...*

— *La Superbe* ! reprirent tous les officiers, d'une seule voix qui se confondit avec celle du capitaine.

— *La Madame, La Reyne* et *La Forte*. Pour prendre cet ordre de marche, *La Patronne-Réale* en fait le signal par un pavillon de Ligourne à la penne de mestre. Aucune cavalerie ne saurait escadronner mieux que ne le font nos escadres et nos divisions. Tout est réglé. Un signal suffit pour que nos trente galères manœuvrent d'un seul mouvement. Nous connaissons nos signaux mieux qu'un prêtre son bréviaire. M. du Cairon, qui est le plus jeune d'entre nous, les connaît aussi bien que les plus vieux capitaines... Allons, monsieur, je suis trop sûr de votre science pour vous exposer à un guet-apens... Ordonnez la marche sur deux colonnes en conservant les divisions. »

Aussi rouge qu'à l'arrivée des belles visiteuses, quand il avait grimpé du caïque sur la galère, M. du Cairon répondit immédiatement :

« *La Patronne-Réale* fera le signal par un pavillon de Malte à la penne de mestre, *La France* et *L'Invincible* faisant tête de colonne...

— Ordre de marche sur trois colonnes en conservant les divisions ?

— Signal par un pavillon de Gênes au calcet du trinquet.

— Ordre de marche sur deux lignes ?

— Signal par un pavillon hollandais à l'arbre de mestre et une flamme blanche au-dessous.

— Ordre de marche sur une colonne par ancienneté ?

— Pavillon blanc à l'arbre de mestre.

— Quelle est alors la place de *La Superbe ?*

— Derrière *La Magnanime,* devant *La Guerrière.*

— Le signal pour mettre en bataille ?

— Pavillon blanc à la penne de mestre, avec une flamme rouge au-dessous.

— Eh bien, messieurs, nous pouvons penser à nous retirer dans nos terres. Nos enseignes en savent autant que les capitaines. Sa Majesté sera toujours bien servie. »

⁂

« Holà, Tustaïre, que ces chiens arrêtent leurs singeries, et nous fassent un peu la manœuvre », reprit M. d'Autigny, après un moment de silence.

Un long coup de sifflet suspendit les mouvements de la chiourme. Il y eut comme un petit temps d'arrêt et, brusquement sur un nouveau trille du comite, chacun des galériens se mit en position pour ramer. Sur une cadence de quatre coups de sifflet rapides, ils mirent le pied droit sur la pédagne, empoignèrent les manilles et, d'un seul mouvement, plongèrent les rames dans l'eau, pour les redresser aussitôt, toutes ensemble. Cette manœuvre avait été faite avec une si extraordinaire précision que les visiteurs déjà blasés manifestèrent leur admiration et semblèrent sortir de la torpeur dans laquelle ils étaient plongés depuis un moment.

« Je n'arrive pas à comprendre comment nous n'avons pas peur de ces gens », murmura Mme de Gaillard en regardant le visage des deux cent soixante forçats qui se trouvaient devant elle.

Dans ces deux cent soixante visages brillaient autant de regards qui faisaient autant de lumières. C'était comme un incendie dans lequel on voyait briller la haine, la luxure, l'ironie, la malédiction ou l'indifférence. En regardant ces regards qui les regardaient, les trois belles Provençales avaient l'impression de deviner ce que pensaient tous ces hommes. Les plus jeunes et les plus forts semblaient les dépouiller de leurs robes, tandis que les plus âgés, insensibles à leur présence, n'avaient que de la fureur au fond de leurs yeux. Certains d'entre eux, cependant, comme perdus dans un rêve, ne semblaient même pas les voir. Ils avaient l'air de fantômes aveugles écoutant des voix que les autres étaient incapables d'entendre.

« Ils sont effrayants à voir, avec leurs longues moustaches, reprit en frissonnant Mme de Gaillard. Si jamais ils se mettaient en révolte, que feriez-vous pour les contenir ?

— Ils sont presque tous attachés à leur banc par une chaîne et nous avons un équipage de plus de cinquante mariniers que vous avez vus danser tout à l'heure, et de cent soldats, fusiliers ou grenadiers, avec leur capitaine d'armes, quatre sergents, quatre caporaux, sans compter les officiers majors, les pertuisaniers et les argousins. Ces chiens ne pourraient se révolter qu'à la faveur d'un combat mais, au combat, nous sommes prêts à tirer sur tout ce qui bouge.

— Ce que vous pouvez craindre d'eux, ce sont des farces et des facéties, dit M. du Cairon, avec un grand rire. Ils fabriquent parfois des cornets qu'ils remplissent de poux pour les souffler sur les visiteurs et les visiteuses pendant qu'ils parcourent la galère. Même la peur des coups de bâton ne peut pas les empêcher de le faire. C'est le divertissement de cette crapule, comme les ballets ou la comédie sont les divertissements de l'honnête homme.

— Ces dames ne vont pas oser pousser jusqu'au bout de la coursie pour voir le coup d'œil de la rambade, si vous les effrayez avec ces histoires. Nos bourreaux sauront bien obliger ces chiens à rester tranquilles. Allons, mesdames, il faut visiter *La Superbe.* »

II

LA VISITE DE « LA SUPERBE »

PRÉCÉDÉES par le capitaine et le lieutenant, les trois jeunes femmes s'aventurèrent sur l'étroit chemin de planches qui allait d'un bout à l'autre de la galère. Mme de Gaillard marchait en tête, suivie par le garde de l'étendard, suivi lui-même par Mme de Baschis, sur laquelle veillait M. du Cairon. Lucrèce de Montal s'avançait hardiment derrière le jeune enseigne, précédant M. de Maroulles. Celui-ci désespérait déjà d'avoir l'occasion de l'aider tant elle avait le pied sûr et la démarche tranquille.

Il n'y avait pourtant place que pour une personne sur cette étroite coursie, régnant au-dessus des bancs des rameurs. Des deux côtés on eût dit que se creusaient deux grands gouffres, comme des bouches d'enfer où auraient grouillé des démons.

A mi-chemin entre la poupe et la proue, il fallait contourner l'arbre mestre, et les belles visiteuses eurent besoin de l'aide des officiers pour franchir ce pas difficile. Lucrèce de Montal l'aurait passé sans effort, avec une agilité de chèvre, mais M. de Maroulles se sentit autorisé à la soutenir par le bras, puis à lui prendre la main, et il la garda dans la sienne jusqu'au moment où la jeune fille eut pris pied sur la rambade.

Des grognements confus montaient des profondeurs de la chiourme. L'affreuse odeur que le vent avait entraînée jusqu'au carrosse régnait ici en maîtresse. Elle imprégnait les grosses pièces de bois, les planches légères, les bancs recouverts de bourre de serpillière et de peaux de bœufs à moitié pourries. C'était une odeur de décomposition, une puanteur putride qui ne faisait pas penser à la mort, mais à toutes les souillures de la vie.

« C'est affreux ! murmurait Lucrèce de Montal. Comment peut-on vivre dans une pareille horreur ?

— On se fait à tout, lui répondit M. de Maroulles, même à ce qu'on ne peut pas supporter. »

Sur la vaste plate-forme de la rambade, les visiteuses retrouvèrent l'aumônier et quelques-uns des bas-officiers de la galère. En regardant vers la proue, ils ne voyaient que la mer et la courbure de l'horizon. En se retournant vers la poupe, ils découvraient les dos des deux cent soixante forçats courbés en avant et comme écrasés par le poids de leur servitude.

Ce spectacle bouleversa Lucrèce de Montal plus que n'avait pu le faire sa première découverte de la chiourme. En ne voyant plus les visages des galériens, elle sentait avec plus de force encore la hideur de leur condition, comme si ces êtres humains avaient été condamnés à ne plus être des hommes.

« Qu'ont-ils fait pour être traités ainsi ? demanda-t-elle à voix basse à l'aumônier qui venait de s'accouder auprès d'elle à la balustrade de la rambade. Il faut avoir commis de bien grands crimes pour être punis de la sorte.

— Aussi bien la plupart sont des criminels, mademoiselle. Ils ont volé ou même tué leur prochain. Certains d'entre eux n'ont échappé que de justesse à la corde du bourreau. Il y en a même un ou deux qui ont été pendus pour de bon et qui gardent sur leur cou les traces de cette corde que la clémence du Ciel a fait casser sous leur poids. Malgré cette grâce providentielle à laquelle ils doivent la vie, ce ne sont que des scélérats. Ils ignorent le remords et le repentir. Il m'arrive, parfois, de sauver une de ces âmes, mais c'est une grâce que Dieu m'accorde bien rarement. D'ordinaire, on ne peut attendre de ces gens que les blasphèmes les plus exécrables et les actes les plus horribles. Une fois l'an, dans le temps de Pâques, ils viennent tous à confesse, mais la contrition est inconnue de leurs cœurs, et je tremble en les admettant au Saint Sacrifice.

— Vous êtes curieuse de savoir comment se recrute cette canaille ? demanda M. d'Autigny, en faisant un grand geste de la main au-dessus des crânes rasés de la chiourme. A tout seigneur tout honneur. Il y a d'abord les criminels. Que dire d'eux ? Leur nom suffit à les désigner et l'on peut en tirer une édifiante litanie... Voleurs, larrons, malandrins, coupe-bourses, vide-goussets, escrocs, filous, fripons, coupe-jarrets, meurtriers, assassins, selon l'occasion, et bien d'autres choses encore. C'est l'aristocratie et la noblesse de la canaille. Ils sont les plus nombreux. Ils forment un monde fermé où l'on n'entre pas sans faire la preuve des quatre quartiers de scélératesse et, croyez-moi sur parole, ils ont leur d'Hozier... Après eux, nous avons les déserteurs. Ce sont, parfois, des fils de bonne famille, mais leur crime est impardonnable.

— On les reconnaissait naguère, dit M. de Marle à Mme de Baschis, à ce qu'ils avaient le nez et les oreilles coupées.

— Mon Dieu ! Mon Dieu ! Quelle horreur !

— Mais ils devenaient punais et ajoutaient une horrible infection à la puanteur de la chiourme. On a mis un terme à cette pratique. On leur fend à peine le nez, on leur coupe juste un bout de l'oreille, mais ils sont ici pour la vie, et nous veillons à ce qu'ils ne puissent plus déserter.

— Après les déserteurs, nous avons les faux sauniers. C'est une engeance ordinairement tranquille et qui, faute de repentir, se laisse assouplir par le désespoir. Ils sont ici pour dix ans, quelquefois vingt, selon l'humeur de leurs juges, et le besoin où l'on est, à certains moments, de faire de grands exemples.

« Ce sont, presque toujours, des rustres et des vilains qui sont allés acheter du sel dans les provinces où il est à bon marché, principalement dans les Dombes ou dans le Comté de Bourgogne. Ils sont si brutes qu'ils aventurent leur liberté pour ne pas payer la pinte de sel quarante-deux sols, comme ils sont tenus de le faire.

— Quoi, demanda Mlle de Montal, pour avoir acheté du sel au-delà des limites permises, un homme peut rester ici pendant des années ? Ces pauvres gens sont sans doute les plus à plaindre !

— On ne peut à la fois les plaindre et les châtier et il convient de les châtier pour mettre un terme à leurs crimes. Pensez à ce que deviendrait le royaume si on laissait les déserteurs déserter et les faux sauniers ruiner les finances du roi, répondit M. d'Autigny. Plus d'argent pour les bâtiments qui témoignent de sa gloire, plus de soldats pour ses troupes. Même si les galères n'étaient d'aucune utilité pour la course et pour la défense de nos côtes et de nos ports, elles serviraient à tenir en respect cette canaille. La magnificence d'un Etat repose sur l'obéissance aux ordres de Sa Majesté. Nul n'entre ici qui ne les ait offensés d'une façon ou de l'autre. Ne vous laissez pas attendrir par ces scélérats. Notre aumônier lui-même n'arrive pas à les dérober aux marmites de l'enfer. Ce qu'ils reçoivent ici n'est, après tout, qu'une avance sur ce qui les attend quand ils auront rendu leur vilaine âme au diable. Ces chrétiens — il faut bien que je les appelle ainsi puisqu'ils ont reçu le baptême ! — sont pires encore que les Turcs. Ce ne sont que de gros chrétiens, mais ce sont des chrétiens quand même.

— J'ai le cœur meurtri de ne pas pouvoir contredire notre capitaine, dit l'aumônier avec un air de véritable tristesse. Les Turcs que nous avons sont parmi les plus honnêtes gens de la chiourme. On peut leur confier de l'argent, des objets précieux ou des provisions de bouche. Jamais ils ne déroberont rien. À l'inverse des criminels, ils ont horreur de la volerie, et se tiendraient pour perdus d'honneur par le plus dérisoire larcin. C'est pour cela que ces messieurs, et moi-même, ne voulons jamais avoir d'autres valets que ces mécréants.

— En ce qui concerne les Turcs d'Europe et d'Asie, je vous donne raison, mon père, mais vous savez aussi bien que moi que ceux qui viennent des côtes de Barbarie ne valent guère plus que les scélérats de chez nous. Les hommes ressemblent au vin. Tout dépend de leur provenance, répliqua M. d'Autigny.

— Comment ces Turcs arrivent-ils jusqu'en France ? demanda M. de Gaillard au garde de l'étendard qui s'était accoudé à côté de lui, au parapet qui faisait le tour de la rambade.

— Ce sont des esclaves que fait acheter le roi. Pour la plupart, ils sont prisonniers de guerre. Les Impériaux s'en sont emparés et les vendent aux Italiens qui les revendent chez nous. C'est dire qu'ils sont forçats pour la vie et ne sortent d'ici que par l'échelle de proue.

— L'échelle de proue ?

— On pourrait aussi bien dire : les pieds devant ! Ce qui s'entend fort bien sur mer et sur terre. Quand les forçats viennent pour la première fois en galère, il est d'usage de les faire entrer par la poupe. À leur mort, on les expose une heure ou deux sur cette rambade et, de là, on descend leur corps dans un canot pour aller le porter en terre. On pousse même la politesse jusqu'à leur faire sonner un air de trompette pour saluer leur départ, très lugubrement, comme s'ils étaient des créatures humaines.

— Ces Turcs sont les meilleurs rameurs de tout l'équipage. Ce sont presque tous des vogue-avant, c'est-à-dire ceux qui tiennent le bout de la rame. Vous pouvez les voir de chaque côté de la coursie.

Ils ne sont pas enchaînés à leur banc, et ne portent qu'un anneau symbolique à la cheville. Ce sont eux qui laissent pousser une touffe de longs cheveux, sur le sommet de leur crâne et ont des moustaches tombantes. Quand nous sommes au port, ils sont libres de sortir et font de petits commerces, car ils sont fort entendus dans la vente et dans le négoce. Il y en a qui ont pour des centaines de pistoles de marchandises et certains sont assez rusés pour envoyer de l'argent à leur famille, sans avoir le moindre espoir de la retrouver un jour.

— Ce sont des modèles de charité, dit M. Bion. Ils se soutiennent les uns les autres comme de véritables chrétiens. C'est une constatation bien attristante pour un prêtre. A nos yeux, toute source de charité ne peut se trouver que dans l'Evangile. Voir un chrétien se conduire en bête féroce et un infidèle observer les plus pures vertus chrétiennes, sans jamais avoir reçu la lumière de vérité, n'est-ce pas une bouleversante expérience et un insondable mystère ? Du moins, ces mécréants suivent-ils exactement les lois de leur religion. Ils ne les transgresseraient pour rien au monde. Au cours de la première lune de l'année, ils observent le jeûne depuis le lever du soleil jusqu'à son coucher. C'est ce qu'ils appellent le Ramadan et, malgré les fatigues de leur état, quand bien même il leur faudrait faire force de rames, ils ne mangeraient pas un morceau de pain, ni ne boiraient une goutte d'eau, avant le retour de la nuit. Aussi bien, tous les aumôniers des galères ne cherchent jamais à les convertir, ni à leur enseigner la vraie religion. Nous savons que tous nos efforts seraient vains. Ils disent tous qu'ils aimeraient mieux être changés en bêtes immondes, que d'abandonner leur foi, quand la nôtre n'a pas su rendre meilleurs tant de gens dont ils voient tous les jours la conduite abominable, et qui disent sans cesse des paroles sacrilèges.

— Tant pis pour eux, dit le garde de l'étendard avec un rire de bon vivant, habitué à tout prendre à la légère, sauf ses aises et le service du roi. Ils feront l'édification de l'enfer et y serviront d'exemple, comme ils le font déjà dans la chiourme de nos galères. Il faudra tout de même bien, mon père, qu'il y ait quelques damnés convenables pour prouver que les vertus humaines ne suffisent pas à nous assurer le salut.

— Allons, mon fils, ne plaisantez pas sur ces saints mystères. C'est une grande faiblesse que de faire l'esprit fort », lui répondit l'aumônier.

Le garde de l'étendard rougit et se tut, comme un écolier pris en faute car, avec ses trente-cinq ans et l'air mesuré qu'il devait à sa profession, M. Bion faisait figure de patriarche au milieu de ces officiers à peine sortis de l'enfance.

« Par ma foi, mon cousin, reprit M. de Gaillard qui s'obstinait à appeler ainsi M. d'Autigny, vous avez un chargement diabolique... des criminels, des faux sauniers, des déserteurs et des Turcs...

— Nous avons aussi des huguenots. Ils sont les seuls qui pourraient facilement faire leur salut dans notre monde et dans l'autre. Ils n'ont, pour cela, qu'une phrase à dire : « Je me réunis ! » et notre aumônier les reçoit dans le sein de la véritable Eglise. Ces trois mots les séparent de leur salut, mais ce sont des obstinés et des fanatiques, des rebelles à Dieu et au Roi, des endurcis et des opiniâtres. M. l'aumônier court en vain après ces brebis perdues, sans jamais en ramener au bercail.

— L'offense qu'ils ont faite à Dieu n'est pour rien dans la peine qu'ils subissent, répondit doucement M. Bion. Ce n'est pas le Bon Dieu, ni sa Sainte Eglise qui ont prononcé leur peine. Ils sont ici pour avoir désobéi aux ordres du roi.

— Ce sont les derniers brandons d'un feu dévorant qui vient de s'éteindre, reprit M. d'Autigny. En réalité, il ne devrait plus y avoir de huguenots dans le royaume. C'est bien connu. Sa Majesté n'aurait jamais rapporté l'édit de son auguste aïeul si elle n'avait pas su que la vérité avait enfin triomphé.

Les sentences des Présidiaux et des Parlements de France ne nous envoient que des gens revenus à leurs erreurs après les avoir abjurées, et qui sont, par cela, doublement coupables. Encore faut-il qu'ils aient enfreint les édits leur faisant défense de sortir de ce royaume ou de se réunir dans des assemblées illicites.

— A l'inverse des Turcs qui sont presque tous au bout de la rame, parce qu'ils sont les plus forts et les plus robustes, et que nous appelons les vogue-avant, ces huguenots sont souvent chétifs et placés les derniers sur le banc de rame, tout contre le bord de la galère qui porte le nom de poustice. Nous les appelons les cague-rageole et le travail qu'ils ont à fournir est encore trop dur pour eux. Naturellement, s'ils sont assez forts pour cela, on les met en apostice, en tercero ou en quartero, c'est-à-dire aux trois autres places qui vont du dedans vers le dehors, la rame étant d'autant plus lourde à manier qu'on est près de son extrémité intérieure.

— S'ils étaient aussi endurcis à la fatigue qu'ils le sont dans leurs erreurs, dit le garde de l'étendard, ils seraient tous vogue-avant et, même, ils n'auraient besoin d'aucun secours pour faire mouvoir leur rame. Le Malin le ferait pour eux. Il n'y a pas une seule sorte de criminels aussi attachée à ses crimes qu'ils ne le sont à offenser Dieu. Ils s'adressent à lui en français et le tutoient comme s'ils l'avaient connu à la taverne.

— Ce sont des espèces de Turcs fins, enchaîna M. de Marle, car eux aussi, en dehors du crime qui les a fait condamner à venir ici, ne sont pas marqués par le vice. Ils ne volent jamais et jamais ils ne s'enivrent, alors que le reste de la chiourme, les Turcs fins mis à part, n'est qu'un ramassis de luxurieux et d'ivrognes, adonnés sans remords à la crapule. La vie de ces obstinés est exemplaire, si des réprouvés peuvent être donnés en exemple. Ils arrivent même à se faire respecter par les pires gredins, et, bien souvent, on les voit jouer les Rois Salomon au milieu de cette canaille qui ne connaît ni foi, ni loi. Il faut qu'il y ait en eux quelque chose de diabolique. Je crois qu'ils ont fait un pacte avec le Malin. C'est lui seul qui peut leur permettre d'endurer tous les tourments de leur condition.

— Ils doivent être traités avec la dernière rigueur. C'est le vœu de Sa Majesté, répondit M. d'Autigny. Aucun de nous ne se laisse prendre à leurs faux-semblants et à leur hypocrisie. D'autant plus que leur hérésie a l'air de vouloir renaître de ses cendres. Je gagerais que nous allons recevoir d'ici peu de nouveaux forçats de cette espèce. Mais ce ne seront plus que des rebelles, des relaps et des séditieux que la clémence du roi aura soustraits à la corde ou au fagot. »

∴

Pendant que les officiers-majors de la galère et leurs visiteurs bavardaient ainsi en regardant les forçats comme ils auraient regardé des animaux dans une porcherie ou dans une étable, Mlle de Montal et l'aumônier s'étaient retirés jusqu'au bout de la rambade et parlaient aussi des Religionnaires enchaînés qu'ils voyaient au-dessous d'eux.

« J'avais bien entendu dire que des gens de la Religion étaient envoyés ici, murmurait la jeune fille, mais je n'avais pas imaginé qu'ils devaient vivre au milieu de ces criminels.

— Vous êtes sensible à tant de malheurs, mademoiselle, disait M. Bion à demi-voix, je le vois et je vous comprends trop bien, car j'en suis touché comme vous. Je n'ai pas à juger les ordonnances du roi, ni les arrêts qui sont rendus en son nom, mais ces âmes égarées ne sont pas pour moi des âmes perdues. Je ne cesse de prier pour leur salut. J'essaie en vain de faire éclater à leurs yeux les vérités de la Sainte Eglise. Mais ils ont réponse à tout, car ils connaissent les Ecritures mieux que beaucoup de docteurs. Tenez, regardez, au sixième rang, sur la gauche, contre la poustice, il y a un certain Jacques Vigne, natif de Nyons, en Dauphiné. A plusieurs reprises, on l'a lié aux supports de la chaloupe, tête nue, pour l'obliger à suivre le sacrifice divin que nous célébrons à la poupe de la galère devant le carrosse du capitaine qu'on appelle alors le tabernacle. Chaque fois, il m'a semblé que c'était offenser Dieu qui demande un cœur consentant à tous ceux qui sont admis à participer à ses saints mystères.

— Mon père, murmurait Mlle de Montal, il me semble qu'il a senti que vous me parliez de lui. Il a tourné la tête et il nous regarde. J'ai de la peine à supporter son regard, dans lequel je ne vois pourtant pas de haine...

— Regardez au huitième rang, de l'autre côté de la coursie, l'homme qui est premier, près du vogue-avant. Vous le voyez de profil. C'est un nommé François Courtessaire, manufacturier au Pin, à côté d'Uzès. Il a été condamné aux galères perpétuelles pour être allé assister à une assemblée. Je trouve que c'est cher payé, surtout quand je pense à ces soi-disant quiétistes que j'ai connus en Bourgogne et qui soutenaient de fallacieuses doctrines pour justifier la dissolution de leur vie. Au contraire de ces dévots que j'ai toujours abhorrés, ces gens sont de bonnes mœurs. Ils ne disent jamais de blasphèmes. Ils se gardent de tout péché et se soumettent avec douceur aux ordres de Sa Majesté, sauf pour ce qui concerne leur foi. Ce sont des opiniâtres obéissants. La plupart sont instruits. Ils gardent comme un trésor quelques livres de leur secte et les Saintes Ecritures qu'ils savent par cœur. Les plus simples d'entre eux qui arrivent ici sans savoir lire ont vite fait de l'apprendre. Je pense que leurs anciens se font leurs instituteurs. L'Evangile est leur seul abécédaire. Je m'efforce souvent de leur découvrir les vérités de l'Eglise, mais ils argumentent sans se troubler et trouvent toujours un verset des Ecritures pour mettre en doute la tradition et l'enseignement des Pères. Je ne crois pas que ce soit faire offense à Dieu que de discuter avec eux pour les ramener aux enseignements de l'Eglise catholique, apostolique et romaine. Mais ils sont d'une fermeté incroyable dans la justification de leurs erreurs et, bien souvent, je dois mettre un terme à nos entretiens sans pouvoir répondre à leurs arguments... C'est une situation bien étrange que de voir ces hérétiques se conduire comme de véritables chrétiens... Il est vrai, comme le disait notre capitaine il y a un instant, que ceux que nous appelons les Turcs fins, qui nous viennent d'Asie et d'Europe, ceux de Hongrie, de Bosnie, de Transylvanie et de Constantinople, nous donnent le même exemple, bien qu'ils soient adorateurs de Mahomet, et ne jurent que par l'Alcoran. Il n'est pas moins vrai, par bonheur, que ceux qu'on appelle Mores, et qui viennent de Tripoli et d'autres villes d'Afrique, ne pratiquent pas les mêmes vertus, bien qu'instruits pourtant dans la même religion. Ce qui fait voir clairement qu'elle n'est pas la source et l'inspiratrice de ces vertus. Ces gens-là sont aussi abominables que les criminels les plus endurcis. Ils volent comme ils respirent et, bien que le vin leur soit défendu par leur religion, ils s'enivrent comme des bêtes. Je sais bien que la plupart de nos galériens catholiques sont peut-être pires que ces Mores, et que nos prétendus réformés sont semblables à ces Turcs fins. Les vérités de la religion ne rendraient-elles donc pas les hommes meilleurs ? On pourrait se le demander à voir ce qu'on voit sur les galères !

— Il n'est pas besoin de venir sur les galères pour se rendre compte de ces choses. Qui de nous n'a connu de ces huguenots dont les erreurs n'avaient pas détruit les vertus ?

— Que la vérité n'ait pas une plus grande efficace, voilà bien un des plus redoutables mystères qui mette à l'épreuve notre foi ! » soupira M. Bion, en embrassant du regard les deux cent soixante forçats de la chiourme.

∴

Tandis que les officiers-majors bavardaient ainsi avec leur hôte, les forçats semblaient s'être accoutumés à leurs présences. S'ils restaient toujours immobiles, un bourdonnement confus trahissait les conversations qu'ils poursuivaient à voix basse, sans jamais remuer les lèvres. La chiourme jugeait les grands de ce monde et les belles visiteuses accoudées à la rambade.

« Holà, bourreaux, cria soudain M. d'Autigny en changeant de nouveau le ton de sa voix, que ces chiens se taisent. Ils importunent ces dames. »

Un déluge de coups de cordes s'abattit sur les torses des galériens. L'écume aux lèvres et les yeux fous, les trois comites allaient et venaient sur la coursie, en frappant comme des démons. Quelques gémissements étouffés furent vite engloutis dans un formidable silence. Les forçats n'osaient même plus gémir.

« Nous vous épargnerons la visite du fond de cale, reprit M. d'Autigny de sa belle voix d'homme de cour. Sachez pourtant qu'elle est divisée en six chambres. De la poupe à la proue, vous trouvez le gavon où je me retire la nuit ; l'escandolat qui est ma chambre d'office où l'on garde mon nécessaire, mon linge, mes provisions, mon argenterie ; la compagne où l'équipage tient ses boissons et ses vivres de salaison ; le paillot où l'on met les vivres secs ; la taverne où l'on conserve le vin et où se trouve aussi la soute à poudre qu'on appelle la sainte-barbe et, enfin, au-dessous de nous, la chambre de proue où l'on range les câbles, les cordages et les fers, ainsi que la caisse du chirurgien, car c'est là que nous mettons les malades et les blessés quand nous sommes à la mer.

— La première médecine de nos malades consiste à recevoir une bonne volée de coups par les argousins ou les comites, pour qu'on soit bien sûr qu'ils ne peuvent vraiment plus ramer, dit M. de Marle, avec un rire d'homme en bonne santé. C'est un excellent moyen de les disposer à prendre les drogues que la bonté du roi a fait préparer pour eux. A dire vrai, la plupart de ces scélérats aiment mieux mourir à leur banc de rame que d'être portés dans ce réduit. Pour ma part, je crois bien n'y être jamais descendu, car c'est le jardin d'Eden des puces et des punaises. M. l'aumônier est le seul qui fréquente parfois cette chambre. Il fait même tout ce qu'il peut pour la transformer en antichambre du Paradis...

— Il est trop vrai, monsieur, reprit l'aumônier, d'une voix grave, en coupant la parole au lieutenant, que mon devoir m'oblige à descendre dans ce réduit pour y consoler les malades, recevoir la confession des mourants et leur donner le viatique quand ils veulent le recevoir. Je ne m'y rends jamais qu'en robe de chambre, car je peux me débarrasser des insectes qui y fourmillent en quittant cette robe aussitôt que j'en suis sorti. Dans ce lieu où je dois me tenir couché, tant il est bas de plafond, j'ai quelquefois eu le bonheur d'espérer qu'avec la miséricorde de Dieu, j'avais peut-être sauvé une âme. Mais, sans briser le secret de la confession, je peux vous dire que dans aucun autre endroit du monde on ne doit pouvoir recueillir l'aveu d'autant de péchés et de crimes. Même s'il m'avait été donné de descendre jusqu'aux enfers, je ne crois pas que j'aurais découvert autant d'abominations que j'ai pu le faire dans cette chambre... et si les confessions que j'ai reçues avaient été faites dans un esprit de contrition et de repentance, elles m'auraient sans doute semblé moins abominables mais, même devant la mort, ces misérables en tiraient comme un orgueil qui faisait d'eux une image de Lucifer.

— Ce saint homme était bien mal préparé à recevoir de pareilles confidences, souffla M. de Marle à l'oreille de M. de Gaillard. Il a déjà du mal à comprendre les péchés que nous pouvons tous commettre, surtout quand ils tiennent aux attachements de la chair. Il n'a aucune idée des exigences de la nature. Quand on sait ce qu'un homme de qualité peut faire pour leur répondre, on imagine assez bien ce que font ces scélérats enchaînés à leur banc le jour et la nuit, comme des chiens sans chiennes derrière les barreaux d'un chenil. Il n'y a pas très longtemps, certains d'entre eux pouvaient recevoir leurs femmes, quand celles-ci, comme cela arrive souvent, venaient s'établir à Marseille. On laissait même monter quelques garces sur nos galères, et ils s'arrangeaient avec elles, sous leurs capots, à même les bancs, les uns à côté des autres. Le général a mis un terme à cette licence et, maintenant, il leur faut bien s'arranger entre eux. Notre aumônier pense là-dessus ce que pensent nos prétendus réformés qui voient partout des Sodome et des Gomorrhe. »

Pendant que se poursuivaient ces bavardages, la chiourme restait toujours immobile et cette immobilité donnait à la plupart des forçats une façon d'être à la fois sournoise et goguenarde. Ils avaient l'air de préparer quelque chose, quelque tour d'adresse ou de ruse qui leur permettrait de se divertir aux dépens de ces visiteurs qui les regardaient comme des animaux enchaînés.

⁂

« Il serait temps, dit M. d'Autigny, de retourner au carrosse. Des rafraîchissements vous attendent et nos musiciens n'ont pas fini leur concert. Notre orchestre est de qualité, comme vous avez pu vous en rendre compte. Nous avons quelques forçats qui, avant d'être envoyés aux galères, avaient fait leurs preuves dans l'art délicat de la musique. Vous seriez même étonnés si je vous disais les états de service de tel ou tel d'entre eux, et devant qui ils ont eu l'honneur de jouer, avant de venir sur *La Superbe.* »

Les visiteurs et les officiers-majors reprirent le chemin de la coursie. M. de Maroulles avait offert son bras à Lucrèce, le jeune enseigne soutenait d'une main la taille de Mme de Gaillard qui prétendait être en proie à des vertiges, et M. de Marle guidait Mme de Baschis.

En arrivant devant le carrosse, chacun se laissa tomber dans un fauteuil, comme au retour d'une expédition périlleuse.

« Par la morbleu, dit soudain M. de Baschis, j'ai perdu la boucle de mon soulier gauche. Je suis sûr qu'elle était encore à sa place, il n'y a que quelques instants. Je suis assez entiché de ces ornements qui sont le fin du fin de la galanterie, et je les avais regardés en descendant la rambade... Je ne comprends vraiment pas...

— Seigneur Jésus ! cria tout à coup Mme de Gaillard, moi aussi, j'ai perdu ma montre. C'était une de ces belles montres à répétition que l'on a inventées, en Angleterre, il y a seulement quelques années. Je la tiens, dans une pochette de mon corsage, au bout de cette chaîne. La chaîne est coupée, et ma montre n'est plus là ! »

M. d'Autigny et les officiers-majors de la galère souriaient d'un air gêné en échangeant des clins d'yeux furtifs.

« Ces désagréments sont la contrepartie des amusements que nous avons voulu vous donner, finit par dire M. d'Autigny. Croyez bien que nous n'en sommes pas responsables. Nos scélérats ont réglé cette affaire en dehors de nous. Ils sont d'une habileté diabolique pour le vol et pour le larcin, et vous prendraient une dent, au fond de la bouche, sans que vous vous en rendiez compte. Il y a parmi eux quelques-uns des plus grands génies de l'escamotage. Si vous voulez, on va leur faire faire la bourrasque, ce qui est un nettoyage de fond en comble de la galère, avec un accompagnement de sanglades. Mais je suis sûr que nous chercherons en vain ce qu'ils vous ont dérobé. Saint Antoine de Padoue lui-même serait incapable de retrouver votre boucle et votre montre. S'ils ne vous ont rien dérobé d'autre, vous en serez quittes à bon compte, et vous me permettrez de me souvenir de votre mésaventure pour tâcher de vous la faire oublier, dès que je serai de retour à Marseille. Ils font parfois des choses bien plus pendables. »

Pendant qu'il parlait, Mlle de Montal était devenue écarlate. Elle serrait ses jupes sur ses genoux, à pleines mains, et sa confusion éclatait à tous les regards.

« Vous auraient-ils subtilisé aussi quelque chose ? lui demanda M. d'Autigny.

— Je n'ose pas en faire l'aveu, tant le fait sort de l'ordinaire. Mais je crois bien ne pas me tromper. Mon bas ne tient plus sur ma jambe gauche. Ils ont dû me voler ma jarretière... »

Un grand éclat de rire accueillit cette confession. M. d'Autigny lui-même avait l'air plus amusé que fâché par cet incroyable larcin. Seul, M. de Maroulles avait l'air désespéré de cette aventure.

« Et vous n'avez rien senti ? demandait le garde de l'étendard en faisant courir le bout de ses doigts le long de ses cuisses.

— Rien, rien de rien... Si j'avais senti quelque chose, je me serais mise à hurler. C'est seulement en mettant le pied sur ces tapis qu'il m'a semblé que mon bas glissait le long de ma jambe, et quand on a parlé de cette boucle et de cette montre envolées, j'ai tâté à travers ma jupe et mes jupons et n'ai plus senti ma jarretière... Ces gens-là doivent sûrement se servir d'un enchantement pour faire des choses pareilles.

— Comment portez-vous vos jarretières, ma petite ? » demanda Mme de Gaillard, en tâtant à son tour les siennes à travers le tissu de sa robe.

Plus rouge et plus confuse que jamais, Mlle de Montal répondit en baissant les yeux :

« Je les porte juste au-dessous du genou, en haut du mollet. Elles sont faites d'un petit galon d'or qui se serre avec une boucle. Je ne saurais les enlever moi-même sans le sentir. Comment aurait-on pu m'en dérober une sans que je m'en aperçoive ? Non, la boucle a dû se défaire d'elle-même...

— Ce serait un hasard bien plus miraculeux que le fait d'en avoir été dépouillée par ces scélérats, dit M. de Maroulles, en devenant aussi rouge que Mlle de

Montal. Aucun larcin n'est au-dessus des talents de ces grands artistes. Ils seraient capables de dérober l'aile d'une mouche en train de voler, sans que celle-ci le sente, et que ce vol lui fasse cesser son vol.

— Voyons, voyons, ma petite, disait Mme de Gaillard en venant s'agenouiller devant la belle fille confuse. Votre jarretière a peut-être glissé jusque sur votre cheville. Laissez-moi voir. L'autre est à sa place, et je ne sens rien de ce côté, ni sous le genou, ni sur votre jambe, ni sur le cou-de-pied... et, pourtant, vous avez un mollet rond qui ne doit pas laisser partir facilement ce qu'il tient, quand il veut le retenir. »

Tout en se défendant contre les entreprises de Mme de Gaillard, Mlle de Montal s'était mise à rire. « Allons, allons, répétait-elle, voulez-vous laisser mes mollets tranquilles. Je vous dis que ma jarretière est perdue, mais je ne voudrais pas que ces pauvres gens soient punis pour cette farce. Ma robe est assez longue pour cacher un bas en tire-bouchon. Cette jarretière perdue n'est qu'une faible rançon pour tous les plaisirs que nous a donnés cette visite. N'en parlons plus, et cessez de me chatouiller. Ces gens-là ont des mains bien plus délicates que les vôtres. »

Pendant cette discussion, au cours de laquelle ces messieurs avaient entrevu le mollet rond de Mlle de Montal, le capitaine de la galère avait fait un signe au comite.

« Arrange-toi, lui avait-il soufflé à l'oreille. Pour une fois tu peux user de promesses. Je veux bien qu'ils boivent pinte si tout est rentré dans l'ordre au départ de nos visiteurs. »

Tout d'abord, le géant au crâne rasé n'avait pas semblé comprendre. Penché vers le capitaine, dans une attitude de soumission qui rendait son énorme corps ridicule, il avait eu l'air de souffrance des sourds qui n'entendent pas ce qu'on leur dit. Mais, tout d'un coup, il s'était redressé en faisant un signe de tête, puis il avait bondi sur la coursie où se trouvaient les deux sous-comites, en faisant de grands moulinets avec sa corde, et personne ne se soucia plus de lui.

⁂

Les serviteurs muets venaient d'apporter des rafraîchissements et les mouvements qu'ils faisaient pour les offrir aux visiteurs et aux visiteuses balançaient les glands d'or de leurs coiffures à la polaque. L'orchestre invisible s'était remis à jouer. La chambre du carrosse était redevenue une île enchantée, perdue au milieu des flots, sous la coupole du ciel. Le soleil avait dépassé le méridien et sa lumière oblique semblait faire grandir les montagnes qui barraient l'horizon, du côté de l'occident.

« Avez-vous entendu dire que les obstinés de ces pays ne veulent pas observer les ordres du roi ? » demanda M. d'Autigny à ses visiteurs. Tout en parlant, il fixait son regard d'homme de mer, habitué à découvrir la pointe d'un mât émergeant dans le lointain, sur les dentelures bleues des Cévennes. « Il paraît, reprit-il, que leur sédition renaît de ses cendres. On croyait pourtant en avoir fini avec ces rebelles. Ils avaient tous abjuré, et l'on avait massacré les plus opiniâtres. Il n'y a pas loin de dix ans que M. de Chanteraine, gouverneur du roi à Alès, qui est de mes bons amis, et vient souvent nous voir à Marseille, a tué le petit boiteux qui tenait des assemblées dans ces montagnes et ne rêvait que de meurtres.

— Vous voulez parler de François Vivens ? demanda M. de Gaillard. Figurez-vous que j'ai rencontré ce garçon quand il était régent à Peyrolles. Bien qu'il fût d'une honorable famille de Valleraugue il avait déjà piètre mine, tout petit, le menton pointu sous un grand nez, et cagneux à vous faire boiter vous-même si vous deviez marcher à côté de lui. Il a rassemblé des milliers de gens, sous les châtaigniers de ces lieux déserts, soi-disant pour leur prêcher l'Evangile, mais il avait surtout massacré je ne sais combien de prêtres. Malgré cela, il y avait toujours quelqu'un pour lui offrir un asile. Quand on a arrêté les demoiselles de Rouville qui ne remplissaient pas leurs devoirs, il paraît qu'il était caché sous le plancher de leur chambre... Drôle de galant, en vérité.

— On lui a fait mordre le carreau devant l'entrée d'une grotte dont il avait fait son repaire, reprit M. d'Autigny, non sans peine du reste, et seulement après qu'il eut lui-même tué deux soldats, un sergent, et blessé un lieutenant de la milice. M. de Chanteraine m'a raconté le procès que M. de Bâville a fait faire à son cadavre. Quand on l'a jeté au bûcher, il avait encore un air animé par la bataille et la bouche tordue de fureur. C'était un démon contrefait, qui avait commis d'horribles meurtres.

— Il avait égorgé le curé de Saint-Marcel, le curé de Conquérac et poignardé le vicaire de Soudorgues, en plein midi, alors qu'il portait le Saint-Sacrement. Sa rage n'épargnait pas ses anciens coreligionnaires, revenus à la véritable église. C'est ainsi qu'il a massacré M. Bagard, premier consul de Lasalle, et bien d'autres dont les noms sont sortis de ma mémoire.

— Il avait laissé derrière lui une sorte de faux prophète...

— Claude Brousson, enchaîna M. d'Autigny, un avocat qui faisait plus de mal encore que ce furieux. Sa feinte douceur rendait fortes les âmes faibles. Il avait fait un sermon sur la colombe, mais sa colombe était plus redoutable qu'un aigle. Il y a peu d'années, on l'a arrêté à Oloron, car il gangrenait la France entière.

— C'est à Montpellier qu'il a subi son supplice, dit Mlle de Montal. Il y a quatre ans de cela, j'étais de passage dans cette ville et j'ai vu passer son cortège. Il avait peut-être commis bien des fautes, mais il est mort comme un saint. C'est son bourreau qui l'a dit à un orfèvre, quelques jours après l'avoir étranglé. Il paraît que le commissaire et les juges étaient plus tremblants que lui quand il est monté sur l'échafaud.

— Si d'aussi jolies bouches prennent la défense de

ces criminels, répondit M. d'Autigny, d'un air à la fois galant et sévère, ne soyons pas étonnés que de nouveaux fanatiques veuillent aller au bûcher. Que ne ferait-on pas pour avoir une aussi belle oraison funèbre ?

— Je ne sais pas si c'est pour cette raison qu'on ne peut venir à bout de ces fanatiques, dit M. de Baschis, mais il n'est que trop assuré qu'ils infectent toujours les montagnes. Ils tiennent à tout moment des assemblées au Désert, et leurs prédicants vont de village en village pour répandre leurs fausses doctrines. C'est un étrange peuple où les petits enfants prophétisent, dans des pleurs et des tremblements, annonçant de grands malheurs et de terribles revanches ; où des gardeuses de chèvres, qui ne savent que leur patois, se mettent tout à coup à parler en français mieux que ne le font les docteurs ; où les bûcherons et les pâtres prennent des airs menaçants, malgré les troupes du roi qui battent la contrée le jour et la nuit.

— Eh bien, dit le garde de l'étendard, nous ne manquerons pas de forçats sur nos galères. Au lieu d'acheter des Turcs qui reviennent à mille livres, nous aurons des huguenots qui ne nous coûteront rien. »

Personne ne répondit au jeune officier. Chacun se sentait gêné par l'évocation des événements funestes qui désolaient la région, depuis des années. Il y eut un long moment de silence pendant lequel on oublia le terrible petit boiteux de Valleraugue et le doux pasteur du sermon sur la colombe.

Les boissons, les sorbets et les friandises que renouvelaient les serviteurs aux habits rouges soutachés de jaune, la fraîcheur qui montait des eaux de mer, la tiédeur du soleil qui commençait à descendre du côté de l'Occident, les accords du petit orchestre invisible, tout conspirait à plonger dans un doux engourdissement les hôtes de *La Superbe*. La conversation s'était éteinte sans que personne en éprouvât de l'ennui. Chacun se sentait heureux. La chiourme avait disparu. Il n'y avait plus que des hommes de qualité qui tenaient compagnie à trois jeunes femmes pleines de beauté et de grâce. Le temps passait avec une légèreté de rêve, sur cette île enchantée qu'était devenue la poupe de la galère, dans le décor rouge, bleu et or du carrosse du capitaine, sous le frémissement des flammes, des banderoles et des bandières qui se déployaient dans le ciel.

Mlle de Montal était la seule à jeter parfois un coup d'œil sur les galériens qui se courbaient devant elle. De temps en temps, malgré leurs têtes penchées, elle entrevoyait un profil, le dessin d'une bouche ou d'un nez, la courbe d'un front et, dans des orbites creusées, sous des sourcils en broussaille, l'éclair furtif d'un regard qui semblait répondre au sien.

L'aumônier était venu s'asseoir auprès d'elle et, comme elle, il regardait aussi les forçats.

« Vous êtes tourmentée par le sort de ces malheureux, lui murmura-t-il à l'oreille. C'est le signe d'une âme chrétienne, et j'en ai le cœur plein de joie. »

⁂

Depuis un long moment, insensible à ce qui se passait à côté de lui, M. de Maroulles ne pouvait détourner les yeux du visage de Lucrèce. Familier des spectacles de la mer, il ne regardait ni le large, ni le coin réservé à la poupe de la galère, asile enchanté qui semblait flotter sur de la musique, et ne voyait plus que le visage charmant, duveté comme un fruit dans la fraîcheur de l'aurore.

Il ne se lassait pas d'admirer le dessin de son pur ovale, entre deux coques de cheveux sombres, tressées à la mode des bords du Rhône, front dégagé, oreilles couvertes, et sur la rondeur de ses joues, l'ombre fugitive d'une fossette.

Plus que ce front, plus que ces joues, plus que ces lèvres, ce qu'il regardait avec une passion ingénue, c'étaient les yeux de Lucrèce, des yeux verts si profonds qu'ils semblaient être des yeux noirs quand on les voyait dans la pénombre.

Dans sa fierté aristocratique, ce visage semblait refléter les traits les plus délicats de toutes les jeunes filles de la Provence, ceux de l'écaillère du port, de la jardinière de la Bastide, et de l'olivarelle de Saint-Rémy.

Mlle de Montal sentait ce regard posé sur elle. Il ajoutait un enchantement confus à la tiédeur du soleil, à la fraîcheur des eaux de la mer, à la somnolence des choses. Elle était heureuse de se sentir regardée, mais n'en continuait pas moins sa conversation avec l'aumônier. Le peuple des galères exerçait sur elle une fascination que rien ne pouvait lui faire oublier, pas même le ravissement d'un jeune officier qui n'avait d'yeux que pour elle. Tant de hideurs et tant de souffrances mêlées ne la laissaient pas en repos. Elle aurait voulu tout savoir de ces misérables. Les uns lui faisaient horreur, et les autres éveillaient en elle une pitié qu'elle n'avait jamais encore ressentie.

« Je vois bien ce que vous cherchez dans cette foule, murmurait l'aumônier à son oreille. Vous cherchez à y découvrir ceux qui ont une figure d'honnête homme. Moi aussi, j'ai fait comme vous, dès que je suis arrivé ici, il n'y a pas si longtemps de cela. Au milieu de ces vagabonds, de ces voleurs, de ces meurtriers, de ces mauvais garnements, de tous ces gens de néant, j'ai cherché les âmes pures et les gens de bien. J'en avais besoin comme on a besoin de boire. Aujourd'hui, je connais tous les secrets de ces misérables, des pires et des meilleurs, et j'en ai le cœur meurtri.

— Moi aussi, j'ai le cœur meurtri, mon père, si meurtri que je ne peux pas jouir sans remords des plaisirs de cette journée. Cette visite était une grande fête pour nous, un véritable bonheur et maintenant je me pose des questions qui ne sont peut-être pas des questions que les femmes doivent se poser.

— L'esprit de charité n'est pas le privilège des hommes, et comment l'exerceriez-vous sans vous poser des questions sur les desseins de la Providence ? Ce n'est pas l'offenser que de chercher à comprendre, même ce qui semble incompréhensible. Tenez, regardez, mon enfant, au sixième banc, à droite de la coursie, vous voyez le vogue-avant, un colosse qui ressemble aux esclaves que sculpte maître Pierre Puget ? C'est un Turc qui ne connaît que son Alcoran, mais pratique les vertus qu'enseigne notre Evangile. Malgré sa force d'hercule, il est doux comme un agneau et ne cesse de rendre service à ceux dont il partage les fers. A côté de lui, c'est un scélérat qui vit dans l'orgueil de ses crimes. Bien qu'il soit dévoré de plaies et d'ulcères, il est fort comme un crocheteur, et sa force ne lui sert qu'à faire le mal. Il est redouté de ses congénères comme un chien atteint de la rage. Il passe son temps à proférer des blasphèmes qui font frémir les plus endurcis. On l'appelle le Croc, peut-être à cause de ses bras qui ressemblent à des tenailles. Il a été tiré de la fange de Paris et doit finir sa vie aux galères. Il est aussi lâche que méchant. C'est le général des voleurs, mais je ne serais pas étonné qu'il ait du sang sur les mains. Je ne sais pas comment il a échappé à la corde. »

Lucrèce de Montal regardait avec horreur le colosse pustuleux dont l'aumônier lui révélait l'infamie. Jamais, peut-être, elle n'avait contemplé un être aussi repoussant et aussi terrible.

« A sa droite, presque chétif à côté de lui, continuait M. Bion, celui que vous voyez est un tisserand de laine de la paroisse du Pompidou, dans le diocèse de Mende... Oui, cette longue figure, avec des petites taches de grain de poudre, le front dégarni et un fort menton que creuse une petite fossette. C'est un des plus obstinés de tous les religionnaires. Il a été pris dans une assemblée nocturne, il y a une dizaine d'années. Je sais qu'il a une femme et trois enfants. Je sais aussi qu'il cache dans ses affaires les *Psaumes de David* mis en rime française par Clément Marot et Théodore de Bèze, et ce livre est sa consolation. Un sous-comite me l'avait apporté un jour et, après l'avoir lu, je n'ai pas eu le cœur d'en priver ce malheureux qui l'a retrouvé, il ne sait comment, dans son petit nécessaire. Ce pauvre homme s'appelle Jean-Pierre Chamson. Il est comme un agneau au milieu de cette meute de loups, et j'ai tant prié pour qu'il fasse retour à la véritable Eglise que j'ai pour lui les sentiments d'un ami. »

« Un agneau au milieu des loups... » se disait Lucrèce en regardant le forçat qui levait les yeux vers elle et, brusquement, elle crut revoir le village du Pompidou où elle était allée avec son père qui avait des terres dans ce canton des Cévennes, et il lui sembla voir un agneau au milieu des grandes prairies qui descendaient, au pied des maisons, sur les pentes de la montagne. Mais M. Bion continuait à lui présenter les cinq forçats de ce banc :

« Celui qui se tient à côté de ce Jean-Pierre est un faussaire, un affronteur effronté. Il est maître dans la pratique délictueuse et la tromperie. Ici même, il fabrique des faux papiers, des faux passeports et des faux cachets. Il en tient commerce ouvert et comme il en tire beaucoup d'argent, il sait se gagner des complaisances qui le mettent à l'abri. C'est un négateur de Dieu qui ne recourt même pas aux blasphèmes pour offenser sa Divinité. Il fait moins peur que le Croc, mais il a l'âme plus vile. Si le Croc s'enivre de vin, chaque fois qu'il lui est donné de le faire, cet Avocat, car c'est ainsi qu'on le nomme, se complaît dans des vices abominables qui feraient horreur à un Lucifer... Le dernier de la rangée est un ancien vagabond qui a presque complètement perdu ses esprits. Il ne sait même plus où il est, et le mal et le bien se confondent dans sa cervelle. C'est comme une bouillie de viandes gâtées restées trop longtemps sur le feu. Il mourra pourtant dans sa peau, car la friponnerie est plus résistante que la mémoire. On l'appelle Marsaut, mais les trois quarts du temps, il ne sait pas répondre à son nom, et croit que c'est à un autre qu'on s'adresse... Voilà, ma chère enfant, ce qu'on trouve sur un des bancs de notre galère. C'est même un banc particulièrement préservé puisque sur cinq forçats, trois seulement ont l'âme perdue et se vautrent dans l'abjection avec une persévérance diabolique. »

Lucrèce de Montal avait l'impression qu'elle connaissait maintenant les secrets les plus cachés de *La Superbe*, et ne se rendait plus compte que le jeune sous-lieutenant la regardait avec une telle ferveur qu'il semblait ne plus savoir ce qui se passait autour de lui.

∴

« Dans la nuit, nous faisons nos signaux en tirant des coups de canon, ou en lançant des fusées, disait M. d'Autigny qui continuait à discourir sur les particularités du service des galères. Un bon officier-major doit toujours être sur ses gardes... Monsieur de Maroulles, entendriez-vous le signal pour une galère qui ne peut suivre en temps de brouillard ou de brume ?

— Elle mettra deux fanaux, l'un au calcet de mestre et l'autre à une brasse au-dessous », répondit M. du Cairon, avant que M. de Maroulles ait eu le temps de sortir de sa rêverie.

Tout le monde éclata de rire, et Mme de Gaillard ajouta :

« Il faut un peu plus de temps pour retrouver ses esprits quand on est vraiment dans les brouillards... Mais qu'est ceci ? » dit-elle soudain en regardant à ses pieds.

Devant elle, posé sur le plancher de la poupe, il y avait un petit paquet qui ne se trouvait pas là un instant auparavant. Il était fait d'un papier grossier, noué avec quelques fils de laine. Le jeune enseigne eut vite fait de les dénouer, et une montre, une boucle de soulier et une jarretière apparurent au creux de sa main.

« Ma montre ! dit Mme de Gaillard.

— Ma boucle ! » répondit M. de Baschis.

Mlle de Montal n'avait rien dit, mais elle avait rougi jusqu'au-dessous des oreilles.

« A qui appartient cette ravissante bagatelle ? » demanda M. du Cairon, en prenant la jarretière au bout de ses doigts. C'était un galon d'or, coupé comme par un rasoir, et que fermait une boucle ornée de brillants et de ferrets.

« Bagatelle pour bagatelle, ceci doit être à vous, ma petite, dit Mme de Gaillard, en s'emparant de l'objet dont elle rapprocha les deux bouts pour lui donner sa forme ronde. Voulez-vous qu'on vérifie si elle est à votre mesure ? Peste, ma foi, vous avez les attaches fines.

— A qui voulez-vous donc que soit cette jarretière ? Auriez-vous aussi perdu une des vôtres, madame ? répondit Mlle de Montal en reprenant son bien qu'elle fit aussitôt disparaître. Il serait peut-être plus convenable que vous nous fassiez voir votre montre et que M. de Baschis nous fasse admirer la boucle de son soulier.

— Mon enfant, ne vous mettez pas en convulsion parce qu'on a vu votre jarretière. Il n'est pas de mauvais ton de les laisser entrevoir quand elles sont à leur place, et le fait qu'elles n'y sont pas ne change rien à l'affaire. Quant à ma montre, je n'ai aucune raison de la dérober à vos regards. Examinez-la à votre aise. C'est M. de Gaillard qui m'en a fait cadeau. »

Tandis que la montre passait de main en main, ainsi que la boucle de soulier de M. de Baschis, un serviteur au bonnet à la polaque apporta un petit paquet au capitaine de la galère.

« Puisqu'il est question de cadeau, dit ce dernier, nous en avons quelques-uns à vous faire. Ce ne sont que de très modestes souvenirs, des petits travaux faits par quelques habiles galériens dans du bois de lentisque ou de micocoulier... pour les messieurs, des petites boîtes à tabac avec des décors de feuillages et des créatures du Seigneur vêtues comme devait l'être notre grand-mère commune dans le Paradis terrestre... pour les dames, des boîtes à poudre et des coffrets à bijoux où sont sculptés des amours et des guirlandes de fleurs... des petits riens qui vous feront souvenir de votre passage sur *La Superbe.* »

Les officiers distribuaient ces cadeaux au fur et à mesure que M. d'Autigny les sortait de ce paquet comme s'il avait tiré une loterie. M. de Maroulles s'était emparé d'une boîte et d'un poudrier qu'il offrit à Mlle de Montal, en lui bredouillant des galanteries.

« Comment des hommes aussi grossiers peuvent-ils fabriquer des choses aussi exquises ? lui disait cette dernière, tandis qu'en s'emparant de ces frêles objets, travaillés comme des dentelles, sa main frôlait celle du jeune officier.

— Il est vrai, balbutiait celui-ci, mais peut-être qu'en les faisant ils ont eu la divination du sort qui leur était réservé. Comment celui qui a ciselé ce couvercle aurait-il pu ne pas faire une merveille, puisqu'il vous était destiné ?

— Allons, monsieur, seriez-vous prédestinatien, et feriez-vous jouer les décrets de Dieu sur des choses sans importance ? En faisant de pareils objets, vos forçats ne font que prouver que tout sentiment humain n'est pas éteint dans leur cœur. Qui pourrait ciseler ces fleurs et ces petites figures sans y mettre un peu de tendresse ?

— A dire vrai, j'en ai vu, parfois, de plus raffinées encore. Il y en a qui font des petits coffres de paille, tressés de mille couleurs et représentant des figures... Mais puisque ces brimborions semblent vous faire plaisir, je serais trop heureux de vous en procurer d'autres. Ne venez-vous jamais à Marseille, et ne peut-on pas espérer de vous voir à nouveau sur *La Superbe ?*

— Ce qui me ferait plaisir, répondit Mlle de Montal, ce serait de pouvoir payer ces pauvres gens de leur peine. Un peu d'argent doit les aider à supporter leur malheur. Si jamais je viens à Marseille, ce qui n'est pas impossible, car nous avons des amis dans cette cité, je vous ferai prévenir. Je passe une partie de l'hiver à Aix, chez mes grands-parents », ajouta-t-elle.

M. de Maroulles ne cachait pas son bonheur, mais nul ne pensait à observer son manège. Il était seul, dans l'île enchantée, avec Mlle Lucrèce.

⁂

Il faisait encore grand jour, mais le soleil baissait lentement et se rapprochait de la cime lointaine des montagnes. L'heure du départ était venue.

« Je ne voudrais pas que vous soyez surpris par la nuit avant d'avoir rejoint votre gîte, disait M. d'Autigny. Les chemins ne sont pas sûrs, par le temps qui court. J'aime mieux vous sentir à l'abri d'un gros village, avant que le jour soit tombé. »

C'est dans un concert de remerciements et de louanges que les visiteurs se préparaient au départ. Aucun souvenir ne pourrait leur être plus cher que celui de cette visite. *La Superbe* était une des merveilles du monde, la bien nommée, une île de splendeurs et de magnificence. Aucun château, dans tout le royaume de France, que ce soit au sud ou au nord de la Loire, ne pouvait offrir autant d'agréments à des hôtes de passage. Tous les plaisirs étaient réunis ici, ceux du repos, des festins somptueux, d'un spectacle réglé, de la conversation et de la musique. La puanteur qu'avait charriée le vent, la flamme sauvage entrevue dans l'œil des forçats, la misère qui éclatait sur chaque banc de la chiourme, tout ce monde de douleur, d'injustice et d'abjection, semblait avoir disparu pour ne laisser aux hôtes de *La Superbe* que le souvenir d'un après-midi enchanté passé entre la mer et le ciel.

« Monsieur du Cairon, vous connaissez vos devoirs, disait M. d'Autigny. A vous de reconduire ces dames. »

M. de Maroulles demanda d'être autorisé à prendre sa part de ce privilège. « Allez, allez, mais ne vous exposez pas à être porté déserteur. » Les pertuisaniers faisaient la haie devant l'échelle de poupe, dans leur habit d'ordonnance en gros bleu, relevé de parements et d'une doublure rouges, et fermé par des boutons d'étain, la pertuisane inclinée au bout de leur bras tendu. La batterie de tambours roulait en cadence sur la rambade. Le caïque se rangeait à la poupe de la galère.

« Casse ! criait une voix sur des sifflements de cordages.

— Mesdames, serviteur ! disait M. d'Autigny. Vous serez toujours les bienvenues sur *La Superbe*. Revenez nous voir à Marseille. Nous vous donnerons la symphonie et la collation, comme nous avons eu l'honneur de le faire aujourd'hui... Adieu, mon cousin, ajouta-t-il en serrant la main à M. de Gaillard, auquel il rendait, pour la première fois, ce titre de parenté, comme par une politesse des adieux.

— Adieu, mon cousin, répondit M. de Gaillard avec un tremblement de gratitude au fond de la voix. Nous ne manquerons pas de chanter la gloire des galères. Nous l'avons vue de nos yeux et nous en restons éblouis ! »

Dans la confusion du départ, devant l'échelle de poupe, on ne voyait plus que des tournoiements de robes, découvrant de petits jupons de dentelles, des mains tendues, des inclinations de buste, des signes d'adieu. C'est M. de Maroulles qui avait aidé Mlle de Montal à descendre dans le caïque. Il avait pris place à côté d'elle.

« Au revoir à *La Superbe !*

— Encore mille mercis, mon cousin.

— Rien de plus galant que vos galères. Au revoir, au revoir, monsieur le capitaine », criait Mme de Gaillard, tandis que le caïque se dirigeait vers la terre.

Le soleil qui s'inclinait vers la montagne de Sète jetait une poudre ardente sur l'énorme monstre marin, avivant ses peintures rouges et faisant éclater ses ors, tandis que l'écusson du roi qui est au bout de la flèche, les deux petits écussons qui l'encadrent, les estendeaux blancs, bleus et rouges du tabernacle, les deux banderoles de l'arbre mestre et du trinquet, l'une portant les armoiries du roi, l'autre celles du capitaine, et les seize bandières flottant de chaque côté, soutenues par de longues perches, semblaient se déployer dans la brise, aussi fermes que les vingt-six rames de droite, et les vingt-cinq rames de gauche, étendues à l'horizontale, au-dessus des eaux de la mer.

III

LES VOILES CONFUSES

« VOILES confuses.

— Où sont-elles ?

— A dextre, en avant de nous.

— Quelle route ?

— Au plein nord. »

Ces cris du marinier installé dans la gabie de l'arbre de mestre étaient tombés sur la couverte de la galère comme un oiseau mort.

« Voiles confuses à dextre », avaient répété des voix, de proche en proche, et tous les officiers-majors s'étaient rassemblés, devant le carrosse, autour de M. d'Autigny.

Depuis le matin, les forçats voguaient, par quartiers, en dedans du banc, vers Marseille. Ils s'étaient réveillés un peu avant l'aube, grelottant sous la fraîcheur de la mer et du vent qui s'était levé pendant la nuit et soufflait du sud, vers la terre. Ils avaient eu la pinte de vin que le capitaine leur avait fait promettre, la veille, et quelques coups de corde goudronnée ou de bâton dispensés au hasard par les comites qui ne voulaient pas qu'un bienfait ne laisse qu'un bon souvenir à la chiourme. Tandis que les mariniers « serpaient le fer », ce qui, sur les vaisseaux de haut bord s'appellerait « lever l'ancre », les galériens huguenots, à peine arrachés au sommeil, avaient commencé leur journée en récitant leur prière du matin.

« Notre Bon Dieu, Père et Sauveur », murmurait Jean-Pierre entre le Croc endormi et l'Avocat qui faisait ses besoins naturels dans le pot de fer destiné à cet usage, « puisqu'il t'a plu nous faire la grâce de passer la nuit pour venir jusqu'au jour présent, veuille nous aussi maintenant faire ce bien que nous l'employons à ton Service, tellement que nous ne pensions, ne disions, ne fassions rien, sinon pour te complaire et obéir à ta bonne volonté, afin que par ce moyen toutes nos œuvres soient à la gloire de ton Nom, et à l'édification de nos prochains. »

A dix bancs en avant de lui, la tête courbée, entre un meurtrier et un voleur, François Courtessaire récitait aussi cette prière du jour levant :

« Et pour ce que ce n'est rien de bien commencer qui ne persévère, veuille nous non seulement pour ce jourd'hui recevoir en ta sainte conduite, mais pour toute notre vie ; continuant et augmentant journellement ta grâce en nous, jusqu'à ce que tu nous aies amenés à la pleine conjonction de ton Fils Jésus-Christ, notre Seigneur, qui est le vrai soleil de nos âmes, luisant jour et nuit, sans fin et à perpétuité. »

Séparés les uns des autres par des voleurs, des faussaires, des meurtriers, dans un concert de raclements de gorges, d'éructations et de grognements de bêtes, Jean-Pierre Chamson, François Courtessaire, Jacques Vigne, et tous les autres galériens huguenots de *La Superbe*, achevaient alors leur prière du matin, comme ils l'auraient fait dans un temple où ils auraient pu accorder leurs voix les uns sur les autres :

« Exauce-nous, notre Dieu, notre Père et Sauveur,

par notre Seigneur Jésus-Christ, au nom duquel nous te supplions comme il nous a enseigné, disant : Notre père qui es au ciel...

— Pater noster, disait au même moment l'aumônier de la galère qui était monté sur la rambade pour faire, lui aussi, ses dévotions matinales.

— Amen », avaient dit presque d'une seule voix les galériens protestants et l'aumônier catholique, enfermés chacun dans leur prière, sans entendre les autres prier. Au coup de sifflet du comite, la galère avait commencé de voguer, les espaliers, qui sont les deux vogue-avant du premier banc auprès de la poupe, réglant les mouvements des rameurs sur une cadence réduite. Tandis que le soleil s'élevait au-dessus d'elle, droit sur la proue, la galère avait rangé les montilles du Capelan, couvertes de pins et de daladiers, et l'embouchure du Petit-Rhône. Dans le lointain, l'église des Saintes-Maries avait découpé sa masse dorée au-dessus des solitudes bleuies par les saladelles.

Le second quartier de la chiourme venait de relever les rameurs qui voguaient depuis le départ, quand le cri du marinier était tombé du haut de l'antenne :

« Voiles confuses à dextre, en avant de nous ! »

Ces voiles que le marinier découvrait du sommet de l'arbre mestre étaient encore cachées au-dessous de l'horizon, mais toutes les têtes de la chiourme et de l'équipage s'étaient tournées vers l'endroit où elles devaient apparaître.

« Trois voiles qui naviguent en travers de notre route, cria le marinier, au bout d'un moment.

— Quelle fabrique ?

— Je ne crois pas que ce soit des frégates d'Angleterre, ni des flûtes de Flessingue, mais ce sont peut-être des Barbaresques, dit M. d'Autigny à ses officiers-majors, après avoir regardé l'horizon à la lunette d'approche. Ils ont le vent pour eux et peuvent venir à nous avant que nous ayons pu rejoindre l'escadre que nous devons retrouver en arrivant à Marseille. Ils pourraient nous canonner par l'arrière et, peut-être même, essayer de nous enlever...

— Ce sont deux vaisseaux et un chébec, cria le marinier. Leurs voiles ressemblent à celles des Barbaresques qui viennent du port d'Alger.

— On distingue bien le chébec, dit M. de Marle au bout d'un moment. Il marche en avant des vaisseaux et l'on peut voir ses trois mâts qui portent des voiles carrées. Nous ne pouvons plus en douter, ce sont des corsaires d'Alger.

— Eh bien, messieurs, faites mettre les armes en couverte, dit M. d'Autigny, en prenant son air des grands jours, cet air de cérémonie qu'il avait eu, la veille, en accueillant ses hôtes à l'échelle de *La Superbe*. Nous n'allons pas nous laisser surprendre par des pirates. »

Sur quelques coups de sifflet du comite, de la poupe à la proue, au long des deux bandes, à dextre et à senestre, et sur le château de la rambade, mariniers, pertuisaniers, grenadiers et canonniers se précipitèrent à leur poste.

Dans leurs justaucorps aux livrées du roi, bleu, blanc et rouge, chargés de haches d'armes, de sabres et de fusils, les soldats s'entassaient sur la rambade, tandis qu'au-dessous d'eux, les canonniers s'affairaient autour du coursier et des quatre canons de chasse, et que des mariniers grimpaient en haut des antennes.

« Monsieur du Cairon, restez à côté de moi, dit le capitaine au jeune enseigne qui arrivait en courant du château de proue, les joues en feu, aussi excité qu'il l'avait été la veille en recevant les trois belles visiteuses. Et vous aussi, monsieur le garde de l'étendard... S'il nous faut aller à l'ennemi, vous allez essuyer votre premier feu. Il convient que vous sachiez bien vos devoirs. N'allez pas courir la pâquerette de tous les côtés. C'est ici qu'on peut juger de l'ensemble, et les coups de canon ou les coups de mousqueterie tombent aussi bien sur la poupe que sur la proue. Tenez, regardez nos mariniers qui sont en train d'attacher les antennes avec des cordages et même avec une chaîne de fer. Si, par une mauvaise chance, toujours à craindre dans un combat, un boulet de l'ennemi coupait l'amarre qui tient la vergue, celle-ci pourrait nous couler à fond en tombant ou, du moins, écraser quantité de monde sur nos bancs, ce qui nous mettrait hors d'état de continuer nos manœuvres. Il ne faut jamais oublier de prendre ces précautions. Ce sont les hors-d'œuvre du courage et, messieurs, il n'est pas de bon repas sans hors-d'œuvre. »

***

Même sur les bancs de la chiourme, on commençait à pouvoir distinguer les trois voiles sur l'horizon. Tous les forçats se soulevaient, la tête tendue, les paupières clignées sous le reflet du soleil, la paume en auvent sur les yeux, pour les regarder grandir sur la droite de la galère.

« Ioussouf, dit l'Avocat à son vogue-avant, toi qui n'es pas enchaîné, tu pourras peut-être te sauver si tes frères nous coulent à pic. J'aimerais mieux, tant qu'à moi, qu'ils nous prennent à l'abordage, pour me retrouver rameur sur une galère d'Alger, avec nos comites et nos argousins pour camarades. »

Ioussouf se contenta de cracher, loin devant lui, sans répondre.

« A couler, continuait l'Avocat, en écrasant un pou sur le tranchant de ses ongles, j'aimerais même mieux que personne n'en réchappe. On arriverait tous ensemble dans l'autre monde et notre aumônier serait obligé de dire à nos officiers, à tout l'équipage, à toute la chiourme, qu'il n'y a ni Diable, ni Dieu, ni enfer, ni purgatoire, ni paradis, et qu'un homme mort n'est pas plus qu'un pou crevé, comme celui-là, même s'il était, dans ce monde-ci, général des galères de France.

— Nos beaux messieurs, grommelait le Croc, vont se laisser attraper comme poisson dans la nasse. Ça les changera des visites des belles dames, mais à ce coup, c'est nous qui allons régler la dépense.

— Il nous faut passer ce cap avant qu'ils puissent

couper notre route, disait, au même moment, M. d'Autigny à ses officiers. C'est peut-être encore possible... Allons, bourreau, donne le signal d'un avant-tout, et force de rame, et passe-vogue. »

Les coups de sifflet du comite déclenchèrent une agitation extraordinaire, d'un bout à l'autre de *La Superbe*. Les forçats du premier quartier qui se reposaient depuis un moment défournellaient leurs rames et se mettaient en position de reprendre la vogue. Mais un sourd grondement, fait de jurons, de phrases hachées, de malédictions et d'injures, s'élevait des bancs de la chiourme.

« Ils vont nous faire crever, grondait l'Avocat. Passe-vogue, sous ce soleil, c'est l'arrêt de mort de quatre ou cinq hommes. Au bout d'un moment, on ne pourra même plus remuer le petit doigt, comme si on avait ramé pendant plus de quatre heures, sans une minute de repos.

— Monsieur du Cairon, ne vous écartez pas. Je crois bien que c'est la première fois que vous allez voir la grande-vogue ? Nous allons plus que doubler la cadence. *La Superbe* va galoper comme le meilleur cheval de poste, sur la meilleure route de France... Mais qu'ont tous ces chiens à gronder ? Tap en goule, bourreau, et que tout le monde se taise. »

Les coups de sifflet du comite enchevêtraient comme des appels d'oiseaux, dans un bocage. La chiourme grondait toujours mais, au dernier coup de sifflet, chaque forçat mit dans sa bouche un morceau de liège retenu à son cou par une ficelle, et le silence de la mer sembla submerger la galère.

« Règle la vogue à vingt palades, dit M. d'Autigny au comite qui se tenait à côté de lui, comme un molosse auprès de son maître, tu verras bien si l'on peut aller jusqu'à vingt-deux... et ne crains pas de te faire mal aux bras en tapant sur ces chiens. Je veux qu'ils gardent cette cadence aussi longtemps que ce sera nécessaire. »

L'oiseau d'argent lança deux longs cris. *La Superbe* sembla bondir sur les flots. Les deux cent soixante forçats s'étaient levés d'un seul mouvement et s'étaient penchés en avant pour porter la rame en arrière en la plongeant dans la mer. D'un seul mouvement aussi, il s'étaient laissés retomber sur leurs bancs, de tout leur poids, en tirant de toutes leurs forces sur les manilles dans lesquelles ils avaient passé leurs mains. En se relevant de nouveau, les pieds agrippés à la banquette, ils étaient montés sur la pédagne et sur la contre-pédagne, comme ils l'auraient fait sur deux marches d'un escalier, pour se laisser retomber en arrière, de plus haut, avec plus de force. Toutes les trois secondes, ils se retrouvaient dans la même position, assis, debout, penchés en avant, brusquement rejetés en arrière, assis, debout, penchés en avant et retombant à toute volée sur la peau de vache pourrie qui était jetée sur leur banc.

Au premier signal du comite, les cinquante et une lourdes rames avaient frappé la mer, au même moment, avec un ensemble parfait, comme si un seul homme avait réglé leur manœuvre. Mais cet accord se rompit au bout de quelques secondes, deux ou trois rames ayant marqué un imperceptible retard. C'était assez pour que quelques-uns des forçats, en se laissant retomber sur leur banc, gênent les rameurs qui se trouvaient derrière eux et se jetaient déjà en avant. Ces faux mouvements déchaînèrent la fureur du comite et de ses aides.

Le colosse au crâne rasé se précipita sur la coursie où les deux sous-comites le rejoignirent en courant. Ils étaient armés l'un et l'autre d'une longue canne flexible avec laquelle ils pouvaient atteindre le dernier rameur de chaque banc. Le colosse avait à la main sa double corde qui se tordait comme une chose vivante sous les mouvements convulsifs de son poignet monstrueux. Les épaules voûtées, la tête rentrée dans ses épaules, ce géant poussa brusquement comme un gémissement de plaisir, un râle de brute étranglée par la volupté, et se mit à frapper, tout autour de lui, sur les dos nus des forçats, leurs nuques, leurs têtes, leurs épaules, avec une rage de dément. Les deux sous-comites l'imitèrent et, tandis que la corde et les deux bâtons sifflaient dans l'air, trois enfants de huit à douze ans, des proyers qui faisaient leur apprentissage sur *La Superbe*, se joignirent à eux pour frapper aussi sur les galériens.

Un des deux sous-comites était un colosse, comme son chef, et sa brutalité s'accordait parfaitement avec son être physique. Il avait un visage informe, troué par des yeux de sanglier fou, et un corps monstrueux fait d'une masse de muscles et d'os, dont le moindre mouvement semblait animé par une puissance inhumaine. Son acolyte était au contraire un être chétif, au visage ravagé et stigmatisé par toutes les véroles de la mer latine. Il semblait avoir de la peine à rester debout sur ses jambes, et chancelait en frappant sur les forçats. Les coups qu'il leur portait n'en étaient pas moins des coups terribles. Ils étaient stimulés par une force nerveuse pareille à celle des fous. Cette force avait quelque chose d'immatériel. Elle ne dépendait pas de la puissance des muscles. Ce n'était pas des bras qui frappaient, mais les convulsions d'un esprit possédé par la démence.

Plus horrible encore à voir était la brutalité des trois jeunes garçons, presque des gamins, qui faisaient leurs classes de tortionnaires, en s'initiant à tous les vices de la chair et de l'esprit. Comme leurs aînés, ils frappaient à tour de bras, en s'animant comme ils auraient pu le faire en jouant aux jeux des enfants de leur âge. Possédés par la frénésie qu'éveillait en eux la violence, ils ne savaient plus ce qu'ils faisaient, mais ils gardaient, cependant, une lucidité démoniaque, et choisissaient les endroits du corps sur lesquels ils cognaient, cinglant d'instinct les plus douloureux et les plus sensibles.

La chiourme ramait toujours, en silence, sous son bâillon de liège, en maintenant le rythme insensé de la grande-vogue. Assis, debout, penchés en avant, brusquement rejetés en arrière, les forçats semblaient être devenus un énorme mécanisme, un jacquemart monstrueux qui, dans l'espace de trois secondes, refaisait le même geste, au même moment. La sueur coulait sur leurs visages et sur leurs épaules. Elle devenait un des éléments dont était constituée la galère, comme le bois, le fer, le bronze, les étoffes. Elle envahissait tout d'une horrible odeur, l'odeur fauve des bêtes forcées. Elle enivrait les trois comites et les proyers enfants, comme aurait pu le faire une pinte de vin ou une rasade d'alcool.

La Superbe glissait sur la mer comme un des chevaux sauvages que l'on entrevoyait parfois, sur les plages de sable ou sur le sommet des montilles. A hauteur de Beauduc, près de l'embouchure du Vieux-Rhône, toute une manade, effrayée peut-être par ce monstre marin, se mit à galoper en tournoyant le long du rivage. Mais personne, sur *La Superbe*, ne tournait les yeux vers la terre. Tous les regards étaient fixés vers le sud, là ou grandissaient les trois voiles.

« Leur chébec pourrait nous couper la route, s'il voulait bien se détacher des vaisseaux. Ces bâtiments sont si fins de voiles qu'il n'en existe pas de plus rapides. Mais il doit redouter de se trouver seul à seul avec nous, disait M. d'Autigny. Ce serait pourtant leur seule chance. Même si nous devions le couler, il nous retarderait assez longtemps pour que les deux vaisseaux nous rejoignent. C'est ce que je ferais à leur place. « A l'hasard, Balthazar » ! comme disaient les princes des Baux. Mais ils ne semblent pas vouloir courir ce hasard.

— Si nous passons le cap avant qu'ils aient coupé notre route, ils auront presque le vent debout s'ils veulent nous suivre, dit le lieutenant. C'est le vent grec. Il gêne assez notre marche. Nous tenons pourtant notre cadence. »

Sous l'averse de coups qui leur déchiraient les chairs, aveuglés par la sueur qui ruisselait sur leurs fronts, les forçats ne diminuaient pas leur effort. Certains, pourtant, étaient au bout de leurs forces. Un voile rouge obscurcissait leur regard, comme si leur sang avait envahi leur rétine. Ils entendaient un sourd grondement, au fond de leur crâne et de leur gorge, et n'arrivaient plus à trouver leur souffle. L'asphyxie bleuissait déjà leurs lèvres serrées autour du bouchon de liège qui les empêchait de hurler.

Depuis un moment déjà, Marsaut, le cague-rageole du banc de Ioussouf semblait avoir perdu conscience. Il continuait à suivre les mouvements de la rame, comme un pantin désarticulé, mais loin de peser sur elle ou de la tirer, il ajoutait le poids de son corps à l'effort que devaient faire les autres rameurs. Le comite s'en aperçut et, du bord de la coursie, il fit claquer sur le dos de ce misérable une bourrasque de coups de corde. On eût dit un charretier ivre en train de tuer un cheval. La corde partait comme un fouet, en ondulant, pour venir s'enrouler sur les reins ensanglantés de l'agonisant, car Marsaut était en train de mourir.

Les quatre forçats de son banc percevaient cette agonie dans leurs membres et dans leurs muscles. Il leur semblait que Marsaut expirait entre leurs bras, et chacun, en augmentant son effort pour garder la cadence de la vogue, réagissait dans son cœur à sa manière.

« Crève donc, pensait l'Avocat et détache-toi de ta rame. Elle est assez lourde à pousser sans qu'on y ajoute un corps mort. Crève vite et que tes deux mains lâchent tes manilles. »

« Crève, pensait le Croc. Les morts doivent foutre la paix aux vivants, et tu es déjà mort depuis longtemps. C'est ton imbécillité qui t'empêche de le comprendre. »

Ioussouf, qui portait dans ses deux bras presque tout le poids de la rame, ne pensait rien. Si Marsaut était en train de mourir, Allah le voulait ainsi. C'était écrit, et le croyant n'avait pas besoin de penser autre chose.

Sous le bouchon de liège qui l'empêchait de parler, Jean-Pierre essayait d'articuler une prière, non pas seulement en esprit, mais en disant les mots, au fond de sa gorge, pour que Dieu puisse mieux l'entendre.

« Loué sois-Tu, Seigneur, d'avoir rappelé à Toi ce frère de notre souffrance. Que Ta miséricorde ait réveillé son esprit, ne fût-ce que pour mourir, de façon qu'il ait pu sentir sa misère avant de paraître devant Ta Face.

— Il est crevé », disait le Comite en lançant sur le cadavre sanglant un dernier coup de corde.

A ce moment, les mains de Marsaut lâchèrent la rame et son corps se recroquevilla sur lui-même. L'Avocat se trouvait gêné dans ses mouvements et, si Ioussouf n'avait pas redoublé d'efforts, la rame de ce banc aurait rompu sa cadence.

Le comite fit un signe à des mariniers qui se tenaient sur la bande tout à côté de Marsaut. L'un d'eux sauta dans le banc pour enlever la chaîne qui retenait le cadavre. En montant les degrés de la pédagne et de la contre-pédagne, l'Avocat écrasait, sous son pied nu, le bras gauche de Marsaut, et le marinier n'arrivait pas à faire sauter le rivet qui scellait la chaîne du mort. Quand il y parvint, il hissa, aussi haut qu'il put, le cadavre de Marsaut qu'un autre marinier attrapa sous le menton. Pendant un instant, on vit cette face exsangue sur laquelle la mort semblait avoir effacé l'imbécillité et la crainte, puis le corps du pauvre d'esprit bascula sur le bord de la galère et, malgré le bruit du vent et des rames, les cris des comites et des proyers, les forçats l'entendirent plonger dans la mer.

« Seigneur Notre Dieu, murmurait Jean-Pierre au fond de sa gorge, nous autres, pauvres pécheurs, qui attendons cette même heure d'adversité, selon la condition de notre nature, nous Te prions humblement pour ce pauvre défunt, pour que Tu n'exerces point rigoureux jugement à l'encontre de lui, selon qu'il a mérité, mais plutôt, Seigneur débonnaire, jette les yeux de Ta miséricorde sur lui. »

Le marinier qui avait descellé la chaîne de Marsaut s'installa à sa place et s'empara de la rame. La galère n'avait pas ralenti son allure. Dans d'autres bancs, pourtant, le même drame s'était déroulé. Deux autres forçats avaient été jetés à la mer et deux autres mariniers avaient pris leur place. *La Superbe* arrivait à hauteur du Cap et le golfe de Fos se découvrait devant elle.

« Regardez, ils virent de bord, cria soudain M. de Maroulles. C'est le chébec qui leur a donné le signal. Nous leur avons glissé dans les mains. »

Le chébec et les deux vaisseaux défilaient à quatre ou cinq portées de canon de la galère, cinglant à l'ouest, dans le vent, manœuvrant à tribord amures. Brusquement, ils furent environnés de flammes et de fumée et, quelques secondes après, le bruit d'une canonnade roula sur les eaux de la mer, tandis qu'une bordée de boulets faisait rejaillir des gerbes d'écume, au loin, sur la droite de *La Superbe*.

« Voilà le salut de la déception, dit M. d'Autigny. Nous aurons au moins entendu parler la poudre, et je regrette de ne pas être en état de leur rendre leur politesse, mais j'aurais voulu pouvoir le faire à bonne portée... Holà, bourreau, donne le signal de reprendre la vogue en dedans du banc, et par quartiers, pour que ces chiens se reposent. Qu'on leur distribue un peu d'avoine. Ils nous béniront ce soir, s'ils peuvent bénir quelque chose, car je gage qu'ils dormiront comme ils n'ont jamais dormi. »

∴

Au signal du sifflet d'argent, les forçats laissèrent tomber leur bâillon de liège, et la vogue reprit sur la même cadence que le matin. Un sourd halètement s'élevait de la galère. Personne ne parlait. Chacun reprenait son souffle. Le sang battait à grands coups dans la gorge des forçats qui croyaient sentir sa saveur sur leurs langues tuméfiées.

« Quelques minutes de plus, murmura le Croc, et j'allais rejoindre Marsaut. C'était la passe-vogue de l'enfer, et cet enfer-là, il est trop sûr qu'il existe. »

M. d'Autigny et ses officiers-majors s'étaient engagés sur la coursie, et comme des chasseurs peuvent flatter les chiens de leur meute après une course folle à travers bois et vallées, ils échangeaient quelques plaisanteries avec les forçats auxquels les comites faisaient apporter à boire et à manger.

« Alors, Ioussouf, tu ne voudrais pas mettre un peu de vin dans ton eau ? Ta religion pourrait bien t'accorder cette dispense après l'effort que tu viens de faire... Et vous, monsieur, aviez-vous déjà fait la grande-vogue ? » ajouta le capitaine en s'adressant à Jean-Pierre.

Ni Ioussouf, ni le galérien huguenot n'eurent le temps de répondre. M. d'Autigny et ses officiers étaient déjà passés, indifférents à ce que les forçats pouvaient dire, même quand ils leur posaient des questions comme on donne une récompense ou une caresse à un chien.

« Tu as droit aux mêmes coups de corde que nous, dit l'Avocat à Jean-Pierre, mais ces messieurs ne manquent jamais de te donner du « Monsieur » ! Voilà qui te fait une belle jambe. Monsieur par ci, Monsieur par là, et passe-vogue et force de rame et coups de bâton ou de corde. Voilà comment on traite nos hérétiques. Il faudra bientôt que nous leur donnions du Monseigneur, puisque les monseigneurs leur donnent du Monsieur. Vous, les domestiques de Dieu, ça vous flatte. C'est peut-être à cause de ce « Monsieur » que vous continuez à croire à vos mômeries. Au fond, vous pensez les mêmes choses que ceux qui vous persécutent. Si vous n'aviez pas la tête perdue et la croyance surexcitée comme une chienne en chaleur, vous verriez bien que leur Dieu n'existe pas et que, puisque leur Dieu n'existe pas, le vôtre, qui lui ressemble, ne peut pas exister non plus. C'est raisonner par Barbara et Baralipton, majeure, mineure et conclusion. Par ce moyen, je te dis que votre Dieu et le leur ne sont rien que des mensonges. Ah ! nom de Dieu, non et non, il n'existe pas, votre Dieu et, s'il existe, je lui vide le pot de fer à la gueule, sur Sa Face, comme vous dites, Sa Sainte Face, comme vous disent les autres. »

Jean-Pierre ne répondait rien au blasphémateur. Il lui fallait écouter, plusieurs fois par jour, des imprécations analogues et il lui semblait qu'en les entendant, il en devenait complice. C'était, pour lui, comme une souffrance physique. Il aurait préféré continuer la grande-vogue jusqu'à ce que sa langue soit collée à son palais et que ses yeux ne puissent plus voir ses deux mains crispées sur la manille des rames. Plus que la fatigue et la faim qui rendent les muscles durs comme des morceaux de bois, plus que le mistral qui coupe la chair comme des morceaux de verre, plus que la soif, la chaleur torride, le froid de la nuit d'hiver, l'humidité qui monte des eaux et semble les confondre avec le ciel, l'offense à Dieu était pour lui le plus cruel des supplices.

« Père juste, murmurait-il, en essayant de se souvenir d'une oraison de ce livre qui était sa seule richesse, « assiste-nous afin que les méchants ne blasphèment « ton Saint Nom, comme si tu n'étais pas assez puis- « sant pour nous délivrer de ces blasphèmes. »

— Il t'entend pas, lui disait le Croc. Tu peux toujours remuer les lèvres. Même s'il existe, il est sourd. Il a de la fiente dans les oreilles, et ce n'est pas en marmonnant que tu les lui déboucheras. »

Pendant que le Croc s'ingéniait ainsi à horrifier son voisin, les officiers-majors s'étaient réunis, devant le carrosse, autour de leur capitaine.

« Nous voilà tirés de peine, disait celui-ci. Chacun de nous peut se réjouir et je suis sûr, en tout cas, que M. de Maroulles vient de revenir aux plus charmantes pensées qui peuvent hanter un jeune homme. Je ne lui en demanderai pas le secret.

— Il faut avouer, répondait le garde de l'étendard en faisant semblant de parler de tout autre chose, que Mlle de Montal est la plus ravissante personne qui ait jamais mis les pieds sur *La Superbe*... et quels jolis pieds, messieurs, comme nous avons pu en juger lors de l'incident de la jarretière. On peut échapper aux vaisseaux des Barbaresques en faisant force de rames, mais comment échapperait-on à des attaques pareilles ? Jolis pieds, chevilles fines, mollets ronds, me voilà au bout de ma défense, et je ne suis qu'au début d'une énumération de merveilles ! Heureusement qu'un autre est tombé avant moi et m'a fait rempart de son corps. »

Les jeunes officiers poursuivaient ce badinage auquel M. de Maroulles se prêtait de bonne grâce. Il ne songeait pas à dissimuler l'impression que Mlle de Montal lui avait faite, et les taquineries de ses camarades n'avaient rien qui puisse offenser même un amoureux de la veille.

« S'il y avait un Dieu, disait le Croc au même moment, tu crois que ces trois femmes auraient pu passer au milieu de nous sans que nous puissions les faire servir à quoi servent les femelles ? Nous sommes plus bêtes que des chiens. Des chiens auraient eu vite fait d'en faire leur affaire. La femelle au plus fort. Voilà la justice. Tant qu'à moi, je me serais débrouillé avec la petite brune qui s'est fait voler sa jarretière. Elle n'aurait jamais été à pareille fête. »

∴

Le soleil commençait à descendre, loin sur la mer, derrière la poupe de *La Superbe*. Vers l'Orient, le ciel était clair. La galère longeait les collines de la Nerthe quand, tout d'un coup, du haut de l'arbre mestre, la voix du marinier se fit entendre de nouveau :

« L'escadre en avant de nous.

— Où va-t-elle ?

— Au nord, au travers de notre route. »

M. de Marle se précipita vers la rambade, suivi de M. de Maroulles. Pendant un long moment, les deux jeunes officiers essayèrent de dénombrer les galères dont *La Superbe* se rapprochait à vue d'œil.

« Nous serons à Marseille avant la nuit, disait M. de Maroulles. Je n'arrive pas encore à distinguer les signaux. Ils naviguent en ordre de bataille vers la terre, mais *La Patronne-Réale* a fait le signal de marche en colonne...

— Je ne vois pas, disait le lieutenant, si c'est sur une colonne de division ou sur une colonne d'ancienneté. Dans le premier cas, il faut prendre notre place entre *La Duchesse* et *La Madame*, dans le second entre *La Magnanime* et *La Guerrière.* »

Devant *La Superbe*, dix-neuf galères s'étalaient sur l'immensité de la mer et viraient de bord, l'une après l'autre, sous le frissonnement des flammes, des estendeaux et des banderoles qui flottaient à la pointe de leurs mâts. C'était une fantastique parade, un ballet de monstres marins, où chacun connaissait la place qu'il devait prendre et les mouvements qu'il devait faire.

« Pavillon blanc à la penne de mestre de *La Patronne-Réale*, cria le marinier du haut de l'antenne.

— Ordre de marche sur une colonne par ancienneté », traduisit M. de Marle, et son cri fut répété de la rambade à la poupe, tout au long de la coursie, jusqu'à M. d'Autigny installé dans son fauteuil, devant le carrosse.

« Fais voguer à toucher le banc », dit celui-ci au comite qui retransmit cet ordre en quelques coups de sifflet. *La Superbe* accéléra son allure et défila devant *La Magnifique* qui portait une flamme bleue à la penne de trinquet, *La Forte, La Sirène* qui portait une flamme blanche et bleue, *La Reyne, La Dauphine, La Madame* et *La Guerrière* qui arboraient toutes deux la flamme de Malte à la penne de mestre. *La Superbe* vint alors prendre sa place derrière *La Magnanime*, qui suivait dix autres galères, toutes peintes de couleurs vives, voguant elles-mêmes derrière. *La Patronne-Réale*, peinte en noir, dont on entrevoyait, au lointain, les gigantes dorées qui semblaient porter à bout de bras le couronnement du carrosse. »

Le soleil avait disparu mais, dans ces derniers jours de juin, la lumière du jour ne finissait pas de s'éteindre. C'était comme une lumière immatérielle, une lumière qui n'avait sa source nulle part, mais qui inondait le monde de sa clarté.

« On dormira ce soir à Marseille, grommelait l'Avocat, et on restera au port quelques jours, ce qui me permettra de mettre un peu d'ordre dans mes affaires. Je ferai d'abord la bourrasque des puces et des poux, et j'espère bien avoir l'occasion d'aller faire un tour en ville. J'ai du travail à livrer à quelques clients qui ne sont pas des gens habitués à attendre. Qu'est-ce que tu veux, ajoutait-il en se penchant vers Jean-Pierre, chacun fait le commerce qu'il peut. Moi, je fabrique des faux cachets, des faux certificats et des faux congés pour des personnes qui me les paient ; toi, tu t'entretiens avec ton bon Dieu qui ne s'occupe jamais de toi. Ce n'est pas un bon métier que d'être religionnaire. De tous ceux qu'on peut faire ici, c'est le seul qui ne paie pas. Au moins, les curés se font payer leurs prières ; vous autres, pauvres d'esprit, vous les faites pour rien.

— Quand on est le domestique de Dieu, on n'a pas besoin de salaire.

— N'aie pas peur, il va augmenter son train de maison, ton Bon Dieu qui ne paie pas ses domestiques. Je serais bien étonné s'il n'était pas arrivé de nouvelles chaînes, pleines de gens de ton acabit, bons pour la rame et la bastonnade...

— Tu sais quelque chose à ce sujet ?

— Quand je parle, c'est que je sais... Je sais qu'à Nîmes et à Montpellier, on condamne des hérétiques plus qu'on n'en a jamais condamnés. Ceux qui ne finiront pas sur la roue sont marqués pour nous rejoindre. Les enfants de Dieu seront rassemblés dans le même pâturage et conduits au même abattoir.

— Il a besoin de confesseurs et de témoins, et ceux qu'il marquera de son sceau ne se déroberont pas !

— Tu me le montreras, ce sceau, et je te dirai s'il est fait dans les bonnes règles. »

Pendant que l'Avocat importunait ainsi son voisin de banc, et que le Croc blasphémait à son habitude, *La Patronne-Réale* avait dépassé la pointe de l'île de Ratonneau et cinglait, à petite allure, en voguant en dedans du banc, vers l'entrée du port de Marseille, avec toute l'escadre derrière elle.

« Le port vaut mieux que la mer, mais la liberté vaut mieux que le port, disait l'Avocat. Dis-moi, monsieur, si on te la rendait, ta liberté, est-ce que tu saurais quoi en faire ?

— Je retournerais dans mon pays, répondit Jean-Pierre, et cette phrase, à peine dite, eut sur lui le même effet qu'un vin généreux. Là-haut, reprit-il d'une voix d'homme en train de rêver et parlant seul dans la nuit, là-haut, sous les châtaigniers, à côté du Pompidou, dans la maison où ma femme m'attend avec mon enfant et mes filles, je bénirais le Seigneur de ce qu'Il a fait pour moi. Près de la maison, il coule une source qui ne tarit pas, même au plus fort de l'été. Elle serait, pour moi, le signe de Sa Grâce, et je le bénirais de m'avoir rendu malheureux, pour confesser Son Saint Nom, et je le bénirais de m'avoir libéré de mes chaînes, sans savoir si la Grâce la plus grande est celle de la servitude ou celle de la liberté.

— Eh bien, ils seront nombreux à pouvoir le remercier de les avoir jetés dans la servitude. Tu vas voir ça, quand nous arriverons à Marseille ! Vous pourrez vous mettre tous ensemble à chanter les louanges de votre Seigneur, car il vous aura comblés, comme vous aimez à le dire. Si tu veux, je vais composer une oraison, dans le genre de celles que vous savez faire. Qui fabrique de faux cachets, peut fabriquer aussi de fausses prières. Ecoute un peu : « Merci, mon Dieu, de nous avoir distingués « entre tous les hommes en nous faisant mettre « en prison, en nous faisant ramer à perdre le souf- « fle, en nous faisant dévorer par les poux et les « punaises, sans compter les puces et les morpions, « en nous faisant rouer à coups de corde et à coups « de bâton, en nous faisant crever de faim, trembler « de froid ou suer au soleil d'été. Pardonne-nous si « nous avons oublié quelques-uns de tes bienfaits « dans cette liste des bénédictions qui sont les nôtres... » Ce que je ne comprends pas, c'est qu'on ne vous envoie pas tous en galère, puisque vous êtes si heureux de vous y trouver. Oui, tous les religionnaires à la chaîne pour qu'on puisse rendre la liberté à un tas de bons garçons qui ne demandent pas autre chose. Dis-moi, le Croc, si ce n'est pas ton avis ?

— Trédame, dit le Croc, si de fortune on avait la clef des champs, on irait jouer de la harpe, et j'aimerais mieux risquer d'épouser un gibet que de finir ma vie en faisant la grande-vogue. »

Loin, en avant de *La Superbe, La Patronne-Réale* avait franchi la passe où, le soir, on tendait une lourde chaîne de fer. Les canons du fort Saint-Jean répondaient au salut de son coursier tandis que, l'une après l'autre, dans le claquement de leurs oriflammes et de leurs banderoles, leur proue tournée vers l'amphithéâtre de collines au creux duquel s'entassaient les toits de la ville, dans les dernières lueurs du soleil couchant, les galères du Levant entraient dans le port de Marseille.

IV

LA CHAINE AUX PIEDS, LA CHAINE AU COU

La Superbe avait repris sa place dans le port, entre *La Guerrière* et *La Magnanime*, non loin du pavillon de l'horloge dont la fine toiture à quatre pans se dressait au-dessus des deux formes où l'on construisait les galères. C'était là que *La Superbe* avait été assemblée, en 1686, par Jean-Baptiste Chabert. C'était là que, pour la venue de quelque grand personnage, on avait parfois bâti, en une seule journée, entre le lever du soleil et le crépuscule, une de ces grandes bâtardes de vingt toises de long, sur trois de large et une de profondeur qui, le soir même, avait pu prendre la mer avec son hôte de marque. Pour réaliser ce tour de force et empêcher le désordre, les artisans de chaque corps de métier, charpentiers, menuisiers, calfats, ferronniers ou peintres, étaient vêtus de casaques de différentes couleurs, bleues, rouges, vertes, blanches ou jaunes, et manœuvraient au sifflet, comme l'aurait fait une chiourme.

Au milieu du pavillon de l'horloge, sous le clocheton

sommital qu'entourait une balustrade de bois, un grand cadran aux aiguilles monumentales marquait les heures du jour. On le voyait de partout et c'est lui qui réglait les travaux des galériens quand l'escadre était dans le port. A l'aube et à la nuit, un coup de canon, tiré par le coursier de *La Grande-Réale*, assurait l'heure du réveil ou du sommeil, comme il aurait pu le faire pour un pavillon déferlant au sommet de l'arbre mestre.

Une planche reliait la poupe de chaque galère au quai de l'hôtel de ville. Elégante bâtisse à peine achevée, cet hôtel faisait face aux bâtiments du nouvel arsenal qui s'étendaient, sur le quai de Rive Neuve, comme une ville monumentale accolée à la vieille ville, lacis de hautes maisons et de ruelles profondes, dévalant vers le port, sur les pentes des Accoules.

Les grands bâtiments de l'arsenal déployaient leur noble ordonnance derrière de hautes murailles où ne s'ouvraient que cinq portes. Il y avait là des magasins et des ateliers, une corderie, un entrepôt pour les voiles, une boulangerie et des forges, l'hôpital des forçats et la salle d'armes, une des plus somptueuses du monde, avec ses dix mille mousquets, ses sabres, ses hallebardes, ses deux mille canons et ses bombes.

Derrière le vieil arsenal, un jardin à la française étalait ses parterres de broderies, ses massifs de fleurs de Provence et de plantes exotiques. L'hôtel du général des galères, presque toujours absent de Marseille, et la nouvelle maison du roi, résidence de l'intendant général où se réunissaient, entre deux campagnes, les officiers du corps des galères, dominaient ce jardin de leurs nobles architectures.

Les eaux du port étaient encombrées de détritus, de corps morts, d'ordures, de bêtes crevées, baudruches gonflées, aussi blafardes que des méduses. Elles répandaient, par bouffées, des odeurs pestilentielles qui se mêlaient aux souffles marins d'iode et de sel, portés par les vents du large. Sous le soleil de l'été, tout prenait pourtant un air de fête, et les cloaques et les palais baignaient dans une même lumière qui donnait un aspect sublime aux collines dénudées, aux bâtiments construits par les hommes et même à ce premier plan sordide d'eaux mortes et d'immondices, surtout quand les pavois des galères claquaient dans le ciel, comme ils le faisaient ce jour-là.

L'escadre du Levant était toute sur pied de guerre. Depuis des mois, la division commandée par le bailli de Noailles avait rejoint, à Cadix, les vaisseaux de haut bord du vice-amiral Victor Marie d'Estrée. Ils défendaient cette ville contre une flotte anglo-hollandaise qui comptait plus de deux cents voiles et un corps de débarquement de onze mille hommes. Ces forces menaçaient le port de Souasse et avaient tenté d'enlever la forteresse de Matagorde. Des navires marchands, nolisés pour ravitailler nos escadres, étaient revenus à Marseille, dans les derniers jours de mai, en rapportant les récits des premiers combats. Les coursiers des galères avaient fait merveille, en foudroyant l'ennemi avec leur bordée de trente-six livres et, tandis que se poursuivait le siège, six de ces galères, commandées par Alphonse Fortis de Forville, avaient conduit Philippe V jusqu'à Naples et l'avaient promené sur les côtes de l'Italie. Elles avaient regagné Marseille pour assister à la prise de commandement du comte de Toulouse, amiral de France depuis l'âge de cinq ans, et qui en avait alors vingt-cinq, et elles s'apprêtaient à rejoindre Naples, aux périls de la mer et des combats.

Pendant ce temps, durant des semaines et des semaines, depuis les derniers jours de l'hiver jusqu'aux premiers jours de l'été, *La Superbe* avait navigué sur les côtes de la Provence et du Languedoc, surveillant la haute mer, rangeant les caps et les côtes basses et faisant l'aiguade aux îles de Lérins ou de Sainte-Marguerite, dont les sources d'eau pure étaient fameuses chez les marins. Rentrée au port pour refaire ses provisions et prendre les ordres, elle allait se remettre en mer, ainsi que les autres galères, pour veiller à la sûreté des côtes que ne menaçaient plus seulement les pirates barbaresques, venus de Tripoli ou d'Alger, mais les puissantes escadres anglo-hollandaises. Avant tout, elle allait compléter sa chiourme, car la fortune d'une galère dépendait plus de la force de ses rameurs que de son artillerie et de ses pelotons d'abordage. Sans ses galériens, troupe méprisée et rouée de coups, la plus puissante d'entre elles, avec son coursier, ses bâtardes et ses moyennes, ses pierriers à boîte et son feu de mousqueterie, n'aurait été qu'une carcasse flottante.

∴

Depuis des années et des années, ces galériens étaient dirigés vers Marseille, la chaîne au cou, la chaîne aux pieds, de toutes les régions de la France. Attachés deux par deux, chaque couple lié au couple suivant par une lourde chaîne de fer qui passait dans une boucle, ils arrivaient de Paris, de Bretagne ou de Guyenne et formaient une longue file qui pouvait comprendre, parfois, jusqu'à trois ou quatre cents hommes. Les pieds en sang, le cou meurtri, dévorés par la gale et par la vermine, couverts d'abcès et d'ulcères, leurs vêtements collant à leur peau partout où suintait du pus, ils faisaient trois ou quatre lieues par jour, cinq si la route était bonne et la température clémente, sous la garde des archers et des fusiliers commandés par des lieutenants des prévôts de la maréchaussée. C'était comme une chenille humaine qui se traînait au long des chemins.

« La chaîne ! La chaîne ! » criaient les enfants des villages.

Les gens se signaient en voyant passer ce lamentable troupeau, mais la crainte était plus forte que la pitié et les femmes refusaient de donner une goutte d'eau à ces spectres.

Voleurs, faussaires, meurtriers, incendiaires et coupe-jarrets, cheminaient ainsi à travers la France, roués de coups, hagards, confirmés dans leurs crimes et leurs vices par la férocité de leurs gardiens. C'était comme une meute de chiens enragés qu'enrageait sa propre rage et la rage de ses maîtres, et qui ne trouvait de recours que dans le blasphème et le sacrilège.

Au milieu de ces criminels et de ces blasphémateurs, de cette lie ramassée dans la fange des grandes villes, marchaient des religionnaires, chaque jour un peu plus nombreux. Dans cette foule démente et hallucinée, c'était un petit troupeau docile, une sorte de milice à l'âme apaisée qui n'attendait rien que de la grâce de Dieu et qui le remerciait d'avoir été désigné par lui pour supporter ces épreuves et bénir son Saint Nom du fond de cette géhenne.

Bien avant la Révocation de l'Edit de Nantes, tandis que leurs demeures étaient livrées aux dragons, leurs biens détruits, leurs femmes outragées, leurs filles violées ou enfermées dans un cloître, des protestants avaient été envoyés aux galères. La Révocation augmenta le nombre de ces galériens pour la foi. Un peuple immense essaya de fuir le royaume. Des colonnes de fugitifs gravissaient les chemins affreux des montagnes, pour tenter de gagner la Suisse. D'autres dirigeaient leurs pas vers l'Allemagne ou la Hollande, et se perdaient au bord des cours d'eau ou dans les sombres forêts des provinces du Nord. Au moment où ils allaient passer la frontière, quand ils se croyaient déjà hors de danger, ces fugitifs étaient souvent rattrapés, battus, garrottés, jugés, condamnés et dirigés aussitôt sur Marseille. Chaque année, ils devenaient plus nombreux. Ce n'était plus seulement d'avoir pratiqué une religion interdite que ces nouveaux forçats étaient accusés, mais de rébellion aux ordres du roi, et ce chef d'accusation les faisait condamner à vie, sans aucun espoir de pardon.

∴

C'était le cas des galériens protestants qui servaient alors dans la chiourme de *La Superbe*. Le plus ancien, Jacques Vigne, était arrivé à Marseille, le 14 février 1689, avec Etienne Bertrand, par la chaîne que conduisait l'exempt Morzolais assisté de deux archers. Dès le lendemain, Etienne Bertrand était expédié aux îles de l'Amérique, et Jacques Vigne était envoyé sur *La Superbe*. Nés tous deux dans le Dauphiné, le premier à Mornans, le second à Mens, ils avaient tous deux été condamnés par M. de Larrey, maréchal de camp de cette province. Jacques Vigne avait à peine trente-cinq ans. Il était de taille moyenne, avec des cheveux châtains et n'était pas marié.

Comme l'aumônier l'avait dit à Lucrèce de Montal, François Courtessaire, peigneur de laine, natif du Pin, près d'Uzès, avait été condamné aux galères perpétuelles, par M. de Bâville, intendant du Languedoc, le 26 septembre 1698, pour être allé assister au culte de sa religion, dans la principauté d'Orange où ce culte avait été rétabli. Haut de taille, noir de cheveux, avec un visage allongé comme en ont beaucoup d'hommes de ce pays, François Courtessaire avait vingt-trois ans et lui non plus n'était pas encore marié. Le 25 septembre 1700, comme l'avait dit aussi M. Bion à Mlle Lucrèce, François Courtessaire et Jacques Vigne avaient subi une bastonnade de vingt-huit coups, attachés torse nu, sur le tube du coursier. M. Bion qui n'était pas encore aumônier de *La Superbe*, n'avait pas assisté à ce supplice, mais les récits qu'on lui avait faits l'avaient frappé d'épouvante. Pendant deux jours, le dos en sang, les chairs en lambeaux, grelottant de fièvre, les deux forçats avaient eu les mains écrasées dans les menottes, tandis que le chirurgien inondait leurs plaies avec du vinaigre et du sel.

Jacques Brezun, tisserand en serge, à Lussan, était arrivé par la même chaîne que François Courtessaire, conduit comme lui par le lieutenant de la maréchaussée de Languedoc, accompagné d'un exempt, de quinze archers à cheval, de quatre sergents et de trente fusiliers. Cette troupe escortait un convoi de soixante-quinze galériens, condamnés comme François Courtessaire pour être allés entendre un sermon à Orange, et avoir chanté des psaumes. Ils étaient tous de la même région, de Nîmes, de Pont Servière, d'Alès, de Bagnols, d'Anduze, d'Uzès, de Langlade, de Saint-Cézaire, et cette promenade dominicale, ce culte écouté sur une terre étrangère, si proche de leur patrie, leur avait coûté la liberté, pour le restant de leur vie. Ce n'étaient que des marchands, des tailleurs, des cardeurs, des cordonniers, des laboureurs, des gens de petits métiers et de mœurs paisibles. La plupart étaient instruits et faisaient de la Bible leur lecture quotidienne. Un an plus tard, six d'entre eux étaient déjà morts à l'hôpital, et le reste pourrissait dans la chiourme de vingt galères.

Il y avait quelques autres protestants dans celle de *La Superbe* et, parmi eux, ce Jean-Pierre Chamson, de Mas Arribal, près du Pompidou, dans le diocèse de Mende, pour lequel l'aumônier avait une secrète affection. A l'inverse de la plupart de ses compagnons de misère, Jean-Pierre était marié. Il avait un fils et deux filles. Homme de simplicité, mais sachant lire et écrire, il avait réussi à garder par-devers lui, avec la complicité de M. Bion, ce livre de psaumes et de prières sur lequel il avait écrit, en haut de la page de garde, d'une belle écriture bien moulée : « Ce livre est à moi, qui m'appelle Jean-Pierre Chamson », inscription qu'il avait fait suivre d'une date, toute proche de celle de la Révocation de l'Edit de Nantes et du déchaînement des malheurs : 1689.

Jean-Pierre était tisserand de laine de son métier, mais aussi travailleur de terre, comme beaucoup d'autres galériens pour la foi. Seul, parmi tous ces huguenots de *La Superbe*, Marc-Antoine Capdur, sieur de la Tersarié et de Lavit, dans le diocèse de Mende, un des lieux les plus tourmentés du pays de Gévaudan, était d'origine noble.

Condamné en janvier 1687, par le présidial de

Nîmes, pour avoir assisté à des assemblées que le prédicant François Rey avait tenues à Sauveplane, il avait d'abord tenté de se sauver en laissant espérer à ses juges qu'il allait se convertir, mais raffermi par l'excès de ses misères, il avait accepté son sort et gardé sa foi. C'était un homme de taille moyenne et de contenance modeste, assurée pourtant, avec un visage douloureux, encadré par des cheveux châtain clair. Il avait d'abord été envoyé aux galères du Ponant, pour être ramené, peu de temps après, à Marseille. La date de sa condamnation faisait de lui le doyen de tous les forçats huguenots affectés à cette chiourme, et le plus ancien de tous, après Jacques Vigne.

Tels étaient, à ce moment-là, les galériens pour la foi en service sur *La Superbe.* Dès que leur bâtiment eut repris sa place dans le port, ils avaient cherché à savoir si, parmi les forçats nouvellement arrivés, il ne se trouvait pas quelques-uns de leurs frères, condamnés comme eux-mêmes l'avaient été, pour avoir tutoyé l'Eternel et chanté sa louange en français. Mais leur galère n'était restée que quatre jours à Marseille. Aucun huguenot n'avait été envoyé dans sa chiourme pour remplacer les malades et les morts et, pendant toute la fin de l'été, du début de juillet au commencement d'octobre, naviguant sans arrêt dans le golfe du Lion ou sur les côtes de la Provence, les galériens protestants de cette galère n'avaient rien pu savoir de ce qui se passait, aux limites de l'horizon, et presque sous leurs regards, sur la terre où vivaient les hommes.

∴

Quand *La Superbe* revint à Marseille, dans la première quinzaine d'octobre, les galériens pour la foi avaient faim et soif de nouvelles. Mais alors que les pires scélérats étaient autorisés à se rendre en ville, dès que la galère avait repris port, les protestants n'avaient pas le droit de descendre à terre. Cette interdiction les coupait du reste du monde et rien n'était plus difficile, pour eux, que de savoir ce que devenait l'église souffrante dont ils étaient les martyrs et les confesseurs.

Avant même que la galère ne fût entièrement désarmée, Ioussouf eut la permission d'aller chez M. Bernier, gros marchand de cuir pour lequel il travaillait, depuis des années, comme homme de peine. M. Bernier l'avait fait maître et seigneur de ses magasins qu'il tenait en ordre, sans qu'il fût besoin d'argousin ni de comite pour aiguillonner son zèle.

Chaque matin, après le coup de canon tiré par *La Vieille-Réale*, son banc rangé, sa place nette, Ioussouf partait en riant, sous la garde d'un pertuisanier débonnaire auquel il donnait un sol et demi par jour, et il ne rentrait que le soir, avant le coucher du soleil.

Pendant ce temps, il vivait comme un homme libre et travaillait sans jamais aller au bout de ses forces, car son maître respectait les ordres du roi et ces ordres défendaient de faire exécuter aux forçats des travaux exténuants, comme le portage à la barre, qui risquaient de les rendre infirmes, au détriment de leur service à la mer.

Bien nourri, dans l'observation des préceptes du Coran, mieux payé que les galériens n'avaient coutume de l'être, Ioussouf était aimé par tous les commis de la maison dont il faisait souvent la besogne. Il était considéré par Mme Bernier et sa fille comme un gros chien fidèle et affectueux qui n'aurait fait peur à personne, malgré sa taille et la force de ses membres.

Quand il revenait prendre sa place pour la nuit sur le banc de *La Superbe*, Jean-Pierre lui demandait s'il n'avait rien appris au sujet des forçats qui étaient arrivés à Marseille alors que la galère était encore à la mer.

« Beaucoup de chaînes sont arrivées, répondit Ioussouf au bout de quelques jours. Je sais ça par celui que j'aide à porter les balles de cuir. Depuis que nous avons levé les fers, au commencement du mois d'avril, il est arrivé au moins six chaînes dans lesquelles il y avait des gens qui adorent Dieu comme toi. »

Jean-Pierre essayait d'avoir des détails, de savoir quel était le nombre de ces forçats, et surtout si certains n'étaient pas de son pays.

« Attends que je me mette tout dans la tête, disait Ioussouf. C'est pénible de retenir. Il faut obliger les gens à parler. Il faut tout ranger dans sa cervelle. C'est plus dur que de tirer sur la rame ou de porter des fardeaux.

— Tu as peur de voir arriver ton propre frère ? raillait l'Avocat.

— Tous ceux qu'on envoie ici sont mes frères, même ceux qui ne partagent pas notre foi... Le malheur est une famille.

— Le 11 avril, il est arrivé une chaîne, dit un soir Ioussouf à Jean-Pierre, et dans cette chaîne, il y a au moins cinq de tes frères, mais d'après ce qu'on m'a expliqué, ils sont presque tous de la plaine, loin des montagnes de ton pays. Il n'y en a qu'un qu'on a pris dans ces montagnes. Il s'appelle Jean Galery, il vient d'Aulas, un village près du Vigan. Tu le connais ?

— Les montagnes d'Aulas sont bien loin de mes montagnes. Pour les rejoindre, il faut traverser le Bougès et l'Aigoual dont les sommets se perdent dans les nuages.

— Allah est grand, répondit Ioussouf. Quand il veut que les hommes se connaissent, il sait faire croiser leurs chemins... Ecoute encore, le 9 juin, tandis que nous étions au large de Sète, une chaîne où il y avait douze ou treize de tes frères, est venue de Montpellier, avec trois archers et sept fusiliers. Tous ces gens-là étaient aussi des gens de la plaine, d'un pays qui s'appelle Vauvert et de Beauvoisin. Tu ne dois pas les connaître, et je n'ai pas essayé d'apprendre leurs noms. Le 10 juillet, par la chaîne de Montpellier, il en est encore arrivé quatre et, le 13 du même mois, dans la chaîne de Paris qui comptait près de trois cents hommes, dont beaucoup sont morts sur la route, il y avait encore, au milieu des voleurs et des larrons, un adorateur de ton Dieu, mais il n'était pas de chez toi... Il y a eu encore une chaîne de Guyenne, qui est arrivée il y a quelques jours... Voilà ce que je peux te dire. Allah est grand, mais ma cervelle est petite et quand j'ai besoin de me souvenir, je suis aussi faible que Marsaut quand il lui fallait tirer sur la rame.

— Merci, Ioussouf. Que Celui qui règne au plus haut des cieux te rende un jour ce que tu fais pour nous.

— Allah bénit ceux qui font des œuvres charitables, et c'est moi qui dois te remercier de me donner l'occasion de te rendre des services.

— Tout ça, grognait le Croc, ne fait guère plus de vingt hérétiques. Ce n'est pas vingt huguenots qui feront rendre la liberté aux bons garçons comme moi. Il en faudrait des centaines et des milliers pour qu'on ne sache plus que faire de nous. »

Après avoir fait la bourrasque au moment de son arrivée dans le port, la chiourme s'était mise en devoir de désarmer la galère. Dès le premier jour, la poudre et les artifices avaient été débarqués, puis les forçats avaient mis bas l'arbre mestre et le trinquet et les avaient enfermés dans la caisse de la coursie, contre laquelle ils avaient rangé les antennes. On aurait dit les fourmis d'une énorme fourmilière en train d'abattre les arbres d'une forêt. Après cela, ils déchargèrent les cinq canons et les traînèrent jusqu'à l'arsenal, avec les voiles, les cordages et les fers. Ce dur labeur n'allait pas sans coups de bâtons ou de cordes. Le comite, les sous-comites et les argousins s'acharnaient sur les forçats épuisés par ces manœuvres, tirant, portant, poussant, dans un vacarme de cris, d'appels, de commandements et d'injures.

∴

Les officiers-majors, les bas officiers, les soldats et les matelots de rambade avaient disparu avec les canons, les mâts, les antennes et les voiles. *La Superbe* était devenue une prison qui se balançait au ras de l'eau, un ponton flottant au milieu des détritus, des corps morts et des pourritures qui s'amoncelaient dans le port.

Le premier, M. d'Autigny, était parti pour Versailles où il allait faire sa cour, avant de se retirer, pendant quelques mois, dans son château de Bourgogne. Veuf depuis des années, il retrouvait là, au milieu des prés, des bois et des vignes, de mélancoliques souvenirs, mais trop bon vivant, trop alerte et trop sanguin pour s'y complaire, il y renouait aussi avec les plaisirs de sa jeunesse, les voisins et les voisines, les grands crus et les dîners fins.

Chaque année, il quittait Marseille en grand équipage, voitures, chevaux de main et suite bruyante de valets. Parmi ceux-ci, deux Turcs, libérés par ordonnance du Roi après avoir longtemps servi comme bonne-voglie dans sa chiourme, le suivaient partout et formaient son état-major domestique. Il les appelait ses esclaves, et ils l'étaient véritablement, car les humeurs de leur maître, ses générosités et ses colères les liaient à lui plus solidement que l'anneau de fer porté au pied pendant des années.

M. d'Autigny devait s'arrêter quelques jours à Aix, quelques jours en Avignon, puis rejoindre Versailles sans plus s'attarder en chemin, remontant la vallée du Rhône avec tout son équipage, pour aller prendre le coche d'eau à Roanne. C'était, chaque année, la même expédition fabuleuse, une sorte de disparition dans les nuages d'un Sinaï, dont le sommet aurait été couronné par le Palais du grand roi.

Deux ou trois jours plus tard, M. de Marle, son fils et son lieutenant, quittait à son tour Marseille, avec un équipage plus mince, et des projets plus ordonnés par l'amour et par l'appel du plaisir que par l'ambition et par le désir de paraître. Lui aussi devait s'arrêter à Aix et en Avignon, mais ses séjours devaient succéder à ceux de son père, sans se confondre avec eux. Il devait aussi aller à Versailles, mais pour une apparition de quelques jours, et rejoindre le capitaine dans le château de famille, avant de revenir avec lui, quand on réarmerait *La Superbe*, aux premiers jours du printemps.

M. de Maroulles ne quittait pas la région. Il allait d'abord en Rouergue, dans les environs de Rodez où se trouvait sa famille, mais il avait aussi des parents éloignés à Aix et passait leur rendre visite. C'était le seul de tous les officiers majors de *La Superbe* que l'on revoyait, de temps en temps, au cours de l'hiver, à Marseille. M. du Cairon rentrait aussi chez les siens, aux confins de la Provence et du Dauphiné, mais il y était traité comme un écolier en vacances, encore tenu de court par sa mère quand il ne naviguait pas aux périls de la guerre et aux hasards de la mer.

Pendant que les officiers majors galopaient vers leurs intrigues, leur repos ou leurs amours, les forçats achevaient de désarmer la galère. Elle n'était plus qu'un grand corps vide, sans mâts et sans rames, où les galériens prenaient leurs quartiers d'hiver. Ils étendaient, en travers des bancs, de vieilles capotes usées, des morceaux de drap, qu'ils avaient pillés un peu partout pour cet usage, et chacun faisait son lit, selon la place qu'il occupait. Le vogue-avant était le mieux partagé, mais de sa place à celle du cague-rageole, l'espace diminuait, et le plus faible était, une fois de plus, le sacrifié de la bande.

Dans les derniers jours du mois d'octobre, les galériens dressèrent une double tente en tissu rayé blanc et bleu. Elle allait d'un bout à l'autre de *La Superbe*, de la rambade au carrosse, au-dessus des bancs des forçats. C'était leur seule défense contre le froid, déjà vif à la fin des nuits, et contre la fureur du mistral descendant en rouleaux furieux, comme les vagues de fond d'une immense mer aérienne, des hauteurs dénudées qui dominaient la ville.

Jour après jour, la vie des forçats prenait sa cadence hivernale. A la pointe de l'aube, *La Grande-Réale* tirait un coup de canon, dont l'écho rebondissait des murailles du fort Saint-Jean sur celles du fort Saint-Nicolas, et les chiourmes se levaient aussitôt, sous les coups de bâton des comites, dans cette fièvre de hurlements, de gémissements et de blasphèmes qui semblaient être la respiration de la galère. Dans le petit jour glacé, trois ou quatre fois par semaine, c'était le grand nettoyage. Toutes les planches ruisselaient d'eau, toutes les ferrures, toutes les dorures étaient astiquées au chiffon de laine et au tripoli. Bourrasque achevée, tout était propre et net, ce qui n'empêchait pas la vermine de se multiplier et d'envahir tous les interstices. Rien ne pouvait maîtriser les punaises, les poux, les puces et les cafards. On aurait dit que plus une galère était propre, et plus elle fourmillait de ces immondes bestioles.

Après ces travaux de propreté qui duraient parfois pendant des heures, chacun pouvait travailler selon ses capacités et tâcher de gagner quelques sols pour améliorer son ordinaire, ou chercher sa consolation dans le vin. Les plus heureux étaient enchaînés pour toute la journée dans une des petites baraques installées sur le quai du port. Les barbiers, les perruquiers, les tailleurs, les cordonniers, les horlogers, les graveurs et les revendeurs de petits objets fabriqués sur les galères — coffres sculptés en bois de micocoulier ou de lentisque, petites boîtes de paille tressées en mille couleurs, ceintures de cuir, bourses, aiguillettes, cure-dents, pipes, tabatières et boîtes en coquillage —, ne manquaient jamais de clients. Un chemin permettait aux chaises à porteurs d'arriver jusqu'à ces boutiques, et le quai ressemblait à un champ de foire où les chalands allaient et venaient, discutant, criaillant, marchandant, se faisant voler ou concluant de bonnes affaires.

L'Avocat tenait une échoppe de graveur et, sous

le couvert de travaux licites, fabriquait de faux passeports ou truquait des papiers de procédure, des sauf-conduits ou des testaments, avec une habileté diabolique. Il y avait des gens de qualité dans sa clientèle et, grâce à leur protection, il évitait tous les ennuis. L'industrie qui l'avait conduit aux galères, lui permettait de n'y pas crever de faim.

Le Croc travaillait pour un barbier. Il lui préparait de l'eau chaude et faisait mousser le savon qui attendrissait les barbes les plus rebelles. Ils appartenaient ainsi l'un et l'autre à l'aristocratie des boutiques, et moyennant la redevance d'un sol par jour, payée à l'argousin qui les enchaînait dans leur baraque, jouissaient d'une demi-liberté et ne manquaient pas d'argent.

Les Turcs, seuls, avaient un sort plus heureux. Beaucoup d'entre eux travaillaient en ville, comme Ioussouf, et gagnaient bien leur vie au service de marchands, de bourgeois et même de nobles personnes qui leur confiaient les plus gros travaux de leur maison.

Pour être encore plus heureux que ces Turcs, il fallait faire partie de l'orchestre d'une galère, et jouant du violon, de la flûte ou du cornet, obtenir le droit d'aller donner des concerts, sous la garde d'un argousin, pour égayer les dîneurs qui payaient jusqu'à cinq sols ce genre de sérénade. Ces privilégiés revenaient repus et les poches pleines. Ils étaient l'aristocratie de la chiourme et comme son Académie de musique.

Les plus déshérités de tous les forçats étaient ceux qui ne pouvaient pas quitter la galère et y restaient enchaînés à longueur de jour et de nuit. C'était le cas de quelques infirmes, de quelques pauvres d'esprit et de tous les religionnaires. Aucun d'eux ne tenait boutique sur le port, aucun d'eux, sauf par grâce particulière, ne pouvait aller travailler en ville. Ils restaient avec ceux qui brochaient des bas de coton pour le compte du comite, travail obsédant qui troublait la vue et ne rapportait presque rien. Ceux qui ne pouvaient pas s'adonner à ce genre de besogne, par maladresse ou par incapacité, devaient éclaircir des boulets de canon, noircis par l'humidité, et subir les brutalités des argousins qui auraient voulu voir ces boules de bronze reluire comme de l'argent. Il ne restait plus à ces misérables qu'à tuer les poux qui grouillaient dans les capots rouges de leurs compagnons, pour que ceux-ci leur payent un verre de vin ou quelques dérisoires nourritures.

Les protestants étaient donc réduits à faire partie de cette plèbe et, cependant, ce temps des travaux d'hiver pendant lequel ils pouvaient parfois aller et venir de la poupe à la proue de *La Superbe*, ou même aller en corvée dans les magasins de l'arsenal, était pour eux un moment béni qu'ils n'auraient pas voulu échanger contre tous les biens de la terre. Ils pouvaient alors reprendre contact les uns avec les autres, parler et prier ensemble, se réconforter et lire en commun des versets de cette Ecriture qui servait d'assise à leur foi et à leurs malheurs.

∴

Ces premiers forçats protestants étaient des hommes paisibles, des rebelles obéissants qui subissaient leur peine en n'espérant rien, sauf la grâce de pouvoir rester fermes dans cette tribulation, et constants dans leur foi sous le poids de l'injustice qui les accablait chaque jour. Aucun d'eux n'était révolté, aucun d'eux ne pensait à la vengeance. Ils ne maudissaient jamais ni le roi, ni leurs juges. Pour eux, le roi ne savait même pas ce qui se faisait en son nom. Ils ramenaient tout à Dieu, et Dieu seul avait permis qu'ils tombent dans cette géhenne. Mais Dieu ne voulait ainsi que les éprouver et leur donner l'occasion de manifester leur foi. Leur malheur en devenait une grâce, et ils le bénissaient chaque jour. Premiers élus d'une longue persécution, ils étaient des persécutés qui n'avaient pas eu le temps de devenir des persécuteurs et de répondre à la violence par la violence.

Leur seul souci était de rester fermes et constants. Ils savaient qu'ils n'avaient que trois mots à dire pour voir finir leur misère. Aucun d'eux ne songeait pourtant à déclarer : « Je me réunis. » La facilité du pardon que ces mots pouvaient leur faire obtenir, les rendait plus résolus et plus opiniâtres. Ils se soutenaient les uns les autres, ils s'exhortaient à souffrir et s'épouvantaient seulement en pensant que les faiblesses de la chair pouvaient les amener à renier leur croyance.

Chaque fois qu'ils le pouvaient, les religionnaires de *La Superbe* se réunissaient dans un coin pour faire la prière en commun, chanter un psaume et lire quelques versets des Ecritures. Plus heureux que les forçats des autres galères, ils devaient ces joies fugitives à M. Bion qui fermait les yeux sur ces assemblées interdites, alors que sur *La Guerrière* ou *La Magnanime*, elles auraient déchaîné la fureur des lazaristes.

Ces réunions ne leur permettaient pas seulement de se conforter les uns les autres et de se raffermir dans leur foi, elles leur donnaient aussi l'occasion d'échanger les renseignements que chacun d'eux avait pu recueillir sur ce qui se passait dans le vaste monde. Mais, pour eux, rien de grand ne pouvait arriver ici-bas en dehors de la lutte désespérée pour la liberté de conscience dans laquelle ils avaient été brisés sans être vaincus. Ils réduisaient tout à la résistance de quelques hommes, paisibles et pauvres qui ne voulaient pas plier devant la volonté du plus grand des rois qui régnaient alors sur la terre. C'était le combat de l'humilité et de l'impuissance contre un pouvoir sans limite, entouré de splendeurs et gorgé de magnificence. Leurs ennemis s'appelaient légion. C'étaient tous les grands et tous les puissants de ce monde, et tous ceux qui détenaient un lambeau de leur pouvoir, depuis le grand roi qui dirigeait tout de Versailles jusqu'aux petits proyers de onze ans qui s'accoutumaient à devenir insensibles en rouant de coups des hommes qui auraient pu être leur frère aîné ou leur père.

Tout se ramenait, pour eux, à ce combat pour la liberté, tout l'éclairait, tout en annonçait la conclusion et le terme. Ils savaient pourtant bien peu de choses sur ce qui se passait en dehors de cet univers des galères dans lequel ils se trouvaient enfermés. Ils ignoraient ce que devenaient leurs familles, leurs amis et tous ceux qu'ils nommaient leurs frères, mais ils savaient que les persécutions continuaient, que leurs pasteurs étaient poursuivis dans les bois comme des bêtes féroces, qu'il ne restait plus pierre sur pierre de leurs temples et de leurs institutions charitables. Ils savaient aussi, vaguement, que ces persécutions faisaient naître une résistance désespérée dans les cantons reculés des montagnes. Ils en parlaient en la comparant aux événements libérateurs dont ils lisaient le récit dans les Ecritures. Ils évoquaient le peuple élu poursuivi par le Pharaon et sauvé par l'Eternel au passage de la mer Rouge, Gédéon vainqueur des Madianites, et les Amalécites écrasés par Saül et exterminés par David. Le Dieu qu'ils servaient protégeait les siens et leur donnait toujours la victoire. Il avait gardé Daniel entouré par les lions, guidé la pierre de fronde lancée par David. Il accorderait le même secours à leurs frères.

⁂

C'était Jean-Pierre qui savait le plus de choses, à cause de Ioussouf qui le renseignait chaque jour, et Ioussouf était mieux renseigné que quiconque parce que le marchand de cuir chez lequel il travaillait s'intéressait en secret aux religionnaires. M. Bernier avait des amitiés en Cévennes. Il était lié surtout avec des Hébrard d'Anduze et ces Hébrard, nouveaux convertis par nécessité, étaient restés huguenots dans le secret de leur cœur. M. Bernier, sa femme et sa fille avaient beau être catholiques, bons catholiques et soumis de tout leur cœur aux enseignements de l'Eglise, ils n'en éprouvaient pas moins une affection fraternelle pour ces amis qui vivaient dans l'angoisse et dans la crainte. C'est pour cela que M. Bernier parlait souvent à Ioussouf des galériens pour la foi, et que Ioussouf apprenait par lui toutes les nouvelles qui pouvaient les intéresser.

« Il se passe de grandes choses dans ton pays, dit un soir l'esclave turc à Jean-Pierre. Ceux qui vivent dans tes montagnes ont pris le sabre et décroché le fusil et, avec l'aide de votre Dieu, ils ont transformé les champs de vos brebis et de vos agneaux en champs de bataille. Beaucoup de sang a déjà coulé, mais la mort est la compagne fidèle de ceux qui tirent l'épée. Beaucoup mourront qui auraient pu vivre en courbant la tête. Que ton Dieu les garde et les rende victorieux !

— Ce n'est pas possible, Ioussouf, répondit Jean-Pierre. Les dragons auront dispersé quelque assemblée du désert et les gens auront parlé d'une bataille. Comment veux-tu que nous puissions soutenir une vraie guerre contre les armées du roi qui ont vaincu les armées de toute l'Europe ?

— On se bat pourtant, répondit Ioussouf.

— Sais-tu au moins où auraient eu lieu ces batailles ?

— Du côté où se trouve ta maison, là où paissent les troupeaux, dans le temps d'été. C'est M. Bernier qui me l'a dit.

— M. Bernier sait où se trouve ma maison ?

— Il le sait.

— Mais comment peut-il me connaître ?

— Il te connaît à cause de moi. Il sait que nous sommes ensemble et il m'avait demandé comment s'appelait ton pays.

— Comment veux-tu que nous fassions une guerre ? répétait le forçat du Pompidou.

— Tu sauras tout d'ici quelque temps. Ceux de tes frères qui sont encore gardés sur *La Vieille-Réale* parce qu'ils sont arrivés depuis peu de jours, vont être bientôt dispersés sur toute l'escadre. Il en viendra bien deux ou trois sur notre galère et ils te diront tout ce que tu veux savoir. Mais ce que je t'ai dit est certain, car la bouche de mon maître ne répéterait pas des mensonges. »

C'est ainsi que l'esclave musulman servait de messager entre le galérien protestant et le marchand catholique. Le même esprit de miséricorde et de charité unissait le sectateur d'Allah, le papiste et le huguenot. Ils étaient complices sans le savoir et sans jamais avoir décidé de l'être. Chacun restait fidèle à son Dieu, mais au-delà des fureurs humaines et bien que ces trois Dieux fussent ennemis sur la terre, les trois hommes communiaient dans la même compassion et dans la même pitié.

∴

L'hiver passait lentement, avec ses jours de soleil, ses matins glacés, ses tempêtes de mistral. Les forçats grelottaient dans leurs prisons flottantes et toussaient à se déchirer la poitrine, La dysenterie dévastait leurs ventres creux et les vidait de leurs forces. Beaucoup d'entre eux, perclus de douleurs, se réveillaient dans des attitudes bizarres, genoux bloqués, nuque raide, et comme privés de l'usage de leurs membres. Ils tournaient la tête à la manière des loups, en faisant pivoter leurs épaules. Presque toutes les semaines, un ou deux d'entre eux retrouvaient la liberté en rendant le dernier soupir à l'hôpital des galères. Pour prendre la place des morts et relayer les infirmes, presque chaque mois, une nouvelle chaîne arrivait à Marseille et Ioussouf, tenu au courant par M. Bernier, en faisait le dénombrement à Jean-Pierre. Il lui disait le nom de tous les nouveaux forçats protestants et ne manquait pas d'ajouter quelle était leur ville ou leur village et pourquoi ils avaient été condamnés.

En septembre, Abraham Pouget, cardeur de laine à côté d'Alès et condamné pour assemblées illicites et contravention aux ordonnances du roi, était arrivé de Montpellier, à bout de forces, et agonisait à l'hôpital. En octobre, accusés et condamnés pour les mêmes crimes, Paul-Anne Fulcran, du Cailar, et Jean Brousson, de Vauvert, étaient arrivés de Toulon. En novembre, la chaîne de Montpellier avait amené Charles Pau et Pierre Servières, tous les deux de Caveirac, près de Nîmes. En décembre, il y avait, dans la même chaîne, trois réformés d'Aigues-Vives. C'était, toujours, de ces rebelles obéissants qui priaient pour le roi et remerciaient l'Eternel de les avoir choisis pour témoigner de sa gloire.

Dès le mois de mars, cependant, d'autres condamnés arrivèrent, accusés cette fois d'avoir été trouvés avec des armes, contre les défenses du roi. Ce n'étaient que les survivants d'une répression impitoyable, les échappés des gibets, des potences et des roues. Pour la plupart, ils venaient des hautes vallées et des montagnes. C'étaient les premiers camisards, l'avant-garde des vrais rebelles.

« Il est arrivé des gens de chez toi, disait Ioussouf à Jean-Pierre. Il y a un nommé David Fesquet, d'Ardaillès, près de Valleraugue. Il y a aussi Jean Peyre, du Pompidou comme toi.

— Jean Peyre ? Du Pompidou ? Mais je le connais. Il doit avoir maintenant vingt-quatre ou vingt-cinq ans. Il est né à Montredon. Il a été touché par la grâce, presque en même temps que moi, quand il était encore un enfant. Où est-il ? Je donnerais une de mes mains pour pouvoir parler avec lui.

— Il est sur *La Vieille-Réale*, comme tous les nouveaux arrivés. Tu sais bien qu'ils doivent tous y rester pendant quelque temps avant d'être envoyés sur les autres galères qui peuvent prendre la mer. Dès que nous commencerons à réarmer, nous en recevrons sûrement quelques-uns et tu pourras savoir ce qui se passe dans tes montagnes. »

∴

Depuis plus de quatre mois, la guerre faisait rage dans les hauts cantons des Cévennes, à travers le pays raiol, de l'Aigoual au mont Lozère, et les galériens pour la foi n'en savaient encore rien. M. de Bombelles, major des galères, avait ordonné qu'on ne parle pas de tous ces événements et les argousins, les comites et les officiers avaient veillé à l'observation de cette consigne.

Précédant la grande nouvelle de l'insurrection, de nouveaux forçats huguenots arrivaient pourtant presque toutes les semaines, et de plus en plus nombreux, à l'arsenal de Marseille. Ils franchissaient la porte monumentale entre deux haies de soldats, après avoir cheminé, pendant des jours et des jours, les pieds rougis par les éclats de silex, la fange poisseuse et la poussière, le cou en sang, le dos sillonné de meurtrissures, trébuchant de faim, haletant de soif.

Pendant la dernière lieue de leur calvaire, ils suivaient un chemin hérissé de rocailles, un sentier pénible et montueux s'élevant vers un petit col d'où ils découvraient brusquement la vaste plaine au fond de laquelle était Marseille. Cette plaine était opulente et semblable à un paradis terrestre. On y voyait des centaines de maisons, noblement bâties, aux façades ornées de sculptures et de colonnes. Elles étaient peintes de couleurs vives, comme si, déjà, on avait été en Italie. Des murs blancs, des murs bleus, des murs ocres, et des murs rouges apparaissaient çà et là, au milieu de bois d'oliviers, d'amandiers, de grenadiers, de figuiers et d'arbres à palmes. Partout s'étendaient des jardins, des taillis de fleurs, des arbustes toujours verts. Partout couraient des eaux et scintillaient des fontaines, et tous ces jardins, qui étaient peut-être alors les plus beaux jardins de la France, étaient entourés de murailles de pierres blanches, ornées de merlets et de tourelles. C'est en traversant ce paradis, cet Eden fait pour les plaisirs et le repos, que les forçats s'avançaient vers la géhenne dans laquelle, pour la plupart, ils allaient achever leur vie.

∴

Les jours passaient et, chaque jour, une foule tumultueuse se pressait autour des baraques des galériens. Des portefaix en guenilles y coudoyaient des hommes de qualité, et des dames de condition y marchandaient les mêmes objets que les prostituées des Accoules.

Dans cette cohue, le Croc s'affairait au milieu de ses bassines d'eau chaude et faisait mousser le savon qui attendrissait les barbes épineuses des marins pêcheurs et des portefaix. L'Avocat naviguait entre les récifs de sa difficile profession, confondant le vrai et le faux, faussant le vrai, validant le faux, ne se laissant jamais prendre, grand chancelier de la duperie et de l'imposture. Tous ces malheureux trouvaient ainsi le moyen d'améliorer leur pitoyable ordinaire et d'ajouter à leur ration quotidienne d'eau chaude où nageaient une quinzaine de fèves, de gros quignons de pain et des tranches de cochonnailles. Ils achetaient aussi un peu de rêve et d'oubli à la taverne du comite et celui-ci, loin d'être dur envers les ivrognes, encourageait les galériens à dépenser tous leurs gains en gros vin rouge, heureusement coupé d'eau, par un double arrêt de la Providence et de sa passion du lucre.

Les galériens réformés étaient les plus affamés de toutes les chiourmes. Ils n'avaient aucun moyen de se procurer de l'argent et devaient se contenter du misérable ordinaire, plus maigre encore l'hiver que l'été. En été, on avait besoin de leurs forces pour ramer en dedans du banc ou pour faire la grande-vogue. En hiver, on ne leur demandait que de survivre, et les plus déshérités survivaient misérablement, aux limites de la mort et de la vie.

Chaque jour, on leur distribuait le même biscuit et la même soupe de fèves à l'huile, avec une boule de pain. La ration qu'ils recevaient dans le port n'atteignait parfois même pas la moitié de celle qu'on leur donnait à la mer. Le temps du froid était aussi, pour eux, le temps de la famine.

Faute de manger à leur faim, c'est dans ce Dieu

à la fois terrible et débonnaire pour lequel ils avaient accepté de souffrir qu'ils cherchaient leur réconfort quotidien. Non seulement ils se réunissaient pour prier ensemble, pour chanter des psaumes à mi-voix, pour lire des versets des Ecritures, pour se soutenir les uns les autres, mais ils se transmettaient de la main à la main des textes écrits pour eux, par certains d'entre eux, avec l'aide de quelques pasteurs qui, de loin, surveillaient ce troupeau docile. Ces forçats chargés de chaînes avaient rédigé les *Règlements faits sur les galères de France par les confesseurs qui souffrent pour la vérité de l'Evangile.* Aucun d'eux n'avait cependant reçu une instruction élevée, beaucoup arrivaient sur le banc de rame sans avoir appris à lire. Mais les plus instruits se faisaient les instituteurs des plus ignorants et l'Evangile ou les psaumes étaient leurs abécédaires.

Pendant tout cet hiver de 1703, hagards de faim, dévorés par la vermine, grelottant de froid, les forçats huguenots de *La Superbe* apprenaient par cœur une prière composée par un de leurs frères de souffrance.

« Coupe, brûle, frappe, O mon Dieu, mais guéris-moi, mais demeure avec moi et soutiens-moi par ton Esprit. Je te supplie, avec toute l'ardeur et l'humilité dont je suis capable, qu'il te plaise de bannir absolument de mon esprit tout autre objet que Toi-même et de ne pas souffrir que je pense à quoi que ce soit qu'à Ta majesté pour Te craindre, qu'à Ta volonté pour m'y soumettre, qu'à Ta vérité pour Te croire, qu'à Ta bonté pour t'aimer. »

Plus ils souffraient, plus ils se raffermissaient dans leurs certitudes. Ils en venaient à se considérer comme des privilégiés et, dans une autre de leurs prières, pour laquelle ils avaient un amour particulier, ils disaient, en mêlant leurs voix dans un murmure :

« Mais ne nous imaginons pas, O Seigneur, que sous prétexte que nous avons l'honneur de souffrir pour Ton nom et pour Ta vérité, il nous soit permis de vivre de la manière que nous voudrions, sans avoir rien à craindre de la part de Ta justice.

— Tu n'es pas fou ? demandait le Croc à Jean-Pierre quand il l'entendait murmurer cette oraison. Comme si vous risquiez de vivre autrement qu'on est obligé de vivre en galère. Comme si votre Dieu vous laissait une chance de liberté. Votre Dieu ! Votre Dieu ! Je lui crache à la gueule, à ce Dieu, s'il existe.

— Que Son Nom soit béni », répondait Jean-Pierre, qui ne pensait pas à ce qui se passait sur la terre, mais à ce qui se passerait dans le ciel.

V

MADEMOISELLE LUCRÈCE

En dépit de son prénom héroïque et d'un caractère intrépide, peu commun chez les personnes de son sexe, Lucrèce de Montal avait le cœur tendre. Le même jour, et presque en même temps, elle avait été frappée de compassion pour les galériens huguenots qu'elle avait entrevus sur *La Superbe*, et elle avait été troublée, comme peut l'être une jeune fille romanesque, par le jeune sous-lieutenant qui n'avait eu d'yeux que pour elle.

Rien n'était plus naturel que ce sentiment. Lucrèce avait dix-huit ans, le sous-lieutenant vingt-deux. Elle était belle, il était beau. Ils appartenaient au même monde. Ils étaient faits pour être attirés l'un par l'autre. En revanche, la compassion de Lucrèce à l'égard des galériens huguenots tenait à des circonstances particulières. Si elle était catholique, pieuse même et profondément religieuse, sans aucune bigoterie, elle connaissait trop de huguenots, elle avait trop d'amis qui avaient adopté la Réforme, trop de cousins lointains qui étaient de la Religion, pour voir en eux des créatures abominables et des suppôts de Satan. Elle était à la fois Provençale et Languedocienne, et si la Provençale était tout entière romaine, la Languedocienne était déchirée par ce qui se passait sur les terres du Languedoc, du bord de mer jusqu'au sommet des montagnes.

Lucrèce de Montal habitait d'ordinaire au pied des Alpilles, non loin de la chapelle Saint-Gabriel, entre les jardins de Saint-Rémy et les murs de la ville d'Arles, un vieux château qui datait du début de l'autre siècle, sombre et clos, avec une grosse tour en poivrière et des fossés d'eau verte dans lesquels poussaient des roseaux. Son père avait fait ajouter une aile au goût du jour, large porte et hautes fenêtres, à cette antique demeure.

Pendant l'hiver, la jeune fille allait en visite à Aix où vivaient les Terris, ses grands-parents maternels. C'était, pour elle, un temps d'élégance et de fêtes, une suite de bals, de concerts et de réceptions qui l'habituaient aux manières du beau monde. Mais, pendant les mois de printemps et d'été, elle suivait M. de Montal sur ses terres, soit dans les marais de Camargue, soit sur les hauteurs des Cévennes, vers Florac et le Pompidou. Elle avait fait ce long voyage du Gévaudan quand elle était encore une fillette de quatorze ans, car elle était à cheval mieux qu'aucune autre femme au monde, et n'avait pas peur des longues étapes, de l'aube à la nuit tombée, dans les grandes solitudes de la plaine ou de la montagne.

Depuis quelque temps déjà, en raison de l'insécurité des routes et des hasards des chemins, son père ne retournait plus dans le haut pays, au-delà d'Anduze et de Saint-Jean, et Lucrèce était devenue une fille de la Camargue, familière des marais qui sont au sud de Saint-Gilles et des déserts de sable et de salicornes qui s'étendent des Saintes-Maries jusqu'aux remparts d'Aigues-Mortes.

Une ou deux fois par an, en automne et au printemps, un peu avant le jour des Rameaux, elle allait assister aux ferrades pendant lesquelles on marquait les jeunes taureaux avant de les lâcher sur les terres de sel, de silence et de mirages. On ne la voyait pas, alors, se réfugier sur les charrettes où s'entassaient les dames de qualité et les jeunes filles de bonne maison, venues d'Arles, de Beaucaire, de Tarascon ou de Saint-Rémy. A cheval, lambrusque à la main, elle suivait son père et les cavaliers de Provence auxquels se mêlaient souvent des gardians du Languedoc, venus du Cailar, de Vauvert ou de Marsillargues. Dans les ferrades, elle fonçait et crochetait, au triple galop, en rendant les rênes à sa bête, pour rabattre les taurillons qui ne voulaient pas se laisser couper de la manade.

« Ho... ho... ho ! » criait Mlle Lucrèce, penchée sur l'encolure de son cheval, ou brusquement rejetée en arrière, droite sur les étriers car, dans ces fêtes des bêtes sauvages, elle montait comme un homme, jambes longues, étriers à grille chaussés à fond, la pointe du pied tendue vers le sol.

Personne, alors, n'aurait eu l'idée de reconnaître dans cette amazone qui poussait les mêmes cris que les cavaliers de Camargue et maniait la lambrusque comme un vieux gardian, la petite-fille de Mme et de M. de Terris, ancien conseiller au parlement d'Aix, humaniste, érudit, qui avait connu, pendant sa jeunesse, Claude Fabri de Peiresc, et avait regardé, avec lui, la nébuleuse Orion, le ciel des astres et les premières cartes de la lune que ce savant venait de dresser. Ce grand-père de quatre-vingts ans parlait aussi volontiers de l'illustre M. de Malherbe, avec lequel il était un peu parent, par les Coriolis, et dont il avait lui-même entendu parler, pendant son enfance, comme Lucrèce pouvait l'entendre, aujourd'hui, évoquer ses souvenirs sur Peiresc. C'était comme une chaîne continue qui plongeait dans un passé fabuleux et dont elle tenait dans ses mains le dernier maillon. Ces traditions avaient orné son esprit et formé son jugement. Elle ajoutait à cela les grâces du corps et les habitudes du monde, sachant être aussi à l'aise dans un salon, ou sur les degrés d'un escalier de château que dans les sables mouvants qui entourent l'étang des Iscles. Elle était grande, sans que nul ne puisse dire qu'elle l'était trop ; bien en chair, mais avec des attaches fines, et son visage était duveté comme un fruit quand le jour en a séché la rosée. Elle avait le nez droit comme une statue antique, et son front en semblait plus haut. Ses yeux étaient verts à la pleine lumière du jour, mais dès qu'ils étaient dans la pénombre, ils avaient l'air d'être noirs, comme ceux de presque toutes les filles de Provence. Elle en savait plus long que n'importe quelle demoiselle de Paris ou de Versailles sur les nouveautés de son temps, parlait le français sans accent, et le provençal comme un garde-bête. C'est dans cette langue qu'elle savait le nom des plantes et des animaux, des accidents de temps, des nuages et des vents.

⁂

Sa demeure n'était pas très loin de la grande route qui allait du Languedoc en Provence et, souvent, il lui arrivait d'y croiser des chaînes de galériens qui avaient passé le Rhône à Beaucaire et se dirigeaient vers Marseille. Depuis sa visite de *La Superbe,* elle se faisait un devoir de contempler avec piété ces lamentables cortèges. Elle savait maintenant quel sort était réservé à ces hommes et, bien souvent, elle arrêtait son cheval pour pouvoir considérer leurs visages. D'ordinaire, elle voyait, dans le ciel, un tourbillon de poussière pareil à celui que font les troupeaux de moutons quand ils reviennent des Alpes. « Les voilà » ! pensait-elle, et elle attendait, en se demandant si elle allait voir des criminels ou des innocents, des êtres marqués par le vice ou illuminés par leur foi. La tête de colonne apparaissait alors à un tournant du chemin. Droit sur son cheval, un exempt du grand prévôt ou un archer de la maréchaussée marchait le premier et la saluait en passant. Les condamnés se traînaient derrière lui, encadrés par des fusiliers qui portaient leur arme en bandoulière. Ils juraient en donnant des coups de bâton à ces misérables pour les faire marcher plus vite. Les galériens avançaient comme des somnambules. Les yeux ouverts, ils avaient l'air de dormir. Ils ressemblaient à une procession de chenilles, comme Lucrèce en voyait, parfois, aux beaux jours, sur le sol rouge des hautes pinèdes. Les fusiliers, en apercevant cette jeune fille, faisaient du zèle et cognaient plus fort sur ces misérables.

« Allez, chiens, criaient-ils. Ce n'est pas une promenade qu'on vous fait faire. Marchez ! Vous aurez le temps de rester assis quand vous serez aux galères. »

Les condamnés passaient en baissant la tête mais, quelquefois, l'un d'entre eux tournait ses regards vers la jeune fille. Il semblait alors à Lucrèce qu'elle avait déjà vu ces yeux, quelque part, du côté de Florac et du Pompidou, ou dans les fêtes des bêtes sauvages, près de la Tour de Giraud ou de l'Armellière. C'étaient tantôt des yeux bleus à pupilles noires, comme on en voit dans les cantons reculés des montagnes ; tantôt des yeux gris qui semblaient noyés de tristesse ou, de temps en temps, des yeux noirs qui semblaient briller de fureur.

« Jésus ! Marie ! se disait la jeune fille, vous seuls savez le poids de leurs fautes et vous seuls pourriez les peser dans votre juste balance. »

Elle priait, sans songer à cacher le mouvement de ses lèvres, et les yeux des galériens huguenots avaient l'air de répondre à cette prière. Cette jeune orante à cheval leur apparaissait comme un personnage de légende, une vision fantastique, dont ils se parlaient, les uns aux autres, après leur arrivée à Marseille.

« Quand nous avons eu passé le Rhône, nous avons rencontré une jeune fille à cheval qui priait en nous regardant passer devant elle. On voyait ses lèvres remuer comme quand on dit Notre Père sans vouloir parler à voix haute.

— Nous l'avons vue aussi. C'était sûrement la même. Elle priait, et nous avons répondu à cette prière. »

Ils ne savaient pas si la jeune fille était protestante et venait implorer le Ciel au passage de ses frères tombés dans la servitude ou si, catholique, elle était seulement poussée par la compassion et l'esprit de charité.

« Elle était belle comme une messagère du Seigneur ! disaient les plus jeunes galériens.

— Belle comme le serait ma fille, si je pouvais l'élever comme une vraie demoiselle », disaient les anciens.

Bien souvent, après ces rencontres, Lucrèce poussait son cheval jusqu'à la chapelle Saint-Gabriel. Elle aimait cette petite église perdue, bâtie sur un éperon sauvage, sur lequel se tordaient des oliviers martyrisés par les vents et qu'encadraient quelques hauts cyprès et des murailles de roches. Elle ne se lassait pas de regarder sa façade, dorée par des siècles de soleil, et s'amusait à voir, sur le tympan de sa porte, Adam et Eve, dans le paradis terrestre, des deux côtés de l'arbre où s'enroulait le serpent, et Daniel entre les lions.

Malgré sa science d'antiquaire, elle n'arrivait pas à donner une date à ce monument qu'elle préférait à la façade de Saint-Trophime. Il lui semblait qu'avec son fronton triangulaire et ses colonnes à chapiteaux, inscrits sous un grand arc qui les protégeait de la pluie, il avait dû être construit par les Romains, aux premiers siècles du christianisme, quand la barque miraculeuse, venue de la Terre Sainte, avait abordé en Camargue.

Cette chapelle était abandonnée depuis longtemps. On n'y venait plus qu'en pèlerinage, à certains jours de l'année, tout y était vide et désert et, cependant, dès qu'elle en avait poussé la porte, Lucrèce y retrouvait Dieu et se mettait en prière.

Elle ne parlait à personne de ses rencontres avec les forçats. Elle savait que son père l'aurait blâmée de s'exposer ainsi aux plaisanteries et aux injures d'une troupe de scélérats, et elle n'aurait rien voulu ajouter aux angoisses de sa mère, ravagée par les fièvres des marais, et qui ne sortait de son lit que pour somnoler dans un fauteuil, à l'abri des persiennes fermées. C'est la nuit, quand elle était seule dans sa chambre, que Lucrèce évoquait les chaînes de galériens. Pelotonnée dans son lit, les yeux ouverts, elle voyait les yeux de ces misérables qui la regardaient fixement, au fond des ténèbres.

∴

Une jeune fille de dix-huit ans ne peut pourtant pas penser tout le temps au malheur des hommes, et Lucrèce aimait trop la vie pour ne pas s'abandonner à tous les plaisirs de son âge.

Cette année-là, après la visite de *La Superbe*, elle alla passer quelque temps chez ses grands-parents maternels, au milieu du tourbillon des fêtes aixoises. Ni la guerre qui faisait rage en Espagne, dans le Tyrol, en Bavière et sur les frontières du Nord, ni les persécutions et les dragonnades, ne détournaient la noblesse de Provence de ses plaisirs. Elle imitait en cela la Cour de Versailles où les revers de nos armées n'empêchaient pas de jouer la comédie et de danser des ballets, ni la disette de donner des bals et des festins. Mais si les plaisirs et les divertissements de la Cour avaient toujours quelque chose de compassé et de solennel, comme s'ils avaient été pétrifiés par l'éclatante lumière froide que faisait tomber sur eux ce soleil qui n'était qu'un roi, la vie de société de la ville des fontaines gardait un air de fraîcheur et de spontanéité, jusqu'au milieu de ses fastes. Cette ville d'hôtels élégants, ruisselante d'eau sous des voûtes de feuillages, ressemblait à un Versailles de la lumière. Le soleil, ici, était le soleil. On aurait dit une cour brillante débarrassée des lourdeurs de l'étiquette. C'était, pourtant, la ville la plus française de la Provence, mais la politesse de Paris y était comme assouplie par la gentillesse provençale.

Nulle part au monde, peut-être, une jeune fille de dix-huit ans n'aurait trouvé autant d'occasions de se divertir et de s'instruire que dans cette vieille cité. Savante sans pédanterie, frivole sans vulgarité, médisante sans vraie fureur, mais bien assez, cependant, pour ne pas laisser place à l'ennui, la bonne société y pouvait apprendre à bien vivre à une fille bien née.

C'est ce qu'elle faisait pour Mlle Lucrèce qui passait sans effort des sauvages chevauchées aux concerts les plus raffinés, et des solitudes de sable aux brillantes assemblées des hôtels du grand cours, du quartier Mazarin et de l'Orbitelle. Cette société était un peu folle, bien que profondément raisonnable. On y croyait aux prophéties de Nostradamus sans savoir exactement ce que ces prophéties annonçaient. On y gardait toujours les pieds sur la terre et l'avenir ne pouvait pas s'y détacher du passé. Le culte des traditions n'empêchait pourtant pas les Aixois d'avoir le goût des choses nouvelles. Leur petit monde fermé s'ouvrait aux nouveaux venus, pourvu qu'ils soient gens de qualité, et tirait gloire de leur présence. On aimait à y recevoir les princes du sang, les grands seigneurs étrangers et les personnages illustres dont on parlait à Paris. La grand-mère de Lucrèce avait connu Mme de Sévigné quand celle-ci avait séjourné en Provence, chez le comte de Grignan, son gendre, alors lieutenant général de cette province. Mais si elle avait appris à Lucrèce à révérer cette dame de Paris, c'est parce que celle-ci s'était entichée du provençal et avait tenté d'en apprendre quelques mots. On disait qu'elle avait usé de cette langue dans des lettres que possédait encore sa fille, et ces lettres faisaient trembler bien des Aixois. Ils avaient peur de s'y trouver cloués, comme des papillons par des épingles, avec leurs défauts et leurs ridicules, et cela dans la langue même de leur pays.

Cet hiver-là, Lucrèce venait d'avoir dix-huit ans,

et, jamais, elle n'avait eu d'aussi belles robes, d'aussi beaux rubans, d'aussi fins souliers, ni autant de fanfreluches. Jamais, non plus, elle n'avait été conviée à autant de bals et de concerts, à autant de réceptions et de fêtes. Il suffisait donc que M. de Maroulles, profitant du désarmement des galères, vînt se mêler à ces assemblées pour qu'un hasard bienveillant lui fît retrouver la belle visiteuse de *La Superbe.*

Cette rencontre eut lieu, lors d'une réunion de musique dans l'hôtel de Carcès où résidaient les Coriolis. Plus déconcerté de se trouver en présence de la jeune fille que par n'importe quelle aventure de la mer, le sous-lieutenant fit un grand salut, sans trouver un mot à dire, alors qu'il avait préparé tout un long discours.

« Eh bien, monsieur, murmura Lucrèce de Montal en répondant à sa révérence, vous avez donc quitté vos sirènes ? Et vous êtes venu vous mêler aux pauvres gens que nous sommes, nous qui ne marchons pas sur les eaux ?

— Je n'espérais vraiment pas... répondit le sous-lieutenant.

— Comme vous avez mauvaise mémoire ! Il me semblait qu'au moment où nous avons pris congé de votre *Superbe,* vous m'aviez laissé espérer qu'on vous verrait cet hiver.

— Aussi bien, je regrettais tellement de ne pas vous avoir encore trouvée que je n'ai pu croire au bonheur qui était le mien quand je me suis vu en votre présence. »

Rien ne pouvait être plus vrai que ces phrases toutes faites. Les deux jeunes gens se parlaient comme ils savaient qu'on se parle dans les romans, et Lucrèce de Montal qui venait de dévorer *Artamène* ou *Le Grand Cyrus* et *La Princesse de Clèves,* marquait un point, à chaque réplique, sans trouver, pour cela, le jeune sous-lieutenant moins bien fait et moins éloquent que le prince de Nemours.

« Si vous voulez venir avec moi, à travers cette cohue, mes grands-parents seront enchantés de vous voir. Je leur ai tellement parlé de notre escapade sur *La Superbe* qu'ils vous connaissent déjà, comme ils connaissent, ajouta-t-elle avec un sourire, M. d'Autigny, M. du Cairon et M. de Marle. »

En traversant les salons de l'hôtel de Carcès, le sous-lieutenant retrouva son assurance, et ce fut avec une bonne grâce d'homme fait à tous les usages du monde qu'il salua les grands-parents de Lucrèce.

« Ainsi, monsieur, c'est vous qui éblouissez les jeunes filles avec vos palais flottants où l'on donne la collation et la symphonie ? lui dit M. de Terris. De mon temps, les galères étaient moins belles, et l'on n'aurait pas songé à y recevoir des dames. Elles étaient surtout moins nombreuses, et celle du marquis de Ternes, que j'ai eu l'honneur de connaître, assurait à elle seule le service de garde-côte. Notre escadre est à présent comme un Versailles flottant et fait voir, sur toutes les mers, la magnificence du royaume. »

Comme le sous-lieutenant avait approuvé, sans trop avoir l'air de le faire, tout ce que lui avait dit le vieillard, celui-ci le trouva l'homme le plus fin du monde, et Mme de Terris ajouta qu'il était aussi le mieux fait, ce qui combla de joie leur petite-fille, car elle pensait à la fois qu'il était le plus fin et le mieux fait de tous les jeunes gens qu'elle avait rencontrés jusqu'alors. Quant à M. de Maroulles, sans oser s'établir à Aix pour ne pas donner l'éveil aux médisants, il pensa qu'il était autorisé à venir dans cette ville chaque fois qu'une occasion lui était donnée de rencontrer Mlle Lucrèce. On le revit bien souvent à l'hôtel de Carcès où les Coriolis l'accueillaient avec bienveillance, mais aussi à l'hôtel de Lestang-Parade où recevaient les Benault-Lubière et à l'hôtel d'Eguilles, fameux par ses gypseries. Dans cette maison, le goût des œuvres d'art et des antiques était passé, de la mère au fils, comme un fastueux héritage, de chez les Forbin d'Oppède aux Boyer d'Eguilles.

Pour gagner le droit de faire sa cour, le sous-lieutenant s'était lié d'amitié avec le grand-père, et se laissait raconter par lui la chronique de la ville, même quand ces souvenirs étaient ceux de l'autre siècle et choquaient les goûts raffinés de la nouvelle génération.

« C'est dans cet hôtel de Carcès qu'on avait logé les filles d'honneur de la reine mère, quand le roi nous fit la grâce de sa visite, en l'année 1660, lui expliquait le vieillard. Les jeunes gens de ce temps-là, qui ne respectaient pas grand-chose, ont changé, pendant la nuit, la plaque de marbre où était gravé le nom de l'hôtel. Rien qu'en modifiant une lettre, ils ont provoqué un scandale qui n'a jamais été dépassé. Il suffit d'allonger un C pour en faire un G, et cet hôtel se trouva changé, du soir au matin en Hôtel des Garces à la grande fureur de la reine mère et de ses filles d'honneur. Mais il paraît que le roi se divertit fort de la chose, et voulut bien la trouver plaisante. »

Le sous-lieutenant avait toutes les peines du monde à rire de cette anecdote. Il lui semblait qu'elle attentait à l'honneur de Mlle Lucrèce qui aurait pu faire partie de la suite de la reine mère, si elle avait vécu dans ces temps lointains où l'escadre du Levant se réduisait à quelques galères. Mais il pensait aussitôt qu'elle n'avait rien de commun avec toutes les autres jeunes filles, fussent-elles demoiselles d'honneur d'une reine. C'était pour lui comme une personne sacrée et l'admiration qu'il avait pour elle l'empêchait de sentir qu'il en était amoureux.

Comme il arrive souvent à cet âge, Lucrèce avait l'esprit plus formé, des connaissances plus vastes et le jugement plus sûr que son jeune admirateur, « Elle a un mordant à la Sévigné » disait sa grand-mère qui était elle-même une femme d'esprit dont on craignait les boutades. « Race fait race », concédait la vieille dame, avec un sourire, quand on le lui faisait remarquer, mais elle ajoutait aussitôt : « Elle sert aussi à suivre les bons exemples. »

Que ce fût par les bons exemples ou par les vertus de sa race, Lucrèce excellait en tout, et elle y excellait sans effort. Elle avait le sens des œuvres d'art, comme un chien de chasse celui du gibier et s'intéressait aux Antiques. Quelques notes lui suffisaient pour se retrouver dans les labyrinthes de la musique. La maîtrise de la cathédrale Saint-Sauveur, dirigée par Guillaume Poitevin, avait affiné son goût pour la musique sacrée, mais elle suivait aussi, avec une passion juvénile, les soirées d'opéra que Philippe de la Croix venait donner à Aix, comme il le faisait en Avignon, à Marseille et à Montpellier. Quand elle était au concert, auprès du sous-lieutenant de *La Superbe*, elle lui disait à mix-voix le titre des airs qu'on jouait, un doigt en l'air et la tête un peu inclinée.

« C'est un morceau des pièces en trio pour les flûtes, violons et dessus de viole, de Marin Marais. Ce n'est pas aussi nouveau que les pièces à deux basses de viole, basse de violon et basse, d'André Danican Philidor qu'on a jouées tout à l'heure. »

Honteux de son ignorance, ébloui par les connaissances de Lucrèce, le jeune homme balbutiait.

« Aimez-vous Campra ? » lui demanda-t-elle un jour.

Il lui fallut avouer qu'il ne connaissait rien de ce maître et il mentit peut-être un peu en disant qu'il avait pourtant déjà entendu son nom.

« Voyons, monsieur, c'est une des gloires de la Provence, et un des orgueils de cette ville ! Il a été formé par Guillaume Poitevin, et rien n'est plus raffiné que ses airs sérieux et à boire. »

Ces supériorités acquises par l'étude ou données par la nature, ne détournaient pas Lucrèce de prêter au jeune officier des qualités qu'il ne possédait pas encore. L'esprit de discipline avait retardé, chez lui, comme chez presque tous les hommes de guerre, l'éveil de l'esprit de finesse. Quelques soirs d'Aix, des jugements échangés à propos d'un livre, d'un tableau, d'un concert d'orgue ou de clavecin, la joute des reparties, l'escrime des pointes et des mots, le rendirent plus délicat qu'il n'avait appris à l'être en six ans de service sur les galères.

« Cette ville a de l'esprit, lui disait M. de Terris,

et elle oblige les gens à lui ressembler. Connaissez-vous l'aventure qui est arrivée à mon cousin, Pierre de Coriolis, marquis d'Espinouse, président du parlement, dans la maison où nous sommes ? Il était du dernier mal avec le président de Marin qui voulut lui jouer un tour pour le rendre ridicule. Ce président de Marin, étant à Paris, rencontra un prince étranger qui devait passer dans notre ville, et qui lui demanda quelle était la meilleure auberge. Il lui donna l'adresse des Coriolis, ici-même, en lui assurant qu'on ne saurait trouver auberge plus somptueuse en aucune autre ville du monde. Le prince arrive en croyant que cet hôtel est bien son auberge. Mon parent comprend le micmac du président de Marin et, loin de se mettre en colère, traite le noble étranger comme si, lui, président à mortier, n'avait été qu'un simple aubergiste. Il lui donna le soir un festin somptueux où se trouvaient réunis vingt gentilhommes du premier rang et vingt dames de qualité. Il le préside, en prétextant que tel est l'usage du pays. La nuit se passe dans les plaisirs les plus raffinés et quand, après avoir dormi quelques heures, le prince demande à régler sa dépense, il apprend qu'il a été l'hôte d'un des premiers de la ville, et le ridicule de l'aventure fut pour le président de Marin.

— Les histoires de mon grand-père sont les plus enrichissantes du monde », disait Mlle Lucrèce, qui prenait plaisir à entendre ces récits pleins d'une sagesse frivole. Mais, quand il lui arrivait de se trouver seule avec M. de Maroulles, elle essayait de le faire parler de ces galériens qu'elle avait pris en pitié, depuis qu'elle les avait entrevus, en visitant *La Superbe*.

« Je ne peux m'empêcher de plaindre ces pauvres gens, lui disait-elle, et surtout ceux qui n'ont pas commis de grands crimes. Ne pourrait-on pas les aider ? Leur faire tenir un peu d'argent ? Ces pauvres huguenots ne sont pas de grands criminels. »

M. de Maroulles ne comprenait rien à ces sentiments. Pour lui, les forçats n'étaient que bêtes de somme. Il n'avait pour eux ni haine, ni compassion, et s'effrayait des rêves de charité qui semblaient hanter Mlle Lucrèce.

« C'est contraire aux ordres du roi, disait-il, d'une voix qu'il tâchait de rendre sévère. Donner de l'argent à ces huguenots serait un grand crime, et celui qui le commettrait s'exposerait à finir ses jours aux galères. Du reste, les huguenots qui accepteraient cet argent seraient eux-mêmes traités avec la dernière rigueur, et seraient passés à la bastonnade. Pourquoi donc vous mettre en souci pour ces misérables qui ne sont même plus des hommes ? Dans les régiments de cavalerie, on ne fait pas de collecte pour les chevaux, et ce serait folie que de leur donner de l'argent. »

Ces conversations sur les galériens n'étaient jamais que des intermèdes rapides entre les plaisirs des festins, des bals costumés ou des soirées de musique qui enchantaient la vie de ces deux jeunes êtres dont le hasard avait réglé la rencontre, un jour d'été, au large du Grau-du-Roi, sous les banderoles et les flammes de *La Superbe*.

⁂

Dans les derniers jours de février, alors que le temps s'était mis au beau, que le ciel était clair et la mer violette, avec des traînées de vert dans les anses de ses rivages, M. de Montmort, intendant général des galères du roi, donna une grande fête dans sa résidence de l'arsenal. Il y avait convié tous les officiers-majors du corps des galères, quelques officiers choisis du corps des vaisseaux, et les gens les plus distingués de Marseille et de la Provence. Lucrèce y vint, avec son grand-père et sa grand-mère, et l'éclat de sa beauté fut à peine suffisant pour faire d'elle la reine de cette soirée. Dans le vaste jardin ordonné à la française, devant la nouvelle maison du roi, passant et repassant au long des allées de buis, sous les citronniers et les orangers en caisse dont les fruits commençaient à peine à mûrir, il y avait toutes les plus célèbres beautés de la société provençale, des Marseillaises aux poitrines opulentes, qui ressemblaient à des patriciennes romaines, des dames d'Aix, aux manières plus raffinées, aux attaches fines et qui, toujours, donnaient le branle à la mode, des filles d'Arles, à la nuque haute, au nez droit comme les Vénus antiques que l'on trouve en fouillant le sol de leur ville, des Avignonaises enfin, dont les atours n'alourdissaient pas l'allure légère et qui semblaient danser dès qu'elles faisaient quelques pas.

Même chez le roi, aux plus beaux soirs de Versailles, on n'aurait pu trouver compagnie plus raffinée, ni plus élégante assemblée. On aurait dit une cour d'amour d'un autre âge, les comices de la beauté et des grâces, ou une réunion de déesses, dans quelque jardin des Hespérides, illuminé par des grappes de pommes d'or.

Un orchestre jouait *le concert de trompettes et de timbales et les symphonies pour le souper du Roi*, de Michel-Richard Delalande, et sa musique avait l'air de sortir du feuillage des orangers.

Le visage encadré par les boucles de sa perruque, l'air souriant, malgré ses yeux durs, M. de Montmort faisait les honneurs à ses hôtes, suivant leur rang, leur naissance ou leur beauté. Il accueillit Lucrèce avec les égards paternels que l'on peut avoir pour une enfant qui fait ses premiers pas dans le monde. S'il ne fit que lui répéter les compliments qu'il avait déjà faits à vingt autres jeunes filles, il les lui dit avec une telle sincérité qu'on aurait cru qu'il venait de les composer pour la première fois de sa vie. Lucrèce en fut comblée de bonheur, et ce bonheur se lisait encore sur son visage quand elle rencontra M. de Maroulles. Celui-ci ne l'avait jamais vue aussi belle. Il le lui dit, plus mal que ne l'avait fait l'intendant, mais le mieux du monde au gré de la jeune fille.

Ils allèrent visiter la ménagerie où l'on gardait des

bêtes étranges, venues d'au-delà des mers, de tous les pays de la terre. On les y laissait quelque temps, pour les habituer à nos climats, avant de les envoyer à Versailles, pour le divertissement du roi. Il y avait, ce jour-là, un lion d'Afrique repu qu'un Turc gardait dans sa cage et qui montait, à ses ordres, sur un escabeau de bois, pour que les visiteurs puissent le regarder à leur aise. Dans la cage voisine, au bord d'une pièce d'eau, un énorme crocodile se réchauffait au soleil, sans faire un seul mouvement. Une autre cage abritait un zèbre et quelques gazelles. Dans de grandes caisses de bois que recouvraient des plaques de verre, on distinguait des serpents qu'un More affreux, dont la nuque était hérissée de pustules et les mains couvertes de cicatrices, essayait de charmer en jouant un air de flûte. « Mortels ! Mortels » disait-il en souriant comme pour annoncer la plus belle chose du monde. M. de Maroulles essayait d'entraîner Lucrèce, que semblait fasciner ce grouillement de reptiles.

« J'aime toutes les bêtes ! disait-elle. Mais je les aime surtout quand elles sont nobles, comme les lions ou les taureaux.

— Nobles ou non, répondait le jeune officier, je tremble à les voir à côté de vous. Faites-moi plutôt l'honneur d'une danse. Il doit y avoir un orchestre de qualité, car M. de Montmort a écumé toutes les galères et nous lui avons envoyé les meilleurs musiciens de *La Superbe*.

— Ce qu'on est en train de jouer, déclara Lucrèce, c'est *la sérénade composée d'airs de fanfares, d'airs tendres et d'airs champêtres, propres à danser*, de Michel Pinolet de Montéclair. Ne voulez-vous pas me faire danser sur ces airs qui méritent mille fois leur titre ? »

Ils furent entraînés dans le tourbillon des danseurs. Une danse amenait une autre danse.

« Maintenant, c'est un air d'André Panican Philidor », murmurait Lucrèce.

La musique les avait pris dans ses rêts. Ils ne se

quittèrent pas de la soirée. « Quel beau couple », soupiraient les dames d'un certain âge. « Elle est fort bien », disaient d'un air détaché les sous-lieutenants et les enseignes. « Il est du dernier galant », répondaient les jeunes filles.

Les hommes les plus importants de la ville et de la province, ceux qui parlaient au nom du roi, ceux qui rendaient la justice, ceux qui commandaient les escadres, ceux qui dirigeaient l'Eglise, se trouvaient tous réunis et, cependant, aucun ne parlait de choses sérieuses. Il n'était question ni de la guerre, ni des séditions et des révoltes, ni des embarras des finances, ni de la disette qui menaçait de se transformer en famine. Il aurait été de mauvais ton de faire allusion aux malheurs publics.

Cette société n'était pourtant pas frivole. Mais elle avait un goût profond du bonheur et, dans cette belle soirée de printemps, il semblait à chacun, même à ceux qui avaient les plus lourdes charges, que rien ne pouvait être plus important qu'un beau sous-lieutenant du corps des galères ébloui par la beauté d'une jeune fille. Tout le monde avait remarqué le manège de M. de Maroulles et de Mlle de Montal. Les soucis étaient pour demain mais, jusqu'à minuit, on dansa dans le parc ordonné à la française, devant les broderies des parterres, sous les lanternes de papier multicolore et les girandoles.

⁂

Sans en être encore à faire une cour en règle, M. de Maroulles montrait une assiduité si constante auprès de Mlle Lucrèce que M. de Montal, prévenu par ses beaux-parents, eut le désir de faire sa connaissance. Il vint à Aix et fut séduit par ce jeune officier qui lui rappelait sa propre jeunesse. M. de Montal avait servi longtemps aux armées. Il avait été fait chevalier de Saint-Louis au moment de la création de l'Ordre. Il avait gardé le ton d'un homme de guerre, mais avec quelque chose de féodal. Il était resté soupçonneux à l'égard de la discipline monarchique imposée par les ministres et par leurs commis, et détestait M. de Louvois. L'esprit d'indépendance du corps des galères et la morgue des officiers ne pouvaient donc que lui plaire. Il ne connaissait que le roi, la noblesse et le bon peuple. Il méprisait les gens des bureaux et ne croyait qu'aux vertus de la cavalerie, à laquelle il voulait bien ajouter cette cavalerie de la mer que représentaient pour lui les galères du Levant.

« Montez-vous à cheval ? demanda-t-il au sous-lieutenant de *La Superbe.*

— Ma foi, monsieur, je suis plus accoutumé à sauter sur les chevaux de Neptune que sur des genets d'Espagne ou sur des barbes ou des anglais. J'espère, pourtant, n'être pas trop ridicule quand il m'arrive d'avoir à le faire. Je fus mis tout jeune à cheval et par de bons maîtres. Ils m'ont enseigné cet art selon les préceptes de ces écuyers d'Italie qui ont formé Antoine de Pluvinel, mais en les débarrassant des subtilités qui n'ont de sens que pour faire un beau carrousel, sous les yeux émerveillés des dames.

— Bravo, monsieur, c'est suivre une excellente méthode. Mais s'il vous plaisait de venir, un jour, avec nous, nous vous ferions voir comme on monte dans le pays de Camargue, où nous élevons des taureaux et des cavales sauvages. Nous avons pris rendez-vous pour le dimanche avant les Rameaux, qui doit tomber, cette année, le 14 du mois de mars. Réservez-nous cette date. Ma fille viendra avec nous, car elle est née à cheval et se tient comme une amazone. Nous vous ferions les honneurs d'une ferrade et, sans vous recevoir aussi magnifiquement que vous êtes en mesure de le faire sur votre *Superbe,* nous vous donnerions, nous aussi, la collation et la symphonie, à notre manière. »

M. de Maroulles accepta cette invitation avec une joie manifeste. Il était maître de son temps, puisque sa galère était désarmée, et prêt à répondre au premier appel. Il était enchanté à l'idée de voir une ferrade, bien qu'il ne sût pas très bien ce qu'une ferrade pouvait être, mais il était surtout au comble de tous les bonheurs à l'idée de pénétrer un peu plus avant dans l'intimité de la famille de Lucrèce.

« Ce jeune homme aurait pu faire un beau cavalier », décréta M. de Montal.

VI

LA GRANDE NOUVELLE

ENTASSÉS depuis des mois sur *La Vieille-Réale* qui n'allait jamais plus en course et servait de dépôt flottant, pris en main par les comites et les argousins les plus durs de toute l'escadre, dévorés par les morpions et les poux, hébétés par les sanglades, rongés par la faim, les derniers forçats arrivés par les chaînes de Paris, de Guyenne ou de Languedoc furent répartis sur les galères que l'on allait réarmer avec le retour du beau temps.

Au milieu de la foule des scélérats, des filous et des criminels, il y avait une quarantaine de huguenots, des opiniâtres, des obstinés qui, pour la plupart, venaient des confins de la Camargue ou des hauts cantons des Cévennes.

Denis Ustain arriva sur *La Superbe* avec un convoi de criminels qui devaient compléter la chiourme décimée par la campagne d'été et par les misères de l'hiver. Ils furent reçus à bord avec le cérémonial d'usage, tambours roulants, pertuisanes dressées vers le ciel. M. d'Autigny n'étant pas encore de retour, M. de Marle et les officiers-majors les attendaient à la poupe, assistés par le comite et ses acolytes surexcités comme des bouchers à l'abattoir. Chaque homme qui passait était jugé comme l'aurait été une bête et réparti dans les bancs suivant sa carrure et son apparence.

« Ils ne sont bons qu'à faire des cague-rageole, disait le comite à M. de Marle. Hier matin, quand on les a mis en montre, nous avons choisi les meilleurs. Mais ils sont de plus en plus chétifs et de plus en plus misérables. On dirait qu'ils n'ont pas mangé de tout l'hiver. »

Les forçats passaient devant les officiers-majors, en se découvrant et, bonnet en main, chaîne pendante dans la saignée du bras gauche, tendaient le dos aux coups de corde de bienvenue que leur décochait le comite, comme pour s'assurer de leur résistance, au moment où ils s'engageaient sur la coursie. Le comite hurlait alors un ordre, et M. de Marle approuvait, d'un signe de tête, l'air ennuyé, les narines plongées dans le pommeau ouvert de sa canne.

« Au douzième banc, en cague-rageole. On verra plus tard s'il peut faire mieux. Mettez celui-là en tercero. Il est presque bâti comme un Turc. Il pourra peut-être faire un vogue-avant. »

Denis Ustain fut envoyé en cague-rageole, à la place de Marsaut, au même banc que Jean-Pierre. Il y arriva sous une tornade de coups, haletant.

« Condamné pourquoi ? lui demanda l'Avocat sans faire un seul mouvement de lèvres.

— Pour religion, souffla le nouveau cague-rageole en poussant son paquet de hardes sous le banc.

— Encore un, répondit le faussaire, sans cacher sa déception. Je vais être noyé dans leurs prières ! Eh, dis donc, murmura-t-il en se tournant vers Jean-Pierre, on t'a envoyé un de tes frères. C'est étonnant, d'habitude ils ne vous mettent jamais à côté les uns des autres. »

Jean-Pierre regarda le nouveau venu. C'était un

homme de moins de trente ans, aux cheveux châtains, au visage ovale. Dans le tumulte qui régnait sur la galère, Jean-Pierre lui dit en le regardant dans les yeux :

« Frère, que le Seigneur soit auprès de toi, dans ce lieu privilégié où nous souffrons pour sa gloire. Humilions nos cœurs devant Lui, et reconnaissons sa bonté. Il a voulu nous rapprocher l'un de l'autre pour nous aider à supporter nos souffrances. Qu'elles soient toutes consacrées à son service. A Lui le règne au siècle des siècles.

— Le Seigneur soit avec nous, répondit le nouveau venu. Je m'appelle Denis Ustain, je suis de Frontignan, diocèse de Montpellier. Je suis né dans la religion catholique. J'ai cru longtemps, dans la naïveté de mon cœur, aux superstitions des papistes, mais l'Eternel m'a inondé de sa lumière et j'ai suivi les assemblées où l'on enseigne sa véritable parole. Je suis sorti de la Babylone romaine et j'ai marché avec le petit troupeau. C'est pour cela qu'ils m'ont condamné. M. l'intendant de Languedoc a rendu mon jugement, le 3 juillet de l'année dernière, et je suis arrivé ici le 10 juillet après bien des tribulations. J'ai passé l'hiver sur *La Grande-Réale* avec beaucoup de nos frères qui m'ont appris les prodiges que l'Eternel tout-puissant est en train de faire dans les Cévennes.

— N'as-tu pas connu un nommé Jean Peyre qui est du même pays que moi, le Pompidou, un village perdu sur le sommet des montagnes ?

— Je l'ai connu, ainsi que ceux qui sont arrivés par la même chaîne que lui, il y a quelques semaines. Je crois qu'on l'a envoyé sur *La Couronne*. Il y avait avec lui David Fesquet, d'Ardaillès, près de Valleraugue qu'on a envoyé sur *La Valeur*. Il y avait aussi Louis Bourguet, du Mas Soubeyran, près de Molezon, Antoine Chabrol, de Saint-Trézal de Ventalon, dans le diocèse de Mende, Jacques Combarnous, d'Aumessas, Pierre Valgalier, de Ganges, qui doit être sur *La Couronne*. Presque tous ces frères étaient des gens des montagnes, du même pays que toi et Jean Peyre, et c'est eux qui nous ont raconté ce qui s'y passe. La louange en soit au Seigneur.

— Nous lui rendrons grâces ! J'ai la fortune d'avoir avec moi un de ces livres où l'on a recueilli sa parole. Je pourrai te le prêter...

— Frère, je ne suis qu'un laboureur, et je ne sais même pas lire. Il m'a suffi d'entendre la vérité pour qu'il me soit donné de croire en elle. J'entends et je crois, puis-je dire. Mais que serait-ce si je pouvais aussi voir la vérité par mes yeux !

— Je t'apprendrai, dit Jean-Pierre. C'est un des devoirs des confesseurs de la foi.

— Vos gueules ! dit soudain le Croc. On va finir par entendre vos oraisons et, si vous recevez des coups de bâton ou de corde, il y en aura des miettes pour les voisins. Faites comme les curés qui savent dire leurs patenôtres sans se fatiguer, rien qu'en remuant les lèvres.

— L'homme est mauvais, mais Allah est grand », murmura Ioussouf qui méprisait le Croc d'empêcher deux frères de se parler, parce qu'il avait peur de partager avec eux quelques coups de corde.

A partir de ce jour-là, ces deux hommes furent comme un seul corps et une seule ombre, toujours attachés l'un à l'autre. Ils s'arrangeaient pour être côte à côte dans les travaux et dans les corvées qu'entraînait le réarmement de *La Superbe*. Tous les deux ou trois jours, les forçats faisaient la bourrasque aux premières lueurs de l'aube. C'était vraiment comme une tempête qui parcourait toute la galère, de poupe à proue. Il fallait racler toutes les surfaces de bois pour les rendre lisses et nettes, les inonder d'eau, les frotter avec des chiffons, les sécher à la serpillière. Chaque ornement de métal devait être fait au sable ou au tripoli et, quand la bourrasque était passée, la prison flottante, où grouillaient toutes les vermines des pays de soleil, était luisante comme une embarcation de fête, attendant la venue d'un prince.

∴

C'est pendant cette première épreuve de la journée que les forçats protestants pouvaient échanger quelques paroles. Ils récitaient leur oraison du matin et trouvaient parfois le moyen de dire en commun Notre Père. Loin de s'opposer à ces colloques, l'aumônier les favorisait de son mieux. Souvent même il parlait aux religionnaires et, en discutant avec eux, il leur donnait l'occasion de se réconforter les uns les autres. Ni les comites, ni les proyers, jeunes loups qui montraient toujours leurs canines, n'osaient alors l'interrompre.

« Pourquoi refuser les vérités de la sainte Eglise catholique, apostolique et romaine ? disait-il avec douceur, et chacun sentait que cette douceur n'était pas feinte. Elle vous offre ce que vous cherchez, mais elle s'appuie sur l'autorité des Pères qui en savaient plus long que vous et que moi. Pour ma part, ce n'est pas sans tremblement que je trancherais dans les Ecritures. Il y a là des mystères qui dépassent de pauvres mortels comme nous. Comment monsieur qui ne sait même pas lire interpréterait-il la Parole de Dieu, en s'en remettant à lui-même ? disait-il en se tournant vers Denis Ustain.

— La Parole se suffit à elle-même, monsieur l'aumônier, répondaient les obstinés, en accablant le curé par des citations de l'Evangile et de *L'Ancien Testament*.

— Comment un Dieu tout-puissant pourrait-il accepter de limiter sa puissance ? Ce qu'il a dit doit être compris de tous les hommes, par la seule vertu de sa Parole, et non pas seulement des théologiens et des docteurs. Que peuvent-ils ajouter au message de l'Eternel ?

— Laissez venir à moi les petits enfants, a-t-il dit, et les petits enfants ne savent pas lire les livres, ni discuter en latin.

— Heureux les pauvres en esprit, car ils verront Dieu. C'est ainsi qu'il a parlé à ses fils.

— Des fils respectueux doivent-ils tutoyer leur père ? répondait l'aumônier qui, dans les premiers temps de son ministère, jugeait cette question sans réplique.

— J'ai toujours tutoyé le mien, répondait Jean-Pierre, et je lui ai toujours rendu le respect dont mon cœur était plein pour lui. Vous le tutoierez un jour, monsieur l'aumônier, quand Sa Face se découvrira à vos yeux.

— Allez, messieurs, je vous laisse, et je vais prier la très Sainte Vierge pour qu'elle ôte de ses mains le bandeau qui vous aveugle.

— Nous prierons aussi pour vous, monsieur. Le Seigneur vous a fait la grâce d'avoir un esprit de charité, et nous ne voyons pas en vous un de nos persécuteurs.

— Messieurs, messieurs, personne ne vous persécute. Je ne peux pas vous laisser dire cela. Vous êtes punis pour avoir désobéi aux ordres du roi. C'est une chose bien différente. L'Eglise n'a rien à voir là-dedans. Elle tient la violence en horreur et ses serviteurs cherchent simplement à vous ramener à la vérité.

— Si les aumôniers des autres galères agissaient tous comme vous le faites, nous pourrions peut-être le croire. Mais il en est qui sont des loups dévorants qui couvrent de plaies les agneaux qu'on a livrés à leur garde.

— Allons, monsieur, ne me dites pas de mal de mes confrères. Ils ne veulent que votre salut. Aucun autre intérêt ne les anime.

— Monsieur l'aumônier, ceux qui ont été curés dans des paroisses, comme vous l'avez été vous-même, y ont fait l'apprentissage de la charité. Mais les Pères de la Mission ne connaissent pas le monde. Ils ont oublié l'esprit de leur fondateur et les saints Commandements de Dieu. Chaque jour, ils se réjouissent de nos misères et ne font rien pour les alléger.

— Taisez-vous, taisez-vous... Ces messieurs sont peut-être entraînés par leur zèle plus loin qu'ils ne

le devraient. Mais que dis-je ? Je ne sais pas. Je ne suis pas capable d'en juger. Je ne suis qu'un pauvre pécheur qui doit reconnaître leurs vertus... « Souve-
« nez-vous, ô très miséricordieuse Vierge Marie, que
« l'on n'a jamais entendu dire, psalmodiait-il en toute
« hâte, qu'aucun de ceux qui ont eu recours à votre
« sainte protection, imploré votre secours et réclamé
« vos suffrages, ait été abandonné... Veuillez donc, ô
« Mère du Verbe, ne point mépriser mes prières, mais
« écoutez-les favorablement et daignez les exaucer.
« Ainsi soit-il. » Il enchaînait aussitôt un *Salve regina, Mater dolorosa...* comme s'il avait cherché une protection plus sûre, contre les raisonnements de ces hérétiques, dans une prière latine. Les obstinés et les opiniâtres continuaient à lui parler de la présence réelle, de la confession et des indulgences, tandis qu'il se barricadait dans ces prières ferventes et ne cherchait même plus à répondre à leurs arguments.

∴

A huit heures, quand le soleil illuminait le port et la rade, on distribuait le biscuit que les galériens et les esclaves mâchaient lentement, puis on reprenait les travaux, au milieu des cris et des jurons, au rythme des appels du sifflet d'argent des comites. A dix heures, déjà rompus de fatigue, les galériens recevaient une écuelle de soupe, fèves ou pois cuits à l'eau, étendue d'huile de chétive qualité, avec un morceau de pain fabriqué dans la boulangerie de l'arsenal des galères. Les plus fortunés se faisaient porter un morceau de viande qu'un Turc allait préparer à la cuisine de l'équipage. Dès que le repas était fini, enchaînés deux à deux, les forçats allaient travailler à l'arsenal d'où ils ramenaient les voiles, les gréements et l'artillerie de leur galère. C'était une nouvelle occasion pour tous les religionnaires de se retrouver et de faire échange de nouvelles, et c'est ainsi que, l'un après l'autre, bribe par bribe, ils apprirent tous ce qui se passait dans les Cévennes.

C'est en allant chercher des boulets à l'arsenal, que Jean-Pierre rencontra pour la première fois l'autre galérien qui était du Pompidou comme lui, et dont le nom était presque semblable au sien. Ils tombèrent dans les bras l'un de l'autre en rendant grâce à leur Dieu de les avoir réunis.

« Frère, tout va bien chez toi, dit Jean Peyre. Le Seigneur a veillé jusqu'ici sur les tiens. Ta femme est l'exemple des vertus et l'humble servante du Christ. Ton fils devient grand et son jugement est celui d'un homme. Tes filles grandissent aussi dans la crainte et dans l'amour du Seigneur. Ta maison a été frappée par sa verge et bénie du même coup par sa grâce... Mais, depuis qu'on t'a emmené en servitude, il est arrivé de grandes merveilles dans le fond de nos vallées et sur les sommets de nos montagnes. On s'attend maintenant à voir de plus grandes choses. Le Dieu des armées est prêt à faire déborder sa colère. Il a été dit que la domination de la Bête ne durerait pas plus de trois ans. Belles sont les prophéties et les certitudes qui nous ont été données. »

Les anciens galériens, les rebelles obéissants qui se considéraient comme des privilégiés, et n'avaient jamais pensé qu'ils verraient tomber leurs chaînes dans ce monde, écoutaient avec stupeur ce que racontaient ces nouveaux forçats dont les âmes s'étaient durcies, comme des pointes d'épieux, aux brasiers ardents de la révolte préparée par les prophètes et les prophétesses qui avaient remplacé les pasteurs fugitifs ou suppliciés sur la roue.

« Enfants de Dieu ! disaient-ils — alors que les premiers galériens ne s'étaient jamais donné que le nom de « Frère » —, Enfants de Dieu ! nous sommes venus pour vous dire ce qui se passe et surtout pour vous annoncer ce qui doit arriver. »

Ils se mettaient alors à raconter des prodiges, en dévoilant un temps de meurtre et de sang, comme d'un signe de main ils auraient pu faire voir, au lointain, un immense incendie sur le sommet des montagnes.

Ces récits de Jean Peyre et des autres nouveaux galériens qu'on venait de répartir dans les chiourmes, couraient de *La Superbe* à *La Magnanime*, de *La Magnanime* à *La Couronne* et faisaient, en quelques heures ou en quelques jours, le tour de l'escadre. Transmis par les uns ou par les autres, au hasard des rencontres, reconstitués bribe par bribe, ils devenaient un seul et même récit dans la mémoire des galériens pour la foi qui les apprenaient par cœur, jour après jour, comme ils apprenaient les versets de l'Ecriture ou les Psaumes de David. C'était comme un chant épique, une mélopée composée par les annonciateurs d'une revanche terrible. Pour la première fois, des prophètes et des voyants promettaient à ceux qui n'avaient jamais eu d'espoir que dans la vie éternelle, le triomphe d'une justice qui devait régner dans ce monde. On aurait dit une voix mystérieuse qui psalmodiait une longue histoire de deuil pour faire éclater tout à coup un cri de colère.

« Nos yeux avaient perdu depuis longtemps le don des larmes. Nous avions vidé jusqu'au fond la coupe de l'amertume et de la désolation. Depuis qu'on vous avait emmenés aux galères, les persécuteurs avaient redoublé de rage. Nos temples étaient abattus, nos pasteurs étaient dispersés. Beaucoup d'entre eux avaient expiré sur la roue. On enfermait nos femmes dans le château de Sommières ou dans les tours d'Aigues-Mortes. On murait nos filles dans des couvents. Les dragons fondaient sur nos assemblées, comme l'épervier sur l'alouette. Nous nous répétions en vain le sermon sur la colombe que Claude Brousson avait composé pour nous. « Ma colombe qui te « caches dans les fentes des rochers, montre ta face « et que j'entende ta voix ; car ta voix est douce et « ta face est belle ! Lève-toi, mon amie, et viens ; car « l'hiver est passé, l'orage a cessé, les fleurs naissent, « et voici le temps des chansons. » Ce beau sermon nous avait fait espérer le rétablissement de l'Eglise. Nous le savions tous par cœur et nous attendions avec confiance. Mais Claude Brousson est mort sur l'échafaud, à Montpellier, sans que la colombe ait pu revenir vers nous. Ils n'étaient pas nombreux, ceux qui avaient eu le privilège de l'entendre prêcher, dans les jasses perdues au-dessus de Lasalle et de Saint-Jean, mais, quand on l'a conduit à la mort, un peuple immense est venu à Montpellier, comme si tous ceux qui n'avaient pas pu l'entendre avaient voulu le voir confesser sa foi devant la Face de Dieu. Tout le régiment d'Auvergne faisait une double haie pour le séparer de ce peuple, et vingt tambours battaient pour couvrir sa voix. Il a chanté le psaume XXXIV, où il est dit :

Jamais je ne cesserai
De magnifier le Seigneur ;
En ma bouche aurai son honneur,
Tant que vivant je serai...

— Il a réconforté ses bourreaux, donné rendez-vous au ciel — Dieu voulant — à l'abbé qui l'accompagnait. Il est mort comme un apôtre, et son supplice a été encore plus beau que ses plus magnifiques sermons. C'est le bourreau qui en a porté témoignage. « J'ai mis à mort plus de deux cents condamnés, a-t-il « dit quelques jours après le supplice. Aucun ne m'a « fait trembler comme ce M. Brousson. Quand il a « passé à la question, le commissaire et les juges « étaient plus pâles et tremblants que lui qui levait « les yeux aux ciel et qui priait Dieu. Si j'avais pu, « je me serais enfui pour ne pas donner la mort à « un si honnête homme. Si j'avais le courage de « parler, j'aurais bien des choses à dire. Je dis, du « moins, qu'il a su mourir comme un saint. »

La voix continuait, en changeant de ton, en se faisant plus âpre et plus dénonciatrice :

« Le pasteur de la colombe est mort sans que la colombe ait pu revenir parmi nous. La douceur ne servait à rien pour soulager nos misères. Alors des gens se sont souvenus de Vivens qui, le premier, est tombé en combattant contre ses persécuteurs. Des hommes sont venus en armes dans nos assemblées nocturnes. Des prophètes et des prophétesses ont remplacé nos pasteurs fugitifs ou sacrifiés sur les échafauds. C'est à Gallargues, à côté de Nîmes, que pour la première fois un homme est venu avec une épée à une des assemblées qui se tiennent dans le Désert. « Cette épée détruira les ennemis de la « vérité » ! a crié une prophétesse qui semblait voir ce que les autres ne voyaient pas, et tout est peut-être sorti de cette première extase. »

Tous ces discours stupéfiaient les anciens forçats, coupés du monde depuis des années. Ils avaient subi la Révocation, et tout son cortège de malheurs et toutes ses servitudes comme si Dieu lui-même l'avait ordonné. Mais voici que se levaient maintenant, derrière eux, des défenseurs de la foi qui ne voyaient plus dans les persécutions un irrévocable arrêt de la volonté divine, et qui se dressaient devant leurs persécuteurs. Dieu avait changé d'avis. Ce n'était plus seulement la soumission et l'obéissance qu'il attendait de ceux qui suivaient sa loi. Maintenant, il donnait licence au Juste de lutter contre le Méchant. On aurait dit qu'un vent de tempête avait soufflé sur le Livre des Livres. Ouvert jusqu'alors sur une page des Evangiles, il semblait s'ouvrir maintenant sur les plus terribles promesses du Dieu de colère et de vengeance qui avait édicté la loi du talion.

Il n'était question que d'annonces mystérieuses, de prophéties, de visions, de voix dans le ciel. Des filles et des enfants tombaient en extase. Des bergères discouraient dans des langues inconnues. Il n'en fallait pas plus pour rompre la loi de soumission qui, jusqu'alors, avait été celle de ce peuple. Les prophètes le déliaient de l'obéissance au malheur. Tout venait de Dieu, de la perversité du Méchant à l'obéissance du fidèle, mais ce Dieu qui voulait d'abord la repentance, pouvait aussi vouloir la colère, et le temps de la colère était venu.

Une fille des hautes Cévennes, qui travaillait chez un paysan nommé Coutarel, était tombée en extase. Elle avait dit « qu'il allait arriver de grands malheurs dans tout le pays des montagnes, mais qu'il s'y ferait comme un nouveau monde ». Un peu partout, des femmes pleuraient des larmes de sang. L'intendant les faisait mourir, pour que leur sang répandu par le bourreau efface celui que leur faisait pleurer leurs angoisses. Les simples gens qui se rendaient dans les assemblées, au plus fort des nuits sans lune, dans des lieux déserts où il n'y avait pas de chemins, étaient guidés par de mystérieuses lueurs que les ennemis de la foi ne pouvaient pas voir. Le prophète Daniel, étendu sur la roue, semblait narguer le bourreau qui n'arrivait pas à briser ses membres à coups de barre de fer. Il confessait Jésus-Christ au plus fort de son supplice, et réconfortait un adolescent qui devait mourir après lui, et tremblait en voyant son aîné mettre si longtemps à pousser son dernier soupir. Un autre prophète annonçait que Dieu allait faire descendre du ciel un grand temple de marbre blanc sur lequel les deux tables de la Loi seraient gravées en lettres d'or et de feu.

Tous ces récits étaient pleins d'extravagances et de folies, mais ils répondaient aux tourments et aux supplices que ce peuple endurait depuis des années. C'est par une sorte de miracle que les plus anciens forçats avaient voulu seulement être les témoins de l'Evangile. Ils n'avaient cherché leur salut que dans la douceur et l'obéissance, et n'avaient jamais pensé que Dieu autorise aussi les justes colères et arme le bras des persécutés aux jours des saintes batailles. C'est ce que proclamaient les nouveaux venus dans les chiourmes des galères. On aurait dit, en les écoutant, que les promesses du ciel allaient tomber sur la terre et que l'éternité allait se mêler au temps qui passe. Demain, peut-être, la Jérusalem céleste allait descendre ici-bas.

⁂

Ardents comme des chiens que l'on vient de découpler, les comites et les proyers comprenaient qu'il se passait quelque chose dans l'obscure profondeur de la chiourme. Longtemps acharnés à déchiqueter des proies sans défense, ils sentaient maintenant l'odeur du sanglier et du loup.

« Monseigneur, disait le comite au crâne luisant comme un boulet de canon, à M. d'Autigny qui venait d'arriver de son château de Bourgogne, ces derniers temps, il a poussé des crocs à ces chiens. On dirait qu'ils sont prêts à mordre. Il va falloir les traiter avec la dernière rigueur pour les ramener à l'obéissance.

— Eh bien, tu n'as qu'à remplir ton office. Que la corde et le bâton soient leur pain quotidien. Attache-les, quand il le faudra, au bout de l'antenne, à leur arracher les membres. Demande-moi de les faire passer à la bastonnade. Dix coups pour un rien. Vingt coups à la moindre peccadille. Trente ou quarante pour une faute. S'il le faut, nous irons jusqu'à quatre-vingts ou cent et, s'ils n'en meurent pas, nous crierons avec eux au miracle. Mais pour être sûrs de ne pas les voir miraculés, nous pouvons toujours les condamner à la hart. Ce n'est pas la corde qui manque sur *La Superbe*, et tu sais faire les nœuds coulants mieux que n'importe quel bourreau du royaume. As-tu quelque chose à me demander ?

— Non, monseigneur. Pour le moment, le bâton suffira à les tenir en respect. Je crois pourtant qu'il faudrait obliger ces hérétiques à suivre la Sainte Messe, chaque dimanche, et à quitter le bonnet au moment où M. l'aumônier célèbre le Saint Mystère. Il est trop bon et les laisse faire à leur guise, comme s'ils étaient de ces Turcs qui peuvent aller fumer dans le caïque, au moment de l'élévation. Passe pour les Turcs qui sont de vrais hérétiques, mais ces chiens le sont sans avoir le droit de l'être. Il faut toujours le leur rappeler.

— Ne réveillons pas ces histoires du bonnet. Elles ont été l'occasion d'assez de désordres, il y a quelques années. Les galériens sont faits pour ramer. Ce que je veux, c'est les maintenir dans la discipline.

Rien de plus, rien de moins », répondait M. d'Autigny.

Après avoir fait sa cour à Versailles, et reçu un accueil flatteur de Sa Majesté, qui ne savait rien encore de ce qui se passait en Cévennes, — « Bonjour, monsieur. Je sais comment se comportent mes galères sous des capitaines comme vous », — le capitaine de *La Superbe* avait passé plusieurs mois dans ses terres. Il y avait pris trop de plaisirs, chassant, banquetant, rendant visite aux voisins et aux voisines, tâtant les bons vins de tous les vignobles d'alentour, pour être, dès son retour, d'une humeur féroce.

« On verra bien, dit-il au comite, sans le laisser aller plus avant.

— Ils verront bien ! » avait répondu celui-ci, d'un air sombre, en faisant claquer la corde double qu'il tenait toujours à la main.

Pas plus que M. d'Autigny, aucun des officiers-majors de *La Superbe* n'avait alors le désir de traiter plus durement les religionnaires. Ils devaient reprendre la mer dans quelques semaines et passaient leur temps à courir du quai de l'hôtel de ville aux magasins de l'arsenal, et de l'arsenal à leur galère qu'on était en train de réarmer. Ils aimaient leur métier et remplissaient leurs devoirs avec une exactitude méticuleuse, bousculant les bas-officiers qui vérifiaient les agrès et les cordages, les fers et les voiles, et surveillant la mise en place de l'artillerie avec le canonnier et ses aides.

Ils avaient tous la belle humeur du printemps et s'apprêtaient à courir les fortunes de la mer en se souvenant des bonnes fortunes qu'ils avaient connues au cours de l'hiver. M. du Cairon avait fait ses premières armes avec une amie de sa mère qui avait su lui faire oublier son âge, sans lequel elle aurait été d'une expérience moins sûre. M. Desroches avait connu les joies de la vanité satisfaite en allant chez des cousins dont aucun ne faisait une carrière aussi belle que la sienne. M. de Marle, après avoir passé quelque temps avec son père, en Bourgogne, avait ravagé les cœurs dans la ville d'Aix, jusqu'aux alentours d'Avignon, et revenait au port plus chargé de butin que les plus heureux de tous les pirates barbaresques.

Le plus heureux de tous était cependant M. de Maroulles. Plus épris que jamais de Mlle Lucrèce, qu'il avait revue plusieurs fois pendant la saison d'hiver, il comptait faire sa demande au retour de sa prochaine campagne. L'année 1704 serait celle de ses fiançailles. 1705 le verrait emmener Lucrèce à l'autel. Pour le moment, en attendant de devenir un fiancé fou de bonheur, avant d'être un époux heureux, il était un amant respectueux qui faisait sa cour comme un homme de qualité doit la faire.

Avant que *La Superbe* ne reprenne la mer, pavillons hauts, banderoles claquant dans le vent, la proue tonnante pour répondre au salut des canons de la forteresse, il devait rencontrer une dernière fois son amante. Avant que l'escadre ne serpe ses fers et ne défile, en colonne d'ancienneté, par le travers de l'île de Ratonneau, il devait la retrouver à cette ferrade de Camargue à laquelle l'avait convié M. de Montal.

« Casse » ! criaient les forçats, en faisant les travaux de force qu'exigeait, chaque année, le réarmement de *La Superbe*, et les voiles montaient avec les antennes, le coursier reprenait sa place dans sa caisse, entre les deux bâtardes et les deux moyennes, l'escandolat et la compagne se remplissaient de vivres et de boissons, tandis que la chambre de proue regorgeait de cordages et de fers. Jamais *La Superbe* n'avait mieux mérité son nom, aussi neuve, aussi parée, aussi belle et étincelante que le jour où, pour la première fois, elle était sortie de la forme pour prendre sa place au milieu des galères du Levant.

⁂

Les récits des « choses étranges » qui se passaient en Cévennes continuaient à courir de bouche à oreille et de bouche en bouche, à travers les chiourmes quand éclata, tout d'un coup, la grande nouvelle.

« Tout a commencé dans notre endroit, avaient raconté, dès le soir de leur arrivée aux galères, les frères Rampon, Antoine et Jean, tous deux du Pont de Montvert, dans le diocèse de Mende. Nous avions, chez nous, le plus grand persécuteur qu'on ait jamais vu dans nos malheureuses montagnes. Cet homme était pourtant né dans notre pays, et il aurait pu avoir pitié des bergers et des tisserands qui vivent dans nos vallées. Il avait été longtemps, de l'autre côté de la terre, au royaume de Siam, et il avait pris chez ces idolâtres des habitudes de dureté et le goût de faire souffrir. Il a commandé, pendant des années, toutes les persécutions qui ont accablé nos frères. C'était un homme grand, avec un visage terrible. Il avait plus l'air d'un soldat que d'un prêtre, et il n'écoutait jamais ce que les pauvres gens pouvaient dire. Il n'était pas de ceux qui cherchent à séduire les âmes, mais à les briser par les tourments et par les supplices. Nous avons longtemps souffert sous sa loi. Les maisons qu'il habitait étaient devenues des prisons. Leurs caves servaient de cachots. Les prisonniers y étaient tenus dans des ceps, à quatre pattes, comme des bêtes. On dit que ce grand inquisiteur leur faisait endurer des supplices qu'il avait appris en Asie. Avec un torchon trempé dans l'huile, il entourait les mains des captifs, et les allumait comme des lampes. C'était un homme d'un autre temps et d'un autre monde, un grand antéchrist au milieu du petit peuple de Dieu. On ne peut pas raconter tout ce qu'il a fait. Plus on en dirait, et moins on voudrait nous croire. Il avait été sans doute choisi par le Tout-puissant pour marquer le terme de notre patience. »

C'est ainsi que, dans les chiourmes, on parlait de François de Langlade, abbé du Chayla, prieur de Laval, inspecteur des Missions de Gévaudan, archiprêtre des Cévennes. Dans le même temps, les officiers-majors de *La Superbe* en parlaient aussi, à la table du capitaine, en achevant leur dîner.

« Tuer les prêtres, messieurs, c'est la marque du

satanisme. Ces gens sont des possédés du démon. Même les criminels les plus endurcis n'aiment pas répandre le sang de ces personnes sacrées. Ils ont peur de la malédiction divine.

— Et qu'avaient-ils à lui reprocher ? Un prêtre perdu dans ces montagnes sauvages ne devait se dévouer qu'à faire le salut des âmes de ces misérables.

— Pour dire la vérité, fit observer M. de Maroulles, cet abbé jouait depuis longtemps avec le feu. Ma famille avait quelques liens avec la sienne, et nous n'étions pas sans craintes pour lui. Il se laissait un peu trop emporter par son ardeur. C'était un homme de grande mine, plus guerrier que sacerdotal, plus reître que prêtre, plus intendant qu'archiprêtre. Son cousin, le comte de Morangiez, qui tient aussi un peu à notre famille, lui avait dit, quelque temps avant ces événements déplorables : « J'ai bien peur que « vous ne soyez victime de votre zèle. »

— Victime de son zèle au service de l'Eglise et au service du roi, c'est bien ce qui est arrivé, disait M. d'Autigny. Il est tombé sous les coups des plus affreux assassins de tout le royaume. Que la roue, la corde et le gibet en fassent justice, et qu'on nous envoie les complices des meurtriers. »

C'est tout autrement que les galériens faisaient le récit de la mort de cet abbé, comme si l'histoire avait été une pièce de monnaie qu'on regarde à tête ou croix, selon la façon dont on l'a lancée.

« Au milieu du mois de juillet de l'année dernière, racontaient les frères Rampon, de pauvres gens de chez nous ont voulu se réfugier à Genève. Ils sont partis à cheval, conduits par un muletier appelé Massip qui connaissait bien les chemins de nos montagnes. Ils voulaient passer par les bois du Vivarais. C'était une longue caravane d'hommes, de femmes et même de jeunes personnes, parmi lesquelles il y avait deux sœurs, les demoiselles Sexti, du village de Moissac. Ce petit troupeau est tombé dans une embuscade que lui avaient tendue les milices, et le capitaine d'Escalier a livré tous ces captifs aux fureurs de l'archiprêtre. Celui-ci a fait conduire les femmes aux prisons de Mende et les hommes dans sa maison forte du Pont-de-Montvert. Ils étaient tous voués aux galères, et le pauvre Massip était promis à la mort.

— C'est cette dernière iniquité, précisait Antoine Rampon, qui a armé le bras de David. Une fois de plus, nous n'allions répondre que par des larmes à ces cruautés de l'archiprêtre, quand nous avons appris qu'il devait y avoir une assemblée, le prochain jour du Seigneur, au sommet de la montagne du Bougès. J'y suis allé. J'ai vu de mes yeux tout ce que je vais vous dire. Il y avait là une grande foule, et le vent d'été qui passait sur elle semblait être le souffle même de Dieu. Esprit Séguier, de Magestavols, qui a reçu le don de prophétie, a fait la prière et le sermon. « Le Seigneur m'a ordonné de « prendre les armes, nous a-t-il dit, pour délivrer nos « frères captifs et pour exterminer cet archiprêtre « de Moloch. » Nous l'écoutions tous en silence. « Le « jour de la guerre est venu » ! a crié Salomon Couderc et, après lui, Abraham Mazel nous a raconté une vision qu'il venait d'avoir. « Mes frères, j'ai vu « deux grands bœufs noirs fort gras qui broutaient « les plantes d'un jardin et j'ai entendu une voix « qui me disait : « Abraham, chasse ces bœufs ! » Comme je n'obéissais pas, la voix dit encore : « Abra- « ham, chasse ces bœufs », et je les chassai. Or, l'Es- « prit m'a fait comprendre depuis que ce jardin était « l'Eglise de Dieu, et que les bœufs noirs étaient « les prêtres qui la dévastent. L'Eternel m'a ordonné « de les chasser des montagnes. » Voilà ce que j'ai entendu, et la multitude qui était là versait des larmes de joie en criant : « Chassons-les de nos « Cévennes » ! Dieu ne m'a pas donné le courage de suivre nos trois prophètes. Je suis rentré au Pont-de-Monvert avec la nuit, tandis qu'ils allaient dans les villages pour chercher les enfants de Dieu qui étaient prêts à combattre. Le lendemain, ils se sont tous réunis dans les forêts d'Altefage. Ils étaient plus de cinquante ; avec des fusils et des pistolets, des faux dressées à revers et des haches de bûcheron. Esprit Séguier leur a donné la bénédiction du Seigneur, et ils se sont mis en marche au crépuscule pour arriver dans le bourg en même temps que la nuit. Je les ai entendus chanter pendant qu'ils descendaient la montagne, et l'on aurait dit qu'un géant psalmodiait dans l'ombre, tant leurs voix étaient accordées.

« Fouleront-ils toujours ta gloire dans la poudre
Avec ton peuple saint ?
Laisseras-tu longtemps ton bras où dort la foudre
Replié sur ton sein ?
Sauve-nous donc, Seigneur ! Seigneur, Sion succombe,
Et périt sans retour !
Oh, n'abandonne pas l'âme de ta colombe
Aux serres du Vautour. »

— Frères, je n'ai eu que la force de prier pendant que se sont accomplies toutes ces choses. Je ne vous en dirai pas le détail. Les enfants de Dieu sont entrés dans notre bourg, rangés en bataille. Il y avait là Esprit Séguier que tous reconnaissaient pour leur chef, Abraham, Salomon et son frère Jacques. Il y avait aussi David Mazauric, Isaac Soulages, Bonnet, Mourel, Chaptal et un jeune garçon des basses Cévennes qui s'appelle Jean Cavalier et Favier, le fiancé d'une des demoiselles Sexti dont le malheur avait animé le courage. Ils ont donné l'assaut à la maison forte de l'archiprêtre. Ils ont délivré les prisonniers. Ils ont mis le feu à la maison. La nuit était pleine de flammes et le vent traînait l'odeur de la poudre. C'était une sorte de fin du monde. « Tue, tue » ! criaient les enfants de Dieu. L'archiprêtre a voulu s'enfuir en sautant par une fenêtre. Il s'est cassé la jambe et s'est traîné sous un buisson, dans le fond de son jardin. C'est là qu'on l'a retrouvé. A ce moment, j'étais sorti de ma maison et j'ai vu ce que je vais dire. « Le voilà, le voilà, ce

« persécuteur des enfants de Dieu », et cet homme orgueilleux suppliait d'avoir la vie sauve. « Damné « persécuteur, lui disait l'Esprit. Si je suis damné, lui « répondait l'archiprêtre, voulez-vous vous damner « aussi ? » Mais Esprit lui répondit : « Dieu ne veut « pas qu'on te fasse grâce », et il lui porta le premier coup. Alors tous les gens qui étaient là l'ont frappé, et l'un disait : « Voilà pour mon père que tu as fait « mourir sur la roue », l'autre ajoutait : « Voilà pour « mon frère qui souffre sur les galères », un autre enfin : « Voilà pour ma sœur que tu as fait mettre « en prison après l'avoir livrée aux injures de tes « soldats. » On aurait dit que tous ceux qui étaient morts sur les échafauds, que tous ceux qui souffraient pour avoir suivi l'Evangile, s'étaient rassemblés autour de lui, tandis que les serviteurs du Tout-Puissant couvraient son corps de blessures. Mais vous, surtout, galériens pour la foi, confesseurs de l'Eglise flottante sur les eaux, vous étiez présents par vos frères et par vos parents qui frappaient le persécuteur en criant le nom de Pierre Mazel qui, depuis quinze ans, souffre sur *La Favorite*, de Jean Soulages qui est dans la chiourme de *La Galante*, d'Antoine Périer, galérien sur *L'Ambitieuse*, de Pierre Bonnet, de *La Conquérante*, et de Zacharie Massip qui est sur *La Marquise* de l'escadre du Ponant. »

Les galériens de la première persécution qui n'avaient jamais pensé à tirer vengeance de leurs misères, écoutaient ces récits avec une angoisse sacrée. L'Eternel avait-il vraiment voulu tout ce sang ? Avait-il donné son assentiment à tous ces meurtres ? Ne disait-il plus : « Tu ne tueras point » ! et sa voix criait-elle à tous les échos des montagnes : « Œil pour œil, dent pour dent » ! comme elle l'avait crié au temps de l'Ancienne Alliance ?

« Le persécuteur avait reçu plus de cinquante blessures. Son intendant, son cuisinier et tous ses soldats ont été tués sur la place. On n'a laissé la vie qu'à un gardien et qu'à une vieille domestique qui avaient traité les captifs avec douceur. Ces malheureux, à peine délivrés de leurs fers, ont eux-mêmes imploré qu'on leur fasse grâce, au nom du Christ.

— Béni soit le Seigneur ! » soupiraient les vieux galériens, épouvantés par ce qu'ils venaient d'apprendre, et que rassurait cet acte de miséricorde.

« Quelques jours après, reprenait Antoine Rampon, j'ai vu Esprit Séguier marcher au supplice. »

Les forçats retenaient leur souffle. Le premier prophète de la révolte, celui qui avait voulu que le sang soit le prix du sang, avait donc déjà succombé ? Les troupes du roi l'avaient pourchassé comme une bête féroce. Le capitaine Poul l'avait rejoint au Plan de Fontmorte. Au premier feu, les bergers et les tisserands s'étaient débandés. Poul s'était emparé de Séguier, mais la mort du prophète avait transformé ce premier désastre en victoire. Nul n'ignorait comment il avait affronté son supplice. Tous les galériens pour la foi savaient par cœur ce qu'il avait dit, avant de mourir.

« Misérable, comment crois-tu qu'on va te traiter ? lui avait demandé Poul, en faisant caracoler autour de lui son genet d'Espagne.

— Comme je t'aurais traité moi-même si je t'avais pris.

— Votre nom ? lui avaient demandé ses juges.

— Pierre Séguier.

— Pourquoi vous appelle-t-on Esprit ?

— Parce que l'Esprit de Dieu est en moi.

— Votre domicile ?

— Au désert et, demain, au ciel.

— Demandez pardon au roi.

— Nous n'avons d'autre roi que l'Eternel.

— Repentez-vous de vos crimes.

— Mon âme est un jardin plein d'ombrages et de fontaines. »

Maigre, sec et noir, semblable à des milliers de bergers et de bûcherons de ses montagnes, l'œil étincelant, le voilà, au Pont-de-Montvert, devant le bourreau, au-dessus du silence de la foule que prolonge maintenant le silence des galériens. Le bourreau coupe le poing du prophète de Magestavols, mais un lambeau de chair attache encore cette main à son bras. D'un coup de dents, le supplicié la détache et la jette dans le bûcher.

« Frères, attendez et espérez en l'Eternel. Le Carmel désolé reverdira, et le Liban solitaire fleurira comme une rose », dit-il au milieu des flammes, avant d'expirer.

⁂

La nuit du Pont-de-Montvert avait embrasé les montagnes. Le supplice de Séguier avait fait grandir cet incendie. On aurait dit un souffle du plein été attisant un feu de broussailles. Une longue résignation s'était muée en fureur ; la fureur avait engendré la révolte, et la révolte, la guerre. Abraham Mazel tombait comme un coup de foudre sur Saint-André-de-Lancize et sur le château de La Devèze. Les compagnons de Séguier massacraient le curé de Reversat. Les insurgés choisissaient soigneusement leurs victimes. Ils ne s'en prenaient qu'à de méchants hommes, aux plus sanglants des persécuteurs, et ils acceptaient le combat avec des troupes réglées. Les bergers et les bûcherons apprenaient l'art de la guerre en se battant contre des soldats de métier, et chaque nouveau venu répandait à travers les chiourmes des récits de meurtres et de batailles que sanctifiait maintenant le sang des guerriers qui mouraient en donnant la mort.

Ces récits transformaient les cœurs des galériens qui s'étaient laissé arrêter sans penser à la résistance. Petit à petit, ces cœurs résignés devenaient des cœurs farouches. Ces hommes, soumis depuis des années, retrouvaient la dureté des hommes de la montagne, familiers des froids de l'hiver, des vents et des neiges, des jours brûlants de l'été, des sentiers vertigineux, des lits des torrents, des forêts impénétrables. Ils sentaient tous qu'ils auraient pu suivre, avec une fureur sacrée, le prophète de Magestavols dans la nuit de sang du Pont-de-Montvert. Beaucoup d'entre eux, en écoutant les récits de ces batailles, croyaient voir devant leurs yeux les lieux qui en avaient été le théâtre. Ils suivaient la sente et la ravine, ils escaladaient les amoncellements de rochers, ils traversaient les forêts de châtaigniers ou de hêtres. Ils prenaient leur place dans l'embuscade, dévalaient la pente du vallon ou tenaient ferme, comme des loups forcés par une meute de chiens, derrière des murs de pierres sèches qui leur servaient de rempart.

Aucun des officiers-majors de *La Superbe* n'avait encore compris ce qui se passait dans l'âme des galériens. La chiourme était une grande muette. Elle savait garder ses secrets. Nul ne songeait, du reste, chez les puissants de ce monde, à s'inquiéter de cette révolte de pâtres, de bûcherons et de tisserands. Ni le roi, ni la cour, ni l'armée ne tournaient encore leurs yeux vers les déserts des Cévennes. Seuls étaient frappés d'épouvante ceux qui vivaient au milieu même de cette révolte, derrière les murs d'Alès, de Mende, de Nîmes ou de Montpellier, et les officiers du corps des galères étaient les derniers à pouvoir prendre au sérieux cette guerre où l'on n'avait devant soit que des bandes de paysans qui n'avaient jamais appris à se battre. Pour eux, ces massacres et ces tueries n'étaient que les derniers feux d'un brasier en train de se recouvrir de ses cendres.

« Monsieur de Bâville vient de faire brûler tous les meurtriers de l'abbé du Chayla », dit un soir M. d'Autigny, à la fin d'un repas joyeux, où l'on avait mélangé le vin de Marseille à celui de la Bourgogne. « Cette fois, affirma-t-il, c'est la fin de ces séditions et de ces révoltes. On n'a qu'à nous envoyer les derniers de ces rebelles, et personne n'en parlera plus. »

Pendant ce temps, à quelques pas de la chambre du carrosse, les galériens pour la foi s'endormaient, recroquevillés sur leur banc, en croyant voir se dérouler devant eux un des combats que leurs frères étaient en train de livrer sur le sommet des montagnes. Obéissant aux ordres de ceux qui étaient à la fois leurs chefs de guerre et leurs prêtres, recevant de leurs mains la bénédiction du Seigneur, les enfants de Dieu se déployaient en bataille. Ils mettaient le genou en terre, entonnaient le psaume consacré et disparaissaient dans des tourbillons de fumée, déchirés par des traits de feu.

VII

LA FERRADE DE L'ARMELLIÈRE

AU jour fixé, le jeune sous-lieutenant de *La Superbe* avait rejoint, à plus d'une lieue au sud des murailles d'Arles, un long convoi de charrettes qu'escortait un petit peloton de cavaliers. Il était lui-même venu de Marseille, à cheval, avec un domestique monté, tirant par la bride un autre cheval de main. Ils avaient couché en route et, à l'heure dite, au jour dit, avec le consentement de son capitaine, M. de Maroulles avait retrouvé Mlle Lucrèce, ses parents et toute une troupe d'amis, invités comme lui à venir voir la ferrade.

Sur les charrettes, ornées de rameaux verts et de fleurs, s'étaient entassées des dames et des jeunes filles qui chantaient au vent du matin. Il était encore de très bonne heure et le soleil ne montrait qu'un grand disque rouge, au ras de la plaine. Sauf vers le nord, où pointaient les clochers et les tours de la ville d'Arles, sur le fond bleu des Alpilles et la pointe blanche du Ventoux, l'horizon était circulaire et plat, comme celui de la mer. Dans cette plaine, un homme à pied n'aurait vu qu'un rideau de roseaux et d'arbres nains mais, à cheval, on découvrait une immensité sans limites. Seuls, parfois, des oiseaux passaient dans le ciel en laissant tomber derrière eux de longs cris qui se perdaient dans le vide où ils n'éveillaient aucun écho.

Quand M. de Maroulles salua M. de Montal et sa fille, seule femme à cheval au milieu des jeunes cavaliers qui semblaient lui faire escorte, un bourdonnement confus monta des charrettes coupé de cris et de rires. Les dames et les jeunes filles jugeaient le nouveau venu et celui-ci put entendre, en tendant un peu l'oreille, ce qu'elles disaient de lui.

« On comprend tout ! Ce monsieur a grande mine. Il n'est même pas mal à cheval.

— Pour tout dire d'un mot, mes chères, il est superbe.

— Superbe ! Superbe ! » répétaient, dans une bourrasque de rires, ces belles Provençales aux costumes multicolores.

Le sous-lieutenant rassembla son cheval et lui fit faire un petit pas de manège en passant le long des charrettes. En même temps, il ôta son chapeau et fit deux ou trois grands saluts, en balayant l'air de la plume blanche qui ornait ce couvre-chef à la mode de Paris.

« Superbe ! Superbe ! criaient les dames et les jeunes filles, en se levant pour répondre à ces saluts par des révérences ou de grands signes de main.

— Je vois, monsieur, que vous avez l'art de vous rendre populaire, dit Mlle Lucrèce, en poussant son cheval contre celui du jeune officier. Nos jeux sont un peu comme des tournois rustiques et vous aurez l'occasion de vous y faire acclamer. Pour le moment, il faudrait forcer notre allure. Nous avons encore une lieue à faire, et tout doit être prêt quand le femelan, comme nous disons ici, arrivera pour prendre sa part de la fête.

— Je vous suis », répondit M. de Maroulles, en

mettant son cheval au petit galop. Autour de lui, la plupart des cavaliers allaient l'amble, mais avec un train si rapide qu'il dut accélérer un peu son allure pour ne pas être gagné par eux.

« Il faut nous presser, expliquait Lucrèce. Nous devons être là-bas les premiers pour amener la manade tout près de l'endroit où la fête doit avoir lieu. Nous devons trouver dans les cent cinquante ou deux cents bêtes, avec les anoubles, qui sont les taureaux d'un an que nous devons marquer aujourd'hui, avant qu'ils descendent vers les pâtures où ils passeront l'été. »

De temps en temps, les cavaliers reprenaient le pas, pour laisser souffler les chevaux. La végétation de roseaux, derrière lesquels on apercevait des eaux mortes, avait fait place à une plaine de fange pure, constellée de plaques de sel et de touffes de saladelles.

« Nous allons rencontrer là-bas, expliquait Lucrèce, des cavaliers qui viennent de l'autre côté du petit Rhône. C'est la limite entre la Provence et le Languedoc, et si les gens d'ici sont tous catholiques, ceux de là-bas sont très souvent huguenots. Nous n'en formons pas moins comme une seule nation... celle des gens de cheval et des gens de la bouvine. Il n'y a pas de forçats, chez nous, ni de chiourme, ni de comites. Les hommes de cheval sont tous des hommes libres. En selle, il n'y a que des gentilshommes. Vous verrez ça tout à l'heure. »

Un petit peloton de cavaliers apparut soudain derrière une ligne de roseaux. Naseaux au vent, les chevaux se mirent à hennir. Lucrèce prit le galop et, en quelques minutes, les deux groupes se rejoignirent.

La nouvelle troupe de gardians avait un air plus sauvage que celle des jeunes gens qui faisaient escorte à Lucrèce. Ils étaient plus forts, plus membrés, avec des visages plus austères. Au fond de leurs yeux, il y avait comme un voile de tristesse et, de temps en temps, on y voyait passer un éclair qui rendait leur regard farouche. Ils tenaient tous à la main une hampe de châtaignier de quinze pieds de long, que surmontait un fer à trois pointes et ces tridents leur donnaient une apparence guerrière.

« Bienvenue aux Languedociens ! cria Mlle Lucrèce, en arrêtant d'un seul coup son cheval lancé au galop.

— Bienvenue à vous, mademoiselle. C'est bien pour vous qu'on a fait cette longue route et qu'on a passé le Rhône à gué, à Sylveréal. Nous ne sommes pas en avance, et les bêtes sont encore dans la sansouïre, du côté de la tour des Braus. Il y a déjà quelques charrettes à l'endroit où l'on doit marquer les anoubles. Allons chercher la manade.

— Galop ! » cria Lucrèce en enlevant son cheval, et une trentaine de cavaliers se ruèrent sur ses traces.

Au bout d'un moment, M. de Maroulles aperçut comme des points noirs, au bout de la plaine. C'était la manade, éparse dans les roseaux. En se rapprochant, il distingua de grandes cornes en lyre qui se découpaient sur le ciel, et il sentit sur lui le regard pesant des bêtes sauvages qui se groupaient en silence. Son cheval fit un écart et poussa un long hennissement.

« Monsieur de Maroulles, ne vous approchez pas trop, lui cria Lucrèce. Votre cheval n'a pas l'habitude de la bouvine. Tout à l'heure, on vous donnera un vrai cheval de taureaux. Ce sont des bêtes qui tournent à toute main et marchent seules, à bride avalée. »

Les cavaliers poussaient lentement la manade devant eux et s'arrêtèrent à deux mille pas des charrettes qui s'étaient rangées en demi-cercle au bout d'un espace libre. Une immense clameur salua leur arrivée. Un jeune garçon vint présenter un petit cheval blanc à M. de Maroulles qui changea de monture et regarda s'éloigner avec regret son beau cheval, habitué à tous les jeux subtils du manège.

« Vous voilà monté comme il faut, lui dit un gardian à longue figure noire. Laissez faire votre cheval. Nous allons trier les taureaux et il connaît ce métier mieux qu'un homme ne peut le connaître. Tenez, attrapez cette lambrusque. Elle pourra vous servir. Vous seriez embarrassé par un fer. Il faut en avoir l'habitude. »

M. de Maroulles fut humilié jusqu'au fond de l'âme. Rien ne pouvait plus le désobliger que d'être traité comme un novice. Il avait appris à se servir d'une lance et n'éprouvait aucun sentiment de peur devant les bêtes sauvages. Il voulait faire voir à Lucrèce qu'il pouvait tenir tête à tous les cavaliers de Camargue.

« Il faut, monsieur, que je vous explique les règles de ce carrousel dont vous n'avez pas l'habitude, lui dit M. de Montal qui s'était rapproché de lui et dont il sentait la jambe contre la sienne. Nous allons marquer les taureaux d'un an, que nous appelons les anoubles, avant de les lâcher dans ces solitudes où ils vivront à l'état sauvage. Nous en marquerons même certains de deux ou trois ans, ce qui est une vraie prouesse. Pour cela, il faut les tomber à terre et les y maintenir un moment. Mais tout doit se faire selon des usages, qui sont vieux de plusieurs siècles et qu'on ne saurait transgresser. Regardez bien. Vous voyez ces charrettes en demi-cercle ? Au centre, on a allumé un feu sur lequel rougissent les fers dont on marquera les bêtes. Entre les deux dernières charrettes, un sillon a été tracé à la charrue. Il marque exactement le diamètre de ce demi-cercle et, à quelque deux cents pieds en avant de lui, vous voyez un autre sillon qui trace comme un rectangle ? Les gens à cheval doivent avoir tombé le taureau avant d'arriver à cette limite. Armés d'un trident moins long que celui des cavaliers, les gens à pied sont les maîtres dans le terrain qui est entre les deux sillons. Ce serait manquer à l'usage que de dépasser le premier quand on est à cheval... Voilà, monsieur, ce que je devais vous apprendre, pour vous éviter de vous mettre en faute. Quant à tomber un taureau, vous verrez ce que vous êtes capable de faire. C'est une question d'habitude, et les meilleurs cavaliers y manquent souvent leur coup. Ceux du Languedoc les tombent au fer, tandis que nos garçons de Provence les attrapent par la queue et les font rouler au sol, en pleine course. »

La ferrade avait commencé. Les gardians poussaient un jeune taureau hors de la manade. Celui-ci cherchait à revenir au troupeau. Il galopait, crochetait, et les cavaliers lui coupaient la route pour le rabattre vers le demi-cercle des charrettes, en poussant des cris. Le cheval que montait Maroulles ne se tenait plus en place. Il piaffait, frappait la terre humide de ses sabots. Le jeune homme rendit la main et sa bête partit comme une flèche, fonça sur un taurillon, crocheta, repartit en ligne droite, crocheta encore et fonça derrière le jeune taureau vers le demi-cercle des charrettes, dans un tourbillon de cavaliers.

Dans la confusion de cette charge sauvage, un jeune gardian attrapa la queue du taureau à pleine main, le souleva et le fit rouler à terre. La bête maîtrisée fut aussitôt marquée avec un fer que quelques hommes avaient fait rougir sur le grand feu de bois qui flambait devant les charrettes. Toute une guirlande de femmes et de jeunes filles, entassées sur ces chars à bancs, poussaient de grands cris et applaudissaient les plus habiles. Les cavaliers repartaient déjà au grand galop pour chercher un nouveau taureau et le jeune officier les suivit.

Pendant des heures, il joua ce jeu, emporté par son cheval, ivre de vitesse, et toujours au milieu de la bagarre. Mais c'est en vain qu'il tenta de tomber lui-même un taureau. Au dernier instant, quelque cavalier surgissait toujours pour lui arracher sa victoire. Le plus souvent, c'était un gardian du Languedoc qui, débouchant au galop, posait son fer à trois pointes sur la croupe de la bête et, faisant un brusque appuyé, l'envoyait rouler sur le sol, comme sans effort. Lucrèce elle-même, à plusieurs reprises, attrapa un anouble par la queue, à la mode de Provence, et le déséquilibra avant le premier sillon. Elle avait les joues en feu, l'œil étincelant, et la gorge haute.

∴

« On a fini de trier, lui cria la jeune fille en se rapprochant de lui. Nous avons marqué plus de cinquante-cinq bêtes. C'est une rude journée ! Mais mon père voudrait qu'on débourre un de ses chevaux que personne ne peut approcher. On est tout de même en train de lui passer une bride et de le seller.

— D'habitude, lui dit M. de Montal, tous nos chevaux de Camargue qui n'ont pas été encore montés se défendent en se jetant en avant, sauts de mouton, ruades, croupades, à la rigueur, mais ils ne se cabrent pas, sauf si on les sangle trop fort ou si le cavalier fait une faute de main. Ce jeune étalon, au contraire, cherche à se défendre en se cabrant, et menace même de se renverser en arrière, au risque d'écraser celui qui le monte. »

Deux cavaliers s'étaient mis de part et d'autre du jeune cheval sauvage et tentaient de le calmer en le faisant marcher avec eux. Naseaux au vent, ombrageux, l'animal semblait prêt à se déchaîner et cherchait à se cabrer et à lancer des ruades.

Dix à douze cavaliers, la chemise ouverte sur la poitrine, les jambes protégées par des pantalons en peau de taupe, s'étaient rapprochés de Lucrèce. Elle se mit à parler avec eux, en langue d'oc, à toute vitesse. Elle avait l'accent chantant du pays d'Arles, ils avaient l'accent plus dur des pays d'au-delà du Rhône, mais M. de Maroulles comprenait parfaitement tout ce qu'ils disaient.

« Coumo se fai qu'aven pas 'ncaro vist nosto Cailaren, Abdias Maurel ? Es pas vengu 'mé vous ? »

Les deux mains appuyées sur le pommeau de leur selle, bride lâche, jambes pendantes, étriers flottants, tête penchée en avant, tous les cavaliers venus d'au-delà du petit Rhône avaient l'air gênés par cette question de la jeune fille.

« Non, disaient-ils, en se regardant les uns les autres, il n'a pas pu venir aujourd'hui... Depuis quelque temps, on ne le voit plus dans les ferrades... Vous savez, il se passe beaucoup de choses, dans nos endroits. La vie n'est plus comme avant, et beaucoup de gens ont changé leurs habitudes.

— Pamens, i 'avié qu'éu per debourra 'qu'éu chivau, répondait Lucrèce. D'asar, i es ren arriva de mau ?

— Non, il ne lui est rien arrivé de mal, répondaient les cavaliers taciturnes, à notre connaissance, du moins. »

La jalousie pinçait le cœur du sous-lieutenant. C'était presque une douleur physique. Elle lui coupait le souffle et l'obligeait à se pencher de côté, en portant la main à sa poitrine. Quel était ce cavalier qui semblait si cher à Lucrèce ? Ce garçon du Cailar, ce Cailaren qu'elle avait l'air de tenir pour le meilleur homme de cheval de ce pays de centaures ? Et pourquoi tous ces gardians de Languedoc avaient-ils l'air si gênés, si embarrassés, pour lui répondre, comme si tout cela avait caché un secret.

« Ce gentilhomme est vraiment le seul à pouvoir dresser ce cheval ? demanda-t-il à Lucrèce.

— Quel gentilhomme ? lui répondit-elle.

— Celui dont vous venez de parler. Je n'ai pas retenu son nom, mais j'ai compris qu'il devait être du Languedoc et que vous pensiez qu'il était venu ce matin, avec ces messieurs. »

Lucrèce éclata de rire. Elle riait même si fort qu'elle ne pouvait pas répondre. Son cheval, que ce rire rendait nerveux, pointait déjà ses oreilles et fouillait la terre avec ses sabots.

« Ce n'est pas un gentilhomme, monsieur, ou plutôt si, car c'est un gardian de taureaux qui monte à cheval mieux qu'un colonel de dragons. Lui seul aurait pu nous débourrer cette bête. Il s'appelle Abdias Maurel. Il a servi dans l'armée et je crois qu'il était à la bataille de la Marsaille, sous le maréchal Catinat. Lui seul aurait pu dompter ce Cifer puisque c'est le nom que l'on a donné à cette tarasque, et pas sans cause. »

M. de Maroulles ôta son chapeau pour faire un grand salut de cour à la jeune fille.

« Avec votre permission, mademoiselle, je vais essayer de voir si cet écuyer est vraiment irremplaçable. »

D'un bond, le jeune homme fut à terre et, d'un autre bond, il sauta sur le cheval sauvage qu'un gardian avait attrapé par la bride. En deux coups secs des chevilles, M. de Maroulles assura ses étriers et, d'un même mouvement, il se cala dans sa selle, le buste droit, les coudes au corps, les genoux serrés. Surpris, le cheval resta d'abord immobile. Pareils aux frissonnements des eaux sous le vent, des tremblements agitaient la peau de ses membres. Son œil était fixe et strié de sang. On aurait dit qu'il était paralysé, quand, tout d'un coup, il se déchaîna comme un orage. Il se cabrait, ruait, tournait sur lui-même comme s'il avait voulu mordre sa queue, gémissait comme une fille forcée, ruait, pointait encore et semblait chercher à se renverser en arrière, tandis que les sabots de ses antérieurs battaient l'air à coups convulsifs.

M. de Maroulles tenait ferme dans cette tempête, la jambe longue, les genoux serrés. Il était clair, cependant, que le cheval gagnait à la main, et chacun s'attendait à voir l'homme rouler à terre ou se faire écraser par tout le poids de la bête quand celle-ci pointait à la verticale et qu'il se collait à son encolure.

Pendant un instant, le Cifer s'apaisa, pour reprendre souffle. Une vapeur de feu semblait lui sortir des naseaux.

« Monsieur, vous avez fait la preuve de votre vaillance, cria M. de Montal. Descendez, maintenant. C'est un vieux cavalier qui vous supplie de le faire. Vous allez vous faire tuer. C'est la bête la plus vicieuse que j'ai vue de toute ma vie.

— Descendez ! » cria Mlle Lucrèce, à la fois comme un ordre et comme une supplication.

M. de Maroulles sauta à terre. Un gardian détacha

le bridon du cheval sauvage qui s'ébroua et partit d'un trait à travers la plaine. Le sous-lieutenant de *La Superbe* se baissa pour ramasser son chapeau, tombé sur le sol pendant la bagarre, et, quand il se releva, il vit le visage de Lucrèce penché vers le sien. Elle était à demi couchée sur l'encolure de sa bête, les yeux brillants.

« Bravo, dit-elle d'une voix basse et voilée. On ne peut pas être plus intrépide, et l'on voit que vous n'avez peur de rien. »

Les dames et les demoiselles étaient descendues des chars à bancs. Elles se pressaient autour d'une table chargée de rafraîchissements et de fruits. Quelques-unes disaient encore : « Superbe ! Superbe ! » en regardant le jeune officier, mais leur façon d'être était devenue respectueuse, et il sentit qu'il venait d'être adopté par ce petit monde fermé, dont la conquête était plus difficile à faire que celle du monde aristocratique des hôtels somptueux d'Aix ou de Marseille.

« Nous allons partir, disaient les gardians de Languedoc à Lucrèce. Nous mangeons juste un morceau avant de reprendre la route. Il y a loin d'ici au Cailar ou à Aimargues et nous ne voulons pas nous faire surprendre par la nuit.

— Vous ne coucherez pas au Petit-Saint-Jean ? demandait-elle. Demain matin, vous auriez meilleur temps pour passer le Courrejau. »

Tout en parlant, elle entraînait ces hommes taciturnes un peu à l'écart. M. de Maroulles dressa l'oreille quand il l'entendit leur demander à voix basse :

« Vous me jurez qu'il n'est rien arrivé de mal à notre ami du Cailar ? »

Entraîné par un tourbillon de jeunes femmes rieuses, il ne put pas entendre la suite. Lucrèce parla encore un moment avec ce groupe de cavaliers. L'un après l'autre, ils se remettaient en selle, serraient des mains, venaient saluer le jeune officier, avec une gravité un peu brusque, à la fois fiers et gênés, et prenaient congé de Lucrèce, quand soudain, au signal de l'un d'entre eux, tridents dressés vers le ciel, ils partirent au galop dans la direction du soleil couchant.

*
* *

« Nous allons achever cette journée au château de l'Armellière où des amis nous donneront l'hospitalité pour la nuit, dit M. de Montal. C'est une étrange demeure, bâtie sur les bords du Rhône, à la fois maison forte et refuge de lettré. Mon père a connu, à l'extrême fin de sa vie, celui qui l'a fait construire. Ce monsieur Sabatier était un homme à l'ancienne mode. Il avait été un des dix premiers compagnons du roi Henri IV et l'avait suivi dans toutes ses guerres. On ne voit plus beaucoup de gentilshommes de cette trempe. Fidèle au roi, mais libre en son particulier, il avait cette fierté d'autrefois que l'on ne pratique plus guère, aux jours où nous sommes. Voilà son petit-fils qui nous attend devant le château. Il a gardé toutes les vertus de sa race. »

A partir de ce moment, M. de Maroulles entra dans un univers enchanté, semblable à ceux qu'il avait imaginés, quelquefois, en lisant des romans de chevalerie. Après les heures passées avec les bêtes sauvages et les cavaliers taciturnes, il se trouvait transporté dans un jardin de verdure au milieu duquel s'élevait la demeure seigneuriale du compagnon d'Henri IV.

Reposant sur des pendentifs et coiffées par des coupoles, deux tourelles flanquaient la façade étroite du château sur laquelle on avait sculpté des trophées et des guirlandes, composés par les attributs de Mars ou de Pomone, canons, tambours, drapeaux, fleurs et fruits et entrelacs de feuillages. Le château était comme enseveli sous un massif de grands arbres, aussi vieux que lui, sans doute, magnolias aux feuilles luisantes, acacias qui laissaient tomber sur les prairies une neige de pétales. De l'autre côté de cette gentilhommière, s'étendait un jardin aux allées bordées par des buis centenaires qui entouraient en carrés, en rectangles, en losanges ou en cercles des plates-bandes de fleurs.

Très vieil homme déjà, et vêtu à la mode ancienne, la barbe taillée au goût du début du règne, M. Sabatier faisait les honneurs de son domaine avec une courtoisie cérémonieuse. Il était à la fois altier et modeste, et ses propos répondaient exactement à ses façons d'être.

« Un officier du corps des galères est chez lui dans cette maison, dit-il à M. de Maroulles. Nous vous devons de pouvoir vivre en sûreté, sans craindre les incursions des pirates barbaresques. Il n'y a pas si longtemps qu'ils poussaient des pointes jusqu'à nous et ravageaient la contrée, à leur fantaisie. Ils n'osent plus, aujourd'hui, remonter le fleuve. et c'est vous qui les tenez en respect, sur la mer et dans le golfe. »

Pendant que M. Sabatier faisait visiter sa demeure au jeune officier. Lucrèce de Montal alla revêtir ses habits de femme. Quand elle descendit de sa chambre, elle était redevenue la jeune personne raffinée que l'on admirait dans les hôtels du Grand Cours ou de l'Orbitelle. Vêtue avec une simplicité recherchée, elle portait une robe gris et or, à parements de satin, dont la taille busquée était marquée par une ceinture à nœuds de rubans orange. Elle avait sur la tête un petit bonnet et une fontange, et des poinçons de diamants jetaient leurs feux dans sa chevelure. Son décolleté généreux était, cependant, pudique, car elle avait noué à son cou une steinkerque à petits volants de dentelles.

« Lucrèce va vous conduire dans le jardin, dit M. Sabatier, avec un sourire de vieil homme resté complice de la jeunesse. Elle en connaît les moindres détours et pourrait vous dire, les yeux fermés, quelles sont les fleurs de ses corbeilles et les arbres de ses massifs. »

Quand les deux jeunes gens se trouvèrent seuls, au milieu de ces fleurs et sous les frondaisons de ces arbres, ils restèrent un long moment sans dire un seul mot. L'odeur du printemps, les pollens qui traînaient dans l'air, un arrière-goût de brise marine, les avaient pris à la gorge et leurs lèvres étaient à la fois douces et salées. Enfermés dans ce jardin clos, enfermé lui-même dans les vastes solitudes de terres plates et d'eaux dormantes, ils se trouvaient comme pris par le silence et n'osaient même pas se regarder.

Lucrèce fut la première à rompre l'enchantement de ce prodigieux silence.

« J'aime les magnolias, dit-elle, sans avoir l'air de parler à son compagnon. Ce sont des arbres fiers dont les feuilles ressemblent à des fers de lance. Quand j'étais une toute petite fille et que je venais ici avec mon père, je grimpais tout en haut des plus élevés, et je regardais la Camargue, les terres de sel, les étangs et la mer. Si nous nous étions connus à cette époque, quand vous étiez vous-même un petit garçon, je vous aurais fait monter de branche en branche...

— Je suis tout prêt à vous suivre, dit le jeune sous-lieutenant en s'approchant d'un de ces beaux arbres aux troncs d'écorce rugueuse.

— Vous me voyez, là-haut, avec ma robe busquée, ma ceinture à nœuds de rubans et ma fontange ! Non, monsieur, il nous faut rester dans ce jardin, et tant pis si ma compagnie toute simple ne suffit pas à vous faire goûter ses charmes. »

Il n'en fallait pas plus pour faire retrouver son audace à cet amoureux transi, qui était tout de même un homme de mer et de guerre, habitué à faire face aux dangers, ces dangers fussent-ils ceux que courait son cœur à côté d'une jeune fille.

« Si je n'avais pas choisi de servir sur les galères, je n'aurais peut-être pas eu le bonheur de vous rencontrer. Que le Ciel soit donc béni de m'avoir fait embrasser cet état. C'est, cependant, cette condition vagabonde qui me retient de vous dire ce que je vous aurais déjà dit sans cela... Un homme qui passe cinq ou six mois de l'année à courir les mers ne peut offrir qu'une destinée hasardeuse...

— Quand je suis née, monsieur, répondit Lucrèce comme si cette phrase avait été sans rapport avec ce que le jeune officier avait dit, mon père était dans les camps, et je ne l'ai pas vu bien souvent pendant ma petite enfance.

— C'est me donner le droit de vous dire plus, enchaîna M. de Maroulles. Depuis des mois, je vis dans l'enchantement du bonheur de vous avoir rencontrée, et je n'ai d'autre désir que d'être encore avec vous. »

Au fond du silence, un appel d'oiseau traversa la plaine, et le jeune homme trouva sans effort les mots que tout amoureux aurait dits, dans ce jardin plein de fleurs, sur lequel flottait l'odeur charnelle des buis, au moment où, dans le ciel, sur la terre et sur les eaux, tout semblait annoncer la venue du crépuscule. Il avait assez lu de romans d'amour pour pouvoir parler de sa flamme en la masquant de ses doigts comme celle d'une lampe qui vous brûlerait les yeux, ou d'un soleil qu'on ne peut regarder en face.

« Si j'osais... S'il m'était permis... Si j'avais le bonheur de pouvoir vous dire ce que sont mes sentiments et mes espérances... »

Il osa. Il fut éloquent, sans hausser le ton, mais sa voix était altérée. Il lui semblait qu'il était sur la rambade de *La Superbe*, un jour de rencontre avec les pirates barbaresques, et son émotion était pareille à celle qu'il éprouvait avant le combat. Ce n'était pas de la peur, mais la crainte de ne pas faire ce qu'il fallait pour être victorieux. Il parlait, sans tomber dans le ridicule ou l'emphase, d'une fidélité éternelle et de ces liens qui ne peuvent pas être défaits, même par la mort.

« J'entends, monsieur, finit par lui répondre Lucrèce d'une voix aussi altérée que la sienne, mais, pour aujourd'hui, il ne convient peut-être pas d'aller plus avant. D'aussi graves desseins demandent qu'on réfléchisse. Après cela, vous devez parler à mon père.

Mais je me souviendrai de ce qui a été si bien dit, dans un aussi beau jardin et à une heure aussi belle.

— Il me sera donc permis de redire mieux, quand le jour en sera venu, ce que j'ai tenté de vous dire ? »

Pendant quelques instants, avant de s'en retourner vers le château, le jeune officier et Lucrèce eurent l'impression qu'autour d'eux tout était tenu en suspens, dans un équilibre fragile et miraculeux ; le jour qui avait baissé, mais ne voulait pas disparaître et illuminait encore le ciel ; le silence, troué d'appels et de cris de bêtes, mais qui redevenait le silence ; et cette déclaration d'amour qui n'avait pas été faite, mais que Lucrèce avait pourtant entendue.

M. de Maroulles effleura la main de la jeune fille. Cette main palpita comme un oiseau et il y posa ses lèvres sans avoir besoin de l'attirer jusqu'à lui.

« Rentrons, dit Lucrèce. On nous appelle... La vie est généreuse, monsieur. Ce qui doit être sera, et l'on sent bien, à cette heure et dans ces lieux, qu'on est dans la main de celui qui gouverne toutes les choses. »

DEUXIÈME PARTIE

L'ÉPÉE DE L'ÉTERNEL

VIII

UNE CAMPAGNE DE « LA SUPERBE »

L'ESCADRE reprit la mer après la semaine de Pâques. La division dont faisait partie *La Superbe* avait ordre de courir sus aux pirates barbaresques qui viendraient rôder près des côtes. Le ciel était beau, la saison clémente. La plupart du temps, on pouvait marcher à la voile, en serrant le vent de près, avec le trinquet ou le marabout, ou même, parfois, par gros temps et vent arrière, en hissant le tréou de forme carrée dont la manœuvre était plus facile. La chiourme se reposait pendant qu'on naviguait de la sorte et, comme elle recevait maintenant les rations prévues pour le service à la mer, elle reprenait des forces et ne pensait plus à ses misères.

Il y avait des années que Jean-Pierre ne s'était senti aussi ferme, aussi assuré dans la profondeur de son âme. Endurci par les fatigues et les dangers, soutenu par une meilleure nourriture, il était en bonne santé et faisait bon ménage avec sa guenille. Il était surtout réconforté de sentir à côté de lui un de ses frères, et de n'être plus livré sans défense au cynisme de l'Avocat ou à l'abjection du Croc.

A quarante-cinq ans, il avait à peine l'air d'avoir dépassé la trentaine et restait alerte et, même, parfois enjoué, sauf quand il se mettait à parler avec son Dieu, ce qui le rendait comme absent du monde.

Tous les matins, au soleil levant, tandis qu'il faisait sa prière, il entendait la voix de Denis Ustain qui lui répondait en sourdine. Chaque fois qu'il pouvait le faire, il sortait les psaumes de David, qu'il tenait cachés sous son banc, et il apprenait à lire à son compagnon de souffrance. De jour en jour, celui-ci faisait des progrès et, au bout de quelques semaines, il pouvait déjà déchiffrer les titres écrits en gros caractères. Son application divertissait l'Avocat qui, dans sa jeunesse, avait fréquenté les écoles et dont la friponnerie n'allait pas sans quelque science.

« On fera de toi un docteur, disait-il au pauvre laboureur de Frontignan. Au lieu du bonnet rouge et du crâne rasé jusqu'à l'os, on te fera porter le bonnet de la Sorbonne, avec une longue perruque. Trédam !... ajoutait-il, si tous les enfants de laboureurs pouvaient faire des études, ils deviendraient vite les plus savants du royaume et l'on serait obligé de les faire tous monseigneurs.

— Et quand ils seraient monseigneurs, ils nous ficheraient la gance ! » ajoutait le Croc.

Si Jean-Pierre et Denis Ustain jouissaient de ces libertés, ils le devaient à M. Bion qui était au fait de leur manège et n'y trouvait rien à redire. A plusieurs reprises, pourtant, le comite avait voulu changer de place le laboureur, en prétendant qu'il pouvait faire mieux qu'un cague-rageole. L'aumônier s'était opposé à cette mesure en assurant que ce banc était le plus tranquille de *La Superbe* et que, du reste, il ne désespérait pas de sauver les âmes de ces deux religionnaires qui, leur hérésie mise à part, pouvaient être donnés en exemple à toute la chiourme. Comme le comite insistait, l'aumônier lui suggéra de faire passer l'Avocat en cague-rageole, ce qui fit que Jean-

Pierre et Denis Ustain furent placés côte à côte. Il est vrai que l'Avocat dont la bourse était toujours bien garnie sut persuader le comite que tout était pour le mieux, puisque l'aumônier ne voyait aucun danger à rapprocher ainsi les deux galériens huguenots.

« La Sainte Vierge finira par avoir pitié d'eux », disait M. Bion au géant au crâne rasé qui, sans être suspect d'hérésie pour autant, avait plus confiance dans les coups de sa corde à nœuds que dans les intercessions de Notre-Dame.

Si M. Bion avait pu sonder les cœurs de ses deux brebis perdues, il n'aurait pas manqué de comprendre qu'il avait peu de chance de les ramener au troupeau dont il était le pasteur. A la résignation qui, pendant de longues années, avait permis à Jean-Pierre de garder un cœur ferme et un esprit constant, venait de s'ajouter la force d'une espérance qui devait le rendre inébranlable. Il en allait ainsi pour tous les galériens protestants de cette Eglise flottante. Quand le Dieu des tribulations et le Dieu des Armées unissent leurs forces, les plus grands rois de la terre ne sauraient prévaloir contre eux.

« Mon âme est un jardin plein d'ombrages et de fontaines », se disait Jean-Pierre qui avait retenu comme un verset de la Bible ces paroles du prophète de Magestavols et, confondant les prophéties et les paraboles de ses frères de la montagne, il voyait de grands bœufs noirs qu'un glaive de feu éloignait de ses ombrages et de ses fontaines.

⁂

La Superbe rangeait les caps et les golfes. Elle donnait fond devant l'île Sainte-Marguerite pour faire du bois ou de l'eau. De temps en temps, des voiles confuses émergeaient au-dessus de la ligne de l'horizon ou les trois mâts d'un chébec se dressaient comme des doigts sortis de la mer, dans la brume de beau temps qui faisait danser des mirages. Suivant la vague, et le vent, et la force de l'ennemi, M. d'Autigny ordonnait de le prendre en chasse ou de se mettre à l'abri de la côte. Une seule fois, par grand calme, on put se rapprocher d'un chébec malhabile à se servir de ses rames, et ouvrir le feu du coursier sur lui, en se tenant à sa poupe, à l'abri de ses bordées. C'était vers la fin du jour et le vent fraîchit avec la tombée de la nuit. Le chébec put virer de bord et lâcher une bordée sur *La Superbe*. Pour la première fois de sa vie, M. du Cairon entendit ronfler les boulets. L'un d'eux faucha cinq forçats, sur un même banc, à sénestre, près de la proue. Ce fut une horrible boucherie et, tandis que montaient des gémissements et des blasphèmes, le chébec se déroba dans la nuit, ombre dans l'ombre, et voiles perdues dans des bancs de brume. M. de Maroulles avait eu sa courtepointe de cuir éclaboussée par des débris de cervelle, et une large tache de sang avait recouvert la coursie. Trois galériens avaient été hachés par cette tempête de fer et, la poitrine béante ou le crâne défoncé, n'étaient plus que des cadavres sanglants. Les comites et les argousins les eurent vite jetés à la mer, puis ils s'occupèrent de deux autres, touchés aussi, et sans mouvement et sans voix. Etaient-ils morts ? Etaient-ils encore vivants ? C'est en les rouant de coups que les bourreaux essayèrent de voir s'ils donnaient encore signe de vie. Qui ne sentait plus la souffrance était considéré comme mort, et précipité aussitôt dans son sépulcre marin. Ce fut le sort du premier des deux galériens, tandis que son compagnon, qui avait gémi faiblement sous les coups de corde, était emmené jusqu'à la chambre de proue par des mariniers de rambade.

« Allons donner fond à l'abri de cette calanque, ordonna M. d'Autigny, et, pour ce soir, qu'on serve double ration de vin à ces chiens qui se sont comportés comme des hommes. »

M. de Maroulles essuyait sa courtepointe de cuir en pensant à Mlle Lucrèce. M. du Cairon était aux anges et aurait voulu entendre encore tirer le canon. M. l'aumônier revenait de la chambre de proue.

« Il m'a rendu l'âme entre les doigts, disait-il, mais

il m'a donné quelques signes de repentance et j'ai pu l'administrer... Il est vrai que ce n'était pas un grand pécheur, mais un pauvre faux saunier qui s'était confessé aux dernières Pâques.

— Cinq hommes d'un coup, grognait M. de Marle. Il y a de bons canonniers chez ces barbaresques.

— Frère, disait Jean-Pierre à Denis Ustain, comment pourrait-on douter de la protection divine ? Ce boulet aurait aussi bien pu faucher notre banc, et nous serions maintenant au pied du trône éternel. Louange à Dieu qui étend sa droite sur ses enfants !

— Louange à Dieu ! répondait le laboureur. C'est ainsi qu'il protège nos frères qui se battent dans les montagnes. Que de fois n'a-t-on pas vu des balles tirées à vingt pas arriver sans force sur leurs poitrines ! Que de fois les fusils des persécuteurs ont-ils fait long feu ! Que de fois les dragons se sont égarés dans les bois !

— Louange à Dieu ! ricanait l'Avocat en faisant des clins d'œil au Croc. Si ce chébec n'avait pas eu peur de se faire prendre à l'abordage et qu'il nous ait lâché trois ou quatre bordées de plus, on aurait vu comment votre Tout-Puissant aurait dirigé ses boulets. Si même ils avaient fait feu une ou deux secondes plus tôt, à mon avis, ce boulet de malheur serait arrivé droit sur notre banc, et vous auriez vu ce qu'il aurait fait de nos carcasses d'enfants du diable et de vos charognes d'enfants de Dieu.

— Ça, je dis gy, mon fanandel de cadène. C'est bien parlé, répondit le Croc.

— Leur Tout-Puissant, c'est le hasard, grognait l'Avocat. Il suffit d'être un bon joueur de dés pour en savoir plus que tous les docteurs en théologie sur ces soi-disant mystères. »

Pendant ce temps, dans la chambre du carrosse, les officiers-majors célébraient ce combat comme une victoire, en festoyant de leur mieux autour de leur capitaine.

« Allons, Maroulles, disait le garde de l'étendard, avez-vous fini de vous pomponner ? Vous êtes assez galant pour paraître devant des Dames, et j'en connais qui vous trouveraient plus beau qu'à votre ordinaire dans l'état où ces Mores vous ont mis. Mon cher, c'est ce que les poètes appellent dans leur jargon : « La poudre des combats », même si cette poudre est un hachis de cervelle. Nous dirons à Mlle Lucrèce combien vous étiez beau, le soir de cette rencontre... Si, du moins, vous l'autorisez à venir sur *La Superbe*, car vous l'avez vue avant qu'on ne mette en mer, sans que nous ayons eu l'honneur de recevoir sa visite.

— Je n'ai pas revu Mlle de Montal depuis mon escapade en Camargue. Mais il est vrai qu'au lieu de revenir sur *La Superbe*, elle voudrait visiter la salle des armes de notre arsenal. Elle a un cœur guerrier, mais supporte mal la vue des forçats, car ce cœur est aussi sensible que brave.

— Monsieur, c'est de tout cœur que nous souhaitons que ce cœur soit aussi sensible à l'égard de notre second lieutenant qui ne manque pas de vertus guerrières. Ceci dit, il convient de boire à Sa Majesté. Car je crois bien que notre coursier a fait plus de dégâts sur ce chébec, que ce chébec n'a fait de dégâts sur *La Superbe*. Je voudrais savoir combien de morts ils ont jetés à la mer. »

C'est ainsi que le temps passait sur les galères, entre la monotonie de la vogue et l'exaltation des combats, dans la puanteur de la chiourme et l'air salubre de la haute mer.

En juillet, on poussa jusqu'aux côtes de Catalogne, en vue de Rozas et de Cadaquès, en faisant escorte à des navires marchands, nolisés pour aller ravitailler la division toujours embossée devant le port de Cadix. On apprit par un vaisseau de haut bord, cinglant vers Marseille, que *La Favorite*, *L'Invincible* et *L'Héroïne* y avaient subi de grosses pertes, et que des galériens huguenots y avaient été tués par le feu de l'ennemi. C'était Simon Chauvin, de Lourmarin, en Provence, Pierre Debled, de Camilly, près de Caen, et François Quentin, de Moëze, en Saintonges. Les religionnaires de *La Superbe* prièrent pour eux, mais certains, en pensant à ces trépas de guerriers, lancèrent à Dieu un appel qui remettait en question ce qu'ils avaient fait eux-mêmes, depuis des années, en se soumettant à leur sort dans la contrition et l'obéissance :

« Pourquoi, Seigneur, ne sont-ils pas tombés en combattant dans nos montagnes, pour la gloire de ton nom et la liberté de conscience de tes serviteurs ? »

⁂

En août, *La Superbe* revint prendre port à Marseille où l'on changea la grande voile de l'arbre mestre qu'un coup de mistral avait déchirée. On y compléta la chiourme avec de nouveaux galériens, parmi lesquels ils y avait deux religionnaires, tous deux condamnés pour avoir été trouvés avec des armes. Echappés de peu à la roue, Jonas Fournachon et Pierre Préval étaient au courant des derniers événements des Cévennes. Leurs récits ajoutaient de nouvelles pages de sang à ce que les galériens huguenots connaissaient déjà de cette guerre.

« Victoire ! disait Jonas Fournachon, qui avait une âme ardente et la parole facile. Celui qui dirigea la pierre de fronde du berger et arma le bras des fils de Mathathias Macchabée, combat maintenant avec nos frères. Il a raffermi leur cœurs, encore craintifs pendant les premières batailles. Au plan de Fontmorte, ils avaient plié sous la charge de l'ennemi, mais à Champ Domergue ils ont tenu ferme, à un contre quatre, devant des troupes réglées commandées par ce fils de Baal, ce massacreur d'innocents qui porte le nom de Poul et ne rêve que de tueries. Espérez, frères, dans la force de l'Éternel. Grâce à lui, ceux qui savent tenir une faux, et, tout en fauchant, coupent en deux les vipères, ceux qui savent traquer le sanglier et le loup avec de mauvais fusils et des haches, peuvent aussi faire la chasse au méchant.

— La louange en soit au Seigneur, disait simplement Pierre Fréval qui n'avait pas reçu le don d'éloquence.

— Après le temps des prophètes, le temps des guerriers est venu, reprenait Jonas Fournachon. L'Esprit de Dieu les anime aussi et parle aussi par leurs bouches. Mais ils ont appris l'usage des armes et les vertus de la discipline. Beaucoup d'entre eux ont servi dans les armées, dans les Flandres ou dans le Piémont, sous Catinat et Villars. Ils savent aussi commander et régler une bataille. Gédéon Laporte, de Brenoux, a été le premier de ces chefs de guerre. C'est lui qui a levé les premières de nos légions et leur a appris à combattre. « Frères, a-t-il dit, maintenant « vous êtes proscrits. S'il faut mourir, que ce soit « les armes au poing, en combattant pour la liberté « de nos consciences et le rétablissement de nos tem- « ples. Vous n'avez pas d'armes, dites-vous ? Vous « avez des faux et des haches, elles engendreront des « fusils que vous prendrez dans les presbytères des « mauvais prêtres, ou sur les cadavres de vos enne- « mis. On a fait de notre pays le pays de la servitude « et le pays de la mort. Délivrez-le. Je serai votre « chef. Le Dieu des armées centuplera votre force. « De l'Aigoual et du Lozère jusqu'à la mer, nous « ferons les moissons de la vengeance divine. Quand « nous serons devant l'ennemi, nous entonnerons le « psaume soixante-huitième qui est celui des batail- « les et, avec la grâce de Dieu, nous remporterons la « victoire. »

Jean-Pierre et Denis Ustain relisaient ce psaume dans le livre, et ils le chantaient ensemble, entre leur gorge, et leur nuque, sans se faire entendre, mais en déchaînant au plus profond de leur âme une formidable tempête.

« Que Dieu se montre seulement
Et l'on verra soudainement
Abandonner la place,
Le camp des ennemis épars,

Epouvanté de toutes parts
Fuira devant sa Face. »

« A Champ Domergue, ils ont chanté ce cantique quand ils ont été en face des ennemis », racontait Jonas Fournachon dès qu'il se trouvait seul avec quelques-uns de ses frères qui le racontaient à leur tour à tous leurs frères de *La Superbe.* « Gédéon Laporte l'avait entonné le premier, tous l'avaient repris en chœur en mettant un genou à terre. Ils se sont battus à l'abri d'un petit mur en pierres sèches, et le capitaine Poul n'a pas pu les ébranler. « Tue, tue, les Barbets ! » criait-il en poussant son genet d'Espagne vers les nôtres et en faisant tournoyer son grand sabre d'Arménie. Mais ses hommes tombaient autour de lui, comme des épis de seigle. Il y en avait des monceaux sur tout le champ de bataille et, quand les enfants de Dieu se sont retirés, sous les ombres de la nuit, on n'a pas trouvé le corps d'un seul d'entre eux sur la place. »

Tous ces récits prenaient des proportions fantastiques. La moindre troupe était une immense armée, le moindre combat une formidable bataille. Chaque revers devenait le gage d'une nouvelle victoire, comme le grain enfoui dans la profondeur de la terre est déjà la promesse d'un épi.

« C'est entre le Pont-de-Montvert et l'Aigoual que Laporte a fini par succomber, à Thémelac, disait Jonas Fournachon. L'Eternel a dû juger qu'il avait achevé sa tâche.

— Je vois où c'est, répondait Jean-Pierre. Je connais cet endroit. C'est un des plus retirés de toutes nos montagnes.

— Il avait plu depuis des jours et des jours. On était au mois d'octobre, et le capitaine Poul a surpris les nôtres dans ce désert où ils se croyaient en sûreté. Les fusils des enfants de Dieu ont fait long feu. Un coup de mousquet a laissé Gédéon sur place.

— Il n'est pas mort sur le coup, affirmait Pierre Préval à mi-voix. On l'a soigné pendant plus d'un mois au fond d'une grotte, mais il a fini par mourir, en faisant des rêves de batailles et en annonçant des victoires pour l'avenir.

— Toujours est-il qu'on a exposé les têtes coupées des enfants de Dieu massacrés dans cette rencontre. Le 26 octobre, on pouvait les voir sur le pont d'Anduze. Le lendemain, sur le fort de Saint-Hippolyte et, de là, on les a portées à Montpellier, pour réjouir le cœur de M. de Bâville.

— C'est vrai, on les a vues à Anduze et à Saint-Hippolyte, mais elles étaient mangées par la barbe, et méconnaissables, si bien que personne n'a pu affirmer qu'il avait reconnu celle de Gédéon.

— Comme le supplice d'Esprit avait suscité ce premier de nos chefs de guerre, sa mort au combat en a fait surgir bien d'autres. C'est la semence du sang des martyrs.

— Qui sont-ils ? d'où sont-ils ? demandaient les galériens pour la foi. Dites-nous leur nom, pour que nous puissions leur faire une place dans nos prières. »

Fournachon et Préval essayaient de les dénombrer. C'étaient tous des inconnus que le sang avait fait illustres en quelques semaines. Aucun d'eux n'avait encore atteint la trentaine. Pierre Laporte que l'on appelait Roland et qui était le neveu de Gédéon, n'avait que vingt-deux ans et commandait dans les hautes vallées des Gardons. Jean Cavalier, le chef des enfants de Dieu des Basses-Cévennes, avait à peu près le même âge et Castanet, le plus vieux des trois, qui régnait sur le Camp de l'Eternel, au plus haut sommet de l'Aigoual, n'avait pas encore vingt-quatre ans. Rien n'étonnait dans cette tempête de meurtres et de sang où des enfants recevaient le don de prophétie et des adolescents celui de faire la guerre aux plus formidables armées de l'Europe.

Quand *La Superbe* reprit la mer, dans les derniers jours du mois d'août de l'année 1703, avec les vivres, les barils, les boulets, les charges de poudre entassées dans la sainte-barbe, elle emportait aussi une cargaison de merveilleuses histoires que les galériens protestants se passaient des uns aux autres, chaque fois qu'ils pouvaient parler ensemble.

∴

Les galériens n'étaient pas les seuls à se passionner pour ces événements des Cévennes, M. d'Autigny et ses officiers en parlaient aussi très souvent, depuis qu'ils avaient repris port à Marseille. Ordre leur avait été donné de croiser sans relâche sur les côtes du Languedoc, où l'on craignait de voir arriver une escadre anglo-hollandaise qui devait porter secours aux insurgés cévenols.

« M. de Bâville a beau affirmer qu'il n'y a pas d'étrangers parmi ces gens-là, comment les puissances protestantes et tous les ennemis de Sa Majesté ne saisiraient-ils pas l'occasion ? disait M. d'Autigny. Nous avons bien des galères et des vaisseaux de haut bord devant le port de Cadix, pourquoi les Anglais et les Hollandais n'enverraient-ils pas une escadre devant Sète ?

— Ce qui passe l'entendement, répondait M. de Maroulles, c'est qu'on n'arrive pas à mater ces séditieux et ces attroupés. Les meilleurs bataillons du roi sont dans leurs montagnes, avec de grands capitaines. Il y a là-bas le régiment de Hainaut, plusieurs corps de dragons de Firmacon, et l'on vient de faire venir des miquelets catalans qui sont fort versés dans la guerre de montagne. Le capitaine Poul qui poursuit sans trêve ces brigands est un vieux soldat de haute valeur. Il a fait ses preuves en Hongrie, contre les Turcs, et dans le Piémont où il a exterminé les Barbets. M. de Broglie qui n'avait pas pu éteindre cet incendie a été remplacé, en février dernier, par M. le maréchal de Montrevel, qui saura mener à bien cette guerre. Pas de quartier. Plus une maison debout dans ces montagnes. On brûlera les moissons. On égorgera le bétail. C'est une nouvelle façon de faire la guerre. On verra bien comment ces Barbets résisteront.

— Les Barbets n'étaient rien à côté de ces furieux, dit le garde de l'étendard. C'étaient des moutons bêlants qui tendaient la gorge au couteau. Ils ne devenaient mauvais qu'en voyant lutiner leurs femmes, ce qui est une idée de rustauds... Mais ceux-là ont la rage dans le sang. On n'a jamais vu pareille engeance. Tant et si bien qu'il a fallu inventer un nom pour les désigner. On les a d'abord appelés les osards, les attroupés ou les fanatiques mais, à présent, on ne dit plus que les camisards. Ce nom leur vient peut-être de leur chemise, la camiso comme on dit dans le pays. Car ils n'ont guère autre chose sur le dos.

— Cela peut venir aussi de camisade, dit M. du Cairon, ce qui est une attaque de nuit sur les grands chemins de montagnes.

— Qu'ils soient en chemise ou non, reprit M. d'Autigny, ce sont des brigands. Qu'on les extermine sans pitié, sans considération de l'âge ou du sexe. Il y va de la grandeur du royaume. Que manquerait-il à la France, même si ce pays devait redevenir un désert où l'on ne trouverait que des sangliers et des loups ? Rien, messieurs. Ce ne sont pas ces gens qui font notre gloire. Que M. de Montrevel règle là-dessus sa conduite... Ces coquins-là se sont mis d'étranges axiomes dans la tête. Ils prétendent ne pas devoir obéissance à leur roi, si celui-ci commande des choses contraires à la loi de Dieu ou de la nature. Mais que savent-ils de la loi de Dieu et de celle de la nature ? Ils disent aussi que toute nation qui se fait un roi se conserve le droit de le défaire, quand il va au-delà des bornes de son devoir... Oui, messieurs, on peut lire des extravagances de cette sorte dans les libellés qu'ils font imprimer. Telles sont les pensées de ces bêtes brutes. Qu'on les force dans leurs tanières... Quant à nous, faisons bonne garde le long des côtes.

— Savez-vous qu'ils ont égorgé M. de Saint-Cosme ? Né dans leur religion, celui-ci avait abjuré, l'année de la Révocation, alors qu'il avait été envoyé à la Cour par leur Consistoire pour plaider la cause des Réformés. Sa Majesté lui avait fait la grâce de le nommer colonel des milices et inspecteur des nouveaux convertis dans tout le pays de Nîmes, avec une pension de deux mille livres. Il avait donné des preuves de son zèle. Il avait fait envoyer sur nos galères les plus obstinés de sa région, pendre un prédicateur et fouetter des filles. C'était un homme de qualité qui n'épargnait pas sa peine. Il a peut-être eu le tort de faire saisir les fusils des croquants qui demeurent au bord des marais, dans le pays de Lunel et de Saint-Gilles, alors que ces gens vivent de la chasse à la macreuse et aux poules d'eau. Ce qui les a mis en fureur. Toujours est-il qu'il a été massacré par une bande de vauriens et de vachers de Camargue, et massacré à coups de bâtons et de pierres ! »

C'est ainsi que les officiers de *La Superbe* jugeaient les événements qui se passaient auprès d'eux. Le monde était pour eux comme une immense galère, avec son état-major, ses comites, ses argousins et sa chiourme. Chacun n'avait qu'à se tenir à sa place, les gens de qualité dans leurs châteaux et dans leurs carrosses, les gens de rien dans leurs cabanes et dans leurs chaumières. Ni M. d'Autigny, ni son fils, ni M. de Maroulles, ni M. du Cairon, ni le garde de l'étendard ne pouvaient imaginer que ces gens puissent avoir le moindre droit et surtout pas celui de revendiquer la liberté de conscience. Ce mot n'avait aucun sens pour eux. Le seul devoir était d'obéir à la volonté du roi, puisque le roi était le représentant de Dieu sur la terre.

⁂

Le mois de septembre se passa sans incidents. A deux ou trois reprises, M. d'Autigny fit mettre les armes en couverte, parce que des voiles confuses avaient émergé sur la ligne de l'horizon. Ce n'était plus seulement aux pirates barbaresques que *La Superbe* devait s'apprêter à livrer combat. La flotte anglo-hollandaise était signalée dans le golfe. Les puissances protestantes cherchaient à tendre la main aux insurgés des Cévennes. Des officiers huguenots devaient être déposés sur la plage d'Aigues-Mortes, non loin de l'endroit où le capitaine d'Autigny avait donné la collation et la symphonie aux trois belles visiteuses, une année auparavant. Chaque fois que l'on touchait terre, il n'était question que de cette menace. Il fallait à tout prix empêcher cette jonction. Des émissaires, envoyés aux camisards, avaient été arrêtés par les milices et les gardes des rivières, torturés, mis à mort, avant d'avoir rempli leur mission. Mais la mer était devenue suspecte. On courait sus à la moindre voile. On croyait voir partout la croisière anglo-hollandaise qui venait au secours des rebelles. Des vaisseaux de haut bord, partis de Toulon, croisaient aussi dans le golfe et, malgré les vieilles querelles de préséance, la morgue du corps des galères à l'égard du corps des vaisseaux, le dédain de ces derniers pour les « demoiselles de combat », on échangeait des nouvelles, en envoyant un canot ou en se hélant par les porte-voix :

« Ho ! du vaisseau ! L'amiral Showel est dans ces parages. Il a détaché un navire anglais et une flûte flessinguoise. On les a vus sur la côte, à hauteur de Maguelonne. Ils ont fait des signaux, pendant toute une nuit.

— Ho ! de la galère ! Le maréchal de Montrevel est descendu des montagnes avec la plupart de ses troupes. Julien et Canillac sont restés là-haut. Hier matin, nous sommes partis de Sète, avec le chevalier de Roannez, pour attaquer ces vaisseaux, mais le vent du sud-ouest les poussait loin de la côte, et nous n'avons pas pu leur donner chasse. »

La flûte de Flessingue et le vaisseau anglais avaient rejoint leur escadre. La mer restait vide. Il n'y rôdait plus que les vaisseaux de Toulon et que les galères de Marseille, mais au-delà des bandes de sables et des étangs où Cavalier était resté tapi pendant plusieurs jours, vers les garrigues et les montagnes, la guerre continuait dans tout le Languedoc des Cévennes.

∴

Campagne achevée, au début du mois d'octobre, *La Superbe* revint prendre port à Marseille où elle devait désarmer. Jusque vers le milieu de septembre, le temps avait été gai, les vents bénins et la mer clémente. Avec la lune nouvelle, tout avait changé. Le golfe avait été balayé par de furieux coups de mistral, les vagues s'étaient creusées, et la galère avait souffert jusque dans ses œuvres vives. Panneaux défoncés, peinture tombant en écailles, antennes brisées, elle avait à peine repris sa place dans le port, sur le quai de l'hôtel de ville, que la division détachée depuis deux ans pour défendre le port de Cadix défila sous le fort Saint-Jean, en piteux état elle aussi, et balafrée de blessures.

« On dirait des fantômes ! disait l'Avocat avec une jubilation diabolique, en regardant passer ces galères désemparées. Encore un ou deux ans de guerre et de mer de plus, et cette escadre d'enfer aurait disparu sous les eaux. »

Le mauvais temps ajoutait à la tristesse de ce retour. Il pleuvait, il ventait et l'on avait beau faire tirer des salves d'artillerie pour célébrer la victoire de ces galères devant Cadix, cette victoire était si lointaine qu'elle avait l'air irréelle et ne pouvait pas faire oublier les revers qu'essuyaient les troupes du roi. Aux frontières du Nord, Coehorn et Marlborough s'étaient emparés de Liège et venaient d'enlever Huy : dans la vallée du Danube, malgré la victoire d'Höchstaedt, remportée par le maréchal de Villars sur l'armée des Cercles germaniques, l'électeur de Bavière, Max-Emmanuel, voyait ses Etats menacés. Tout craquait de toute part. Le duc de Savoie, Victor-Amédée, avait tiré la leçon de ce changement de fortune. Il était en train de passer dans le camp de l'Empereur qui lui promettait le Montferrat et lui donnait carte blanche en Provence et en Dauphiné. Tout était à feu et à sang, de la vallée de l'Adige aux îles de l'Amérique mais, nulle part, la violence et la fureur n'atteignaient la sauvagerie qu'elles avaient en Cévennes.

« Il faut en finir avec ces rebelles, disaient les officiers du corps des galères, stupéfiés par ces mauvaises nouvelles. Le maréchal de Montrevel a été nommé pour cela.

— J'ai l'honneur de le connaître, leur répondait M. d'Autigny. C'est un homme de grande mine qui ressemble à Sa Majesté autant que la chose est possible. Il sait mettre un air de hauteur dans tout ce qu'il fait et, s'il est implacable dans le service, il n'est pas sans galanterie. Les dames d'Alès, où il vient de s'installer, ne tarderont pas à l'apprendre. Avec cela, il a su se faire donner les moyens qui permettront d'écraser la canaille de ces montagnes. Il s'est fait envoyer le régiment de Blaisois, celui du Royal-Comtois et des Irlandais, avec des canons de montagne. Il est entouré d'officiers qui ont fait leurs preuves, Julien, Canillac, Marcilly, de Planque et Prefosse. Après avoir beaucoup hésité, Sa Majesté a pris la résolution de lui laisser dévaster tout le haut pays des Cévennes. C'est le seul moyen d'en finir. On va raser plus de trente et une paroisses qui font plus de cinq cents villages, et l'on enverra près de quinze mille personnes dans les casernes, les hôpitaux et les manufactures de Mende et de Montpellier.

— Sa Majesté a marqué qu'Elle désirait que tout se passe en bon ordre et avec humanité, affirmait l'intendant général des galères qui en savait plus long que les officiers de l'escadre. Il suffit que les loups ne trouvent plus de tanières où passer l'hiver et qu'ils soient contraints de se réfugier dans la plaine. Comment ces gueux tiendraient-ils devant trente mille hommes de troupes réglées, les dragons de Firmacon, ceux de Saint-Sernin, le Petit Languedoc, les régiments de Hainaut, de Tournon, le Royal-Comtois, le Blaisois, le régiment de la Fare, les miquelets catalans et, depuis peu de temps, le régiment de marine.

— Le régiment de marine ! s'exclamaient les officiers des galères, scandalisés par ce privilège accordé aux gens des vaisseaux. On aurait pu nous faire l'honneur d'envoyer aussi notre régiment se battre dans ces montagnes. Nous ne le cédons en rien aux soldats de la marine, nous avons même le pas sur eux et nous aurions sacrifié volontiers nos congés pour faire une campagne d'hiver contre ces rebelles.

— Messieurs, le régiment des galères doit veiller à la discipline des chiourmes. On ne peut pas le distraire de ce service. Imaginez une sédition des sept ou huit mille forçats que nous avons dans ce port ! Ce sont vos soldats qui garantissent la sécurité de Marseille. Il n'en va pas de même pour le régiment de marine. Considérez donc que ce qu'il fera aurait pu être fait par vous, et préparez-vous à prendre votre part de sa gloire. Grâce à lui, l'ordre va régner dans ces pays désolés où des furieux ont agi jusqu'ici en maîtres. On n'a qu'à rayer leurs tanières, leurs champs et leurs prairies de la carte, et les transformer en désert. On protégera les maisons des catholiques en peignant une croix blanche, à la chaux, sur le linteau de leur porte, et tout le reste sera rasé sans pitié. Qu'il en soit ainsi chaque fois que la crapule se révoltera contre les honnêtes gens. Bonne chance donc, malgré les vieilles rivalités, au régiment de marine. »

C'est ainsi que la fine fleur de la noblesse de France en service à bord des galères justifiait ce qui se passait dans ces montagnes. Ces gentilshommes considéraient comme nécessaire la mise à feu et à sang de tout un morceau de la France. C'étaient, pourtant, des honnêtes gens, comme ils s'appelaient eux-mêmes. Ils étaient braves, raffinés dans leurs manières, et certains pouvaient prendre du plaisir en lisant les grands écrivains de leur temps. Mais ils étaient tellement certains que l'ordre établi était le reflet de la volonté de Dieu, que tout leur semblait permis quand il s'agissait de le défendre. Tout était simple : un peuple de gueux, un ramassis de canailles, allait être ramené à l'obéissance et, dans sa mansuétude infinie, le roi qui régnait à Versailles voulait que tout se passe dans l'ordre, comme l'assurait l'intendant. Les filles iraient au couvent, les femmes à l'hôpital, et les hommes seraient parqués dans les casernes, tandis qu'au-dessus de deux mille cinq cents pieds d'altitude, pas une seule chaumière ne pourrait rester debout, murs branlants, toitures effondrées, portes et fenêtres brûlées, en attendant le grand silence glacé de l'hiver, et le linceul de la neige.

∴

Ce n'était pas ainsi que les derniers venus de la chiourme racontaient ces événements à ceux dont ils partageaient maintenant la misère. Pendant tout le printemps et tout l'été, ils étaient arrivés, par longues chaînes, de Nîmes ou de Montpellier, les pieds en sang, les yeux rougis par la fièvre. Le 20 juin, le sieur Jacques Bernier, lieutenant de la Maréchaussée de Languedoc, escorté de quinze fusiliers, avait fait entrer dans l'arsenal plus de trente religionnaires, tous condamnés aux galères perpétuelles. Chacun d'eux n'était que le survivant de toute une cohorte de martyrs, morts au combat, abattus sur place, suppliciés sur les échafauds du Peyrou ou sur l'esplanade d'Alès, aux roulements des tambours, sous les yeux des belles dames enrubannées et friandes de ces spectacles.

Avant de raconter les victoires des camisards, les coups de main exterminateurs des brigades de Castanet, de Roland et de Cavalier, ces rescapés de la mort évoquaient les tueries qui ensanglantaient les villes et les villages de la plaine et les solitudes désolées des hautes montagnes. Le massacre des innocents, l'égorgement des vieillards, des femmes et des enfants sans défense, justifiaient dans leurs cœurs la sauvagerie des combattants du Désert. On aurait dit qu'ils ne voulaient faire monter avec eux, dans la chiourme des galères, ces hommes de la faux, de la hache, du fusil et du mousqueton qu'en les faisant précéder par le lamentable cortège de ceux qui étaient morts sans jamais avoir porté les armes.

« La bête est lâchée ! disaient-ils. On n'a jamais vu des choses aussi atroces. Le Montrevel est un voluptueux des festins, des fêtes et des supplices. Malheur à ceux dont il doit fixer le destin quand il est à table. Quand il a bu et mangé, la mort seule peut ajouter quelque chose à ses abominables plaisirs. C'est ce qui est arrivé, aux portes de Nîmes, le jour des Rameaux, pendant les dernières Pâques.

— Pour ce jour solennel, racontaient les forçats venus des villages qui entourent cette ville, alors que tous les chrétiens s'apprêtent à souffrir, puis à sortir du tombeau avec Jésus-Christ, quelques-uns de nos frères se sont réunis, près de la porte des Carmes, au moulin de l'Agau, pour célébrer le Seigneur. Il y avait là surtout des enfants, des femmes et de vieilles gens qui ne pouvaient faire mal à personne. Ils étaient, peut-être, cinquante ou soixante...

— Ils étaient plus de trois cents, affirmaient certains.

— Ils lisaient les Ecritures et chantaient des psaumes. Midi venait de sonner et leur assemblée était prête à se disperser, quand ils ont été entendus par des gens du voisinage qui ont fait avertir le Montrevel. Celui-ci était à table et, furieux d'être dérangé, il donne l'ordre de mettre le feu à l'asile de nos frères. Les dragons se précipitent et incendient le moulin. Nos frères veulent sortir, mais à la pointe des sabres et des baïonnettes, on les repousse dans le brasier. Ceux qui ne sont pas la proie des flammes tombent sous les coups des soldats aussi furieux que leur maître d'avoir été dérangés au moment de passer à table. Les plus timides de l'assemblée poussent des cris de terreur. Les plus fermes chantent des psaumes et bénissent l'Eternel. Ce n'est qu'un tourbillon de spectres noircis par la flamme et par la fumée et tout couverts de blessures.

— On a vu des choses horribles, des enfants jetés dans le feu à la pointe des baïonnettes, des femmes éventrées avec leur nourrisson dans les bras. Pendant ce temps, l'évêque Fléchier chantait les vêpres à la cathédrale. On l'avertit. La terreur lui coupe la voix. Il charge l'abbé de Beaujeu de prendre la parole à sa place. Pas un instant, il ne songe à intercéder pour les innocents qu'on massacre. Heureusement que d'autres l'ont remplacé, même au péril de leurs jours, pour implorer la miséricorde des hommes au nom de la miséricorde de Dieu. Un valet de Montrevel aide à fuir une fille de dix-sept ans. Il est pris. On le mène devant son maître qui ordonne de mettre à mort le valet et la jeune fille. On traîne cet enfant à la potence, mais des dames de la Miséricorde, comme si le nom qu'elles portent les avaient contraintes à cet acte, intercèdent à genoux pour le misérable et sauvent sa vie.

— Voilà, mes frères, ce qui s'est passé pendant la semaine sainte, et ce que l'on voit presque chaque jour dans nos malheureux pays. Ni le jour de Noël, ni celui où notre Sauveur a été crucifié, ni celui où il est sorti du tombeau en triomphant de la mort ne mettent les enfants de Dieu à l'abri des persécuteurs... et que nous reprochent-ils ? De lire les Écritures dans une langue qui n'est pas celle que nous parlons chaque jour, mais que nous comprenons aussi bien qu'ils peuvent le faire ; de chanter des psaumes dans ce français que nous avons appris pour pouvoir parler à Dieu ; de le tutoyer comme nous tutoyons notre père selon la chair, et de nous adresser directement à ce père sans que personne se mette entre nous et lui. »

∴

La plupart de ceux qui parlaient ainsi venaient des villages de la plaine, de Vauvert, de Bellegarde ou de Générac, mais certains étaient des hommes de la montagne. Ils avaient été arrêtés à Saint-Laurent-du-Minier, à Valleraugue, au Pont-de-Monvert. L'un d'entre eux était même du Pompidou, le village de Jean-Pierre, ce petit village perdu qui avait déjà payé un lourd tribut aux persécutions.

Ce dernier venu était un nommé Jean Fabre. Il avait déjà cinquante-deux ans, et avait pris part à plusieurs combats, à côté d'Abraham Mazel et de Salomon Couder. Jean-Pierre eut la chance de le rencontrer, le jour où les chiourmes allèrent à l'arsenal pour y déposer des cordages. A ses yeux, Jean Fabre était un ancien, un des hommes les plus écoutés de son église, mais Jean Fabre le regardait comme son ancien dans la souffrance.

« Frère, déclara le vieil homme, reprenant presque mot pour mot ce qu'avait déjà dit Jean Peyre, le Seigneur veille sur les tiens. Ta femme est en exemple à toutes nos vallées et son malheur lui vaut des bénédictions sans nombre. L'Eternel protège ta descendance et tes petits vont se faire grands. L'Esprit les a déjà comblés de ses dons. Grâce à l'entremise d'un de vos amis d'Anduze, Hébrard, je crois, ta femme a l'espoir qu'on va te venir en aide, non pas à toi seul, mais à tous les frères qui sont ici. C'est un secret, et je ne peux rien te dire de plus. Garde pour toi le peu que je t'ai révélé et ne t'étonne de rien. C'est, peut-être, pour te le faire savoir que le Seigneur a voulu que je vous rejoigne. Que son Saint Nom soit béni. Il allégera les souffrances de ceux qui suivent sa Loi, et il ébranlera la Grande Babylone. »

Des argousins se précipitèrent sur les deux hommes et les séparèrent à coups de bâton. Ils veillaient à ce que les nouveaux venus ne puissent pas parler avec les anciens des galères. Mais rien ne pouvait contraindre au silence ces nouveaux forçats porteurs de grandes nouvelles. Ils avaient besoin de raconter ce qu'ils avaient vu, ou ce qu'ils avaient entendu dire, quand ils étaient encore des hommes libres. Chacun d'entre eux arrivait à porter son témoignage, et ce témoignage passait de bouche en bouche, à travers toutes les chiourmes.

Pendant tout le début de l'automne, ces récits de batailles et de victoires soutinrent le courage des galériens huguenots, plus misérables et plus affamés qu'ils ne l'avaient jamais été. Tous les événements dont on leur racontait l'histoire, toute cette épopée des Enfants de Dieu, étaient dominés par quelques personnages légendaires dans lesquels chacun se reconnaissait ou reconnaissait un des siens. Cette insurrection était une affaire de famille où chacun pouvait retrouver son sang dans chaque goutte de sang répandu. Chacun vivait avec le héros qu'il avait choisi, et se répétait sa légende.

« Ce Castanet, je crois bien que je l'ai connu, se disaient les galériens d'Ardaillès, de Valleraugue, de l'Espérou, de Saumane et de Saint-André de Valborgne. C'était le garde forestier de l'Aigoual. Quand il était encore un enfant, il paissait les chèvres, autour du village de Massevaques, où il est né. Il avait quitté le pays au moment de la paix de Ryswick, mais il y est revenu, quelque temps après, et il s'est mis à prêcher dans tous les villages de ces montagnes. Nul ne faisait d'aussi beaux sermons que lui. Sa parole avait la même force que son corps qui est court, ramassé, insensible à la fatigue. Maintenant, il commande tous ceux qui vivent dans ces montagnes et son camp est au plus haut de l'Aigoual, dans une combe pleine de sources, où l'on trouve des fraises et des framboises, quand la saison est venue. C'est le camp de l'Eternel, refuge des Enfants de Dieu et, de ce camp, Castanet tombe sur les routes des vallées comme un torrent débordé.

— Que j'aimerais, se disait Jean-Pierre, être là-haut, au milieu des forêts de hêtres, près de la source de l'Hort de Dieu ! Que j'aimerais entendre le frère Castanet expliquer les Ecritures, et voir la nuit descendre sur les vallées, en chantant des psaumes... »

Suivant ses origines et le lieu de sa naissance, chaque galérien adoptait ainsi un des chefs de l'insurrection. Comme Jean-Pierre avait rejoint en esprit la troupe de Castanet sur les sommets de l'Aigoual, d'autres suivaient Roland dans les hauts pays des Gardons, du Val Francesque au Val Borgne, ou bien Jean Cavalier dans les collines brûlées du Bas-Languedoc, à travers les hermas et les garrigues, jusqu'aux marais de Lunel et de Saint-Gilles. Pendant tout cet automne, chacun d'eux participa aux victoires des camisards, en grelottant sous la tente de sa galère, le ventre creux, les yeux voilés par la fièvre.

Jamais les religionnaires n'avaient été torturés par la faim comme ils le furent à ce moment-là. Jean-Pierre et Denis Ustain restaient tout le jour, côte à côte, enchaînés à leur banc, brochant des bas pour le compte du comite, tandis que Ioussouf retournait chez M. Bernier, que le Croc préparait le savon à barbe, et que l'Avocat voyait prospérer chaque jour son petit commerce de gravures et de faux.

⁂

Un jour, Ioussouf rentra un peu plus tôt que d'habitude. Le Croc et l'Avocat n'étaient pas encore revenus de leurs baraques. Presque tous les bancs étaient vides, et les argousins qui accompagnaient ceux qui travaillaient en ville, et touchaient un sou par jour pour cela, s'étaient réunis autour du fourgon où le cuisinier faisait cuire de la viande.

« Ecoute, dit Ioussouf à Jean-Pierre, ce que j'ai à te dire est un grand secret, un vrai secret qui peut porter la mort ou la vie. J'ai reçu de l'argent pour toi et pour tous tes frères de *La Superbe*. C'est pour vous permettre d'acheter un peu à manger. Sans ce secours, vous allez mourir de faim, cet hiver.

— Mais, Ioussouf, c'est trop dangereux pour toi. Si tu es pris, c'est toi qu'on fera mourir sous la bastonnade.

— La mort n'est rien quand elle ouvre la porte du paradis. Allah est grand ! Laisse-moi faire. Je peux vous rendre un petit service, mais c'est moi qui dois vous remercier. En acceptant ce que je peux faire pour vous, vous me rendez un service beaucoup plus grand, le plus grand que peut recevoir un croyant. Comme il y aurait trop de danger à ce que je vous donne l'argent, chaque jour, j'irai acheter pour vous un peu de pain et de viande et, sur les autres bancs, je saurai trouver un de mes frères, un vrai croyant, qui fera la même chose pour ceux qui sont comme vous.

— Mais, cet argent, d'où vient-il ? demanda Jean-Pierre.

— C'est le secret du secret, répondit Ioussouf. Il est passé dans beaucoup de mains avant d'arriver dans la mienne. Ne cherche pas à savoir. Je vais vous apporter à manger, à Denis Ustain et à toi. »

Dès ce soir-là, les galériens réformés eurent chacun un morceau de viande et une grosse boule de pain. Chaque ration avait été achetée par un Turc et remise par lui à son compagnon de banc, sans éveiller le moindre soupçon. Il en fut ainsi chaque jour, à partir de ce moment-là. Ioussouf tenait la comptabilité des dépenses. Il se serait cru damné si tout l'argent destiné aux religionnaires n'avait pas été employé pour eux. Cette méticulosité l'obligeait à garder des bouts de papier dans ses hardes. Ces papiers indiquaient les sommes reçues par lui, dans leur plus extrême détail. Il traçait lui-même une barre à chaque sou dépensé, à côté d'un signe mystérieux qui devait représenter chacun des forçats de la religion bénéficiaire de cette œuvre de miséricorde.

Il arrivait quelquefois que le cuisinier du capitaine, pressé d'utiliser le foyer sur lequel les galériens venaient faire griller leurs morceaux de viande, fasse place nette en jetant avec fureur toute cette viande à la mer. Cet Imbert était une brute rageuse, hallucinée par le vin et par l'eau-de-vie, dont le comite lui-même avait peur, et personne ne soufflait mot quand il manifestait ainsi sa toute-puissance. Si, par hasard, quelques morceaux de viande destinés aux religionnaires se trouvaient balayés par un de ces mouvements de colère qu'accompagnaient toujours d'horribles blasphèmes qui auraient suffi à faire rouer un huguenot, Ioussouf et les autres Turcs qui lui servaient de complices remplaçaient ces rations perdues en achetant de nouveaux morceaux avec leur propre argent.

Ainsi soutenus, les galériens protestants reprenaient des forces. Mais, plus que la viande et le pain qu'ils devaient à cette conjuration mystérieuse, le récit des victoires des Enfants de Dieu exaltait leur courage et les affermissait dans leur foi. Ces récits se multipliaient de jour en jour. Ils confondaient des événements récents avec des événements qui s'étaient passés depuis plusieurs mois. Ils semblaient célébrer une seule et même victoire, un même arrêt de l'Eternel tout-puissant qui rétablissait ses Fils dans leur liberté.

« Pendant que nos ennemis dévastaient les Hautes Cévennes avec toutes leurs forces réunies, disait le récitant invisible que chaque galérien pour la foi croyait entendre à côté de lui, le frère Cavalier a porté la guerre dans la plaine. Il est tombé sur le pays bas dégarni de troupes. Il a démantelé les châteaux, battu les milices, incendié les églises pour venger la destruction de nos temples. Il a poussé jusque devant les portes de Nîmes, en semant la terreur devant lui. Il a prêché sur la place d'Aigues-Vives, devant des milliers de fidèles. Nul ne parle aussi bien que lui, pas plus Castanet que Roland. L'esprit de Dieu passe par sa bouche. Il a le don d'éloquence et le don de prophétie. Il annonce ce qui sera et c'est pourquoi tout se fait « de par Dieu » ! « chez les nôtres, dans cette guerre, tandis que nos ennemis ne font rien que « de par le roi ». Comment de simples gens parleraient-ils comme ils parlent, s'ils n'étaient animés par l'inspiration divine ? On voit partout des bergères, qui ne connaissaient que la langue de nos montagnes, se mettre à prêcher dans un français plus pur que celui des grandes dames. Aucun prophète, aucune prophétesse ne parle pourtant aussi bien que le frère Cavalier. Avec le frère Roland, il est remonté dans les montagnes. Ils y ont châtié les traîtres, donné la mort aux « vendeurs », et rendu coup pour coup aux persécuteurs de nos frères. Louange à Dieu ! L'année qui s'achève leur donne partout la victoire. On ne peut plus dénombrer les triomphes des camisards. Tambour battant, la troupe de Roland s'est rendue maîtresse de Sauve. Cavalier est partout vainqueur. Un jour, il y a déjà longtemps, c'est dans la prairie, devant les portes d'Alès, qu'il fait preuve de sa vaillance. Avec soixante hommes, il écrase un gros bataillon de six cents cavaliers et fantassins. Un autre jour, encore à côté d'Alès, au fond des bois de Vaquières, M. de Bimard, capitaine des milices de Nîmes et un nouveau converti, le chevalier Montarnaud de Castries, cherchent à le surprendre et sont surpris. Au premier feu, Bimard reste sur la place, et Montarnaud ne pense plus qu'à la fuite. La plupart de ses soldats sont tués. Les camisards s'habillent avec leurs dépouilles et, prenant l'air d'une vieille troupe réglée, marchent sur le château de Servas, à côté du hameau des Plans, près de la montagne du Bouquet. La garnison leur ouvre les portes. Cavalier pénètre dans le château en se donnant de grands airs. « De par le roi »... On le prend pour le neveu du comte de Broglie. Le commandant et les officiers veulent raconter leurs exploits à ce noble personnage. « Ici, disent-ils, tous les paysans sont des camisards. « Il faut les massacrer tous, avec leurs enfants et « leurs femmes. Nous en tuons chaque jour... » Ils croyaient se faire bien voir en racontant leurs meurtres et leurs tueries.

— « Eh bien, tue » ! se met à crier Cavalier, et toute la garnison est passée au fil de l'épée. »

Plus que dans les batailles rangées, les galériens pour la foi voyaient le signe de Dieu dans ces hasards et dans ces surprises. Les camisards triomphants faisaient tout trembler devant eux, des portes de Nîmes jusqu'au sommet de l'Aigoual et du Lozère. De Montpellier à Marseille, les puissants étaient consternés. L'intendant de Languedoc, M. de Bâville, faisait lever trente-deux nouvelles compagnies de fusiliers et un nouveau régiment de dragons qui vint se joindre aux dragons de Firmacon et à ceux de Saint-Sernin, arrivés depuis peu de leur garnison de Rouergue. En plein hiver, on avait rameuté le bataillon des vaisseaux dispersé autour de Toulon et de Marseille, comme l'intendant l'avait dit aux officiers des galères. Toutes ces troupes formaient maintenant une immense armée de plus de trente mille hommes, un corps d'élite qui aurait pu forcer la victoire, dans les plaines des Flandres ou sur les bords du Danube. On aurait dit qu'il fallait faire face à une invasion, mais cette invasion ne menaçait pas les frontières. Elle semblait sortir de la terre, au cœur du pays. Elle venait de chaque ferme, de chaque maison perdue dans les solitudes, de chaque village des vallées, de chaque maison des grandes villes.

« Le maréchal de Montrevel s'est mis dans la tête que c'est une conjuration, disaient les persécutés. Il en cherche partout les chefs, comme si nous avions un autre chef que Celui qui règne dans le ciel, sur la terre et sur les eaux, comme si nous voulions autre chose que la liberté de conscience, comme si nous n'étions pas prêts à donner nos biens et nos vies pour le service du roi et le salut du royaume, à condition de pouvoir adorer Dieu en esprit et en vérité. »

Comment le maréchal aurait-il été capable de comprendre que le foyer de cette révolte était la lueur d'une lampe à huile éclairant, le soir, les pages du Livre des livres et révélant à des montagnards misérables les secrets de la justice et de la liberté ? Un vieillard lisait à voix haute, des femmes, écrasées par le dur labeur de la journée, poussaient des soupirs, des enfants s'éveillaient à la compréhension de la vie et, le cœur tordu d'amour et de colère, des hommes en pleine force serraient leurs poings, dans la nuit, en attendant le jour de prendre les armes.

IX

LA BASTONNADE

CETTE année-là, quand les galériens eurent désarmé *La Superbe*, dressé la double tente aux rayures blanches et bleues et pris leurs quartiers d'hiver, M. d'Autigny et ses officiers-majors ne semblèrent pas vouloir s'éloigner de Marseille, comme ils le faisaient tous les ans. On aurait dit qu'ils avaient peur d'abandonner leur galère à la surveillance des comites et des argousins, comme si les dangers de la mer avaient pu la menacer encore pendant l'hivernage.

M. d'Autigny fit pourtant un bref voyage à Versailles, moins pour faire sa cour que pour aller prendre des ordres. Il en revint du reste en toute hâte, non pas en grand équipage, mais en voiture légère et en brûlant les relais. Il ramenait avec lui des nouvelles inquiétantes et les confiait à ses officiers comme des secrets d'Etat.

« Pendant des mois, leur expliqua-t-il, on a cru bon de laisser Sa Majesté dans l'ignorance totale de ce qui se passait en Cévennes. On avait espéré qu'on pourrait lui annoncer l'écrasement des rebelles en même temps qu'on lui parlerait de cette révolte. L'année dernière, quand je suis allé à Versailles, Elle ne savait rien encore et l'on m'avait chapitré pour que je ne me coupe pas si Elle m'interrogeait sur ce qui se passait dans les Provinces. Chamillard avait bien montré les dépêches de Bâville à Mme de Maintenon, mais celle-ci avait défendu qu'on en parle au roi. Pendant plus de six mois, après le meurtre du Pont-de-Montvert, alors que ces fanatiques tenaient les montagnes, il n'a rien su de ce qui se passait. Mais il a bien fallu le lui dire.

— Et comment a-t-il pris la chose ? demandaient les jeunes officiers.

— Vous savez déjà qu'il a ordonné les mesures les plus extrêmes. S'il le faut, Montrevel peut faire de ce pays un désert. Le roi n'a pas pris ces résolutions sans les peser aux justes balances de Sa justice. Sans doute, il ne manquait pas de conseilleurs, mais son seul souci est de maintenir la gloire de son royaume. Il a trop écouté, voici des années, les avis de M. de Meaux et de M. de Cambrai qui lui recommandaient la clémence. La religion n'est pas seule en cause, dans cette affaire. Il y a l'Etat. Dans certaines circonstances, la mansuétude est une faiblesse. Il ne peut être question de rétablir l'Edit de Nantes, comme certains auraient incliné à le faire. Tout doit être réglé par le fer et par le feu, les chaînes et les gibets.

— Que Montrevel ait remplacé le comte de Broglie, fit remarquer M. de Marle, est un signe évident de la volonté du roi. Quand on connaît la valeur de tous ceux qu'il envoie dans ces montagnes, on peut être assuré qu'il n'est pas question de faiblir. Julien a déjà pris ses quartiers dans Alès...

— Presque chaque jour, on envoie dans ces pays de nouvelles troupes, ajoutait M. du Cairon, et les évêques de Mende, d'Alès et de Nîmes, en particulier M. Fléchier, dont on connaît pourtant la douceur, mais qui vivent au cœur de cet incendie, ne sont pas les derniers à demander qu'on en finisse.

— Pourquoi n'envoie-t-on pas le régiment des galères prendre part à ces combats, comme on l'a fait pour le régiment des vaisseaux ? répétaient, une fois de plus, les officiers-majors de *La Superbe* qui ne pouvaient pas se consoler d'être tenus loin de cette guerre.

— Allons, messieurs, il ne nous appartient pas de donner des ordres, ni de prétendre savoir où nous avons à servir, répondait M. d'Autigny. On a besoin de nous à Marseille... et, du reste, ajoutait-il en riant, ce serait un péché que de contraindre Maroulles à faire la chasse à ces fanatiques, dans ces horribles déserts. Il a bien d'autres choses en tête, et doit faire face à de plus agréables devoirs, dont on ne saurait le distraire.

— Si le régiment des galères était appelé... répondait M. de Maroulles, piqué au vif.

— Je sais, je sais, on pourrait toujours compter sur vous, et vos amours ne sauraient vous faire oublier vos devoirs, monsieur », répondait le capitaine, et les jeunes officiers éclataient de rire, car les amours du sous-lieutenant étaient devenues les amours de tout l'état-major de *La Superbe*.

∴

Comme le roi, les galériens pour la foi n'apprenaient souvent les nouvelles qu'avec des mois de retard, et dans une confusion qui brouillait le cours des événements. Le cadavre décapité du capitaine Poul pourrissait depuis longtemps dans la terre quand ils apprirent sa mort. Le vieux capitaine était tombé au combat, non loin de Vauvert, dans le Cros du Val des Banes.

C'est Adrien Trial, de Vauvert, et Fulcran Soulier, de Grand Gallargue, condamnés tous deux à vie pour avoir été trouvés avec des armes et avoir suivi les assemblées, tous deux arrivés à Marseille le 20 juin, avec une chaîne du Languedoc, qui avaient révélé cet événement au peuple silencieux des galères.

« C'est Catinat qui a tué ce grand capitaine, meurtrier de tant de nos frères.

— Catinat ? demandaient les galériens, dans un souffle, en pensant tout d'abord au maréchal de France dont ils connaissaient tous le nom.

— Ce Catinat, répondait Adrien Trial, est un garçon de chez nous, Abdias Maurel de son véritable nom, né au Cailar, et qui a grandi au milieu des chevaux sauvages et de la bouvine. Il a été dragon, comme le frère Roland et, avec lui, il était à la bataille de la Marsaille, sous les ordres du maréchal Catinat. Revenu au pays, il a rejoint les enfants de Dieu, car sa famille a toujours professé la religion réformée, suivant la confession de nos églises de France, comme son prénom le fait voir. Mais il avait pris pour surnom le nom du chef sous lequel il avait appris à faire la guerre. Il était de ceux qui ont fait justice en expédiant M. de Saint-Cosmes. Après cela, il avait rejoint Castanet dans son camp de l'Eternel, sur le sommet de l'Aigoual. C'est lui qui avait pris Sauve, tambour battant. C'est un homme de grande taille avec des membres énormes, une figure terrible, toute brûlée du soleil, un cavalier qui passait son temps à débourrer les chevaux sauvages. Il avait levé une troupe de gardians, des pays de Saint-Gilles aux pays de Lunel, tout le long des étangs de Languedoc. Il était, vers la fin janvier, avec la troupe de Cavalier. Dans cette troupe, il y avait déjà Ravanel, né dans le pays d'Uzès, un ancien soldat lui aussi, maigre, noir, pas très grand, tout marqué de coups de sabre, toujours en colère et toujours en train de chanter des psaumes, en mâchant des chiques à l'eau-de-vie. Le frère Cavalier devait aller en secret à Nîmes pour y préparer de grandes choses. Il laisse Catinat et Ravanel au commandement de sa troupe et, comme il était pour partir, il leur fait une prophétie : « Enfants de Dieu, vous livrerez bataille « en mon absence. Vous en sortirez vainqueurs, et « vous tuerez Poul. » Il s'en va. Ravanel et Catinat font une assemblée avec tous les gens du voisinage, près du mas de Caffarel. Mais le comte de Broglie était sur leurs traces. Il voulait se venger sur les enfants de Dieu de ne pas avoir été fait maréchal de France par le roi qui venait d'en nommer plusieurs. Maintenant, frères, écoutez bien cette histoire. Les nôtres sont découverts par un renégat qui servait comme lieutenant de dragons. A cette nouvelle, le comte de Broglie fait mettre ses troupes en bataille. Au centre, l'infanterie, avec le Petit Languedoc et des hommes des milices : La Dourville à l'aile gauche, avec les dragons, et Poul sur la droite avec un gros escadron. Ravanel et Catinat font partir les femmes, les enfants, et tous ceux qui n'avaient pas d'armes. Catinat fait battre la dragonne, à grands roulements de tambours. Ravanel se place sur la montille, derrière une profonde roubine. Les enfants de Dieu mettent le genou en terre et chantent le psaume des batailles. On a dit que Poul avait demandé au comte de Broglie d'attendre des renforts, avant de donner la charge. On était un vendredi et ce grand tueur d'innocents sentait que ce jour devait lui porter malheur. Mais le comte voulait faire voir qu'on aurait dû le mettre sur la liste des maréchaux. « Tue, « tue, voilà les coquins du roi, crient les nôtres, et « vive l'épée de l'Eternel. » Le feu de Ravanel cloue le Petit Languedoc dans le ravin. Les dragons de La Dourville ne peuvent pas passer la roubine. Poul tente de déborder les enfants de Dieu, mais un gamin, un tout jeune garçon de Vauvert, Samuelet, de son nom, le jette à bas de son cheval avec une pierre de fronde. Frères, relisez l'Ecriture. Tout y est prédit à l'avance. Catinat arrive au galop sur le tueur d'innocents, et lui fend la tête. Il la lui coupe en s'emparant de son fameux sabre d'Arménie qu'il garde maintenant toujours avec lui. Les gardians tombent de partout sur les dragons qui rompent leurs rangs devant eux. Le comte de Broglie fuit d'un trait jusqu'au château de Bernis, et Catinat le poursuit en criant : « Comte, voilà ton coq — coq se dit Poul

« dans tous nos pays, — il est plumé. Tu n'as qu'à le « manger. »

— On raconte autrement l'histoire, disait Fulcran Soulier. C'est Samuelet qui a coupé la tête de Poul et qui a gardé son sabre. Ce qui est sûr, c'est que ce massacreur des enfants de Dieu a rendu son âme au Diable. Il ne fera plus de mal à personne et, maintenant, c'est le frère Catinat qui monte son genet d'Espagne, au lieu de monter un Camargue. »

⁂

« Mon cœur est plein de joie, soupirait Denis Ustain quand il se trouvait seul avec Jean-Pierre, et cependant je le sens parfois plein de crainte lorsqu'il se réjouit en apprenant ces victoires. Je ne serai jamais qu'un pauvre laboureur, même à présent que je suis capable de lire, grâce aux leçons que tu m'as données. Ma science est celle d'un ignorant, mais je ne croirai jamais que l'Eglise de notre Sauveur et le règne de l'Esprit puissent être établis par le bras de chair, même si ce bras est semblable à celui de Moïse quand il soutenait Israël dans ses guerres. L'Esprit n'est qu'esprit et ne peut rien espérer de la violence des hommes.

— Frère, que veux-tu dire avec ce bras de chair ?

— Ne te souviens-tu pas du livre de l'Exode, quand Hamalek a livré bataille à Israël, dans les champs de Réphidine ? Ce combat du peuple de Dieu ressemblait au nôtre. Josué avait pris la tête des combattants et Moïse se trouvait sur le sommet d'un coteau, d'où l'on voyait le champ de bataille.

— Je me souviens, murmurait Jean-Pierre, et je me souviens aussi que c'est le peuple de Dieu qui a été le vainqueur.

— Il a été vainqueur, mais ce ne fut pas sans alarmes. Quand Moïse levait le bras, Israël était le plus fort. Quand il le laissait retomber, Hamalek prenait l'avantage. Mais les mains de Moïse étant devenues pesantes, il a fallu qu'Aaron et Ur soutiennent ses bras jusqu'au soir, pour qu'Israël passe ses ennemis au fil de l'épée. Un de nos pasteurs nous a parlé de ce texte dans une de nos assemblées. Le bras de chair est tout-puissant quand Dieu permet qu'il se tienne droit. Il ne peut rien si Dieu lui retire sa force. Mais ce bras de chair n'est jamais que le bras d'un homme. Ce n'est pas à lui d'assurer la victoire de l'Esprit.

— Tout vient de la grâce de Dieu, répondait Jean-Pierre. Si Dieu veut que le bras de chair reste levé jusqu'au soir, ses enfants peuvent avoir la victoire. »

Ainsi raisonnaient ces ignorants qui ne connaissaient qu'un seul livre.

∴

Les comites et les proyers qui rôdaient sans cesse à travers les bancs de la chiourme flairaient cette exaltation des domestiques de Dieu, comme les bêtes des bois sentent venir les orages.

« Ils sont plus endurcis que jamais, disait le Tustaïre à ses acolytes. Il va falloir les humilier et leur faire courber la tête. Tâchons de les prendre au piège avec le cas du bonnet. C'est le moyen le plus sûr pour leur faire avoir une bonne bastonnade. »

Le cas du bonnet était une vieille affaire, assoupie depuis des années, mais que l'on pouvait toujours reprendre pour mortifier les galériens protestants. Tous les dimanches matin, l'aumônier disait la messe, à la poupe de la galère, à la vue de toute la chiourme. Les forçats devaient ôter leur bonnet et s'agenouiller dans leurs bancs, au moment de l'élévation. Les Turcs, seuls, avaient permission de se retirer pendant le service et d'aller fumer ou chiquer, dans le canot ou dans le caïque. Les huguenots restaient enchaînés à leur banc, mais refusaient de se découvrir et de fléchir le genou. Ce refus leur avait valu, à plusieurs reprises, de terribles châtiments qui ne les avaient pas ébranlés. Dans les derniers jours de l'autre siècle, Jacques Vigne et François Courtessaire avaient été attachés, tête nue, la face tournée vers le tabernacle, aux deux supports du caïque et avaient reçu chacun quinze coups de corde goudronnée et trempée dans l'eau de mer, en présence du major et de tous les galériens rassemblés. L'année suivante, c'était Marc-Antoine Capdur qui avait été aspergé d'eau bouillante et bastonné trois ou quatre fois de suite, car s'il faiblissait dans les tourments, il se reprenait aussitôt, et ne fléchissait le genou, sous le coup de la souffrance, que pour refuser de le faire dès qu'il était rétabli.

Pendant des années, le refus d'ôter le bonnet avait déchaîné des bastonnades. C'étaient quinze, trente, soixante ou même quatre-vingts coups que devaient subir ces misérables, aux galères du Levant, comme à celles de Brest ou de Dunkerque. L'Europe entière écoutait le sifflement des bâtons et des cordes, et le scandale en était devenu si grand et valait tant d'humiliations aux ambassadeurs du roi de France, même dans les pays catholiques, qu'un ordre de la Cour avait suspendu ces supplices en octobre 1701.

La plupart des officiers du corps des galères avaient toujours réprouvé ces pratiques, moins par humanité et par compassion que par désir d'épargner leur chiourme et de ne pas abîmer leurs rameurs. C'était le cas du capitaine de *La Superbe*.

« On devrait, disait-il, faire apprendre par cœur à tous les enseignes ce que M. Barras de la Penne a osé écrire au ministre au sujet de la bastonnade. « C'est « une punition un peu trop forte. Ceux qui l'ont reçue, « souvent sont morts deux ou trois jours après dans « l'hôpital. Il n'y a presque point de cas auquel on « ne puisse remédier en faisant mettre une double « chaîne et des menottes à un forçat insolent ou cou- « pable. » Voilà qui est parler en marin et parler aussi en soldat. »

Cette peine existait pourtant, et les ordres royaux, tout en freinant son usage, ne l'avaient pas supprimée. Il suffisait de l'excès de zèle d'un comite ou d'un aumônier pour qu'elle soit appliquée dans son ancienne rigueur, surtout si l'on invoquait le cas du bonnet, sur lequel aucune décision n'avait jamais été prise.

Les galériens pour la foi avaient bien plaidé, car on trouvait parmi eux des hommes de loi et des juristes, que nul ne pouvant être puni par deux fois pour la même faute, il était abusif de les châtier s'ils ne voulaient pas se découvrir pendant qu'on disait la messe, puisque c'était pour cela qu'on les avait envoyés aux galères. C'était entrer dans des subtilités juridiques, des discussions, des arguments, des controverses sans fin, et jamais on n'avait fait droit à cette opinion, pourtant raisonnable et conforme aux lois du royaume. Les galériens pour la foi devaient donc, théoriquement, quitter le bonnet et s'agenouiller au moment de l'élévation. Mais on leur permettait de ne pas le faire, car ils se pelotonnaient, à ce moment-là, dans les plis de leur capot et se tenaient immobiles, sans causer le moindre scandale.

∴

Ce dernier dimanche d'octobre, quand il eut fini de dire sa messe, comme il allait redescendre à terre et s'engageait déjà sur la planche, M. Bion fut apostrophé par le comite qui lui dit avec un mélange d'insolence et de bassesse :

« Monsieur, les huguenots n'ont pas quitté le bonnet quand vous avez élevé la sainte hostie au-dessus de votre tête. Je crois de mon devoir de le dire au capitaine et de lui demander un châtiment pour ces chiens. Ils ont bien mérité une bonne bastonnade. »

M. Bion n'avait jamais assisté à ce genre de supplice, mais il en avait entendu parler et s'imaginait fort bien ce qu'il pouvait être. C'était, pour lui, quelque chose d'abominable, une offense à la créature faite à l'image de Dieu et, bien souvent, il avait prié pour n'être jamais contraint de voir un pareil spectacle.

« Pourquoi, dit-il, en posant la main sur l'avant-bras du Tustaïre, leur faire payer aujourd'hui une faute qu'ils commettent tous les dimanches et sur laquelle on ferme les yeux depuis des années ? S'ils ne quittent pas le bonnet, ils ne font pas de désordre et sont même respectueux pendant le saint sacrifice.

— Comment, monsieur, pouvez-vous défendre ces misérables quand leur crime est une offense à la majesté de Dieu, répondit le comite en exagérant son maintien servile. Les pères de la Mission sont plus rigoureux que vous sur les marques de respect que l'on doit à la sainte messe... Mais si vous pensez que ces chiens peuvent ne pas quitter le bonnet...

— Je leur demanderai de le faire, dit l'aumônier qui avait senti la menace. Tu verras bien, dimanche prochain, s'il faut en parler au capitaine. Pour le moment, gardons l'affaire entre nous et n'en parlons à personne.

— Je ne suis qu'un pauvre comite qui s'entend mal aux choses divines, balbutia le Tustaïre, mais mon devoir est de faire respecter la discipline. Il faudra bien que ces scélérats se soumettent. »

∴

Pendant toute la semaine, M. Jean Bion supplia les galériens pour la foi d'ôter leur bonnet et de se mettre à genoux la prochaine fois qu'il dirait la messe.

« C'est nous obliger à faire les hypocrites, répondirent-ils au malheureux aumônier. Vous savez bien que ces simagrées nous sont en horreur. Ce n'est pas avec la bouche que le chrétien peut recevoir son Sauveur, mais par l'esprit de la foi. Ce serait, pour nous, douter de la grâce que de rendre hommage aux superstitions de la Babylone romaine.

— Allons, messieurs, leur disait l'ancien curé d'Ursy, ce qu'on vous demande est peu de chose. Il ne s'agit pas de renier vos croyances, mais d'obéir aux ordres du roi. N'est-ce pas Saint Paul qui a dit que celui qui résiste aux puissances résiste à Dieu même ? Ne voulez-vous pas l'écouter ?

— Le roi est le maître de nos corps, mais jamais il ne le sera de nos consciences, répondaient les domestiques de Dieu. C'est pour l'affirmer que nous demeurons ici et que nos cœurs sont joyeux d'endurer toutes les souffrances et tous les tourments qu'on nous force à y subir.

— Malheureux ! On veut vous passer à la bastonnade !

— Eh bien, monsieur, c'est que Dieu veut nous éprouver et nous donner l'occasion de souffrir avec constance. »

Pendant six jours, l'aumônier essaya de persuader ces irréductibles. On aurait cru qu'il allait passer à la bastonnade avec eux, à le voir si épouvanté par l'approche de ce supplice. Il leur envoyait à manger, il leur achetait un peu de vin, il s'entretenait avec eux de leur femme et de leurs enfants, de leurs parents, de leurs champs et de leur village, il leur laissait exposer, sans presque les contredire, ce qui les avait séparés de l'Eglise catholique, il devenait leur catéchumène résigné, sans obtenir la moindre promesse.

« Nous ferons ce que Dieu nous dira de faire, répondaient les moins opiniâtres.

— C'est le monde à l'envers, c'est-à-dire le monde du diable, goguenardait l'Avocat en se donnant de grands coups de plat des mains sur les cuisses. Un curé qui veut épargner les hérétiques, et des impies qui veulent être battus ! Savoir si ce sera au bâton ou avec la corde. Le bâton coupe mieux la chair, mais, avec la corde, les plaies sont plus grandes, avec escarre, ulcère et tuméfaction. Le choix dépend de l'humeur du capitaine : corde ou bâton, c'est un peu comme à tête ou croix, au petit bonheur la chance. »

∴

Ce fut le bâton que choisit le capitaine. Jamais M. Bion n'avait dit sa messe en faisant monter vers Dieu de plus ferventes prières mais, à peine avait-il fini, que le Tustaïre vint trouver directement le capitaine et lui déclara que les chiens de huguenots n'avaient pas ôté le bonnet.

« Tu les as tous vus de tes yeux ? demanda M. d'Autigny.

— Je suis sûr d'avoir vu Jacques Brezun, Antoine André et Denis Ustain, et j'en peux donner ma parole. Mais la clochette a sonné si vite que j'ai mal regardé les autres. A côté de Denis Ustain, le Jean-Pierre était caché par le Croc. Il se peut que Vigne, Courtessaire et Capdur aient soulevé leur calot et fait la génuflexion, mais c'était une pantomime qui ne peut leur donner quitus.

— Qu'est-ce qui t'a passé dans la tête pour te soucier ainsi du bonnet dont personne ne parlait plus depuis des années ?

— Ma foi, monsieur, c'est en parlant à M. de Chanteraine, gouverneur d'Alès, qui a fait tuer ce boîteux qui a commencé la sédition des Cévennes. Il est présentement en visite sur *L'Eclatante* et il m'a rappelé mes devoirs. »

Comme il avait suffi au Tustaïre de parler des Pères de la Mission pour effrayer l'aumônier, cette allusion à M. de Chanteraine fit céder M. d'Autigny.

« C'est bon, dit-il, que l'on donne une bastonnade aux trois forçats que tu viens de me désigner et qu'on ne me parle plus des autres... Trente coups de bâton pour Brezun et Antoine André. Quant à ce Denis Ustain...

— C'est le plus grand des coupables, interrompit le comite. Il n'a même pas l'excuse d'avoir été élevé par des hérétiques. Il était né catholique et il a changé de religion. Malgré ce, tous ces derniers jours, la chambre de proue lui avait servi d'asile, car il se disait malade. C'est un sournois qui s'est fait montrer à lire depuis qu'il est en galère.

— Cent coups, hurla M. d'Autigny en se dirigeant vers la planche. Qu'on prévienne le major et qu'on règle ça au plus vite. Tachez de trouver un Turc, dit-il à voix basse à M. Jean Bion, qui sache frapper à la mode de son pays. »

Tous ceux qui venaient d'entendre la sentence du capitaine étaient muets de stupeur. Cent coups de bâton, c'était un arrêt de mort, à moins que l'exécuteur ne sache alléger ses coups, sans avoir l'air de le faire. C'était un tour de main des Turcs fins qui avait déjà sauvé bien des vies dans des bastonnades moins sévères. Mais le chiffre fixé rendait l'affaire douteuse, même si le bourreau voulait épargner son patient.

« Si Monsieur mon père a fixé la peine à cent coups, dit M. de Marle à l'aumônier, c'est qu'il était en fureur d'avoir à punir ces hommes. Son bon cœur peut le pousser à être féroce. Je le connais et je sais ce qu'il vous a dit. Tachez de trouver un Turc qui sache arrêter sa main à la dernière seconde. »

M. Jean Bion fit tout ce qu'il était possible de faire. Il parla longuement avec Ioussouf et avec deux ou trois autres musulmans, en les suppliant de fléchir celui de leurs compagnons qui exécuterait la sentence. Il ne put cependant obtenir aucune promesse, car le bourreau était le premier à répondre sur sa tête de la rigueur du supplice.

⁂

Dès le lendemain matin, on exécuta la sentence. Le major des galères arriva à l'heure dite, et les tambours roulèrent pour lui, au moment où il traversa la planche. M. d'Autigny était de mauvaise humeur. Il affectait de regarder le port de Marseille et de détourner les yeux de sa chiourme.

« Nous allons faire des impotents, dit-il au major en portant sa canne à son nez, car le vent charriait la puanteur des forçats jusqu'à la chambre de poupe. Sa Majesté aura trois rameurs de moins, après cette cérémonie, et je serais fort étonné si Dieu y gagnait une âme.

— Dieu et le roi pontent tous les deux sur la même couleur, répondit le major avec un sourire. Si l'un est perdant, l'autre doit donc perdre aussi. Mais, à tout considérer, ce ne sont que petites pertes. La mise est modeste. On peut tenter la partie.

— Qu'on en finisse », dit M. d'Autigny en faisant un signe bref au comite.

Précédés par les hallebardiers en grand uniforme, les trois condamnés s'avançaient sur la coursie. A leur vue, le silence tomba sur la galère comme une nappe de brume. On n'entendait plus aucun bruit, sauf les cris des oiseaux de mer tournoyant au-dessus de *La Superbe.* Tous les galériens pour la foi étaient en prière et, de tous les criminels, l'Avocat était le seul à sourire.

Le comite fit signe à Jacques Brezun, qui marchait en tête, d'ôter sa chemise. En un instant, celui-ci fut torse nu. C'était un homme de moins de trente ans, aux poils noirs, au visage ovale. Grand et bien pris, avec de larges épaules, il dominait la chiourme de toute sa taille, mais il disparut tout à coup, car on venait de le faire coucher à plat ventre, en travers de la coursie, jambes pendantes d'un côté, bras étendus de l'autre, et l'on ne vit plus que son dos et que ses épaules.

« Il y a de quoi taper », railla l'Avocat.

Quatre Turcs avaient attrapé le condamné par les quatre membres, et le bourreau s'avança, un bâton flexible à la main. C'était un Turc gigantesque, aux longues moustaches tombantes, qui portait un flot de cheveux sur le sommet de son crâne. Il fit siffler deux ou trois fois son bâton dans le vide et, sur un roulement de tambours, il frappa Jacques Brezun de toutes ses forces.

A chaque coup portant, la chiourme poussait un long râle. Ce n'était pas un cri, mais la brusque expulsion de l'air retenu dans plus de deux cents poitrines.

« Heu... heu... heu... heu... » entendait-on, tandis que le condamné recevait ces coups en silence. Au troisième le sang jaillit. Au dixième, le dos de Jacques Brezun était zébré de traits rouges. Au vingtième, il n'était plus qu'une masse sanguinolente. La chiourme soufflait toujours, et le supplicié grinçait des dents, sans pousser une seule plainte.

Au trentième coup, la chiourme entière retint son souffle. Les Turcs avaient déjà relevé le condamné et l'entraînaient, jambes flageolantes, vers la proue de la galère.

« Il n'a pas dit le mot, vint déclarer le comite au capitaine, et pourtant le Turc a vraiment frappé.

— Achève », répondit M. d'Autigny.

Antoine André était déjà allongé en travers de la coursie, et le bourreau avait recommencé à frapper. Dix coups, vingt coups, le supplicié fit entendre un gémissement et, brusquement, il poussa un cri terrible.

Le Croc avait des tremblements convulsifs. Le rictus sardonique de l'Avocat n'était plus que le masque de l'épouvante. Jean-Pierre fermait les yeux, et parlait à l'Eternel, comme s'il avait senti sa face devant son visage. « Seigneur ! Seigneur ! Dieu débonnaire, assiste-le dans cette terrible épreuve ! » Quant à Ioussouf, visage fermé, tête haute, il regardait d'un œil de mépris la terre et le ciel.

Les cinq derniers coups s'abattirent sur cinq hurlements qui dominèrent le souffle rauque des galériens.

« Lui non plus n'a pas dit le mot », vint annoncer le Tustaïre.

C'était le tour de Denis Ustain. De nouveau, ce fut le silence. Haletant, le bourreau se faisait lancer un baquet d'eau froide sur son torse couvert de sueur, et, bras tendus, inclinant une gargoulette, il buvait à la régalade, en renversant la tête en arrière. Denis Ustain était déjà étendu devant lui. Si l'on avait dû lui couper la tête ou le pendre, chacun aurait su qu'il allait mourir, alors qu'une bastonnade de cent coups lui laissait l'ombre d'une chance.

« La mort ou la vie, souffla l'Avocat.

— La vie ou la mort, reprit le Croc, dans un râle d'épouvante.

— Dieu débonnaire ! implorait le galérien du Pompidou, toi qui as tiré Lazare d'entre les morts, toi qui es sorti du tombeau, laisse-le vivre, pour qu'il puisse porter témoignage ! Ne lui mets pas ton sceau sur la bouche, car c'est Ta gloire qu'elle fera entendre aux méchants.

— Combien de coups ? demanda le major au capitaine.

— Cent, répondit ce dernier d'un ton de fureur, comme pour exhaler son mépris à l'égard de celui qui avait porté la sentence.

— Je n'ai jamais vu un forçat en supporter quatre-vingts sans cracher son âme au diable... Cet homme est mort, à moins d'un miracle... et ce n'est pas tous les jours qu'on en voit. »

La bastonnade avait commencé. Le pauvre laboureur ne faisait pas entendre une plainte. L'aumônier et le capitaine ne quittaient pas des yeux la main du bourreau. De temps en temps, ils se regardaient à la dérobée, M. Jean Bion avec un air de reproche, et le capitaine avec un air de colère. Les coups sifflaient avec une force terrible. Le bourreau semblait frapper de toutes ses forces. Par moment, un soubresaut convulsif faisait rebondir le corps du supplicié, et l'on aurait dit un poisson, tiré de la mer, et sautant sur un étalage. Ces bonds désordonnés déchaînèrent l'hilarité des soldats et des mariniers entassés le long des courroirs et de la rambade. Il y eut d'abord quelques rires, puis un énorme hourvari, traversé de plaisanteries et d'injures.

« Aganto lou pèis ! » hurla un des mariniers installés au sommet de l'arbre mestre, et ce cri repris par tout l'équipage qui le redisait en provençal ou le traduisait en français : « Aganto lou pèis... Attrape le poisson... Lou pèis empudis... Le poisson pue. »

A partir du trentième coup, Denis Ustain fit entendre une longue plainte. On aurait dit l'appel d'un enfant désespéré, un enchaînement de sanglots, de soupirs, de petits cris étouffés. Le dos du supplicié ressemblait aux quartiers de viandes que l'on voit à l'étal des boucheries et le sang giclait tout autour de lui.

A cinquante coups, le bourreau s'arrêta pour boire et, de la poupe à la proue, chacun entendit l'eau de la gargoulette glouglouter au fond de sa gorge.

« Fai lou béure ! » cria le marinier provençal et l'équipage tout entier rugit d'une seule voix : « Fais-le boire... »

Le bourreau cracha à ses pieds la dernière gorgée qu'il avait gardée dans sa bouche, et recommença son ouvrage. Les coups pleuvaient, à la même cadence régulière, mais le corps de Denis Ustain restait inerte. Le misérable avait perdu conscience. Sa vie et sa mort se jouaient en dehors de lui. Le Tustaïre lui fit jeter un baquet d'eau froide sur la figure et vint lui soulever la paupière.

« Frappe toujours », ordonna-t-il au bourreau.

Pour la soixante-dixième fois, le bâton cingla ce corps immobile.

« Il doit avoir passé, dit le major des galères. C'est la bastonnade du cadavre. »

L'aumônier récitait la prière des agonisants avec plus de ferveur qu'il ne l'aurait fait pour un catholique. Les coups de bâton pleuvaient toujours : soixante-treize, soixante-quatorze, soixante-quinze. Denis Ustain avait l'air d'une bête morte, d'un chien crevé au coin d'une rue, d'un simulacre d'homme vivant. De temps en temps, un lambeau de chair sautait avec le bâton et retombait sur les Turcs accrochés aux bras et aux jambes du supplicié.

« Quatre-vingt-neuf, quatre-vingt-dix, quatre-vingt-onze », comptait M. de Maroulles, non pas quand le bâton s'abattait sur le dos du laboureur, mais quand il voyait le bout de sa pointe en l'air.

« Notre Père qui es aux cieux... » disait Jean-Pierre à voix haute. M. Bion avait peur de s'évanouir et continuait aussi à prier. Quelques mariniers et quelques soldats essayaient encore de tourner en dérision cet effroyable spectacle, mais les plaisanteries qu'ils lançaient étaient comme englouties par un formidable silence.

« Cent ! » dit la voix du sous-lieutenant.

Le comite, les quatre Turcs et le bourreau s'étaient

précipités sur la loque humaine couchée en travers de la coursie.

« Es mort ! » cria le marinier provençal.

Les deux cent soixante forçats, les grenadiers et les fusiliers, les hommes de l'équipage et les officiers de l'état-major s'attendaient à voir emporter un cadavre, quand Denis Ustain, soutenu par les quatre Turcs qui l'avaient fait asseoir sur le bord de la coursie, ouvrit lentement les bras, et chacun put voir, sans entendre ce qu'il disait, qu'il parlait aux exécuteurs de son supplice. Quelques secondes plus tard, de banc en banc et de la rambade au carrosse, chacun se répétait ses paroles.

« Il a remercié le bourreau d'avoir fait ce qu'il devait faire, et il les a tous pardonnés. »

*
* *

Comme il était d'usage après ces exécutions, les trois suppliciés avaient été conduits dans la chambre de proue, allongés sur des rouleaux de cordages, et livrés aux barbiers et au chirurgien qui devaient soigner leurs blessures. En même temps, l'aumônier devait s'occuper de sauver leurs âmes et d'obtenir qu'ils « disent le mot », sous l'effet de la faiblesse et de la souffrance.

« Dire le mot », c'était dire : « Je me réunis » ; c'était rentrer dans le giron de l'Eglise catholique, apostolique et romaine. C'était ce mot qu'attendaient tous les aumôniers des galères, d'une âme fervente ou furieuse, chaque fois qu'un galérien pour la foi était en danger de mort. Ce n'était pourtant pas dans l'espoir d'entendre ce mot que M. Bion s'était précipité dans la chambre de proue. La compassion et l'amour de la créature vivante étaient les seuls sentiments qui bouleversaient son cœur quand il entra dans cette soupente où il ne pouvait pas se tenir debout.

Tout d'abord, il ne put rien voir. La chambre de proue était envahie par des ténèbres qui semblaient insondables après la pleine lumière du jour. Au bout d'un moment, ces ténèbres se firent moins épaisses et M. Bion ne pouvait pourtant pas distinguer ce qui se passait près de lui. C'est alors seulement qu'il comprit que ses yeux étaient noyés par les larmes. Il pleurait sans en avoir conscience.

Il vit pourtant les barbiers et le chirurgien qui frottaient le dos des martyrs avec du sel, tout en les inondant de vinaigre.

« Mes enfants, mes enfants, disait-il sans pouvoir retrouver son souffle, mes enfants, que la force vous soit donnée... n'êtes-vous pas trop dolents après cette horrible épreuve ? Mon Dieu, Jésus, dans quel état vous voilà... Laissez-vous bien nettoyer pour éviter l'infection. Donnez-moi la main, mon frère. Si je pouvais prendre sur moi une part de vos souffrances. Vous voyez bien, quand je vous disais... »

Les barbiers et le chirurgien, gens blasés sur les souffrances et les misères du corps, regardaient avec une stupéfaction ironique ce prêtre qui se lamentait auprès des trois hommes punis pour avoir offensé son Dieu. La tête perdue, la parole embarrassée, ne séchant ses pleurs, d'un revers de main, que pour sentir à nouveau ses yeux se remplir de larmes, M. Bion semblait avoir pris sur lui toutes les douleurs des trois misérables.

« Merci, monsieur, murmura Jacques Brezun, vous nous avez toujours traités avec une grande douceur et nous savons que vous avez cherché à nous épargner ces souffrances. Nous les endurons pour la gloire de notre Seigneur, pour l'amour de Jésus-Christ et pour le triomphe de l'Evangile.

— Ces hérétiques, dit le chirurgien en s'apprêtant à partir, ont des corps encore plus opiniâtres que leurs âmes. Ces deux chiens qui ont reçu trente coups seront guéris dans quatre ou cinq jours, et je ne désespère pas de voir leur compagnon se remettre, puisqu'il n'est pas mort sur-le-champ. Il n'est pas encore très présentable et son dos n'est qu'une chair à pâté, mais je n'y ai senti aucune fracture. Il n'a pas un os de brisé. J'ai constaté seulement un fort apostume que je percerai demain d'un coup de lancette, pour en tirer les humeurs et en prévenir l'infection. Si ce n'était pas un pécheur aussi endurci, indigne des grâces divines, on pourrait crier au miracle, et convoquer ces messieurs de Montpellier pour en dresser le constat.

— Un miracle ! Un miracle ! soliloquait M. Bion, Le Bon Dieu les fait à sa guise et n'a pas besoin de la Faculté pour les rendre manifestes ! »

Il resta longtemps, avec les trois misérables, dans cette soupente empuantie où l'air semblait plus épais d'être mêlé aux ténèbres. Antoine André et Jacques Brezun le consolaient de leur mieux, en oubliant leurs propres souffrances. On aurait dit que le prêtre était la véritable victime de l'horrible bastonnade, le pauvre affligé, le corps et le cœur meurtris.

Denis Ustain ne pouvait encore rien dire. Il flottait entre la mort et la vie, soutenu par le rouleau de cordages sur lequel on l'avait couché à plat ventre. Sa main répondait pourtant aux pressions de la main du prêtre qui lui promettait de venir le voir, plusieurs fois par jour, tout le temps qu'il resterait dans ce réduit où tant d'autres galériens avaient souffert avant lui.

« Dieu est bon ! » finit pourtant par balbutier le moribond.

L'aumônier fut bouleversé par cette phrase. « Eh quoi, pensait-il, pas un cri, pas une injure, pas un blasphème ! Qui supporterait ce que supportent ces hommes, sans dire un mot de vengeance et sans appeler la malédiction sur ceux qui les persécutent ? Comment se fait-il qu'ils puissent garder cette magnificence de l'âme, malgré leurs erreurs et la fausseté de leurs doctrines ? »

Oubliant l'heure, ne pensant même pas à manger, l'aumônier resta presque tout le jour avec les trois hommes, dévoré comme eux par les puces et les punaises, ému, brisé, veillant avec une angoisse paternelle sur l'infortuné laboureur toujours entre la mort et la vie, regardant ses plaies, humectant ses lèvres, lui parlant comme à un enfant brûlé par la fièvre. Pas un instant, il n'essaya de catéchiser les trois misérables, d'opposer sa foi à la leur. Il ne songeait pas à leur faire « dire le mot », mais il se sentait avec eux, uni à eux par un mouvement d'amour, vraiment réuni, comme si Jésus-Christ lui-même avait été là, dans cet effroyable réduit, pour les rapprocher les uns des autres et les faire communier dans le souvenir de ses souffrances.

« Jésus ! Jésus ! » murmurait-il par moments.

Quand il se décida à partir, il ne pouvait pas encore savoir si Denis Ustain, toujours immobile comme un cadavre, sombrerait dans les ténèbres ou s'il verrait se lever le jour. Rentré chez lui, dans la petite chambre qu'il avait au pied des Accoules, il passa une partie de la nuit en prières, tomba dans le sommeil à peine avant l'aube, ne se réveilla qu'au grand jour et courut d'un trait jusqu'à *La Superbe*, déchiré par l'espoir et par l'angoisse.

Denis Ustain était encore vivant.

∴

Miracle de Dieu ou tour de passe-passe du Diable, la résurrection du supplicié frappa de stupeur le peuple entier des galères. Tous l'avaient cru mort, — qui pouvait ne pas mourir sous une pareille bastonnade ? — et il était sorti du sépulcre !

« Celui qui a reçu les cent coups n'est pas mort », disaient les forçats aux forçats, les mariniers aux mariniers, les soldats à leurs camarades et les officiers à leurs capitaines.

Les galériens pour la foi ne balancèrent pas un instant. Si Denis Ustain était encore vivant, il le devait à la protection de Celui qui a fait le ciel et la terre. Comment ce Dieu tout-puissant qui avait voulu qu'ils souffrent sur les galères, serait-il resté étranger au sort de son serviteur ?

« Notre frère ne devait pas avoir encore achevé sa tâche, disaient-ils simplement entre eux ; puisqu'il n'est pas mort, alors qu'il devait mourir. »

« Pourquoi Dieu m'aurait-il fait cette grâce ? demandait le pauvre laboureur de Frontignan, qui tremblait à l'idée d'avoir été l'objet d'un miracle. Ce serait un bien lourd fardeau pour un pécheur comme moi. Dieu m'a sauvé, c'est sûr, puisque seul il dispose de tout ce qui arrive en ce monde, mais il l'a fait par ses moyens ordinaires, sans rien changer pour le chétif que je suis. »

Il reprenait chaque jour un peu de ses forces et, stupéfié de se trouver encore vivant, il se posait des questions et n'osait pas y répondre.

« Chaque fois que je me mets à prier, confiait-il à Jean-Pierre, depuis que j'ai fait retour parmi les vivants, je sens des tressaillements, au fond de mon âme, comme si quelqu'un habitait en moi et voulait me faire sentir sa présence. Je ne sais s'ils viennent de Dieu ou si ce ne sont que des illusions diaboliques. J'ai si peur d'être entraîné par l'orgueil qui est le grand piège du Malin... et, pourtant, une voix me dit : « Je suis là ! » chaque fois que je me mets à réciter Notre Père. »

Cette présence était à la fois son tourment et sa joie. Il avait l'air du serviteur attentif, guettant les pas de son maître, et prêt à courir au-devant de lui.

« Je ne sais pas si Dieu vient vers moi, disait-il, mais je sais bien que je vais vers lui. Je l'ai cherché avec tant d'ardeur que, de temps en temps, il doit bien m'arriver de le trouver. »

X

LE DESASTRE DU REGIMENT DES VAISSEAUX

L'HIVER passa, dans des alternances de coups de soleil et de vent de glace. Les jours de grand froid, les forçats allumaient des feux, sous la tente de leur galère, sans arriver à se réchauffer. Chaque matin, c'était un concert de toux et de raclements de gorges. De temps en temps, quelque moribond était emmené à l'hôpital et il éveillait à la fois l'envie et la compassion de toute la chiourme.

« Encore un qui se met à l'abri du froid, gouaillait l'Avocat.

— Encore un qui va cônir, répondait le Croc qui avait une peur panique de la mort, même quand il s'agissait de la mort des autres. Il s'en va peausser avec la vilaine, et ça me donne le taf.

— Le meilleur, c'est le rhumatisme, disait sentencieusement l'Avocat. Si je pouvais en avoir ! »

Denis Ustain se remettait lentement de ses terribles

blessures et les premiers jours de soleil ranimaient ses forces.

Au début du mois de mars, on commença à réarmer les galères qui devaient reprendre la mer, après les avoir espalmées pour les rendre plus rapides. Quand tout fut prêt, le lieutenant général vint passer en revue les soldats, les mariniers et les chiourmes des escadres, comme il le faisait tous les ans.

Le repic de huit heures était en train de sonner au pavillon de l'horloge quand, en l'absence du général, M. le bailli Jacques de Noailles, chevalier de l'Ordre de Malte, capitaine de vaisseau depuis plus d'un quart de siècle, et lieutenant général des galères, fit son apparition, au bout du quai de l'hôtel de ville, au milieu d'une suite chamarrée dans laquelle se succédaient, avec une confusion qui brouillait souvent l'ordre des préséances, M. l'intendant général, les commissaires généraux, les contrôleurs généraux, les quatre chefs d'escadre, le capitaine du port, et M. Campistron, de l'Académie française, secrétaire général du général des galères.

A peine le bailli de Noailles fut-il en vue que tous les soldats, alignés sur deux rangs, tout au long du quai et devant les vingt galères qui allaient reprendre la mer, lui présentèrent les armes, jambes écartées à l'ordonnance, torse bombé et tête rejetée en arrière, et que toutes les chiourmes, restées sur les bâtiments, abattirent les tentes et firent le salut à la voix, au signal des sifflets d'argent des comites. Les mâtures des vingt galères se découpaient sur la masse sombre de l'arsenal et faisaient flotter dans le ciel tous leurs ornements de fêtes. Un petit mistral matinier agitait les pavesades de cordillat rouge fleurdelysé, les bannières, les flammes, les banderoles, les guidons de damas rouge tout brodés d'or, et les tendelets aux lourdes crépines de soie. Sur le quai de l'hôtel de ville, vide de baraques, chaque équipage était rangé devant sa galère, en ordre d'ancienneté, après *La Grande-Réale.*

« On ne peut rien voir de plus beau ! » murmura

M. de Maroulles en cherchant à distinguer, dans la foule massée devant les soldats et les marins, le visage de Lucrèce de Montal qui lui avait fait espérer qu'elle viendrait voir la revue.

Le lieutenant général passait devant les gardes de l'étendard, groupés devant *La Grande-Réale*, et devant la garde particulière du général, reconnaissable à ses justaucorps d'écarlate aux boutonnières de fil d'or, ses culottes du même drap, et ses bas d'étame de même couleur. Chacun des gardes était sanglé par des bandoulières de velours bleu. Un fantastique silence, venu de la mer et du ciel, pesait sur ces milliers d'hommes en armes. Mais quand, après avoir dépassé le dernier rang des soldats, le lieutenant général monta sur *La Grande-Réale*, tous les canons et toute la mousqueterie des galères crachèrent leur poudre, dont les échos roulèrent sur le port et sur la ville, comme un orage d'été.

Immobile, à son rang, M. de Maroulles sentait ses yeux se remplir de larmes. Il n'aurait plus pu distinguer, au milieu des visages de jeunes filles qu'il voyait en face de lui, celui de Mlle Lucrèce. « Que c'est beau ! » pensait-il, en sentant qu'il était lui-même un des éléments de la beauté de cet extraordinaire spectacle.

Le lieutenant général s'était avancé vers l'étendard royal et l'avait embrassé, en prenant ses plis entre ses doigts. Il avait parcouru *La Grande-Réale* et, maintenant, passait en revue l'équipage de chaque galère. Les tambours roulaient tout au long du quai de l'hôtel de ville pour accompagner sa marche. Il serrait la main des capitaines et des officiers-majors, passait lentement devant les bas-officiers, l'écrivain, le chirurgien, l'aumônier, le maître canonnier, le pilote, les comites, puis devant les pertuisaniers, les soldats, les proyers, les matelots de rame et les matelots de rambade.

En arrivant devant l'équipage de *La Superbe*, M. de Noailles était de si belle humeur qu'il fit un petit discours à M. d'Autigny et à ses officiers-majors.

« Eh bien, messieurs, quand on voit tous ces soldats des galères, on se trouve assuré qu'il n'est pas d'ennemi qui pourrait en avoir raison. Tous vos gaillards sont superbes, c'est le cas de le dire. J'en aurai dévisagé, ce matin, dans les deux mille et, là-dessus, pas un seul que l'on n'ait plaisir à voir... Quant à vos pertuisaniers, ils sont à donner en exemple. Aucun capitaine n'en a réuni d'aussi beaux. »

Il alla rapidement jusqu'à la rambade de *La Superbe.* Tous les forçats étaient à leurs bancs, la tête inclinée sous leur bonnet rouge, immobiles, comme s'ils avaient fait corps avec le bâtiment.

« Compliments ! » jeta-t-il encore en revenant sur le quai, avant de se diriger vers l'équipage de *La Magnanime.*

M. de Maroulles était comme fou de joie et ne pensait même plus à chercher le visage de sa maîtresse au milieu de la foule où se pressaient tant de belles filles.

« Aucun ennemi ne pourrait avoir raison de nos soldats ! pensait-il. C'est le lieutenant général lui-même qui vient de le dire. »

∴

Ces soirs de revue étaient aussi soirs de fête. Le lieutenant général recevait en son hôtel tous les officiers-majors et toute la noblesse de la ville. Les bas-officiers, les soldats et les matelots commençaient leur nuit à courir les tavernes, et la finissaient en courant la gueuse. Les comites eux-mêmes relâchaient la surveillance et, seuls, les pertuisaniers de garde, l'un sur le quai, à la poupe et l'autre à la proue, sur le château de rambade, veillaient sur la chiourme.

Il est vrai que l'on y voyait comme en plein jour, car toutes les galères étaient illuminées par des fanaux et par des lanternes vénitiennes, ce qui rendait les évasions impossibles. Les lanternes se balançaient, au long des manœuvres, d'un bout à l'autre bout des antennes, jusqu'au calcet du trinquet et de l'arbre mestre, tandis que les fanaux faisaient trembloter leurs feux, au long de la bande, à dextre et à senestre de chaque galère.

Ces soirs-là, libérés de leurs chaînes pour quelques heures, les esclaves et les forçats pouvaient acheter autant de vin qu'ils voulaient, à la taverne du bord. En peu d'instants, les Turcs fins et les huguenots mis à part, presque tous les galériens étaient ivres, et si le vin que le comite faisait vendre par ses séides n'avait pas été coupé d'eau, ils auraient été ivres morts. Seuls, quelques Mores, oublieux des défenses du Coran, et moins habitués à l'alcool que la basse crapule de la chiourme, faisaient du scandale et risquaient de déchaîner des bagarres. Les vieux criminels, les brutaux habitués à faire régner chez leurs congénères une discipline aussi rude que celle des argousins, décidaient alors de les assommer, pour être sûrs de pouvoir continuer à boire en paix. Le Croc était un des plus redoutables exécuteurs de ces arrêts silencieux de la chiourme. Un clin d'œil suffisait pour signifier la sentence. D'un coup de tranchant de main, ou d'un coup de poing sur la tête, le Croc endormait le More surexcité et le couchait sur le banc.

« Voilà le fanandel abasourdi ! disait-il en son jargon. Il est gerbé pour trois plombes !

— Il est tombé dans la sorgue », lui répondait l'Avocat qui jargonnait, lui aussi, quand il ne parlait pas comme un docteur de Sorbonne.

Cette discipline de fer permettait aux galériens de se divertir à leur guise, ces soirs de fêtes. Ils se soûlaient, sans faire de bruit, dépensant tout leur argent qui passait dans la bourse du comite, rotant, pétant, blasphémant à demi-voix, avec une sorte de volupté, et transformant la galère en une Sodome flottante. Ils prenaient leurs ébats à l'abri de leurs capots rouges qui les faisaient ressembler à des hordes de succubes et d'incubes plongés dans les feux de l'enfer.

Il n'y avait pas encore longtemps que, des soirs

comme celui-là, des garces pouvaient se glisser dans les galères, en payant quelques sous au pertuisanier de garde, au risque de se faire couper le nez et le lobe des oreilles, en vertu des ordonnances du roi. Femelles à forçats, ribaudes à ribauds, elles se coulaient dans les bancs, dispersant le mal de Naples, qu'en galère on nommait la baude, et passaient du faussaire au meurtrier, du tire-laine au voleur de grands chemins, du faux-monnayeur au filou. Le général avait mis un terme à cette pratique, en menaçant de la hart les pertuisaniers complaisants. Privés de garces, les forçats forniquaient entre eux, et chaque vieil endurci avait maintenant son giton. Qui était pris y laissait sa tête, mais le comite fermait les yeux, pourvu que ces jeux ne fassent pas concurrence à son commerce de vin.

Les galériens huguenots, et tous ceux dont l'âme avait résisté à la servitude, avaient en horreur ces scènes d'orgie. Eux qui vivaient dans la crainte du péché devaient le regarder sous sa forme la plus répugnante, dans le fourmillement des plaies et le grouillement des vermines. C'était l'enfer, et l'abomination des abominations. Ils auraient préféré faire une heure de passevogue, torse nu, tap en goule, et roués de coups par les comites et les proyers. Ces visions de stupre et ces ignobles débauches les horrifiaient d'autant plus qu'ils avaient toujours présent dans leur cœur le souvenir de leur femme et que, pensant constamment à elle, ils ne pouvaient s'empêcher d'être pris, jusqu'au plus profond de leurs songes, par les tentations de la chair. Jean-Pierre vivait tout le temps, à tous les moments du jour, avec celle qui lui avait donné trois enfants et qui, maintenant, seule et désolée, guidait dans le droit chemin ces enfants privés de père. Il la voyait, dans toute la beauté de sa jeunesse, et telle qu'elle avait dû devenir, belle encore, raïole aux longs cheveux noirs, un peu plus forte qu'aux jours passés, avec ses bras restés blancs malgré les morsures du soleil, et les désirs jaillissaient comme des éclairs dans son cœur d'homme solitaire. Mais ces désirs étaient pollués par les dépravations dont il était le témoin.

« Délivre-nous de la tentation ! » murmurait-il, et la tentation, à côté des abominables plaisirs de ces êtres déchus, couverts de plaies et d'ulcères, devenait l'appel de la femme forte et modeste, droite sur ses jambes de fille de la montagne, qui veillait chastement sur le foyer détruit. L'ignominie salissait ainsi les rêveries les plus pures, et plongeait dans l'angoisse et dans le remords les domestiques de Dieu.

∴

Heureusement que, pendant ces soirs d'orgie, les galériens pouvaient aller et venir d'un bout à l'autre de la galère, et les forçats protestants se joindre les uns aux autres. Ils s'entassaient dans un petit coin obscur à l'avant des bancs de la chiourme, loin des luxurieux et des ivrognes, pour faire la prière en commun et méditer sur la parole de Dieu. Sur *La Superbe*, c'était autour de Jean-Pierre qu'ils se rassemblaient, parce que celui-ci avait son livre de psaumes, suivi de la forme des prières ecclésiastiques, selon la confession des Eglises de France. Le Croc et l'Avocat, grands clients de la taverne, avaient laissé leurs bancs vides. Ioussouf se retirait pour aller parler avec quelques-uns de ses coreligionnaires, et abandonner sa place aux galériens pour la foi. Ces derniers commençaient leur petite réunion en lisant la prière du soir, sur laquelle s'achevait le livre.

« Seigneur Dieu, disait Jean-Pierre, tandis que ses compagnons répétaient à demi-voix ses paroles que la plupart connaissaient par cœur, puisqu'il t'a plu de créer la nuit pour le repos de l'homme, comme tu lui as ordonné le jour pour travailler, veuille nous faire la grâce de tellement reposer cette nuit selon le corps, que notre âme veille toujours à toi, et que notre cœur soit élevé en ton Amour... »

— Que par ce moyen, murmurait Denis Ustain qui aimait particulièrement ce passage, notre conscience ait aussi bien son repos spirituel comme le corps prend le sien.

— Que notre dormir ne soit point excessif pour complaire outre mesure à notre chair, mais seulement pour satisfaire à la fragilité de notre nature...

— Qu'il te plaise de nous conserver impollus tant en notre corps qu'en notre esprit, et de nous garder contre tous dangers, reprenaient des voix ferventes, pour que notre dormir même soit à la gloire de ton nom. »

La galère avait disparu. L'énorme saturnale s'était abîmée dans les ombres. Les galériens pour la Foi avaient l'impression d'avoir été transportés dans un coin perdu des montagnes, au milieu des herbes et des sources, comme au temps où ils allaient aux assemblées du Désert. Ils n'entendaient plus les vomissements des ivrognes, les chants obscènes, les jurons et les blasphèmes, et ne voyaient plus les abominables caresses des pourceaux qui les entouraient. L'horreur du péché avait lavé dans leurs cœurs toutes les souillures.

« Et pour ce que le jour ne s'est point passé que nous ne t'ayons offensé en plusieurs sortes, disaient-ils d'une seule voix, entre le murmure et le silence, selon que nous sommes pauvres pécheurs, ainsi que tout est maintenant caché par les ténèbres que tu envoies sur la terre, veuille aussi ensevelir toutes nos fautes, afin que nous ne soyons pas reculés de ta face.

— Exauce-nous, notre Dieu, notre Père et Sauveur, disait l'un d'eux à voix plus haute, par notre Seigneur Jésus-Christ, au nom duquel nous te prions, disant :

— Notre père qui es aux Cieux... »

Chaque phrase de cette oraison prenait un sens plus fort qu'à l'accoutumée, à cause des lieux dans lesquels elle était dite. La terre et le ciel se découvraient dans leur majesté autour et au-dessus de cette prison flottante. Le pain quotidien était vraiment le principe même de la vie, et aussi l'angoisse de tous les jours, plus qu'il ne l'était dans la plus pauvre des chaumières du royaume. Les offenses n'avaient rien d'abstrait, ni de théorique, comme il en va la plupart du temps, mais elles étaient vraiment l'injure vomie avec le crachat, les coups de bâton et de corde, la plaie ouverte et le sang ruisselant de cette plaie. Rien pourtant n'atteignait à l'intensité de la dernière demande, de l'ultime supplication :

« Et ne nous induis pas en tentation, mais délivre-nous du Malin, car à toi est le règne, la puissance et la gloire au siècle des siècles. Amen. »

∴

Quand ils avaient prié, médité, invoqué le nom de Dieu, et remis leur fragilité dans ses mains puissantes, les galériens huguenots semblaient revenir sur terre. Il leur arrivait alors de parler de leurs travaux, de leurs peines, de leurs misères. Ils le faisaient en utilisant la langue de leurs montagnes, dont ils ne se servaient jamais pour s'entretenir des choses divines. Le français était leur langue sacrée, comme le latin pour les catholiques. Ils le parlaient avec une pureté cristalline, en utilisant souvent des tournures archaïques, comme dans cette oraison du soir qu'ils venaient de réciter, car ils l'avaient appris dans les livres du siècle passé. Ils avaient presque tous lu la traduction de la Bible de Pierre Robert, dit Olivétan, où Calvin avait mis sa marque. Ils s'exprimaient comme des docteurs qui auraient su le latin, alors que la langue de leur berceau était le dialecte de leurs montagnes.

« Ai bist aqueles que soun arribats en darnier. N'i a que benon de moun endretch.

— De que t'an di ? »

Cette langue, ils l'utilisaient aussi parfois comme un langage secret, en espérant n'être compris de personne, alors que les comites et les matelots, recrutés pour la plupart à Marseille ou sur les côtes de la Provence, pouvaient la comprendre sans peine. S'il s'agissait pourtant d'un véritable secret, les galériens savaient se parler à mots couverts, en usant de formules mystérieuses, et c'est ainsi qu'ils s'entretenaient de cette conjuration charitable, de ce complot de miséricorde qui, depuis quelque temps déjà, les empêchaient de crever de faim. Ils sentaient bien qu'il y avait du danger à faire allusion à ces choses, au pain reçu, au morceau de viande donné en cachette, mais ils ne pouvaient pas s'empêcher de le faire. Pour être sûrs de ne pas risquer de trahir Ioussouf et les autres Turcs, ils ne les appelaient jamais entre eux que « la main », sans les distinguer les uns des autres. Ils ne cherchaient pas, du reste, à comprendre les secrets de leur œuvre de charité. Tout était trop simple à leurs yeux. Celui qui les nourrissait, en utilisant des cœurs secourables, ne pouvait être que l'Eternel, le Dieu tout-puissant qui veillait sur ses créatures. Ce pain qu'ils recevaient n'était que le pain de Dieu, la manifestation de sa volonté débonnaire, pareille à celle qu'il avait réservée aux Hébreux, en les nourrissant dans le désert.

Comme ils parlaient le français dans leurs oraisons et dans leurs prières, ils ne se servaient que de cette langue pour parler des combats que livraient leurs frères dans les montagnes. Cette guerre était, elle aussi, affaire de Dieu, et tout ce qui la concernait avait un caractère sacré, comme si elle se fût déroulée à la suite des Ecritures.

∴

C'est le soir de cette grande revue, au milieu de cette effroyable orgie, que les galériens huguenots apprirent que Cavalier avait écrasé le régiment des vaisseaux lancé à ses trousses, depuis le commencement de l'hiver. A la faveur du désordre de cette nuit, la nouvelle passa de galère en galère comme pour réduire à néant la cérémonie solennelle qui venait de se dérouler sur le quai de l'hôtel de ville. On aurait dit que la main de Dieu voulait écraser, d'un seul coup de pouce, la superbe des officiers des galères en humiliant la superbe des officiers des vaisseaux.

« Le frère Cavalier a détruit le régiment de marine.

— Le régiment des vaisseaux ? Celui qui est commandé par ce Lajonquière que nous avons vu souvent avec les officiers de chez nous ?

— Ce régiment qui est le frère cadet du régiment des galères ?

— Celui-là même ! On a tué les trois quarts de ses soldats et le reste s'est sauvé devant la fureur des nôtres.

— Où cela est-il arrivé ? Où s'est passé la bataille ?

— Dans les pays du Gardon, près du village appelé Lascours.

— Je connais, disait François Courtessaire. C'est à côté de chez moi.

— Ecoutez, j'ai tout retenu. Je vais vous raconter la bataille. Il me semble que j'y étais. Lajonquière battait le pays, à la recherche de Cavalier, avec tout son régiment de marine et un gros parti de dragons de Saint-Sernin qu'avaient renforcé ceux de Firmacon, commandés par le lieutenant-colonel de Foix. Cavalier avait couché à Lascours d'où il était sorti avant l'aube. Les troupes du roi y sont arrivées sur ses traces. Elles ont massacré un homme, une femme et deux pauvres jeunes filles. « Ce sont des prophé« tesses ! » criaient les soldats. Ce sang versé avait déchaîné leur fureur. Le bourg est livré au pillage. La petite armée de ces massacreurs organise un grand festin. Pendant toute la matinée, c'est la fête. On mange tout ce qui peut être mangé. On boit le vin de toutes les caves. Les habitants de Lascours se dispersent, épouvantés. Ils rejoignent Cavalier qui remontait le cours de la Droude...

— Je connais, répétait François Courtessaire. C'est un petit ruisseau qui se jette dans le Gardon.

— Ils racontent aux camisards ce qui se passe dans leur village. Nos frères croient voir devant eux les corps des trois femmes égorgées... « Livrons « bataille, leur crie Cavalier. Combattons pour nos

« libertés et pour notre foi. Avec l'aide de Dieu, « nous forcerons la victoire », et il range sa troupe au Devois-de-Martignargues...

— Je connais, disait Courtessaire. C'est un lieu désert de l'autre côté de la Droude, un pays de rochers, de buissons et de roseaux avec de grandes ravines.

— C'est là que le frère Cavalier dispose ses hommes. »

Chaque galérien revivait cette bataille, en écoutant ce récit. Chacun croyait prendre position pour attendre les ennemis qui avaient repris leur poursuite, alourdis d'avoir trop mangé et d'avoir bu trop de vin.

« Au centre, bien en vue, sur le bord d'une de ces ravines, Cavalier ne met qu'une faible troupe, pour exciter le mépris des soldats du roi. Mais à l'abri des bois, il cache Ravanel à son aile droite, et Catinat, à son aile gauche, avec les cavaliers de Camargue.

— Comme le jour où on a tué le Poul, dans le Val du Cros-des-Banes. Je ne suis pas grand soldat, mais je comprends la manœuvre. Un centre faible, et deux ailes pour tout écraser, comme quand on serre une tenaille.

— Il faut que le centre ait l'air faible, pour que l'ennemi se jette dessus, mais il faut qu'il résiste au choc comme les rochers des montagnes. Le centre de Cavalier rassemblait tous ses meilleurs hommes, ceux qui se sont battus sans arrêt depuis le commencement de la guerre. Quant aux soldats du roi, c'est l'orgueil qui les a perdus. Mais l'orgueil, c'est la tentation du diable. « Les voilà, ces malheureux ! « criaient-ils. Il y a assez de temps qu'on les cherche ! » Derrière Cavalier, dans ces terres désolées, couvertes de roseaux, le peuple de Lascours s'était mis en prière.

— Le bras de chair ! murmura Denis Ustain.

— Le régiment de marine marche droit aux enfants de Dieu. Les grenadiers font une décharge, dès qu'ils sont à bonne portée, mais, au moment même où ils faisaient feu, les nôtres se laissent tomber dans les hautes herbes, comme s'ils avaient été fauchés par la fusillade. Lajonquière ordonne la charge et tout le régiment des vaisseaux fonce, baïonnette en avant, en faisant rouler ses tambours. Alors les enfants de Dieu se relèvent. C'est à leur tour de tirer. Pas une arme ne fait long feu. Aucune ne perd sa balle. Ravanel et Catinat sortent des taillis où ils se tenaient cachés. Comment vous raconter ce massacre ? Les soldats de marine et les dragons sont pris dans une cisaille de fer. Nos frères ont entonné le cantique des batailles. Lajonquière cherchait à fuir. Son cheval s'abat sous lui. Il franchit un petit mur à la course et trouve un autre cheval. Il quitte le champ de bataille, avec les dragons débandés. Les enfants de Dieu entourent de toute part le régiment de marine, tandis que Catinat sabre les fuyards. Comment vous dire ce qui s'est passé ? Il aurait fallu que vous puissiez voir le désert de Martignargues, le soir de cette bataille ! Tout le régiment des vaisseaux a fondu comme cire au feu. A la fin, il n'y avait plus que les officiers debout, au milieu de plusieurs rangs de cadavres. Les camisards ne voyaient que des uniformes bleus et rouges, des ancres d'or, des panaches et des écharpes. « Rendez-vous et vous aurez bon quartier ! Mon père « est dans les prisons de Nîmes et vos vies me répon- « dront de la sienne », criait Cavalier à ces gentilshommes. Mais ceux-ci faisaient feu sur lui. Il a fallu les tuer. Un colonel, un major et plus de trente officiers, capitaines ou lieutenants ont donné leurs yeux aux corbeaux.

— Mais le régiment des vaisseaux ?

— Près des trois quarts des soldats sont aussi restés sur la place. Le bras de Dieu avait protégé ses enfants. Nous n'avons eu que deux morts et douze blessés dans cette rencontre. Le butin était immense. Mais nos frères méprisaient l'or, l'argent et les pierreries, les montres, les vêtements, les plumes et les panaches. Ils n'ont voulu rendre grâce à Dieu que pour les armes et pour les chevaux qu'ils avaient pris. Ils en avaient de quoi équiper un régiment. Dans cette guerre, avec une pierre de fronde on peut s'emparer d'un sabre ; avec un sabre, d'un pistolet ; avec un pistolet, d'un fusil. Sans le vouloir c'est le roi qui arme nos frères. Quant à Cavalier, il n'a pris que le cheval de Lajonquière, un chapeau à plumes qui lui donne maintenant grand air dans tous les combats, et deux pistolets qui portent la balle presque aussi loin qu'un fusil... »

Telle fut l'oraison funèbre du régiment de marine, sur les bancs de *La Superbe*, le soir de la grande revue où chacun avait cru voir dans le régiment des galères, frère du régiment des vaisseaux, la plus belle troupe du monde.

∴

Par un effet de la providence ou du hasard, c'est au cours de cette même soirée que le désastre du régiment des vaisseaux fut révélé aux officiers du corps des galères. La nouvelle avait été tenue secrète depuis plusieurs jours. Elle fusa, comme une mèche de poudre, à travers les salons de l'hôtel de Noailles, alors que la fête battait son plein, sous le scintillement de mille lumières, dans le tournoiement des danses, au milieu des rires des jeunes femmes.

M. de Montmort et le lieutenant général l'avaient annoncée gravement aux quatre chefs de l'escadre. Ceux-ci l'avaient confiée aux capitaines et, de capitaines en lieutenants, de lieutenants en sous-lieutenants, et de sous-lieutenants en enseignes, elle avait été connue de tous, en quelques minutes.

Oubliant la traditionnelle inimitié du corps des vaisseaux envers celui des galères, tous les officiers de ce corps avaient ressenti ce désastre, comme s'il avait été le leur. Les officiers rouges des vaisseaux ne sortaient-ils pas comme eux de la noblesse de France ? Les bleus ne couraient-ils pas les mêmes dangers ? Beaucoup étaient leurs amis et ces amis étaient morts, massacrés par des laboureurs, des tisserands et des pâtres. Un sang noble avait coulé sous les coups de la canaille.

« Ces croquants étaient-ils donc si nombreux ?

— Beaucoup moins nombreux que les nôtres.

— Ces marauds ont-ils attaqué par surprise ?

— Ce sont les nôtres qui ont commencé le combat.

— Mais comment cela a-t-il pu se faire ? C'est insensé. On n'a jamais vu chose pareille ! »

Le peuple en armes avait écrasé les gens de guerre, et les gens de guerre n'arrivaient pas à comprendre ce qui avait pu se passer.

« Qu'est-il arrivé à Lajonquière ?

— Il a fui, en abandonnant le champ de bataille.

— Mauvais général, mais assez bon cavalier.

— Il n'était pas de taille à se battre avec des furieux.

— Ne parlez plus de ce Lajonquière. Un général est déshonoré quand il a perdu tous ses officiers sans perdre lui-même la vie.

— Lajonquière n'était pas seul à livrer cette bataille. Il avait avec lui beaucoup de bons gentilshommes dont le courage est connu.

— Ceux-là sont morts, mon cher. Ils n'ont pas manqué de bravoure. J'étais l'ami du chevalier de Sabran des Adrets, et je sais de quoi il était capable. »

Pendant un moment, la consternation avait suspendu les danses. La musique ne jouait plus qu'en sourdine.

« Eh bien, messieurs, dit le lieutenant général, en passant devant quelques jeunes enseignes, allez-vous délaisser ces dames ? Elles auront assez à attendre pendant que vous serez à la mer », et l'on se remit à danser.

« Ni surpris, ni accablés par le nombre ! disait un vieux capitaine. Il faut chercher autre chose pour expliquer ce désastre... des enchantements du démon et des maléfices.

— A quoi bon parler de sorcellerie ? Ces fanatiques n'observent aucune règle. Ils font la guerre comme on ne l'a jamais faite. A ce jeu-là, le plus fort ne peut résister au plus faible... Le voilà, votre maléfice. »

XI

LE BUCHER DES SACRILÈGES

Le surlendemain de cette extraordinaire journée, avant-veille du jour où les divisions devaient reprendre la mer, deux galériens, convaincus de blasphèmes et de sacrilège, furent brûlés vifs, sur le quai du port, à la vue de toute l'escadre.

Arrêtés depuis plus d'un an, tenus aux fers dans les culs de basse-fosse creusés jusqu'au roc sous la nouvelle maison du roi, au-dessous des salons de l'intendant général, on les avait tourmentés, pendant des mois et des mois, pour leur faire avouer leur crime. Leur procès avait tellement traîné en longueur, de question ordinaire en question extraordinaire, d'interrogatoire en confrontation, que les autres forçats avaient oublié leur existence et les croyaient morts depuis longtemps, si bien qu'à l'annonce de ce supplice, ils eurent le sentiment qu'on allait brûler des fantômes.

Il y avait bien longtemps qu'on n'avait pas procédé à des exécutions pour crime de sacrilège. Mais les plus vieux galériens, ceux qui croupissaient dans les chiourmes depuis des dizaines d'années, se souvenaient de celles qu'ils avaient pu voir à la fin de l'autre siècle ou dont leurs anciens leur avaient parlé.

Pierre Boulougne, natif de Vergèze, galérien dès 1686 et qui, depuis des années, était dans la chiourme de *L'Eclatante,* après avoir longtemps servi sur *La Fortune,* se souvenait d'avoir entendu raconter qu'en 1681 on avait brûlé sur le port un galérien sacrilège. Il croyait même savoir que ce forçat était de bonne famille, fils d'un conseiller de Paris, et qu'on avait brûlé avec lui celui qui l'avait poussé à profaner des hosties.

« Il paraît, disait-il, que le feu montait plus haut que les plus hautes maisons, et que le supplicié a poussé des cris qu'on pouvait entendre jusqu'au fort Saint-Jean. »

Cette exécution avait l'air d'une légende. C'était comme un récit fabuleux auquel personne n'aurait voulu croire, sans le brûlement de 93 dont se souvenaient des centaines de galériens.

Cette année-là, quatre forçats avaient eu le poing droit coupé et avaient été brûlés vifs, au bout du port, sur la petite place qui était à côté du vieil arsenal. Beaucoup se souvenaient de leurs noms et pouvaient raconter leur histoire.

« Il y avait d'abord Blaise Horgal, qu'on surnommait la Jeunesse, et qui servait à bord de *La Gloire.* C'était un soldat déserteur du régiment de Saintonge.

— Il y avait aussi Pierre Hugues, de la chiourme de *La Guerrière,* condamné pour le même crime, à l'armée de Catalogne.

— Le troisième était un voleur, vigneron de son état, du nom de Simon Hervié.

— Le dernier était Jean Saint-Hilaire, de la galère *L'illustre,* cavalier au régiment de Vaillac, condamné à vie, pour vol.

— C'est drôle comme on se souvient de ces choses.

Il y a plus de dix ans de cela et tout est gravé dans notre mémoire. Ils étaient tous quatre des hommes très jeunes. L'un dans l'autre, ils faisaient chacun à peine trente ans.

— Ils étaient tous accusés d'avoir profané la sainte hostie dont ils avaient fait des sortilèges.

— Attendez... Il y en avait un cinquième, du nom de Pierre Pezant qui est mort à l'hôpital, avant d'être emmené au supplice.

— Simon Hervié, Jean Saint-Hilaire et Pierre Pezant étaient arrivés par la même chaîne, celle de Paris, et c'est aux prisons de la Tournelle qu'ils avaient commencé leurs manigances. Simon Hervié était sans doute leur chef. Ils avaient tous demandé à communier pour se procurer des hosties. Ils en avaient fait des breuvages et prétendaient qu'il suffisait de les boire pour obtenir tout ce qu'on voulait.

— Avant ça, il leur fallait s'engager à renoncer à leur chrême, et à leur baptême, à renier Jésus-Christ et leur créateur, et à jeter aux ordures leurs heures et leur chapelet.

— C'est ça ! c'est ça ! disaient les vieux criminels qu'exaltait étrangement l'idée des profanations et des sacrilèges accomplis par ces déserteurs et par ces voleurs qu'on avait réduits en cendre sous les yeux de toutes les chiourmes.

— Il paraît que tout le long de la route, Pierre Pezant soufflait sur la chaîne et disait qu'un jour le démon le rendrait libre.

— Il paraît aussi, ajoutaient certains en baissant la voix, qu'ils avaient marqué des pièces d'argent avec une croix qu'ils gravaient sur les fleurs de lis, et qu'ils les mettaient dans leurs souliers, la croix en dessous, pour sceller leur engagement avec Lucifer. »

Les criminels, abrutis par la boisson et les vices, ivrognes perdus, sodomistes endurcis ou frappés par l'hébétude d'Onan, prenaient un plaisir singulier à rappeler ces histoires. Sans rien risquer, ils participaient ainsi aux sorcelleries et aux espoirs fous qui avaient conduit quatre hommes au supplice. Les Turcs fins et les galériens pour la foi étaient presque les seuls à ne pas se passionner pour ces pactes avec les puissances infernales. Les huguenots surtout n'avaient que mépris pour ces actes sacrilèges. Ce n'était, pour eux, que le prolongement de la messe qu'ils tenaient pour une offense à leur Créateur.

« Ils ont été vendus par un nommé Barthélémy Blanchin. Cet homme a raconté que Blaise Horgal avait dit que les bourriques ont le poil blanc, ce qui est un des secrets du sabbat.

— Il a dit aussi tenir d'un certain Petit, galérien comme eux, que ce dernier avait été porté en haut d'un clocher, puis descendu de là, par la magie de ces conjurés du démon.

— Ils avaient aussi le secret de la pistole volante...

— Si on ne les avait pas pris, un beau jour, ils se seraient trouvés libres, sans savoir pourquoi ni comment.

— C'est M. de Montmort qui leur a fait leur procès. On les a passés à la question à leur briser tous les membres et à leur racler la peau jusqu'au sang. C'est pour cela que Pierre Pezant est mort à l'hôpital des galères et qu'il a échappé au feu.

— Pour les quatre autres, on a fait une grande cérémonie. Le bûcher était à la même place où on l'a dressé aujourd'hui. Il était haut comme une de nos baraques et on pouvait le voir de tous les bancs des galères. On a fait des roulements de tambours et des sonneries de trompettes.

— Le bourreau a coupé le poing à Simon Hervié, à Blaise Horgal et à Pierre Hugues.

— On a pendu haut et court Jean Saint-Hilaire et on a jeté son corps dans les flammes.

— Mais les trois autres ont été brûlés tout vifs. Ils ont fait la preuve d'un grand courage. Blaise Horgal est le seul qui a poussé de grands cris. Il est vrai que c'était lui le plus jeune, puisqu'on le surnommait la Jeunesse et qu'on n'aime pas mourir quand on a tout juste vingt-cinq ans.

— Quand ils ont été brûlés et qu'on a eu jeté leurs cendres au mistral, on a fait une cérémonie expiatoire.

— Ce fut une procession générale, avec le très Saint-Sacrement, qui est passé par toute la ville et sur les rives du port. L'intendant portait un grand flambeau à la main, pour faire amende honorable, et les officiers des galères se pressaient derrière lui, dans le même appareil. Sur la place du supplice, on a fait une chapelle où l'on a donné la bénédiction du Saint-Sacrement. Tous les soldats étaient là, avec le mousquet sur l'épaule, et les chiourmes étaient dans leurs bancs à écouter les prières.

— Tous les vaisseaux, barques et galères, et tous les forts de la ville, ont fait le salut d'un coup de canon. On a rarement vu quelque chose d'aussi beau. Toutes les maisons de la ville et toutes celles du port étaient tapissées, avec des rameaux tout autour des portes et aux grilles des balcons. »

Pour les galériens huguenots, ce n'étaient que sorcelleries de la Babylone romaine prolongeant des sorcelleries de la Babylone d'enfer. Ils plaignaient les suppliciés, tout en réprouvant leur conduite, car ils avaient en horreur tout ce qui sentait la superstition et la magie.

« Voilà où peuvent mener les enseignements de ceux qui n'adorent pas l'Eternel en esprit et en vérité, disait Marc-Antoine Capdur, dont la longue captivité et la qualité de gentilhomme transformait le moindre mot en oracle.

— Les superstitions ressemblent à la mauvaise herbe, disait le laboureur de Frontignan. Celui qui en laisse un ou deux pieds dans son champ le voit bientôt envahi par elle. Nul ne peut le savoir mieux que moi, puisque je fus élevé dans les faux enseignements d'une trompeuse croyance. Ne pas s'adresser à Dieu directement, c'est mettre entre nous et Lui des idoles, comme le faisaient les païens. On commence par la Vierge, on continue par les Saints et l'on en vient à se confier à des reliques, à des morceaux de bois ou à des pierres taillées. »

⁂

Pendant que les galériens évoquaient ces souvenirs et que les huguenots se réconfortaient les uns les autres, en exprimant leur horreur de ce qu'ils tenaient pour de la magie et des sortilèges, les aides du bourreau achevaient d'entasser les fagots au pied des deux piloris qui constituaient le bûcher.

« Ils vont mettre le feu à la ville, disait, en ricanant, l'Avocat que cette idée comblait d'aise.

— Il faut beaucoup de bois pour brûler un homme, répondait le Croc. Quand on n'en met pas assez, on fait une sorte de bouillie qui garde la forme humaine. J'ai vu ça en place de Grève. »

Des roulements de tambour annonçaient l'arrivée des condamnés. Quand ils sortirent du vieil arsenal, ils avaient l'air de deux petites fourmis, engoncées dans de longues robes noires. Dix mille paires d'yeux les suivirent jusqu'au bûcher, dans un fantastique silence que perçaient seulement les cris des oiseaux de mer glissant au ras des antennes. Les tambours ne battaient plus. Les forçats retenaient leur souffle. Sur la rambade de *La Superbe*, M. Bion venait de se mettre à prier. Le cortège s'arrêta devant le bûcher.

« On va leur couper le poing », murmura le Croc en faisant un geste convulsif avec la main droite.

Un roulement de tambour passa sur le port, comme une lame de fond. Les deux suppliciés durent pousser un grand cri, mais personne ne put les entendre. Le silence se creusa pendant une ou deux minutes, et les tambours se mirent à battre, très lentement, à coups espacés, une sorte de marche funèbre.

« On les attache sur le bûcher », reprit le Croc, dans un souffle. Son visage était couvert de sueur comme s'il avait été environné par des flammes.

Ce n'étaient pas encore des flammes qu'il voyait

s'élever à l'extrémité du port, mais une colonne de fumée noire. Cette fumée était traversée de crépitements comme une nuée d'orage et, tout d'un coup, un feu clair jaillit vers le ciel, en engloutissant les suppliciés dans ses tourbillons d'écarlate.

« On meurt de l'étouffement ou de la brûlure ? demanda le Croc d'une voix à peine audible.

— Toi, tu mourrais de peur avant qu'on allume le feu, lui répondit l'Avocat qui restait insensible devant cet horrible spectacle. Ce sont les gens comme toi qui ont le cœur le plus lâche, dans leur charpente d'Hercule... bien sûr, vous devez penser que plus on est gros et plus on est long à brûler. »

Pendant un moment qui sembla ne pas avoir de limites, les langues de feu se tordirent autour du bûcher et s'affaissèrent d'un coup en découvrant deux petites masses noires qui avaient été des hommes vivants. Les roulements de tambour crépitèrent à nouveau. Le bourreau ranima la flamme. Elle se consuma d'elle-même et, quand elle fut retombée, il n'y avait plus que les deux carcasses des piloris et deux petits tas de cendres qui s'éparpillaient au vent.

∴

Le lendemain, à la pointe du jour, quand les forçats ouvrirent les yeux, il leur sembla voir encore tourbillonner devant eux cette impalpable poussière grise, réceptacle des âmes damnées des deux hommes suppliciés pour crime de sacrilège.

Ce souvenir devait les hanter pendant des semaines et des semaines et le brûlement des deux galériens fut l'occasion de discussions passionnées entre tous les gens de la chiourme.

« Vous autres, disait le Croc à Jean-Pierre et à Denis, on vous passe à la bastonnade, mais on ne vous brûle pas. C'est injuste. On devrait rôtir tous les hérétiques.

— On nous brûle aussi, répondit doucement Jean-

Pierre. Il y a tout autour de nous des cohortes de martyrs dont les âmes se sont envolées dans les flammes, comme des colombes sans tache.

— Colombe ou pas colombe, sans tache ou polluée, âme ou pas âme, raillait l'Avocat, c'est vous qu'on devraît brûler, comme dit notre compagnon de cadène. Vous offensez chaque jour les saintes espèces que ces malheureux n'avaient offensées qu'une fois. Qu'on mette au feu tous ces parpaillots sacrilèges, et nous n'aurons pas froid en hiver.

— C'est ça, c'est ça, approuvait le Croc.

— Ceux de nos frères que l'on a fait périr dans les flammes, comme ont péri si souvent les pasteurs de nos troupeaux, n'ont pas été condamnés pour crime de sacrilège, répondait Jean-Pierre à l'Avocat. Nous avons en abomination les blasphèmes. Nos frères n'ont été brûlés que pour avoir confessé le Dieu vivant et pour l'avoir adoré en esprit et en vérité. Nous n'avons aucun commerce avec le Diable et, pour en être assurés, nous suivons de tout notre cœur le second des commandements.

— Tant pis pour vous ! goguenardait l'Avocat. Le Diable a du bon. Il est même le seul à pouvoir rendre certains services... Ça ne fait rien. Allons-y, mangeur de Bible, que dit ton commandement ?

— Tu ne te feras image taillée, récitait Jean-Pierre, ni ressemblance aucune, des choses qui sont là-haut es cieux, ni ci-bas en la terre, ni es eaux dessous la terre. Tu ne te prosterneras devant elles, et ne les serviras point. »

L'Avocat s'esclaffait. « Ecoute un peu », disait-il au Croc, en se donnant de grands coups de mains sur les cuisses. Il prenait un malin plaisir à poursuivre ces controverses et à scandaliser Jean-Pierre et Denis.

« Alors, on ne peut pas faire de statues, ni de peintures ? Ennemis des Beaux-Arts, vous devez souffrir mille morts en voyant les quatre gigantes qui soutiennent le carrosse ?

— Mon livre a prévu ce que tu dis, répondait Jean-Pierre. On peut faire des statues et des peintures, mais non point pour les adorer et représenter le Seigneur de façon visible. « Pour ce, est-il « écrit dans mon livre, qu'il n'y a nulle convenance « entre lui qui est éternel et incompréhensible, et « une manière corporelle, morte, corruptible et « visible. »

— Ton livre parle comme parlait le grand-père de mon grand-père. C'est du charabia d'avant Henri IV. On ne parle plus comme ça aujourd'hui. Quant à moi, je trouve ma convenance dans ces quatre corps de gigantes qui ont des seins et des fesses.

— Nul ne pense à les adorer comme on peut le faire de Dieu, répondait Jean-Pierre.

— Qui m'empêchera de le faire ? Au contraire, je les adore, et j'ai grand commerce avec elles, affirmait le libertin de la chiourme. Comme Blaise Horgal avait le secret de la pistole volante, ajoutait-il, j'ai un secret pour me satisfaire avec elles, et c'est un des plus grands secrets du sabbat.

— On devrait donner ce secret à tous les bons garçons comme nous, disait le Croc. Ce qui n'empêcherait pas de brûler tous ces hérétiques. On ne devrait se servir du feu que pour cramer l'engeance des parpaillots. »

∴

Ces procès de sorcellerie, ces mutilations et ces brûlements n'étaient qu'une survivance d'un autre âge. Un siècle avant cette sinistre cérémonie, quand le parlement d'Aix avait fait brûler Gaufridy, deux ans après que M. de Lancre, du parlement de Bordeaux, ait envoyé au bûcher tout un lot de sorcières basques, sacristines, bénédictes ou marguillières, avec sept ou huit curés, le bon peuple avait cru vraiment qu'on livrait au feu des démons. Gaufridy, prêtre de l'église des Accoules, s'était appelé lui-même le prince des magiciens et les malheureuses filles qui avaient été flambées avec lui, fussent-elles aveugles des deux yeux, comme la petite Honorée, et simples d'esprit à ne pas comprendre un mot des questions posées par leurs juges, avaient été regardées comme des diablesses. Il en avait été de même à Loudun, à Louviers et dans tous les autres procès de Champagne ou de Lorraine. Depuis ce temps, Colbert avait fait rendre la liberté aux sorcières et aux sorciers détenus dans les prisons et défendu à tous les tribunaux du royaume d'admettre l'accusation de sorcellerie.

Du même coup, le diable ne pouvait plus être envoyé au bûcher, même par personne interposée, fût-elle sorcière ou sorcier, bénédicte, sacristine ou marguillière, enchanteur ou magicien, et si l'on pouvait y faire encore monter quelques malheureux accusés de sacrilège, chacun savait que c'était vouer à la mort une créature humaine.

La grande affaire mystique du commencement de ce siècle n'était plus le brûlement des sorciers, mais l'abjuration des prétendus réformés. Dans le monde des galères, c'était le souci des Pères de la Mission et l'objet de tous leurs désirs. Ils y attachaient d'autant plus de prix que ces reniements étaient rares. De temps en temps, le corps rompu, l'esprit en déroute, désolé par une tragédie familiale qu'on avait eu soin de lui raconter — la femme morte, les enfants abandonnés à eux-mêmes — un malheureux apostasiait. Tout était simple pour lui. Il signait une formule, sans même devoir la lire, et se trouvait libéré sans avoir besoin de donner un témoignage public de son retour à l'Eglise.

Ce n'étaient jamais que des reniements à la sauvette, des conversions à la dérobée qui ne rapportaient rien à l'Eglise et ne pouvaient pas servir à sa gloire. La peur des rétractations, la mansuétude de certains prêtres, faisaient tolérer ce genre de conversions, mais ces nouveaux convertis, à peine libérés de leurs chaînes, revenaient le plus souvent à la foi de leur enfance. Ils vivaient alors misérablement dans la peur des châtiments temporels qui pouvaient s'abattre sur eux et dans les remords de leur double apostasie.

D'autres galériens pour la foi, pressés d'abjurer et sentant leurs forces fléchir, essayaient de recourir à la ruse. Ne pouvait-on apaiser les persécuteurs sans renier ses croyances ? Ne pouvait-on pas recourir à la restriction mentale, si souvent utilisée par les plus ardents des convertisseurs ? Dans cet espoir, certains avaient rédigé un petit factum qui avait couru, pendant quelque temps, à travers les chiourmes. Il proposait une formule d'abjuration permettant d'affirmer leur foi à ceux qui seraient contraints de la renier :

« *J'abjure maintenant*
Calvin entièrement
J'ai en très grand mépris
Et en exécration
De Calvin les leçons. »

A cette grossière formule d'abjuration de la Réforme, répondaient d'autres litanies exprimant une entière soumission à l'église catholique :

« *Rome avec sa croyance*
J'ai en grand révérence
La messe et tous les saints
Du pape la puissance
Reçois en diligence... »

Au lieu de prononcer ces deux textes l'un après l'autre, il suffisait de dire alternativement chaque phrase des deux litanies, fût-ce en esprit, pour transformer la formule d'abjuration en confession de foi.

« *J'abjure maintenant*
Rome avec sa croyance
Calvin entièrement
J'ai en grand révérence... »

Ces ruses d'hommes traqués répondaient mal à l'esprit des religionnaires. Ces formules existaient, mais nul n'y avait recours. L'excès même de leurs malheurs obligeait les galériens pour la foi à ne pas céder à leurs adversaires. Ils se confortaient les uns les autres, et les pères de la Mission cherchaient le moyen d'en finir avec cette terrible vertu de l'exemple.

∴

C'est sans doute pour cela que le jour du brûlement des trois sacrilèges, il fut annoncé dans toutes les chiourmes qu'un galérien huguenot venait d'être libéré après avoir fait retour à l'église catholique et renié ses erreurs. L'horrible spectacle qui venait de se dérouler devant une immense foule, encore glacée de terreur, semblait donner plus de prix à cet acte de clémence.

« Telle est la mansuétude du roi, disaient les Pères de la Mission, en allant de banc en banc, sur toutes les coursies des galères, barbiche au vent et les yeux tout brillants de joie. Ce pauvre garçon donnait depuis quelque temps de vrais signes de repentance. Sa Majesté en a été avertie et, dans son extrême bonté, elle a voulu que le jour de son retour au bercail soit aussi celui de la liberté. D'ici peu, il sera au milieu des siens, dans les joies pures de la famille, et certain, maintenant, d'avoir assuré son salut, en faisant du même coup son bonheur sur cette terre. »

M. Bion avait été transporté de joie par cette heureuse nouvelle, et vint l'annoncer lui-même à ses huguenots de *La Superbe*, en les exhortant à bien réfléchir à la portée d'un pareil exemple.

« Allons, messieurs, faites-moi vivre le plus beau jour de ma vie en prenant les résolutions que ce brave garçon vient de prendre. Revenez à la vérité de l'Eglise et laissez-nous mettre un terme à tous vos tourments. C'est peut-être manquer aux devoirs de mon état, mais je ne sais même pas si je serais plus heureux de vous voir gagner la vie éternelle que de voir enfin finir vos souffrances.

— Nous savons quelle charité vous anime, lui répondit Marc-Antoine Capdur, mais notre salut seul nous importe. Et puisqu'il n'est question que d'obtenir le salut, êtes-vous sûr que votre nouveau converti n'a pas eu autre chose en tête, en faisant son abjuration ? Avez-vous parlé avec lui ? Avez-vous regardé son âme ?

— Je n'ai pas eu la joie de rencontrer ce garçon. Mais je sais que le bon père Girard l'a instruit lui-même et n'a pas ménagé ses peines.

— Eh bien, monsieur, je me vois contraint de vous dire certaines choses qui ne peuvent faire plaisir à personne. Nous connaissons bien ce Jean Cournachol et nous l'avons observé depuis qu'il est en galère. Il est arrivé de Paris, il n'y a guère plus de cinq mois, par une chaîne où il était le seul protestant, à ce qu'il a bien voulu dire. En vérité, il avait été condamné pour vol et pour violences à sa fille. C'est un garçon perruquier, peut-être natif de Nîmes, mais qui a traîné un peu partout et n'a pas mené une existence bien exemplaire. Il s'est déclaré huguenot, pour ne pas se dire voleur et incestueux. S'il avait dû rester parmi nous, pendant de longues années, il y aurait eu du mérite, puisque notre sort est plus dur que celui des criminels et des scélérats. Mais il n'a joué les protestants que pour qu'on lui ouvre la porte, puisque cette faveur est promise aux renégats.

— Mon Dieu, monsieur, balbutia l'aumônier, vous semblez avoir une police qui sait tout sur chaque religionnaire !

— Les domestiques de Dieu mettent tous leur vie au grand jour, et Jean Cournachol est tombé dans cette lumière. Dès le début, on s'est méfié de lui. Il avait été envoyé, comme tous les nouveaux venus, sur *La Vieille-Réale* et il a étonné les anciens par les excès de son zèle. Il priait sans cesse, et à haute voix, sans trop savoir ses prières. Il faisait le fanfaron de vertu et ne semblait pas habité par l'esprit de repentance...

— Mon Dieu, monsieur, comme vous êtes durs entre vous ! Si tous ceux qui savent mal leurs prières devaient être tenus pour suspects...

— Aussi bien, nous avons veillé à ne pas porter un jugement téméraire. Un criminel peut être touché par la grâce, et son offrande au Seigneur peut être entachée d'ignorance ou de maladresse. Mais si les plus naïfs et les plus rustiques d'entre nous, ceux qui sont arrivés ici sans savoir épeler leurs lettres, peuvent répéter de travers les phrases de leurs prières, on sent bien la sincérité de leur cœur.

— Voilà de belles paroles, fit remarquer l'aumônier. Pourquoi donc avoir suspecté la sincérité de cet homme ?

— Nous l'avons vu s'enivrer à plusieurs reprises, et vous savez bien que ceux qui confessent notre foi, s'ils peuvent boire un verre de vin, comme tout le monde, pour se donner quelque force, ont tous l'ivresse en horreur. Mais ce qui a porté à son comble la suspicion de nos frères, c'est quand nous avons vu ce pauvre malheureux passer en deux mois dans la chiourme de trois ou quatre galères, et faire partout l'important, le prosélyte et le confesseur. Nous avons eu des entretiens avec lui, sans manquer à la douceur et aux prévenances... Mais un païen pourrait-il vous faire accroire qu'il est un bon catholique ?

— Rien ne permet de jeter le doute sur le jugement du père Girard. Même s'il n'a pas été huguenot, ce garçon doit être, à présent, un catholique exemplaire. Pensez-vous qu'il aurait pu abuser ceux qui l'ont instruit dans les vérités de l'Eglise ?

— C'est bien la question qui se pose, et nous nous la sommes posée, en nous défendant de conclure... M. Girard a-t-il été aveuglé par les faux-semblants de ce comédien de l'apostasie ? Sait-il, au contraire, à quoi s'en tenir sur son néophyte ? A vous de juger, dans la vérité de votre âme.

— Comment puis-je écouter des choses pareilles ! C'est passer les bornes, monsieur. Vous savez trop bien que j'ai toujours déploré vos erreurs, mais sans mettre en question votre foi, que je crois sincère. La charité devrait vous induire à en faire autant pour les autres.

— Nous sommes sûrs que ce Cournachol n'a jamais été de nos frères, pas plus que les misérables que l'on a menés à la mort, hier matin. Ni ces bûchers, ni ces fausses conversions ne peuvent servir l'Evangile. Demandez-vous, monsieur, qui a le plus offensé la Majesté du Seigneur, de ces deux malheureux, brûlés pour crime de sacrilège, ou de ce nouveau converti qui vous a sûrement trompé, comme il avait cherché à tromper nos frères en se faisant passer pour un domestique de Dieu... »

XII

L'ESPOIR OBSCURCIT LA FOI

Le 15 avril de l'an de grâce 1704, aux premières lueurs du jour, sous un ciel clair que ne traversait aucun nuage, *La Grande-Réale* arbora la bandière de partance, pavillon blanc timbré de l'image de la Vierge, et donna signal en tirant un coup de canon. Les galériens huguenots se mirent alors à ramer vers le large en se laissant envahir par des rêveries qu'ils n'avaient jamais osé faire jusqu'à ce jour, quand ils partaient en campagne. La vaste mer, déserte et muette, étendue sous le ciel, au-delà des îles, ne se découvrait plus à leurs yeux comme une immense prison entourant de toute part la geôle flottante à laquelle ils étaient rivés par leurs chaînes. Le vent, les flots, le soleil, tout leur parlait de la liberté. Chacun espérait confusément ce qu'il n'avait jamais osé espérer. L'immense espoir qui avait jeté les camisards au combat, les visions paradisiaques d'une justice divine imposant sa loi dans ce monde, et faisant descendre sur le gazon des prairies des temples de marbre et d'or, s'étaient emparés des galériens pour la foi. Ils entrevoyaient la fin de leur servitude. Le jour de la délivrance était devant eux. Cette nouvelle campagne, faite à tous les périls de la mer, avec ses hasards, ses mystérieuses fortunes, allait les en rapprocher. Ils étaient certains de pouvoir rentrer bientôt dans leurs maisons dévastées. Ils y retrouveraient leur famille, leur femme encore belle en dépit de ses cheveux blancs, leurs enfants devenus déjà des hommes, leurs filles aînées mariées, leurs vieux parents apaisés à l'idée de ne pas quitter ce monde sans avoir revu celui qu'ils avaient perdu depuis tant d'années. Tout recommencerait pour eux comme avant leurs tribulations. Chaque soir, ils pourraient chanter un psaume, sans avoir besoin d'étouffer le bruit de leur voix, chaque soir ils pourraient ouvrir le Livre des livres, le méditer, pour donner un sens au jour qu'ils venaient de vivre et, chaque fois qu'un de ces jours s'abîmerait dans la nuit, ils se sentiraient envahis par une puissance éternelle qui ressemblerait déjà à l'aurore.

Ce qui les poussait à s'abandonner à ces rêveries, c'était le souvenir des victoires que leurs frères avaient remportées depuis près de deux ans dans les plaines et les montagnes. Peut-être aussi, c'était le secours que leur avait apporté l'œuvre de miséricorde et de charité dont Ioussouf s'était fait le dispensateur. Mieux nourris pendant tout l'hiver, exaltés par les triomphes des enfants de Dieu, ils avaient supporté sans faiblir les tourments et les supplices, et la bastonnade qu'ils avaient subie au commencement de l'hiver, loin d'avoir brisé leur courage, les avait rendus plus durs et plus résolus que jamais. La légende des camisards avait transformé les forçats obéissants en indomptables rebelles. L'esprit de Vivens, le petit boiteux de Valleraugue, premier combattant de la guerre des Cévennes, mort les armes à la main, avait remplacé chez eux l'esprit de Claude Brousson, évangélique pasteur du sermon sur la colombe, modèle de la confiance en Dieu et de la résignation.

« Il faudra bien qu'ils nous rendent la liberté de conscience, disait Jean-Pierre à Denis Ustain. Le jour n'est sans doute plus loin où ils seront obligés de permettre à nos pasteurs d'annoncer la bonne nouvelle, et de nous laisser vivre en suivant la loi de Celui qui commande aux astres du ciel.

— Le bras de chair est toujours levé, répondait le laboureur de Frontignan. Dieu ne peut pas avoir permis tant de victoires pour abandonner ses enfants. Il veut arracher son peuple à la servitude et nous allons voir de grands miracles.

— Ecoute-les ! disait l'Avocat en faisant des clins d'yeux au Croc. Un de ces jours, on va se réveiller dans la soie, sous des musiques célestes.

— Au lieu d'être gens de cadène, on sera tous monseigneurs, enchaînait le Croc, avec une andre pour nous servir et pour la landrer à notre aise. »

C'est ainsi que tous ces gens de néant, ces faussaires, ces criminels, ces âmes perdues sans recours, partageaient à leur manière les espoirs des galériens pour la foi. Ces misérables rêvaient aussi à leur délivrance, mais la liberté n'était pas, pour eux, le retour vers le foyer de famille, les êtres aimés, les devoirs et le travail, dans la dignité retrouvée, au-delà de la servitude. C'était la vision d'une gigantesque orgie qui leur permettrait de bâfrer, de s'enivrer, de fainéanter et de s'accoupler à leur guise.

Les galériens pour la foi avaient naturellement en horreur cette confusion de la liberté avec la luxure et l'ivrognerie. Malgré la pureté de leurs mœurs, ils étaient même si profondément persuadés de n'avoir eu à souffrir tout ce qu'ils avaient souffert qu'en raison de l'infirmité de leur nature, et de leurs fautes, qu'ils s'épouvantaient à l'idée d'être livrés de nouveau aux tentations de ce monde. Le péché était, pour eux, la seule source des maux que peuvent souffrir les hommes. Denis Ustain le rappelait sans cesse à Jean-Pierre, et Jean-Pierre à Denis Ustain.

Le pauvre laboureur de Frontignan savait par cœur de longs fragments des *Règlements faits sur les galères de France par les confesseurs qui souffrent pour la vérité de l'Evangile,* et c'est en eux qu'il cherchait la force et la lumière.

Si ces *Règlements* avaient d'abord été rédigés par des galériens, humbles domestiques de Dieu, ils avaient été mis en forme par l'illustre Benoît Calendrin, professeur en théologie, pasteur à Genève. Vérifiés par une assemblée de docteurs, ils avaient fait retour aux galères, et les plus simples des galériens les avaient gravés dans leur mémoire, pour avoir recours à leur aide dans les doutes et les angoisses de leurs épreuves. C'est ce que faisait Denis pour rester ferme au milieu des imprécations et des blasphèmes du Croc et de l'Avocat.

« Il n'y a que nos rébellions, murmurait-il à Jean-Pierre, que nos ingratitudes et nos injustices qui soient la véritable cause des terribles afflictions que nous éprouvons depuis si longtemps. C'est ce que dit le vénérable *Règlement* qu'ont établi nos anciens. Il dit aussi qu'il n'y a que nos impiétés et nos transgressions qui aient attiré et attirent encore sur nos têtes criminelles ces épouvantables fléaux de la colère de Dieu !

— Serions-nous donc lavés par Sa Grâce ? » demandait Jean-Pierre avec un tremblement dans la voix.

C'était la plus terrible et la plus sublime question que pouvaient se poser les galériens pour la foi. L'Eternel était-il enfin apaisé ? Ses serviteurs avaient-ils fléchi sa colère ? Comment de pauvres pécheurs osaient-ils demander au ciel de répondre ?

« Le *Règlement* dit aussi, répondait alors Denis Ustain, que la main de Dieu n'est point raccourcie qu'elle ne puisse nous délivrer et que son oreille n'est point devenue si pesante qu'elle ne nous puisse ouïr.

— Il te voit ! Il t'entend ! » raillait l'Avocat. Le Croc éclatait de rire, tandis que Ioussouf gardait le silence.

« J'ai quelquefois peur, murmurait Jean-Pierre,

que notre espoir dans une délivrance terrestre, dans une revanche qui nous serait donnée en ce monde, n'obscurcisse notre foi.

— Si cette revanche doit venir, répondait Denis Ustain, c'est que Dieu aura voulu qu'il en soit ainsi, et ce qu'il veut ne peut que raffermir notre confiance dans Sa sainte miséricorde. »

C'est ainsi que parlaient ces hommes candides que leurs malheurs transformaient en théologiens, et qui méditaient chaque jour sur les plus secrets desseins de la Providence. Le livre des psaumes que Jean-Pierre conservait toujours sous son banc, en dépit des fouilles des comites, leur servait de nourriture spirituelle et, parfois, d'autres galériens huguenots, Jacques Vigne ou Marc-Antoine Capdur, en particulier, leur prêtaient un livre de piété qu'ils avaient eux-mêmes soustrait aux recherches des argousins. Pendant tout le début de cette campagne, Denis Ustain conserva comme un trésor « *Les consolations de l'âme fidèle contre les frayeurs de la mort* », par M. Drelincourt, pasteur de l'église de Paris, mort depuis plus de trente ans, et dont les exhortations avaient d'autant plus d'efficace qu'elles semblaient venir de l'autre côté de la tombe. Denis pouvait alors lire couramment, et tout ce qu'il lisait se gravait dans sa mémoire. Jean-Pierre était fier de son élève et se sentait justifié devant Dieu d'avoir été son instituteur. Les deux hommes avaient, maintenant, la même science, pauvre science qui illuminait pourtant leurs jours et leurs nuits.

***

Depuis son départ de Marseille, *La Superbe* allait et venait dans le golfe, de l'embouchure du Rhône à la montagne de Sète. Chaque fois que le vent le permettait, M. d'Autigny faisait déferler le trinquet et le marabout et, poussés par la tramontane ou par le marin, les galériens prenaient un peu de repos en regardant les eaux de la mer glisser le long de l'enceinte. Quand il leur fallait reprendre les rames, par grande bonace ou par vent devant, c'était, la plupart du temps, pour voguer en dedans du banc, par petites bordées, sans jamais aller au bout de leurs forces.

Dès la fin de juin, la croisière devint plus active. Il ne s'agissait plus seulement de garder les côtes du Languedoc et de la Camargue pour empêcher le débarquement des secours que les puissances protestantes auraient pu envoyer aux camisards, comme elles avaient tenté de le faire au mois d'octobre dernier. Il fallait assurer aussi la sécurité des barques qui se rendaient à la foire de Beaucaire, et que des brigantins barbaresques, des chébecs d'Alger ou des pirates majorquins auraient pu tenter d'enlever par surprise.

Revenant, tous les soirs, vers la Tour de Bouc ou vers le Tempan, *La Superbe* gagnait le large, aux premières heures du jour, pour surveiller l'horizon de la haute mer, tandis que, derrière elle et tout le long de la côte, les grandes barques, venues du Grau d'Agde, du port de Narbonne ou de Sète, ou du Grau du Roi, se dirigeaient lentement vers l'embouchure du Rhône, avec leur chargement de ballots, de caisses et de barriques. Elles portaient dans leurs flancs les étoffes du Languedoc, les draps et les cadis de Varenne, les bourrettes de soie, les châtaignes de Gévaudan, les fromages du Rouergue, les vins muscats de la Catalogne ou les petits vins des Costières.

« Ni les guerres ni les révoltes ne peuvent arrêter le commerce, disait M. d'Autigny à ses officiers. Rien ne peut empêcher les marchands de continuer leur trafic et de mener leurs affaires. Mars n'a jamais été défavorable à Mercure.

— On dit pourtant, faisait remarquer M. de Maroulles, que la foire de l'an dernier a été une solitude et qu'on n'y a presque rien vendu.

— Ils n'ont pas perdu l'espoir de vendre leur marchandise, puisqu'ils y retournent cette année », répondait le capitaine.

Quand une barque passait à portée de voix de *La Superbe*, le marinier, installé à la pointe du rode de proue, ou le veilleur juché au sommet de l'arbre mestre, mettait ses mains en cornet et criait sur le silence de toute la chiourme attentive :

« Ho ! de la barque... D'où venez-vous ? Où allez-vous ? Que portez-vous ?

— Nous venons de Sète, répondait une voix lointaine qui semblait glisser sur les eaux. Nous allons à la foire de Beaucaire, et notre cale est pleine de vin. »

Les galériens répondaient par des hourras à l'annonce de ce chargement. Ils saluaient à grands cris ces richesses de la terre qui passaient à côté d'eux, et l'Avocat disait à ses compagnons de banc :

« Voilà l'occasion pour votre Bon Dieu de faire un miracle. Lui qui multipliait les pains devrait pouvoir nous faire vider ces barriques.

— Bon voyage ! » criait la voix qui semblait flotter sur les eaux.

Quand *La Superbe* poussait plus loin vers la haute mer, elle rencontrait quelquefois des navires de haut bord, venus de Toulon, qui cinglaient vers les côtes de Catalogne, tribord amures au milieu des coups de mistral. On échangeait alors des nouvelles, en criant dans les porte-voix :

« Ho ! du vaisseau... Que s'est-il passé dans vos parages tous ces derniers temps ?

— Roannez a rendu combat à un gros anglais de cinquante-quatre canons, avec *L'Ambitieuse, La Perle* et *La France*. Vos coursiers ont fait merveille, mais grâce à un coup de vent, l'anglais a pu se dérober dans la nuit.

— Ho ! du vaisseau... Le marquis de Roye a-t-il rejoint Roannez devant Villefranche ? A-t-on commencé le siège ?

— Non. Le lieutenant général à dû rallier l'escadre, par ordre de l'amiral. Nous allons barrer la route à la flotte anglo-hollandaise, à la hauteur d'Ibiza.

— Quelle est la force de leurs batailles ?

— A plus de cinquante vaisseaux, qui portent trois mille six cents canons, mais nous aurons de quoi leur répondre.

— Dieu vous garde, et bon vent ! » criait M. d'Autigny.

Pendant ce temps, les grandes barques à voile latine, chargées de tous les biens de la terre, continuaient à voguer vers l'embouchure du Rhône. Les moins chargées s'engageaient dans le Petit-Rhône que les mariniers appelaient la rivière de Beaucaire, et les plus lourdes, redoutant les hauts fonds et les bancs de sable, poussaient jusquau Bras de Fer, au-delà du Tey de Bericle. Chemise ouverte, pieds nus, leur bonnet tiré sur les yeux, tenant la barre ou couchés le long du bordage, les hommes d'Agde ou de Sète se laissaient bercer par les vagues, en rêvant de la grande prairie de Beaucaire, de ses baraquements, de ses tentes multicolores, de ses magasins, de ses éventaires où l'on pouvait, en deux ou trois jours, gagner de quoi dormir pour tout le restant de l'année.

« Ho ! de la galère ! Nous allons à la grande foire de la Madeleine. »

∴

Depuis qu'il avait fait passer les galériens pour la foi par le supplice de la bastonnade, le comite de *La Superbe* restait soucieux. Son gros crâne rasé ne pouvait contenir qu'une seule idée à la fois, mais cette idée, tournée et retournée sans arrêt comme un sablier, remplaçait chez lui l'intelligence et pouvait le rendre redoutable.

Ce molosse humain avait vu le jour à Marseille, il y avait à peine trente-cinq ans. Sa mère était une ribaude du port qui n'avait jamais pu savoir quel était le père de son enfant. Etait-ce le bas-officier dont le cou rentrait dans les épaules ? L'argousin qui avait une taie de nacre sur l'œil gauche ? Le pertuisanier aux grosses mains ? Le bonevoglie turc, bâti en colosse ? Personne n'aurait pu le dire, et la mère moins que tout autre. L'enfant avait une nuque énorme, un trait dans l'œil, des mains formidables, et il était bâti en hercule. A sept ans, il avait été mis en apprentissage chez les proyers, où on l'avait appelé le Tustaïre. Sa mère avait disparu, et le monde des galères était devenu sa famille. Il en connaissait les mystères et les secrets, comme les forçats eux-mêmes. Il savait tout ce que pensaient les gens de cadène et, comme le chasseur peut aimer le gibier qu'il tue, il les aimait, et n'aurait jamais accepté de vivre sans eux. Il avait besoin des forçats pour pouvoir être lui-même, et jouissait de les tenir dans sa main de fer, sans jamais leur faire quartier pour la moindre faute.

Depuis des mois, son instinct lui faisait sentir que les galériens protestants n'étaient pas tout à fait les mêmes. Il flairait, sous leur soumission, l'odeur d'un nouvel espoir. Loin d'avoir été rassuré par l'horreur de la bastonnade qu'il leur avait fait subir, il avait éprouvé comme une sorte de peur de les voir si fermes dans ces supplices. Aucun de ces galériens n'était mort, pas même celui qui avait reçu cent coups de bâton, alors que la plupart des forçats ne résistaient pas à plus de cinquante. Le Tustaïre en avait conclu qu'il devait y avoir là-dedans quelque sortilège, car toute sa religion se bornait à croire à des maléfices, et le faisait vivre avec les démons sans le rapprocher de Dieu.

« Ces hérétiques doivent avoir des secrets que je n'arrive pas à connaître, disait-il à M. d'Autigny. Il faut se méfier de leur malice et les tenir plus serrés que les pires criminels. Avec eux, on peut toujours avoir des surprises. Ils sont capables de gâter toute une chiourme.

— Fais ton métier, Tustaïre, répondait le capitaine qui n'aimait pas se mêler à ces basses œuvres. Je ne t'ai jamais refusé de les tenir dans la discipline. Le choix des moyens te regarde. »

Le Comite insistait. La même idée roulait dans sa tête comme un caillou dans le vide d'un grelot. Il bafouillait, répétait dix fois la même chose.

« Je vous le dis. Ils préparent un mauvais coup. Quelque évasion ou quelque révolte. Il doit y avoir une conjuration là-dessous.

— Fais ton métier ! répondait M. d'Autigny, en dévissant le pommeau de sa canne avec nonchalance pour en respirer les odeurs, car le comite puait comme un galérien.

— On devrait en changer quelques-uns de place, disait ce dernier, qui n'avait jamais complètement abandonné cette idée, malgré la résistance de M. Bion et les largesses de l'Avocat. Pourquoi laisser ces deux hérétiques sur le même banc ? ajoutait-il en montrant du doigt Jean-Pierre et Denis Ustain. Ce sont deux fruits pourris qui ne peuvent que se gâter un peu plus l'un par l'autre.

— M. l'aumônier trouve que c'est bien ainsi, répondait le capitaine. Qu'en dites-vous ? demandait-il à M. Jean Bion.

— Ce sont deux hommes de paix qui ne risquent pas de contaminer leurs voisins. Ni le Croc ni l'Avocat ne sauraient s'intéresser à leur doctrine. Il faudrait changer leurs cœurs pour qu'ils soient capables de le faire. Quant à Ioussouf, il ne reniera jamais son Alcoran. C'est, du reste, un homme de paix, lui aussi. Je ne crois pas qu'il faille changer ce banc, d'autant plus que ces réformés ne sont pas de ceux qui refusent de m'entendre. Je parle souvent avec eux, et n'étaient les fausses doctrines dont ils ont été infectés, ils auraient des cœurs religieux comme on n'en voit pas souvent en galère.

— Qu'ils restent donc où ils sont, trancha M. d'Autigny.

— D'autant plus que Denis Ustain a été instruit dans la vérité et que, peut-être, il pourrait un jour revenir vers la véritable Eglise. »

L'aumônier pensait-il vraiment qu'un pareil retour était possible ? Cherchait-il seulement à laisser en paix ces deux hommes pour qu'ils se soutiennent l'un l'autre ? Il aurait été bien en peine de le dire. Il n'ignorait pas, cependant, qu'il était un peu leur complice, car il leur laissait conserver ce livre des psaumes, suivi « des prières ecclésiastiques et du formulaire d'instruire les enfants en la chrétienté » que Jean-Pierre tenait caché sous son banc. Il lui avait même emprunté ce livre, à plusieurs reprises, et il l'avait lu en cachette, en tremblant de son audace, mais il avait été fasciné par ces psaumes en rimes françaises et cette profession de foi qui différait si peu de la sienne.

« C'est le même Dieu ! se disait-il. Le même Dieu de miséricorde et de colère. C'est le même Sauveur. Il leur dit ce qu'il nous a dit. Ses commandements sont les mêmes. Que leur manque-t-il donc pour connaître la vérité ? Ils ne pensent pas assez à la Sainte Vierge. Ils ne parlent qu'au Fils. Ils ne se tournent jamais vers la Mère. »

Ces réflexions le bouleversaient si profondément qu'il les interrompait pour s'adresser à cette Marie pleine de grâce dans l'espoir d'obtenir une réponse aux questions qui assaillaient son esprit.

« Même s'ils ne Vous rendent pas ce qu'il serait bon qu'ils vous rendent, O Reine, O refuge des pécheurs, ne pouvez-vous pas leur remettre cette faute ? Vous êtes bénie entre toutes les femmes et le fruit de vos entrailles est béni. Pour l'amour qu'ils portent à votre fils, ne voulez-vous pas les absoudre ? Pourquoi tant de cruautés et de violences contre ces misérables pécheurs ? Pourquoi les contraindre à devenir hypocrites, en les forçant d'embrasser une religion qu'ils abhorrent ? Pourquoi laisser confondre les ordres du roi qui regardent les choses humaines, et les enseignements de l'Eglise qui sont les affaires du Ciel ? Ce n'est pas vous qui nous commandez toutes ces cruautés, tous ces excès qui n'arriveront jamais à sauver une seule âme. »

Quelquefois, en lisant ces psaumes de David, mis en rimes françaises par Clément Marot et Théodore de Bèze, M. Jean Bion glissait insensiblement de la curiosité à la méditation, et de l'examen scrupuleux à la prière fervente. Son âme s'élevait vers Dieu avec la même ardeur que lorsqu'il lisait son bréviaire ou l'Imitation de Jésus-Christ. Il éprouvait alors un déchirement de tout son être, car il se demandait brusquement s'il ne se laissait pas prendre à un piège diabolique et s'il n'était pas en train de renier sa foi, en la retrouvant dans ces livres qui servaient de nourriture à des hérétiques.

Ces méditations sur la foi de ceux qu'il avait la charge de convertir devenaient, petit à petit, l'essentiel de sa vie spirituelle. Dans le service, il avait peu d'occasion de parler de la religion, car aucun des officiers de *La Superbe* n'était tourmenté par elle. Bons catholiques, ils remplissaient leurs devoirs sans se poser de questions. Ils se confessaient une fois par an et communiaient à Pâques. Le dimanche, ils assistaient à la messe et, dans les dangers de la mer ou des combats, ils invoquaient la Vierge et les saints. On aurait dit que leurs rapports avec Dieu obéissaient à des lettres de service dont ils observaient scrupuleusement chaque clause. Chez les bas-officiers, parmi les soldats ou dans l'équipage, il se trouvait, quelquefois, des cœurs tourmentés et des âmes qui demandaient le secours des choses divines. Ce n'était jamais qu'une toute petite paroisse, un maigre troupeau de brebis clairsemées. Ces gens de guerre et de mer vivaient dans l'indifférence et dans les superstitions. Leur religion se bornait aux pratiques protectrices, aux signes de croix, aux génuflexions, aux invocations des saints et des saintes dans les moments de danger mais danger passé, oublié le saint, oubliée la sainte.

∴

M. de Maroulles était sans doute le seul à considérer l'aumônier comme un directeur de conscience. Il avait pensé à se faire recevoir dans l'Ordre de Malte. L'idée de porter la croix pattée, aux quatre bras terminés en double pointe, l'avait longtemps fait rêver. Comme beaucoup d'officiers du corps des galères, il considérait que le fait d'entrer dans l'Ordre Souverain était la consécration naturelle de sa vocation d'homme de guerre et de mer. Il avait pourtant hésité à prononcer les vœux qui devaient faire de lui un chevalier profès, et la rencontre de Mlle Lucrèce l'en avait définitivement détourné.

Ce n'avait été qu'un tout petit drame de conscience, un remords fugitif que le jeune officier avait facilement oublié. L'aumônier l'avait aidé à le faire, avec une bienveillance paternelle.

« Rien ne vous lie, monsieur, et je vois bien que vos intentions sont pures. Ce n'est pas le hasard qui a mis sur votre chemin cette ravissante personne que le ciel a parée de tant de vertus. Vous avez agi, en cette occasion, comme un honnête homme doit le faire. Vous avez pris le temps d'éprouver vos sentiments et les siens. Puisque vous avez bien voulu me faire vos confidences, je sais que vous ne vous êtes pas avancé plus loin que ne le permettent les convenances. Maintenant, ne poussez pas plus outre, monsieur. Quand vous reparlerez, il faut que ce soit à ses parents. Vous me dites que vous pensez le faire au retour de cette campagne ? Fort bien, fort bien. Si, pendant tout le temps que nous serons à la mer, vous êtes à la fois heureux et malheureux, vous pourrez être assuré de votre constance. Je n'ai, pour moi, pas d'autre vœu à former que de voir le ciel réunir deux êtres qu'il semble avoir créés l'un pour l'autre, si du moins tel est le véritable dessein de la Providence... Et si je ne craignais de manquer à la modestie, je me permettrais d'ajouter un autre vœu à celui que je viens de faire. C'est que l'humble prêtre que je suis puisse bénir cette union. Mais je sais ce qu'on doit aux traditions des familles, aux considérations de ce monde, aux convenances, aux engagements qui dépassent nos personnes, et je n'aurai pas besoin de vous bénir à l'autel pour vous bénir tous les deux dans mes plus ferventes prières. »

TROISIÈME PARTIE

LE BRAS DE CHAIR

XIII

LES MAUVAISES NOUVELLES

VERS le milieu de juillet, après avoir essuyé quelques jours de mauvais temps, et perdu deux fers devant le Grau d'Agde, *La Superbe* était revenue à Marseille. Les mariniers avaient à peine achevé de poser la planche qui reliait sa poupe au quai de l'hôtel de ville qu'un envoyé de l'intendant général des galères vint prier M. d'Autigny de se rendre immédiatement auprès de son maître.

Successeur de Michel Bégon, homme courtois, érudit et bibliophile, Jean-Louis Habert, seigneur de Montmort, comte de Mesnil Habert, ne se bornait pas à donner des fêtes et des concerts dans sa résidence de l'arsenal. Fils d'un conseiller au parlement de Paris, devenu intendant par la grâce de Colbert, il manifestait, depuis plus de dix ans, une activité dévorante dans les devoirs de sa charge, et faisait preuve, dans les rapports de service, d'une affreuse brutalité.

A la fin de la guerre avec l'Espagne, quand le roi,

par mesure d'économie, avait décidé de réduire le nombre de ses galères, et de les faire passer de quarante à trente, M. de Montmort avait remplacé tous les bâtiments hors d'âge par des bâtiments flambant neufs, pour ne pas diminuer la capacité de combat de l'escadre.

Sa dureté était à la mesure de son zèle et malgré ses hautes fonctions qui supposaient une certaine réserve et une solennité de manières — la perruque bouclée, les habits au dernier goût de la mode, la canne à pommeau d'argent, les souliers à hauts talons rouges —, il était homme à se laisser emporter par la colère, comme un comite ou un argousin.

M. d'Autigny était encore en tenue de mer et, malgré la convocation inhabituelle du redoutable intendant, il prit son temps pour se mettre en grand uniforme.

« Rien ne presse, messieurs, disait-il à ses officiers en se laissant ajuster par son domestique. Nous pourrions être encore à la mer, et c'est même un peu par hasard que nous nous trouvons à Marseille. Si nous n'avions pas perdu ces deux fers devant le Grau d'Agde nous serions restés dans le golfe et M. de Montmort n'aurait pas pu me faire appeler avant la fin de cette campagne. »

Les jeunes officiers n'en étaient pas moins impatients de savoir ce que M. de Montmort voulait dire à leur capitaine. Ils avaient tous espéré que ces quelques jours de relâche leur donneraient l'occasion de renouer un peu avec les plaisirs de la terre. Jamais Marseille ne leur avait paru aussi belle. Sur les calanques et les collines, l'air des premiers jours de l'été semblait plus clair qu'il ne l'était au grand large où la chaleur du soleil faisait trembloter un voile de brume. Il y avait comme une allégresse dans la lumière. Sur le sommet des collines, dénudées par la dent des chèvres et le ruissellement des orages, les tours des moulins, blanchies à la chaux, faisaient tourner doucement leurs ailes triangulaires et, sur les façades des maisons, étroites et hautes, des linges de toutes couleurs séchaient aux fenêtres. Dans l'encadrement de ces fenêtres, on apercevait quelquefois une silhouette de femme, et M. de Marle, M. du Cairon et le garde de l'étandard se demandaient si ce qu'allait apprendre leur capitaine ne les empêcherait pas d'aller faire un tour en ville, tandis que M. de Maroulles pensait aux moyens d'avoir des nouvelles de Lucrèce.

Pendant ce temps, les galériens parlaient entre eux, à voix basse. Ils savaient tous déjà, que M. de Montmort avait convoqué leur capitaine.

« Ça ne peut rien être de bon, disait l'Avocat. S'il était question de doubler les rations de vin ou de nous donner de la viande à tous les repas, ces messieurs ne seraient pas si pressés d'en colporter la nouvelle. Ce qui va vite est toujours mauvais.

— Il y a peut-être la peste noire », disait le Croc.

Quand M. d'Autigny, attifé avec la sobre magnificence qui convient à l'homme de cour devenu homme de guerre, traversa la planche et se dirigea vers l'hôtel de l'intendant, un grand silence parcourut toute *La Superbe*, de poupe à proue. Chez les officiers-majors réunis dans la chambre du carrosse, chez les bas-officiers, parmi les soldats, les mariniers et la chiourme, chacun cherchait à prévoir ce que pouvait bien présager ce brusque départ du capitaine. Heur ou malheur ? Aubaine ou contretemps ? Même à l'abri du port, les gens des galères se sentaient toujours menacés par les chances de la mer et ses imprévisibles fortunes.

∴

M. d'Autigny ne revint à bord que très tard dans la journée. Pendant tout le temps de son absence, les forçats durent se livrer aux travaux habituels de tous les retours au port. Ils firent d'abord la bourrasque, sous une averse de coups de corde et d'imprécations, et *La Superbe*, délabrée par trois mois de mer, eut vite fait de reprendre un air de fête. La bourrasque achevée, des galériens furent envoyés en corvée. Les argousins emmenèrent à l'hôpital quelques malades qui furent aussitôt remplacés par de nouveaux condamnés arrivés le 4 juin par la chaîne de Bordeaux. Parmi eux, se trouvait un nommé Jean Fusié, de Pont de Camarès, en Rouergue. C'était le seul réformé de cette troupe. Cardeur de son métier, haut de taille, avec un visage rond et des yeux à fleur de tête, condamné pour s'être trouvé dans les bois avec d'autres religionnaires, il allait pouvoir annoncer à ses frères de *La Superbe* ce qui s'était passé pendant qu'ils étaient à la mer. Pour chacun d'eux, il ne pouvait qu'être le messager de triomphes et de victoires quand, tout d'un coup, comme brûle une mèche de bombe à main, la nouvelle qu'il apportait passa de banc en banc, d'un bout à l'autre de la galère.

« Le frère Cavalier a mis bas les armes ! Il vient de faire la paix avec le maréchal de Villars. »

La sainte-barbe aurait pu faire jaillir un volcan de la cale de *La Superbe* sans frapper les galériens huguenots d'une aussi profonde stupeur que ne le fit cette fantastique nouvelle. Ce que savait Jean Fusié ne permettait pas de comprendre si le jeune chef camisard — le plus inspiré, le plus éloquent, le plus prophétique et le plus habile au combat, de tous ceux qui, depuis près de deux ans, guerroyaient dans les garrigues et dans les montagnes —, venait de remporter la victoire ou de sceller la défaite des enfants de Dieu. Une seule chose était sûre : il avait fait la paix avec le maréchal de Villars.

Le roi avait donc envoyé dans les Cévennes, pour combattre une poignée de pâtres et de laboureurs, le plus grand guerrier du royaume, celui que ses soldats avaient proclamé maréchal sur le champ de bataille, celui qui s'était illustré au passage du Rhin, qui avait battu les Turcs et les Impériaux. C'est donc aux pieds de ce grand seigneur de la guerre que Jean Cavalier avait déposé les armes ? Mais comment douter de Jean Cavalier ? N'était-ce pas lui qui avait levé la plus grande troupe, remporté le plus de victoires, et annoncé l'avenir comme si le regard de son âme avait vu ce qui ne peut être vu que par Dieu ? Il avait prophétisé la mort de Poul et la défaite de Broglie dans le Cros du Val des Banes. Il avait écrasé le régiment des vaisseaux, dans la plaine de Martignargues. Aucun des chefs de l'insurrection, aucun de ceux qui suivaient, en chantant des psaumes, les guerriers de la plaine et de la montagne, ni Abraham Mazel, ni Gédéon Laporte, ni Catinat, ni Ravanel, ni Castanet, prince de l'Aigoual et des nuages, ni même Roland que les gens de sa troupe appelaient le « Chevalier » et que Montrevel avait appelé « Le Comte Roland », le jour où il avait cru avoir retrouvé son cadavre, au milieu des morts entassés sur le champ de bataille de Pompignan, n'avaient suscité autant d'enthousiasme et d'abnégation que cet inspiré de vingt ans. C'est lui qui avait déchaîné la révolte chez les peuples du Bas-Languedoc, autour d'Alès, d'Uzès et de Nîmes, à travers toute la Vaunage et jusqu'aux bords des marais de Lunel et de Saint-Gilles, dans les sansouïres où vivent les hommes de taureaux et les dompteurs de chevaux sauvages.

Certains des galériens huguenots de *La Superbe* l'avaient rencontré, quand ils étaient encore des hommes libres, et se souvenaient de lui comme les Hébreux devaient se souvenir de David.

« A côté de Ravanel et de Catinat, ses deux lieutenants, disait Adrien Trial, le galérien de Vauvert, il avait l'air d'un adolescent le jour de sa communion, quand il va s'approcher de la sainte table.

— Ce n'est pas un homme de grande mine, ajoutait Fulcran Soulier qui avait eu aussi l'occasion de le voir, un jour qu'il était passé à Grand-Gallargues. Il est de petite taille, avec une grosse tête, mais ses yeux bleus et ses cheveux blonds, qu'il porte flottant sur ses épaules, le font distinguer de tous ceux qui lui font escorte. Comme dit Adrien Trial, il est le contraire de Catinat et de Ravanel.

— Jamais il ne s'est trompé, reprenait le galérien de Vauvert. Il a toujours su ce qu'il fallait faire. L'esprit de Dieu parlait par sa bouche. Il avait le don de prophétie. S'il a fait la paix avec le maréchal de Villars, c'est sûrement parce qu'il a dû obtenir pour ses frères ce que ses frères voulaient conquérir, quand ils ont commencé cette guerre. »

C'est ainsi que les galériens de *La Superbe* se persuadèrent, ce soir-là, que le roi avait accordé son pardon et la liberté de conscience aux vrais serviteurs de l'Evangile. Jamais le jeune chef invaincu n'aurait accepté de poser les armes sans cette double promesse.

« Le roi doit nous avoir restitué l'Edit de Nantes, disait Denis Ustain à Jean-Pierre. Nous allons pouvoir rendre au Seigneur ce qui lui est dû.

— Nous n'avons jamais demandé rien d'autre, répondait Jean-Pierre. Louange à Dieu ! Nos frères n'ont pas combattu pour les choses de la terre, mais pour celles du ciel. Le Tout-Puissant n'a pas dû vouloir nous accorder cette grâce avant de l'avoir scellée par le sceau de la souffrance. Il fallait que notre pays soit ravagé, nos maisons détruites, nos récoltes incendiées, nos frères massacrés dans les combats, pour que notre liberté ne soit pas une chose vaine. C'est une victoire de l'Esprit, et nous la chérissons comme un père peut chérir un enfant malade qu'il a arraché à la mort. »

Les galériens pour la foi se laissaient bercer par ces illusions, tandis que le jour baissait et que la nuit tombait lentement sur Marseille. Encore enchaînés à leur banc, dévorés par la vermine, harassés par les fatigues de la journée, il leur semblait qu'ils étaient déjà des hommes libres. Une sourde angoisse subsistait pourtant dans leurs cœurs, et chacun, au moment de s'endormir, répétait à mi-voix la grande nouvelle, sans plus savoir ce que serait vraiment l'avenir :

« Le frère Cavalier a mis bas les armes. Il vient de faire la paix avec le maréchal de Villars. »

*
* *

M. d'Autigny rentra à la nuit tombante et retrouva son état-major dans la chambre du carrosse. Il était plus sombre que de coutume et resta un long moment sans rien dire.

« M. Bion n'est pas avec vous ? demanda-t-il brusquement. Allez le chercher. Ce que je dois vous dire le regarde au premier chef, et j'aime mieux ne pas répéter deux fois les mêmes choses. »

M. du Cairon alla charcher l'aumônier. Celui-ci qui avait couru pour traverser la coursie, arriva presque aussitôt hors de souffle, comme pour administrer un mourant.

« Eh bien, messieurs », dit le capitaine d'une voix grave, pour reprendre aussitôt, en changeant de ton : « Monsieur du Cairon, veillez à ce que personne ne puisse m'entendre. Ce que j'ai à dire ne regarde que les officiers... Eh bien, messieurs, reprit-il après un silence, c'est une bien étrange affaire que M. de Montmort vient de m'expliquer de long en large, bien qu'il n'en ait pas encore en main tous les fils... Lequel de vous a-t-il soupçonné, ces temps-ci, qu'il y avait un complot dans la chiourme de *La Superbe* ? Nos réformés ont ourdi une conjuration qui a déjà produit quelques-uns de ses effets et qui, sans doute, en produirait d'autres, si l'on n'y mettait bon ordre. Depuis des mois, ils reçoivent de l'argent du dehors. Oui, messieurs, à mon nez et à ma barbe, sans que personne m'en ait averti. M. de Montmort m'en a fait grief et je ne suis pas prêt d'oublier la façon dont il a tourné son algarade. Il n'importe. Sur le fond de l'affaire, il a mille fois raison. Ces chiens doivent recevoir de l'argent depuis environ le temps qu'ils sont passés à la bastonnade. Cela fait des mois et des mois. Jusqu'à présent, ils n'ont dû pouvoir s'en servir que pour acheter des vivres. Ce qui n'a pu que les confirmer dans leur insolence et dans leur obstination. Mesurez les complicités que suppose un pareil commerce. Puisque les religionnaires restent attachés à leur chaîne, il faut que d'autres forçats achètent pour eux ces vivres et les fassent cuire au fougon. C'est sans doute affaire d'argent. Mais, au fougon, ni le cuisinier ni le comite ne se sont inquiétés de ces débauches de victuailles. Ils y avaient sans doute leur intérêt et nous réglerons la chose en son temps. Le plus grave, c'est que l'argent recueilli pour ces misérables ne constitue pas de petites sommes. C'est un véritable trésor que détiennent des gens de Marseille, dont quelques-uns ont déjà été arrêtés. Pourquoi tant d'argent, messieurs ? Avec de l'argent, on s'évade. Les terres du duc de Savoie, qui vient de repasser dans le camp de nos ennemis, ne sont pas des terres lointaines. Un bon guide, un déguisement, des complicités soldées au long de la route, et l'on peut franchir les montagnes. Un marinier plus attiré par l'argent que retenu par la peur, et l'on peut débarquer à Nice ou à Villefranche. C'est l'affaire d'une nuit. Je ne veux pas risquer que M. de Montmort me reproche d'avoir laissé partir les oiseaux, faute d'avoir su bien fermer leur cage. A partir de ce soir, surveillance renforcée. Avec prudence, pourtant. Il ne faut pas donner l'éveil au gibier. M. de Montmort veut mettre la main sur tous ceux qui trempent dans cette affaire, et ils doivent être nombreux. Il faut les prendre avec tout l'argent qu'ils ont ramassé pour ces misérables, ce sera toujours autant de gagné. »

M. d'Autigny garda un moment de silence. Sa colère n'était pas feinte et l'obligeait à reprendre souffle après cette longue tirade.

« Ce que je comprends mal, osa dire M. de Maroulles, c'est qu'on ait pu arrêter des gens sans donner l'éveil à tous les complices.

— Ceux qu'on a arrêtés sont des marchands de Genève. Ils portaient sur eux de grosses sommes et une lettre adressée à un correspondant inconnu, je veux dire sans nom de destinataire, mais qui ne laisse aucun doute sur l'emploi de cet argent. Il est destiné à nos frères de *La Superbe*, dit la missive, ainsi que nous le faisons depuis octobre dernier. Ces marchands sont des huguenots, cela va sans dire, puisqu'ils viennent de La Mecque de Calvin. Reste à savoir quel est ce correspondant de Marseille et à découvrir les complices qu'il avait sur notre galère. Il y a d'abord tous nos prétendus réformés. Ce ne sont pas des gens à profiter d'une aubaine sans la partager entre eux. Mais ils sont tenus de court et ne peuvent aller en ville. Il faut donc qu'un autre forçat leur ait apporté cet argent. Demain matin, ou après-demain, si un de ces chiens demande à descendre à terre, qu'on ne lui refuse pas cette grâce, surtout s'il prétend avoir besoin de parler à quelque bourgeois pour lequel il travaille pendant l'hiver. Il sera suivi à la trace par des limiers qui ne lâcheront pas sa voie. Pour ce soir, qu'on avertisse le cap de garde d'avoir à doubler les sentinelles sur la rambade et devant la planche. Mais qu'on ne dise rien au comite. Il ne saurait pas cacher sa colère, et ferait peur au gibier. C'est déjà trop qu'on m'ait vu partir chez l'intendant et qu'on nous voie tenir conseil dans la nuit.

— Ils dorment tous, fit remarquer M. de Marle, en soulevant le tendelet qui fermait la porte du carrosse. C'est un des avantages de ces brutes. Ecoutez-les. »

Pareils au clapotis de la mer dans les profondeurs d'une calanque, les grognements des dormeurs s'élevaient du gouffre noir que dessinait *La Superbe* au-dessus des eaux puantes du port. L'étroite clarté d'un fanal éclairait, de loin en loin, quelques formes vagues et, parfois, un homme parlait, dans la nuit, avec cette étrange voix du sommeil que l'on croit entendre à travers un rêve.

« Cette affaire n'est pas seulement l'affaire de *La Superbe*, reprit M. d'Autigny. C'est une conjuration contre l'Etat, une offense à Sa Majesté. Bien qu'on n'ait pas voulu employer contre eux les moyens les plus extrêmes, en raison de leur qualité d'étrangers, nos deux marchands en ont dit plus long qu'ils n'ont cru le faire. S'ils ont tu le nom de leur correspondant de Marseille, ils ont avoué qu'ils n'étaient pas seuls à lui faire tenir des subsides. Sans doute pensaient-ils se décharger un peu, sans livrer le nom de personne. Toujours est-il que cette conjuration n'a pas seulement sa source à Genève, comme on l'a déjà vu en d'autres occasions. Elle s'étendrait aux religionnaires du Languedoc, auxquels se seraient joints quelques mauvais catholiques. « Ce n'est pas une affaire de religion, disent ces marchands, mais de miséricorde et de charité. » Prendre celui qui collecte tous ces dons dans cette ville, c'est tenir le corps de la pieuvre. Le corps tenu, chaque bras viendra à son tour.

— Les plus coupables de tous, ce sont ces mauvais catholiques, dit M. de Maroulles. Je n'arrive pas à comprendre ce qui peut les pousser à agir ainsi. J'espère bien qu'ils vont recevoir leur juste salaire.

— Nous allons avoir à supporter de biens grands chagrins », murmura l'aumônier en faisant le signe de croix.

∴

A l'aube du lendemain, personne ne demanda à descendre à terre. Des corvées partirent pour l'arsenal, sous la surveillance des argousins. D'autres corvées apportèrent des vivres frais pour compléter les provisions de la chiourme et de l'équipage. Celles qui étaient destinées au capitaine et aux officiers furent descendues dans l'escandolat. Du bœuf salé, du lard, du fromage furent entassés dans la compagne, tandis que des légumes secs et des biscuits étaient resserrés dans le paillot. Le comite, en bon commerçant qui ne voulait pas manquer une vente, fit rouler des pièces de vin de Marseille dans la taverne. Les galériens sifflaient en vaquant à ces travaux. Toute la chiourme était en gaieté, comme si, rien qu'en transportant ces vivres et ces boissons, elle avait déjà fait ripaille. Les comites et les proyers étaient moins féroces que de coutume, et c'est à peine si, de temps en temps, ils faisaient glisser un coup de corde sur le dos des galériens, mais ces coups avaient quelque chose d'amical, et nul ne songeait à s'en plaindre.

Les officiers-majors allaient et venaient, sur le quai de l'hôtel de ville, en grande conversation, sans quitter des yeux la planche de *La Superbe*. M. du Cairon faisait la navette entre la galère et ce petit groupe attentif.

« Personne n'a demandé à descendre en ville, disait-il d'un air déçu.

— Ce sera pour demain », répondait M. d'Autigny, en jetant un coup d'œil vers des gens de mauvaise mine, embusqués dans les embrasures des portes, au coin des rues qui descendaient vers le port.

Pendant ce temps les galériens huguenots s'ingéniaient à recueillir des renseignements sur la fantastique nouvelle qu'ils avaient apprise à leur arrivée. Vers midi, ils savaient déjà que Jean Cavalier avait subi une sanglante défaite, à la mi-avril, du côté de Nages. Denis Ustain, qui avait pu parler avec quelques-uns de ses frères venus de *La Vieille-Réale* pour travailler dans l'escandolat, en rapporta les détails à son compagnon de banc.

« Le frère Cavalier n'a pas fait la paix en victorieux. Juste avant d'être remplacé par le maréchal de Villars, le jour même où il devait s'en aller, Montrevel l'a pris dans un piège, à côté de Nages. Ce gros bourg commande la vaste contrée que nous appelions entre nous la petite Chanaan. C'était notre terre promise, le saint des saints d'un peuple fidèle. Au temps de l'Edit de Nantes, on y comptait plus de trente temples, au milieu de jardins pleins de tous les fruits de la terre. C'est là que Cavalier avait recruté quelques-unes de ses meilleures légions. Enhardi par sa victoire sur le régiment des vaisseaux, il s'est attardé dans ces lieux pour y célébrer le Seigneur. Montrevel en est averti par un traître. De

Sommières où il se trouvait, il rappelle toutes ses troupes. Elles viennent de Nîmes, de Lunel et de Sommières. Cavalier n'avait avec lui qu'un millier d'hommes de pied et quelques centaines de gardians. Catinat était à leur tête. Cavalier va se mettre en position, dans le bois de Boissières, tambour battant, fusils bandés. Il pense n'avoir affaire qu'à un gros parti de dragons et engage le combat. Les dragons reculent d'abord mais, d'heure en heure, et de tous les côtés à la fois, surgissent les troupes du roi. Les enfants de Dieu sont cernés. Firmacon, Hainaut, Charolais, Soissonnais, Menou et le bataillon irlandais les entourent. « Si nous manquons de cœur, dit Cava-« lier à ses hommes, nous sommes pris et roués. Il « faut passer sur le ventre de ces gens-là. Suivez-moi « et serrez-vous. »

— Dieu vivant ! murmurait Jean-Pierre. Pourquoi les as-tu abandonnés ?

— De tout côté, ce ne sont que bataillons et qu'escadrons qui se massent en rangs serrés. Il faut se battre à un contre dix. Cavalier marche vers le nord, pour tâcher de regagner les montagnes. Les troupes du roi se ferment comme un étau. Catinat charge avec ses cavaliers de Camargue et fait une trouée au pont du Rosni, près de Cavérac. Ravanel le suit avec ses hommes de pied. Jean Cavalier est avec l'arrière-garde. On l'entoure de toute part, au bord du ruisseau.

— Aurait-il été pris ? demandait Jean-Pierre.

— Non, le Dieu des armées l'a sauvé par le moyen d'un enfant. C'est son petit frère, qui n'a que dix ou douze ans et qui l'a suivi partout dans cette guerre, qui a assuré son salut. Cet enfant montait un étalon blanc de Camargue et portait un ruban rouge à son poignet. Quand il voit Jean Cavalier entouré de toute part, il rassemble les nôtres et les ramène au combat. « Enfants de Dieu, criait-il, bordez la rivière. « Chargez l'ennemi. Protégez la retraite de mon « frère. » Cavalier passe le ruisseau. Par trois fois, un cheval est tué sous lui. Il manœuvre à travers les bois et les garrigues. Les combats ne cessent qu'avec la nuit. Nos frères ont perdu un homme sur trois. Tous sont morts. Pas un seul n'a été fait prisonnier. Aucun des survivants n'a jeté ses armes pour fuir et, comme trophées, les coquins du roi n'ont repris que cinq tambours, enlevés au régiment de marine, et des chevaux démontés. Ils ont perdu plus de gens que nous, dans cette bataille, et, pour se venger, ils ont égorgé trois prophétesses qui suivaient la troupe de Cavalier. Ils ont laissé leurs cadavres au milieu de ceux des soldats et des camisards, entassés les uns sur les autres. L'une portait une robe noire, et les deux autres étaient habillées de blanc. Voilà ce que nos frères m'ont dit. »

Jean-Pierre n'écoutait plus le récit de son compagnon. Il balbutiait le psaume XXV, celui dans lequel « pressé de ses péchés et de la malice de ses ennemis », comme il était dit dans le Livre, David priait le Seigneur pour lui-même et pour son peuple.

A Toi, mon Dieu, mon cœur monte,
En Toi mon espoir ai mis ;
Fais que je ne tombe à honte
Au gré de mes ennemis.

∴

Dans le même moment, les quatre officiers-majors de *La Superbe* qui mangeaient à la table de leur capitaine, parlaient aussi de cette bataille de Nages.

« Il paraît qu'ils ont mis un acharnement incroyable à se faire tuer sur place, disait M. de Marle. Je tiens ces détails d'un lieutenant des vaisseaux que j'ai rencontré tout à l'heure. Ce gentilhomme a eu la jambe brisée avant l'affaire où sont régiment a péri. Ce qui lui a valu de ne pas être tué pour permettre à M. de Lajonquière de faire ses preuves de bon cavalier. Il sait, de la façon la plus sûre, comment les choses se sont passées, le 16 avril, il y a un peu plus de deux mois, dans la plaine de la Vaunage.

Aucune troupe réglée n'aurait accepté de se battre dans la situation où se sont trouvés ces fanatiques. Montrevel, sans doute furieux d'avoir à laisser la place au maréchal de Villars, avait rameuté contre eux ses meilleures troupes, et les avait encerclés à grande distance. M. de Grandval, parti de Lunel avec les dragons de Firmacon, ceux de Saint-Sernin et le régiment de Charolais, y a fait merveille. C'est lui qui a engagé le combat, permettant à M. de Sandricourt qui venait de Nîmes avec des Suisses et des dragons de prendre les rebelles à revers. D'un autre côté, le régiment de Hainaut et le bataillon irlandais leur interdisaient la retraite. Ils auraient dû rester sur la place, jusqu'au dernier. Si les deux tiers d'entre eux ont pu se sauver, ils le doivent à leur courage. Les nôtres n'ont pas fait quartier et se sont battus en furieux. Charolais a chargé, baïonnette au bout du fusil. Il s'agissait de venger le régiment des vaisseaux. Mais ces croquants se sont défendus pied à pied, avec une habileté incroyable. On aurait cru qu'ils étaient conduits par quelque grand capitaine, quelque Turenne ou quelque Condé des montagnes.

— Est-ce de ce gardien de cochons, de ce pétrisseur de farine qu'on appelle Jean Cavalier dont vous faites ainsi l'éloge ? demanda M. d'Autigny, avec une pointe d'humeur. Ces gens de rien seraient-ils instruits dans l'art de la guerre ?

— Je ne fais que répéter ce qu'un gentilhomme vient de me dire.

— Si c'est un officier des vaisseaux, il doit être porté à surestimer l'adversaire, pour justifier le désastre de son régiment.

— Il n'est pas le seul à le faire. Le maréchal de Villars, arrivé dès le lendemain, a voulu parcourir ce champ de bataille pour juger, en suivant les traces des morts, des manœuvres de l'ennemi. Il paraît qu'il ne cachait pas son admiration pour Jean Cavalier. Comment ces gens de rien, disait-il, exactement comme vous venez de le dire, ont-ils appris l'art de la guerre, pour s'être conduits, dans ces circonstances délicates, comme l'aurait pu faire un grand général ? Et le soir, rassemblant tout son monde autour de lui, il a dit, en montrant ces lieux de carnage : « Vraiment, messieurs, voilà qui est digne de César. »

— On sait que le maréchal, répondit M. d'Autigny, avec toutes ses vertus, est un animal glorieux. Il y a en lui du bateleur et du matamore. Il a voulu glorifier par avance les succès qu'il escomptait remporter.

— Et qu'il a déjà remportés, en moins de deux mois de campagne, puisque ce Jean Cavalier s'est rendu à lui avec les gens de sa troupe.

— Avec une partie seulement. Ravanel et Catinat battent toujours la campagne, avec ce Roland et ce Castanet qui ne veulent rien entendre.

— Le maréchal semble devoir son succès à la négociation plus qu'à la force des armes. On ne sait pas ce qu'il a promis à ce Cavalier et à ceux qui ont bien voulu le suivre. Il paraît qu'ils pratiquent ouvertement leur religion, comme pour narguer les bons catholiques. Ce ne sont que sermons, chants de psaumes et de cantiques, et délires de prophétesses qui parlent au Tout-Puissant comme si elles couchaient avec lui. Heureusement que le roi restera le dernier juge, et n'accordera que ce qu'il veut accorder.

— Si des promesses leur ont été faites par le maréchal de Villars, comment le roi pourrait-il les révoquer, alors que ces gens, en mettant les armes bas, se sont placés sous sa sauvegarde ? murmura l'aumônier.

— Le bien de la religion doit passer avant toute chose, mon père, et vous seriez le dernier à ne pas vouloir que Sa Majesté confirme des promesses inconsidérées qui porteraient atteinte aux droits de l'Eglise, répondit M. d'Autigny.

— Là-dessus, je me suis laissé dire pas mal de choses, reprit M. de Marle. Il paraît que ces fanatiques prétendent avoir reçu du maréchal de Villars des assurances formelles. Le pardon général ? On peut en tomber d'accord pour ceux qui rendent leurs armes. La chose est dans les usages. Mais la liberté de tous ceux qui sont détenus pour cause de religion, c'est une tout autre affaire. Faudra-t-il, pour faire plaisir à ce Cavalier, qu'on rende la liberté à nos galériens huguenots ? Ce serait désarmer une grande partie de nos galères. Quant à la liberté de conscience, comme ils disent dans leur jargon, ce serait détruire l'Etat et la religion. Ce qui paraît plus sérieux, et qui est peut-être la clef de toute l'affaire, c'est que ledit Cavalier reçoit une commission de colonel et doit aller combattre en Espagne. Ses troupes sont déjà traitées comme des troupes du roi. Elles sont entretenues sur ce pied dans tous les villages où, après avoir gaillardement festoyé, ces brigands chantent leurs psaumes et vont assister au sermon.

— Autrement dit, tout est livré au désordre, répondit M. d'Autigny. Mais les autres chefs, que font-ils ?

— On a promis à Roland qu'il serait fait colonel, s'il se rendait avec tous les gens de sa troupe. Les autres chefs seraient lieutenants-colonels, majors, capitaines ou lieutenants. Mais, jusqu'au jour d'aujourd'hui, tout ce beau monde est encore dans les montagnes, fusils bandés et pistolets à l'arçon.

— Eh bien, messieurs, je vais faire une prophétie, comme le font ces canailles, dit M. d'Autigny, en riant sans joie. Tous ces gens vont faire la paix. La mariée est trop belle ! Une commission de colonel ! Comment ces rustres pourraient-ils résister à pareil appât ? L'an prochain, nous les verrons à Versailles où ils viendront pour faire leur cour, et disputeront le pas à des gentilshommes qui ne seront pas colonels. »

∴

Le lendemain matin, Ioussouf demanda la permission d'aller en ville, pour voir M. Bernier, le marchand de cuir chez lequel il travaillait pendant la saison d'hiver. Cette permission lui fut accordée sans peine, et, quelques heures après, il était pris dans le piège que lui avait tendu l'intendant.

Comme il sortait de chez son patron, il fut arrêté par des archers. Fouillé aussitôt, on trouva sur lui une grosse somme, répartie déjà en petits paquets, ainsi qu'une feuille de papier couverte de signes mystérieux. Une demi-heure après, M. de Montmort essayait d'abord de le séduire, en lui promettant l'impunité, s'il dénonçait ses complices. Mais Ioussouf, après avoir déclaré, contre toute vraisemblance, que cet argent était sien, se barricada de silence. Un sourire passait parfois sur ses lèvres. Il semblait être ailleurs que dans le bureau de l'intendant. Celui-ci cessa de ruser et, cédant d'un coup à sa nature profonde, menaça Ioussouf des pires supplices.

« On saura te faire parler, hurlait-il. Ton corps est fait de sang et de nerfs. On t'arrachera tous tes nerfs. On te videra de ton sang et, pour finir, on te coupera la tête, pour que ton Dieu ne puisse pas t'emporter dans ton paradis. »

Ioussouf souriait toujours. Il continua même à sourire quand les aides de l'intendant le rouèrent à coups de nerf de bœuf. Il n'était plus qu'une plaie, des pieds à la tête, quand on le jeta dans un cachot rempli de scorpions et d'araignées. Il n'avait pas dit une parole, mais l'argent qu'on avait trouvé sur lui était plus éloquent que tous les aveux.

Tandis que Ioussouf était encore chez l'intendant, M. Bernier était arrêté, garrotté, battu, sa maison fouillée de fond en comble, ses employés rudoyés, sa femme et sa fille menacées, insultées, puis gardées à vue par des gens de police qui mettaient la cave et l'office au pillage, comme ils l'auraient fait en pays conquis.

Quand M. de Montmort apprit la qualité du principal suspect de cette mystérieuse affaire, sa colère devint fureur. M. Bernier était estimé de tous et passait pour bon catholique. Aucun doute, pourtant, n'était possible. Les deux marchands de Genève étaient en relations suivies avec lui, depuis très longtemps, et l'on sut par ses employés qu'ils étaient venus le voir, lors d'un précédent voyage. C'était à lui que l'argent qu'ils portaient sur eux était destiné. C'était lui qui avait donné à Ioussouf les pièces d'or et d'argent qu'avait saisies la police. Tout était clair. Restait à trouver les complices de cette conjuration. Restait surtout à comprendre les mobiles de ce marchand que nul n'aurait soupçonné s'il n'avait été pris sur le fait et comme livré par une série d'évidences.

M. de Montmort fut assez maître de lui pour laisser ce malheureux s'enferrer. Celui-ci reconnut avoir donné de l'argent à Ioussouf, pour venir en aide aux forçats de *La Superbe*.

« Quels forçats ?

— Les forçats !

— Les pires de tous, se mit à hurler M. de Montmort. Tes forçats sont les huguenots, les chiens, les obstinés, les âmes damnées, les hérétiques, les opiniâtres. On sait tout ça par les marchands de Genève. Ils ont tout dit. Maintenant, c'est à ton tour de parler. »

Comme Ioussouf, le marchand de cuir se barricada de silence. Non, il n'avait pas de complices. Tout l'argent venait des gens de Genève et de sa propre cassette.

« Tu mens, hurlait M. de Montmort, perruque de travers, justaucorps déboutonné. On a fait parler tes commis. On sait que tu reçois aussi de l'argent par l'intermédiaire d'une femme. Par la grâce des nerfs de bœuf, ils ont été formels là-dessus. Quelle est cette femme ? Tu vas nous dire son nom, ou tu pleureras d'être né. »

Dans sa fureur, M. de Montmort arracha le nerf de bœuf qu'un des argousins qui l'entouraient tenait à la main et, perdant tout contrôle de lui-même, il se mit à frapper M. Bernier au visage. En un instant, le sang ruissela sur les joues de ce malheureux. L'intendant, en voyant cela, ne fit que redoubler de violence. Il haletait et poussait des cris inarticulés. Les argousins en avaient l'âme entre les dents. Alors qu'ils auraient roué de coups n'importe qui, sans en être émus le moins du monde, ils étaient frappés de stupeur en voyant un grand seigneur faire, devant eux, métier de bourreau.

« Tu parleras ! criait l'intendant des galères. S'il le faut, on t'arrachera les yeux et les ongles. Je veux savoir le nom de tous tes complices. Je veux surtout savoir quelle est cette femme dont tes domestiques ont parlé. Il faut que je mette la main sur cette prostituée. »

Aveuglé par le sang, les oreilles bourdonnantes comme des conques marines, les jambes brisées par le coup de foudre qui venait de dévaster sa vie en quelques minutes, le marchand de cuir rassemblait ses dernières forces pour rester debout devant son persécuteur.

« Pourquoi as-tu fait ça ? vociférait l'intendant, en scandant sa phrase à grands coups de nerf de bœuf. Qu'est-ce qui t'a poussé à donner de l'argent à ces chiens ?

— La charité, répondit M. Bernier, en entrouvrant avec peine ses lèvres tuméfiées.

— La charité ? beugla M. de Montmort. La charité ! reprit-il comme si le misérable qui titubait devant lui avait proféré un exécrable blasphème. On t'en fera manger de la charité ! Puisque tu aimes tant les forçats, tu finiras ta vie aux galères... A vie, à vie... »

Le seul fait d'avoir proféré cette menace fit retomber sa fureur. « A vie, à vie... » bredouilla-t-il plusieurs fois en jetant à terre le nerf de bœuf.

« C'est la peine prévue pour ceux qui font ce que tu as fait, et tu dois la mériter plusieurs fois, car je suis sûr que, bien que faisant profession d'être bon catholique, tu dois donner dans toutes les hérésies.

— J'appartiens à la Sainte Eglise catholique, apostolique et romaine, répondit le marchand de cuir, à bout de souffle, avec la ferveur d'un chrétien des premiers siècles.

— Qu'on l'emmène », dit l'intendant d'une voix sifflante, comme s'il avait été lui-même sur le point de défaillir. Il semblait plus épuisé par ces quelques instants de violence qu'il aurait pu l'être par des heures de volupté. « Mettez-le dans les ceps, reprit-il. Les fers aux pieds. Les fers au cou. Aussi serré que possible. Au pain et à l'eau, à partir de demain soir seulement. Sans qu'il puisse parler à personne. Que sa prison soit plus fermée qu'un tombeau. »

Dès que le malheureux eut été traîné hors de la pièce, maintenu sous les aisselles, les jambes raclant le sol, M. de Montmort donna calmement ses ordres aux gens de police qui avaient lancé ce maître coup de filet.

« Voilà ce qui s'appelle mener une affaire au galop de charge ou, pour mieux dire, à la grande-vogue. Les principaux coupables sont entre nos mains. Reste à ramasser les autres complices. Vous allez surveiller étroitement la femme et la fille de ce renégat. Tenez garnison chez elles, et qu'elles servent d'appât. Faites rendre l'âme de terreur à leurs domestiques. Ils n'ont pas l'air d'avoir beaucoup résisté à vos premières questions. C'est à eux de vous désigner les suspects. Je veux surtout qu'on mette la main sur la femme dont l'un d'entre eux a parlé. Quand une femme est dans un complot, on peut être presque assuré qu'elle doit en être l'âme, surtout si les conjurés vous parlent de charité et de fariboles semblables. Ça sent la femme à plein nez. »

Cette phrase de l'intendant mit en joie les archers et les argousins qui formaient autour de lui une petite cour crapuleuse.

« Ça sent la femme à plein nez ! disaient-ils avec de gros rires, en se donnant des bourrades.

— Attendez, reprit M. de Montmort après avoir réfléchi un instant. Pour faire parler une garce, même si elle est de bonne maison, rien ne vaut une autre garce, si elle est encore plus garce qu'elle. Vous allez m'avertir l'Aragne, la ribaude du comite de *La Superbe*. Vous savez, cette grande bringue généreuse qui n'hésite pas à besogner avec des forçats, quand ils ont un peu d'argent dans les poches. Elle nous a souvent rendu des services. Qu'on la place chez ce Bernier comme une feinte servante, et quand la femme viendra, qu'elle la fasse parler en lui donnant confiance. Elle en a la bonne pratique et n'est pas à son coup d'essai.

— Je la trouverai aux Accoules, rue de Rompecul, et je lui ferai connaître vos ordres, répondit un des archers.

— Quant au Turc, reprit M. de Montmort, qu'il pourrisse dans son cachot, et qu'on me fasse venir le capitaine de *La Superbe*. J'aurai plaisir à lui raconter comment nous avons réglé cette histoire, en moins de temps qu'il n'en faut à sa galère pour sortir du port. »

∴

Depuis des heures, déjà, le marchand de cuir et Ioussouf tremblaient de fièvre, au fond d'une basse-fosse, sous l'hôtel de l'intendant, et personne, dans la chiourme de *La Superbe*, ne se doutait encore de ce qui leur était arrivé. Le seul souci des galériens pour la foi était de recueillir quelques nouveaux détails sur ce qui s'était passé, en Cévennes, pendant les trois derniers mois. Ils déployaient, pour cela, une activité merveilleuse, interrogeant tous ceux qui venaient à bord de la galère, recoupant les renseignements obtenus par chacun d'entre eux, reconstituant, bribe par bribe, le récit d'une foisonnante épopée dont tout un peuple était le héros.

Si Jean Cavalier occupait maintenant le centre de ce drame, il n'était pas le seul à y jouer un grand rôle, et si les galériens de *La Superbe* cherchaient à savoir ce qu'il avait fait, ils voulaient savoir aussi ce qu'allaient faire les autres, Roland surtout, avec Castanet, Jouani, Ravanel et Catinat. Ce n'était même pas le sort de ces chefs de guerre qu'il leur importait de connaître, mais celui du petit peuple errant dans les ruines de ses villages, à travers un pays dévasté par deux ans d'incendies et de massacres. Les cendres du désespoir avaient-elles éteint dans les cœurs les flammes de l'espérance ? Les enfants de Dieu continuaient-ils à se battre pour la liberté de conscience ? Jean Cavalier avait-il obtenu du roi cette liberté sans laquelle la liberté n'était qu'une tromperie ?

« Si Cavalier a signé la paix, c'est qu'on lui a donné des assurances, disaient les plus confiants.

— Il en aurait pu exiger, s'il avait traité après sa victoire de Martignargues, répondaient les plus craintifs, mais il l'a fait après avoir éprouvé d'horribles désastres. »

Ces désastres se précisaient d'heure en heure. Ni les argousins ni les comites ne faisaient rien pour empêcher les galériens huguenots de les connaître. Ils étaient les premiers à les raconter devant eux, en poussant des éclats de rire, en s'appliquant à donner tous les détails qu'on avait pu leur apprendre.

« Après avoir reçu la frottée devant la ville de Nages, Jean Cavalier a tenté de rallier les derniers débris de ses troupes dans les environs d'Euzet. Il y avait installé une sorte d'hôpital et de grands dépôts de vivres et de munitions, au fond d'une grotte. Nos soldats se sont emparés d'une vieille femme qui allait et venait dans les bois. On la voyait passer avec un panier à la main, ou avec une corbeille sur la tête, comme quelqu'un qui cherche des champignons. Elle a d'abord nié d'être en commerce avec les rebelles, mais quand on a menacé de la prendre, devant le gibet et le nœud de corde, elle a cessé de mentir, et c'est elle qui a conduit nos soldats jusqu'à l'entrée de ces grottes où ils ont trouvé les fanatiques.

— Que voilà un bon élixir de vérité ! disaient les argousins en riant. Les miquelets ont été les meilleurs médecins du monde. Pas de clystère, ni de julep. Rien que des saignées. Ils ont guéri les blessés entassés dans cet hôpital, mieux que toute une faculté n'aurait su le faire. Ce n'est pas pour rien qu'ils ont des bonnets pointus, et des bistouris de grande taille. Tous les rescapés de la bataille de Nages ont été soulagés de leurs blessures, en un tour de main. On n'a jamais vu des morts souffrir de leurs plaies. »

Les huguenots, consternés, écoutaient le récit de ces massacres. La défaite des camisards avait déchaîné une fantastique tuerie. Après l'égorgement des blessés dans la pénombre des grottes, les vainqueurs s'étaient acharnés sur le village d'Euzet. Ses habitants avaient été passés au fil de l'épée, des nourrissons aux vieillards couchés dans leur lit, ses maisons pillées et détruites et, le soir, le seul être vivant qu'on pouvait voir errer dans ces ruines était la vieille femme au panier qui avait guidé les miquelets vers les grottes.

« Les soldats sont revenus à Alès en portant les oreilles de ces rebelles enfilées à leurs baïonnettes. C'était comme des brochettes de rognons. On n'avait jamais vu d'aussi galants chapelets. Le même jour, une autre bande de ces brigands a été écrasée, au Pont-de-Montvert, et il en est resté des centaines sur le carreau.

— Tant à Euzet qu'à Magestavols, un lieu perdu dans le fond de leurs montagnes, on a mis la main sur toutes les provisions qu'ils avaient entassées au fond des cavernes. Rien qu'à Euzet, on a trouvé plus de trente charges de blé, des monceaux de châtaignes sèches, de la farines, des fèves, vingt tonneaux de vin, presque autant de pièces d'eau-de-vie, des morceaux de lard pendus à la voûte, enfin de quoi nourrir plusieurs régiments et de quoi soigner les blessés de plusieurs batailles, de la charpie, des drogues et des onguents.

— Ils avaient entassé tout ça pour qu'on puisse mieux le leur prendre. Ils ont perdu aussi plus de quinze quintaux de poudre, du soufre, du salpêtre, du charbon de saule et tout un attirail de mortiers et de moulins.

— Belle journée pour le roi et pour les honnêtes gens », disaient les proyers et les comites, les soldats rongés par la baude et les argousins dont la conscience était à vendre pour deux sous.

∴

Ni Denis Ustain, ni Jean-Pierre, ni aucun des galériens pour la foi de *La Superbe*, ne pouvait mettre en doute ces désastres. La fortune de la guerre avait changé, comme change le vent dans le golfe. Le bras de chair était retombé. Le Dieu des armées venait de livrer son peuple aux outrages de l'ennemi !

« Que sa Volonté soit faite ! disait Jean-Pierre.

— Ses desseins sont impénétrables ! » murmurait le laboureur de Frontignan.

Jean Cavalier avait donc été vaincu et, cependant, les récits de son entrevue avec le maréchal de Villars ranimaient l'espérance au cœur de ceux qui n'avaient plus que leur foi pour faire face à l'écroulement de leurs espérances terrestres.

« Quand Jean Cavalier a rencontré le maréchal de Villars, dans les jardins du couvent des Récollets, aux portes de Nîmes, il est arrivé avec une escorte de gardians. Catinat les commandait, monté sur le beau cheval de Lajonquière. Un peuple immense encombrait les avenues, comme si un prince avait fait son entrée dans la ville. Le chef camisard avait le maintien d'un adolescent au milieu de ses gardes à l'air farouche. Il a su traiter d'égal à égal avec celui qui représentait le roi de France. Après avoir rangé ses soldats en face des siens, quand le maréchal s'est découvert, il s'est découvert aussi. Quand Villars a recoiffé son chapeau, il a remis le sien sur sa tête. Pendant ce temps, Catinat faisait cabrer son cheval, et regardait les dragons d'un air terrible.

— Frère, disait Jean-Pierre à son compagnon de chaîne, dans tout cela, je ne vois que les vanités du monde. Le Seigneur ne se soucie pas de savoir si Jean Cavalier avait mis un justaucorps ventre de biche, tout galonné d'or, avec une culotte écarlate et une ample cravate de mousseline, ni si son chapeau était assorti d'une plume blanche. Les enfants de Dieu n'ont que faire de ces hochets. Ils auraient pu paraître en corps de chemise et en pantalons de cadis. Ce qu'il fallait, c'est qu'ils tiennent ferme, et qu'ils exigent que la liberté de conscience leur soit rendue.

— On dit que le maréchal en a donné l'assurance. Le roi ne voudra jamais que nous relevions nos temples, mais il nous permettra le culte intérieur, en esprit et en vérité. »

Jamais, même aux temps où ils n'espéraient aucun secours, à l'époque où ils faisaient don à Dieu de toute leur existence terrestre et ne vivaient, déjà, que pour la vie éternelle, les galériens pour la foi ne s'étaient sentis plus abandonnés par les hommes qu'ils ne le furent pendant ces jours d'attente et d'incertitude.

« Si la liberté de conscience était rétablie, on aurait déjà fait tomber nos chaînes, pensaient les plus résignés. Mais leur résignation avait été corrodée par l'espoir pendant de longues années et tout était à recommencer, au fond de leurs âmes.

— Seigneur, Seigneur, que ta volonté soit faite. »

***

M. d'Autigny eut une scène orageuse avec l'intendant. Celui-ci aurait voulu faire arrêter sur-le-champ tous les huguenots de *La Superbe* et les faire passer à la bastonnade. Il aurait été heureux de voir s'ils résistaient encore à la centaine de coups de bâtons qu'il voulait leur faire donner, comme entrée de jeu, avant même de les livrer à leurs juges.

En sa qualité d'officier du corps des galères, homme de guerre et de mer, M. d'Autigny n'avait que mépris pour les hommes de police et ne voulait pas se commettre à prêter la main à leurs basses œuvres.

« Monsieur, j'ai de dix à quinze huguenots sur les bancs de ma galère. Ils ont commis une faute en recevant de l'argent. Il convient de les punir pour cela. Ils le seront par mes ordres et les soins de mes comites. Mais j'ai besoin de leurs bras, car je dois reprendre la mer pour garder les côtes du Languedoc où des vaisseaux anglo-hollandais ont l'air de préparer quelque chose. Je dois serper les fers, demain, à l'aube. Les ordres que j'ai reçus ne sauraient souffrir de retard. Je partirai avec une chiourme au complet. Vous n'avez pas de quoi remplacer mes religionnaires, avec les infirmes et les débiles que vous avez en dépôt sur votre *Vieille-Réale*. Ne craignez rien, cependant, car mes chiens de huguenots recevront leur juste salaire, pendant toute cette campagne. Vous pouvez en être assuré, ils auront plus de coups que d'avoine. A mon retour, vous aurez mis la main sur tous les complices de ce marchand de cuir et de ces marchands de Genève. Ces gens-là sont les vrais coupables. On leur fera leur procès et si l'on veut, celui de mes huguenots. Je ne craignais que de les voir s'évader, grâce à l'argent que l'on aurait pu leur remettre. C'est un souci qui ne me tourmente plus. Je vais donc faire la guerre, puisque tel est mon état et que le service du roi le commande. Quant à vous, puisque vous faites métier de jeter les gens en prison, arrêtez tous ceux qui ont tramé cette affaire et si une femelle doit se trouver dans le lot, tâchez au moins qu'elle soit jolie. »

M. de Montmort ne voulut pas pousser plus loin la dispute. M. d'Autigny lui parlait comme s'il avait été déjà à la mer, et maître à bord, après Dieu, sans aucune discussion possible.

« Gardez vos huguenots, dit-il, mais je garde votre Turc. Avec ce damné Bernier, il est au cœur de l'affaire. Le premier recevait l'argent. L'autre le distribuait. Pour le moment, il ne veut rien dire. Mais on saura bien le faire parler.

— Ne me l'abîmez pas trop, dit le capitaine de *La Superbe*. Je n'ai jamais vu meilleur vogue-avant. Vous savez déjà tout ce qu'il pourrait vous dire, s'il consentait à parler, ce qu'il ne fera que s'il veut le faire. Il est sans doute le seul à ne s'être pas parjuré en ces circonstances. Après tout, il n'est ni chrétien, ni sujet du roi.

— Quel intérêt l'a-t-il donc poussé dans cette affaire ?

— Aucun, monsieur, si ce n'est l'espoir d'être agréable à son Dieu. Ce n'est pas un More d'Alger, ni de Tripoli. C'est un Turc fin de l'espèce la plus fine. J'ai, pour ma part, quelque considération pour cet homme, dur à la mer, brave au combat. Je vous salue, monsieur. Je donne signal à l'aube et dois veiller aux dernières dispositions qu'il faut prendre, avant de remettre en mer. Dans trois mois, à notre retour, nous achèverons cette affaire. »

⁂

M. de Maroulles était allé jusqu'à Aix, au triple galop, pour voir les grands-parents de Lucrèce. Pressé par le temps, il n'avait pu leur faire qu'une visite hâtive, leur présenter ses respects, s'enquérir des nouvelles de leur santé, et leur demander comment se portaient M. et Mme de Montal, ainsi que leur fille, respectueusement, sans trop insister, comme il convenait à un amoureux qui ne s'était pas encore ouvertement déclaré. Les Montal se portaient bien. Le père et la fille étaient en voyage et l'on attendait leur retour. M. de Montal avait voulu profiter des événements plus favorables pour aller toucher les fermages des terres qu'il possédait non loin de Florac, dans le coin le plus désolé des Cévennes. Lucrèce l'avait accompagné, ce qui n'était pas très raisonnable mais il fallait bien reprendre contact avec les fermiers qui, depuis deux ans, n'avaient pas payé leurs redevances. La reddition de Jean Cavalier permettait d'espérer que le calme allait revenir, et les terres des Montal n'avaient pas été ravagées par la guerre. Sans doute, il restait encore des bandes qui battaient les bois et les montagnes, des gens de ce Castanet et de ce Roland, toujours redoutables. Mais les Montal avaient des amis dans la région, à

Anduze, à Saint-Jean et à Florac, et ils avaient cru pouvoir faire ce voyage en toute sécurité. Si M. de Maroulles avait un peu de temps devant lui, il pouvait aller présenter ses respects à Mme de Montal, qui passait l'été dans son château, un peu éprouvée par les chaleurs et les moustiques, mais qui serait sûrement très heureuse de le voir. M. de Maroulles était désolé de ne pouvoir pousser plus loin son voyage, mais il lui fallait rejoindre Marseille aussi vite que possible, car *La Superbe* allait reprendre la mer. Il repartit donc aussitôt, heureux d'avoir vu les grands-parents de Lucrèce, mais ravagé d'inquiétude en pensant à tous les dangers que la jeune fille avait pu trouver sur sa route.

« Vous savez, lui cria l'ancien conseiller, que c'est la fille la plus intrépide de la Camargue. Il faut que chacun obéisse à sa nature. Elle n'a peur ni des bêtes sauvages, ni des hommes.

— Je sais », répondit le jeune officier en enlevant sa monture.

Quand il franchit la planche de *La Superbe*, M. d'Autigny venait d'arriver de chez l'intendant.

« Il n'est plus question, messieurs, qu'aucun de ces chiens puisse s'évader. On a mis la main sur celui qui leur faisait passer de l'argent, et sur Ioussouf qui lui servait de commissionnaire. M. de Montmort trouvera tous les affidés de ce complot. Le principal semble être une femme, et pas une femme de rien, à ce qu'il paraît. M. de Montmort est en train de lui tendre un trébuchet où la malheureuse se fera prendre. On va la livrer à cette Aragne qui est la commère de notre comite et qui connaît le métier d'espionne encore mieux que le métier de putain, ce qui n'est pas un mince brevet, car elle est une des plus grandes en cet art, dans la bonne ville de Marseille, où il est à sa perfection. Je suis sûr qu'elle engluera tous ceux qui sont compromis dans cette affaire. A part les deux Genevois qui sont pourris par les hérésies de Calvin, il paraît que tous ces gens font profession d'être catholiques. Toutes les religions semblent avoir ourdi ce complot. On y trouve des huguenots, des catholiques romains et des sectateurs d'Allah. Il n'y manque que des païens, mais on finira bien par en trouver quelques-uns. M. de Montmort en fait son affaire. Il a du goût pour ces basses-œuvres. Quant à nous, nous prenons la mer, dès demain matin, pour aller courir sur les côtes du Languedoc. Le duc de Savoie fait de gros préparatifs à Nice et à Villefranche. Il y a là une troupe de réformés, français de naissance, qui voudraient porter secours aux rebelles. Ils ont équipé trois tartanes que protégeront cinq frégates anglaises, et voudraient prendre terre entre la Camargue et la Catalogne. On a su que des fanatiques des montagnes sont descendus dans la plaine où, mêlés aux moissonneurs, ils sont prêts à favoriser cette descente. M. de Bâville en a fait saisir un grand nombre, en les reconnaissant à leur mine, et les a fait pendre aussitôt. Le chevalier de Roannez veille sur la côte, avec ses quatre galères. Nous devons croiser à la hauteur d'Aigues-Mortes, sans donner la collation et la symphonie à de belles visiteuses, car les temps ne s'y prêtent pas... Maintenant, il faut que je parle au comite. Monsieur du Cairon, voulez-vous aller le chercher ? »

Quand le comite pénétra dans la chambre du carrosse, son dos de géant ployé en signe d'humilité, sa tête inclinée en avant et ses deux mains jointes, M. d'Autigny reprit son discours :

« Ecoute-moi, Tustaïre, nous serpons les fers, dès demain matin, aux premières lueurs de l'aube. Que tout soit prêt quand on abordera la bandière de partance. En attendant, fais-moi fouiller tous ces chiens de huguenots qui sont dans ta chiourme, et de si près qu'ils ne puissent dissimuler un grain de poussière. Ce dont je veux être sûr, c'est qu'aucun d'entre eux ne garde par-devers lui la moindre somme d'argent. Qu'on tombe sur eux d'un coup, dans le même instant, et n'épargne pas les coups de corde. A partir de ce soir, et pendant toute cette campagne, tu peux les mener plus dur que tu ne l'as jamais fait. Laisse-leur la force de ramer, mais enlève-leur tout le reste, sauf leurs deux yeux pour pleurer. Quant à Ioussouf, il ne rejoindra pas *La Superbe*. On va t'envoyer un vogue-avant pour le remplacer, et ne cherche pas à comprendre. Obéis, cogne dur, trouve-moi l'argent de ces huguenots, même s'ils l'ont caché dans le fond de leurs entrailles, et je te pardonnerai de ne rien avoir compris quand tu aurais dû comprendre. »

Quelques minutes plus tard, dans le même instant, au signal d'un coup de sifflet, tous les huguenots de *La Superbe* recevaient une avalanche de coups. Aveuglés, hagards, assommés, ils étaient aussitôt dépouillés de leurs vêtements et les comites, les proyers et les argousins les fouillaient des pieds à la tête, ouvrant leur bouche, à la façon dont les maquignons en usent avec les chevaux, sondant leur fondement en disant des obscénités, tâtant leur toison, ouvrant leur prépuce, poussant des cris de joie quand ils découvraient quelque piécette d'argent. Après cela, tandis que les galériens, nus comme des vers, se tenaient debout devant leur rame, tout était fouillé, autour d'eux, jusqu'aux ourlets de leurs vêtements, jusqu'à la moindre fissure des planches. Fouille finie, ils reçurent encore une averse de coups de corde, et le comite apporta à son capitaine le maigre butin qu'avaient ramassé ses acolytes. Ce n'était que quelques pièces d'argent, des livres de prière, deux ou trois Bibles et le livre de psaumes de Jean-Pierre.

« C'est bien, dit le capitaine, et ne les tiens pas pour quittes. Ils n'ont pas fini de payer. »

Denis Ustain avait été entraîné loin de Jean-Pierre qui restait seul, entre le Croc et l'Avocat. Tandis que le malheureux était en train de remettre ses vêtements, il vit un nouveau vogue-avant s'installer à la place de Ioussouf et comprit ce qu'il n'avait pas été capable de comprendre sous les coups et les brutalités des argousins.

« Seigneur, Seigneur, murmura-t-il, en formant chaque mot sur ses lèvres, pour être sûr d'être mieux entendu par Dieu, comptez Ioussouf au nombre de vos serviteurs, bien qu'il n'ait pas reçu les lumières de votre grâce. » Mais, tout d'un coup, une autre pensée lui glaça le cœur : « Le frère Cavalier n'a rien obtenu. Il nous a trahis, ou il a été trahi par ceux auxquels il a fait confiance... S'il avait fait la paix en vainqueur, on ne nous traiterait pas comme ça... Seigneur, Seigneur, que ta volonté soit faite ! »

XIV

LUCRÈCE DANS LES MONTAGNES

DANS les derniers jours de ce mois de juin, s'il avait fait gros temps sur la mer, les montagnes semblaient plus belles qu'en aucun autre moment de l'année. Des sources jaillissaient du creux de chaque ravine et leurs eaux vives coulaient au fond des hautes vallées, en faisant des franges d'écume au pied des roches polies par les crues d'automne et d'hiver. Le paysage était gris d'argent. Le feuillage des châtaigniers était tendre comme au printemps et, sous le vent qui venait du nord, à petits battements d'ailes, souffle frais traversant la chaleur du jour, toute créature vivante était heureuse de vivre.

C'est cette joie qu'éprouvait Lucrèce de Montal en se laissant bercer par le pas de sa monture. Rênes flottantes, étriers déchaussés, elle rêvait en somnolant à demi, les jambes longues et les mains croisées sur le pommeau de sa selle. Son père marchait à quelques pas devant elle, rêvant aussi. De temps en temps, sur un bout de terrain plat, les deux chevaux se mettaient à trotter l'amble, et la cuisse droite de Lucrèce se portait un peu en avant, tandis que son buste se renversait en arrière. Les bêtes reprenaient le pas dès que le chemin remontait, et Lucrèce entrouvrait alors les yeux pour regarder autour d'elle.

De loin en loin, des maisons éventrées dressaient au bord de la route des pans de murs noircis par les flammes. Une poutre faîtière, à demi calcinée, se découpait parfois sur le ciel, au-dessus de ces murs en ruine. Autour de ces maisons aux toitures effondrées, des arbres fruitiers, sciés à leur base et renversés dans les herbes folles, avaient l'air de gros buissons aux feuillages déjà flétris par l'hiver. Tout faisait alors penser à la guerre, tout était marqué par son angoisse : la solitude des bois, des prairies suspendues sur les torrents, les sommets lointains sur lesquels glissaient les nuages. Le moindre tertre avait l'air d'une tombe à peine refermée, le moindre bruit d'une mystérieuse menace.

« Il nous faut être à Florac avant la tombée de la nuit, dit M. de Montal en se retournant dans sa selle. Si vous n'êtes pas fatiguée, nous pourrions presser notre allure.

— Allez, mon père », cria Lucrèce en enlevant son cheval.

Les deux voyageurs suivaient maintenant un étroit chemin de crête et tout le pays cévenol s'étendait sous leurs regards, énorme chaos de montagnes et d'abîmes, de pics usés et de profondes vallées. L'horizon du sud était barré par les sommets chauves de l'Aigoual, tandis qu'au nord, par-delà la cime du Bougès, s'élevait la haute muraille du Lozère. Tout était vaste et muet. Tout semblait figé dans un fantastique désordre. L'espace avait une profondeur tragique, et de grands oiseaux de proie, portés par le vent, tournaient lentement, dans le ciel, en laissant tomber parfois l'ombre de leurs ailes sur la terre.

Les chevaux reprirent le pas pour grimper un raidillon, et Lucrèce retomba dans sa rêverie. Elle essayait de se souvenir de tout ce qui lui était arrivé pendant ces quelques jours de voyage, extraordinaire aventure qui tenait à la fois de la réalité et des songes.

Après que Jean Cavalier eut mis bas les armes, quand on avait eu moins peur de s'aventurer dans les montagnes, son père avait décidé d'aller jusqu'en Gévaudan, pour toucher les arriérés de ses fermages. Elle l'avait supplié de l'emmener avec lui. Il avait poussé les hauts cris, mais elle avait su le convaincre et c'est ainsi qu'au jour dit, après avoir dépêché devant eux deux de leurs meilleurs domestiques, avec des chevaux de rechange, le père et la fille étaient partis.

« A l'asard, Bautezar ! avait dit Lucrèce en sautant en selle.

— A l'asard ! » avait répondu M. de Montal.

∴

Ils avaient fait étape à Lédignan et s'étaient arrêtés deux jours à Anduze, porte gigantesque des hautes vallées, place forte bâtie au débouché du Gardon dans la plaine. Ils y avaient logé chez de vieux amis, les Hébrard, gens paisibles qui faisaient le commerce des cuirs et laines et dont la haute maison était un refuge de silence.

Cette maison s'élevait sur trois étages, à l'entrée de l'étroite rue Notariée, devant la place des halles, à côté de la fontaine au clocheton recouvert de ces tuiles vernissées qu'on fabrique dans cette ville, avec les beaux vases galbés qui ornent les plus riches jardins du royaume et jusqu'au parc de Versailles.

Le soir, fenêtres fermées et portes closes, Frédéric Hébrard, vieillard triste et doux qui portait la barbe à la mode des jours anciens, leur avait longuement parlé de l'horrible guerre qui venait de ravager le pays, des meurtres, des incendies, des angoisses de la nuit et des surprises de l'aube, du tumulte et de la fureur. En l'écoutant, le père et la fille avaient l'impression d'entendre rouler les tambours au moment le plus solennel des supplices. Ils voyaient des têtes coupées, à toutes les portes de la ville, et il leur semblait que la terreur courait comme un coup de vent du nord, dans les rues où l'on n'entendait plus, au fond de la nuit, que le clapotis de la fontaine.

Les Hébrard n'avaient pourtant pas souffert directement de cette guerre. Nouveaux convertis, ils restaient sans doute fidèles à la religion réformée qu'ils avaient ouvertement pratiquée, jusqu'à la Révocation de l'Edit de Nantes. Aucun vendeur ne les ayant dénoncés, ils avaient échappé à la persécution, mais leur âme en avait été meurtrie, comme par un deuil de famille, et l'on aurait dit qu'ils veillaient un mort dans leur demeure silencieuse.

Le vieillard avait questionné Lucrèce sur ce qui se passait à Marseille. Il s'intéressait surtout aux forçats de la religion, en service sur les galères. Le vieil homme et la jeune fille avaient eu de longs conciliabules, pendant lesquels ils s'étaient parlé à voix basse, comme des gens qui échangent des secrets. A vrai dire, ils avaient déjà beaucoup parlé de ces choses, il y avait un peu moins d'un an, lors d'un voyage d'affaire qui avait conduit M. Hébrard jusqu'à Marseille. Lucrèce lui raconta à nouveau ce qu'elle avait vu sur *La Superbe*, et fit allusion, par hasard, à ce galérien du Pompidou dont M. Bion lui avait raconté l'histoire. Jean-Pierre Chamson ? Le vieil Hébrard l'avait bien connu et connaissait sa famille.

« Allez voir sa femme, en passant. Elle est sans nouvelles de lui, depuis des années. Elle reste au mas Arribal, à côté du Pompidou. Ce sont des gens d'une grande pureté de mœurs. Ils travaillaient leurs terres et ils avaient un métier pour faire des étoffes de laine, comme beaucoup d'autres gens de ces hauts pays. La femme est un exemple de courage et de confiance. Elle s'appelle Sarah. Elle a élevé son enfant et ses deux filles, en travaillant comme un homme. Son enfant est grand, aujourd'hui. Il doit avoir dans les dix-neuf ans. Quant à la plus petite des filles, elle n'avait pas un an quand on a condamné son père. Elle a donc douze à treize ans aujourd'hui, et sa sœur doit en avoir quinze. Si vous allez leur dire que vous avez vu leur père, ces pauvres gens vont vous prendre pour un ange.

— J'irai », avait répondu Lucrèce, en serrant la main du vieillard.

Pendant ce temps, M. de Montal prenait ses dispositions pour continuer son voyage. Il s'agissait de gagner Florac par les chemins les plus sûrs, en veillant à ne pas se laisser surprendre en route par la nuit.

« Ne passez pas par la Vallée Borgne et par Saint-André, avait dit Frédéric Hébrard. Il vous faudrait, pour rejoindre Vébron, traverser les hautes montagnes qui sont derrière l'Aigoual, par les Fons et par Cabrillac. C'est une région sauvage où vous ne seriez pas en sûreté.

— A Saint-André, dit Mme Hébrard, on a vu, dans ces derniers temps, des choses horribles. Le brigadier Planque est tombé sur cette bourgade avec plusieurs bataillons. Des gens du lieu, dont M. du Fesquet, lui ont dénoncé des religionnaires que le brigadier a fait mettre à mort sur-le-champ. On les a jetés dans la rivière qui était grossie par les pluies, et il s'est passé des choses étranges. Le bras droit d'un de ces cadavres est toujours resté hors de l'eau, tendu vers le ciel, sans que les soldats qui s'acharnaient à le faire aient jamais pu le plier. On a vu plus horrible encore. Une fille de dix-huit ans que l'on allait pendre a touché le cœur d'un soldat par son innocence et sa jeunesse. Ce soldat s'est jeté aux genoux du brigadier Planque, en le suppliant de laisser la vie à cette fille qu'il promettait de prendre pour femme. Mais celle-ci, après avoir remercié le soldat, a déclaré qu'elle était l'épouse du Christ et que celui-ci lui tendait les bras pour la faire jouir d'une immortalité bienheureuse... et le brigadier l'a fait mettre à mort aussitôt.

— Ne passez pas par ce Saint-André, répétait le

vieil Hébrard. La mort de cette fille n'y est pas encore oubliée... Quand vous serez à Saint-Jean-de-Gardonnenque, prenez la grande route de Mende qui passe par Camplong et par Saint-Romain-de-Tousques. Elle est parcourue sans arrêt par des muletiers et par des détachements de troupes. Même si vous y rencontriez des gens de Roland ou de Castanet, ils ne vous feraient aucun mal. Ce qu'il faut, c'est ne pas tomber au milieu de quelque désordre. On ne sait du reste pas ce qui va se passer maintenant. Il y a eu de grands mouvements chez les peuples de nos montagnes. Quand Jean Cavalier a eu fait sa paix avec le maréchal de Villars, on leur a dit qu'il fallait qu'ils descendent dans la plaine, du côté de Calvisson, où Cavalier se trouvait déjà avec les siens, et qu'ils seraient libres de servir Dieu à leur guise. Ce grand espoir a été vite déçu. Cavalier n'a pas entraîné les autres chefs à sa suite. Ravanel et Catinat s'étaient déjà mis en marche...

— Catinat ? demanda Lucrèce de Montal.

— Oui, c'est ce gardian du Cailar qui commande la cavalerie camisarde.

— On le connaît, murmura la jeune fille. C'était un des meilleurs hommes de cheval de la Camargue et, pour nous, c'était un ami.

— Il a rencontré Cavalier et l'a accusé de trahison. Cavalier a tiré son sabre, et Catinat a mis le pistolet à la main. On les a séparés à grand-peine. Cavalier est rentré à Nîmes. Catinat a regagné le Désert. Que va-t-il arriver maintenant ? Quand la paix reviendra-t-elle sur nos montagnes ? »

∴

Tandis que Lucrèce évoquait ainsi les souvenirs de ses conversations avec Frédéric Hébrard, le jour baissait lentement et les premières maisons de Florac apparaissaient au lointain. La jeune fille avait l'impression de connaître maintenant tous les secrets de ce pays ravagé par trois ans de guerre. Elle ne se doutait pas, cependant, que tout le long de la route, elle avait été surveillée par des guetteurs de la troupe de Catinat. De col en col, des crêtes au fond des vallées, ils l'avaient suivie sans laisser deviner leur présence. De la maison des Hébrard à la grotte où s'était réfugié Catinat, de mystérieux messages avaient jalonné son chemin. Sans qu'elle s'en doute un instant, les vaincus du Désert avaient assuré sa sauvegarde.

Elle n'avait vu en chemin que des troupes du roi, et des caravanes de mulets descendant vers la plaine ou montant vers le Gévaudan. Les muletiers étaient taciturnes, les soldats joyeux. Ils poussaient des cris en voyant passer cette jeune fille, et certains grommelaient des obscénités, tandis que les officiers lui faisaient de grands saluts, en venant demander à M. de Montal qui il était, d'où il venait, où il allait. M. de Montal se faisait reconnaître, montrait un sauf-conduit, expliquait qu'il se rendait à Florac pour y toucher des fermages.

« La route est libre, monsieur. Les derniers de ces brigands se tiennent terrés dans les bois où nous irons les forcer. Hier soir, nous avons pendu deux garçons de mauvaise mine qui s'étaient enfuis devant nous. Ce sont les dernières mesures du bal et les flûtes et les violons vont bientôt se taire. Ne craignez rien. Nous sommes suivis, à moins d'une lieue, par un autre détachement du Royal-Comtois. Plus loin encore, il doit y avoir des dragons de Saint-Sernin qui battent l'estrade. A Florac, vous serez en sûreté, car la ville regorge de troupes. Vous avez bien fait de passer par cette route. Elle est moins favorable aux embuscades que celles des fonds de vallées. Mais tâchez de faire étape avant la tombée de la nuit. »

Une seule fois, pendant leur randonnée vers Florac, les deux voyageurs étaient tombés sur un officier de méchante humeur qui les avait menacés des pires mésaventures. C'était un lieutenant de dragons, assez avancé dans l'âge, grisonnant et balafré, plus sous-officier d'allure et de ton que les autres chefs de détachements, et peu pressé de mettre la main au chapeau. Il avait interrogé M. de Montal avec une brusquerie militaire, sans cesser de mâchonner une chique qui lui boursouflait la joue et lui empestait l'haleine.

« C'est manquer de raison que de courir les chemins aux temps où nous sommes, finit-il par dire en grommelant. Voulez-vous exposer cette jeune personne au sort de Mme de Miramand que ses bons amis, les Osards, ont égorgée, à moins d'une lieue de Saint-Ambroix, au mois de novembre dernier ? Cette dame avait voulu tenir la balance égale entre les bons sujets de Sa Majesté et les fanatiques. Drôle d'idée ! Elle croyait ne rien risquer de leur part, ce qui ne les a pas empêchés de la massacrer avec sa nourrice. J'étais là quand on a ramené son corps à Saint-Ambroix, au milieu du plus grand concours de peuple qu'on ait jamais vu dans cette ville, ajouta-t-il en regardant Lucrèce. Un coup de pistolet lui avait percé la poitrine, un coup de sabre lui avait fendu le visage et des coups de cailloux avaient défoncé son crâne, mais elle était belle encore et semblait vivante. Voilà ce dont ces gens sont capables. On ne peut se fier à eux pour aucune chose. Rien n'est sacré pour des brigands de leur sorte. Ceci dit, monsieur, bonne route, et que la Vierge vous ait en sa sainte garde.

— Ces soudards ont une curieuse façon de raconter les histoires, dit Lucrèce, en poussant son cheval contre celui de son père. Je me souviens très bien de la mort de cette dame. C'était un ange de charité, aussi belle que bonne, et consolatrice des affligés par la douceur de son âme et la grâce de son visage. Elle était fille du baron de Meyrargues qui habite à côté d'Uzès, alors que son mari résidait à Saint-Ambroix, ce qui l'amenait souvent à aller d'une ville à l'autre, à travers les bois de Bouquet dont Cavalier avait fait un de ses refuges. Plus de cent fois, elle était passée au milieu de ces camisards sans qu'il lui soit fait le moindre mal. Ce sont des bandits de grand chemin, des hommes perdus qui n'étaient ni d'un parti, ni de l'autre, qui l'ont égorgée. Mais Jean Cavalier en a fait bonne et prompte justice. C'est à lui, et non pas aux gens du roi, que les habitants du voisinage ont livré ces criminels qu'il a fait fusiller sur l'heure.

— Je sais, je sais, répondit M. de Montal. Il a même fait exposer leurs cadavres avec un écriteau bien en vue sur leurs poitrines. « Meurtriers de « Madame de Miramand, mis à mort par les ordres de « Jean Cavalier. » On a beaucoup parlé de tout cela, dans son temps. Ce qui est sûr, c'est que tout ce pays sent le meurtre. Chacun peut y tuer à sa fantaisie, sans en rendre compte à personne, si ce n'est à des meurtriers aussi féroces que lui. »

Un long convoi de mulets qui venait du Gévaudan et se rendait à la foire de Beaucaire encombrait le chemin, empêchant Lucrèce de continuer à marcher auprès de son père. Le chef des muletiers, un vieil homme à la barbe drue, aux yeux mangés par une forêt de sourcils, suivait à cheval cette caravane. Il s'arrêta pour saluer les deux voyageurs et pour leur demander s'il faisait déjà chaud dans la plaine. Il semblait n'avoir d'intérêt que pour la route et le temps, la halte du soir et la longueur de l'étape, comme s'il n'avait pas su que la guerre faisait rage de Florac jusque sous les murs de Nîmes.

« Nous venons de Villefort, dit-il avant de partir, et là-bas les soirées sont encore fraîches. Raille de ça ! reprit-il, à la mode du haut pays. Bonne chance dans les montagnes, où l'on respire mieux que dans les terres basses.

— C'est un sage, déclara M. de Montal en reprenant son chemin.

— Je me sens bien loin de cette sagesse, répondit sa fille. Comment oublier tous ces meurtres et tout ce sang ? Comment séparer les victimes des bourreaux quand tout le monde est entraîné dans le crime ? Ces jours-ci, je pense souvent à ce Catinat qui venait nous prêter la main, au temps des ferrades...

— J'y pense aussi. Il paraît qu'il est devenu un des chefs les plus terribles de ces fanatiques. Je comprends tout ce qu'il a fait dans la fureur des combats. Un guerrier a le droit d'être un guerrier, même quand il n'est qu'un rebelle. Sabre à la main, la victoire est au plus vaillant, et ce cavalier du Cailar a fait vingt fois la preuve de sa vaillance. Il a tué Poul. Il a écrasé le régiment des vaisseaux. Mais on dit qu'il a brûlé des églises, tué des prêtres et des nouveaux convertis. Que ferait-il, s'il venait à nous rencontrer dans ces lieux déserts ? Serions-nous, à ses yeux, des amis ou des ennemis ?

— Je ne crois pas que j'aurai jamais peur de lui, dit Lucrèce. C'est sans doute un taureau furieux, mais c'était une bête noble. »

∴

Au fond de la vallée où coule le Tarnon, grossi déjà par les eaux de la Mimente, sous les falaises blanches des Causses, Florac grouillait de soldats. Un gros poste veillait à la porte de la ville. Espions chafouins, sentinelles au fusil bandé, sous-officiers assis à califourchon sur des chaises et des bancs, dévisageaient avec insolence les paysans et les paysannes qui descendaient des fermes perdues sur les Causses, en portant des sacs et des paniers, comme pour un jour de foire.

Un de ces sous-officiers se leva pour jeter un coup d'œil sur le sauf-conduit que M. de Montal avait tiré de sa poche. C'était un joli garçon, avec un visage de fille qui aurait porté de fausses moustaches relevées en croc. Il se donnait des airs de bravache, traînant la botte et faisant sonner le long fourreau de son sabre, mais il devint écarlate quand il se retourna vers Lucrèce.

« Peste, je vois qu'on n'a peur de rien, ni des chevaux, ni des hommes, dit-il, avec un accent qui n'était pas celui du pays. Que voilà une belle bête », ajouta-t-il, en caressant de la main l'encolure du cheval de la jeune fille, et qui n'a pas l'air fatiguée d'avoir fait une longue route pénible.

Même au-delà du poste de garde, la ville avait l'air d'une ville de la frontière, d'une place forte encombrée de réfugiés, de soldats désœuvrés et de détachements en armes. Elle semblait surveiller, du haut de ses murs, un territoire ennemi aux horizons menaçants et, cependant, elle était grouillante de vie, et l'on y sentait à la fois de l'angoisse et de l'allégresse.

Dans les premiers temps de la révolte, ce gros bourg avait connu de brusques alarmes nocturnes. Dans des branles de tocsin et dans le crépitement de la mousquetade, ses habitants avaient protégé la retraite d'une troupe de camisards que poursuivait le comte de Broglie. M. de Bâville avait renforcé sa garnison et la terreur avait ramené le calme. Une chambre de justice y avait siégé, pendant plusieurs mois, dressant des gibets ou mettant la torche au bûcher dans toutes les bourgades du voisinage, au Pont-de-Montvert, à Saint-André de Lancize, à la Devèze et jusque dans des hameaux perdus, pour que, partout, éclate l'horreur des supplices.

Entre Causses et Cévennes, calcaire et granit, cette ville avait marqué la limite entre la région insurgée et les pays où la paix n'avait pas été troublée. Vers le couchant, au long de la vallée du Tarn ou sur les hauts plateaux du Méjean et du Causse de Sauveterre, on ne trouvait guère que des catholiques, et c'est là que M. de Montal possédait des fermes et des terres. Avertis de la venue de leur maître, les pâtres de la Parade et les laboureurs de Caussignac étaient descendus dans la vallée, en portant, dans des sacs de cuir, près de trois années de fermages. Habitués à la solitude des hauts plateaux suspendus au-dessus du monde, taciturnes et renfermés, ces gardiens de troupeaux et ces moissonneurs de seigle ne cachaient pas la joie qu'ils avaient à retrouver M. de Montal et sa fille.

« Ah ! Monsieur, on a cru qu'on ne vous reverrait jamais. Ce n'est pas qu'on ait été trop malheureux, mais on était comme des enfants sans père.

— On ne s'est jamais battu, de notre côté. Quelquefois on a vu passer des petits groupes de ces obstinés, des pauvres gens perdus, mieux fournis de poudre et de plomb que de pain. Ils n'ont jamais cherché à nous faire le moindre mal. On les connaissait tous un peu. On les avait vus ici, au moment des foires, avant ces temps de malheur.

— Comme Mademoiselle est devenue grande... et elle a voulu vous accompagner ? La dernière fois qu'elle était venue avec vous, elle était encore toute petite... et elle a fait toute cette route à cheval ! Si ma femme avait su qu'elle faisait ce voyage, elle serait descendue aussi, rien que pour le plaisir de la voir. Mais, vous savez, elle ne manque pas de travail, avec les bêtes et le train de la maison. Ce remue-ménage a changé nos habitudes. On est revenu aux usages de l'ancien temps. Il a tout fallu faire par nous-mêmes. On ne pouvait plus trouver de journalier. On vivait sur les bras de la famille. Heureusement que tous ces malheurs vont finir... Ça sera peut-être pour changer de peine. Quand on aura retiré tous ces soldats, on vendra peut-être moins bien les récoltes. »

Ces hommes avaient vécu à côté d'une guerre atroce sans en subir les horreurs. Ils avaient vu, du sommet des puys battus par les vents qui dominaient les grands Causses, monter la fumée des incendies ravageant fermes et villages, du côté de Pont-de-Montvert et du Pompidou. Protégés par l'abîme des vallées et les remparts des falaises, ils avaient retrouvé les secrets des modes de vie millénaires. Leur univers n'allait pas au-delà d'une ou deux lieues. Ils faisaient leur pain. Ils mangeaient la chair de leurs bêtes, les fromages de leurs brebis ou de leurs chèvres, et les légumes tardifs des petits jardins blottis contre les maisons et protégés de l'autan par des murs en pierres sèches. Deux fois par an, ils descendaient à Florac, en poussant devant eux leurs troupeaux de bêtes à laine, que suivaient, en faisant tinter leurs clochettes, les mulets porteurs des grains de la dernière moisson.

Catholiques, ils n'avaient vu qu'une entreprise du diable dans la révolte de leurs voisins des Cévennes. L'idée de parler à Dieu face à face n'avait jamais effleuré leurs esprits. Ils croyaient au mauvais œil, et aux maléfices, aux envoûtements et aux sortilèges, aux intercesseurs, aux morts revenus parmi les vivants. Ils gardaient même une dévotion, qui venait du fond des âges, pour la pierre dressée, le signe sur le chemin, le caillou aux formes bizarres, la bouche obscure de l'aven plongeant dans le ventre de la terre, ou le nuage errant dans le ciel. Leur vénération pour l'arbre sacré ou la source miraculeuse les avait préparés au culte des saints et des saintes. Ils n'avaient rien de commun avec les tribus de l'Aigoual et du Lozère qu'animait le souffle de l'Esprit. Ce n'était pas une race de prophètes, mais une peuplade de sorciers. Ils conjuraient les sorts. Ils faisaient alliance avec les esprits de la terre et, cependant, ils se sentaient plus proches des insurgés cévenols, promis à tous les tourments dans ce bas monde et à la damnation dans le ciel, qu'ils ne l'étaient des fusiliers bourguignons ou des cavaliers picards qui ravageaient les montagnes adossées à leurs hauts plateaux.

« Tout ça, disaient-ils, c'est l'œuvre du diable et de ses démons. Il faudra bien qu'on en voie la fin. Pourvu qu'on vende aussi facilement les récoltes quand on aura retiré les soldats. Ce n'est pas tant ce qu'on a gagné, pendant ces dernières années. Mais c'était quand même commode. Il y avait toujours acheteur. »

Ils étaient si contents d'avoir retrouvé leur maître qu'ils avaient payé leurs fermages sans trop se faire prier et sans trop pousser de soupirs. C'était, pour eux, le signe de la reprise d'une vie normale, du retour aux habitudes des anciens jours. Ils aimaient bien M. de Montal. Ils pensaient qu'ils ne pouvaient pas avoir un meilleur maître puisqu'il fallait en avoir un et ils se sentaient liés à lui et à sa famille, depuis des générations. Tout était ainsi depuis plusieurs siècles, et c'est ainsi qu'il fallait que tout continue, au-delà de cette guerre à laquelle ils étaient restés étrangers, mais dont le souffle de feu était passé comme un ouragan sur leurs champs de seigle ou de blé.

M. de Montal avait eu plaisir à les retrouver. Il avait été heureux de les faire connaître à sa fille, comme il les avait connus lui-même, enfant ou jeune homme, quand son père l'emmenait faire une tournée sur les Causses, du côté de Caussignac ou de la Parade, aux beaux jours d'été, quand des milliers de moutons se rassemblaient autour des points d'eau, et que les faucheurs marchaient de front, en chantant, au milieu des épis dorés qu'ils abattaient en cadence. Les fils avaient remplacé les pères, comme M. de Montal l'avait fait lui-même, et leurs enfants paieraient à leur tour leurs redevances à Lucrèce, quand le jour serait venu. Ce seraient pourtant toujours les mêmes hommes, bâtis de la même façon, grands, bruns, parfois roux, quelquefois un peu voûtés, avec les mêmes visages, désignés par les mêmes noms, et croyant toujours aux mêmes choses, depuis le commencement des temps.

Affaires réglées, les Caussenards étaient remontés sur les Causses, et M. de Montal et Mlle Lucrèce avaient repris la grande route de Nîmes, à travers le pays raïol où la guerre durait encore.

∴

Partis de Florac au milieu de l'après-midi, les deux voyageurs avaient dû faire étape au village du Pompidou. Du haut du col, au bout de La Camp de l'Hospitalet, ils l'avaient découvert, dans les feux du soleil couchant, sur l'arête de sa montagne, entre le Val Borgne et le Val Francesque. Avec ses maisons accrochées les unes aux autres, on aurait dit une barque, portée au sommet d'une énorme vague, sur une mer déchaînée et brusquement figée au comble de sa fureur. On ne voyait partout que houles de rocs et de pierres, séparées par les profondeurs des abîmes des vallées, dans les convulsions d'un chaos, où le destin avait pris l'aspect de la nature. Ce village perdu s'était trouvé au cœur même de la tempête qui avait ravagé ces montagnes.

« Ne poussons pas plus loin », avait dit M. de Montal, impressionné par l'heure et par l'air tragique du paysage.

Les deux voyageurs avaient dormi quelques heures dans une maison forte, pleine d'officiers et de soldats, qui servait d'auberge aux passants. Le lendemain, ils s'étaient réveillés aux premières lueurs du jour, et s'étaient mis en devoir de continuer leur route.

« Avant ces malheurs, disait M. de Montal à sa fille, en harnachant son cheval, c'était un pays béni, où l'on pouvait être heureux de vivre.

— Je le vois bien, répondit Lucrèce qui avait déjà sellé sa monture. En dépit de la méchanceté des hommes, on sent la paix de Dieu qui règne sur ces montagnes. C'est la même paix que l'on sent vers l'Armellière et vers les Saintes-Maries. Il y a toujours quelqu'un dans ces solitudes... Mon père, reprit-elle au bout de quelques instants de silence, je voudrais vous demander une grâce. M. Hébrard m'a chargé d'une commission pour une femme qui habite tout près d'ici. Laissez-moi aller lui parler un moment. C'est l'affaire d'une ou deux heures. Elle aurait peut-être peur en voyant arriver un homme. Ne craignez rien. C'est pour une action charitable. Soyez assez bon pour ne demander rien de plus. J'aurai vite fait d'être de retour.

— Allez, mon enfant, répondit M. de Montal, après une hésitation de quelques secondes. On ne pose pas de question sur une œuvre de charité. Je m'en vais régler notre dépense, et je ferai quelques pas, autour du village, pour regarder le va-et-vient de la troupe, et pour serrer les sangles de mon cheval qui se gonfle quand on le selle. Ne vous attardez pas trop, cependant. Nous avons encore une longue route à faire. Le Panard et le Barbut doivent nous attendre à Saint-Roman et je suis sûr qu'ils se rongent déjà les sangs en ne nous voyant pas arriver. »

Lucrèce partit au grand trot. Elle animait sa monture en faisant claquer sa langue et la bête hennissait dans la fraîcheur du matin. Le chemin descendait au milieu d'une immense châtaigneraie, du côté du val Francesque, gouffre bleu creusé dans un énorme bloc de silence. Quelques nuages glissaient dans le ciel, poussés par le vent du nord au-dessus des monts Lozère et faisaient passer des ombres mouvantes sur l'abîme de la vallée.

Au bout d'un moment, Lucrèce arriva dans un hameau fait de quelques mas dispersés. Elle eut vite reconnu la maison que M. Hébrard lui avait décrite et, se laissant glisser à terre, elle attacha son cheval au tronc d'un sorbier des oiseleurs déjà couvert de baies rouges.

Tout était silencieux et désert, le mas était solide et trapu. On aurait dit une maison forte. Une sorte de château modeste et rustique. Une vaste cour s'ouvrait devant lui, entourée d'un mur en pierres de taille, dans lequel s'ouvrait un grand portail à claveaux.

Les lauses du toit luisaient au soleil oblique du matin, comme une chape d'argent. Un filet de fumée montait de la cheminée et se perdait dans l'air calme. Lucrèce allait appeler, comme il est d'usage de le faire devant ces maisons de la solitude quand une femme apparut dans l'encadrement de la porte.

Elle était grande, habillée de noir à la mode des paysannes de la montagne, avec un jupon luisant qui fusait en plis autour de sa taille, et ce qui frappait en elle, au premier abord, c'était le front et les yeux. Le front était haut, bien dégagé sur les tempes, et son ampleur avait quelque chose de fier. Les yeux étaient noirs, et leur profondeur était faite de tristesse et de courage.

« Je suis bien au mas Arribal ? demanda Lucrèce.

— C'est le mas Arribal », répondit lentement la femme.

Elle ne devait pas avoir quarante ans et gardait encore un air de jeunesse et de beauté.

« Je viens de la part de M. Hébrard, un ami que vous avez à Anduze.

— On connaît M. Hébrard, dit la femme sans bouger. Il a toujours été bon pour les malheureux, et les malheureux ne manquent pas dans nos montagnes.

— C'est aussi un ami à nous », répondit Lucrèce.

Chaque phrase échangée était suivie d'un silence pendant lequel les deux femmes se regardaient au fond des yeux, comme si chacune d'elles, désincarnée par un brusque saisissement, n'avait plus été qu'un regard.

« Entrez », dit la femme en faisant un pas de côté pour dégager le seuil de la porte.

Il faisait sombre dans la grande salle où Lucrèce pénétra en tâtant le sol du pied. Des tisons rougeoyaient dans la cheminée et laissaient voir, par instant, une armoire, une grande table massive, une panetière aux lignes sobres, et quelques chaises paillées. Le sol était couvert de dalles irrégulières qui, par endroit, découvraient la terre battue. Cet intérieur était plus modeste, plus austère et même plus désolé que ne le faisait prévoir la façade de la maison.

« C'est pauvre, chez nous, dit la femme, mais si vous voulez vous asseoir... »

L'attente, entre chaque phrase, devenait intolérable. Lucrèce s'était assise. La femme restait debout devant elle, les deux mains posées à plat sur la table.

« Je vous apporte des nouvelles de votre mari.

— Mon mari ? Vous l'avez donc vu ? »

Tout avait changé, d'un seul coup. La femme s'était assise, les mains jointes, le visage transfiguré.

« Vous l'avez vu ? reprit-elle.

— Je l'ai vu, sur une galère qu'on appelle *La Superbe*. Il était en bonne santé.

— Gloire à Dieu tout-puissant ! répondit la femme. C'est lui qui vous envoie dans sa Miséricorde infinie. »

Elle avait penché la tête et fermé les yeux. Ses mains étaient toujours jointes.

« Voilà des années que nous étions sans nouvelles. Vous l'avez vu ! Il était vivant ! Nous pensions bien qu'il ne devait pas être mort. Quand ils meurent, on finit toujours par l'apprendre. Venez ! cria-t-elle brusquement, en allant ouvrir une porte qui devait donner dans une chambre. Venez, venez, on va vous parler de votre père. »

Deux jeunes filles entrèrent dans la grande salle. La plus grande devait avoir dans les seize ans, l'autre était encore une fillette dont les cheveux descendaient sur les épaules. Elles avaient l'une et l'autre un long visage, avec un menton bien marqué et creusé par une fossette. Un visage de famille qui n'avait pas dû changer, depuis des générations. En les voyant, Lucrèce crut revoir le visage du galérien qu'elle avait aperçu sur *La Superbe*, et qu'elle n'avait jamais oublié.

« Voilà Jeanne, dit la femme en poussant la jeune fille vers Lucrèce, et voilà Louise qui n'avait qu'un an quand on lui a pris son père. Heureusement qu'elle lui ressemble. Comme ça, elle ne pourra jamais l'oublier. Elle le porte avec elle. »

Jeanne et Louise s'étaient assises sur la pierre du foyer, aux pieds de Lucrèce, et la regardaient de tous leurs yeux.

« Votre papa est sur un grand bateau qui va sur la mer. On m'a dit : « Voilà Jean-Pierre, du Pompi-« dou. » Il va bien. Il pense à vous tout le temps. »

Lucrèce parlait sans trop savoir ce qu'elle disait. Elle était au bord des larmes et sa voix s'étranglait, au fond de sa gorge.

« Les méchants ne le font pas trop souffrir ? » demanda Louise.

Que répondre à cette question d'une enfant ? Comment mentir à cette innocente qui ne devait rien ignorer des tourments qu'endurait son père ? Lucrèce hésita un instant, puis elle entendit qu'elle répondait, comme si quelqu'un d'autre avait parlé par sa bouche :

« Il a ses consolations. Je sais qu'il a pu garder un livre qui l'aide à supporter ses épreuves. Il le lit et le relit chaque jour et, chaque jour, il y trouve force et courage.

— Dieu de David ! Il a pu conserver les psaumes et le livre des oraisons, dit la femme de Jean-Pierre. C'est moi qui les ai glissés dans son sac quand les dragons l'ont emmené avec eux. Il l'a gardé à travers ses tribulations... Mais comment savez-vous ces choses ?

— C'est l'aumônier qui me les a dites.

— Quel aumônier ?

— L'aumônier de *La Superbe.*

— L'aumônier de *La Superbe !* Vous avez pu parler avec ce persécuteur ? Ce suppôt de la grande Babylone romaine ? Vous n'êtes donc pas de notre Religion ? Vous ne venez pas à nous comme un frère va vers son frère, une sœur vers ses sœurs souffrantes ? »

La femme s'était levée, et ses filles s'étaient accrochées à ses jupes, saisies de terreur.

« Je suis chrétienne, répondit Lucrèce d'une voix tremblante, en sentant son âme se déchirer comme les voiles tu temple le jour de la mort du Christ. Je suis chrétienne, reprit-elle d'une voix plus assurée.

— Eh bien, que Jésus-Christ vous assiste et vous baigne de sa lumière, cria la femme du galérien. C'est lui qui m'a donné le courage d'élever ces deux innocentes et de faire un homme de leur aîné. Le miracle des pains, il l'a refait chaque jour, sur le bois de cette table, depuis plus de onze années. Où est-elle, l'Eglise du Christ, si ce n'est avec nos frères qui supportent tous les tourments pour sa gloire ? Non, ce ne sont pas des chrétiens qui ont enchaîné mon pauvre homme. Qu'avait-il fait ? Quel était son crime ? Qu'avaient fait ces enfants pour qu'on les rende orphelins ?

— Maman, maman, criait la petite Louise en essayant de nouer ses bras autour du cou de sa mère.

— Il faut me pardonner, mademoiselle, reprit celle-ci après un moment de silence. Je n'avais pas besoin de vous rappeler nos misères puisque vous êtes venue pour les adoucir. Qui que vous soyez, nous nous souviendrons de votre passage. Je regrette que mon aîné ne soit pas là. Il vous aurait dit mieux que moi les bénédictions de notre famille. C'est un grand garçon qui ressemble, lui aussi, à son père, et qui a reçu des dons qui le font plus mûr que son âge. »

Les deux femmes s'étaient assises l'une à côté de l'autre et la petite Louise était venue s'appuyer contre l'épaule de Lucrèce.

« Espérez, disait celle-ci. Dieu mettra un terme à vos malheurs. Quant à votre mari, sachez que des gens de bien font ce qu'ils peuvent pour adoucir un peu ses souffrances. Je ne peux vous en dire plus, mais soyez sûre que ce n'est pas en vain que je parle. Maintenant, il va falloir que je parte. Prenez cette bourse en souvenir de mon passage... Mais si, mais si, je vous en supplie. C'est M. Hébrard qui me l'a donnée pour vous. Mais oui, c'est lui. Prenez-la pour ces demoiselles. »

Comme Lucrèce faisait mine de se lever, la femme de Jean-Pierre posa sa main sur la sienne.

« Les gens comme nous ne peuvent donner qu'une prière, et c'est de grand cœur que nous le ferons en pensant à vous.

— Faites-le maintenant », dit Lucrèce en se levant. Elle fut sur le point de faire un signe de croix, mais elle se retint, au dernier instant, et joignit les mains, en baissant la tête.

« Nous ne prions peut-être pas comme vous, dit la femme. Mais la bouche d'un enfant rend toutes les prières semblables... Louise, dis Notre Père.

— Pater noster, entendit Lucrèce, au fond d'elle-même, en écho, tandis que la voix de la fillette s'élevait à côté de son oreille :

— Notre Père qui es aux cieux, Ton nom soit sanctifié. Ton règne vienne. Ta volonté soit faite en la terre comme au ciel. »

∴

Quand Lucrèce eut repris sa route, auprès de son père, celui-ci remarqua qu'elle venait de pleurer. Le chemin était égal, et les chevaux trottaient en hennissant de plaisir sous le vent du matin. Loin, vers le sud, on pouvait apercevoir l'immense étendue de la plaine qui se perdait dans les terres basses de la Camargue, ouvertes à l'infini sur l'horizon de la mer.

M. de Montal avait promis à sa fille de ne pas lui poser de question, et il tenait sa promesse. L'un derrière l'autre, trottant l'amble, reprenant le pas, poussant un temps de galop, ils marchèrent un long moment en silence.

« Notre ami Hébrard est un bien brave homme, finit par dire M. de Montal. C'est un réconfort que de le connaître.

— Je le sais mieux que personne », répondit Lucrèce.

XV

DANS LE GOLFE DU LION

La brise, un souffle venu du nord et qui n'était plus le mistral, creusait les vagues avec nonchalance. Le ciel était clair, sur le golfe, et l'on découvrait la côte de l'embouchure du Rhône à la montagne de Sète.

Depuis qu'on voguait au sud, on aurait pu, en serrant le vent au plus près, marcher à la voile, mais M. d'Autigny n'avait pas fait déployer la grande voile de mestre, ni la voile de trinquet.

« Fais-leur faire la passe-vogue une bonne demi-heure, dit-il au comite, et ne laisse pas ignorer à la chiourme que c'est à cause des huguenots qu'elle est obligée de ramer. »

Quand le Tustaïre eut lancé les coups de sifflet qui donnaient l'ordre de faire avant-toute et passe-vogue et force de rames, un sourd grondement s'éleva des bancs de la chiourme. Les galériens voyaient bien que *La Superbe* avait pris le lit du vent. On pouvait donc marcher à la voile, et la passe-vogue ne pouvait être qu'une brimade. Des cris fusaient déjà au-dessus des grognements de bêtes fauves qui montaient des bancs comme d'une fosse aux lions.

« On veut nous faire crever !

— Le ciel donne le vent, et nos officiers le refusent. C'est insulter la Providence.

— Refusons de ramer. Demandons à parler au capitaine.

— Tap en goule ! » ordonna le sifflet d'argent.

Des pertuisaniers et des grenadiers venaient de grimper en toute hâte sur la rambade, fusils bandés, et les trous noirs des canons se tournaient déjà vers les galériens qui faisaient le plus de tapage.

Après un instant d'hésitation, la chiourme obéit à l'ordre qui venait de lui être donné, et chacun serra son bouchon de liège entre les dents. Rames levées, il y eut un formidable silence et, d'un seul mouvement, sur un nouveau coup de sifflet, ces rames fendirent les flots de la mer.

« Ne règle pas la vogue au-dessus de seize palades, dit le capitaine au comite. Il ne s'agit pas de crever la palamente. On peut avoir besoin de ces chiens d'un moment à l'autre. Fais-les souffrir, mais ne leur fais pas rendre l'âme. »

Vent arrière, malgré ses voiles serrées, *La Superbe* glissait sur la mer comme ces troncs monstrueux que poussent les eaux du Rhône, au moment de leurs grandes crues. Allongés le long du bordage, sur la rambade et sur le rode de proue, les soldats et les matelots jouissaient de cette vitesse, en se chauffant au soleil. Pendant ce temps, dans la chambre du carrosse, protégés par le tendelet qui tamisait la lumière, les officiers bavardaient avec M. d'Autigny, heureux d'être à l'ombre et à la fraîcheur.

Suffoqués et ruisselants de sueur, aveuglés par les grosses gouttes salées qui tombaient de leurs sourcils dans leurs yeux, à bout de forces et contraints de maintenir la cadence, ceux que leurs crimes avaient conduits aux galères ne comprenaient pas les raisons de cette brimade, mais les galériens pour la foi savaient déjà à quoi s'en tenir. Ils n'ignoraient pas qu'ils payaient, avec leur souffrance, le morceau de viande et de pain qu'ils avaient reçu chaque jour, depuis près d'un an, mais ce n'était pas l'idée d'avoir à payer ce bienfait avec leur sang et leurs nerfs qui les plongeaient dans l'angoisse. Ils ne pensaient qu'à la reddition de Jean Cavalier, aux combattants du Désert mettant bas les armes, à Roland indompté remontant vers les montagnes, à Castanet retranché dans le Camp de l'Eternel, au milieu des éclairs et des nuées. En ramant, ils croyaient voir devant eux les cadavres amoncelés sur le champ de bataille de Nages, les blessés égorgés dans leur hôpital souterrain, et la vieille femme au panier, fantôme errant, avec un voile noir sur la tête, au milieu des ruines de son village.

La passe-vogue continuait. Ce n'était pas la passe-vogue d'enfer des jours de combat ou de fuite, réglée à vingt-quatre palades, qui tuait toujours quelques hommes et jetait les proyers et les comites à la curée. Aucun forçat ne s'était encore écroulé, l'âme coincée entre ses dents crispées et l'énorme bouchon de liège. C'était un supplice qui ne faisait pas éclater le cœur du supplicié, mais le plongeait dans la plus affreuse misère.

« Ce vent de la course est bien agréable, fit remarquer M. d'Autigny, à cela près qu'il porte sur nous l'odeur de ces chiens et de leur chenil.

— C'est un fumet qui n'a rien de bien délectable, répondit M. de Maroulles, et je ne sais pas le temps qu'il faudra pour que je n'y prête plus attention.

— L'éternité, monsieur, affirma le capitaine. C'est une chose à laquelle on ne s'accoutume jamais. Vous pouvez en croire un homme qui a trente ans de galères.

— J'ai toutes les raisons de le croire, reconnut le sous-lieutenant. Il faudrait sans doute être aussi puant que ces gens pour ne plus sentir cette puanteur.

— Holà, Tustaïre, cria M. d'Autigny en jetant un coup d'œil sur sa montre. Ça suffit. Fais cesser la vogue, et déferler la voile de mestre. Il ne te restera plus qu'à faire savoir aux bons garçons de la chiourme qu'ils doivent cette fête à leurs bons amis, les religionnaires. Après ça, tu pourras prendre un peu de repos. Ton travail se fera tout seul. »

Le Tustaïre avait compris le désir de son capitaine. Vogue finie, tandis que les matelots faisaient rompre les joncs et que la voile latine s'abattait, avec un bruit de ressac, tout au long de la grande antenne, il fit passer la consigne aux pires des criminels qui faisaient régner la loi du sang dans la chiourme.

« Vous avez ramé pour les huguenots, dont les insolences ont lassé le capitaine.

— Bons garçons, vous payez pour ces hypocrites. Ne leur donnerez-vous pas leur salaire ? »

C'était assez dire et les pires criminels de la chiourme n'eurent pas besoin d'y faire revenir le comite. Si presque tous les forçats, loin de détester les religionnaires, les considéraient souvent avec une sorte de respect et leur demandaient, parfois, de se faire juges de leurs disputes, quelques-uns nourrissaient pour eux une sourde haine.

« Bien qu'enchaînés comme nous, ils sont du parti des autres. S'ils étaient en liberté et qu'on leur donne à juger quelques fanandels qui auraient abasourdi un pante ou landré une andre de force, ils les gerberaient à connir par le feu ou par la ronde, et des moindres minots de presse, ils feraient des gens de cadène. »

Sur chaque banc, la persécution s'organisa et chaque galérien pour la foi fut livré à des tortionnaires qui inventaient chaque jour de nouveaux tourments. Un geste brusque de son voisin, et le malheureux laissait tomber son écuelle de soupe ; il ne retrouvait plus son bonnet, son capot ; il était brusquement envahi par des hordes de vermine ; en se poussant sur son banc, il se blessait à un clou ; pendant la nuit, au plus fort de son sommeil, il recevait de l'eau bouillante sur le visage. Il n'était pas question qu'il puisse se plaindre au comite. Le plus souvent, les vexations qu'on lui faisait endurer étaient regardées comme des fautes et sanctionnées aussitôt à grands coups de corde.

« Ce chien a fait exprès de se blesser, hurlaient les proyers. Il jette sa soupe dans sa merde. Il faut la lui faire manger. »

C'était l'enfer, et un enfer peuplé de démons. Par bonheur, ni le Croc, ni l'Avocat, ne comptaient parmi les plus acharnés de ces tortionnaires, et Jean-Pierre jouissait d'une tranquillité relative. L'Avocat se contentait de le submerger de blasphèmes et le Croc s'était borné à lui faire renverser sa soupe, deux ou trois fois, sous les regards amusés du Tustaïre qui profita de cette occasion pour rouer de coups le malheureux.

« Chien de chienne, tu méprises donc la soupe du roi », hurlait-il en faisant siffler sa double corde.

Sur le nouveau banc où il avait été relégué, Denis Ustain avait moins de chance que Jean-Pierre. Il y avait pour voisin un meurtrier, venu par la chaîne de Paris, qui haïssait les religionnaires. Si ce criminel ne croyait ni à Dieu ni à Diable, il restait fanatiquement attaché aux pratiques de son enfance, et pensait alléger son sort en persécutant les hérétiques.

« Paysan, disait-il à Denis Ustain, tu es la cause de nos malheurs. Ne crois pas que je vais t'en tenir quitte. A Paris, nous brûlons les gens de ta sorte. »

Il inventait chaque jour un nouveau tourment, et se donnait en exemple à toute la chiourme. Tous les matins, quand les forçats faisaient leurs besoins naturels, il passait le pot de fer déjà plein à son compagnon de chaîne, et s'arrangeait pour le lui renverser sur les jambes.

« Voilà notre parpaillot béni ! » disait-il à ses voisins.

Il passait son temps à affûter tous les morceaux de ferraille qui lui tombaient sous la main, et les disposait de façon qu'ils puissent blesser son souffre-douleur, comme des pointes d'épée ou des lames de rasoir. Il s'y employa si bien qu'il se fit à la main droite une coupure profonde, avec un vieux clou rouillé, ce qui redoubla sa fureur. Il vit pourtant un signe du Ciel dans le fait que sa plaie ne saigna presque pas.

« Si ce n'avait pas été pour donner une leçon à ce porc, j'aurais perdu deux ou trois baquets de mon sang, affirmait-il. Voilà ce que c'est que d'être le « Vengeur de l'Eglise ».

Ce surnom qu'il s'était donné à lui-même, avait été adopté par toute la chiourme, et l'on ne savait même plus quel était son nom véritable. Le « Vengeur de l'Eglise » bénéficiait de la connivence des comites et des proyers, et c'est en vain qu'à plusieurs reprises, M. Bion avait essayé de modérer ses fureurs en lui parlant de la charité chrétienne.

« Ce n'est pas aux curés à défendre les hérétiques », avait-il dit au Tustaïre, et M. Bion s'était vu contraint au silence.

Cinq jours après s'être blessé à la main, alors qu'il redoublait de brutalité à l'égard du pauvre laboureur de Frontignan, le Vengeur de l'Eglise appela le Tustaïre et lui dit qu'il ne pouvait plus remuer la tête.

« On a dû me jeter un sort, insinua-t-il d'une voix tremblante. C'est comme une main qui me serrerait le cou, par-derrière. On dirait qu'on m'a mis un bout de fer dans le dos. Il faudrait que l'aumônier dise une prière à mon intention. »

M. Jean Bion ne refusait jamais de prier, et le faisait bien souvent sans qu'il fût besoin qu'on le lui demande. Il pria pour le voisin de Denis Ustain, sans arriver à le libérer de l'étau qui lui écrasait la nuque. Cet étau semblait se serrer d'heure en heure et le misérable ne pouvait presque plus bouger quand on le descendit à la chambre de proue où l'on jetait les agonisants. Après avoir mis une souquenille qui devait le protéger des poux et des puces, M. Jean Bion se glissa dans ce réduit. Il n'en sortit qu'après plusieurs heures et fut appelé chez le capitaine.

« Ce malheureux est en proie à un mal étrange. On dirait qu'il a été frappé par la foudre, et qu'il est paralysé des pieds à la tête. Il dit qu'on a dû l'ensorceler et voudrait que je l'exorcise, mais il me faudrait recourir aux exorcismes extraordinaires que je ne saurais pratiquer sans la permission de l'évêque. Toujours est-il que ce misérable est dévoré par la fièvre. Il veut boire et l'on doit desserrer ses dents avec un morceau de fer, tant elles sont soudées les unes aux autres.

— Ce n'est pas un enchantement, ni un maléfice, répondit M. de Marle, mais une maladie bien connue, encore qu'elle soit rare et ne semble pas se donner comme la peste ou le choléra. Le palefrenier de chez nous en est mort en moins de cinq jours, dans d'épouvantables souffrances. Lui aussi avait la nuque courbée en fourreau de sabre et ne pouvait plus desserrer les dents.

— Je vais voir si ce mal en point peut encore parler, dit M. Bion en endossant à nouveau sa vieille robe de chambre qui lui servait de piège à vermine. Je ne croyais pas qu'il fût *in articulo*. »

Une heure après, M. Bion ressortait de la chambre de proue avec un visage crispé d'épouvante.

« Il a dû garder sa connaissance jusqu'à son dernier moment, disait-il, et il m'a donné des signes de contrition, mais il a souffert mille morts avant de pouvoir mourir. Je n'ai jamais vu d'agonisant endurer un pareil martyre. Il était courbé comme par la colère divine et ne touchait plus le plancher que par les talons et la tête. Il était effrayant à voir, car son visage était déformé par un rictus sardonique, comme s'il avait voulu bafouer la mort. »

Cette agonie du tortionnaire des huguenots épouvanta les autres tourmenteurs de la chiourme. Marc-Antoine Capdur en avait tiré la morale en osant dire à voix haute que « le méchant est perdu qui nuit au juste sans cause ». En toute autre occasion, il aurait été roué de coups, mais nul n'osa lui répondre. La mort de ce bourreau protégea pour un temps ses victimes. Quelques galériens l'avaient vu, quand on l'avait jeté à la mer, et ils avaient décrit son visage à tous les autres forçats de la chiourme.

« Il riait comme le démon doit rire en pensant à Dieu. »

∴

Les cinq jours qui suivirent le trépas de ce tourmenteur d'hérétiques furent traversés d'orages et battus de vents. La tempête régnait sur le golfe, et *La Superbe* était allée se mettre à l'abri, du côté de Fos.

Le matin du sixième jour, la bourrasque s'était calmée, comme elle doublait la pointe d'un cap, au soleil levant, au-delà de l'embouchure du Rhône, un navire apparut soudain devant elle, voguant à l'ouest, vent arrière et toutes voiles dehors. C'était un vaisseau de l'escadre de Toulon qui mit en panne à deux encablures de la galère, avec son grand hunier sur le mât et le vent dans son petit, pour lui détacher un canot.

Le lieutenant qui entra dans la chambre du carrosse était porteur de grandes nouvelles. Il venait annoncer au capitaine de *La Superbe* que les cinq frégates anglaises, et les tartanes chargées de renforts pour les camisards qu'elles escortaient depuis Nice, avaient été dispersées par le mauvais temps et n'étaient plus que des épaves désemparées, séparées les unes des autres, incapables de soutenir un combat. Il s'agissait de leur courir sus et de s'emparer des six cents hommes qu'elles portaient et qui devaient chercher à se jeter sur la côte, dans un pays hanté par les troupes des fanatiques.

« Cette expédition n'aurait pas manqué d'être menaçante, disait le lieutenant des vaisseaux, si ces brigands avaient su la mener à bien avant que ce Cavalier ne pose les armes. Nous savons, par des espions qui surveillent la ville de Nice, qu'ils avaient rassemblé plus d'un millier d'hommes, des huguenots, français de naissance, rompus aux fatigues de la guerre, et que commandait un renégat nommé Labourlie. Il y avait aussi une compagnie de Suisses aux ordres d'un major du nom de Marquis, natif de la cité de Morges, et parpaillot, cela va sans dire. Tout ce beau monde était sous la protection du duc de Savoie qui, toujours entre deux traîtrises, a fait savoir, au dernier moment, qu'il n'avouait pas cette expédition et que ceux qui la tenteraient le feraient en enfants perdus. Beaucoup de ces gens n'ont pas voulu combattre en rebelles. Ils voulaient servir sous un drapeau et selon les lois de la guerre, les gentilshommes surtout. Les Suisses se sont dédîts, avec la plupart des capitaines. En fin de compte, ils n'ont embarqué que des gens de rien et des furieux, qui se sont entassés dans les trois tartanes. C'est ici que la Providence les attendait. Le gros temps les a empêchés de mettre à la voile. Quand ils l'ont fait, ils n'ont été que les jouets de la mer. Les frégates ont été séparées des tartanes qui errent au gré des vents, poursuivies par le chevalier de Roannez qui dispose de quatre galères. Quant à vous, renforcez votre surveillance entre le Rhône et le port de Sète. C'est là que ces scélérats peuvent essayer de débarquer. Le maréchal de Villars y fait bonne garde et la rébellion est en train de consumer ses dernières forces.

— Nous saurons remplir nos devoirs, répondit le capitaine de *La Superbe*. Comment pourrions-nous manquer à Sa Majesté quand les vents nous donnent l'exemple et ne se permettent de souffler que dans un sens favorable, comme s'ils étaient à son service. »

∴

Malgré le mauvais état de la mer, *La Superbe* reprit sa croisière au long de la côte basse. Les forçats, sans cesse à demi submergés par les vagues, n'avaient pas besoin de ramer pour aller au bout de leurs forces. Même au repos, quand on naviguait vent arrière avec le tréou ou la voile de trinquet, ils enduraient des tourments pires que ceux d'une passe-vogue. Les jambes dans l'eau, les membres rompus, arrachés à leur repos par l'angoisse, ils tombaient dans une torpeur dont les comites ne pouvaient les faire sortir qu'à grands coups de corde. Bien battus, mal nourris, car on ne pouvait pas allumer le fougon pour faire chauffer la soupe, ils maudissaient le Ciel qui mettait les vents et la tempête au service du roi de France.

Ces horribles conditions d'existence, cette lutte contre les flots, n'empêchaient pas le Tustaïre de persécuter les huguenots, selon les ordres qu'il avait reçus. Quand on naviguait à la voile, il leur donnait à polir des boulets de canon rongés par la rouille. Malheur à celui qui ne les rendait pas brillants comme des miroirs. C'était un labeur infernal, rendu plus pénible encore par les mouvements de la galère qui, bien souvent, arrachaient le boulet des mains du forçat et le faisaient rouler sous les bancs comme une bête affolée qui ne voulait plus se laisser reprendre.

Quand Jean-Pierre polissait et repolissait cette boule de six livres et qu'ayant achevé le sable et le tripoli que lui avait fait donner le comite, il la faisait briller en la lustrant avec ses deux pouces, il tombait dans des hallucinations étranges. Fasciné par le miroitement du métal, il ne savait plus où il se trouvait. La galère avait disparu. Le monde réel s'était abîmé dans l'espace, et la terre où vivent les hommes était devenue cette boule ronde que Jean-Pierre faisait tourner dans ses mains. Il y voyait la mer où vont les vaisseaux et les galères, les côtes, les ports, les plaines et les collines qui sont derrière eux et, brusquement, il y découvrait les montagnes où se trouvait sa maison. Un point du métal brillant la lui faisait voir tout entière. La porte s'ouvrait devant lui. Brusquement, il ne voyait plus qu'un visage et, dans ce visage, deux yeux. C'étaient les yeux de sa femme et, plus que des yeux, un regard et le regard est aux yeux ce qu'est l'esprit est au corps. Il se demandait : « A-t-elle vieilli ? Comment est-elle, à présent, après tant d'années ? » Mais un regard ne peut donner de réponse à de pareilles questions. Il n'est pas le miroir des ans, mais la petite lumière qui brille au-dessus d'une âme. Jean-Pierre se souvenait que lorsqu'il s'était marié, alors que Sarah n'avait pas encore vingt ans, bien souvent, au moment où les grands malheurs avaient commencé, et l'incertitude du lendemain, et l'angoisse, il avait surpris dans son regard le reflet de cette tristesse qui ne vient qu'avec le grand âge. Il était sûr, aujourd'hui, que si Sarah le voyait soudain devant elle son regard deviendrait celui d'une jeune fille, et c'était bien le regard d'une jeune fille de vingt ans qu'il voyait briller dans cette sphère luisante qui tournait entre ses deux mains.

Pendant que Jean-Pierre oubliait ainsi le monde réel et ne pensait plus aux désastres des enfants de Dieu, ni à ses propres malheurs, M. de Maroulles se laissait aller aussi à des rêveries qui ressemblaient aux hallucinations du pauvre forçat.

Tandis que voguait la galère, sous le vent grec, le marin ou le mistral ou que, par grande bonace, elle avançait à la rame, le sous-lieutenant aimait à venir s'asseoir sur un des bancs qui se trouvaient des deux côtés du carrosse, au débouché des deux échelles de poupe. Les jambes tendues, le torse cambré, le menton appuyé sur la poitrine, les yeux entrouverts et ne regardant que les flots, il se laissait absorber par la contemplation des vagues et celles-ci, dans leurs miroitements indéfiniment renouvelés, plongeaient son esprit dans la même fascination que les éclairs du boulet aux reflets d'argent produisaient sur l'esprit du galérien.

Entre deux vagues, dans un creux d'un bleu profond, sous une frange d'écume qui se retournait en rouleau, le jeune officier croyait entrevoir le visage de Lucrèce, comme Jean-Pierre avait l'illusion de voir celui de Sarah et de même que le galérien cherchait à savoir ce que pouvait faire sa femme, M. de Maroulles essayait d'imaginer où pouvait se trouver celle qu'il considérait déjà comme sa fiancée.

Quand lui serait-il donné de la rencontrer à nouveau ? Serait-ce à Marseille ou à Aix, dans la vieille gentilhommière du pays d'Arles ou dans les pâturages de l'Armellière ? Etait-elle déjà revenue dans la plaine ? Courait-elle toujours sur le sommet des montagnes et cheminait-elle, à cheval, au long de cette route des crêtes qui dessinait, au lointain, la ligne de l'horizon ?

Sans le savoir, si près l'un de l'autre et pourtant plus étrangers que s'ils ne s'étaient jamais vus, les deux hommes évoquaient, peut-être, chacun, le même jour et à la même heure, chacune de ces deux femmes, alors qu'elles se trouvaient face à face, dans la salle obscure du mas Arribal.

∴

Pendant toute cette campagne, M. Bion avait éprouvé d'affreuses souffrances morales. Il ne pouvait plus supporter de voir les galériens pour la foi accablés par d'inutiles tourments. Impuissant à les protéger, il priait. Mais les plus ferventes prières ne rendaient pas la paix à son âme. Horrifié par les brutalités des comites, des argousins, des bas-officiers et des proyers, il cherchait le moyen de mettre un terme à leur rage. Il savait, depuis peu de temps, que ces gens prévariquaient, trafiquaient, volaient, et méritaient mille fois de subir le sort de ceux qu'ils tenaient sous leur puissance. C'était, pour lui, un secret qu'il croyait être le seul à connaître, et c'est dans l'espoir de modérer la fureur des tortionnaires de *La Superbe* qu'il résolut de le révéler au capitaine.

« Il y a déjà plusieurs mois que j'hésite à vous dévoiler certaines choses, lui dit-il, un soir où il était seul avec lui, assis sur le banc du taulad de poupe. Elles ne regardent pas directement mes devoirs, bien qu'elles touchent à la morale. Vous m'excuserez de vous en parler, mais je ne peux plus me taire.

— Je vous écoute, monsieur, dit le capitaine avec inquiétude.

— Ne croyez pas que j'aime à faire l'espion. La confession est un moyen si puissant qu'elle détourne le confesseur de surveiller ses semblables... Cependant, comment ne pas voir ce qui vous crève les yeux ?

— Qu'avez-vous appris, monsieur ? Est-ce donc si grave ?

— Grave ? A coup sûr, car c'est une offense à Sa Majesté, une atteinte au bien du service, une injure à la charité... Voilà, monsieur, j'éprouve quelque peine à vous le dire, mais il y a ici des voleurs qui n'ont pas de chaîne aux chevilles.

— Des voleurs qui n'ont pas de chaîne aux chevilles ? reprit lentement M. d'Autigny, comme s'il avait eu de la peine à comprendre cette phrase.

— Hélas ! oui ! Le sous-officier chargé d'acheter les vivres vole tant qu'il peut sur la nourriture des forçats. Il le fait avec la complicité du comite, du cuisinier, de l'écrivain, et toutes ces âmes damnées y trouvent leur compte. Cette volerie est si bien organisée qu'il faut un hasard pour la découvrir, et que jusqu'ici personne ne l'a soupçonnée.

— Mais non, monsieur, je n'ignore rien de toutes ces choses, répondit M. d'Autigny, avec une pointe d'humeur dans la voix. C'est ainsi que marche le monde et, sans doute, il irait plus mal si on y portait remède. Ces larcins obligent à marcher droit des gens qui sont sans morale... Il me suffit de n'en pas profiter moi-même pour me sentir en repos.

— Seigneur, mon Dieu ! balbutiait l'aumônier. Moi qui croyais vous dévoiler des secrets !

— Si ces pratiques n'étaient en usage que sur *La Superbe*, je les jugerais sans doute autrement. Mais il en est ainsi sur toutes les autres galères, et c'est encore chez nous qu'on vole peut-être le moins. Où que ce soit, chez le roi lui-même, à Versailles, dans ses régiments ou ses hôpitaux, on vole toujours sur la nourriture...

— Si l'on volait seulement sur la nourriture ! Mais on trafique de tout, et même le chirurgien revend les médicaments que, dans sa bonté, le roi fait acheter pour la chiourme. Je le sais de façon d'autant plus certaine que je vais souvent dans cette chambre de proue où sont déposés les remèdes. Que de fois, du soir au matin, ils ont disparu, sans avoir servi aux malades dont ils soulageraient les souffrances.

— Eh bien, monsieur, ils servent à soigner les gens de Marseille. Un larcin n'est jamais perdu... Mais, dites-moi, est-ce en confession qu'on vous a parlé de toutes ces choses ?

— Jamais, monsieur. Si j'avais appris cela au tribunal de la pénitence, je me serais cru contraint de me taire. Mais les pires de ces voleurs ne s'accusent jamais de vol, même si on les incite à le faire. Je suis sûr qu'ils n'ont même pas conscience d'avoir commis une faute.

— Voilà qui est rassurant, répondit M. d'Autigny, en esquissant un sourire. Ils ont la candeur des honnêtes gens, ce qui leur permet d'accomplir leur tâche sans remords de conscience.

— Comment, monsieur, peut-on confier à des voleurs effrontés le soin de punir de pauvres voleurs comme il y en a tant en galère ? Un faux saunier ou un malheureux paysan qui a tué un lapin sur les terres de son maître, ne sont-ils pas moins coupables que ces détrousseurs du roi, que ces dilapidateurs des finances de ses escadres ? Quant aux huguenots...

— Allons, monsieur, il faut que je vous arrête. La charité va vous entraîner à mettre en question ce qu'on ne saurait discuter. Un comite est un comite ; un forçat est un forçat. Vous devez prier pour l'un et pour l'autre, et tâcher de les mettre ensemble au chemin du paradis. Quant à moi, je dois faire voguer la galère, pour le service du roi et la confusion de ses ennemis. Pour cela, c'est au comite de commander, au forçat de tirer la rame. Ceci dit, nous sommes tous de pauvres pécheurs, vous le savez mieux que moi, mais chacun doit servir à la place qui est la sienne. »

XVI

LA MORT DU CHEVALIER ROLAND

APRÈS ces jours de gros temps, ces orages d'été, ces rafales de mistral, c'est en mer que les galériens pour la foi apprirent la mort de Roland.

La Superbe avait donné fond en vue d'Aigues-Mortes, devant la passe du Grau-du-Roi, juste à l'endroit où, deux ans auparavant, à peu près à la même époque, M. d'Autigny avait offert la collation et la symphonie à trois belles dames de Provence et à leurs deux cavaliers.

Le vent s'était calmé, la Méditerranée était belle, comme si le désastre des trois tartanes et des frégates anglaises avait apaisé sa colère. On avait su, par un cotre armé en flûte, venant de Toulon et cinglant vers la Catalogne, que l'une de ces tartanes était allée s'échouer sur les côtes de la Provence, et que le chevalier de Roannez s'était emparé des deux autres, comme elles tentaient de gagner le port de Nice. Les renforts attendus ne débarqueraient jamais sur la côte. Les états protestants ne feraient jamais rien pour les camisards, et les Français exilés qui avaient voulu les rejoindre étaient morts, dispersés, ou aux mains de leurs ennemis.

« Le chef de ces factieux, expliquait le capitaine de *La Superbe*, était un nommé Labourlie, gentilhomme du Rouergue, le plus jeune fils du marquis Labourlie de Guiscard qui fut sous-gouverneur de Sa Majesté. Cette tête folle avait jeté le froc aux orties, car on l'avait fait abbé, et il appelait les peuples de ces cantons à se rebeller contre le roi, sans plus distinguer les catholiques des protestants et sans doute en accord avec quelques grands de la Cour. C'est une révolution qu'il voulait faire sortir de cette sédition des Cévennes.

— Je connais un peu tous ces Labourlie, disait M. de Maroulles. Ce sont des gens de chez moi. Le frère aîné est un officier général d'une grande distinction qui se trouve actuellement auprès du roi de Suède comme ambassadeur de Sa Majesté. Le second vit à côté de Rodez comme on pouvait vivre aux siècles passés, quand la noblesse ignorait le pouvoir du roi et régentait tout sur ses terres. Le dernier est un vrai frondeur qui aurait voulu étendre à la France entière cette rébellion de paysans, en prétendant relever ainsi la noblesse, redonner vie au commerce et faire le bonheur des classes les plus misérables. Il avait vu, dans la révolte de ces fanatiques, l'annonce d'un grand changement qui devait bouleverser le royaume, réconcilier catholiques et protestants et fonder une sorte de République.

— Il a mal vu, répondit M. d'Autigny. D'aussi sombres desseins ne sauraient ébranler le royaume. La monarchie est le gouvernement naturel de la France et nul ne pourra jamais rien contre elle. Si ce factieux a pu échapper au chevalier de Roannez, en se jetant à la côte, il n'est plus qu'un fugitif qui devra mendier son pain auprès de la reine Anne ou de Messieurs les Etats. »

∴

Profitant de ces circonstances heureuses, M. de Marle était descendu à terre, pour acheter quelques fruits de la saison, des raisins, des figues et des melons, avec quelques barriques de vin des Costières, et c'est lui qui rapporta la grande nouvelle à son retour d'Aigues-Mortes.

« Roland a été tué le 15 août. »

Jamais les officiers des galères ne parlaient des camisards devant les forçats, mais le capitaine voulut qu'en dépit de cet usage on leur fasse connaître aussitôt la mort de Roland, parce que cette mort, plus que le désastre de Nages ou la reddition de Jean Cavalier, marquait la ruine des espérances des galériens pour la foi.

Escorté de ses officiers-majors, laissant éclater sa joie, avec la modération dédaigneuse qui convient aux gens du grand monde, M. d'Autigny fit quatre ou cinq fois l'aller et retour sur la coursie, de poupe à proue, en marquant de longs temps d'arrêt devant les bancs où se trouvaient des religionnaires.

« Après le brigand qui est venu se rendre à merci, voilà le brigand dont on a fait prompte et bonne justice, disait-il à haute voix à M. de Marle. Ce Roland a fini de faire parler de lui. Dans un mois, on aura oublié son nom, mais l'on se souviendra toujours de ses crimes. Savez-vous au moins comment il est mort ?

— Il est mort, répondit M. de Marle en riant, comme il convient que passent de vie à trépas les scélérats de sa sorte. Il s'est fait surprendre au lit avec une fille, et n'a eu que le temps de fuir en chemise. Rejoint par quelques dragons, il est tombé la bannière au vent, en laissant voir ce qui lui servait d'armoiries.

— Savez-vous l'endroit où ce meurtrier s'est fait prendre ?

— Au château de Castelnau-Valence, entre Alès et Saint-Ambroix. Il était venu y rejoindre une garce qu'on dit demoiselle de qualité, comme si la chose était possible avec des châtreurs de porcs et des vachers. Surpris au plein de la nuit par M. de la Coste de l'Abadie, accompagné par un petit parti de dragons, il a cherché son salut dans la fuite, en plantant là cette prétendue demoiselle, ce qui est du dernier galant. M. de la Coste avait été averti par un donneur d'avis, précédemment camisard, qu'avait alléché la récompense de cent louis d'or promise à celui qui ferait prendre Roland. Toujours est-il que le gredin est arrivé à fuir, par une petite porte donnant sur les champs, avec quelques-uns des siens. Les dragons leur ont donné chasse et les ont trouvés dans des buissons. L'un d'entre eux a tué Roland d'un coup de fusil, et les autres se sont rendus sans faire de résistance tant ils étaient effrayés. »

Les galériens pour la foi écoutaient sans lever la tête, insensibles aux moqueries de ces gentilshommes qui s'ingéniaient à déshonorer leur frère mort au combat, et frappés au cœur par cette terrible nouvelle.

« Ce n'est pas vrai ! » murmurait Jean-Pierre, tandis qu'au plus profond de son âme une voix disait lentement, comme un glas : « Le frère Roland est mort ! »

« M. de la Coste, reprenait le lieutenant sur une question de son père, a ramené le cadavre de ce scélérat à Uzès. « Voilà le fameux Roland ! » criait-on à travers tout Nîmes, au milieu d'un extraordinaire concours de fanatiques qui ne voulaient pas en croire leurs yeux, et prétendaient que ce n'était pas le véritable Roland, tant et si bien qu'il a fallu faire embaumer sa charogne pour qu'on ne puisse pas mettre sa mort en doute. C'est un honneur qui n'arrive pas très souvent aux drôles de cette sorte. »

Quand les officiers-majors eurent regagné le carrosse, en poussant des éclats de rire, ce fut le tour des comites et des proyers de commenter cette mort au milieu de la chiourme. Ils prolongeaient les insouciantes moqueries des gentilshommes par leurs outrages de tortionnaires et leurs flétrissures de bourreaux.

« On a châtré le châtreur de porc, disait le Tustaïre en distribuant au hasard quelques coups de corde, et ce sanglier s'est laissé tuer comme un agneau. Ce n'était qu'un étalon bistourné, un chapon qu'on avait pris pour un coq.

— Les dragons ont dû hériter de sa belle, ajoutait le sous-comite aux yeux fous, en faisant des gestes obscènes. Elle a dû être bien contente qu'ils soient là pour remplacer ce galant qui l'avait abandonnée en plein milieu de la nuit.

— Des filles comme celle-là devraient être condamnées aux galères », disaient les petits proyers. Ça serait un plaisir de s'occuper un peu d'elles », et leurs yeux d'enfants vicieux lançaient des éclairs de joie, tandis qu'ils ravalaient leur salive avec des sibilations lubriques.

∴

Dans la chambre du carrosse, grappillant les figues et les raisins achetés à Aigues-Mortes, les officiers continuaient à parler entre eux de la mort du chef camisard.

« A vrai dire, expliquait M. de Marle, ce brigand n'a pas péri comme un couard. Je n'ai pas jugé utile de raconter ses exploits, pour ne pas monter la tête à nos huguenots, mais il a succombé en brave... Il est vrai qu'il s'est enfui en laissant voir sa chemise. Cela peut arriver dans toute surprise de nuit, mais il n'avait pas oublié ses armes. Cinq des siens ont fait cette retraite avec lui. Montés sur des chevaux à poil qui n'avaient même pas de bride, ils ont été rattrapés par un parti de dragons. Ce Roland a sauté à terre et s'est adossé au tronc d'un olivier. Il a tiré trois fois et il a abattu trois hommes. Il avait toute une ceinture de pistolets. Malgré les ordres formels de M. de la Coste, on n'a pas pu le prendre vivant. Il a fallu le tuer à coups de fusil, car il aurait fait un carnage. »

Les officiers écoutaient M. de Marle en silence. On entendait les grains de raisin qu'ils faisaient craquer sous leurs dents.

« Eût-il été gentilhomme qu'il n'aurait pas pu mourir en montrant plus de fermeté... Après tout, il était le général de ces gueux. On lui donnait même du comte. Comte Roland, général des enfants de Dieu, chef des troupes protestantes assemblées dans les Cévennes. Tout cela était ridicule, mais ce brigand a su faire honneur à son nom chaque fois qu'il a dû se battre.

— Le chevalier Roland. C'est ainsi que le surnommaient ses hommes, ajouta M. de Maroulles. Etrange peuple à la vérité. Il paraît que ce Roland avait de la prestance et la mine haute, sans être de grande taille. Comme Jean Cavalier, il avait les cheveux blonds, ce qui n'est pas très fréquent dans cette contrée. Son visage était gravé par la petite vérole, mais ses yeux étaient pleins de feu. Il savait se taire et, quand il parlait, c'était pour donner des ordres ou pour raisonner ou déraisonner sur les affaires de Dieu, comme ont fait tous ses congénères.

— Eh bien, messieurs, fit observer brusquement le capitaine, avec une pointe d'humeur, il est fâcheux que M. de Meaux soit mort depuis quelques mois. A vous entendre, on croirait qu'il était le seul à pouvoir prononcer l'oraison funèbre de votre chef de brigands. J'imagine les accents qu'il aurait trouvés pour louer un si grand exemple.

— Le maréchal de Villars semble avoir voulu le faire à sa place, répondit M. de Marle, animé par les récits que lui avaient faits les gens d'Aigues-Mortes. A plusieurs reprises, il a dit des mots flatteurs sur la fermeté de ces gens et sur les talents de leur chef.

— Le maréchal dit toujours du bien de ses ennemis, j'ai déjà eu cent fois l'occasion de vous le faire observer, mais c'est pour grandir son rôle et célébrer sa propre vertu.

— Toujours est-il que les compagons de ce Roland ont subi le dernier supplice avec une extraordinaire constance, et c'est à n'y rien comprendre, car ces gens s'étaient rendus comme des agneaux quand ils avaient vu leur chef tomber devant eux. Il paraît même qu'ils s'étaient jetés sur son corps en pleurant comme des enfants. Ils étaient cinq, dont un garçon de vingt-deux ans du nom de Maillet qui était beau comme une personne de qualité et qui a parlé sur la roue, les membres rompus, jusqu'à son dernier soupir, avec un air du grand monde, même pour prier le prêtre de le laisser en repos.

— C'est bon, c'est bon, grommelait M. d'Autigny. Ces gens de rien sont familiers de la roue. C'est leur vrai champ de bataille.

— Parlez-nous de la demoiselle qu'on a trouvée avec lui, demanda M. du Cairon. Est-ce une beauté que nous avons faite prisonnière ?

— A parler franc, on n'a d'abord rien trouvé. Le château était vide. La belle avait dû s'enfuir avec un cheval sellé et on a perdu ses traces. C'était le donneur d'avis qui avait signalé sa présence. C'est une fille de condition, Catherine Bringuier de Cornély, fille de François de Bringuier, seigneur de Cornély qui fut lieutenant de cavalerie dans le régiment de Merenville, la belle Cornély comme on l'appelait à Lasalle où elle avait son château. Le père avait abjuré quand on a révoqué l'Edit, mais la fille était restée fanatique et servait de garce au chef camisard. Elle avait une sœur du nom de Marthe, du dernier bien avec ce joli garçon dont je viens de vous parler et qu'on a rompu sur la roue.

— C'était donc une partie fine et ces grands vertueux n'étaient que des hypocrites ? Je ne suis pas ennemi de la gaillardise, mais vivre en concubinage, si ce n'est dans la chiennerie, ne s'accorde pas avec les sermons et les prêches, fit remarquer M. d'Autigny. Savez-vous, au moins, si l'on a retrouvé ces deux demoiselles ?

— Il paraît qu'elles ont été arrêtées dès le lendemain, du côté de Saint-Hippolyte, alors qu'elles tentaient de retourner à Lasalle. M. de Bâville décidera de leur sort, mais à cause de leur naissance, elles s'en tireront sans doute à bon compte... et pourtant des filles de qualité acoquinées avec ces brigands mériteraient d'être cent fois plus punies que leurs prophétesses. Ces possédées ne sont jamais que de malheureuses bergères à l'esprit dérangé par la solitude.

— Buvons donc à la belle Cornély, proposa M. du Cairon avec une exaltation qui n'était pas feinte. Elle apporte un peu de pimpant dans cette guerre de rustres. Je tiens qu'elle a les yeux noirs, la chevelure bouclée, une cheville de fer, une allure de chasseresse... Intrépide Catherine, que les gens de Montpellier ne te soient pas trop cruels.

— Même si elle est fille de qualité, votre Catherine doit être une gardeuse de chèvres, mal lavée, mal peignée, vêtue à la paysanne, avec de gros bas de laine et, peut-être, portant des sabots.

— Erreur, messieurs, reprit le jeune enseigne, c'est une Scudéry rustique, une Ninon des Montagnes, une précieuse, avec une carte du Tendre où l'on va de coups de mains en embuscades, et de surprises de nuit en embûches. »

La mort du chef cévenol avait mis en joie tout l'état-major de *La Superbe*. Le capitaine envoya chercher des bouteilles de vin de Bourgogne, et chacun porta la santé du maréchal de Villars, de M. de la Coste l'Abadie, du dragon qui avait abattu Roland, — il a pour nom Soubeyran, précisa M. de Marle — et enfin, par dérision, mais avec un peu de gentillesse gaillarde, de la belle Catherine Cornély.

— A la belle Cornély ! répétait M. du Cairon, en faisant tinter son verre.

∴

Pendant plus d'une semaine, les galériens pour la foi ne purent savoir rien de plus. Roland était mort, mort en combattant, et tous les espoirs terrestres des enfants de Dieu venaient de disparaître avec lui.

« Mon royaume n'est pas de ce monde, écrivit Marc-Antoine Capdur sur un morceau de papier et, transmise de main en main, cette parole du Christ fit le tour de tous les forçats huguenots de *La Superbe*.

— Pour que celui qui croit en moi ne périsse point, mais qu'il ait la vie éternelle », ajouta Jean-Pierre de sa plus belle écriture, et le papier revint à Marc-Antoine Capdur qui le refit passer, une fois de plus, à tous ceux qui appartenaient à la petite église flottante.

La Superbe avait repris sa croisière, dans le golfe. Au bout de quelques jours, il fallut pousser jusqu'à Sète, pour faire l'aiguade. Des galériens huguenots furent désignés pour la corvée que l'on fit descendre à terre, et tout en remplissant les barils, après les avoir rincés dans la fraîcheur des fontaines, au murmure des eaux courantes, ils eurent la chance de se faire raconter en détail, par des gens du port, secrètement favorables aux religionnaires, le dernier combat de Roland.

Le soir même, tous les galériens pour la foi de la chiourme de *La Superbe* savaient comment le chef camisard était mort, et la vérité se transformait déjà en légende. Le frère Roland n'était pas tombé comme un lâche. Il n'avait pas terminé sa vie dans le libertinage, en se faisant surprendre avec une fille. Il avait été tué les armes au poing, et Catherine de Cornély était son épouse légitime, devant l'Eternel et devant les hommes. Ils avaient été unis au Désert, par un ministre de Dieu, comme l'avaient été, depuis des années, beaucoup de leurs frères.

« Mesurez le peu de raison de ceux qui nous persécutent, disait Marc-Antoine Capdur à ses compagnons de misère. Ils auraient voulu qu'aucun des enfants de Dieu ne puisse recevoir le baptême, qu'aucun d'eux ne puisse être uni à la femme qu'il aimait, qu'aucun ne puisse trouver une sépulture décente pour attendre le jugement. Cependant, on a toujours baptisé, marié et, dans la mesure du possible, donné une tombe aux défunts, dans notre Eglise persécutée, au nom de Celui qui a fait le ciel et la terre... Mais si nos persécuteurs ont pris au sérieux nos baptêmes, s'ils se sont acharnés à priver nos corps de sépulture, en les traînant sur la claie, ils n'ont jamais voulu reconnaître nos unions bénies dans la solitude. Ils ont toujours prétendu que ces liens sacrés n'étaient que débauche et concubinage... Comme si le prédicant ou le ministre qui peut recevoir nos enfants dans notre église, ou donner la paix à nos morts, ne pouvait pas nous unir par un légitime mariage !

— Elle était bien pourtant la femme de Castanet, affirmait Jean-Pierre, celle qu'ils ont eux-mêmes appelée la princesse des Cévennes, cette bergère de Saint-Laurent du Minier que le chef de l'Aigoual a épousée au Désert, en faisant grâce à vingt-cinq prisonniers qui allaient être passés par les armes. Quel prince a jamais marqué d'une générosité plus grande le jour de son mariage ? Nos persécuteurs eux-mêmes ont dû reconnaître cette union bénie dans les nuages quand, après s'être emparés de cette Blondine, ils l'ont échangée contre la femme du consul de Valleraugue que Castanet avait fait prisonnière. Ils ont traité à épouse contre épouse, et sans discussion... Comment osent-ils refuser à Mlle de Cornély ce qu'ils ont accordé à cette bergère ? »

Marc-Antoine Capdur pouvait parler longuement de la belle Catherine à ses compagnons de *La Superbe*. Il avait jadis rencontré son père. Il connaissait l'histoire de sa famille. Il savait ce qu'avait été son enfance.

« Les Cornély ont souvent donné asile au pasteur Claude Brousson, dans leur château de Lasalle, au temps où il était pourchassé par les dragons. Catherine était alors une toute petite fille et venait voir le proscrit pendant qu'il écrivait ses sermons. Sans doute, les répétait-il à voix haute, et l'enfant devait l'écouter pendant des heures. Cette semence a porté ses fruits. Quand M. de Cornély qui était lieutenant de cavalerie a été contraint d'abjurer, en novembre 85, par M. de Bâville lui-même, ses enfants sont demeurés constants en la foi. A vingt ans, Catherine allait aux assemblées, avec Louison et Belotte, ses deux sœurs aînées, et Marthe, sa sœur cadette. C'est là qu'elle a dû connaître Roland. C'est là que Marthe a dû connaître Maillé, et elles se sont unies l'une et l'autre à ces deux garçons, par un légitime mariage. »

Quand Marc-Antoine Capdur leur parlait ainsi, il semblait à tous les galériens pour la foi qu'ils étaient appelés pour servir de témoins à ce mariage de Roland. Ils connaissaient tous par cœur les phrases que disait le ministre quand il scellait ces unions de l'Eglise persécutée, et il leur semblait les entendre dans la solennité de la solitude du Désert.

« Dieu Notre Père, après avoir créé le ciel et la terre, et tout ce qui est en eux, créa et forma l'homme à son image et semblance qui eut la domination et seigneurie sur les bêtes de la terre, les poissons de la mer et les oiseaux du ciel, disant après avoir créé l'homme : il n'est pas bon que l'homme soit seul, faisons-lui une aide semblable à lui. Et notre Seigneur fit tomber un gros sommeil sur Adam, et ainsi qu'Adam dormait, Dieu prit une de ses côtes et en forma Eve : donnant à entendre que l'homme et la femme ne sont qu'un seul corps, une chair et un sang. C'est pourquoi l'homme laisse père et mère et est adhérent à sa femme, laquelle il doit aimer ainsi que Jésus aime son Eglise. »

Ils croyaient entendre alors la dernière bénédiction du ministre, levant les deux bras au ciel :

« Dieu tout-puissant, tout bon et tout sage, puisqu'il t'a plu appeler ceux-ci au saint état de mariage, que ta grâce et bonté tu veuilles leur donner, afin qu'en vraie et sainte foi, ayant une sainte lignée, ils te louent et servent... Exaucenous, Père de miséricorde... Notre Seigneur vous remplisse de toutes grâces, et en tout bien vous donne de vivre ensemble longuement et saintement.

— Pourquoi Roland n'aurait-il pas eu le droit de prendre une épouse, malgré ses tribulations et ses combats, puisque Dieu lui-même a voulu qu'il en soit ainsi pour chaque homme ? C'est de par Dieu qu'il a été marié », reprenait Marc-Antoine Capdur...

Le livre que Jean-Pierre tenait caché sous son banc donnait clairement les raisons de ces mystères, dans son français qui datait de l'autre siècle et semblait être, avec ses tournures vieillies et sa solennelle âpreté, la langue du Tout-Puissant, même quand le galérien du Pompidou en faisait la lecture à Denis Ustain.

« Car pour éviter la paillardise, un chacun doit aimer sa femme et une chacune femme son mari, tellement que tous ceux qui n'ont point le don de continence sont obligés par le commandement de Dieu de se marier. »

∴

C'est ainsi que, par un renversement étrange, la mort de Roland poussait les galériens pour la foi à réfléchir sur les enchaînements de la vie. Les moqueries légères des officiers et les obscénités des comites les avaient jetés dans cette méditation sur le mariage et la sainteté de la famille, alors que certains d'entre eux étaient séparés de leur femme et de leurs enfants depuis des années, et que d'autres avaient été retranchés du monde avant d'avoir pu fonder un foyer. Bafouée et calomniée, Catherine de Cornély était devenue pour eux le symbole de ces liens qui avaient été établis par Dieu...

Pas un seul d'entre eux, cependant, qu'il fût laboureur, pâtre ou tisserand, ne songeait à tirer orgueil du rang de l'épouse du chef camisard. Fille noble, elle avait épousé un homme comme eux, un simple fils de la terre, sans déroger pour cela, mais sans lui donner rien de plus que ce que lui aurait donné une fille de la montagne ou une bergère : l'amour humain, la fidélité dans l'épreuve et la confiance en Dieu.

Sans le savoir, ils fondaient ainsi une société égalitaire, sous les sacrements du malheur et du sacrifice. Ce qui les frappait le plus chez Roland, c'est qu'il était un homme comme eux, un simple paysan. Pendant plus de deux ans, cet homme avait lutté contre les puissances du monde, le plus grand roi de la terre, les armées les plus formidables. Il avait fait naître l'espoir dans une revanche terrestre, alors qu'il ne combattait que pour la vie éternelle. Il avait armé le bras des persécutés. Il leur avait enseigné qu'ils pouvaient redevenir libres. Mais en mourant pour sa foi, il avait fait plus encore : il les avait ramenés vers une maison de famille, un foyer, et l'espoir d'une existence paisible, avec une épouse et des enfants. Ce guerrier du Désert, mort avant d'avoir eu le temps de vivre, leur laissait comme une promesse de félicité domestique.

« Je connais sa maison, disait Marc-Antoine Capdur. Un jour que j'allais d'Anduze à Saint-Jean de Gardonnenque, je suis passé par Mialet, et j'ai traversé le vallon où habitaient ces Laporte. C'est un endroit où l'on sent, avec les odeurs des arbres sauvages, la sainteté de la vie. »

XVII

LE CONSEIL DE GUERRE

PENDANT que *La Superbe* était à la mer, M. de Montmort avait poursuivi son enquête, avec une sorte de fureur, comme si le sort du royaume avait dépendu de cette affaire de basse police. Du premier coup, il avait pris dans ses rêts les principaux membres de l'œuvre de miséricorde dont l'arrestation des deux marchands de Genève lui avait livré les premiers fils. Il tenait Ioussouf et M. Bernier, avec quelques vagues comparses, commis ou hommes de peine, dont la culpabilité n'avait été établie que par le recours à la torture. Coupables ou innocents, ces malheureux faisaient nombre, à la grande joie de l'intendant général. Mais il lui restait encore à mettre la main sur la femme dont avait parlé un des domestiques de M. Bernier, sous le coup de la terreur, quand les archers avaient envahi la maison.

Dès le lendemain de l'arrestation du marchand de cuir, M. de Montmort avait fait installer une espionne dans sa demeure. Vive de gestes, jambes musclées et chevilles fines, cette créature, connue sous le sobriquet de l'Aragne, avait pour mission de prendre l'aspect d'une domestique de confiance, bien au fait de tout ce qui se passait dans cette famille, et de recevoir les gens qui demanderaient à voir ses maîtres. Mme Bernier et sa fille avaient été confinées dans leur chambre, sous la garde de deux archers qui s'amusaient à les rendre folles de terreur, et veillaient à ce qu'elles ne puissent donner l'alarme à personne. Pour faire parler les visiteurs ou les visiteuses, on s'en remettait à l'astuce de l'Aragne qui n'en était pas à son coup d'essai.

Concubine du comite de *La Superbe*, belle et forte fille à l'allure de caraque, aux yeux de devineresse complice du mauvais sort, aux noirs cheveux tordus comme des serpents, cette Aragne était comme un comite femelle, auxiliaire des basses œuvres de l'Intendant général, prostituée au besoin, soit pour le lucre ou pour le plaisir, soit pour le service des gens de police qui l'employaient comme espionne et savaient que, dans une chambre fermée, elle aurait fait parler un mourant. Elle se servait aussi bien des ressources de la luxure que son compère au crâne rasé savait se servir de celles de la souffrance. C'était un démon de perversité. Elle aurait pris son plaisir avec n'importe quel malheureux qu'elle aurait su devoir conduire au gibet, en lui arrachant des confidences dans l'égarement de la volupté. Elle avait joué ce jeu plusieurs fois avec des bas-officiers des galères qu'elle avait menés à leur perte, sans éveiller jamais le moindre soupçon. Aussi perverse d'esprit qu'elle l'était par les sens, elle pouvait incarner n'importe quel personnage, et donner l'illusion de la vertu à ceux que n'auraient pu surprendre ses vices. C'est ainsi qu'elle en usait, quand elle en avait l'occasion, avec les femmes de bonnes mœurs qui se trouvaient impliquées dans quelque action ténébreuse. Elle aurait fait avouer des péchés imaginaires aux plus vertueuses des épouses et transformé la plus innocente en coupable, si tel avait été l'intérêt d'un beau-père ou d'un mari.

Bien chapitrée par les gens de l'intendant général, et par M. de Montmort lui-même, au sujet de la jeune femme inconnue qui ne manquerait pas de se présenter, un jour ou l'autre, chez les Bernier, elle avait pris l'aspect d'une fille de la campagne, de mise modeste et de contenance naïve. La forte ribaude, suant l'impudeur et la luxure, était devenue une innocente jeunesse, embarrassée de ses trop visibles appas et les cachant de son mieux sous de gros habits de paysanne. Pour expliquer sa présence aux plus familiers de la maison, elle avait imaginé une fable qu'elle se répétait à loisir. Elle était la nièce — et non pas la fille — du fermier de la bastide que les Bernier possédaient dans le vallon des Aygalades, et ces derniers lui avaient confié leur maison pour aller passer quelques jours à la campagne, à cause de la santé de leur fille qui avait mal supporté les grandes chaleurs de l'été. Elle avait justement mission de recevoir tout ce qu'on pouvait apporter à ses maîtres, et n'ignorait rien de ce qu'ils faisaient, même, et surtout, les choses les plus secrètes.

Prenant ses aises dans la maison, festoyant avec les archers, buvant sec, et surtout se vautrant dans la paresse, elle jouissait à l'avance du jeu subtil qu'elle allait avoir à mener, et se demandait à quelle sorte de femme elle aurait à faire. Ce qui pouvait lui donner le plus de plaisir, c'était de prendre dans ses filets une jeune dame aux mœurs pures ou, mieux encore, une jeune fille de qualité. Elle aurait été déçue de n'avoir à faire arrêter qu'une ribaude de son espèce, quelque commissionnaire ayant accepté de remplir pour de l'argent cette mission dangereuse, une fille perdue comme elle l'était elle-même. Elle avait trop souvent servi de pourvoyeuse aux exempts et aux archers qui faisaient couper le bout du nez et les lobes des oreilles aux prostituées atteintes du mal de Naples, ribaudes dispensatrices de la baude, pour prendre plaisir à cette sorte de chasse.

« Il faut qu'elle soit grande dame ! » se disait-elle avec un ravissement pervers, tandis que, couchée sur le lit de M. Bernier, elle descendait lentement ses deux mains ouvertes le long de ses cuisses.

Elle avait attendu ainsi, pendant des semaines, sans que personne ne se présente chez les Bernier. La femme inconnue avait-elle été avertie ? Ne chercherait-elle jamais à prendre contact avec ses complices ? En dépit des précautions que l'on avait prises, les gens du quartier avaient-ils parlé ? De guerre lasse, M. de Montmort avait décidé de lever son embuscade à la fin du mois de septembre, et l'Aragne se désolait à l'idée de devoir quitter une aussi bonne maison où elle faisait bombance en vidant la cave et les armoires aux provisions, pleines de cochonnailles et de confitures, et où elle pouvait dormir sous la plume, dans les draps les plus fins qu'elle avait jamais vus de sa vie.

∴

C'est en vain que, de son côté, l'intendant général avait essayé de mettre au clair cette affaire, en faisant parler, par la ruse ou par la force, ceux qu'il tenait déjà dans sa main.

Il avait dû relâcher les deux marchands de Genève qui ne manquaient pas de protecteurs chez les gros commerçants de la ville et jusque chez les consuls pour lesquels le négoce était une chose sacrée. Il en avait été de même en 1696 quand les frères Zollikoffer, de Saint-Gall, avaient été impliqués dans une affaire semblable. Les gens de police avaient eu beau transformer leur nom et les appeler Sollicoffre, ils n'en étaient pas moins restés des étrangers, avec lesquels on ne pouvait pas en user comme avec les sujets du roi. De puissants intérêts empêchaient toujours de pousser à fond les procès de ces commerçants venus de Suisse et qui pratiquaient ouvertement la religion réformée. M. de Montmort dut donc se borner à faire subir un dernier interrogatoire aux deux prisonniers. Les Genevois, sentant qu'ils n'avaient plus grand-chose à craindre, brouillèrent les pistes et revinrent même en partie sur les aveux qu'ils avaient pu faire, quand on les avait arrêtés.

« Vous avez déclaré, disait M. de Montmort, que d'autres gens fournissaient aussi des subsides au sieur Bernier.

— Comment avons-nous pu dire des choses pareilles ! répondaient les deux marchands. Vos gens nous auront fait peur et nous aurons dit n'importe quoi sous l'effet de leurs menaces... Même si cela était, nous n'en aurions pas eu connaissance. En pareil cas, tout se traite dans le secret. Nous ne savions pas nous-mêmes de qui venait cet argent que nous avions avec nous, ni à qui il devait être remis. Nous n'avons été que de malheureux commissionnaires... et nous pensons, très sincèrement, que M. Bernier, lui aussi, a dû se trouver entraîné dans cette affaire dont il doit ignorer les secrets.

— Ne me parlez pas de ce Bernier, répondit M. de Montmort en haussant la voix. Il n'en sera pas quitte à aussi bon compte que vous. Vous ne pouviez pas ignorer, et lui moins que vous encore, qu'il y a des ordres du roi interdisant de recevoir et de distribuer des aumônes à ses forçats.

— Nous l'ignorions, monsieur, répondit le plus hardi des deux Genevois. Nous n'avons agi que dans un esprit de charité, sans avoir dessein de mal faire... Mais si c'est une faute ou un crime que d'agir ainsi, nous en demandons humblement pardon à Dieu et pardon à Sa Majesté.

— Je vois, messieurs, reprit brusquement M. de Montmort, que ces émotions vous ont troublé la mémoire. Tâchez, pourtant, de vous souvenir de ce qu'il convient de ne pas faire dans ce pays. En attendant, vous allez pouvoir rentrer dans le vôtre, car tel est le bon plaisir de mon maître, qui est le plus généreux de tout l'univers. Il ne me reste plus qu'à vous souhaiter bon voyage. »

Les deux Genevois n'avaient pas encore franchi la porte de l'arsenal que l'intendant, furieux de n'avoir rien pu en tirer, se fit amener M. Bernier. Celui-ci n'était pas sorti de son cachot depuis des semaines. L'obscurité, maîtresse en ces lieux, le jour et la nuit, avait affaibli sa vue, et ses jambes, tenues dans des ceps, lui refusaient tout service. Deux archers durent le porter et le soutenir. Il était dans la plus extrême faiblesse. Ses mains étaient agitées par des tremblements convulsifs et ses yeux écorchés par la lumière, promenaient autour de lui un regard d'aveugle.

« Les Suisses m'ont tout dit ! » déclara M. de Montmort.

Le marchand de cuir n'avait pas l'air de comprendre. Sa captivité au fond des cachots creusés sous la résidence de l'intendant semblait l'avoir rendu imbécile.

« Ils m'ont tout dit ! reprit M. de Montmort. Ils avaient trop envie de rentrer dans leur pays pour se taire. Maintenant, je connais le nom de cette femme qui t'apportait de l'argent pour ces damnés chiens d'hérétiques. Si tu ne veux pas que je te fasse périr au milieu des pires tourments, tu vas aussi me le dire. Ce sera, pour moi, l'occasion de voir si tu es sincère. »

Un sourire illumina le visage du prisonnier. Comme le sang revenait, petit à petit, dans ses jambes mortes, on aurait dit qu'il retrouvait aussi son intelligence, bribe par bribe, en répondant à son persécuteur.

« Il vous est facile, monsieur, si ces malheureux vous ont livré le nom d'une femme, de vous assurer qu'elle n'est pour rien dans cette affaire. Je peux vous en donner ma parole... et ce que je refuse de dire, au prix de tant de souffrances, vous prouve la vérité de ce que je dis. »

M. de Montmort comprit trop tard son erreur. En prétendant que les marchands de Genève lui avaient livré le nom de la femme qu'il cherchait, il avait fait sentir à son prisonnier qu'il ne savait rien encore, car les deux marchands devaient ignorer ce secret.

« C'est bon ! dit-il. Nous finirons bien par avoir cette drôlesse. Sache, en tout cas, que tu es déjà promis aux galères, mais que le sort de ta femme et de ta fille est entre tes mains. Si l'on te fait ton procès sans avoir trouvé cette garce, elles répondront pour elle, et c'est toi qui l'auras voulu.

— Elles sont, l'une et l'autre, deux chrétiennes exemplaires et des modèles de vertu...

— Ne recommence pas à me raconter des histoires sur la religion qu'on pratique dans ta famille. Des docteurs sont allés regarder ta bibliothèque et nous savons ce qu'il faut penser de tes simagrées. Un bon chrétien ne lit pas les livres que tu lis. Attends un peu que je cherche le papier où ces messieurs ont noté toutes leurs remarques... Voilà ! Ronsard, du Bartas, Montaigne, le théâtre de Molière, les fables de La Fontaine, le recueil en vers des œuvres burlesques de Scarron... Monsieur aime la poésie ? Il n'y a pas d'ordonnance qui l'interdise et je ne t'en ferai pas querelle... Mais pourquoi as-tu acheté les œuvres de Jean Calvin, le recueil des sermons de Drelincourt, les méditations de d'Aubigné, la Bible et le Nouveau Testament, en français, les psaumes traduits par Clément Marot et Théodore de Bèze ? Quand on lit des livres pareils, peut-on être bon catholique ? Et cette métaphysique de Dupleix où ces messieurs ont cru trouver quelque parfum d'hérésie ? Qu'as-tu besoin aussi de lire Plutarque et *Le Sage résolu contre la bonne et la mauvaise fortune*, de Pétrarque ? Savais-tu donc ce qui allait t'arriver et te préparais-tu à nous jouer les stoïques ? Tu aurais dû le savoir, puisque tu lisais aussi les prophéties de Nostradamus. Dans tout cela, on ne trouve pas un seul livre qui puisse servir à faire un sujet fidèle, ni un catholique docile aux enseignements de l'Eglise, à part l'Imitation qui est peut-être là pour donner le change aux naïfs. En attendant qu'on décide de ton sort, va réfléchir avec les scorpions et les araignées, au pain et à l'eau... et qu'on le tienne serré à lui rompre les chevilles s'il fait un seul mouvement, ajouta-t-il en se retournant vers les archers. Il ne devait pas l'être assez puisqu'il a suffi qu'on le délie un moment pour qu'il se tienne debout. »

Après le marchand de cuir, l'intendant général envoya chercher Ioussouf. L'athlétique vogue-avant arriva sans avoir besoin qu'on le soutienne, à peine amaigri, aussi fier qu'un homme libre. Il laissa tomber son regard sur l'intendant général qui était pourtant de bonne taille et que grandissaient ses chaussures à talons et sa perruque bouclée. Le grand seigneur se sentit gêné sous le regard de l'esclave. Pendant un instant, il fut sur le point de céder à un mouvement de fureur, mais tout d'un coup, il se mit à rire.

« Alors, chien, on est mieux dans mes cachots que sur les bancs de la chiourme ? Tu m'as l'air en pleine santé. Ne crois pourtant pas que je te garde pour te permettre de te reposer. Si l'on ne te pend pas, on te renverra sur une galère. Après tout, tu ne dois rien savoir au sujet de cette femme ? Dis-moi que tu ne sais rien ?

— Je ne sais rien, dit Ioussouf avec assurance.

— Quant à tes complices de *La Superbe*, pas besoin que tu me dises leurs noms, ce sont tous les huguenots de cette galère.

— Je ne sais rien, répéta Ioussouf.

— Emmenez-le, dit l'intendant général, ou je lui casse les membres, et M. d'Autigny ne me le pardonnerait pas. »

∴

Ce soir-là, vers deux heures de relevée, une jeune femme voilée par une mantille frappa à la porte des Bernier. L'Aragne ouvrit aussitôt et fit entrer la visiteuse dans la grande salle.

« Je vous attendais, dit-elle, en prenant le maintien modeste d'une servante de bonne maison. M. Bernier m'avait prévenue. Ils sont allés à leur bastide des Aygalades pour faire prendre un peu de repos à leur demoiselle qui a eu des ennuis de santé. Vous ne me connaissez pas, mais je vous connais de longue date. Je suis la nièce de leurs fermiers et mes gens m'ont souvent parlé de vous... »

L'Aragne parlait, à toute vitesse, comme le font souvent les filles de la campagne, en tâchant de deviner, sur le visage de l'inconnue, l'effet que produisaient ses discours. Elle avait d'abord parlé en français, puis elle avait dit quelques mots en provençal, et voyant qu'elle était comprise, n'avait plus parlé que dans cette langue.

« C'est une femme d'ici, pensa-t-elle. Sans ça, elle ne comprendrait pas ce que je lui dis. Attention, attention, ma fille, ce n'est pas le moment de se couper. Ne lui dis ni madame, ni mademoiselle, bien qu'elle ait l'air pucelle et jamais encore essayée. Il me faut la mettre en confiance. »

« Vous ne savez pas quand ils reviendront ? demandait la visiteuse. D'habitude, ils ne restent jamais bien longtemps dans leur bastide des Aygalades, sauf pendant les grosses chaleurs d'été.

— Justement, justement, c'est pour faire prendre le bon air à leur demoiselle qu'ils ont emmené tous leurs domestiques et qu'ils m'ont fait venir pour garder leur maison. Nous nous sommes installés ici en attendant leur retour. M. Bernier voulait surtout qu'il y ait quelqu'un pour vous recevoir. »

Tout en parlant, l'Aragne continuait à penser, à toute vitesse. « N'en dis pas trop. Elle va finir par se méfier. Laisse-lui faire les premiers pas. Il faut la faire passer à confesse, et qu'elle vide son sac jusqu'au fond. Si elle reste sur sa réserve, je pourrai toujours la faire empoigner par les archers, mais elle jouera les innocentes. Tandis que si elle a parlé, elle ne pourra plus se dédire. »

« J'avais besoin de le voir, disait la visiteuse que ce contretemps décontenançait.

— Je sais bien, je sais bien », répondait l'Aragne. « Saute, ma fille, se disait-elle. Ce perdreau ne volera pas plus loin de lui-même. Il faut taper le buisson. »

« Si vous avez quelque chose à lui remettre, vous pouvez me le confier. »

L'inconnue hésitait. L'Aragne regardait ses mains. « C'est manqué » pensait-elle et, déjà, elle se dirigeait vers la porte pour appeler les archers, quand elle entendit la jeune femme lui dire :

« Tenez, vous lui donnerez ce paquet. Prenez-en bien soin.

— Si j'en prendrai soin ! dit l'Aragne en attrapant avidement le paquet qu'elle fit sauter dans ses mains expertes pour évaluer son contenu. J'en prendrai soin, reprit-elle, comme de la prunelle de mes yeux, et je n'ai pas envie de finir aveugle... C'est la même chose que l'autre fois ?

— Naturellement...

— C'est toujours à peu près la même somme ?

— A peu près...

— Et c'est de la part des mêmes gens ?

— Quelles gens ? »

L'inconnue avait fait un pas en arrière. Cette dernière question venait de la mettre en défiance. Mais l'Aragne avait planté ses yeux dans les siens.

« Fini de jouer, dit-elle, en changeant de voix. Te voilà prise, et ne fais pas la méchante. Je vois bien que tu n'as pas froid aux yeux, mais je ne suis pas seule et tu vas trouver à qui parler... Holà, vous autres, cria-t-elle en ouvrant la porte, voilà le petit oiseau qu'on attendait. »

Les deux archers étaient déjà dans la salle et l'Aragne avait déjà ouvert le paquet.

« C'est de l'aubert, sifflait-elle, et du jaune plus

que du blanc. Il ne te reste plus qu'à nous dire qui tu es, d'où tu viens et pourquoi tu as fait tout ça. Non, ne dis rien. Attends. Il faut bien que je prenne un peu mon plaisir. Je vais te tirer ton horoscope. J'ai été aussi devineresse et peux dévoiler ton présent et ton avenir... Je ne t'ai dit ni madame, ni mademoiselle, car l'enjeu était trop gros. A présent, je te dis pucelle, et fille de bonne maison, avec un château et des équipages. C'est un bel état pour être fouettée en public et jetée dans une prison, au pain et à l'eau, avec des rats pour galants. Si tu ne veux pas nous dire ton nom, on va le savoir quand même... Allez chercher les deux femmes », demanda-t-elle aux archers.

L'un d'eux revint aussitôt en poussant devant lui Mme Bernier et sa fille.

« Mademoiselle Lucrèce ! cria celle-ci, que nous sommes malheureuses ! Ils ont mis mon père en prison.

— Lucrèce ! s'esclaffa l'Aragne. J'ai connu une pute qui portait ce nom. C'étaient des officiers des vaisseaux qui le lui avaient donné à Toulon, et elle en était orgueilleuse... Lucrèce qui ? demanda-t-elle à Mlle Bernier qui venait de fondre en larmes et tremblait des pieds à la tête.

— Lucrèce de Montal, répondit la visiteuse d'un air de défi.

— Nous y voilà, répondit l'Aragne. Alors, c'est avec un nom comme celui-là qu'on faisait les commissions des forçats de *La Superbe* et qu'on leur faisait tenir cet argent par l'intermédiaire de ces dames !

— Ces dames ne savent rien et n'ont rien à voir dans ces affaires, affirma Lucrèce de Montal, et maintenant qu'allez-vous faire de moi ?

— Vous conduire à M. l'intendant général des galères pour obéir à nos ordres, dit un des archers d'un ton raide mais qui gardait encore un air de respect.

— Je le connais, répondit Lucrèce.

— Il sera ravi de vous voir », dit l'Aragne en faisant une parodie de révérence.

∴

Pour une fois, l'Aragne s'était trompée. Quand elle arriva chez l'intendant général en annonçant, avec des airs de triomphe, qu'elle tenait la complice de Bernier, et quand elle eut dit qui était cette complice, M. de Montmort, loin d'être ravi, fut bouleversé.

« Lucrèce de Montal ! » répétait-il, sans penser à cacher son désarroi.

Il avait la mémoire assez fidèle pour savoir qui était cette jeune fille. Il se souvenait de l'avoir vue au grand bal qu'il avait donné, avant le départ de l'escadre. Elle n'était pas seulement de noble famille, mais apparentée à tout ce qui comptait en Provence. Elle tenait aux Terris, aux Coriolis, à la noblesse de robe et à la noblesse d'épée. Les siens n'étaient pas de ces nouveaux convertis que l'on peut toujours tenir pour suspects, mais de bons et fidèles catholiques. Ils étaient tous de loyaux serviteurs du roi. Il ne s'agissait donc plus, pour l'intendant général, de régler un compte de police, avec les moyens ordinaires et sans considération de personnes, comme il l'aurait fait s'il avait été question d'une bourgeoise, mais de faire face à un épouvantable scandale qui ne manquerait pas de soulever les passions, de susciter des partis et d'engendrer des désordres.

« Voulez-vous la voir, monseigneur ? demandait l'Aragne. Elle est dans la pièce à côté et vous n'aurez pas de peine à obtenir ses aveux, car je suis là pour la contraindre à le faire. Elle m'a remis ce paquet qui contient une somme considérable, dont j'espère bien que votre bonté me fera garder quelques souvenirs. Elle a reconnu avoir déjà fait la même chose... à plusieurs reprises, ajouta-t-elle en se traîtant elle-même de menteuse. Mais quand j'ai voulu savoir de qui elle tenait cet argent, elle a compris qu'elle était tombée dans un piège et n'a rien voulu dire de plus. »

M. de Montmort écoutait le compte rendu de l'espionne, mais un autre souci retenait déjà son attention. Il lui semblait que cette Lucrèce était fiancée à un officier du corps des galères. Fiancée ? pas exactement. Il n'était encore question que d'un projet de fiançailles. Ces amours ne cachaient-ils pas autre chose ? Cet amoureux n'était-il pas plutôt un complice ? Il allait falloir tirer cette affaire au clair. Pour le moment il fallait user de prudence et ne rien régler au grand jour. Sa majesté ne lui pardonnerait jamais de faire éclater un scandale, si tout pouvait être réglé en secret et si tel devait être son bon plaisir.

« Voulez-vous la voir, monseigneur ? répétait l'Aragne qui commençait à se demander si elle avait eu la main heureuse en faisant arrêter cette fille de qualité.

— Je n'ai pas besoin de la voir, déclara M. de Montmort, après avoir hésité un moment. Qu'on la confie à la mère supérieure de l'hôpital, et qu'on la garde à vue dans mon appartement, en la traitant comme il convient de le faire, sans complaisance, ni dureté inutile... et que rien ne filtre audehors de cette abominable affaire. Chacun m'en répond sur sa tête, cria-t-il en regardant l'Aragne d'un air terrible. Qui parlera n'aura pas assez d'yeux pour pleurer. Tu m'as compris, et tu sais à quoi tu t'exposes. Ne va pas croire que ton comite échappe à la règle. Il ne doit rien savoir, lui non plus. Si tu ne crois pas pouvoir garder le secret, coupe-toi la langue et jette-la aux ordures. Qu'on donne les mêmes ordres aux archers, mais les archers sont des gens qui savent se taire.

— Monseigneur peut compter sur moi », disait l'Aragne en faisant des révérences qui ressemblaient à des génuflexions. Elle était pétrifiée de terreur, et folle de rage. Voilà ce que c'était que d'avoir affaire à ces filles du grand monde ! Elle aurait aimé pouvoir lacérer le visage de Lucrèce avec ses ongles. Chiennes de femmes ! On leur pardonnerait tous les crimes. « Si j'avais trempé dans cette histoire, j'étais fouettée et jetée dans une fosse pour le reste de mes jours. Je n'avais même pas droit au Refuge d'où l'on peut parfois s'évader, et celle-là va s'en tirer à bon compte ! »

M. de Montmort avait pris ses résolutions. Il congédia l'Aragne d'un geste, en ordonnant à son secrétaire de la payer largement, car l'argent est un auxiliaire du silence.

« Qu'on aille chercher M. d'Autigny, ordonna-t-il, *La Superbe* est au port depuis quelques jours. Je veux le voir tout de suite, et qu'on attelle ma voiture la plus rapide. Il faut que je sois à Aix avant la tombée de la nuit. »

∴

Malgré l'argent qu'elle avait glissé dans la pochette cousue à la ceinture de son jupon et qu'elle sentait sous ses doigts, à travers le drap de sa robe, l'Aragne n'arrivait pas à surmonter sa frayeur. Habituée à toutes les perfidies et rompue aux pires intrigues, elle se demandait si, pour être sûr de son silence, l'intendant n'allait pas la faire jeter en prison. Elle se rassurait en pensant qu'il l'aurait fait empoigner tout de suite si tel avait été son désir. Elle ne se sentait pas moins en danger. Il suffisait que quelqu'un ne garde pas le secret pour qu'elle soit accusée de n'avoir pas su tenir sa langue, et elle savait qu'un secret est infiniment plus fragile que ce qu'on appelle la vertu d'une femme.

Elle avait contourné le vieil arsenal et marchait à grands pas pour regagner son logis, sans parler avec personne. Elle habitait dans une rue haute des Accoules et tout le monde la connaissait dans le quartier qui était derrière l'hôtel de ville.

« Oh ! l'Aragne, on ne t'a pas vue, ces temps-ci, lui disaient les gens assis sur le pas des portes. Tu es allée en voyage ? Tu as fait retraite à Toulon, avec un officier des vaisseaux ? Ton comite est venu te voir plusieurs fois. Il n'était pas content de ne pas t'avoir trouvée. Attention à la bourrasque. »

L'Aragne courait presque, à travers les rues qui montaient vers les Accoules.

« Oh ! l'Aragne, on ne t'a pas percé la langue avec un fer rouge, que tu ne dis rien, aujourd'hui ? »

D'habitude, elle aurait échangé des injures amicales avec tous les gens du quartier. Elle aurait répondu à chaque apostrophe et se serait arrêtée, les poings sur les hanches, les jambes bien écartées, pour bavarder avec les filles du port.

« Oh ! l'Aragne, tu es bien fière. Voyez-la qui se prend pour quelqu'un d'autre. »

Elle ne se sentit en sûreté que quand elle eut refermé la porte de sa chambre, mais à peine avait-elle repris son souffle que son comite arriva.

« Je suis rentré depuis plusieurs jours et je t'ai cherchée sans pouvoir retrouver ta trace, commença-t-il. Où étais-tu pendant ce temps-là ?

— J'ai fait ce qu'on m'a dit de faire, et ce que j'ai fait ne regarde personne. »

Elle avait si peur qu'elle prenait un air menaçant qui glaça le sang du comite.

« Service du roi, lui dit-elle dans un souffle. Il y va de ta vie et de la mienne. Ne me pose pas de question.

— C'est bon, répondit le géant au crâne rasé. Ne dis plus rien et va me chercher à boire... quant au reste, tâche moyen de ne pas trop me faire attendre. Il y a plus d'un mois que je n'ai pas vu de femelle, sauf celles des poissons ou des oiseaux de la mer. »

∴

Quand le capitaine de *La Superbe* entra dans le

cabinet de l'intendant, celui-ci piaffait d'impatience.

« Je suis très pressé, monsieur, et ce que j'ai à vous dire est de conséquence. Allons au fait. Vous allez désarmer votre galère pour l'hiver et rien ne s'oppose plus à ce que l'on fasse leur procès à vos huguenots. Vous aurez à réunir le conseil de guerre dans les délais les plus brefs, et vous en finirez avec eux. Il convient de punir les gens quand ils ont enfreint les ordres et les défenses de Sa Majesté.

— Ils l'ont été, monsieur, pendant ces trois mois de campagne. Ils l'ont été, tout en assurant leur service, ce qui est un double avantage.

— Vous aurez encore à les punir pour l'exemple, bastonnade ou prison, c'est à vous d'en décider. Il faut pourtant ne pas gonfler cette affaire. C'est une question de discipline qui ne doit pas enjamber la bande de *La Superbe.* Tout ce qui s'est passé au-delà ne vous concerne pas.

— Comment juger les gens sans savoir quels sont leurs complices et comment ils ont été entraînés à mal faire ?

— Nous ne le savons que trop bien, et je m'en vais vous le dire, mais sous le sceau du secret et en vous demandant votre parole d'honneur... Commençons par une question qui vous livrera toute l'affaire. Connaissez-vous Mlle de Montal ?

— Lucrèce de Montal ? Je ne vois pas... Pour répondre à votre question, je connais fort bien cette personne. Elles est même presque fiancée avec M. de Maroulles, mon sous-lieutenant. Celui-ci est sur le point d'aller faire sa demande...

— Eh bien, monsieur, sachez que cette personne était au cœur du complot tramé pour procurer de l'argent aux galériens huguenots de votre galère. On l'a prise la main dans le sac ou, plutôt, le sac à la main. Elle allait porter cet argent au marchand de cuir qui employait votre vogue-avant. Tout se tient, monsieur. Ne protestez pas. Je ne suis pas homme à me tromper dans une pareille aventure.

Mais comment se fait-il que votre sous-lieutenant...

— Je réponds de lui sur ma tête. Quand on vit avec quelqu'un à chaque heure de la journée, entre le ciel et les eaux, quand il mange à votre table, qu'il est à côté de vous dans le danger, on sait parfaitement ce qu'il est capable de faire. M. de Maroulles n'est pour rien dans ce complot, en admettant que les choses soient ce que vous dites. S'il avait été au courant, tout se serait passé d'une autre manière. Je suis sûr qu'au moindre soupçon, il aurait contraint cette jeune fille à renoncer à cette folle entreprise. Il a trop le sens de l'honneur et la connaissance de ses devoirs pour que l'amour même ait eu la moindre prise sur lui. Je dis plus : il n'aurait pensé qu'à protéger une personne qu'il aime, car il aurait su à quelles rigueurs elle s'exposait. Cette jeune fille a péché par légèreté et inconséquence. Elle n'a pas su ce qu'elle faisait. Elle s'est laissé emporter par quelque rêverie romanesque...

— C'est bon, monsieur, laissons là M. de Maroulles. Je veux le tenir pour innocent. C'est votre intérêt. C'est aussi le mien.

— Mon intérêt est sans intérêt en l'occurrence.

— Le mien m'importe, monsieur, et je dois régler le sort de cette jeune personne, sans que nul n'y puisse trouver à redire. Je mesure trop bien ce que serait le scandale si on lui faisait son procès en mettant au grand jour ses fautes sans être sûr que cela répond au désir de Sa Majesté. On ne peut pas non plus l'en absoudre... Il faut que je me tire d'intrigue en évitant les faux pas. Pour cela, je veux demander le conseil des plus considérables de la province et des mieux informés des grands intérêts de l'Etat. Je vais à Aix. Dès demain, il faudra qu'on avertisse la famille de cette fâcheuse écervelée.

— Comment M. de Maroulles pourra-t-il être averti ?

— Il le sera par les parents de sa belle, s'ils

jugent utile de le faire. Après tout, ils ne sont même pas encore fiancés. En tout cas, ce n'est pas à vous d'en parler à ce jeune homme. Votre devoir est de réunir le conseil de guerre, pour qu'il ne soit plus question de ce qui a pu se passer sur votre galère. Adieu, monsieur. J'ai la tête un peu en déroute et je sens bien que je n'ai pas vu tous les aspects de l'affaire. En dehors de la faute quelle a commise, cette jeune fille est en grand danger. Il faudra penser aussi à faire le salut de son âme. »

∴

Tandis que l'intendant général roulait sur la route d'Aix dans des tourbillons de poussière, M. d'Autigny rejoignit son bord et voulut réunir sur-le-champ le conseil de guerre. Il s'emporta quand on lui eut fait savoir que le comite n'était pas là, bien que cette absence fût légitime. Il n'eut pourtant qu'à patienter un petit moment pour voir arriver le géant au pas de course.

« Toujours dehors ! lui dit-il en se sentant apaisé par cette injustice, car le Tustaïre ne s'absentait presque jamais. Ecoute bien, nos huguenots vont passer en conseil de guerre. Trouve les officiers-majors, l'argousin, l'écrivain et que tout soit prêt dans une heure.

— Messieurs, dit le capitaine quand tous ses gens furent réunis dans la chambre du carrosse, il nous faut juger nos huguenots pour avoir reçu de l'argent et des provisions, contre les défenses du roi. Vous savez qu'ils ont déjà payé très cher cette faute pendant la dernière campagne. Il faut pourtant que nous fassions des exemples. Inutile d'interroger tous ces gens. Ils ne nous diront rien, à leur habitude. A nous de voir quels sont les plus compromis. Il y a les voisins de banc de Ioussouf. L'un d'eux pourrait aller en prison pour satisfaire M. de Montmort, l'autre recevoir une bastonnade...

Qu'on fasse venir celui qui était le plus proche de Ioussouf. »

Le Tustaïre alla chercher Jean-Pierre à son banc et le désenchaîna sans lui dire une parole.

« Monsieur, dit le capitaine d'Autigny au forçat du Pompidou qui se tenait debout devant lui, bonnet à la main, sa chaîne pendant dans la saignée du bras gauche, je n'ai jamais eu l'occasion de blâmer votre conduite. Il faut, pourtant, que je vous regarde aujourd'hui comme le premier des coupables. Vous étiez le voisin de banc de Ioussouf et si vous avez tous profité de ses manigances, c'est vous qui devez être tenu pour suspect de l'avoir poussé à les commettre. En vous punissant, nous ferons peut-être une injustice, mais nous courrons moins de risques de nous tromper qu'en frappant un autre que vous. Vous saviez bien que vous commettiez une faute en acceptant de l'argent pour vous procurer des vivres. A cet égard, vous devriez être tous condamnés. Je serais satisfait, pourtant, si vous passiez l'hiver en prison, dans les conditions les plus dures. M. l'intendant général vous désignera le cachot qu'il jugera le plus propre à vous faire faire cette pénitence, soit au château d'If, soit au fort Saint-Jean, à sa convenance. Avez-vous quelque chose à dire ?

— Il faut, monsieur, que je vous remercie de votre bonté. Je supporterai mieux mes tourments si je sais que je paye aussi pour mes frères, et, avec la grâce de Dieu, j'en pourrai tirer bénéfice. »

Tous les officiers-majors furent frappés par le changement qui s'était produit chez Jean-Pierre pendant la campagne d'été. En quelques jours, il avait pris les façons d'être d'un vieil homme. Il en allait souvent ainsi avec ces montagnards des hautes Cévennes. Maigres et secs, ils se décharnaient comme ceps de vigne à l'hiver, en gardant leur vivacité, mais s'effondraient brusquement et se détachaient de la vie.

« Il se peut bien qu'il ne supporte pas cette

épreuve, fit observer M. de Maroulles avec une indifférence affectée, quand Jean-Pierre se retira de la chambre du carrosse. Il ne doit pas avoir cinquante ans et il en porte plus de soixante... Il y a six mois, il ne paraissait pas encore son âge. Ces gens ont une drôle façon de vieillir, tantôt plus jeunes et tantôt plus ravagés qu'ils ne devraient l'être.

— Lui ou un autre, répondit M. de Marle en faisant un geste de la main par-dessus son épaule gauche.

— Pour les autres, enchaîna le capitaine, il nous suffira d'ordonner trois ou quatre bastonnades sans dépasser cette fois les quinze ou vingt coups. J'entends que ce soit comme une cérémonie en l'honneur de la discipline et non pas un véritable supplice qui risquerait de nous alourdir par des estropiés, des débiles ou des infirmes... Inutile de faire comparaître ces gens qui nous feraient des sermons et nous rendraient grâce de les punir. Allons au fait. Que diriez-vous de vingt coups à Denis Ustain qui était aussi sur le même banc que Ioussouf ? Quinze coups à Marc-Antoine Capdur qui est une tête pensante, et quinze coups à celui qui sera désigné par le comite? D'accord, messieurs ? Que tout ceci soit exécuté sans retard, mais qu'on choisisse un Turc habile à briser la force de ses coups. Ces gens ont déjà réglé leur compte à la mer et, si tout dépendait de moi, je serais disposé à les tenir quittes. »

QUATRIÈME PARTIE

LE VENT DU SEIGNEUR A SOUFFLÉ DESSUS

XVIII

LES SUPERBES

SORTI du port de Marseille et de l'Arsenal où tout se réglait selon les façons des hommes de guerre, et où il régnait en maître absolu, M. de Montmort allait être pris dans les précautions et dans les subtilités du grand monde. Elles ne lui étaient pas étrangères, mais comme il n'en tenait aucun compte dans le courant du service, il était embarrassé quand il lui fallait traiter d'égal à égal, en mettant un frein à ses fureurs tyranniques.

Arrivé à Aix plus tard qu'il ne le pensait, il avait eu quelque peine à joindre M. Lebret, premier président du parlement, intendant de Provence et du Commerce du Levant, alors au faîte de sa carrière et de sa puissance. En l'absence du gouverneur et du lieutenant général, c'était cet homme de soixante ans, depuis longtemps investi des plus hautes charges, soucieux des travaux publics et des grandes entreprises, qui représentait le roi en Provence.

Ce soir-là, ce haut personnage devait assister à un concert, et il invita M. de Montmort à y venir avec lui. Comme celui-ci cherchait à se dérober, en prétendant que sa tenue de voyage s'accorderait mal avec l'élégance de cette soirée, on l'assura que le plaisir de sa compagnie le ferait excuser par les dames. Il lui fallut donc suivre M. Lebret, sans pouvoir lui parler en particulier, mais avec l'obligation de faire des politesses, et de bavarder de tout et de rien, avec des gens dont le plus sérieux souci était d'entendre quelques airs nouveaux qui faisaient fureur à la cour.

M. de Montmort n'était pas insensible aux charmes de la musique. Il pouvait prendre plaisir à écouter un concert. Mais il fallait, pour cela, qu'il se soit donné permission de ne plus penser aux contrariétés de sa charge, comme il l'avait fait ce jour de printemps où il avait organisé une fête dans les jardins de sa résidence de l'arsenal. Il était loin de pouvoir en faire de même, au soir de cette journée où, croyant arrêter quelque bourgeoise sans importance, il avait mis la main sur une fille de qualité, et dans son désarroi, il ne pouvait penser à rien d'autre.

C'est à l'hôtel de Carcès, chez les Coriolis, que la réunion avait lieu et M. de Montmort avait été pris de panique en se disant qu'il allait peut-être rencontrer les grands-parents de Lucrèce qu'il savait familiers de cette maison. Ce n'était pas qu'il fût malhabile à dissimuler ses sentiments. Il en avait, au contraire, une très grande habitude, et n'était jamais gêné de mentir quand il croyait bon de le faire. Mais pour agir avec une pareille cautèle, il avait besoin d'avoir réglé sa ligne de conduite et de s'être fixé le but qu'il devait atteindre, ce qui n'était pas encore le cas dans cette affaire imprévue. Fallait-il la résoudre dans le plus profond mystère, ou bien pousser à fond le scandale ? Tout dépendait de ce que penserait le roi. D'habitude, Sa Majesté aimait à trancher en secret les cas de cet ordre mais, parfois, elle voulait que soit fait un grand exemple. Elle punissait alors durement, sans reculer devant un esclandre qui ajoutait sa honte à celle du châtiment.

Par bonheur, les Terris n'avaient pas été conviés à cette soirée et M. de Montmort en fut soulagé. Il n'en fut pas moins torturé, pendant près de deux heures, par le jeu des violons, des hautbois et d'un clavecin. L'archet des violons lui mettait les nerfs à vif et les notes du clavecin lui semblaient des gouttes de feu qui lui traversaient la cervelle. Habitué à tout régenter selon son humeur et ses caprices, il dut se plier aux habitudes d'un monde où il n'était pas le maître absolu, et faire le gracieux quand il n'en avait nulle envie. Il lui fallut même, au moment où l'on fit passer des douceurs et des rafraîchissements, donner son avis sur des airs qu'il n'avait pas écoutés. Il le fit en répétant aux uns ce qu'il avait entendu dire aux autres, et en ajoutant quelques réflexions de son cru qui semblaient les plus sincères du monde.

Dès que le concert fut fini, il put, enfin, parler seul à seul avec l'intendant, dans l'embrasure d'une fenêtre entrouverte sur la fraîcheur de la nuit et le murmure lointain des fontaines. En quelques mots, il le mit au courant et lui demanda conseil.

« C'est une affaire qui vous regarde, répondit M. Lebret. Tout ce qui touche à la discipline des galères relève de vous. L'ordonnance du 17 mai 1680 vous y habilite. Elle dit expressément que tout crime commis sur les galères, entre forçats ou autres gens, et dans le service desdites galères, est de votre compétence. D'autre part, vous correspondez directement avec le ministre, sans avoir besoin de passer par moi. C'est à lui qu'il faut demander des ordres.

— Je l'aurais fait, monsieur, si cette malheureuse affaire ne s'était pas étendue à une très noble famille dont le sort ne peut vous laisser indifférent. Vais-je la livrer au scandale ? C'est une considération qui me semble avoir autant d'importance que celle du maintien de la discipline dans les chiourmes de nos galères. Si celle-ci ne relève que de moi, j'ai cru que vous tiendriez pour agréable que je m'entende avec vous pour prévenir les dégâts qu'une pareille aventure ne manquerait pas de causer dans un pays fertile en affrontements de partis, si l'on ne procédait avec la plus extrême prudence. »

M. Lebret s'était brusquement radouci. Il savait trop bien que les gens de ce pays étaient turbulents et que, dans cette ville parlementaire, tout avait vite fait de tourner en querelles de doctrine qui démasquaient aussitôt des rivalités de familles. Lucrèce arrêtée et poursuivie au grand jour, c'était voir naître, à coup sûr, un clan résolu à la défendre, et un clan non moins résolu à travailler à sa perte.

L'affaire était, du reste, pleine de mystère et pouvait être expliquée de bien des façons. Cela seul ne pouvait manquer de susciter des disputes. Comment cette jeune fille avait-elle été entraînée dans une intrigue aussi folle ? Elle était connue pour sa piété et la pureté de ses mœurs. Elle n'avait eu que de bons exemples, autour d'elle.

« Son grand-père est un homme considérable, disait à mi-voix M. Pierre-Cardin Lebret. Il a joué un rôle de premier plan, en l'année 1660, quand le jeune roi est venu mettre à la raison les gens de Marseille. Il a soutenu de tout son crédit et de son talent de juriste le rétablissement de l'autorité royale, et il en est resté bien en cour.

— Son père a longtemps servi aux armées, répondait M. de Montmort. C'est un militaire de la plus grande valeur, chevalier de Saint-Louis dès la fondation de l'ordre. Il était à l'affaire de Saint-Denis, près de Mons, et à la Marsaille. Il s'est fait remarquer partout par son extrême bravoure, et il peut compter, lui aussi, sur la bienveillance du roi.

— Personne, dans cette famille, n'a jamais été suspect d'hérésie, enchaînait M. Lebret. Sans doute, ces Montal nous viennent du Languedoc, ce qui a pu leur valoir quelques parentés douteuses, les Languedociens n'étant jamais à l'abri de la suspicion. Mais nous sommes en Provence et non pas à Nîmes ou à Montpellier.

— Un scandale de cette sorte n'en sera que plus éclatant. »

Les deux hommes parlèrent longtemps, à voix basse, en plaidant le pour et le contre, sans arriver à prendre une résolution, ni à voir clairement ce qu'il convenait de faire. On aurait pu croire, à les écouter, que leur seul souci était d'épargner une des plus nobles familles de la province, alors qu'ils étaient prêts à l'écraser sans remords, si tel devait être l'ordre de la Cour. Montmort était violent, Lebret habile, mais la violence de l'un et l'habileté de l'autre tendaient vers le même but. Eux seuls étaient en cause, et ils ne pensaient même pas à implorer un pardon qui aurait sauvé la jeune fille. La seule question qu'ils se posaient l'un et l'autre était de savoir ce qu'on penserait à Versailles, ce que souhaiterait l'entourage du roi, ce que déciderait Mme de Maintenon, ce qu'ordonnerait le maître. Rien n'était plus docile que ces Superbes devant les désirs des Puissants.

Il fut décidé que l'intendant général des galères rendrait compte de ce scandale au ministre qui s'occupait de ce qui touchait à la Religion et aux prétendus réformés. En avertissant Chamillard, on était sûr d'avertir aussi Mme de Maintenon qui avait réglé bien d'autres affaires de cette sorte, et qui était entourée des meilleurs conseils pour tout ce qui regardait la Foi.

« La vieille fée nous voudra du bien de l'avoir avertie la première, avait affirmé M. Lebret. Elle a le goût des petits détails, des choses ordonnées avec une minutie d'intendante, surtout quand elles concernent l'âme d'une jeune fille. Dans ce domaine, elle ne fait même pas part à deux avec le roi. Quant au ministre, sauf pour une partie de billard, il ne réglerait rien sans elle. Ce qu'il dira sera parole d'abbesse, et nous n'aurons qu'à nous y tenir.

— Nous verrons bien s'il nous faut agir dans le mystère ou faire un exemple éclatant, répondit M. de Montmort.

— En attendant de connaître les résolutions de la cour, et de pouvoir arrêter notre conduite, fit observer l'intendant, le plus ardu sera de garder cette écervelée en votre pouvoir, sans que les siens ne poussent des cris et ne fassent du scandale... Si vous voulez, je peux voir M. de Terris, avec lequel je suis lié d'amitié, pour l'inciter à rester tranquille. Il y a façon de lui présenter les choses. Une jeune fille de qualité peut toujours faire une retraite, surtout quand elle est pieuse, et connue pour sa piété.

— J'entends bien, soupirait M. de Montmort, mais garder le secret en faisant disparaître de la scène du monde une jeune personne qui en était l'ornement ne doit pas être chose facile. »

∴

C'est pourtant dans le plus profond secret que tout se passa. M. de Montmort écrivit une courte lettre au ministre. Ce n'était qu'un résumé du scandale, si bien tourné qu'il pouvait permettre de l'étouffer ou de le pousser à fond, sans laisser de traces. Mais il confia ce billet à un messager de confiance, instruit des moindres détails de l'affaire, et capable de commenter ce qui n'était dit qu'à demi-mot. Il n'y eut pas un seul autre document de rédigé, pas un seul papier de procédure.

Pendant que ce messager rejoignait Versailles en brûlant tous les relais, la foudre s'abattit sur les grands-parents de Lucrèce. Si celle-ci avait été frappée par la peste ou par la vérole noire, ils auraient volé à son secours, sans souci de la contagion. Ils avaient assez de courage et assez d'amour pour le faire. Mais quand le vieux conseiller, familier des accusations et des défenses, eut compris de quoi il était question, quand il eut pesé les charges et les preuves, M. Lebret n'eut plus devant lui qu'un très vieil homme accablé qui balbutiait en baissant la tête :

« Il ne nous reste plus qu'à nous jeter aux genoux du roi, pour implorer sa clémence.

— Il y aurait peut-être intérêt, dit le premier président, en ayant l'air de s'interroger lui-même, à ne pas avoir recours à Sa Majesté dans le moment où elle va être informée de cette affaire. Vous comprendrez qu'on n'a pas pu éviter de faire rapport à la Cour. Il serait fâcheux d'implorer le pardon du roi à l'heure même où il prendra connaissance d'une nouvelle qui va le toucher au vif. La clémence marche rarement de front avec le scandale. Il faut que ce dernier ralentisse un peu ses pas pour se laisser rattraper par elle... En vous parlant, je me conforte moi-même dans cette opinion. Vous connaissez mieux que moi toutes les vertus de la prudence. Pour l'instant, il ne convient pas que vous bougiez. Vous pensez bien que M. de Montmort n'a pas manqué de faire valoir les services que votre famille a rendus, de tant de façons et avec un si vif éclat, depuis tant d'années. Sa Majesté a, du reste, trop de mémoire pour qu'il faille lui rappeler ce qu'elle sait, et ce qu'elle ne saurait oublier. Je suis sûr de l'excellence de mon conseil. Ne dites rien. Expliquez la disparition de Mlle Montal par un brusque désir de faire retraite. C'est un mouvement naturel chez une personne dont on connaît la ferveur et la piété. Nul ne songera à s'en étonner. C'est, au demeurant, la vérité toute simple. Votre petite-fille est en bonnes mains. On s'occupe de son salut, ce qui ne regarde personne. »

M. Lebret n'était pas un méchant homme et ne cherchait pas à nuire à Lucrèce, ni à tromper ses parents, mais il voulait, comme il le disait lui-même, et comme le disait aussi M. de Montmort, se tirer d'intrigue et ne rien aventurer dans une cause aussi délicate. Il n'avait vraiment d'intérêt que pour les travaux publics ou les entreprises du commerce et, pour ménager son crédit et mener à bien ses projets, il était prêt, dans un cas comme celui que posait alors ce scandale, à répondre aveuglément aux caprices du pouvoir, sans rien désirer par lui-même. Tant mieux si le roi devait choisir la clémence. Tant pis s'il était inexorable.

∴

Les pères de la Mission de France, qui régnaient au spirituel sur les chiourmes des galères, avaient eu vent de ce qui se passait sur *La Superbe*. Attentifs à tous les ragots qui couraient le port et la ville, ils avaient entendu parler d'un complot ourdi par les forçats huguenots, et s'étaient mis en alarme. Leur petite communauté vivait dans cette hantise et voyait partout des conjurations. Héritiers de la tradition glorieuse établie par M. Vincent, porteurs du petit collet de toile, haut de quatre doigts, et de la houppette de barbe illustrée par leur fondateur, de mise modeste et même souvent crasseuse, en dépit de leurs immenses richesses, ils s'étaient laissé prendre par leurs étroites fonctions de convertisseurs d'hérétiques, jusqu'à perdre de vue le but de ces conversions et à ne pas reculer devant les pires moyens pour en obtenir quelques-unes. La charité, dans leurs cœurs, était devenue féroce, et ils se poussaient les uns les autres à faire leur devoir sans une ombre de faiblesse, c'est-à-dire avec une dureté d'inquisiteurs prêts à broyer les corps pour sauver les âmes.

Chargés de l'aumônerie du corps des galères, ils regardaient avec suspicion les quelques aumôniers, venus du clergé séculier, qui les assistaient dans leur tâche. Ces prêtres avaient connu autre chose que les criminels, les hommes perdus, les gens de néant. Ils ne subissaient pas la discipline sévère et les entraînements de la vie en communauté. Certains d'entre eux savaient entrevoir l'honnête homme sous l'hérétique, et leurs rigueurs étaient souvent tempérées par un véritable esprit de charité, de miséricorde et de compassion. Ils cherchaient à convaincre, et non pas à briser les âmes par les tourments de la chair.

De tous ces prêtres douteux, M. Jean Bion était un des plus suspects aux yeux des pères de la Mission. Ils étaient prêts à penser que tout allait de travers dans la chiourme de *La Superbe.* Quand le pasteur était défaillant, le troupeau ne pouvait aller qu'à sa perte.

« M. Bion n'est pas animé par le zèle dont un prêtre doit brûler sur une galère, répétait M. Girard, en prenant un air désolé. Il faut pourtant user de prudence avec lui. Jusqu'à ce jour, il est estimé en haut lieu et tenu pour un aumônier exemplaire. Je ne parle pas des certificats qui lui ont été délivrés par le premier chef de l'escadre et le capitaine de sa galère. Ils n'auraient pas grande importance si le roi, à la recommandation de M. Pontchartrain, ne venait justement de lui faire tenir une récompense quand il a fait un rapide voyage à Versailles, au cours duquel il a raconté bien des sottises au sujet de prétendues voleries qui se feraient aux galères de Marseille sur la nourriture et les médicaments des forçats. Le voilà donc protégé par des grâces que d'autres auraient méritées mieux que lui. C'est à nous qu'il revient de faire apparaître la vérité. Avant tout, il nous faut savoir ce qui s'est passé sur cette galère. »

Les Lazaristes invitèrent l'aumônier de *La Superbe* à venir les voir dans leur maison, comme ils l'avaient déjà fait plusieurs fois. Le révérend père Girard dirigeait la conversation, soutenu par les soupirs, les exclamations et les approbations de ses confrères.

« Nous sommes heureux, monsieur, de vous recevoir ici. Les aumôniers qui servent sur une galère, sans appartenir à notre mission, doivent connaître une solitude bien grande, et nous nous faisons un devoir de les entourer de nos soins. Acceptez de prendre part à cette modeste agape qui n'offense en rien la frugalité de notre état. Ce petit vin est le produit naturel de nos vignes et ces douceurs ont été faites dans notre maison. Soyez ici comme un frère parmi ses frères. »

Après avoir évoqué le voyage que M. Bion venait de faire à Versailles, sans trop insister sur les faveurs que lui avait fait avoir le ministre, on parla de la dernière campagne de *La Superbe*, du temps qu'il avait fait dans le golfe, des désastres des camisards, de la soumission de Jean Cavalier, de la honteuse fin de Roland et de l'insolence des huguenots qui, en dépit de ces arrêts éclatants de la Providence, ne laissaient pas de s'opiniâtrer dans leurs déplorables erreurs.

« Nous avons noté cependant, proclama M. Girard, quelques signes de confusion chez certains de ces fanatiques, et nous ne désespérons pas d'en ramener quelques-uns au giron de la Sainte Eglise. N'auriez-vous pas, monsieur, de semblables espérances ? »

M. Jean Bion fut pris de court par cette question. Né Bourguignon, et longtemps curé en Bourgogne, dans les environs de Dijon, sur les coteaux où sont les vignobles de Chambertin, il avait une bonhomie naturelle qui l'exposait à se faire prendre aux pièges les moins subtils. Verre en main, il avait confiance dans tous les hommes, sans avoir besoin pour cela d'avaler quatre doigts de vin, et c'est ainsi qu'il se trouva pris sans défense aux filets du révérend père Girard.

« Ma foi, monsieur, répondit-il bonnement, je mentirais si je me targuais d'être en train d'accomplir de pareils miracles. Mes huguenots sont tous fort honnêtes gens, réserve faite de leurs erreurs en ce qui regarde la foi, mais aucun ne semble incliné à se convertir. »

Les pères de la Mission entourèrent ces derniers mots d'un long moment de silence, comme une chrysalide dans les fils d'un épais cocon. On aurait dit que l'aumônier de *La Superbe* venait de faire un aveu qui le mettait au ban de tous ses confrères. Aucun d'eux ne pouvait pourtant espérer une conversion chez les ouailles enchaînées qu'on avait placées sous sa garde.

Mais tous pensaient que le reconnaître, comme l'avait fait M. Bion, était une faute grave et presque un manque de foi.

« Vraiment, monsieur, reprit le révérend père, avec un étonnement où n'entrait nulle hypocrisie, comment cette chose est-elle possible ?

— Je ne manque pourtant jamais, répondit naïvement l'ancien curé d'Ursy, de leur expliquer leurs erreurs, et je le fais en suivant les enseignements de l'Evangile. Je prie sans cesse la Vierge et les saints de les ramener à la vérité, sans utiliser pour cela les souffrances et les tourments qu'ils endurent sur les galères. Il faut convaincre et non pas persécuter ces âmes égarées.

— Que voilà de graves questions, coupa le père Girard. Il faut, monsieur, bien prendre garde à distinguer châtiment et persécution. C'est le raisonnement que nous employons pour réduire, autant qu'il se peut, ces irréductibles. N'oublions pas que ce sont de grands raisonneurs avec lesquels il convient parfois de pousser la controverse, à condition de ne pas laisser mettre en cause la foi. Nous savons tous que l'Eglise a la persécution en horreur, et que les huguenots qui servent sur les galères n'y ont été envoyés que par les ordres du roi. Ne manquez donc jamais de leur bien expliquer ces choses, et le meilleur moyen pour arriver à le faire, est de leur demander pourquoi ils ont été condamnés. Ils vous diront : pour avoir voulu sortir du royaume, ou pour m'être trouvé dans une assemblée interdite, ou pour tout autre délit contraire aux ordonnances royales. Fort bien. Fort bien. C'est le moment de prendre nos avantages. Vous voyez bien, leur répondons-nous bonnement, que vous subissez un châtiment qui n'a rien à voir avec notre Sainte Eglise. Ce n'est pas elle qui a fixé ces délits, ni prononcé votre peine. Quant à nous, serviteurs de Dieu, nous ne cherchons qu'à sauver votre âme, et nous ne cessons de prier pour qu'on mette un terme à vos tourments. Nous ne sommes pas des persécuteurs. Ne confondez pas votre châtiment avec des persécutions qui n'existent que dans votre esprit.

— Hélas ! monsieur, répondit l'aumônier de *La Superbe*, c'est exactement ce que je leur dis moi-même, en essayant d'être aussi vrai que possible. Mais je vois mal, à la réflexion — et j'y ai réfléchi bien souvent —, comment distinguer châtiment et persécution, si ce n'est par une ruse de mots. »

Les pères de la Mission firent un petit murmure et leur porte-parole eut un mouvement d'indignation qui laissa place aussitôt à une profonde pitié.

« Comment, monsieur, pouvez-vous mettre en doute d'aussi évidentes vérités ? Quand vous regardez en vous-même, vous sentez-vous l'âme d'un tourmenteur ou d'un bourreau ? Avez-vous souhaité quelquefois qu'on aggrave la condition de ces misérables ? Animez-vous leur comite à les flageller ? Vous feriez-vous l'auxiliaire et l'inspirateur de ceux qui ont le devoir de les contenir ?

— Certes non, répondit l'aumônier de *La Superbe*, et je fais ce que je peux pour alléger leurs souffrances.

— Alors, monsieur ! soupira M. Girard en levant les bras au ciel. N'êtes-vous pas mieux placé que personne pour défendre la vérité ? »

Le Bourguignon avala une petite gorgée de vin de Provence, et ce vin clair, à peine rosé, mais qui sentait la pierre à feu et que traversaient des lueurs de foudre, lui donna l'audace de répondre.

« Je sais, monsieur, qu'il n'est pas un seul d'entre nous qui puisse se complaire à voir autant de souffrances. Mais n'est-il pas arrivé, quelquefois, qu'emportés par leur ferveur et leur zèle, des aumôniers se soient faits les instigateurs de certains supplices qu'ont eu à subir des forçats. Je pourrais facilement vous en donner des exemples.

— Vous voulez parler de la bastonnade et vous évoquez le cas du bonnet ? C'est vous engager sur un terrain bien fragile. Il est vrai, monsieur, que des aumôniers se sont plaints au capitaine de leur galère des impiétés que commettaient devant eux certains de ces opiniâtres. A cela s'est borné leur rôle, et qui voudrait les blâmer ? Devaient-ils laisser narguer le Saint-Sacrement et tourner en dérision le mystère de la messe ? Est-ce persécuter les gens que de les arrêter sur la route du sacrilège ? On n'est que trop tolérant pour tout ce qui touche au cas du bonnet. On devrait contraindre ces scélérats, puisqu'ils sont là pendant qu'on célèbre la sainte messe, à l'écouter tête nue, et à se mettre à genoux au moment de l'élévation.

— Ne craignez-vous pas, monsieur, de les pousser à faire les hypocrites et les méchants en se soumettant à des rites qu'ils abhorrent ? Pourquoi ne pas les laisser descendre dans le caïque, comme on le permet aux Turcs qui vont y fumer pendant le saint sacrifice ?

— Ce serait mettre en question les ordres du roi qui n'a prévu cette facilité que pour les esclaves barbaresques, répondit M. Girard en faisant la mine haute. Il n'est pas question, reprit-il presque aussitôt, de donner à nos huguenots plus de libertés que n'en comportent ces ordres. Il faut les tenir de court et ne leur passer aucune licence. Je crois savoir qu'on a eu l'occasion de le faire, ces temps derniers, à bord de votre galère, et vous devez comprendre à quoi je fais allusion. »

Ce que M. Bion venait de comprendre, c'était la raison qui avait poussé les lazaristes à lui demander de venir les voir dans leur maison. Ils voulaient savoir ce qui était arrivé dans la chiourme de *La Superbe*.

« Mon Dieu, dit-il, en prenant son air naïf d'ancien curé de village, quelques forçats protestants ont reçu de la nourriture qu'achetaient pour eux leurs voisins de banc. Ce n'est pas une grosse affaire, et ils ont été punis presque au-delà de leur faute, ce qui doit la faire oublier.

— Peut-on savoir ce que coûte, sur *La Superbe*, d'enfreindre les ordres du roi ?

— On leur a fait faire la passe-vogue et nettoyer des boulets pendant tout le temps que nous avons été dans le golfe.

— Ce ne sont là que les besognes habituelles des galériens en campagne ou des galériens au repos.

— Un Turc est en prison depuis plusieurs semaines, un huguenot passera l'hiver dans un des cachots du fort Saint-Jean, et trois ou quatre d'entre eux ont reçu une bastonnade.

— Voilà, monsieur, de quoi nous donner une preuve de la grandeur de leur crime. Un coupable est toujours trahi par le châtiment qu'il endure. Je crois savoir que celui de ces obstinés qu'on a serré dans les fosses du fort Saint-Jean y est soumis aux conditions les plus dures. Le ferait-on si sa faute était de peu d'importance ? Est-on bien sûr toutefois d'avoir nettoyé la plaie jusqu'au fond ? Ces gens-là ont dû avoir des complices. Savez-vous s'ils ont été arrêtés ? »

M. Bion ne pouvait rien dire de plus. Il ignorait les autres aspects de l'affaire, et ne savait même pas si elle s'était étendue au-delà de la chiourme de *La Superbe*.

« Ces scélérats devaient aussi toucher de l'argent », pensait le père Girard, en grignotant un biscuit.

« Ces misérables ont été punis pour n'avoir pas été surveillés d'assez près, murmura le père Martin qui n'avait encore rien dit. Tenus plus court, ils n'auraient pas pu commettre ce crime. Ce qui prouve qu'en étant sévère avec eux, on peut être aussi assuré d'être vraiment charitable. »

Quand M. Bion se fut retiré dans un concert de salutations amicales, après avoir bu une dernière gorgée de vin de Marseille, les pères de la Mission restèrent un long moment sans rien dire.

« Si cette affaire a eu des ramifications dans la ville, murmura le père Girard, nous ne manquerons pas d'en être avertis.

— Ce brave curé est un excellent homme, répondit

le père Benoît. Mais il semble mal préparé au service des galères. »

∴

Quand M. de Montal eut appris, par un messager de confiance que lui envoya son beau-père, ce qui venait d'arriver à sa fille, il se raidit comme si on lui avait annoncé sa mort. Il y avait en lui du stoïque plus encore que du chrétien et il était homme à faire front au malheur. Il avait grandi en lisant Corneille et la *Vie des Hommes Illustres.* Sa jeunesse s'était passée dans les camps, au milieu des surprises et des alarmes, dans la tranchée et sur les épaulements, sous le fragile abri des fascines, où l'on apprenait à mourir, en voyant mourir ses voisins.

Il était capable de faire face à n'importe quel chagrin domestique, mais il était aussi un homme d'une autre époque, resté seigneur féodal, qui ne se résignait pas à voir des bureaux et des ministres régler, même au nom du roi, des affaires de famille.

C'est donc à la fois dans la soumission et dans la révolte qu'il apprit ce qui menaçait Lucrèce, et qu'il reçut, par l'intermédiaire d'un messager, les conseils des hommes les plus puissants de tout le pays de Provence.

Sans dire un mot à personne, il sauta sur un cheval et le poussa au hasard, par les chemins et les terres. Au bout d'une longue chevauchée, il s'aperçut qu'il était devant le portail de la chapelle Saint-Gabriel. Il savait que sa fille aimait ce lieu retiré et qu'elle s'y arrêtait souvent au cours de ses promenades. Il attacha sa bête à la branche basse d'un olivier, et poussa la porte du sanctuaire.

Il n'y avait pas de croix sur l'autel, ni de chandelier, ni de nappe. Tout était recouvert d'une impalpable poussière. Tout était dans la solitude et dans l'abandon.

« Le Bon Dieu n'est pas là », se dit machinalement

M. de Montal, et il ne se découvrit pas en entrant dans la chapelle.

Une ombre dorée emplissait pourtant la nef déserte et l'on eût dit une essence rare, dans un vase de parfum.

Le père de Lucrèce n'avait pas envie de prier, ni de méditer, ni même de réfléchir. Il se posait des questions que nul ne pouvait entendre et se répondait à lui-même, ou laissait une question sans réponse, pour se la reposer aussitôt.

Pourquoi sa fille avait-elle fait cette folie ? Il ne songeait pas un instant à nier qu'elle était coupable, qu'elle avait enfreint les ordres du roi, qu'elle s'était exposée aux rigueurs de la justice. Mais il ressentait pour elle une tendresse désespérée, et il était presque fier qu'elle ait commis cette faute. C'était la faute d'un cœur charitable et d'une âme généreuse qui faisaient honneur à sa race. Nul ne pouvait reprocher à l'enfant d'une vieille famille guerrière d'être aventureuse et même inconsidérée devant le danger.

Il lui semblait que Lucrèce venait d'être blessée dans une ferrade. Son cheval avait glissé, et la bête la plus sournoise de la manade l'avait chargée, avant qu'on ait pu lui porter secours. Elle avait roulé sur le sol, et perdait son sang par une affreuse blessure. Quand le sang s'arrêterait-il de couler ? Quand pourrait-on écarter la bête furieuse, acharnée à la déchirer ?

« Le roi pourra-t-il lui pardonner ? » se demandait le vieux cavalier. Il se posait la question, mais il la laissait sans réponse. Il envisageait tout ce qui pouvait arriver. Lucrèce serait-elle jetée en prison, comme une femme de rien ? La forcerait-on à se retirer dans un cloître ? Serait-elle déshonorée, aux yeux du monde, ou la punirait-on en épargnant son rang et sa race ?

M. de Montal essayait en vain d'arrêter une ligne de conduite, et de décider ce qu'il devait faire. Tout le jetait dans l'hésitation et l'incertitude. Pourquoi lui demandait-on, avec autant d'insistance, de ne pas avoir recours à la clémence du roi ? Un vieux guerrier qui se jette aux pieds de son maître n'a-t-il pas toutes les chances de le fléchir ? M. Lebret et M. de Montmort lui déconseillaient pourtant de le faire, et l'avis de ces personnes considérables ne pouvait pas être négligé. Ce conseil avait d'autant plus de poids qu'il était aussi celui du grand-père de Lucrèce. Le vieux magistrat avait sûrement pesé le pour et le contre. Il n'était pas homme à se déclarer à la légère, surtout quand il s'agissait de la fille de sa fille, de cette enfant qui était la joie et l'orgueil de sa vieillesse.

« Il vaut mieux voir comment tourneront les choses, se disait-il. C'est sans doute la sagesse. Nous aurons toujours le temps d'en venir aux supplications et aux demandes de grâce. »

Toutes ces pensées tourbillonnaient dans sa tête. Il en ressentait comme une douleur physique et il lui semblait que son regard s'était obscurci. Avec le jour qui baissait, l'ombre se faisait plus dense, dans la chapelle, et Celui pour lequel on avait construit ce sanctuaire semblait être revenu dans cette pénombre. Dieu était là, malgré l'autel dévasté, sans croix, sans nappe, sans chandelier et sans ornements. M. de Montal sentit tout à coup sa présence et se découvrit, en se laissant tomber à genoux.

⁂

Dès le lendemain, le cœur raffermi par ce premier mouvement de détresse, réconforté d'être allé jusqu'au fond de son désespoir, le vieux soldat essaya de sauver sa fille. Il le fit comme s'il lui avait fallu monter à l'assaut d'une redoute, à corps perdu, sans regarder en arrière. Il alla d'une traite à Aix, parla longuement avec son beau-père, essaya de le faire entrer dans ses vues qui étaient maintenant d'agir sans retard et sans réserve, alla faire avec lui visite à M. Lebret, et se rendit enfin à Marseille pour y voir M. de Montmort. Il voulait aller jusqu'au roi et se jeter à ses pieds. Ni son beau-père, ni M. Lebret, ni l'intendant général des galères ne s'opposaient à cette démarche, mais chacun, selon son état et son caractère, en envisageait les chances, en pesait les incertitudes, en mesurait les dangers. L'ancien conseiller le faisait avec tendresse, M. Lebret avec une prudence de politique, et M. de Montmort avec une duplicité de violent, soucieux de ne pas laisser voir son indifférence et son insensibilité.

M. de Terris redoutait sincèrement qu'un mouvement de colère n'entraîne le roi à se montrer inflexible et que ce premier refus, dicté par l'humeur, ne se transforme en refus engageant l'Etat et l'autorité royale. « Tant qu'un non définitif n'a pas été dit, pensait-il, une grâce est toujours possible. » M. Lebret avait surtout peur que le roi ne lui tînt rigueur d'avoir laissé M. de Montal venir jusqu'à lui, même s'il devait choisir la clémence. Quant à M. de Montmort qui avait beaucoup réfléchi depuis l'arrestation de Lucrèce, il croyait voir maintenant quel était son intérêt et réglait sur lui sa conduite. Flairant de loin les désirs du parti dévot et de Mme de Maintenon, il pensait qu'il avait tout à gagner à prendre la position la plus dure, et, même, à aider les inexorables s'ils poussaient le roi à refuser son pardon.

« Ce que je veux, disait-il, sans avoir le sentiment de mentir, c'est épargner la prison à cette jeune personne, alors que c'est la prison qui l'attend et qu'elle mérite. Sa faute est impardonnable. Qu'arriverait-il si d'autres personnes de qualité se mettaient à agir comme elle, et à tramer des complots dans toutes les chiourmes de nos galères ? Les femmes que l'on tient dans le château de Sommières ou à la tour de Constance ne sont pas plus coupables qu'elle. Ces malheureuses sont nées dans l'erreur, elles ont subi la contagion d'un peuple de fanatiques, et la plupart ne savent pas lire, ou ont l'esprit dérangé... Je sais, monsieur, votre fille a l'excuse de sa jeunesse, mais elle a enfreint les ordres du roi. Pour le moment, obtenir qu'elle aille au couvent, c'est obtenir une grande grâce, et c'est réserver l'avenir. Ne bougez pas, et laissez-moi faire, monsieur. D'ici quelque temps, vous pourrez sans doute revoir votre fille. Vous jugerez alors de ce qu'il conviendra de faire. Pour le moment, considérez qu'elle fait une retraite pieuse, et réjouissez-vous qu'elle assure ainsi son salut. »

La brutalité de l'intendant général, habile à mélanger l'espérance et la menace, acheva de convaincre M. de Montal, ébranlé déjà par M. Lebret et par son beau-père.

« J'ai fait dire à Sa Majesté tout ce que vous pourriez lui dire vous-même, ajouta M. de Montmort, en poussant son solliciteur vers la porte de son cabinet. Elle sait ce que vous avez fait pour son service, et vous connaissez sa bonté.

— Notre sort est entre vos mains, murmura le père de Lucrèce, déchiré par le désespoir et par l'espérance. Je me permettrai de venir vous voir à nouveau d'ici quelque temps.

— Affaire réglée ! pensa M. de Montmort. Quand nous nous reverrons, j'aurai des ordres, et je saurai m'y tenir. »

∴

Tout risquait de se compliquer avec M. de Maroulles. Un amant n'a pas la sagesse d'un père, ni la résignation d'un aïeul. Dès le lendemain de son retour à Marseille, le jeune officier avait poussé jusqu'à Aix, comme il l'avait fait avant de reprendre la mer, et il était allé voir les grands-parents de Lucrèce. Ces derniers lui avaient appris que la jeune fille était revenue saine et sauve de son voyage en Cévennes, et cette nouvelle avait consolé le sous-lieutenant de ne pas pouvoir la voir tout de suite comme il l'avait espéré.

« Je ne peux même pas vous dire où elle se trouve, avait affirmé l'ancien conseiller, avec un sourire complice, mais je crois bien qu'elle doit venir à Marseille. Elle y est peut-être même aujourd'hui.

— Dès que *La Superbe* aura désarmé et que je me trouverai libre, je verrai M. de Montal, avait répondu le jeune officier d'un air grave. Je dois lui confier quelque chose d'importance, dont dépend tout le bonheur de ma vie. »

Ceci se passait la veille du jour où Lucrèce s'était fait prendre par les archers de l'intendant général. Comme son grand-père l'avait soupçonné, elle avait résolu d'aller voir M. de Maroulles en sortant de chez les Bernier. Mais l'Aragne en avait décidé autrement.

Pendant plus d'une semaine, pris de l'aube au soir par son service, courant de la galère aux dépôts de l'arsenal, le jeune officier resta sans nouvelles de Lucrèce, et, quand il revint à Aix, ce fut pour être informé qu'elle avait arrêté de faire une longue retraite, dans un couvent, en se mettant pour un temps à l'abri du monde.

M. de Terris, au fait maintenant, tremblait de la tête aux pieds en dévoilant cette demi-vérité qui n'était, au fond, qu'un mensonge. Il lui semblait que l'amoureux de Lucrèce allait le percer à jour et refuser de croire à cette chose impossible. Mais le jeune sous-lieutenant fut comme frappé de stupeur. En apprenant que Lucrèce s'était enfermée dans un cloître, il ne pensa pas un instant que cette résolution avait pu lui être imposée. Qui aurait pu faire violence à la cavalière de Camargue, habituée aux bêtes sauvages ? Qui aurait pu plier à sa volonté cette amazone intrépide, familière de tous les dangers ? Il se dit, avec un déchirement de toute l'âme, qu'elle avait voulu réfléchir et s'assurer de ses sentiments avant d'engager sa vie. L'amour seul lui semblait en cause et, malgré les souvenirs lumineux du jardin de l'Armellière, les mots dits, les promesses des silences, la main de l'aimée encore au creux de la sienne, il était comme les amants d'un premier amour qui craignent toujours d'être mal aimés. Lucrèce avait hésité à lui donner sa parole. Il ne pouvait pas imaginer autre chose, puisque c'était au moment où il allait faire sa demande qu'elle avait voulu se donner le temps d'être sûre de son cœur.

Dans son désarroi, M. de Maroulles ne pensa qu'à faire retraite lui-même, non point dans quelque couvent, mais dans son château du Rouergue, au milieu des eaux et des bois, en attendant la décision de Lucrèce, et en parlant d'elle aux rochers du voisinage, comme un héros de roman dont elle aurait aimé la passion.

XIX

JEAN-PIERRE ET LE FOU

Dès qu'il avait connu l'arrêt du conseil de guerre, M. de Montmort avait ordonné que Jean-Pierre fût enfermé dans un des cachots les plus profonds du fort Saint-Jean. C'est là qu'il devait subir la peine à laquelle il avait été condamné. En dépit des rigueurs du service à la mer, de ses hasards et de ses dangers, des fatigues de la vogue, des sévices des comites et des proyers, la réclusion dans les basses-fosses de ce fort, antique château des Hospitaliers de Saint-Jean de Jérusalem, ou dans les cachots du château d'If et de la citadelle Saint-Nicolas, était considérée comme le plus terrible des châtiments qui pouvaient frapper les galériens pour la foi.

Ces cachots étaient creusés dans les profondeurs de la terre et du roc. On y descendait par des escaliers en spirales, aux marches rongées par le temps et l'humidité. Ils étaient plongés dans une ombre épaisse où l'on ne pouvait plus distinguer le jour de la nuit. Les captifs y baignaient dans une fange pestilentielle, grouillante de vermine et d'insectes venimeux, au milieu d'un silence de nécropole que rompait seulement, une fois par jour, le bruit lointain des portes massives qu'ouvraient et refermaient les geôliers qui venaient leur apporter à manger. Aux obsessions du silence et de la nuit s'ajoutaient, pour certains d'entre eux, les tourments d'une immobilité de cadavre. Les fers aux pieds, couchés sur le dos, il leur semblait qu'ils étaient devenus aveugles, sourds et paralysés de leurs membres.

Dans le monde fermé des martyrs et des confesseurs, ces reclus étaient entourés de vénération. Ils étaient les privilégiés de la souffrance, des témoins qui rendaient leur témoignage, au-delà des tortures et des supplices, au bord même de leur tombeau. Malgré le silence et la nuit qui pesaient sur eux, on savait, à bord des galères, comment chacun résistait aux tentations de la solitude et de la faiblesse humaine. Il leur aurait suffi de dire : « Je me réunis », pour qu'aussitôt il soit mis un terme à leurs tourments. Trois mots les séparaient de la liberté et, ces trois mots, ils se refusaient à les dire. Leur histoire n'était que l'histoire de leur constance. Mais chaque jour qui passait devenait, pour eux, un jour de victoire. Leur fermeté les rendait plus fermes dans leur foi.

C'est ainsi que les galériens avaient suivi les tourments d'Isaac le Febvre, enfermé comme Jean-Pierre au fort Saint-Jean ; ceux de Barthélémy Cosson, d'Elie Nau, d'Antoine Capion et de Jean Monnier, dit la Croix, détenus dans la citadelle Saint-Nicolas. Presque tous avaient été condamnés parce qu'ils affermissaient dans leur foi leurs compagnons de misère et qu'ils fortifiaient les cœurs abattus par leurs exhortations et par leur exemple. Rejetés du monde, enveloppés de mystère, séparés des autres vivants, ils avaient continué à les soutenir.

Jean-Pierre savait donc ce qu'allait être sa vie. Il n'allait pas être seul dans sa solitude. Les martyrs et les confesseurs allaient lui tenir compagnie. « Daigne,

Seigneur, me donner la constance et la fermeté de ceux qui m'ont précédé dans cette géhenne. Fais que je supporte avec joie, pour la gloire de ton nom et l'amour de Jésus-Christ, ce qu'ils ont supporté sans se plaindre », se disait-il, tandis que l'argousin le pressait pour qu'il ne puisse pas faire des signes d'adieu à ses frères. Mais il était loin de penser à prendre congé de ceux qu'il laissait sur *La Superbe*. Qu'avait-il besoin de leur dire adieu ? Il savait qu'il allait rester parmi eux, plus présent qu'il n'avait pu l'être, pendant des années, alors qu'il souffrait à leurs côtés, sur les bancs de la galère. Comme il s'engageait sur la planche, il fut rattrapé par l'aumônier qui fit quelques pas avec lui, sur le quai de l'hôtel de ville.

« Pensez, monsieur, balbutiait M. Bion, que l'Eglise n'est pour rien dans ce redoublement de vos peines. Elle vous offre, au contraire, un chemin pour échapper aux rigueurs des hommes. Nul ne pourra plus vous aider dans les lieux où l'on vous conduit. C'est à vous de faire votre salut. Que cette dernière exhortation vous reste présente au fond de la solitude. Votre obstination vous rend ennemi de vous-même, et je ne pense pas, quand je vous parle ainsi, aux souffrances que va endurer votre corps, mais à la sérénité de votre âme. Ayez pitié de la créature de Dieu que vous êtes, et laissez-moi vous accompagner de mes prières.

— Je veux, monsieur, vous remercier, répondit Jean-Pierre. Je sais que vous n'avez jamais pensé qu'à notre salut, selon vos lumières, et que, jamais, vous n'avez songé à vous réjouir de nos souffrances. Si je croyais, un jour, devoir renier la foi de mes pères et me détourner de la vérité de l'Evangile, c'est à vous que je voudrais confier mon âme. Mais comment pourrais-je le faire, alors qu'elle est déjà toute à Dieu, par la grâce de Jésus-Christ et que le Saint-Esprit me conforte de sa grâce ? Accepteriez-vous, pour éviter des tourments qui ne viendraient que des hommes, de renier votre foi ? Je ne saurais en user différemment avec la mienne. »

*
* *

Tout s'était passé comme Jean-Pierre avait pu l'imaginer à l'avance, et rien ne l'avait surpris. On aurait dit qu'il était déjà venu dans ce château dont il ne connaissait pourtant que la tour carrée, plantée sur le roc, à la sortie du port, devant le grand large. Passé le poste de garde, réglées les formalités de l'écrou, on l'avait poussé dans des couloirs sombres, derrière un geôlier qui portait une lanterne. Il ne savait plus si l'argousin lui avait adressé la parole au moment de le quitter. Un gardien lui avait dit « marche », en lui envoyant une bourrade. Au bout des couloirs, le geôlier avait ouvert une porte. Des barres de fer avaient glissé à grands bruits. Un souffle froid l'avait frappé au visage. Il avait senti une odeur de pourriture et d'eaux mortes. On avait fermé la porte derrière lui. Il avait descendu les marches d'un escalier, en se retenant aux murs pour ne pas glisser. Le geôlier s'était arrêté devant une nouvelle porte qu'il avait eu de la peine à ouvrir. L'air était devenu plus froid. Il avait encore descendu des marches. Une autre porte s'était ouverte. On l'avait refermée, derrière lui. Combien de fois ? Il ne savait plus. Tout en bas, il n'y avait qu'une lourde grille de fer, mangée par la rouille. Elle barrait l'entrée d'un petit cachot, taillé dans le roc. « Entre là. » Le geôlier avait refermé la grille. « Deux cannes de long, deux cannes de large, avait-il dit, en mesures de Marseille, ce qui est encore une chance. Pour la hauteur, fais attention à ta tête. Une demi-canne dans le fond et plus de deux cannes contre le mur. Je ne te mets pas les fers. On n'a pas encore donné d'ordre. Voilà ta cruche et du pain. Ne mange pas tout à la fois. Regarde bien que je vais partir avec la lanterne. Si tu as caché un peu d'argent, c'est ton intérêt de me le donner. C'est moi qui te porterai ton boire et ton manger... Pas d'argent ? Tu as le temps de chercher. Mais tu n'as pas l'air de ceux qui savent échapper à la fouille. »

Le geôlier avait emporté la lumière. Une obscurité plus profonde que celle de la nuit avait semblé sortir des murailles. Jean-Pierre avait tâté le sol avec ses paumes ouvertes. Contre le mur extérieur, il y avait une fange épaisse et c'est donc tout contre le roc qu'il s'était assis. Sa tête touchait à la voûte. Il avait calé son dos contre la paroi, en cherchant l'endroit où il était le plus à son aise.

Il avait alors essayé de tout mettre en ordre, dans sa tête. Ce jour était le 26e d'octobre de l'an de grâce 1704. Il devait être cinq heures du soir. Depuis douze ans, il était sur les galères. Il allait avoir cinquante ans... Paul doit avoir ses vingt ans depuis Pâques. Jeanne en a quinze et Louise entre dans ses treize et Sarah ne doit pas être loin de quarante. C'est ainsi qu'il pensait à lui et aux siens quand, tout d'un coup, il eut le sentiment de commettre une horrible faute. C'est vers Dieu qu'il devait d'abord se tourner. Comment avait-il pu oublier de lui rendre grâce en pénétrant dans ces lieux ? Il voulut se mettre à genoux. Sa tête heurta la voûte. Il se traîna en avant, sentit deux anneaux de fer scellés dans le roc, ouvrit les bras et leva la tête vers un ciel qui n'était qu'une masse noire. Fallait-il dire l'oraison du soir ou l'oraison du matin ? Celle qui est consacrée aux infirmes et aux malades ? Allait-il se souvenir de toutes les phrases, maintenant qu'il n'avait plus le livre qui avait soutenu sa mémoire ? Pourquoi les mots du Seigneur n'apparaissaient-ils pas, en lettres de feu, sur les murs de sa prison ? Pourquoi des voix ne disaient-elles pas ce qu'il fallait dire ? « Notre père qui es aux cieux. Ton nom soit sanctifié. Ton règne vienne... » Il lui sembla entrevoir une lumière, très haut, dans un ciel ouvert au-dessus de sa tête. C'était comme un reflet crépusculaire, un halo d'étoile, au fond de la nuit. Il la voyait. C'était comme une main ouverte, cinq doigts de clarté au bout d'une paume bénissante. « Que ta volonté soit faite sur la terre comme au ciel... » La terre et le ciel étaient confondus. Nul ne pouvait séparer l'un de l'autre.

« Donne-nous aujourd'hui notre pain quotidien... » Le pain était là, à côté de lui. Il baissa la main droite pour le toucher et quand il le sentit, au bout de ses doigts, il lui sembla qu'il venait d'assister à un miracle. « Pardonne-nous nos offenses... » et, d'une voix plus ferme et plus claire, pour bien marquer qu'il disait la vérité de son cœur... « Comme nous pardonnons à ceux qui nous ont offensés... » A chaque phrase de la prière, le silence et la solitude apportaient une réponse : le pain, la paix, l'amour et la lumière céleste qui semblait avoir encore grandi, « ... le règne, la puissance et la gloire... » Jean-Pierre était ravi dans cette contemplation. Combien de temps resta-t-il ainsi ? Le temps n'avait plus de mesure, mais les doigts de clarté se refermaient lentement et Jean-Pierre comprit qu'au plus haut de la voûte une meurtrière était percée dans le mur. Les feux du soleil couchant y glissaient entre des barreaux et répandaient, chaque soir, cette lumière aérienne.

Dans ce silence de tombe, Jean-Pierre avait retrouvé la vie. Il avait l'impression de marcher, comme il l'avait fait pendant sa jeunesse, à travers monts et vallées. La réclusion lui avait rendu la liberté. Nul ne pouvait plus l'empêcher de partir à l'aube — et il voyait l'aube se lever — pour aller rendre visite aux cousins de Cabrillac, ou pour aller à la foire de Valleraugue, de l'autre côté de l'Aigoual. Il suivait allégrement la grande draille. Il faisait frais, ce matin, et le vent du nord poussait les nuages qui sortaient des profondeurs des vallées. Il n'évoquait pas des souvenirs. Il vivait vraiment une journée d'homme libre, sans savoir s'il rencontrerait quelqu'un en chemin. Un jour, il trouvait un pâtre qui descendait vers la plaine avec son troupeau de moutons. Une autre fois, il croisait des marchands qui allaient chercher des couteaux à Laguiole, pour les revendre dans la Gardonnenque ou dans la Vaunage. Les gens lui parlaient, sans qu'il ait besoin d'imaginer leurs discours.

Quand il arrivait sur le sommet des montagnes, il se reprochait de n'avoir que des pensées profanes. La création qui s'étendait à ses pieds l'obligeait à penser au Créateur. « Gloire à Dieu, au plus haut des cieux ! » Il l'avait rencontré, un jour, comme il rencontrait des pâtres et des marchands. Mais, avant de le rencontrer, il avait entendu parler de lui, et il avait eu le désir de le connaître. Qui lui avait parlé de Dieu, le premier ? Son père, à coup sûr, cet homme maigre qui lui ressemblait ou, plutôt, cet homme auquel il ressemblait maintenant. « Jean-Pierre, Il te voit. Offre-Lui un cœur sans mensonge. » Avant qu'on puisse Le voir, avant qu'on ait senti sa présence, Il vous avait vu. A lui la gloire au siècle des siècles.

∴

Ces effusions, ces rêveries sans ordre et sans but, laissaient à Jean-Pierre un sentiment de malaise. Il ne suffisait pas de tendre son âme vers Dieu pour qu'il nous fasse sentir sa présence. Il fallait redevenir un petit enfant pour ouvrir son cœur à la vérité. C'est ainsi que Jean-Pierre l'avait reçue, il y avait plus de quarante ans, dans un temps où il était encore permis de la répandre. C'est bien de son père qu'il la tenait, et son père l'avait reçue du sien, qui la tenait aussi de son père. Ils avaient tous été délivrés des superstitions et des idolâtries. Leur église était l'église de Dieu et non pas l'église des hommes, celle de l'orgueil et de la puissance. Cette église de Dieu existait depuis le jour de la Croix. Elle avait été fondée par Celui qui était venu sauver le monde. Nul n'avait le droit de s'interposer entre lui et ceux qui avaient entendu sa parole. Cette parole était la parole de vie. Elle ne parlait ni de la messe, ni du sacrement de l'hostie, ni de la confession, ni du purgatoire, ni des indulgences. Elle permettait au fidèle de s'entretenir directement avec Celui qui avait créé le ciel et la terre.

Quand Jean-Pierre avait repassé dans son esprit toutes ces choses, il se sentait ébloui par la vérité. Dieu était là, à côté de lui, à travers la personne de Jésus-Christ et l'enseignement des Ecritures. Quel prêtre de l'Eglise de Baal, de Ninive et de Babylone, recouvert de ses ornements sacerdotaux, mitre en tête et crosse à la main, sous la chasuble d'or ou la dalmatique écarlate, aurait-il pu ajouter quelque chose à cette présence ? Qu'auraient-ils représenté, dans ce sépulcre, ces hommes qui prétendaient être les représentants de Dieu sur la terre ? Jean-Pierre éclatait de rire, au fond des ténèbres. Il appelait tous les princes de la Babylone romaine, avec leurs anneaux d'or et leurs pierreries, au fond de cette prison.

Comme il avait retrouvé la liberté dans sa servitude, ce qu'il retrouvait, alors, c'était l'évidence de l'égalité des hommes devant Dieu. Rien n'était grand devant Lui, et les plus puissants n'étaient que poussière, et nul ne pouvait être sauvé sans sa grâce. Pour obtenir cette grâce, il se mettait à prier. Mais que la prière était difficile.

« Seigneur débonnaire, disait-il, et ce mot le remplissait de joie, Seigneur de miséricorde et de bonté, dicte-moi ce qu'il faut que je te dise. Je n'ai plus rien pour soutenir ma faiblesse. On m'a retiré le Livre où je trouvais les mots que tes Serviteurs, inspirés par Toi, avaient préparés pour guider l'esprit de leurs frères. L'aurais-je encore qu'il serait entre mes mains une chose vaine, puisque la nuit m'empêcherait de le lire. Je ne peux être éclairé que par ta lumière. Qu'elle brille dans mes ténèbres. Je tiendrai pour ta propre voix toutes les oraisons que tu feras resurgir dans ma débile mémoire. »

Ayant supplié, il tendait l'oreille, et Dieu répondait. Il entendait une phrase à laquelle il ne pensait pas, et cette phrase avait toujours un sens évident qu'il comprenait dès qu'il l'avait entendue, et un sens caché qui se révélait à lui, lentement, et qui l'inondait d'une lumière inconnue. C'est ainsi que, bribe par bribe, il reconstituait l'oraison du soir, celle du matin, celle qu'il faut dire pour les malades et les affligés. Strophe par strophe, il retrouvait le texte des psaumes où l'on ne peut changer un seul mot, parce que ces mots font une musique qui s'accorde à l'air sur lequel on doit les chanter. Cet air, il le retrouvait et il le chantait à voix haute, dans les ténèbres. Sa solitude était pleine de miracles. Il y voyait des cerfs et des biches qui venaient boire dans les eaux d'une fontaine. Les murailles de Sion se dressaient brusquement devant lui, éblouissantes de blancheur. Il apercevait, sur le sommet des montagnes, les pieds des serviteurs de l'Eternel, et ces pieds étaient beaux comme le parvis d'un temple, fait de marbre et d'or, et leurs jambes montaient vers le ciel, comme des colonnes. Il vivait avec les prophètes, les juges, les patriarches. Il montait avec Moïse sur le Sinaï et sur la montagne d'Horeb. Le buisson ardent flamboyait devant ses yeux comme une aubépine aux fleurs écarlates. Il revivait l'histoire du peuple élu, la fuite d'Egypte, le passage de la mer Rouge, la manne dans le désert, la captivité de Babylone, et cette histoire était celle de son peuple, du peuple souffrant qui avait rendu témoignage sur les champs de bataille et sur les bancs des galères.

∴

Chaque jour, au-delà des limites du silence, il entendait une porte s'ouvrir. C'était comme un fantôme de bruit. Une autre porte s'ouvrait en faisant un bruit plus sonore. Une autre, une autre encore, et le bruit devenait réel. Il se confondait avec la lumière de la lanterne que le geôlier balançait au bout de son bras.

« Voilà ton manger, disait l'homme. Aujourd'hui, il y a des fèves, dans ta soupe. »

Jean-Pierre remerciait, mais il n'avait pas envie de parler. Qu'avait-il à dire à cet homme ? Que pouvait-il attendre de lui ? C'était le geôlier qui semblait avoir besoin qu'on lui parle et qui posait des questions. C'était, peut-être, à cause du règlement qui lui interdisait de le faire, pour se donner l'illusion de la liberté.

« On ne m'a toujours pas dit de te mettre aux fers, et je ne veux pas demander des ordres. Autant de gagné pour toi. Comme ça, tu peux aller et venir et te réchauffer en marchant. Dis-moi, à quoi penses-tu quand tu restes seul dans cette tombe ?

— Je pense à Dieu, répondait Jean-Pierre.

— Tous pareils ! disait le geôlier. J'ai connu M. Isaac Le Febvre. Il me répondait la même chose. Je pense à Dieu ! S'il me fallait penser à Dieu tout le jour, je deviendrais vite fou. Oui, penser à Dieu tout le temps, ça peut rendre fou. Il y a même des gens de ta religion qui le deviennent. J'en sais plus là-dessus que je n'ai le droit d'en dire. Parce que je ne dois pas te parler... Bon, tu as encore de l'eau ? Pense à Dieu, puisque tu ne peux pas penser à autre chose. »

Le geôlier s'en allait. Jean-Pierre retombait dans les ténèbres. Il entendait le bruit des portes qui s'ouvraient et se refermaient, jusqu'au moment où le silence et la nuit semblaient se souder l'un à l'autre pour devenir quelque chose d'opaque et d'impénétrable.

Jusqu'alors Jean-Pierre n'avait éprouvé que peu de souffrances physiques. Ni la faim, ni le froid n'avaient de prise sur lui. Il était habitué à toutes les rigueurs des saisons. Un jour, pourtant, en se réveillant, il sentit ses membres glacés. Sa respiration était douloureuse. Il lui semblait que de l'eau pénétrait dans sa poitrine. Il voulut boire et ne trouva qu'un bloc de glace, au fond de sa cruche. Le morceau de pain qui lui restait était dur comme de la pierre et il lui fallut le casser, en petits morceaux, sur un angle coupant du rocher. Malgré l'épaisseur des murailles, l'hiver s'était glissé dans sa tombe. Il lui apportait du moins un avantage. Ses excréments qu'il faisait chaque jour, avec une propreté de chat, dans le coin de sa prison le plus éloigné de l'endroit où il se tenait d'ordinaire, avaient perdu toute odeur. On ne sentait plus que celle de l'air glacé, et c'était une odeur salubre qui faisait penser à celle d'un vent furieux qui se tiendrait immobile.

« Tu n'es pas mort ? lui demanda le geôlier quand il vint lui apporter une écuelle de soupe. Dire qu'il y a des gens qu'on ramasse gelés dans la rue ! Il y a longtemps qu'on n'avait pas vu un aussi grand froid. Les corbeaux tombent morts en essayant de voler. Il n'y a plus de place à l'hôpital des forçats et l'on fait de grands feux sous la double tente des galères, parce qu'on a peur de voir périr toutes les chiourmes... C'est drôle, dit le geôlier après un petit moment de silence, ces jours derniers, il faisait un petit peu moins froid dans ton cachot que le long du quai de l'hôtel de ville. Ça devait être à cause du vent qui ne peut pas traverser ces murs. Mais, aujourd'hui, c'est chez toi qu'on sent le vent de la glace. Il semble monter de la terre.

— Aujourd'hui, j'ai froid, répondit Jean-Pierre.

— Et tu penses à Dieu, quand tu as froid ?

— Peut-être un peu moins que les autres jours. Notre esprit est comme nos membres. Il s'engourdit par cette grande froidure.

— Tout à l'heure, dit le geôlier, tu vas entendre du bruit. On va descendre un malheureux comme toi dans la prison qui est de l'autre côté de ce mur. On l'avait installé plus haut, mais il dérange les gens parce qu'il fait du vacarme. »

∴

Comme le geôlier l'avait dit, Jean-Pierre entendit du bruit, un peu plus tard, et ce fut, pour lui, une extraordinaire aventure. Il entendit les portes s'ouvrir et se refermer. La dernière, pourtant, resta close, alors qu'un peu au-dessous de lui, il entendit grincer une lourde grille qui, jamais, ne s'était ouverte depuis le jour de son arrivée. En même temps, il aperçut un petit filet de lumière, au ras du sol, dans le fond de son cachot. Il savait qu'il y avait là une fente dans la muraille car, souvent, en tâtant la pierre avec ses mains, il y avait senti un imperceptible courant d'air. Il se mit à plat ventre et colla son œil à cette fente. Il vit le geôlier qui avait posé sa lanterne par terre et deux gardiens qui poussaient dans un cachot un homme qui parlait d'une voix très haute, en faisant de grands gestes avec les bras.

« Voilà ton eau et ton pain, et reste tranquille », dit une voix.

Jean-Pierre essayait de voir les traits de son compagnon de misère. Il savait que le geôlier allait partir avec la lanterne et que la nuit se ferait, plus opaque qu'une muraille. L'homme était grand. Il avait les cheveux longs, comme une femme qui ne se serait jamais peignée. Il portait la barbe et cette barbe avait envahi son visage. Comment étaient sa bouche et ses yeux ? La lumière avait disparu et Jean-Pierre ne voyait plus que les ténèbres. L'homme marchait dans son étroite prison. Il parlait à mi-voix, comme en rêvant, et l'on ne pouvait pas comprendre ce qu'il disait. Ce bourdonnement cessa tout à coup. Ce fut le silence mais, brusquement, l'homme poussa un grand cri, et se mit à parler comme s'il avait voulu se faire entendre d'une immense foule.

« Alleluia ! Alleluia ! Alleluia ! Gloire à Dieu au plus haut des cieux et dans les profondeurs de la terre ! Le ciel est sous nos pieds aussi bien que sur nos têtes. Dieu peut se réfugier aux Enfers puisque les suppôts de Baal et les serviteurs de Satan se sont emparés de son Paradis. Les voilà dans la pourpre et dans les étoffes de soie. Ils mangent les mets qu'on avait fait préparer pour les anges. »

Il y eut un grand rire, au fond de la nuit. Jean-Pierre était frappé de stupeur. Il n'arrivait pas à comprendre.

« Elle est plus venimeuse qu'un basilic, plus mortelle qu'une vipère, plus magicienne que la blonde et le crapaud. Détournez les enfants de ses artifices.

Ils ne sont même plus en sécurité au désert. Qu'on me les amène tous. Je les garderai avec moi dans cette caverne où brille le soleil de sa gloire et de sa justice. »

Il y eut encore un éclat de rire, quelques cris inarticulés et, tout d'un coup, un silence si profond que Jean-Pierre se demanda s'il n'avait pas été le jouet d'une hallucination. Il avait le sentiment qu'il n'y avait plus personne derrière le mur.

« Je suis peut-être en train de devenir fou, se dit-il et, brusquement, parce qu'il avait prononcé ce mot, il comprit que c'était l'autre captif qui avait perdu la raison. Il avait un fou à côté de lui. Il partageait sa folie, comme on partage l'air qu'on respire. Elle suintait à travers les rochers et les murs. Elle venait jusqu'à lui, portée par le froid, le silence et la nuit. Cet homme insensé devait être pourtant un enfant de Dieu, un frère dans la foi. Les cris de sa folie en portaient encore le témoignage. S'il était là, c'était sûrement pour avoir confessé l'Evangile. Le Seigneur permettait donc que ceux qui souffraient pour lui deviennent déments ? Jean-Pierre n'avait jamais rien vu d'aussi horrible. Ce n'était rien que de souffrir dans sa chair, que d'être couvert de plaies et d'ulcères, d'être battu, injurié, humilié, d'avoir faim, d'avoir froid. Ce n'était même rien que d'être au bout de ses forces, de ne pas pouvoir garder une idée dans sa tête, de la sentir se dissoudre comme de la rosée au soleil, de ne pouvoir dire que : « Mon Dieu ! » doucement, entre deux soupirs. Mais parler des choses de Dieu comme ceux qui ont bu trop de vin, mêler à sa Parole des paroles insensées ! Comment la miséricorde divine pouvait-elle permettre cela ? »

Après être resté pendant longtemps sans rien dire, le fou avait repris ses extravagances. Il poussait des cris, il faisait des bruits avec sa bouche, il répétait la même phrase, à toute vitesse, cent fois, deux cents fois, trois cents fois. « Loué soit Dieu ! Loué soit Dieu ! Loué soit Dieu ! » et cette phrase, pleine de sagesse et de raison, devenait, au bout d'un moment, le cri même de la démence. Jean-Pierre se demandait si, en se mettant à prier, au fond de son cœur, il n'obtiendrait pas que Dieu apaise ce misérable. « Seigneur, Seigneur, donne-lui la grâce du silence. Ne le laisse pas prendre en vain les mots qui nous servent à nous adresser à Toi. Que Ta paix inonde son cœur. » Mais la supplication de Jean-Pierre était sans effet, sa prière sans efficace. Le fou délirait toujours.

Pour mieux entendre ce malheureux, Jean-Pierre avait collé son oreille droite à la fente de la muraille et sa nuque en était devenue douloureuse. Il aurait bien changé de côté, mais il entendait moins bien avec son oreille gauche, et il voulait savoir ce que ce pauvre homme allait dire. Il espérait qu'il allait revenir à la raison. Pourquoi ne disait-il pas la prière que Jésus-Christ nous a enseignée, doucement, lentement, en marquant un temps d'arrêt entre chaque phrase ? Aucune folie ne pouvait avoir de prise sur ce texte, même si on le répétait mille fois, dans le cours d'une journée « Notre Père qui es aux cieux... » commençait Jean-Pierre.

« C'est la grande prostituée ! » hurlait maintenant le captif et Jean-Pierre s'attendait à lui entendre évoquer les visions de l'Apocalypse, quand un flot de mots obscènes roula dans la nuit. Ni l'Avocat, ni le Croc, ni les pires criminels des galères n'auraient pu dépasser ces imprécations impudiques, ces exclamations impures, ces cris orduriers. Toutes les prostituées de la terre semblaient s'être donné rendez-vous dans les souterrains du fort Saint-Jean. Elles y déchaînaient le souffle de feu de la luxure qui se confondait avec le souffle glacé de l'hiver.

« Lève tes jupes ! » râlait l'inconnu, au fond des ténèbres.

Quand Jean-Pierre se réveilla, il comprit qu'il s'était endormi sur place et qu'il avait dû pleurer au moment où il avait sombré dans le sommeil. Ses larmes avaient laissé des petites gouttes de glace au dos de sa main droite sur lequel reposait sa joue. Le dément ne disait plus rien. Il devait s'être endormi, lui aussi, et Jean-Pierre entendit sa respiration, un peu bruyante, mais calme, un bruit régulier qui n'était pas celui d'un homme en train de ronfler, ni celui d'un homme souffrant qui aurait gémi en dormant.

« Dieu de paix, laisse-le dormir », implorait Jean-Pierre. Depuis qu'on l'avait muré dans ce cachot, il avait supporté avec résignation tout ce que peut endurer un captif. Il avait remporté la victoire sur le silence et sur les ténèbres. Il avait dédaigné la faim et le froid. Mais il sentait qu'il ne pourrait pas souffrir longtemps la présence de ce dément. Comment résister à un fou qui parle dans les ténèbres, inlassablement, à côté de vous, sans qu'on puisse le faire taire, sans qu'on puisse avoir recours à d'autres êtres humains pour séparer le bons sens de la folie ?

Le captif halluciné avait recommencé ses discours et Jean-Pierre ne pouvait pas s'éloigner de la fente de la muraille, ni mettre les mains sur ses oreilles, pour essayer de ne plus l'entendre. Plus le malheureux divaguait, plus il poussait de soupirs et de hurlements, plus il criait des choses obscènes et perverses, et plus son voisin se sentait contraint de l'écouter comme si, déjà, il avait partagé cette folie de la solitude et de la nuit.

Le fou semblait avoir atteint le paroxysme de la démence, quand Jean-Pierre se mit à chanter :

A toi, mon Dieu, mon cœur monte,
En toi mon espoir ai mis
Fais que je ne tombe à honte
Au gré de mes ennemis...

« Alleluia ! Alleluia ! Alleluia ! » cria l'insensé de l'autre côté de la muraille. Jean-Pierre continua de chanter le premier verset de ce psaume. Il lui semblait le voir imprimé en haut d'une page de droite, dans ce livre qu'il n'avait plus :

Bonté, vérité, clémence,
Sont du Seigneur les sentiers
A ceux qui son alliance
Gardent bien et volontiers.

Ces deux derniers vers étaient tout en haut de l'autre page. Jean-Pierre reprit son souffle pour entonner les versets suivants et, dans ce court instant de silence il crut entendre le fou qui respirait, sans rien dire, à deux ou trois mains de son visage. Il reprit, d'une voix plus forte, étonné de pouvoir chanter comme il chantait dans les assemblées du Désert, sous les feuillages des châtaigniers, sur le bruit des eaux des torrents.

Jette donc sur moi ta vue,
Prends de moi compassion :
Personne suis dépourvue,
Seule, et en affliction.

Le fou ne disait plus rien. Dieu venait-il de faire un miracle ? Comme le Seigneur avait apaisé la tempête en tendant les mains sur les eaux, le chant de son serviteur avait-il calmé le délire de ce captif ? Jean-Pierre l'entendait qui gémissait doucement comme un chien dompté par une caresse de son maître, après avoir hurlé à la mort.

Quand Jean-Pierre eut fini de chanter le psaume, le dément se tint tranquille pendant des heures, si l'on pouvait parler d'heures dans ces lieux où rien ne marquait les bornes du temps. Les jours eux-mêmes passaient sans que le prisonnier en puisse garder le compte. Il y avait bien la visite du geôlier et, chaque soir, au moment où se couchait le soleil, l'apparition de cette irréelle lumière qui s'allumait dans le ciel noir du cachot. Ce n'était pas assez pour suivre la fuite des heures.

Le silence dura longtemps. La paix était revenue dans les catacombes de l'antique forteresse. Ce ne fut qu'après le passage du geôlier que le fou recommença ses extravagances, cris, hurlements, discours insensés, paroles impures. Jean-Pierre entonna un autre psaume qui avait été chanté bien souvent par des martyrs, au moment où on les attachait à la roue ou quand ils montaient les marches de l'échafaud.

La voici l'heureuse journée
Qui répond à notre désir !

A nouveau, le fou se calma. A nouveau, tout retourna au silence. Jean-Pierre put s'endormir dans la paix et quand il sortit du sommeil, les membres transis, les mains gourdes, cette paix durait encore.

∴

Après le temps des grands froids, l'air du cachot devint moins coupant et moins âpre, mais les parois se mirent à ruisseler et le tourment de l'eau remplaça le tourment du gel. Le pain n'était plus dur comme de la pierre, mais gluant comme une éponge. Il portait en lui l'odeur de la moisissure et celle des excréments qui recommençaient à sentir. Jean-Pierre avait essayé en vain de creuser un trou pour les enfouir, mais il s'était cassé les ongles sur le rocher. De loin en loin, le geôlier lui apportait un baquet et une pelle pour lui permettre de nettoyer le coin immonde. Il fallait vivre entre ces ordures du corps et les immondices de l'esprit que le fou répandait, de l'autre côté de la muraille. Il s'apaisait toujours dès qu'il entendait Jean-Pierre chanter un psaume et, depuis quelque temps, il avait pris l'habitude de se mettre à chanter aussi. Il ne connaissait pas toujours les paroles, mais il était habile à retenir les airs, et les fredonnait avec une belle voix de basse qui se cassait par moments quand il lui fallait monter aux notes aiguës. Jean-Pierre ressentait une véritable joie quand le dément savait aussi les paroles, et cette joie devint une sorte d'extase le jour où, ayant entonné un cantique composé par les forçats qui servaient sur les galères, il entendit l'inconnu le chanter aussi :

Que le vent souffle, que l'orage
Contre nous exerce sa rage,
Que la mer en courroux fasse écumer ses flots
Contre la flottante nacelle,
Qu'on fasse tous les jours de funestes complots...

Jean-Pierre se tut, mais le chant continua, de l'autre côté de la muraille.

... Puisque Jésus est avec elle,
Il tancera les vents et nos pauvres troupeaux
Abordant sûrement en des climats nouveaux
Paîtront en quelques lieux sous ce berger fidèle.

Pour connaître ce chant, il fallait avoir ramé sur les galères. Il fallait avoir eu la chaîne au pied, et les mains crispées sur le bois poli des manilles. « Frère ! Frère ! » pensait Jean-Pierre, et il avait l'impression de voguer sur une mer de béatitudes avec tous les martyrs et les confesseurs de la flottante nacelle. La galère était devenue, pour lui, le lieu d'élection de la fraternité et le frêle esquif qui portait les âmes vers Dieu.

∴

Un jour, le geôlier vint avec un des pères de la Mission et, posant sa lanterne sur le sol, le laissa en tête à tête avec Jean-Pierre. C'était le révérend père Girard qui avait disputé avec M. Bion au sujet des galériens protestants de *La Superbe*. Ame violente, mais rompue à tout exiger avec douceur, il n'avait jamais reculé devant des mesures extrêmes. C'était lui qui avait conduit au bûcher, après avoir vu leurs mains tomber sous le fer du bourreau, les galériens accusés de sacrilège :

« Je viens, monsieur, vous parler de votre âme et

de son salut, dit-il en se mettant à genoux devant Jean-Pierre, pour ne pas heurter du front la voûte de rocher. N'êtes-vous pas lassé de supporter tant de maux que la miséricorde divine a permis que vous enduriez pour votre édification ? Pensez que tout vient de Dieu, dans ce monde comme dans l'autre.

— Chaque jour, je tremble un peu plus devant Sa justice, mais chaque jour aussi je m'en remets à Sa grâce, d'un cœur plus soumis et plus confiant.

— Ne croyez-vous pas, monsieur, que si Dieu le voulait ainsi, Il vous délivrerait de vos chaînes ?

— Il le pourrait, monsieur, puisque la toute-puissance est à Lui. S'Il le voulait, nous nous retrouverions tous les deux au milieu de verts pâturages, avec le soleil de l'été étincelant sur nos têtes.

— Voilà une pensée véritable ! dit le père de la Mission d'un air de triomphe qui fit trembler sa barbiche. S'Il le voulait ! Mais tel n'est pas Son vouloir, de toute évidence. Donc, Il permet, Je dis bien : « permet ». N'entendez pas autre chose. C'est un Dieu de douceur qui veut convaincre, et non châtier. C'est ce que veut aussi notre Sainte Eglise. Le châtiment vient des hommes. Mais Dieu permet qu'il s'appesantisse sur le pécheur. Comment douter qu'Il ne le fasse pour son salut ?

— Comment, monsieur, osez-vous décider des desseins de la Providence ? Ne savez-vous pas que les voies de Dieu sont impénétrables ? Croyez-vous que nous pourrions supporter nos tourments, si l'Eternel ne nous soutenait de sa grâce ? Votre argument se retourne ainsi contre vous... Vous n'étiez venu me voir, à ce que vous avez dit en entrant dans cette prison, que pour me parler de mon âme et de son salut et vous ne m'avez parlé que de ce que souffre mon corps qui ne sera plus bientôt que poussière...

— Je vois, monsieur, que vous êtes un obstiné et un opiniâtre dont rien ne peut ébranler les erreurs », répondit le révérend père de la Mission en se levant brusquement, si brusquement que son crâne donna contre le rocher de la voûte, ce qui nuisit à la solennité de sa retraite. « Je vous laisse au fond des ténèbres, reprit-il. C'est le seul endroit où vos yeux peuvent se mettre en accord avec votre esprit. »

M. Girard sortit avec le geôlier. Le cachot retomba dans la nuit, mais au bout d'un petit moment, une lumière brilla dans la fente de la muraille. Le missionnaire était aussi allé rendre visite au dément. Il était debout devant lui, car la voûte de ce cachot était moins basse que celle du cachot de Jean-Pierre.

« Tiens-toi tranquille, dit le geôlier en faisant la grosse voix. Il vaut mieux ne pas vous laisser seul avec lui », ajouta-t-il en éclairant le visage du prisonnier.

— Je viens, monsieur, vous apporter les consolations de l'Eglise, dit le père Girard d'une voix douce, comme s'il avait parlé à un enfant.

— Merci, monsieur, répondit le fou en faisant une révérence. Vous n'avez qu'à les déposer dans un coin.

— Mon fils, renoncez-vous aux fausses doctrines ? Voulez-vous servir Dieu comme un chrétien doit le faire ?

— J'ai toujours eu l'erreur en horreur et les aberrations en abomination, affirma le dément avec une tranquille assurance.

— Alors, mon fils, voulez-vous abjurer celles de Calvin et de son église ?

— Holà, monsieur, cria le fou en faisant un saut en arrière, holà, holà ! je vous avais pris pour un fils de la lumière, mais je vois que vous êtes un serviteur des ténèbres. Comment avez-vous pu vous glisser jusqu'à ce séjour où son soleil va brûler vos yeux qui ne peuvent supporter que la nuit ? Hors d'ici, hurla-t-il, sauterelle de l'abîme, suppôt de Baal et de Satan. »

Le geôlier l'envoya rouler à terre d'une bourrade. Le père Girard se dirigea vers la porte :

« Plus ils sont fous, et plus ils sont obstinés, disait-il. On ne peut rien attendre de leur raison, ni de leur folie. »

Jean-Pierre passa des heures à calmer son voisin, en

chantant des psaumes. Il n'avait aucune difficulté à retrouver leurs paroles. On aurait dit que le livre qu'on lui avait confisqué venait de s'ouvrir devant ses yeux.

Après avoir constamment attendu
de l'Eternel la volonté,
Il s'est tourné de mon côté,
et à mon cri sa voix a répondu.
Hors de fange et d'ordure,
et profondeur obscure,
d'un gouffre m'a tiré...

Le livre s'ouvrait seul, mais quelqu'un avait marqué les passages. Ils répondaient trop bien à la détresse des prisonniers pour ne pas être choisis par la main toute-puissante qui, chaque soir, étendait ses doigts de lumière dans l'obscurité de la tombe silencieuse creusée sous le fort Saint-Jean. C'était justement la minute de son passage, et c'est sous cette bénédiction que Jean-Pierre avait entonné, de sa voix d'homme des montagnes, longue et grave, le chant de ses angoisses et de ses douleurs :

Car j'ai mon soûl d'adversité,
Déjà ma vie est mise en terre...

Tandis que la voix tonnante du dément répondait, de l'autre côté de la muraille :

Et parmi ceux-là qu'on enterre
Mon nom est déjà récité...

Mais ces angoisses et ces douleurs faisaient naître un chant d'espérance :

Chantez du Seigneur le renom
Et sa gloire immortelle :
Car sur la mer il est porté,
Et d'un nom plein de majesté,
L'Eternel il s'appelle...

Jamais Jean-Pierre ne s'était senti aussi proche de l'insensé dont la voix prolongeait la sienne, et il éprouvait un ineffable bonheur à l'avoir pour compagnon,

Chantez à Dieu chanson nouvelle !
Chantez ô terre universelle !

Les deux hommes psalmodiaient encore quand le geôlier ouvrit la grille de la prison de Jean-Pierre. Il tenait un gros marteau à la main.

« Cette fois-ci, dit-il, il faut que je te mette les fers. C'est ce qu'on appelle ici les bas de soie... drôles de bas... drôle de soie... Il paraît que Dieu le permet, ajouta-t-il avec un gros rire. Il le permet, mais ce n'est pas lui qui m'a commandé de le faire. Ne bouge pas, que je risquerais de te faire éclater les chevilles. Mon marteau peut glisser, et il est plus dur que tes os. Je vais essayer de ne pas te serrer de trop... Dieu le permet ! Dans ton malheur, tu as tout de même de la chance. Les gros froids viennent de finir. Sans ça, tu faisais un mort en huit jours. »

XX

LUCRECE AU REFUGE

CONFINÉE dans un cabinet de cette maison du roi qui lui rappelait la grande fête donnée avant le départ de l'escadre, et dont elle pouvait voir les jardins en collant son front aux vitres de la fenêtre, Lucrèce passa plusieurs jours dans l'angoisse et le désespoir.

Elle avait toujours su qu'elle jouait un jeu dangereux en venant au secours des galériens huguenots en service sur les galères. Elle n'ignorait pas que les ordonnances royales imputaient à crime tous les actes de charité accomplis pour venir en aide à ces malheureux. Elle avait cru, cependant, n'exposer que sa personne, comme elle aimait à le faire aux ferrades de la Camargue. Elle avait même accepté, non sans quelque plaisir romanesque, de courir de véritables périls dans cette aventure, et l'idée d'y perdre la vie ne l'avait pas effrayée. Née avec un tempérament d'héroïne, elle était prête à faire fi de la mort.

Mais, à peine engluée dans les filets de l'Aragne,

quand les archers lui avaient mis la main à l'épaule, elle avait compris brusquement qu'en se perdant elle-même, elle avait exposé les siens aux mêmes périls. Comment avait-elle pu ne pas penser à son père, à sa mère, à ses grands-parents ? Partie perdue, elle avait senti toutes les rigueurs des lois tomber sur elle et sur eux, sans recours ni appels possibles.

La première surprise passée, un immense dégoût avait envahi son âme, au moment où elle avait soudain découvert qu'elle venait de tomber au pouvoir d'une femme du dernier rang, familière de tous les crimes. L'ignominie de sa situation l'avait inondée, de la tête aux pieds, comme un bac de fange et d'ordures. La main de justice du roi, c'était donc cette main infâme qui s'était crispée, sous ses yeux, sur l'argent destiné aux plus pauvres des galériens ! Que le monde était méchant et pervers ! Que le péché était puissant sur la terre ! Elle en avait eu comme un haut-le-cœur et, d'un seul coup, cédant à la violence de sa nature, à son génie emporté, elle s'était sentie comme étrangère à ce monde.

Pas un instant, cependant, ce dégoût ne la détourna de l'amour de Dieu. Sa révolte la ramenait, au contraire, vers les consolations de l'Eglise, vers la foi qu'elle avait toujours gardée, depuis son enfance, et elle y chercha d'emblée son refuge.

« O, vous, Marie, qui connaissez les secrets des cœurs de toutes les femmes, se disait-elle, en ne voyant même plus les archers qui se pressaient autour d'elle, soutenez-moi dans ces moments d'affliction et de détresse. Vous savez bien que c'est en pensant à votre Fils, à son enseignement et à son exemple que j'ai fait ce qu'on me reproche. J'ai peut-être manqué au roi, jamais à vous, ni à ce que vous demandez aux âmes chrétiennes. »

Le souvenir du jeune officier de *La Superbe* et de ce qu'il lui avait dit, un soir du printemps dernier, au fond des jardins de l'Armellière, avait traversé son cœur comme une flèche. Mon Dieu ! Mon Dieu ! Comme il allait être dur de renoncer aux bonheurs que pouvait nous donner cette vie ! Mais, sans ces déchirements, où serait notre mérite ? Elle se sentait perdue, mais entrevoyait déjà, cependant, comme un chemin de salut. C'était un chemin de croix, jalonné d'épreuves et d'angoisses. Il fallait le parcourir tout entier pour échapper à l'affreuse situation dans laquelle elle se trouvait. En un éclair, elle alla jusqu'au bout de cette passion, et sentit qu'elle était prête à renoncer à ce monde.

Une religieuse décrépite, à la figure de cire, aux lèvres minces et blanches, était entrée dans la pièce où on l'avait enfermée et la surveillait sans rien dire. Ce spectre égrenait un chapelet, inlassablement, et remuait sans cesse ses lèvres d'où il ne sortait aucun son. Lucrèce se mit à prier avec ce fantôme et n'interrompait ses prières que pour penser à ce qu'on allait faire d'elle. Allait-on la faire jeter en prison, l'ensevelir dans un des cachots des forts de Marseille ou dans la tour d'Aigues-Mortes ? La resserrer dans un in-pace, au pain et à l'eau, pour la faire devenir folle ? Non, ce n'était pas ainsi qu'on pourrait traiter une fille de son rang. Muette d'horreur, elle se retourna vers la vieille parcheminée, abîmée dans ses oraisons et, tout naturellement, elle se mit à penser à ces cloîtres qui peuvent servir de prison et dans lesquels on peut retrancher de la vie ceux qui n'y ont plus leur place.

« Si la prison déshonore, le cloître ennoblit », pensait-elle, et comme elle n'était pas fille à se laisser traiter en victime, dès qu'elle eut entrevu qu'il faudrait peut-être choisir entre les fers ou le voile, elle prit sa résolution, non pas d'un cœur résigné, mais avec une volonté ardente. « J'irai au couvent, disait-elle à demi-voix. C'est à moi de prendre ma décision. » C'est ainsi qu'elle sentit naître en elle une vocation religieuse, à côté de cette statue de silence, dans le tumulte de son malheur, comme elle aurait pu le faire au milieu des frivolités du monde, et seulement pour répondre à l'appel de Dieu.

∴

Le messager de M. de Montmort était arrivé à Versailles. Il avait pu joindre Chamillard et lui faire un premier rapport. Tout se passa comme M. Lebret et l'intendant général des galères l'avaient prévu au cours de leur entretien. Chamillard avertit Mme de Maintenon et la toute-puissante marquise qui se tenait pour l'abbesse des jeunes filles de France, voulut avoir des détails. Le messager fut reçu par elle, alors qu'elle était encore au lit, dans une pénombre d'alcôve, et lui raconta tout ce qu'il savait sur Lucrèce.

L'histoire passionna le petit cercle fermé qui en eut alors connaissance. On la jugea comme un des scandales les plus affreux d'une époque fertile en abominations de tout genre. Il est vrai que l'intendant général des galères avait présenté les faits de manière à faire éclater son zèle et à grandir ses mérites. D'après lui la conjuration qui venait d'être brisée avait eu pour but principal de permettre aux galériens huguenots de prendre la fuite et de rejoindre les terres du duc de Savoie. Cette conjuration avait rassemblé un véritable trésor, dont une partie seulement avait été confisquée. Le fait que les galériens achetaient de la nourriture avec cet argent, était presque passé sous silence. Des gens bien nourris, comme ils devaient l'être, d'après les ordres du roi, ne se seraient pas exposés à de lourdes peines pour augmenter leur pitance. L'évasion avait été leur seul but et, dans leur conjuration, on avait trouvé des gens de néant, des filles perdues, des esclaves Mores, des commerçants étrangers, venus naturellement de Genève, et un riche marchand de cuir de Marseille que l'on avait pu convaincre d'hérésie, bien qu'il n'ait jamais avoué être de la religion prétendument réformée, ce qui le distinguait des autres religionnaires qui, d'habitude, s'en faisaient une gloire, avec une impudence inouïe. Cela seul suffisait à marquer combien il était coupable et faisait éclater toute la noirceur de son âme.

Mais le fait le plus étonnant, et le plus affreux, de cette conjuration où les ennemis de l'Etat et les ennemis de Dieu se trouvaient unis les uns aux autres, n'en restait pas moins la complicité de Lucrèce. Comment cette jeune fille était-elle entrée dans ce complot ? M. de Montmort avouait qu'il ne pouvait pas le comprendre. Il y avait là-dedans quelque chose de diabolique. Lucrèce était-elle possédée ? Sa famille, sa parenté, ce que les siens avaient fait, l'éclat de leur noblesse et l'excellence de leurs services, tout aurait dû la détourner d'une pareille entreprise. Avait-elle été subornée, abusée, entraînée par des sortilèges ? L'intendant n'avait rien trouvé qui puisse expliquer ses actes. En conséquence, il se refusait à implorer un pardon que la mansuétude du roi accorderait peut-être à cette grande coupable. Il n'était pas allé au-delà de cette allusion à la clémence royale et ne l'avait évoquée que pour faire bien sentir qu'il la jugeait improbable.

En haut lieu, le jugement fut sévère. Chamillard fit savoir à l'intendant général que l'on attendait de lui la plus extrême rigueur, dans le plus grand des secrets. C'était, en quelque sorte, une lettre de cachet sans l'habituelle formule, un décret de prise de corps qui ne laisserait pas de trace. La jeune écervelée devait être retranchée du monde. Pour éviter un scandale trop éclatant et pour épargner sa famille, on consentait à ne pas la jeter en prison et à la laisser se retirer dans un cloître. On ajoutait qu'il fallait choisir celui-ci pour être sûr que la jeune fille en observerait la clôture et qu'elle y persévérerait jusqu'à la fin de ses jours. L'Ordre choisi devait être des plus rigoureux et sa règle des plus sévères. On s'en remettait, pour cela, non pas à M. de Marseille, Mgr de Vintimille du Luc, ni à son vicaire général, sans doute trop liés aux familles nobles de la région et suspects de mansuétude mais aux Pères, de la Mission, hommes durs, rompus à la discipline des galères, et complètement détachés de ces considérations mondaines qui peuvent faire oublier les justes moyens du salut.

∴

Pendant que son sort se réglait ainsi entre Marseille et Versailles, Lucrèce réfléchissait dans la sévère retraite où elle était confinée. D'elle-même, elle s'était mise au pain et à l'eau. Elle avait quitté toutes ses parures, tiré ses cheveux, renoncé à toute coquetterie. Elle était entrée en religion, sous le sacrement du malheur, avant même d'avoir prononcé aucun vœu, et n'aspirait plus qu'à se retirer dans un cloître. Elle imaginait pourtant que le choix de cette retraite lui serait laissé et se demandait ce qu'il convenait de faire.

Pas un instant, elle ne pensa au couvent de Saint-Sauveur où se retiraient d'ordinaire les filles de noble famille, désireuses de préparer leur salut, sans rompre tous les liens qui les unissaient au monde. Dans cette maison, malgré la vétusté des bâtiments, la pénitence était douce et le chemin du ciel s'y trouvait bordé par des corbeilles de fleurs, des arbres à fruits, des eaux vives et des ombrages. Ces religieuses pouvaient faire profiter les gens restés dans le siècle de leur expérience mystique, et leurs visiteurs les empêchaient d'oublier les agréments de la vie. Plus qu'au parloir d'un couvent, leurs salles de réception ressemblaient aux ruelles des Précieuses, aux boudoirs des hôtels aristocratiques où elles avaient passé leur enfance. Des cavaliers venaient s'y entretenir avec elles, aux confins du scandale et de la décence, et leurs propos n'étaient pas toujours consacrés à la rédemption des pécheurs, ni à la béatitude éternelle.

C'est aux clarisses et aux carmélites cloîtrées que pensait Lucrèce. Une de ses tantes, morte depuis des années, avait achevé ses jours sous la règle de sainte Claire. Bien qu'elle ne l'ait pas connue, cette sœur de sa mère avait enchanté son enfance.

Elle avait été pour elle, entre terre et ciel, comme le témoin des miracles auxquels elle voulait croire, sans en avoir jamais vu. Les pauvres dames avaient bien souvent hanté son esprit, et il lui semblait maintenant que, dans son malheur, elles lui faisaient des signes. Elle croyait voir sainte Claire, avec ses deux sœurs, Agnès et Béatrix, et leur mère Ortolona, accompagnées de sa propre tante, qui ouvraient, en la regardant, la porte de leur maison. C'était là qu'il lui fallait chercher un refuge, à l'abri de la règle la plus austère, celle des sœurs de l'Ave Maria, gardée intacte à travers les vicissitudes des siècles.

Elle se reprochait de penser aussi quelquefois aux carmélites. Elle le faisait surtout en raison de la réputation de noblesse des filles qui entraient dans cet ordre. C'était céder à des considérations mondaines. C'était faire entrer la vanité dans le cloître, même sous les règles les plus dures qui ne le cédaient en rien aux règles de sainte Claire pour l'humilité et la ferveur.

Ainsi rêvait la victime de l'Aragne pendant ces jours de silence et de jeûne, à côté de la religieuse au teint de cire qui avait ordre de ne pas lui dire un mot.

∴

« Lucrèce de Montal veut se mettre à l'abri du monde. Elle va entrer en religion. Elle a même déjà quitté sa famille et s'est retirée en un lieu caché, en attendant de prendre le voile. »

Cette grande nouvelle commençait à se chuchoter, de bouche à oreille, dans tous les hôtels de la ville d'Aix, au cours de ces premières soirées de l'automne, alors que reprenaient les concerts, les bals et les comédies où l'on aurait dû la voir reparaître, plus belle et plus heureuse que jamais.

« Elle a dessein de faire retraite dans quelque maison de communauté, pour y assurer son salut », murmuraient des dames bien renseignées, plus ou moins liées aux deux familles, plus ou moins parentes des Montal ou des Terris.

Les dames d'âge marquaient leur assentiment en poussant de petits soupirs, en prolongeant des silences, en prenant des mines dévotes. On aurait dit que la résolution de Lucrèce allait aider au salut de celles qui l'approuvaient, mais ne se dérobaient pas pour autant aux plaisirs, et aux tentations de ce monde.

« Elle semblait pourtant destinée au mariage... Ce jeune sous-lieutenant qu'on a vu tout l'hiver dernier était bien empressé auprès d'elle », répondaient, avec une satisfaction à peine masquée, quelques jeunes étourdies, qui ne manquaient pas d'ajouter bien vite que leur chère Lucrèce trouverait sûrement un bonheur plus pur dans le cloître, car on leur faisait sentir qu'il aurait été malséant de ne pas donner son approbation à des résolutions aussi saintes.

Les opinions des messieurs étaient encore plus partagées. Qu'il fût de robe ou d'épée, jeune ou vieux, libertin fieffé, morne dévot ou rigoureux janséniste, chacun commentait à sa manière la décision de Lucrèce. Les libertins parlaient d'un simple caprice, les gens de plaisir d'un amour déçu ou contrarié, les dévots d'une intervention de la Sainte Vierge, et les plus méfiants d'une sombre intrigue de prêtres, cachant des rivalités entre les observantins et les jésuites, des manigances de moines et des cabales de séculiers.

Chacun n'en prenait pas moins son parti de la disparition de Lucrèce, et faisait un mot amer ou cocasse pour saluer son départ. En quelques jours, elle fut oubliée du monde, comme si elle était morte à vingt ans. Cependant, que ce fût pour l'approuver, la critiquer ou la plaindre, personne ne se doutait de ce qui lui était arrivé, et nul n'avait soupçonné les véritables raisons de cette retraite, M. de Montmort et M. Lebret avaient gagné leur partie.

∴

Gardée à vue, à peine nourrie, épuisée, mais croyant toujours avoir le droit de régler son sort elle-même, Lucrèce hésitait encore sur le choix qu'elle devait faire, quand les pères de la Mission, convoqués par l'intendant général, choisirent pour elle, sans lui laisser aucun droit d'appel.

« A ma connaissance, répondit le père Girard quand il eut été mis au courant de toute l'affaire, aucune maison ne me semble plus propre à donner asile à la pénitente dont vous nous confiez le salut que notre refuge de Marseille. Cet institut a été fondé, comme vous ne pouvez l'ignorer, pour retirer du chemin de perdition et mettre en celui du Paradis les filles perdues qui abondent en notre ville. Elles sont là comme cette brebis égarée que le Bon Pasteur Jésus-Christ a cherchée avec grand soin, qu'il a trouvée avec grande joie, qu'il a rapportée sur ses épaules avec grand-peine. Dans cette maison, elles ne sont plus des filles perdues, mais des filles repenties, mises dans un saint bercail où le loup d'enfer ne saurait plus rien contre elles.

— N'est-ce pas cette maison que les femmes de débauche et les ribaudes du port ont appelée la « Galère » ?

— La chose est possible, monsieur. Ces gens de rien parlent leur langage et l'ajustent sans cesse aux galères qui sont leur véritable séjour, mais cette maison n'est pour nous que le refuge du Bon Pasteur, sous le titre de Saint-Joseph, le plus parfait exemplaire de la pureté, après la Très Sainte Vierge. On y honore spécialement sainte Madeleine, l'exemplaire de la pureté réparée par la pénitence. On y entretient aussi une dévotion particulière pour sainte Marie Egyptienne et pour sainte Pélagie qui, toutes deux, filles perverties et de mœurs abominables, ont su achever leur vie en esprit de pénitence.

— J'entends, monsieur, répondit M. de Montmort, et l'on ne saurait proposer de plus saints exemples... Mais cette maison n'est-elle pas réservée aux femmes du rang le plus bas et de la plus chétive race ? N'est-il pas à craindre que la fille qui nous occupe, pour grandes que soient ses fautes, ne s'y fasse remarquer en raison de ses origines, et ne devienne en cela une occasion de scandale ?

— Il en aurait été sûrement ainsi, il y a seulement peu d'années, répondit le père Girard avec une extrême douceur. Dans ses débuts, il n'y avait dans cette maison que des filles condamnées, et de la plus basse origine. Mais leur pénitence a porté ses fruits et l'on a autorisé les plus dignes à prendre le voile blanc des novices et, même, au bout des trois ans de leur noviciat, certaines ont pris le voile noir des professes. Depuis peu, M. de Marseille a jugé qu'il pouvait ouvrir les portes de ce refuge à des pénitentes volontaires, venues des meilleures familles. Il est certain que, dans la suite des temps, cette communauté des filles de Saint-Joseph s'ouvrira de plus en plus largement à des filles d'honneur, de sage conduite et de bonne vie. Notre pénitente ne s'y trouvera donc confondue que très peu de temps avec les plus grandes pécheresses. N'est-ce pas justice, monsieur, et ses péchés ne sont-ils pas aussi damnables que les leurs ? »

Comme M. de Montmort ne répondait rien, le père Girard reprit d'une voix plus dure.

« Il faut que la pénitence soit ajustée à la faute. Croyez-vous qu'une pauvre fille, née du péché et dans le péché, qui n'a connu que le mal, l'infamie et la débauche, que ses parents ont prostituée à onze ans et dont les grabats de ce port ont été les abécédaires, soit plus coupable qu'une fille de ce rang et de cette éducation ? J'entends bien que l'une a fauté par la chair, et que l'autre l'a fait par l'esprit, sans se souiller elle-même. C'est peut-être plus exécrable. Croyez-moi, ne balançons pas, monsieur. Envoyons cette fille avec ces filles perdues. C'est là qu'elle sera vraiment à sa place. C'est là qu'elle pourra faire son salut, dans la pénitence la plus rigoureuse qui ouvre les voies au vrai repentir. »

M. de Montmort n'aurait pas voulu mêler une fille

du rang de Lucrèce à des ribaudes et à des prostituées. S'il l'avait pu, il l'aurait plutôt fait jeter dans une prison, mais c'était aller contre les ordres qu'il avait reçus de la Cour. Fallait-il céder au père de la Mission ? Ces moinillons n'avaient aucun respect pour les nobles. Mais ils avaient été désignés pour fixer le sort de Lucrèce et il fallait bien se ranger à leur avis. L'intendant pesait le pour et le contre. Ce refuge du Bon Pasteur était comme une prison, une véritable maison de force, le déversoir des bourdeaux et des mauvais lieux de la ville. Il y avait à peine cinq ans qu'on avait dû y mater une révolte. Devenues enragées, incendiant leurs paillasses, brisant portes et fenêtres, des filles s'étaient évadées à la faveur du tumulte et les recteurs avaient décidé de mettre aux fers les incorrigibles. Mais cette maison de force était aussi un couvent, une maison de ferveur, de prière et d'adoration, et l'on célébrait les vertus de sa mère supérieure...

« Je crois, monsieur, qu'en faisant ce que je vous propose de faire, vous répondrez aux instructions de la Cour. Vous irez même au-delà de ses espérances. C'est par un hasard providentiel que vous disposez d'un pareil refuge. Qui sait, monsieur, s'il n'a pas été établi pour répondre à ce qui nous occupe aujourd'hui ? Partout ailleurs, nous aurions pu hésiter sur le choix qu'il convient de faire. Mais, ici, il se fait en dehors de nous, grâce aux desseins de la Providence. Je ne crois pas que l'on comprendrait, en haut lieu, que vous ayez hésité à prendre une résolution aussi simple.

— C'est entendu, répondit M. de Montmort. Cette fille sera envoyée au refuge. Mais il serait décent de lui faire prendre le voile dans les délais les plus courts. Pécheresse que pécheresse, elle peut se mettre à son rang, même au milieu des filles perdues.

— Rien ne s'y oppose, monsieur, si un repentir véritable la ramène vers la vertu, répondit le père Girard d'une voix très douce qui contrastait avec l'âpreté de l'exhortation par laquelle il avait convaincu l'intendant. Un jour, peut-être, elle dirigera ce troupeau.

— C'est bien, c'est bien ! N'allons pas si vite en besogne. Je n'en demande pas tant ! répondit M. de Montmort, en poussant le religieux vers la porte.

— Pouvez-vous me dire, monsieur, lui demanda celui-ci, en inclinant la tête, en signe de déférence, si M. Bion, qui est l'aumônier de *La Superbe*, était au courant de ces manigances et s'il vous a donné son avis sur la façon dont il convient d'en user avec cette pécheresse ?

— M. Bion n'entend rien à la politique et je ne parle pas avec lui de ce qui concerne l'Etat, répondit avec brusquerie l'intendant général des galères. Ceci dit, c'est un homme excellent et de la plus grande vertu.

— C'est bien ce que je pensais », soupira le révérend père.

∴

Le lendemain de cette entrevue, sœur de Tiran, assistante de la supérieure du Refuge du Bon Pasteur, vint faire visite à Lucrèce, pour lui signifier quel allait être son sort et la préparer à sa nouvelle existence.

Sœur de Tiran était une ancienne religieuse bernardine du monastère de Sainte-Ursule, qui, depuis près de vingt ans, veillait à la discipline de la maison du Refuge. Elle n'ignorait rien des péchés que des filles peuvent commettre, quand le diable se sert de leur jeunesse, de leur beauté et de la misère, pour les faire succomber à ses tentations. Elle ne savait pas ce qu'avait pu faire Lucrèce, car le père Girard s'était borné à lui dire qu'elle était une grande pécheresse ayant offensé Dieu et la Sainte Eglise.

« Ma fille, on vous confie à nos soins. Entrez dans notre maison comme si c'était la Sainte-Beaume de la grande repentie que fut sainte Madeleine. Vous y ferez pénitence comme elle, mais la vôtre sera plus douce, puisque vous ne serez obligée qu'à l'observance de la clôture et des règlements de notre communauté. »

Sœur Agnès de Tiran avait une longue expérience des pécheresses, repentantes ou révoltées. Elle avait connu des jours difficiles quand les filles perdues avaient brisé portes et fenêtres, en poussant des hurlements et en proférant des blasphèmes qui auraient épouvanté les pires gredins des galères. Elle savait distinguer, au premier coup d'œil, une âme docile d'une âme indomptée, et le maintien de Lucrèce l'avait mise en confiance.

« Puis-je, ma mère, lui demanda celle-ci, savoir le nom de votre communauté, puisque c'est là que je dois terminer mes jours ?

— Notre maison est le Refuge du Bon Pasteur, placé sous le titre de saint Joseph, de sainte Madeleine, de sainte Marie Egyptienne et de sainte Pélagie.

— Le Refuge ? reprit Lucrèce d'une voix basse et altérée. Mais n'est-ce pas la maison des filles perdues ?

— Des filles repenties, répondit sœur de Tiran, des filles arrachées au diable d'enfer. Vous pourrez y faire votre salut aussi bien que dans n'importe quelle autre maison.

— J'avais pensé, dit Lucrèce d'une voix dure et pareille à la voix qu'elle avait dans le tourbillon des ferrades, que j'aurais le droit de choisir le cloître où je veux faire ma retraite. »

« C'est l'orgueil qui la fait parler, se disait sœur de Tiran. Elle est à la fois une âme docile et un cœur encore indompté. Ses péchés ne viennent pas de la chair et nous aurons de la peine à lui faire courber la tête. »

« Je n'ai pas mérité d'être mise dans ce refuge. Je veux parler à ceux qui ont décidé pour moi.

— Alors, c'est vers Dieu qu'il faut vous tourner, répondit sœur de Tiran, sans hausser le ton, sans faire un seul geste, et vous pourrez le faire à votre aise à l'abri de notre maison. Il est chez nous comme dans les cloîtres les plus illustres et notre humilité n'est pas un obstacle à Sa présence. Obéissez à l'Eglise. Il est question de faire votre salut. Ne regardez pas les aspérités du chemin. »

Il y eut un long silence. Sœur de Tiran regardait Lucrèce au fond des yeux, avec une inflexible douceur, et Lucrèce sentait que son indignation était inutile et qu'elle ne s'appartenait déjà plus.

« J'obéirai », dit-elle enfin, dans un souffle.

∴

Le même soir, dès que la nuit fut tombée, une lourde voiture aux portières fermées par des mantelets de cuir vint prendre Lucrèce et l'amena au grand trot, sous l'escorte de quatre archers, à la maison du Refuge.

Si Lucrèce avait entendu parler de cette maison que les gens du commun appelaient entre eux « la galère », elle ne se souvenait plus très bien de l'endroit où elle se trouvait, et c'est en vain qu'elle essaya de se rendre compte de la direction que la voiture avait prise.

Quand on la fit descendre, elle ne vit qu'une porte étroite, un grand mur presque sans fenêtres et, dans le prolongement de ce mur, les ténèbres d'une rue déserte. Etait-elle hors de la ville ou sur la colline des Accoules, dans les quartiers nouveaux ou dans le lacis des vieilles rues ? Elle aurait été incapable de le dire. Elle était perdue, et elle eut le sentiment qu'on venait de la conduire en dehors du monde, dans un lieu retranché qui ne faisait plus partie de la ville. Il lui sembla, cependant, qu'elle était sur une hauteur, presque entre la terre et le ciel.

Sœur de Tiran l'attendait dans une petite salle dont les boiseries et les tomettes sentaient à la fois la cire d'abeilles et le lavage à grande eau. La porte se ferma dans un bruit de verrous et de serrures. Un courant d'air fit trembler la flamme d'une lampe accrochée à la muraille, et tout retomba dans le calme et le silence.

L'assistante fit signe à Lucrèce de la suivre et, par un dédale de couloirs et d'escaliers, elle la conduisit dans une petite cellule aux murs blanchis à la chaux. Une croix de bois en était le seul ornement et, sous la croix, il y avait une sorte de bat-flanc, un lit de forme rudimentaire, sur lequel était repliée une paillasse qui portait un traversin et une couverture grossière.

« Voilà, ma fille, dit sœur de Tiran. Demain matin, on vous donnera les habits qui conviennent à votre état. Nous verrons, alors, de vous enseigner vos devoirs, pour vous préparer à la vie qui sera désormais la vôtre. Passez cette nuit dans le repentir de vos fautes et dans la joie d'être mise sur le chemin du salut. »

∴

Il faisait à peine jour, quand une religieuse menue, écrasée dans ses vêtements de tiretaine, vint chercher Lucrèce dans ce réduit où elle n'avait pu s'endormir qu'un peu avant l'aube, sans éprouver de joie ou de repentir, mais une exaltation qui n'allait pas sans révolte.

« Je suis la sœur lingère », dit la religieuse, à voix basse, et Lucrèce la suivit. Les longs corridors étaient d'une propreté méticuleuse. Les petits carreaux des fenêtres découvraient un jardin intérieur où tourbillonnaient des vols de petits oiseaux. La lingerie était claire et deux filles condamnées y rangeaient sur des étagères de bois des draps éblouissants de bancheur.

« Voilà notre robe grise, dit la sœur lingère. Elle est faite à sac, mais elle a l'ampleur qu'il faut pour faire des plis quand elle est ceinte avec cette corde blanche. »

Pendant que la religieuse parlait, si doucement que ses lèvres semblaient rester immobiles, Lucrèce revêtait son nouvel habillement, l'esprit absent, le corps insensible. Il lui semblait, cependant, que ses manches étaient trop longues, car elles venaient jusqu'à l'extrémité de ses doigts, et elle fit un mouvement pour les relever.

« C'est bien, c'est bien, chuchota la religieuse. Il faut que vous puissiez cacher vos mains dans ces manches... Maintenant, couvrez-vous de cette tunique grise et de ce scapulaire blanc. Il ne vous reste plus qu'à mettre votre coiffure. »

Lucrèce posa sur sa tête un voile d'étamine dont les deux bouts descendaient au-dessous de sa ceinture. Elle le ceignit avec un bandeau de toile forte qu'elle enferma dans une guimpe de même étoffe.

« Voilà, dit la sœur lingère en lui tendant une croix et un chapelet. Il faut vous habituer à ces vêtements. La règle veut qu'il n'y ait aucune vanité chez les filles de notre ordre, ni empois, ni enjolivement d'aucune sorte... Attendez-moi. Je vais voir si notre mère supérieure peut vous recevoir maintenant. »

Les vêtements que Lucrèce avait revêtus étaient si pesants et si rigides qu'ils semblaient la séparer du reste du monde, comme si on l'avait mise au cercueil. Elle restait immobile, au milieu de la lingerie, en sentant ce poids sur ses épaules.

« Pourquoi on t'a mise ici ? Tu n'as pas l'air d'être de Marseille. Je ne t'ai jamais vue en ville », chuchota une voix, tout près d'elle. C'était une des deux filles qu'elle avait remarquées en entrant, qui lui adressait la parole en continuant à mettre de l'ordre sur les étagères.

« On ne m'a pas mise ici, répondit Lucrèce sans chercher à étouffer le son de sa voix. C'est moi qui ai voulu y venir.

— Parle plus bas et sans remuer les lèvres, dit la fille en regardant autour d'elle. Alors, tu viens nous faire la loi et tu deviendras officière ? Mademoiselle a la vocation ?

— J'ai la vocation, murmura Lucrèce, et le fait d'avoir chuchoté cette phrase lui fit ressentir une étrange paix. Je suis là de mon plein gré, ajouta-t-elle.

— Nous sommes là contraintes et forcées, répondit la fille, et, pour dire mon franc valentin, nous ne pensons qu'à nous échapper de cette galère. Pute je suis et pute je resterai, comme ma mère et mes sœurs qui sont femmes du port de Marseille. On te fera maîtresse de la communauté, avec le trousseau de clefs, sœur économe ou sœur sacristine. Un jour tu seras peut-être la mère assistante ou Mme la supérieure, mais, nous autres, nous resterons ce que nous sommes.

— C'est Dieu qui disposera de nous », chuchota Lucrèce, en cachant ses mains dans ses manches, mais la fille retomba soudain dans le silence, en prenant sa mine hypocrite.

La sœur lingère était revenue, accompagnée par sœur de Tiran. Elles se tenaient sans bouger, les yeux mi-clos, la tête baissée, mais Lucrèce sentait leurs regards qui pesaient sur elle, comme elle entendait le son de leurs voix, malgré l'immobilité de leurs lèvres.

« Notre mère supérieure vous demande », dit sœur de Tiran.

∴

La mère supérieure était assise dans un de ces grands fauteuils paillés à la mode de Provence, avec deux accoudoirs de bois, comme on en voit dans les mas et dans les bastides. C'était une vieille femme au regard sévère et perçant, aux joues creusées par des rides. Elle regardait Lucrèce en silence.

« Mettez-vous à genoux, chuchota sœur de Tiran, et baisez le bas de l'habit de notre mère. »

Lucrèce obéit et, tandis qu'elle était courbée vers la terre, elle sentit une voix qui lui tombait sur la nuque comme le tranchant d'une main.

« Ma fille, on vous met dans cette maison pour le

salut de votre âme. Ce sera dorénavant le seul but de vos actes et de vos pensées.

— Ma mère, si je suis ici, c'est de mon plein gré, répondit Lucrèce.

— C'est l'orgueil qui vous fait parler, dit la voix. Vous êtes ici par obligation et je dois vous y garder par contrainte.

— Non, ma mère, je suis ici de ma pleine volonté, et si l'on me disait d'en sortir, je vous supplierais à genoux, comme je le suis maintenant, de me garder dans cette maison. »

Il y eut un long moment de silence. Lucrèce ne voyait qu'un pan de robe de bure et deux pieds décharnés, chaussés de sandales monastiques.

« On ne vous confondra pas avec les séculières qui sont filles condamnées. Vous entrez chez nous comme religieuse et nous réduirons votre temps de probation, autant qu'il sera possible, pour vous permettre de postuler au voile blanc des novices. Que l'esprit de piété et de régularité vous anime. Qu'il vous soutienne dans les peines de votre nouvel état. Vous serez sœur Marie de l'Incarnation.

— Oui, ma mère, murmurait Lucrèce entre chaque phrase.

— Sœur de l'Incarnation, vous observerez notre règle avec une scrupuleuse exactitude. A toute heure du jour, vous devez vous en instruire. Vous le pouvez mieux qu'une autre, puisque vous savez lire et écrire. Il faut pourtant qu'on vous dise dès aujourd'hui ce que vous ne devez pas faire pour vous épargner des punitions, alors que vous n'auriez fauté que par ignorance. Vous ne devez plus rompre le silence aux moments où il doit être observé. Vous ne devez pas dire des nouvelles, ni contester avec les sœurs ou avec les filles détenues. Ce ne sont là que fautes légères. On les rachète avec des *Pater* ou des *Ave*, en baisant la terre. Mais si vous contestez longuement, si vous faites des discours, si vous parlez de votre existence passée, si vous écoutez les récits que les autres peuvent faire sur la leur, si vous commettez des actions badines ou indécentes, vous serez forcée de manger. à terre, de baiser les pieds des autres sœurs et de rester à genoux, le temps qu'il faudra, à la porte de la chapelle. Il y a pourtant des fautes plus graves et de plus sévères punitions. Vous ne devez pas recevoir ni envoyer de message, ni donner assistance à quelqu'un de la maison qui ferait des actions mauvaises. Tout cela vous exposerait à être jetée en prison, au pain et à l'eau, et à être l'objet d'une discipline publique. Mais surtout — et la voix de la mère supérieure s'était durcie — qu'on ne vous trouve jamais couchée dans un même lit avec une fille de la maison. C'est une des fautes les plus damnables et celle qui la commet doit l'expier dans les fers... »

Dans la position où elle se trouvait, Lucrèce avait l'impression de rouler dans des abîmes. En dehors du monde, on retrouvait donc les fautes les plus vulgaires et les plus affreux péchés ? Ils coulaient comme une eau fangeuse à travers les grilles de la clôture.

« Pour témoigner que votre cœur est changé et que vous avez renoncé au monde, au diable et à la chair, vous ferez le sacrifice de vos cheveux, disait la mère supérieure d'une voix plus douce. Offrez-les à Dieu, et qu'ils soient coupés comme les cordes par lesquelles le diable vous tient captive, et soyez aise d'être délivrée de sa tyrannie.

— Oui, ma mère, disait Lucrèce.

— Pour mieux vous réconcilier avec Dieu, et vous convertir entièrement au moment de votre entrée dans cette maison, préparez-vous à faire une confession générale des péchés de votre vie tout entière. Je vous y aiderai par mes instructions et, quand je jugerai que vous êtes en état, je ferai avertir le père spirituel pour qu'il puisse venir vous entendre.

— Oui, ma mère, disait sœur de l'Incarnation.

— Vous vous confesserez et vous recevrez la communion tous les premiers dimanches du mois et vous le ferez aussi pour les fêtes principales des saints et pour celle de la Sainte Vierge. Si vous voulez, par dévotion, être admise à communier plus souvent, vous m'en ferez la demande et, si je le juge à propos, j'en aviserai le confesseur. Mais je pourrai vous suivre moi-même, si vous voulez bien vous confier à mes soins.

— Oui, ma mère.

— Chaque jour, vous irez au chœur pour ouïr la Sainte Messe, ou pour assister aux Vêpres ou au sermon. Vous irez à deux, autant qu'il pourra se faire, et vous répondrez avec piété aux litanies que je vous dirai. Soyez toujours d'une grande modestie extérieure et d'une extrême dévotion intérieure, et ne regardez jamais par les jalousies dans l'église. Offrez à Dieu le Saint Sacrifice de la messe pour les quatre fins pour lesquelles Notre Seigneur l'a institué, savoir : pour honorer et glorifier Dieu, en action de grâces des bénéfices reçus, pour demander pardon des péchés et pour obtenir la grâce de faire une digne pénitente à l'avenir. Relevez-vous. Tout vous sera appris èn son temps. Il vous suffira d'être docile. Il faut pourtant que je vous instruise encore d'un article du règlement qui fut approuvé par Mgr du Puget, le 9 juin 1665, lors de sa visite pastorale. Sœur de Tiran va vous en donner lecture. C'est le numéro vingt-quatre. Il doit vous guider à tous les instants et vous devez le garder toujours en mémoire.

— Si quelqu'une savait quelque chose d'une autre, disait déjà l'assistante, qu'elle avertisse la mère supérieure ; que si elle ne le fait, elle sera autant coupable que celle dont elle cache la faute, et la mère supérieure avertira les recteurs, et toutes doivent trouver bon qu'on les avertisse des fautes qu'on remarquera en elles, pour en être charitablement averties et corrigées.

— Pensez et repensez à tout ce qu'on vient de vous dire... Allez, ma fille. »

∴

En été, la cloche sonnait à quatre heures et, pendant l'hiver, à cinq heures. A l'époque où l'on se trouvait il faisait alors encore nuit noire, surtout quand le froid semblait avoir gelé la lumière, comme il transformait l'eau en glace. A cet appel, filles condamnées et religieuses se levaient dans un grand silence, les yeux bouffis, les membres gourds et la faim au ventre.

« Ayez grand soin de la bienséance et de la modestie », disait la voix de sœur Saint-Estienne, maîtresse de la communauté, qui venait ouvrir les portes des chambres, après en avoir déverrouillé la barrière.

La bienséance et la modestie étaient respectées tant qu'elle restait présente, mais, dès qu'elle allait ouvrir la barrière d'un autre dortoir, les filles se déchaînaient et, sans rompre le silence, elles se livraient à d'extravagantes mimiques, sous la tremblotante lueur d'une ou deux chandelles qu'avaient allumées la maîtresse. C'étaient des démons d'impudicité qui retiraient leur chemise et se glissaient, en jouant des reins, dans leurs lourdes robes de pénitente, qui bâclaient leurs lits, allaient déverser leurs pots dans les lieux du degré, et faisaient la bourrasque à travers les chambres, comme des forçats femelles. Tous les vices du port animaient leurs contorsions silencieuses qui se projetaient en ombres mouvantes, semblables à des apparitions diaboliques, sur les murs blanchis à la chaux.

Cette promiscuité avait été épargnée à Lucrèce. Elle couchait maintenant dans le dortoir des religieuses, longue chambre coupée par des cloisons de bois qui ne montaient pas au plafond. Elle ne rejoignait les filles perdues, enfermées au plus haut étage de la maison, que dans la salle commune où elles commençaient leur journée par la récitation des prières ordinaires, sous la conduite de sœur Saint-Estienne.

L'heure de la messe venue, elles se rendaient au chœur. La messe dite, elles retournaient à la grande salle où chacune se remettait à l'ouvrage et reprenait des travaux d'aiguille ou de crochet qui usaient les doigts et les yeux, desséchaient les mélancoliques et faisaient suffoquer les sanguines.

Avant le dîner, peu avant dix heures, elles disaient d'une seule voix le Benedicite et, après l'action de grâce, elles ajoutaient un Pater et un Ave pour MM. les recteurs et les bienfaiteurs de la Maison du Refuge. Ce dîner se composait d'une soupe faite avec deux onces de riz ou quatre onces de légumes. Elles la mangeaient en silence, en ayant soin d'avoir l'air d'être attentives à la lecture que faisait alors une religieuse.

Ce maigre repas achevé, elles avaient une heure de récréation, pendant laquelle elles pouvaient s'entretenir les unes les autres, en évitant les sujets profanes. Cette heure écoulée, la communauté tout entière retombait dans le silence et dans le travail, jusqu'au moment où la cloche annonçait le temps des Vêpres. Les filles s'assemblaient alors pour dire le chapelet, alternativement, à deux chœurs.

Torturées par la faim, harassées par le silence, elles se ruaient au souper où on leur donnait deux onces de fromage blanc, ou une once et demie de tout autre fromage, cinq onces de châtaignes fraîches ou quatre onces de raisins frais, huit onces de poisson frais ou trois onces de morue, un anchoix, deux pommes ou deux oranges.

C'était, au fond, le seul vrai repas de toute cette longue journée, et les filles le dévoraient en pensant aux jeudis et aux dimanches où on leur donnait une demi-livre de bœuf, comme on le faisait aussi pour le Mardi gras, les jours des fêtes de Pâques, à la Pentecôte, à la Saint-Augustin et à la Noël.

Filles condamnées et religieuses, séculières en fureur d'avoir été retranchées du siècle, ou moniales aux cœurs dociles qui regrettaient des péchés qu'elles n'avaient pas commis, devaient se coucher à neuf heures, été comme hiver. Avant de se mettre au lit, elles devaient réciter, une fois de plus, leurs prières, toutes ensemble, bourdonnantes comme un essaim, et faire leur examen de conscience, à haute voix, en répondant point par point aux questions que leur posait Mme la supérieure. Cet exercice achevé, tout devait tomber au silence, dans l'obscurité de la nuit d'hiver ou les dernières lueurs des crépuscules d'été.

∴

Il n'y avait pas un mois que Lucrèce était au Refuge et il lui semblait déjà qu'elle avait toujours vécu de cette vie monastique, entre l'Ave Maria du matin et la prière du soir. Elle n'avait ni regret de son ancienne existence, ni désir d'échapper à celle qui lui avait été imposée, mais qu'elle croyait avoir choisie elle-même.

Elle sentait, dans ce refuge coupé du monde, la plus fantastique confusion du vice et de la vertu. Le vice était éclatant, la vertu tenace, mais si le vice pouvait y trouver les voies de la rédemption, la vertu s'y confondait trop souvent avec le péché d'orgueil et la dureté de cœur.

La présence des filles perdues, déchaînées ou repentantes, assurait Lucrèce dans la piété et l'obéissance mieux que n'aurait pu le faire une communauté rayonnante de ferveur et de vertu. Si sœur de l'Incarnation, comme toutes les religieuses, n'avait que peu de rapports avec ces filles perdues, et seulement au chœur, à la salle de travail et au réfectoire, s'il lui était interdit de s'entretenir avec elles, elle n'en sentait pas moins leur présence, et leur impiété, leur perversité, leur cynisme, la confirmaient chaque jour dans sa vocation.

Comment ne pas prier jusqu'à s'oublier soi-même à côté de ces pécheresses qu'on avait retranchées des plus abominables péchés et qui en écumaient de fureur ? La compassion que Lucrèce avait éprouvée au spectacle des galériens enchaînés sur les bancs de rame de *La Superbe*, renaissait en elle devant le malheur de ces filles condamnées. Le même besoin de charité s'était emparé de son âme. Elle priait pour leur rédemption comme elle avait cherché de l'argent pour venir en aide à ceux qui mouraient de faim pendant l'hivernage de la galère.

Cette ferveur l'empêchait d'éprouver le moindre remords. Pas un instant, elle ne s'était repentie de ce qu'elle avait fait contre les ordonnances du roi et les vœux des défenseurs les plus acharnés de l'Eglise. Elle se ruait dans la charité comme naguère elle partait au galop, au temps des ferrades. Elle expiait le péché pour lequel elle avait été condamnée par les Superbes et le commettait à nouveau, en se vouant, une fois de plus, à la même œuvre de miséricorde dont aucune religieuse, ni sœur de Tiran, ni la mère supérieure, ne pouvaient comprendre le secret.

XXI

LA PAIX REVIENT TOUJOURS DANS LES MONTAGNES

Les messieurs de la Mission de France laissèrent courir le bruit que Jean-Pierre avait abjuré entre les mains du révérend père Girard et qu'il s'était réuni à l'Eglise catholique, apostolique et romaine. A vrai dire, les lazaristes n'avaient jamais annoncé cette conversion et l'on ne pouvait pas les accuser de mensonge. Ils avaient tout simplement raconté que M. Girard, débordant de zèle et d'amour, avait rendu visite à Jean-Pierre, dans le cachot où le malheureux pourrissait depuis le commencement de l'hiver, et lui avait exposé les vérités de l'Eglise. Rien de tout cela n'était faux, mais les pères à barbichette avaient prolongé ce petit récit véridique de tant de soupirs de joie et de tant de mines confites, ils l'avaient agrémenté de tant de silences et de tant de hochements de tête, que des officieux, familiers de leur maison et tout dévoués à leur ordre, en avaient tiré les conséquences en proclamant à tous les échos le reniement de Jean-Pierre.

« Celui qu'on a mis dans les souterrains du fort Saint-Jean, vous savez, cet opiniâtre de *La Superbe*, a reconnu ses erreurs... Le père Girard a fait éclater à ses yeux l'abomination des fausses doctrines... Il va être reçu dans la véritable Eglise... Il a déjà fait son abjuration. »

Au moment de l'écrasement de l'insurrection camisarde, alors que Cavalier avait mis bas les armes et que Roland venait de mourir, le reniement de Jean-Pierre ou de tout autre captif aurait été un désastre spirituel pour les galériens protestants. Il aurait eu l'air de venir du fond de la tombe, d'un lieu retranché du monde où Dieu régnait sans partage. Nul ne croyait, vraiment, à cette trahison, mais comment pouvait-on répondre pour un homme enfoui à cinquante pieds sous terre, pour un mort vivant dont nul ne pouvait entendre la voix ?

Il ne fallut pas longtemps aux domestiques de Dieu pour savoir, de façon certaine, avec toutes les preuves possibles, que Jean-Pierre était resté constant dans sa foi, et qu'il avait résisté aux assauts du père Girard. Malgré l'épaisseur des murs de la vieille forteresse qui veillait à l'entrée du port, ses portes de chêne cloutées, ses grilles de fer, ses barres et ses serrures, ils surent même ce que le captif avait dit à son visiteur. Journée finie, broc en main, le geôlier avait dû raconter la scène dont il avait été le témoin à ses acolytes et aux soldats qui tenaient garnison dans le fort, et l'un d'entre eux avait sans doute averti un ami des protestants, par complicité ou bêtise. C'est ainsi qu'allaient les nouvelles dans ce monde fermé où les secrets suintaient comme des filets d'eau à travers les joints des murailles.

Transmise de bouche à oreille, à peine déformée, concise et drue, affirmation des tourments du corps et des joies de l'âme, une phrase de Jean-Pierre fit le tour des chiourmes, et chaque galérien pour la foi la reçut comme un message qui lui aurait été destiné :

« Chaque jour, je tremble un peu plus devant la justice de Dieu, et chaque jour aussi je suis plus confiant dans sa grâce. »

C'est pour avoir dit cette phrase qu'on l'avait mis aux fers et réduit à la plus extrême misère, mais ces nouveaux tourments ne pouvaient que lui réserver de nouveaux triomphes.

« Plus nos maux sont cruels et plus la grâce abonde, disait simplement Denis, avec des hésitations de la langue, car, depuis sa bastonnade, il bégayait et cherchait parfois ses mots. Je le sais d'expérience, ajoutait-il. Mais Jean-Pierre est plus malheureux que moi, car ses tourments n'arrêtent pas de finir. »

Comme on savait ce qu'il avait dit au père Girard, presque mot pour mot, on savait aussi, dans les chiourmes, ce que Jean-Pierre lui-même était devenu, dans le silence et dans les ténèbres. C'était, maintenant, un vieillard dont la barbe et la chevelure en couronne avaient dévoré le visage, alors que son crâne s'était entièrement dénudé. Ses poils avaient blanchi comme sous le froid de l'hiver. Malgré toute sa vie, il avait maigri encore. Il était semblable au tronc foudroyé, resté seul debout sur la crête d'une montagne, usé par le vent, la pluie et la neige, mais le feu qui l'avait frappé brûlait toujours dans son âme.

Si ses persécuteurs avaient ouvert sa prison, il aurait eu l'air d'un mort oublié depuis plusieurs siècles, émergeant de son sépulcre à l'appel de la trompette de l'ange, d'un ressuscité du dernier jour, ébloui par la lumière de Dieu, et se tenant droit devant Lui.

∴

C'est ainsi que, dans les conversations qu'ils poursuivaient à voix basse, sans presque remuer leurs lèvres, accroupis sur les bancs où ils étaient enchaînés, les galériens pour la foi se représentaient Jean-Pierre. Ceux qui avaient voulu faire croire à son abjuration en étaient pour leur courte honte. Loin d'avoir renié sa foi, le captif du fort Saint-Jean portait témoignage au milieu de ses tourments et de ses souffrances. Du fond de la fosse où il était emmuré, il prenait sa place modeste au milieu des martyrs et des confesseurs et, bien que séparé de ses frères, il raffermissait leur courage.

Jamais, peut-être, depuis le début des persécutions, la petite église souffrante et flottante n'avait eu un plus grand besoin d'être soutenue. Même ceux qui n'avaient jamais voulu se laisser gagner par des espérances terrestres et n'avaient rien attendu que de la vie éternelle, étaient frappés de stupeur par le désastre des camisards. Le bras de chair était retombé. La persécution était triomphante. Il fallait revenir à cette foi toute nue dont les premiers galériens avaient fait leur règle de vie, la foi qui n'espère rien dans ce monde. Mais comment vivre sans espérer, quand on a connu l'espoir et quand on a cru que Dieu allait imposer sa justice aux Grands de la terre ?

Les Languedociens et les Cévenols, ceux qui étaient nés devant les marais de Camargue, ou dans la petite Chanaan des jardins de la Vaunage, ou dans les sombres vallées et sur les sommets de l'Aigoual, du Bougès, et du Lozère, étaient les plus désolés de cette église meurtrie. Ils pleuraient à la fois sur la liberté de conscience écrasée et sur le désastre de leur patrie. Ces fils des terres de sel où vivent les bêtes sauvages, ces enfants dés garrigues et des montagnes, étaient nés pour être des hommes libres, et ils se trouvaient engloutis par la servitude. C'est en vain que leurs frères avaient donné leur sang et leurs vies. Ils avaient tout perdu les uns et les autres. Il ne leur restait plus que Dieu.

Presque chaque jour, des débris de l'insurrection camisarde venaient échouer à Marseille, comme des épaves de navire après des jours de tempête. En octobre, une chaîne venue de Nîmes, sous la garde du prévôt de la maréchaussée de Montpellier et d'une foule d'archers, avait amené une trentaine de condamnés, tous anciens camisards et désignés comme tels, ce qu'on n'avait jamais fait quand ils remportaient des victoires. On aurait dit que ce nom ne faisait plus peur après avoir semé l'épouvante.

Parmi ces gens se trouvait un des compagnons de Catinat, Claude Béchard, natif d'Aubais. Ce garçon de vingt-sept ans, cordonnier de son état, mais habitué depuis son enfance à monter les chevaux sauvages de la Camargue, avait été pris dans une embuscade tendue à son chef qu'il avait suivi partout depuis le commencement de la guerre.

« Depuis que Jean Cavalier a mis bas les armes en se laissant prendre aux promesses des menteurs, expliqua-t-il à ses compagnons de misère, nous étions traqués comme des loups. Les dragons et les milices suivaient notre trace à l'odeur. Pour ne pas nous laisser prendre, nous nous étions mis en petits paquets, dix d'ici, vingt de là, autour de nos brigadiers, et courant les bois et les lieux sauvages. C'était une vie d'enfer, à ne pas retrouver son souffle. Nous étions encore une douzaine avec Catinat et nous tenions nos quartiers du côté de la Vaunage où les gens voulaient bien nous donner encore à manger, quoiqu'il y allât de la vie s'ils se faisaient prendre. Le 16 août, nous nous étions endormis, dans des vignes, à côté de Maruejouls, et la garnison de Calvisson, peut-être avertie par un traître, car le malheur fait parler les gens de petit courage, nous a surpris dans notre sommeil. Ils ont tué dix des nôtres, à coups de fusils, blessé Catinat qui s'est jeté dans une roubine et a pu s'enfuir, mais je me suis trouvé prisonnier sans pouvoir me mettre en défense. Je ne sais pas comment ces gens ne m'ont pas tué. Ils ont comme ça des caprices et tu es mort ou tu es vivant. Je dois peut-être la vie au frère Roland dont ils ont brûlé le corps, ce jour-là, sur une place de Nîmes. Malgré leur fureur contre les enfants de Dieu, ils veulent parfois se donner des airs de clémence. Dix de tués, un dont on sauve la vie pour le faire voir dans les rues... Enfin, je ne suis pas mort et pourtant nous leur avions mené la vie dure, depuis l'affaire du Val-des-Banes où nous avons tué Poul. Toujours à cheval et toujours le fusil bandé et le sabre au bout de la main. Quelques jours avant d'être pris, j'avais même attaqué, avec deux autres garçons, un convoi de foin qu'on envoyait aux dragons d'Aigues-Mortes. Quatre-vingts chariots, une vraie fortune ! C'était du côté de Psalmodi, avant la tour Carbonnière. Nous n'avons fait qu'une bouchée de l'escorte. Ces dragons, ça se tient à peu près en selle, mais ça tourne mal avec leurs chevaux qui ne savent qu'aller tout droit. On leur a donné la ferrade, à leur faire virer la tête. Mais les dragons du Cailar, en voyant cette fumée dans le ciel, arrivent à bride abattue. On les a chargés à nous trois, en poussant des cris terribles que ces coquins du roi n'aiment pas entendre... » et Claude Béchard, sans hausser la voix, imitait son cri de guerre : « Camisard, camisard, tue, tue, abrive, abrive... » et il en riait de plaisir, comme s'il avait été encore en selle. « On les a reconduits jusque devant le Cailar, en leur faisant l'abrivade, avec le fer dans les reins. Ils ont sonné le tocsin, pour faire venir du monde de tous les pays d'alentour. J'ai tué le carillonneur d'un coup de fusil... Comment je suis vivant, après ça, et comment ils m'ont condamné aux galères au lieu de me faire périr sur la roue ? Dieu est plus fort que ces gens, même quand ils ont la victoire... En tout cas, Catinat ne s'est pas laissé prendre. C'était le plus hardi de nous tous. »

Certains disaient pourtant que le chef de la cavalerie camisarde avait été fait prisonnier. D'autres assuraient qu'il était passé en Suisse avec les derniers brigadiers rebelles. Jamais il n'avait couru autant de nouvelles et de plus confuses, et de plus contradictoires. Cette guerre n'avait été qu'une suite d'égorgements, d'alertes de nuit, d'embuscades et de surprises, mais il n'y avait plus, maintenant, de victoires, ni de défaites. On n'entendait plus, dans le silence de la servitude, que les bruits furtifs de la fuite des derniers combattants du Désert, pourchassés à travers les bois et sur les sommets des montagnes.

∴

Pendant les derniers mois de l'année, des chaînes venues de Toulon et d'Antibes conduisirent à Marseille les rescapés de l'expédition qui avait mis à la voile à Nice pour débarquer sur les côtes du Languedoc, et avait été dispersée par la tempête et pourchassée par le chevalier de Roannez et sa division de galères.

Naufragés de la guerre et naufragés de la mer, ils avaient été pris sur des barques en perdition, jetées à la côte par l'ouragan. Certains étaient de vieux fugitifs, sortis du royaume au moment de la Révocation, et qui, depuis ce temps-là, avaient erré misérablement à travers la Hollande ou la Suisse. Beaucoup d'entre eux étaient partis, au dernier moment, de Savoie ou du Dauphiné, régions frontières où la fuite était plus facile. Il y avait, pourtant, parmi eux, quelques Cévenols, gens acharnés qui auraient fait le tour de la terre pour revenir se battre dans leur pays. Ils avaient tous rêvé de rentrer dans le royaume en libérateurs, comme les soldats d'une véritable armée, marchant ouvertement sous leurs drapeaux déployés, et s'y retrouvaient chargés de chaînes.

C'étaient des hommes à bout de force, sortis hagards de leur désastreuse aventure et plus abattus que ceux qui, pendant plus de deux ans, avaient lutté au Désert.

« Quand on nous a pris, le long de la côte, nous étions à moitié noyés et faibles comme des enfants. Beaucoup de nos frères sont morts en route, disaient-ils en arrivant aux galères. On les a mis en terre comme des chiens. Ils sont plus heureux que nous qui sommes condamnés à vie comme religionnaires et fugitifs du royaume.

— Dans ma chaîne, où nous étions six, en provenance d'Antibes, expliquait Pierre Julien qui n'avait que dix-huit ans et qui était né à Ganges, un de nos frères est mort sur la route, à Sainte-Zacharie où on l'a enterré. C'était Jacques Laure, d'Alès. On est arrivé le 5 janvier à Marseille. Deux d'entre nous ont été conduits à l'hôpital, tout de suite, parce qu'ils ne pouvaient plus se tenir debout. Etienne Rodez, un garçon de vingt-deux ans qu'on appelait Sans-Souci et qui était né à Dieulefit, dans le Dauphiné, y est mort le 17 janvier. Quant à Jean Castanet, qui a le même âge que moi, et qui est venu d'Anduze, il est en train de mourir, s'il n'est pas mort à cette heure. Trois sur six, dont le plus âgé n'avait pas vingt-cinq ans ! C'est vous dire ce qu'ont été nos souffrances. C'est notre jeunesse qui les mettait en fureur et je n'ai jamais vu un homme plus sauvage que celui qui nous conduisait. C'était un lieutenant du régiment Dauphin, Barthélémy le Vieux de son nom, et il avait avec lui dix soldats et un sergent qui ont tout fait pour nous faire périr en route. »

A ce troupeau de soldats vaincus avant d'avoir pu se battre, venaient se mêler, presque tous les mois, quelques malheureux camisards échappés aux exécutions sommaires, au bûcher, à la roue ou à la potence, après avoir combattu depuis des années. Ils arrivaient par la chaîne de Nîmes ou de Montpellier, brûlés de soleil, secs et noirs, la mine féroce, encore enragés, mais insensibles aux fatigues. C'était l'amalgame de la défaite, la confusion des vieux héros, aguerris par les embuscades et les batailles, et de ceux qui n'avaient jamais entendu siffler les balles et n'avaient participé qu'au dernier désastre de cette guerre.

Ils se retrouvaient dans les cales ou sur les bancs de cet affreux ponton, dévoré des vers, qu'était *La Vieille-Réale*, unis par leurs fers comme ils l'étaient par leur foi.

« Enfants, si vous aviez été avec nous à la victoire du Val-des-Banes quand nous avons tué Poul et que nous avons poursuivi les dragons presque jusqu'aux portes de Nîmes ! Il aurait fallu que vous puissiez voir Ravanel, sa chique à la bouche, en train de chanter un psaume, ou Catinat, à la tête des cavaliers !

— Frères, si vous saviez comme on parle de vous à Genève ! répondaient les naufragés des barques du duc de Savoie. Quand nous sommes passés dans cette ville, on a prié pour vous, après le sermon que nous sommes allés entendre. Il paraît qu'on parle de vous dans toute l'Europe et qu'on vous donne en exemple. On nous a même parlé d'une lettre qui avait été envoyée à Roland pour lui annoncer les secours. On lui disait que vous aviez avec vous Dieu et ses anges.

— On n'aurait pas cru être soutenu par tant de monde, répondaient les vieux camisards. Dieu et ses anges nous ont aidés, mais nous n'avons jamais eu dans nos rangs ni un Anglais, ni un Hollandais, ni un Suisse, alors que nous avions contre nous un bataillon irlandais, les Suisses du major Courten, et les miquelets catalans. Nous avons toujours été seuls, mise à part la grâce de Dieu qui ne nous a jamais fait défaut, même dans nos pires misères. Elle est encore avec nous, maintenant qu'il nous faut souffrir sur les galères. »

∴

M. d'Autigny avait fait, comme presque tous les ans, un rapide voyage à Versailles où il avait assisté au retour du maréchal de Villars, pacificateur des Cévennes et promis, désormais, à des tâches plus glorieuses. Après avoir parcouru pendant les derniers mois de l'année les cantons les plus désolés des montagnes, le maréchal avait fait exempter de la taille leurs peuples muets de terreur, et il avait tenu les Etats avec les honneurs du triomphe.

« Monsieur de Nîmes l'a traité de sage enchanteur, disait l'intendant général avec une pointe d'humeur. C'est un compliment étrange pour un guerrier. Mais il paraît que tous les succès qu'il avait déjà remportés sur le Rhin ou sur le Danube n'avaient fait que préparer sa victoire sur ces laboureurs et ces pâtres. Voilà jusqu'où peut entraîner un mouvement d'éloquence ! M. Fléchier avait eu trop peur pour louer le maréchal avec la juste mesure.

— Personne n'a su la garder, répondait M. de Marle. Les Etats lui ont donné douze mille livres, et huit mille à la maréchale, ce qui fait vingt mille livres, même pour des gens aussi riches et qui n'avaient pas besoin de cela.

— Sa Majesté l'a fait duc et lui a donné le collier du Saint-Esprit, enchaînait son père. C'est payé de façon royale, c'est bien le cas de le dire, et l'on croirait qu'il vient de battre les Impériaux et les armées de Hollande.

— Si encore il avait vraiment battu ces gens-là ! grondait M. de Montmort. Accepter de traiter avec des canailles, c'est mal défendre le roi. On n'assure pas la tranquillité du royaume, et son avenir, en faisant des promesses à des gens de rien, même si l'on ne doit pas les tenir. Imaginez qu'au lieu de ce ramassis de marauds, disséminés dans des monts horribles, c'eût été la crapule des grandes villes qui se fût mise en révolte ? Avec ces gens, je ne connais que la corde, la barre de fer et la roue, ou la torche et le fagot.

— On s'est peut-être effrayé plus que de raison. Ces osards n'étaient pas aussi redoutables que certains ont voulu le dire. Ils ont été heureux sur quelques coups de surprise, et l'imagination a dû faire le reste.

— Ne croyez pas cela, répondait M. de Montmort. Ces gens-là ne sont pas sans vertu, si ce mot peut avoir un sens pour des brutes de cette sorte. Dans les temps qui ont précédé leur révolte, ceux qui servaient aux armées étaient prisés de leurs chefs, et leur province avait la réputation d'être guerrière. Ceux de la plaine étaient de fameux cavaliers et ceux d'en haut donnaient des troupes de pied qui tenaient ferme à la baïonnette et ne branlaient pas sous le feu. Plus encore, ils montraient, les uns et les autres, un grand dévouement à Sa Majesté et même un désir de servir l'Etat qu'on voit rarement chez des rustres. Beaucoup d'entre eux étaient devenus sous-officiers, et s'ils n'avaient pas été destinés par la Providence à servir comme forçats, nous aurions pu en tirer un beau régiment des galères. Chose étrange, le sobriquet qu'on donne à ceux des cantons où la révolte a été la plus générale, semble avoir été choisi pour bien marquer ce que je viens de vous dire. Ils se donnent le nom de raiou, ce qui signifie les royaux, et portent ce nom depuis les guerres anglaises, il y a près de trois siècles. Le Roi de France lui-même le leur avait concédé, un soir de bataille où ils s'étaient fait tuer devant lui, et pour son salut, avec l'opiniâtreté dont ils viennent de faire preuve.

— Autrement dit, avança M. de Marle, quand ils ne sont pas les sujets les plus loyaux du royaume, ils en sont les plus grands rebelles, et quand ils ne sont pas en révolte, ils sont des exemples de dévouement. Leur folie, c'est de vouloir se faire une religion qui leur permettrait de parler à Dieu sans intermédiaire. C'est une chose impossible et qu'on ne pourra jamais leur permettre. Elle ruinerait l'Eglise et l'État, et c'est vraiment un acte démoniaque que d'adopter toutes ces nouvelles croyances quand le roi a la meilleure religion du monde et qu'il n'est que de la suivre pour assurer son salut.

— C'est beaucoup parler de ces gens de rien, fit remarquer M. de Montmort. Dans dix ans d'ici, on ne saura même plus s'ils ont existé. Nous avons autre chose à faire que de discuter sur ce qu'ils ont dans la tête. La flotte anglo-hollandaise se rassemble sur les côtes de l'Espagne. Elle pousserait jusqu'au Languedoc et jusqu'en Provence si on ne lui barrait pas la route. Qu'elle prenne pied à Sète ou dans quelque grau risque de ranimer la révolte. Il faut détourner ce danger. Les vaisseaux ont déjà quitté Toulon. Nous allons mettre en mer nos galères. La clef de la guerre a été jetée dans les eaux de cette mer. D'ici quelque temps, il faudra livrer bataille pour le salut du royaume. »

∴

Le 23 janvier 1705, un nommé François Mazauric était arrivé à Marseille, sous la garde de cinq archers de la maréchaussée de Montpellier, condamné à vie comme tous les gens de son espèce.

Agé de trente-huit ans, plutôt petit, ses cheveux châtains plantés en rond sur sa tête ronde, ses yeux bleus percés de pupilles noires, le teint coloré, il était né à Saint-Martin de Lansuscle, dans le diocèse de Mende, et venait de ce haut pays raiol où avait commencé la révolte. Comme Claude Béchard avait apporté les nouvelles de la région des marais et de la garrigue, il savait tout ce qui s'était passé dans les cantons reculés des montagnes, depuis la mort de Roland.

« L'un après l'autre, les derniers chefs des enfants de Dieu sont forcés de poser les armes. Ils ne pourraient pas passer un autre hiver, à la belle étoile, sans secours et sans ressources. Roland avait fait préparer de grandes caches de vivres, dans des grottes et dans des cavernes. Les gredins du roi les ont découvertes le jour même de sa mort. Ils en ont trouvé à Toiras, à Mialet et dans le pays de

Sauve. Il y avait là du blé, du froment, du vin et de la farine, avec de la viande de bœuf mise en salaison. Il a dû y avoir quelque traîtrise. Roland vivant, personne n'aurait parlé, mais ce trésor s'en est allé avec lui, comme si Dieu n'avait pas voulu que ce qu'il avait préparé lui survive. A Mialet, les dragons ont trouvé un hôpital, dans une caverne, et ils ont fusillé les blessés sur la place, comme ils l'avaient fait à Brouzet... Plus rien à manger et plus de refuge, et ce Villars qui allait partout en offrant le pardon, la miséricorde et l'exemption de la taille, avec M. d'Aigalliers qui était un de nos frères, mais qui nous disait de nous rendre, et les gens qui nous suppliaient de ne pas continuer cette guerre après nous avoir soutenus pendant des années. Il fallait en finir, un moment ou l'autre, après avoir fait pour Dieu tout notre possible. »

Les galériens pour la foi ne répondaient rien. Pas un seul d'entre eux ne voulait s'instituer juge de ses frères. Tout était bien puisque tout dépendait de ce Dieu tout-puissant qui règle le sort des armées.

« A ma connaissance, reprenait François Mazauric, Castanet est allé se rendre le premier. Il avait fait annoncer qu'il descendait de l'Aigoual, à Saint-André de Valborgne, avec tous ceux de sa troupe. Les dragons de Firmacon l'attendaient dans cette ville, harnachés de neuf, bien en rang, comme pour faire escorte à un prince, avec leur aide-major en grand uniforme, et tous les gens dans les rues, habillés comme le dimanche, rien que pour voir ce spectacle. Il y avait même des camisards isolés qui se cachaient dans la foule et se seraient joints aux autres. Mais Castanet est arrivé seul, après avoir mis Larose à la tête de sa troupe, et Larose était resté dans la montagne, sur Aire de Côte, autour du château de Fons et du village de Cabrillac, avec les brigades de Jouany qui étaient venues du Lozère. Ils étaient là-haut comme l'aigle qui voit tout au-dessous de lui... Mais quand Castanet s'est présenté à la porte de la ville, personne ne voulait croire que c'était le chef de l'Aigoual et du Camp de l'Eternel. Il est petit, encore tout jeune et, quand il ne parle pas, il ne paie pas de mine. « C'est Castanet, celui-là ? » demandaient les gens. Il n'a pas le grand air de Jean Cavalier, ni même celui de Roland, ni celui de Catinat qui a la prestance féroce et qui est bâti en géant. » Castanet se tenait tout seul, comme un paysan, devant les dragons de Firmacon qui se pressaient pour le voir, et n'arrivaient pas à croire que c'était là le grand chef des brigades de la montagne dont ils avaient eu si peur. Il a bien fallu qu'ils le reconnaissent, puisque c'était Castanet, et Castanet a posé ses conditions. « Ce sera ci, ce sera ça. Non, monsieur le major, « nous ne pouvons pas l'admettre. Dans ce cas, « je remonte sur l'Aigoual. » Il discutait comme s'il avait été le maître, et pas seulement pour lui, mais principalement pour ses hommes et pour la Blondine, sa femme. Le major de Firmacon a cru pouvoir plaisanter. « Votre femme ? votre femme ? » Castanet ne savait pas si cet officier voulait dire qu'il vivait en concubinage avec la Blondine, comme on le dit de tous les époux du Désert, ou s'il savait que lui, Castanet, avait fait le péché avec une veuve, et qu'il avait dû s'en repentir devant tous ses hommes rassemblés qui avaient mal pris cette affaire et ne voulaient plus de lui pour chef. Il répond au major, d'un air terrible : « Mes péchés sont aux « pieds de Dieu, mais la Blondine est ma femme, en « très légitime mariage, et je l'ai toujours fait res« pecter comme telle. » Le major s'est mis à parler d'autre chose, en lui donnant du monsieur, « Monsieur par ci, monsieur par là », et l'un et l'autre la tête couverte, chapeaux vissés, décidant chacun de par Dieu, ou de par le roi. « Pourquoi « Monsieur ? demandait celui de Massevaque. Je « suis Castanet, chef de la légion de l'Aigoual, et « mes hommes m'appellent frère. — Je ne peux tout « de même pas vous nommer ainsi », disait le major en riant. A la fin des fins, on a décidé que ceux qui voudraient passeraient en Suisse, et pourraient vendre leurs biens, Castanet en tête et la Blondine avec lui. A ceux qui préféreraient rester au pays, on garantissait qu'ils pourraient rentrer dans leurs maisons, pour y vivre à leur convenance. « A « leur convenance, disait Castanet, c'est-à-dire avec « les livres saints et la permission de les lire, « sans être contraints d'aller à la messe et de faire « les hypocrites comme on les y avait obligés dans le « temps de la révocation de l'Edit ? » Le major lui répondait : « A leur convenance, mais pas de culte « public, pas d'assemblée dans les lieux déserts, « Tels sont mes ordres... Pour tout le reste, la « liberté. »

Les galériens pour la foi l'écoutaient, sans reprendre souffle.

« Si le roi nous avait permis d'être libres dans nos maisons, reprenait François Mazauric, et de pouvoir servir Dieu en esprit et en vérité, avant le commencement de la guerre, nous n'aurions jamais pris les armes et n'aurions jamais cessé de marcher sous les drapeaux, comme Catinat et Roland l'avaient fait à la Marsaille. Nous avons quand même gagné quelque chose, en nous révoltant. Jamais l'abbé du Chayla, ni nos premiers tourmenteurs, n'auraient accepté de discuter avec nous comme on le fait aujourd'hui... Si nous n'avons pas pu rebâtir nos temples, nous avons obtenu qu'on laisse entrer Dieu chez nous. Gloire à Lui. J'aurais fait dix ans de guerre de plus pour obtenir cette grâce. »

Il parlait alors de cette guerre en retrouvant, comme le font tous ceux qui ont combattu, quelques souvenirs dérisoires de son existence quotidienne dans la troupe de Castanet.

« Quand nous chargions nos fusils, disait-il comme en se parlant à lui-même, nous mettions trois grains de blé entre la bourre et la balle. La poudre, la bourre, les trois grains de blé, la balle et la bourre. Cette habitude a fait fusiller beaucoup de nos frères, pris au hasard des chemins sans qu'on sache qui ils étaient. Les gens du roi cherchaient les trois grains de blé dans leurs armes, et quand ils les avaient trouvés, ils les fusillaient sur la place. C'était un brevet de camisard et un billet pour le ciel. Nous les avons toujours mis quand même, et sans trop en savoir la raison. Tant qu'à moi, j'aurais cru que mon arme aurait fait long feu si j'avais oublié de le faire.

— Il y avait là un symbole, disait Marc-Antoine Capdur. C'étaient la mort et la vie unies l'une à l'autre, et la mort et la vie mêlées annoncent la vie éternelle. Pensez-y, frères, l'Ecriture est pleine de grains de blé, car le grain de blé est l'image même de la promesse. Rien n'est plus beau que la parabole du semeur ; rien n'est plus consolant que l'annonce d'une justice infiniment supérieure à ce que peut concevoir notre pauvre esprit quand il est livré à lui-même. Si l'homme connaissait le secret de la vie, il pourrait comprendre aussi les secrets de la vraie justice... Mais la Bible est là pour l'éclairer dans la nuit.

— Nous ne faisions rien que pour Dieu et par ordre de l'Esprit, reprenait François Mazauric. Même pour aller au combat, c'est à lui que nous demandions du courage. Je ne suis pas plus ferme qu'un autre, et bien souvent, en voyant devant moi des dragons ou des miquelets, je sentais mon cœur défaillir. Mais si la voix me disait : « N'appréhende « rien, mon enfant, je t'assisterai », je riais d'entendre les balles et je ne pouvais plus avoir peur. »

Les galériens pour la foi ne se lassaient pas d'écouter ces récits, mais ils se réjouissaient surtout à l'idée que Castanet avait pu passer en Suisse et qu'il était à Genève, libre d'aller au sermon, comme chacun d'eux aurait désiré pouvoir le faire, et comme le faisaient ceux d'entre eux qu'on rendait à la liberté, de loin en loin, par ordre du roi et selon son bon plaisir.

« Oui, Castanet doit être à Genève à présent, disait François Mazauric, avec sa femme et avec presque tous les chefs qui ne sont pas morts. Quand j'ai été arrêté, il n'y avait plus que Ravanel, Abraham

Mazel et Bonbonnoux qui couraient encore dans les montagnes. Jouany s'était rendu et même Larose, qui avait voulu régler ses comptes avant de le faire. Il avait tenu à passer M. du Fesquet par les armes, fusillé raide après jugement de Dieu, parce que c'était un horrible persécuteur, un apostat, un vendeur qui avait fait tuer beaucoup d'innocents rien que pour avoir lu la Bible ou chanté des psaumes. Larose est descendu à Saint-André. Les dragons de Firmacon n'étaient plus là. « De par Dieu ! dit Larose. « Il m'a ordonné de faire justice. Le sang innocent « doit être vengé. Il crie encore dans les rues de cette ville. » Ce Fesquet a été livré à nos exterminateurs qui ont fait ce qu'ils devaient faire, reprenait François Mazauric. Dans ces guerres où le sang ne se paye qu'avec le sang, même quand on est décidé d'en finir, on ne peut pas faire grâce aux vendeurs. Larose est venu faucher la dernière moisson de l'automne, comme on le fait dans les champs qui sont au sommet des montagnes, et ne sont mûrs que dans l'arrière-saison. Il n'en est pas moins à Genève, avec Salomon et Elie, et peut être même avec Catinat. »

*
* *

« Mes frères, ne parlons plus des choses terrestres, disaient les anciens galériens. Ce n'est pas une nourriture pour nos âmes. Même si elles ont été faites pour Lui, elles ne sont rien et s'effacent comme fumée. Que sont les combats de ce monde à côté de l'éternité ? A Lui la gloire et le règne, au siècle des siècles. Les souffrances des camisards, et nos souffrances sur les galères, ne sont que des grains d'encens qui brûlent au pied de son trône. Demandez-Lui de vous admettre en sa grâce et que toutes vos pensées soient pour notre Sauveur Jésus-Christ. Nous n'avons que bien peu de temps, sur cette terre, pour tenter de nous rapprocher de Lui. Confortons-nous, chaque jour, dans notre dégoût pour le monde et dans notre désir pour le ciel. »

La ferveur des plus fervents devenait plus grande et ils entraînaient par leur exemple ceux dont l'âme aurait pu fléchir. Leur dénuement se transformait en richesse, et leur solitude en communion. A certaines heures du jour, quand *La Vieille-Réale* tirait un coup de canon pour le réveil ou pour la retraite, ils savaient tous qu'ils se mettaient en prière, et le plus isolé d'entre eux, le plus perdu au milieu des larrons et des meurtriers, se sentait alors soutenu par tous ses frères. Jamais communauté rassemblée sous un même toit ne s'était sentie plus unie et plus fraternelle.

« Qui suis-je, ô mon Dieu », disaient dans le même instant les forçats enchaînés à leur banc de rame, ceux qui brûlaient de fièvre sur les grabats de l'hôpital, et même ceux qui étaient retranchés du monde, au fond des cachots, et n'entendaient pas le signal, mais avaient toujours l'âme ouverte : « Qui suis-je, ô mon Dieu, que Tu m'aies choisi pour être ou de tes témoins, ou des confesseurs de Ta vérité, et que Tu m'aies trouvé digne de souffrir pour Christ ! Que suis-je moi-même, ô mon Seigneur, pour avoir pu soutenir déjà tant de mois et tant d'années les horreurs de ce long supplice, auquel j'ai été condamné pour l'amour de Toi, après les faiblesses, les désordres de ma vie passée, après tant d'années de négligence et de froideur pour Ton service, pendant le temps de ma liberté. »

Ce n'était pas seulement dans ces moments de prières qu'ils formaient un seul corps et un seul esprit. Suivant l'exhortation de saint Paul, ils veillaient les uns sur les autres, à tous les instants du jour ; ils se poussaient, mutuellement, à la charité et aux bonnes œuvres, soulageant les plus faibles et les infirmes, partageant leurs prières et leurs travaux. Par-dessus tout, ils veillaient soigneusement sur la conduite de leur corps souffrant, fragile réceptacle de leur âme, car ils entendaient louer Dieu autant par la pureté de leurs mœurs que par leur constance à souffrir pour lui. Appliquant fidèlement les instructions et les règlements qu'ils avaient rédigés pour eux-mêmes, ils reprenaient et corrigeaient les vicieux, encourageaient et fortifiaient les faibles et les chancelants, consolaient les malades et ceux que persécutaient, avec une particulière fureur, les comites et les proyers. S'il le fallait, ils retranchaient les lâches et les scandaleux, et les scandaleux et les lâches ployaient le front devant leur justice.

∴

Malgré cet anéantissement de tous leurs désirs, cet oubli du monde et cet état d'extase spirituelle dans lequel ils étaient plongés, les galériens pour la foi tendaient encore l'oreille aux rumeurs qui venaient vers eux du théâtre sacré des Cévennes. C'est ainsi qu'ils apprirent la mort de Castanet. Cette mort ne ressemblait pas aux autres et, par-delà le supplice des compagnons de Roland, et de tous ceux qu'on avait fait périr sur la roue ou le bûcher, à Nîmes, à Montpellier, à Alès, elle semblait renouer avec le trépas des premiers martyrs de l'insurrection cévenole et faisait penser à la fois à Vivens et à Brousson.

« Le frère Castanet n'a pas pu rester à Genève. Au bout de quelques mois, il a voulu repartir et retrouver ses montagnes. Les autres chefs camisards ont fait comme lui. Ils n'étaient pas faits pour mener une existence tranquille. La foi même des Genevois ne répondait pas à la leur. Ils étaient habitués à adorer Dieu dans les tempêtes, à prier au milieu des champs, à trouver leur temple au Désert. Le premier, Catinat est rentré en Languedoc pour y retrouver Ravanel et recommencer la lutte. Castanet l'a suivi de près. Le premier ne pouvait pas se passer des marais de la Camargue et le second des hautes forêts de l'Aigoual. »

On ne savait pas ce qu'était devenu Catinat, mais Castanet avait été pris, condamné à mort et supplicié sur la roue, face aux montagnes de son pays, sur l'esplanade du Peyrou d'où l'on peut voir l'Aigoual, entre le col de Trépalou et celui de la Séray-rède. Il n'avait pas eu la mort du guerrier, mais celle du prédicant, immolé pour avoir annoncé l'Evangile. Il n'était pas revenu chez lui pour prendre les armes, mais il avait prêché, tout le long de son chemin, dans tous les pays de l'Ardèche. Sa femme, la Blondine, qui avait quitté Genève avec lui, avait eu la naïveté d'aller trouver M. de Bâville pour lui demander un passeport grâce auquel Castanet aurait pu rentrer à Massevaques, son village natal, pour y vivre à sa convenance. Mais l'intendant avait fait arrêter la Blondine et il avait tendu un piège à Castanet, qui avait été arrêté, avec deux prophètes du Vivarais, au moment où il allait traverser la Cèze.

« Il a été mis à la torture, car l'intendant le haïssait plus que tous les autres. On lui a fait souffrir mille morts, avant de le condamner à mourir. Son supplice a eu lieu à Montpellier. Il est mort, à la fois comme un combattant du Désert et comme un pasteur de l'Evangile. Il n'a pas eu la douceur de Claude Brousson, ni la fureur de Vivens, mais une inébranlable fermeté. Plus de dix mille personnes étaient venues pour le voir mourir. On lui a rompu les membres, à coups de barre de fer, et, à chaque coup, il poussait un cri terrible. Deux prêtres le tourmentaient pour lui faire renier les croyances de ses pères. C'étaient le chanoine de la cathédrale et le curé de Notre-Dame. « Retirez-« vous, criait Castanet, retirez-vous, sauterelles du « puits de l'abîme. Je veux mourir dans la religion « où je suis né. »

Ce cri du supplicié roulait d'écho en écho, sur tous les bancs des galères, comme il l'aurait fait sur les parois de rochers, dans les lieux les plus tourmentés des montagnes, et chaque forçat répétait, comme s'il avait été lui-même en présence de la mort :

« Retirez-vous, sauterelles du puits de l'abîme. Je veux mourir dans la religion où je suis né. »

∴

Au fond de son cachot, cloué au sol par la double boucle de fer qui lui serrait les chevilles, les yeux ouverts sur la nuit, Jean-Pierre ne savait plus ce qui se passait en Cévennes. Il n'avait entendu parler ni de la mort de Roland, ni du supplice de Castanet. Autour de lui, tout était plongé dans les ténèbres, tout était englouti par un formidable silence. Il ne se demandait même plus ce que devenaient ses frères qui luttaient pour la liberté ! Il vivait dans un monde étranger aux événements, où plus rien d'humain n'avait d'importance, ni les triomphes, ni les désastres.

Au lieu d'être ainsi comme retranché de la vie, s'il avait été encore à son banc, dans la chiourme de *La Superbe,* il aurait alors, pour la première fois depuis qu'il était aux galères, pu recevoir des nouvelles qui auraient illuminé les derniers mois de son existence. C'est Denis qui en eut connaissance à sa place, et qui chercha vainement le moyen de l'en avertir. Mais plus rien ne pouvait toucher le captif.

C'est en allant en corvée, à l'arsenal des galères, pour y ranger des cordages, que Denis avait rencontré François Mazauric, ce dernier venu des hauts cantons des Cévennes, et c'est par hasard qu'en bavardant avec lui, il avait appris ces nouvelles.

« D'où es-tu, frère ? avait demandé le laboureur de Frontignan.

— De Saint-Martin-de-Lansuscle, dans la vallée qu'on appelle Vallée Française.

— Ce n'est pas du côté du Pompidou ?

— C'est en face, sur l'autre versant de la vallée.

— Tu connais le Mas Arribal ?

— Je le connais.

— J'ai été pendant longtemps le voisin de banc d'un homme de ce pays.

— Jean-Pierre ? répondit François Mazauric. J'ai cherché en vain à le rencontrer, depuis que je suis ici. Mais il paraît qu'il est au cachot.

— Il est depuis des mois dans les souterrains du fort Saint-Jean. Il y a passé tout l'hiver et nous ne savons rien de lui, sinon qu'il est constant en sa foi... Tu avais à lui dire quelque chose ? Tu peux me le confier. Dieu m'a fait son meilleur ami, et c'est lui qui s'est chargé de m'apprendre à lire, quand je suis arrivé ici.

— Je voulais lui parler de sa famille. J'ai vu tous les siens, juste avant que je sois pris. Son fils...

— Le petit Louis ?

— Je vois que tu les connais, puisque tu sais même leur nom.

— Jeanne et Louise, pour les deux sœurs.

— Jeanne et Louise... mais c'est surtout de Louis que je peux parler. Il avait rejoint la troupe de Castanet dont je faisais moi-même partie. Il était au Camp de l'Éternel, dans la combe de l'Hort de Dieu, et nous nous sommes battus côte à côte, dans la vallée de Vébron où nous avons eu plusieurs rencontres avec les dragons et les miquelets. On a moins parlé de ces batailles que de celles des bas-pays, parce qu'elles se sont passées dans des solitudes, au milieu des brumes et des nuages, sans témoins et, souvent, sans un seul survivant chez nos ennemis pour aller jeter l'alarme dans les villes où ils tenaient garnison. Nous avons tué beaucoup de monde et Louis avait la mort dans la main, comme si le Dieu des armées avait dirigé sa balle.

— Mais c'est encore un enfant ?

— C'était encore un enfant quand son père a été condamné aux galères, et c'est comme d'un enfant qu'il a dû te parler de lui. Mais c'est un homme, à présent. Tant et si bien que ce que j'avais à dire à Jean-Pierre, c'est que son fils est maintenant marié. Il s'est uni à Marie Balmal, une fille de notre vallée qui est un peu ma cousine, par le côté de ma femme, et leur légitime mariage a été célébré au Désert, au nom de Dieu et devant Sa face qui est la voûte du ciel. »

Denis Ustain regardait François Mazauric, comme s'il lui avait dit qu'il allait être délivré de ses chaînes, et la fièvre de la joie lui faisait battre le cœur.

« Ils étaient six, ce jour-là, à recevoir la bénédiction du Seigneur avec leurs jeunes épouses. On n'a jamais vu de plus belle cérémonie, même le jour où Castanet avait épousé la Blondine, en costume de velours rouge, perruque en tête, avec tous ses gardes auprès de lui et où il avait fait grâce à une trentaine de prisonniers qu'on devait passer par les armes... Six garçons... trois d'entre eux avaient leur père aux galères, un autre avait eu le sien de tué dans une rencontre avec les dragons, un autre était orphelin par mort naturelle, et le dernier avait son père à côté de lui, soldat comme lui dans les brigades de Castanet. C'était au commencement du printemps. Il y avait encore des plaques de neige à l'ubac de la Fageole mais, dans la combe de l'Hort de Dieu, l'herbe était pleine de fleurs. Tout avait été fait dans les règles et selon qu'il nous est prescrit. Les annonces avaient été dites, trois dimanches de suite, avant la célébration. On a chanté des psaumes. On a lu l'engagement aux époux. Ils ont répondu aux questions. Chacun a dit oui, à son tour. Castanet a fait un sermon qui a tiré les larmes des yeux de tous ceux qui se trouvaient là, les combattants du Désert et les représentants des familles qui avaient traversé les montagnes. « Le Seigneur ne veut pas que notre « race périsse, » a-t-il expliqué, en prenant appui sur les Ecritures. « Chaque fois que l'un de nous périra « pour l'Evangile, il sera remplacé par un innocent « que Dieu enverra pour prendre sa place, car il « est dit qu'il assurera la descendance de ceux qui « vivent pour Lui et qu'il fera miséricorde en mille

« générations à ceux qui l'aiment et à ceux qui « gardent Ses commandements. »

— C'est ce qu'Il a promis à Moïse et qui est écrit au chapitre cinq du Deutéronome, murmura Denis Ustain.

— Les six filles étaient belles, continuait Mazauric, et elles pleuraient en écoutant Castanet. Elles étaient toutes sans reproche et, quand on a entonné les psaumes, leurs voix montaient au-dessus des voix des enfants de Dieu, comme celles d'un chœur angélique... C'était avant que Jean Cavalier ait posé les armes. Alors, nous étions les maîtres, sur le sommet des montagnes, et tout ce que nous faisions pouvait s'accomplir dans la liberté de Dieu. »

La joie que Jean-Pierre aurait ressentie, s'il avait lui-même appris le mariage de son garçon, inondait le cœur de Denis.

« Cette Marie ? disait-il.

— C'était la plus belle de toutes, avec ses bouquets de fleurs blanches, et modeste, et rangée. Quand elle a été mariée, elle est allée vivre à Mas Arribal, chez ses beaux-parents, tandis que Louis allait et venait, comme beaucoup d'entre nous, entre sa maison et le Camp de l'Eternel. Ils s'étaient mariés dans les derniers jours de mars, au commencement du printemps. En juillet, elle était déjà en espérance, pour le mois de mars de cette année. Son enfant ne doit pas être bien loin de venir au monde, à l'heure qu'il est.

— C'était un garçon qu'ils attendaient ?

— Bien sûr. On attend toujours un garçon la première fois. L'aîné doit être un garçon. Mais, si ça doit être une fille, elle n'en sera pas moins la bienvenue.

— Si c'est un garçon, tu connais le nom qu'on doit lui donner ?

— Ils l'appelleront Jean-Pierre... Jean-Pierre Chamson, du Mas Arribal... et si ce Jean-Pierre a un fils, dans vingt ans d'ici, ils l'appelleront sans doute Louis ou André, parce qu'il y en a déjà un dans leur famille... et quand ce Jean-Pierre sera très vieux, peut-être que Dieu aura tout changé, et que les enfants de nos enfants ne seront plus obligés de se marier au Désert, ni de se cacher pour obéir à leur conscience, ni de se faire enterrer dans les champs. C'est un de nos frères qui nous l'a dit, un soir où nous nous étions mis en prières dans la combe de l'Aigoual. Cet homme a le don de prophétie. Il voit l'avenir comme, de là-haut, on voit les villes de la vallée, dans les déchirures des nuages. « Les temps viendront ! » disait-il. Nul ne pourra « plus nous faire violence. Je vous le dis, mes « enfants, mais les fils des persécutés se souvien- « dront des persécutions qu'auront supportées leurs « pères et, par cela, ils seront les gardiens de la « justice. » Voilà ce que sont les promesses. C'est pour cela qu'il nous faut veiller sur nos enfants. C'est pour cela que Louis ne pouvait pas aller avec ceux qui se sont retirés en Suisse, et qu'il est rentré dans sa maison pour y préparer ce qui doit être. »

Denis avait l'impression que Jean-Pierre lui-même allait revenir à Mas Arribal, pour continuer la vie qui avait été la sienne, quand il était un enfant, avant les persécutions.

« En quittant la troupe de Castanet, continuait François Mazauric, je suis passé par Mas Arribal, et j'y ai vu tout le monde. C'était un peu ma famille. La femme de Jean-Pierre avait été bien malade, et elle parlait comme on parle quand on est sur le point de quitter ce monde. Il y avait comme une bénédiction dans tout ce qu'elle disait, et elle montrait sa joie de voir son fils marié. « Mainte- « nant, si je viens à manquer à ces deux petites, « elles ne seront plus seules, disait-elle. Dans notre « malheur, nous avons été comblés. Pas un tour- « ment qui ne nous ait valu une grâce. » Louis avait repris le métier à tisser de son père. Il cultivait le jardin devant sa maison. Trois traversiers et de l'eau de source en abondance. Tout y vient à maturité, mais quinze ou vingt jours plus tard que dans la vallée. Le cerisier donne ses fruits à la fin juillet... Si Jean-Pierre avait été là, on n'aurait pas pu trouver une plus heureuse famille.

— Mais toi, demanda Denis, comment as-tu été pris, puisque vous aviez le droit de rentrer dans vos maisons ?

— J'ai été pris parce que je suis allé à une assemblée, et que cette assemblée a été surprise. Les gens du roi l'avaient dit : pas de culte public et pas d'assemblées. Mais Dieu a besoin qu'on chante sa gloire dans les montagnes. Je n'ai pas pu résister, quand j'ai su qu'on devait se retrouver à la Picouse, sous les châtaigniers, et qu'un prédicant y expliquerait les Ecritures.

— Mais le fils de Jean-Pierre, avec cet enfant qui va venir, tu crois qu'il ne risque rien ?

— S'il se contente de lire la Parole en famille, porte fermée, je ne crois pas qu'on ait à craindre pour lui. Tout dépendra de ce que sera le curé. Il y en a qui ont un esprit de charité et qui semblent avoir compris l'Evangile. Nous les avons épargnés, en livrant les autres à nos exterminateurs. Nous avons trié la vendange avant de la mettre au pressoir. Si nous avons tué l'abbé du Chayla qui faisait torturer nos frères, Abraham a sauvé la vie du curé de Saint-Martin-de-Corconac, et l'on a vu souvent des choses semblables, aux pires moments de la guerre. Au manoir de Fau, Cavalier a même fait grâce à un jésuite que ses gens avaient arrêté... Pour le moment, les persécuteurs n'iront pas chercher les gens dans leur maison, mais les persécutions ne sont pas finies. Si Louis allait à une assemblée, ou s'il confessait sa foi en présence d'autres fidèles... Le danger, c'est qu'il a reçu des dons, et surtout celui d'éloquence. Je voudrais que tu puisses l'entendre parler. Il est peut-être choisi... Mais ne nous mettons pas en peine. Ce qui doit arriver ne peut pas être autrement. »

XXII

SUR LE FUMIER DE JOB

QUAND on l'avait emmené à l'hôpital des forçats, il y avait déjà plusieurs jours que Jean-Pierre avait perdu conscience. Cloué au sol par la double boucle de fer qui lui serrait les chevilles, il était resté tout ce temps sans prendre de nourriture et sans répondre au geôlier qui faisait la grosse voix pour se rassurer lui-même :

« Eh, toi, là, bouge un peu... Dis que tu es mort, si tu l'es. »

C'est pour ne pas risquer de se trouver seul avec un cadavre, dans cet in-pace plus silencieux qu'une tombe, et d'avoir à le remonter en le traînant sur son dos, que le gardien avait obtenu qu'on transporte le moribond avant qu'il ait rendu l'âme.

« Ça porte malheur de sortir des morts du fond de ces trous », avait-il dit au bas-officier du corps de garde qui, lui aussi, insensible aux souffrances des hommes vivants, était épouvanté par l'insensibilité des cadavres.

A l'hôpital, Jean-Pierre était revenu à lui comme un homme exténué qui s'éveille d'un court sommeil, et retombe dans sa torpeur, sans avoir repris complètement conscience. A peine avait-il entrouvert une de ses paupières que la lumière du jour l'avait frappé comme un trait de feu. Transpercé par une douleur fulgurante, il avait posé ses mains sur ses yeux et, sans savoir encore où il se trouvait, il avait senti une odeur qui n'était plus celle de sa fosse. En même temps, il avait vu s'arrondir une large tache jaune, sous ses paupières fermées, et cette odeur et cette clarté avaient semblé se confondre.

Avec le temps qui passait, cette lumière jaunâtre était devenue plus sombre, si sombre que Jean-Pierre avait de nouveau entrouvert les yeux. Il n'avait vu, tout autour de lui, qu'une pénombre épaisse, au fond de laquelle tremblait la lueur d'une lampe à huile, et il avait compris qu'on était au plein de la nuit.

« Le jour... La nuit... » pensa-t-il, et rien que d'avoir murmuré ces deux mots, au fond de lui-même, il sentit qu'il était rentré dans le monde des vivants. Au fond de la fosse où il avait passé tout l'hiver, il n'y avait plus de jour, ni de nuit, mais il savait, maintenant, que dans quelques heures la clarté du jour déchirerait les ténèbres.

Au bout d'un moment, il distingua des rangées de lits autour du grabat sur lequel il était couché, et il comprit qu'il était à l'hôpital des forçats et qu'il était en train de mourir. Il n'en ressentit ni frayeur, ni peine, mais comme un étonnement de ne pas éprouver de souffrance. Il resta quelques instants aux aguets de la douleur, sans rien ressentir qu'une immense lassitude.

« Ai-je déjà revêtu ce corps glorieux qui doit me rendre conforme à Notre Sauveur ? se demanda-t-il, en laissant glisser ses mains sur son cou et sa poitrine. Ce corps vil serait-il déjà renouvelé pour être à jamais incorruptible ? »

Ce corps glorieux n'était qu'une misérable dépouille, et Jean-Pierre se souvenait, sans en éprouver d'amertume, de ce que ce corps avait été dans le temps de sa jeunesse, quand il courait les monts et les bois, qu'il pêchait dans les torrents ou qu'il marchait dans la neige.

« La résurrection de la chair... pensa-t-il. Mais quelle chair retrouverait-il dans l'éternité ? Sûrement pas cette chair meurtrie qui laissait sentir son squelette, ce corps décharné par des années de galère, ce corps qui ne pouvait plus souffrir parce qu'il avait trop souffert. Cette chair était prête à retourner en poussière, mais elle restait pourtant le réceptacle d'une âme. Comment celle-ci allait-elle se détacher ? »

Jean-Pierre se mit à songer à la mort des siens. Tous ceux qu'il avait connus avaient quitté cette vie sans regrets et sans épouvante. Son père était descendu pour travailler au jardin, comme il le faisait chaque jour. Il avait dû avoir un malaise, et s'était assis dans les herbes, en appuyant son dos au tronc d'un gros châtaignier. Il était resté immobile, les yeux fermés, puis il avait entrouvert les bras, comme il l'aurait fait, en signe d'accueil, pour recevoir un visiteur invisible. « Cela va bien... » avait-il dit, à mi-voix, en penchant la tête... Sa grand-mère était morte aussi dans la paix. Il la revoyait, respirant à peine, au fond de son lit, avec tous les siens en pleurs autour d'elle. « Pourquoi pleurer ? disait-elle, en cherchant son souffle. Je regrette de vous quitter, mais je vais entrer dans la gloire... A peine mes yeux se seront-ils refermés que je vais voir les prophètes, les juges, les patriarches... Isaac et Jacob sont là, tout près de moi, derrière la porte, et je vais être reçue au sein d'Abraham... Comment pourrais-je être triste ? » et elle s'était endormie.

Ceux des siens qui avaient quitté cette vie l'avaient toujours fait dans cette sérénité et dans cette soumission. Leurs corps allaient à la terre, leurs âmes allaient à Dieu, et l'on disait les mêmes paroles devant leur tombeau. Jean-Pierre les entendait comme si quelqu'un les avait dites, contre son oreille :

« Toute chair est foin et toute sa gloire est comme la fleur du champ. L'herbage est séché et la fleur est flétrie parce que le vent du Seigneur a soufflé dessus : vraiment le peuple est herbage, mais la parole du Seigneur dure éternellement. »

C'était le texte choisi pour toutes les sépultures des membres de sa famille. C'est ce que disait le ministre, le prédicant, ou le plus ancien des affligés, suivant le malheur des temps, la méchanceté des hommes et l'obligation de se cacher pour ensevelir les morts. C'est ainsi que partaient les siens... Mais les vivants, que devenaient-ils ? Quelle allait être leur existence dans ce monde de fureur et de dureté ?

Comme il s'était attendu à souffrir dans sa chair au moment de rendre son dernier souffle, Jean-Pierre s'attendait à ressentir de l'angoisse en pensant à ceux qu'il allait laisser orphelins, mais il n'éprouvait qu'une paix profonde. Il lui sembla qu'il était devant le Mas Arribal, sa femme et ses enfants étaient à côté de lui et, dans les airs, une voix qui passait avec le vent chantait un psaume :

Tu as été, Seigneur, notre retraite,
Et seul secours de lignée en lignée,
Même devant nulle montagne née
Et que le monde et la terre fut faite...

« De lignée en lignée ! » se disait Jean-Pierre, et cette phrase évoquait dans son esprit une autre phrase des Ecritures : « D'éternité en éternité. » Elle le faisait entrer au siècle des siècles avec ceux qu'il avait aimés sur cette terre. Comme celle de Jacob, sa lignée montait vers le ciel, et il était sûr de s'y retrouver avec elle. C'est ainsi qu'il pensait à celle qui avait été sa compagne, à son fils et à ses deux filles, aux enfants qui naîtraient d'eux, aux enfants de leurs enfants et à toute leur descendance. Au bout de leurs jours, au terme de leurs années, ils aborderaient tous au même havre de paix.

« Vraiment le peuple est herbage », se disait encore Jean-Pierre, et il croyait voir, devant lui, les prairies qui sont au midi de son village, comme suspendues sur l'abîme de la vallée. Elles se desséchaient à l'automne. Elles refleurissaient avec les beaux jours. Mais il viendrait des années où les fleurs seraient plus belles et dureraient plus longtemps.

Entre vie et mort, au bout de ses forces, Jean-Pierre perdait conscience. Il ne revenait à lui qu'après avoir traversé de profonds silences. Il ne pouvait plus enchaîner ses pensées les unes aux autres.

« Le sort de Job est notre partage, murmura-t-il en sortant d'un de ces moments de torpeur. Comme lui, nous avons été misérables, dépouillés de tout et couverts d'ulcères, mais, comme lui, l'Eternel nous retirera de notre captivité. »

∴

« Où étais-tu, avant qu'on t'emmène ici ? »

C'était le voisin de droite de Jean-Pierre qui venait de lui poser cette question. Le jour blanchissait aux fenêtres et l'homme s'était réveillé, mais il parlait encore à voix basse pour ne pas importuner les dormeurs.

« Où étais-tu ? répéta-t-il en se redressant sur son lit. Tu ne pouvais pas être en galère, maigre comme je te vois.

— J'ai servi plus de quinze ans sur *La Superbe*, mais j'ai passé l'hiver au cachot. »

L'homme se souleva un peu plus et se pencha en avant. Il avait un visage jaune, creusé de rides qui brillaient dans les orbites profondes.

« Je vois, dit-il, tu es de la Religion. On a bouclé ta chaîne au pied de ton lit. On ne le fait guère que pour vous autres. Si tu veux avoir un peu de bouillon, il te faudra écouter le Père qui va sûrement venir te parler. Un autre obstiné a été privé de boire pendant plus d'un jour parce qu'il se bouchait les oreilles quand le père venait le voir... Malheureux que tu es de finir ta vie en galère. Si tu ne t'étais pas obstiné, tu aurais pu mourir au milieu de ta famille... S'il m'avait suffi de dire trois mots pour redevenir libre, je les aurais criés de toutes mes forces. On m'a condamné comme déserteur et voilà vingt ans que je suis ici. On m'a d'abord mis sur *La Fortune*. J'ai couru la mer par tous les temps. Mes forces ont décliné. Je me suis fait vieux avant l'âge, et je suis à l'hôpital depuis des années, car je ne peux plus me servir de mes jambes. Je suis natif... »

L'homme racontait sa vie, mais Jean-Pierre n'écoutait plus. Il se reprochait de ne pas penser à Dieu, comme il l'avait fait, pendant tout l'hiver, au fond de sa fosse. Sa volonté s'était détendue. Il ne cherchait plus à se rapprocher de son Créateur. Pourquoi était-il ainsi dans ce moment solennel ? Comme pour répondre à cette question, une phrase du Livre de Job traversa soudain sa mémoire: « J'avais ouï parler de Lui par mes oreilles mais, maintenant, mon œil l'a vu... »

XXIII

LE COMBAT A LA VUE DE L'ARMELLIERE

UN courrier, aussi haletant que sa bête et couvert d'écume comme elle, venait d'arriver à l'arsenal des galères. Parti d'Arles au lever du jour, il avait crevé sous lui trois chevaux pour venir annoncer à l'intendant général que des chébecs barbaresques, arborant avec insolence le pavillon rouge d'Alger, avaient fait leur apparition devant l'embouchure du Rhône. Ils semaient la terreur dans tout le golfe de Fos et portaient la dévastation jusque dans les mas isolés de la Crau et de la Camargue.

« Ce sont des démons et des damnés, disait-il en cherchant son souffle. Ils se cachent pendant le jour, comme s'ils montaient des vaisseaux fantômes, et descendent à terre la nuit, pour ravager les lieux habités. Ils allument des incendies et massacrent tout ce qui vit, bêtes et gens, sauf les hommes les plus valides qu'ils emmènent en esclavage, s'ils peuvent les prendre vivants.

— Ils profitent de la faiblesse de notre marine,

répondait M. de Montmort, en tapant du pied avec rage. Ces mécréants doivent avoir des merles partout qui leur livrent tous nos secrets. Les agents commerciaux que nous tolérons dans nos ports sont autant d'espions et de traîtres. Ils savent tout ce qui se passe chez nous, et ils ont les moyens de faire avertir ces pirates par des patrons de barques ou par des marins pêcheurs.

— Ils ont remonté le Grand-Rhône à la faveur de la nuit, en trompant la surveillance du fort Saint-Louis et ils ont brûlé des maisons jusqu'aux alentours de l'Antonelle. Ils naviguent là-dedans comme s'ils étaient chez eux. On a vu leurs mâts, à travers les arbres, du haut du château de l'Armellière, et la garnison du fort de Pasques s'attend à les voir arriver d'un moment à l'autre. Nous n'avons là que des milices bourgeoises, avec quelques mauvais officiers. C'est la terreur dans tout le golfe de Fos et sur toutes les rives du fleuve.

— Ils doivent savoir que M. de Pointis est toujours devant Gibraltar qu'il s'efforce de reprendre avec une escadre de cinq vaisseaux et quelques frégates, soliloquait l'intendant. Nous avons là-bas *L'Arrogant*, *Le Marquis*, *L'Ardent*, *Le Lys* et *Le Magnanime*, avec deux mille soldats de marine, des canonniers et des bombardiers qui nous font défaut en Provence. Pendant ce temps, le marquis de Roye et le duc de la Feuillade sont devant les places du duc de Savoie, avec des galères et des vaisseaux, pour tenter d'enlever Villefranche et Nice. Nous n'avons que quelques frégates pour battre l'estrade, devant nos côtes, aux ordres du chevalier de Forbin, de Gineste, de Marquisan et de Beauquaire. Ces pirates ont dû se glisser à travers les mailles de leur filet. Ils ont bien choisi leur moment, et doivent avoir des pilotes qui connaissent nos atterrages. Il faut que les galères leur donnent la chasse. »

Les galères qui se trouvaient au port de Marseille, avaient été désarmées au commencement de l'hiver et l'on commençait à peine à les remettre en état pour la nouvelle campagne. Espalmée de frais et déjà pourvue de son arbre mestre et de son trinquet, *La Superbe* était la première à pouvoir reprendre la mer.

« En l'absence du lieutenant général, c'est à moi de donner des ordres, et je vais le faire, déclara M. de Montmort, après avoir réuni tous les capitaines des galères. *La Superbe* est presque en état de mettre à la mer. Faites donc diligence, ordonna-t-il à M. d'Autigny. Il faut que vous couriez sus à cette racaille. Elle se croit maintenant tout permis... A vous de rabattre son insolence. Combien de temps vous faut-il pour serper vos fers ?

— En travaillant de jour et de nuit, si l'on ne chicane pas sur les hommes, car je ne veux pas crever ma chiourme et mon équipage, je peux mettre en mer dès demain matin, aux premières heures de l'aube.

— Vous partirez dès que vous serez en état de le faire. Je vous enverrai des secours aussi vite que possible. *La Forte* et *La Sirène* pourront vous rejoindre après-demain, mais vous attaquerez ces mécréants sans attendre. S'il le faut, faites-vous hacher sur place pour les empêcher de s'enfuir.

— Nous ferons, monsieur, ce que l'honneur nous commande et nous n'avons pas besoin qu'on nous dise comment le faire. Nous connaissons nos devoirs.

— Prenez avec vous tout ce que vous pouvez embarquer de soldats et de grenadiers, en choisissant les meilleurs et les plus agiles. Il se peut qu'il vous faille en venir à l'abordage, leur artillerie est plus forte que la vôtre, mais ils ont aussi sûrement beaucoup de monde à leur bord. Ils embarquent toujours une foule de janissaires qui sont tous des Turcs bâtis en hercule. Je n'ai pas besoin de vous expliquer les choses. Vous les connaissez mieux que moi. Faites-vous donner autant de pierriers à boîte que vous en pouvez disposer le long de vos deux courroirs. Si vous voulez renforcer votre état-major, on vous donnera des officiers qui pourront vous être utiles s'il vous faut finir votre affaire en jetant vos gens à leur bord. Ne lésinez pas sur les grenades, ni sur les boulets à deux têtes qui vous permettront de démâter ces pirates. Ceci dit, que la mer et les vents vous soient favorables.

— Merci, monsieur, répondit le capitaine de *La Superbe*. Il y a des années que nous attendions cette chance. »

∴

Le fanal était encore allumé, à la pointe du fort Saint-Jean et l'on venait à peine de lever la chaîne du port, quand *La Superbe* sortit de Marseille, voiles serrées, car elle faisait face au vent, et plus chargée que si elle avait pris la mer pour plusieurs mois de campagne.

« Fais voguer par deux quartiers, en dehors du banc, avait dit M. d'Autigny au Tustaïre. Il faut aller vite et, pourtant, ménager la chiourme. Nous pouvons avoir besoin de toutes ses forces, si nous tombons sur ces mécréants. »

Le jour levant rendait la mer gaie et le ciel presque sans nuages. La galère glissait sur les eaux et les soldats et les canonniers, entassés sur les courroirs, le rode de proue et la rambade, se préparaient au combat. Ils plaisantaient entre eux, en chargeant leurs armes, et faisaient glisser les balles dans les canons des fusils et des pistolets en y crachant une injure, comme pour les empoisonner.

Après avoir rangé les collines du Rove et les bois de Carry, vers la fin de la matinée, on avait doublé le cap de Bonieu, et le golfe de Fos avait empli l'horizon, en avant de l'éperon de *La Superbe*. Il n'y avait pas une voile jusqu'à l'embouchure du Rhône, ni la moindre barque de pêcheur au long du rivage. Tout était vide et désert.

Après avoir scruté l'horizon à la lunette d'approche, M. d'Autigny convoqua ses officiers dans la chambre du carrosse, pour tenir conseil et pour décider ce qu'il fallait faire.

« Si ces chébecs ont gagné le large, nous ne pouvons pas songer à les rattraper. Je doute fort, cependant, qu'ils aient adopté cette conduite avec ce vent du sud-ouest qui souffle depuis plusieurs jours. Mais s'ils sont encore dans le Grand-Rhône ou s'ils se cachent dans quelque détour de la côte, nous pourrons leur couper la route à force de rames, en restant dans ces parages. Voiles dehors, ils sont plus rapides que nous, mais nous marchons mieux qu'eux à la vogue.

— Le mieux à faire, avança M. de Marle, est de donner fond et d'envoyer le caïque à terre, pour savoir si on ne les a pas aperçus.

— Eh bien, monsieur, dit le capitaine à son fils, prenez le caïque avec huit rameurs et des grenadiers et tâchez de nous rapporter des nouvelles. Pendant ce temps, on peut allumer le fougon pour donner des aliments chauds à la chiourme et à l'équipage, et qu'on distribue à chacun une demi-pinte de vin. Rien n'éveille mieux les courages. »

M. de Marle fit mettre le caïque à la mer et piqua vers le petit port de Lauron, dont on apercevait les maisons et les toits de tuiles, à la droite de *La Superbe*.

« Doublez la veille au sommet de l'arbre mestre et du trinquet, avait ordonné M. d'Autigny. Nous en avons encore pour sept ou huit heures de jour. C'est le moment de garder les yeux ouverts. Sur le soir, nous irons nous mettre à l'affût devant le Grand-Rhône, comme pour chasser le canard. »

Les ordres donnés, il était allé jusqu'à la rambade, en plaisantant avec les forçats, tout au long de la coursie, ce qu'il faisait rarement et seulement dans les circonstances solennelles. Il avait dit quelques mots aux galériens pour la foi, avec une attention particulière, et avait même marqué d'imperceptibles égards à Marc-Antoine Capdur, à Denis Ustain et à François Courtessaire.

« Eh bien, messieurs, nous allons avoir affaire aux plus grands ennemis de Notre Seigneur Jésus-Christ.

Si nous en sommes vainqueurs, je saurai le reconnaître, dans la mesure où le permettent les règlements. »

Il avait examiné longuement les deux bâtardes, les deux moyennes et le coursier que le maître canonnier venait de charger jusqu'à la gueule.

« Un coup d'hasard, et je te leur coupe à ras leur grand mât, disait ce dernier en caressant son canon du plat de la main.

— Un coup d'hasard ? répétait le capitaine qu'amusait cette tournure bizarre. Ce n'est pas au hasard qu'il convient de te confier.

— Le hasard n'est pas le hasard dans la langue que parle cet homme, répondit M. de Maroulles. En français, on dirait la chance. Mais cette chance demande à être aussi bien servie que ces cinq canons. L'espérance du coup d'hasard n'empêche pas de pointer.

— Bonne chance pour le coup d'adresse et d'hasard, dit en riant M. d'Autigny. Espérons que le hasard fera bien les choses.

— Fumées au nord, au-dessus de la campagne, avait crié, à ce moment même, le veilleur de l'arbre mestre. Ce n'est pas un feu de broussailles. On dirait des maisons qui brûlent. »

Le capitaine escalada la rambade où s'entassaient des soldats et des grenadiers. Un voile noir traînait dans le ciel, du côté de l'Armellière et du Sambuc et faisait monter sur la plaine une ombre sinistre.

« S'ils sont encore en train d'incendier des villages, leurs chébecs sont pris dans le piège, déclara M. d'Autigny. J'ai hâte de voir revenir le caïque. Il faudrait nous avancer un peu plus, et ne pas les laisser sortir du Grand-Rhône, comme les poissons d'une nasse. »

∴

« C'est un chébec et un brigantin », criait M. de Marle, debout à l'avant du caïque qui allait accoster à l'échelle de poupe.

La nouvelle roula jusqu'au château de rambade comme un boulet de canon emporté sur le pont par un coup de mer. « Un chébec et un brigantin », criaient les mariniers aux soldats ; « un chébec et un brigantin », se disaient entre eux les forçats.

Les officiers-majors avaient entouré M. de Marle. « Un chébec et un brigantin » ? lui demandait M. d'Autigny, comme s'il n'avait pas voulu croire à une aussi bonne nouvelle.

« Le chébec porte un gros équipage et il doit être percé à vingt-quatre canons. Un vieux marin que j'ai rencontré dans le village m'a dit en avoir fait lui-même le compte... Le brigantin ne serait qu'une grosse barque, avec un seul mât et trois ou quatre canons. Il ne doit pas être bien redoutable.

— Ce vieux marin a-t-il pu vous dire aussi où sont passés ces vaisseaux ?

— Il croit qu'ils sont encore sur le Grand-Rhône. Ils sont arrivés au soleil couchant, il y a de cela deux jours. Ils se sont glissés dans le fleuve au cours de la nuit. Le lendemain, après avoir incendié plusieurs mas, massacré les gens et les bêtes, emmené quelques hommes en esclavage, ils ont eu l'air de vouloir gagner le large, mais ils ont sans doute changé d'avis et se sont à nouveau engagés dans les eaux du Rhône.

— Ils doivent avoir avec eux quelque renégat qui connaît tous les secrets de cette côte et qui leur sert de pilote, fit observer M. d'Autigny. A moins que ce ne soit lui qui commande, comme on l'a vu souvent au siècle dernier. Beaucoup de raïs de ces pirates d'Alger, de Tunis et de Tripoli étaient des marins de Provence et, s'ils avaient oublié le pater, ils savaient trouver le chenal, éviter le banc de sable ou le récif. En ces temps-là, c'était comme des nuages de sauterelles qui dévastaient tout ce qui se trouvait sur leur passage.

— Dans ces temps-là, répondit M. de Marle, on était prompt à donner l'alarme et, de la tour de Lérins à la tour de Bouc, il ne fallait pas une demi-heure pour mettre les gens en alerte, en allumant de grands feux, ce qu'on n'a pas fait aujourd'hui.

— Toujours est-il que nous sommes là, avec ce chébec et ce brigantin devant nous. Ils ne peuvent nous échapper. Nous allons leur donner la chasse, les couler ou les réduire à merci. Le vent nous est favorable, mais ils ont pour eux le courant qui les portera vers le large. Tout dépendra du feu de notre coursier et ce feu dépendra de notre manœuvre... Allons, messieurs, il faut nous mettre en règle avec le Ciel, par les soins de M. Jean Bion, puis en règle avec notre ventre, par les soins de mon cuisinier. »

∴

L'état-major de *La Superbe* s'était rassemblé devant le carrosse autour de M. d'Autigny. Tous les officiers avaient revêtu la courtepointe de cuir molletonnée qu'ils portaient dans les combats, et M. du Cairon, plus espiègle que jamais, s'était affublé d'une steinkerque de couleur orange, si soyeuse et si légère qu'elle palpitait sur sa poitrine au moindre souffle du vent.

Calotte en tête, la taille prise dans un habit sombre à grandes poches, sur lequel retombait un jabot blanc, les culottes serrées dans de hautes bottes à revers, M. Jean Bion vint prendre place un peu en avant du capitaine à l'entrée de la coursie. Une étole violette largement évasée à ses deux bases que timbraient deux grandes croix d'or, descendait sur sa poitrine barrée par un baudrier de cuir fauve supportant une courte épée. L'homme d'église allait donner l'absolution générale à tous ceux qui se préparaient au combat : l'homme de guerre se disposait à combattre à leurs côtés, comme un officier des galères affrontant les mêmes hasards et courant les mêmes fortunes que les mariniers et les soldats, dans les rencontres avec les corsaires barbaresques.

Quand il eut prié à voix basse, pendant quelques courts instants et que, dans le grand silence de la mer, il leva la main vers le ciel, tout d'un coup, au signal du sifflet d'argent du comite, presque tous les forçats se mirent à genoux dans leurs bancs, en faisant un grand bruit de chaînes. Sur la rambade et sur le rode de proue, tout au long des courroirs et de la coursie et jusque dans la gabie de l'arbre mestre, les soldats et les mariniers s'agenouillèrent aussi.

« *Ego vos absolvo ab omnibus peccatis et censuris, in nomine Patris et Filii et Spiritus Sancti, Amen.* »

C'est d'une voix forte que l'aumônier avait prononcé ces paroles en faisant devant lui un grand signe de croix qui balaya l'horizon du ciel, de la mer et des terres basses, et qu'il acheva en se retournant vers les officiers-majors, agenouillés eux aussi, derrière lui, face à la chiourme et à l'équipage.

Les Turcs et les galériens pour la foi étaient les seuls à être restés assis, mais la plupart d'entre eux avaient incliné la tête.

« Seigneur Grand Dieu, murmurait Denis Ustain, donne-moi la force et le courage, puisqu'il te plaît de m'envoyer aux dangers et aux fureurs de la guerre », tandis que Marc-Antoine Capdur, en sa qualité de plus ancien des galériens pour la foi, prenait sur lui de réciter à mi-voix, pour tous ses frères, la bénédiction qui est ordonnée au dernier verset du chapitre VI du livre des Nombres !

« Le Seigneur vous bénisse et vous garde. Le Seigneur fasse luire sa face sur vous et vous fasse grâce. Le Seigneur tourne sa face vers vous et vous donne la paix... Amen. »

Sur un nouveau coup de sifflet, tous les forçats s'étaient assis dans leurs bancs.

« Les huguenots ne se sont pas mis à genoux et n'ont pas quitté le bonnet, vint annoncer le Tustaïre au capitaine, en faisant siffler sa double corde.

— Aujourd'hui, c'est à la fidélité de nos Turcs qu'il te faut veiller, répondit M. d'Autigny. Après tout, ils vont se battre contre leurs frères. Sois prêt à casser la tête au premier qui sortirait du devoir. Quant aux huguenots, laisse-les en paix. Ils ne risquent pas de trahir. Ils sont nés français et restent français, même quand ils sont rebelles. S'ils ne se sont pas mis à genoux, j'ai vu qu'ils priaient aussi, à leur manière... Ce n'est pas le jour de leur chercher des querelles et tel que je le connais, M. Bion a dû leur donner leur billet, comme à tous les autres. Tu sais bien qu'ils ne branlent pas sous le feu... Allons, il faut dîner, messieurs, ajouta-t-il de sa belle voix de cour, avec une politesse enjouée, car nous ne savons pas où nous souperons ce soir... Fais voguer en dedans du banc, droit sur l'embouchure du Rhône, et qu'on nous régale d'un peu de musique. »

∴

Depuis que Jean-Pierre était enfermé au fort Saint-Jean, Denis Ustain avait été ramené à la place qu'il avait occupée, entre l'Avocat et le Croc. Un autre Turc avait remplacé Ioussouf comme vogue-avant, mais c'était un colosse taciturne qui ne savait que quelques mots de français et ne cherchait jamais à parler avec ses voisins. Dès que *La Superbe* avait recommencé de voguer, après le retour du caïque, l'argousin était venu lui passer les menottes, comme à tous les autres Turcs, ainsi qu'il était d'usage à chaque combat qu'on livrait aux barbaresques.

« Comme ça, murmura le Croc, il est sûr de se noyer si on coule à fond. Nous autres, on serait déjà tenus par nos chaînes, mais on aurait du moins les mains libres.

— Ne raconte pas des histoires, lui répondit l'Avocat. Si on coule, on est presque sûr de boire la tasse. Ce qui peut nous arriver de mieux aujourd'hui, c'est une bonne blessure, un coup de mousquet dans le gras du bras ou sur le bord de la cuisse. Quelque chose qui se voit, qui fasse couler le sang, sans faire trop mal.

— Tu es fou ! lui disait le Croc qui avait plus de force que de courage et s'épouvantait à l'approche du combat.

— Pas fou du tout. C'est le seul moyen pour des gens comme toi et moi, qui sont ici pour la vie, de redevenir des hommes libres. Sa Majesté veut bien accorder cette grâce aux galériens qui sont blessés dans une bataille, et j'aimerais mieux pouvoir vivre à ma fantaisie avec une jambe courte ou un bras paralysé, que de garder tous mes membres et de rester en galère. »

Le Croc semblait peser le pour et le contre, comme si son sort avait dépendu de son choix.

« Si on était sûr de n'avoir qu'une estafilade, finit-il par dire avec une voix angoissée.

— On n'est sûr de rien, lui répondit l'Avocat, pas plus sûr qu'en jouant aux dés quand on ne fait pas la donne. Le seul de nous qui sache à quoi s'en tenir, c'est ce camarade, ajouta-t-il en regardant Denis Ustain. Blessé ou non, il est assuré d'avoir sa soupe de fèves jusqu'à la fin de ses jours, car le roi ne fait jamais grâce à ces huguenots, même s'ils perdent jambes et bras dans une bataille. »

Comme le laboureur de Frontignan ne répondait rien, l'Avocat continua avec un plaisir sardonique.

« On a vu ça, il n'y a pas tellement de temps, aux galères qui sont à Dunkerque. Elles avaient eu un combat avec l'amiral Almonde dont le feu avait blessé beaucoup de nos gens. De ces blessés, par ordre du roi, le chevalier de Langeron a fait mettre les bons garçons comme nous en liberté et il a gardé les protestants. Il y en a même qui sont aujourd'hui à Marseille et qui font le même métier que nous, malgré leurs blessures.

— A tout le moins, déclara le Croc, on aura mangé à sa faim et bu un coup de bon vin. Si l'on pouvait ne pas avoir de combat, je croirais à la Providence.

— Qu'est-ce que tu as, parpaillot ? demanda l'Avocat à Denis Ustain. C'est ce que je t'ai dit qui te rend si triste ?

— Je ne suis pas plus triste que d'habitude, répondit le laboureur. Mais aujourd'hui, j'aurais aimé avoir mon ami Jean-Pierre à côté de moi.

— Si ce n'est que ça, tu as ta chance de le retrouver. On m'a dit hier soir qu'on l'a transporté à l'hôpital des galères. Cet hiver passé au fond des cachots a fait de lui un fantôme. Sois blessé, et l'on te mettra peut-être à côté de lui. »

∴

Il n'était pas loin de deux heures et il ne faisait plus un souffle de vent, quand le marinier, installé dans la gabie de l'arbre mestre eut connaissance des navires barbaresques. Il aperçut d'abord leurs mâtures qui glissaient au-dessus des terres, derrière le Tey de Béricle. Le chébec descendait le Bras-de-fer et le brigantin le suivait, à deux ou trois encablures. Voiles carguées, ils se laissaient porter l'un et l'autre par le courant et tâchaient de gagner le large.

« Donne le signal d'un avant-tout, et passe-vogue, et force de rames », ordonna le capitaine au comite.

Les barbaresques avaient aperçu la galère, et dès qu'ils furent sortis du chenal, ils manœuvrèrent pour se rapprocher l'un de l'autre.

« Ils cherchent à aller d'escorte réciproque, pour se couvrir de leurs feux, fit remarquer M. d'Autigny. Ne leur en laissons pas le loisir. »

Les équipages des deux corsaires avaient déchaîné un fantastique vacarme, un concert fou de timbales, de tambourins, de trompettes et de clairons. On était encore hors de portée de canon que l'on entendait les hurlements d'une foule d'énergumènes qui escaladaient les agrès pour aller crier des injures, du sommet des mâts, dans toutes les langues parlées de la Corne d'Or jusqu'aux colonnes d'Hercule.

« Chiens ! Fils de chiens ! Fils du chien de l'autre ! Hijo de puta... Beni kelb lahor... Fieú de putasse... Cornuti ! Castrati ! Gamo tin panagia sou !...

— Il va falloir faire la toupie, déclara d'un air soucieux le capitaine de *La Superbe*. Je veux me débarrasser de ce brigantin avant de m'en prendre à la grosse pièce. »

La Superbe avait déjà tracé deux grands cercles autour des vaisseaux corsaires quand elle se trouva sur l'arrière du brigantin, juste à portée de sa grosse pièce. Le coursier tonna dans l'air sans écho et, coup d'adresse ou d'hasard, son boulet ramé de trente-six livres ouvrit une brèche dans la poupe du barbaresque.

« Voilà la fenêtre faite, dit M. de Marle au maître canonnier. Il faut maintenant ouvrir une porte pour que la mer puisse entrer. Tire à couler bas, au creux de la vague. »

Le chébec venait de se mettre à la rame pour se rapprocher de *La Superbe*. Il lâcha sa bordée à son tour, à bout de portée, et quelques boulets frappèrent la proue de la galère, sans faire de gros dégâts.

« Ils tirent bien, remarqua M. d'Autigny. Presque aussi bien que des canonniers d'Angleterre. Ne nous laissons pas approcher par eux avant d'en avoir fini avec cette grosse barque. Il y a beaucoup de monde sur ce chébec. Sur le château de proue, on peut voir plus d'une centaine de janissaires qui poussent des hurlements sous les ordres de leur aga. »

Une fois de plus, *La Superbe* fit la toupie et s'approcha de la poupe du brigantin. Une fois de plus le coursier tonna, soutenu cette fois par les deux bâtardes et les deux moyennes. Les coups avaient porté à fleur d'eau et le brigantin se mit à donner de la bande. Le chébec essayait en vain de se rapprocher de *La Superbe* qui continuait à tourner autour de ses adversaires et à foudroyer le brigantin chaque fois qu'elle se trouvait à portée.

« Ce bâtiment doit être à moitié pourri, il ne va pas tarder à couler, dit le capitaine. C'est une grande chance, et dès que ce sera fait, nous aborderons le chébec en le prenant par la poupe... M. de Marle sautera à bord avec le premier peloton, comme il est d'usage. Il est en place et il connaît son devoir.

— Puis-je, monsieur, vous demander la faveur de

le suivre ? implora M. de Maroulles. Je voudrais être des premiers à engager le combat. Ces mécréants ont osé menacer le château de l'Armellière et j'ai des raisons de le leur faire payer. C'est, pour moi, comme s'ils avaient profané un autel.

— C'est votre ancienneté qui marque vos places, de proue à poupe, répondit le capitaine. Pour le début de l'affaire, vous devez rester au premier retranchement, en arrière de la rambade. Allez veiller à ce qu'on y ait placé quelques madriers, des cordages et des voiles pour empêtrer ces marauds s'ils venaient à prendre pied sur notre galère. Il ne faut rien laisser au hasard et nous avons affaire à forte partie. Consolez-vous, monsieur, quand le premier peloton se sera bien établi chez ces mécréants, ce sera votre tour de sauter à leur bord et vous ne manquerez pas de besogne. Ce ne sont pas des gens à baisser pavillon sans faire une résistance d'enfer. Ils ont autant de monde que nous, et le hasard des vents ne leur permet pas la retraite. »

M. de Maroulles salua le capitaine et rejoignit son poste en courant.

« Il a la mort dans les yeux, pensa M. d'Autigny. J'aurais dû le garder à côté de moi. »

Cette pensée l'avait à peine effleuré qu'il était repris par la surveillance de la manœuvre et criait des ordres au pilote pour qu'il les transmette au timonier, tandis que le sifflet d'argent du comite suspendait ou précipitait la vogue.

Pour la dixième fois, les canons de *La Superbe* venaient de tonner. Le brigantin n'était plus qu'une épave délabrée qui s'enfonçait dans les flots. Il s'ouvrit d'un coup, et coula en faisant une grande vague concentrique, tandis que les survivants de son équipage se jetaient à l'eau et tentaient de gagner le chébec à la nage.

« Droit sur le chébec, ordonna M. d'Autigny. Engage notre éperon dans ses œuvres mortes, en le prenant par la poupe. »

Une fois de plus, *La Superbe* traçait un grand cercle

pour se mettre à l'arrière du chébec. Elle glissait au milieu des naufragés, tandis que se déchaînait son feu de mousqueterie. De temps en temps, un nageur plongeait sous les eaux, frappé par les balles des fusils et des mousquets, ou par les giclées des pierriers à boîte installés le long des courroirs.

Au moment où, lancée à toute vitesse, à dix-huit palades à la minute, la galère allait aborder le pirate, celui-ci, en faisant force de rames, arriva à se mettre par le travers et lâcha sa bordée en plein sur la chiourme de *La Superbe*. Les cris des mourants et les hurlements des blessés dominèrent le bruit de la mousquetade.

« Garde la cadence, hurla M. d'Autigny. Vire aussi court que tu peux le faire. Le chébec tourne sur son erre. Nous allons encore l'avoir par la poupe. »

Pendant un instant, la galère n'eut devant elle qu'une mer déserte, puis elle vira de bord et la poupe du chébec se mit à grandir, juste en avant de sa proue. Les cinq canons crachèrent une dernière bordée en tirant sur le sommet d'une vague pour balayer le pont du bâtiment ennemi d'une giclée de mitraille, et dans des craquements de bois et des grincements de fer, l'éperon de *La Superbe* s'engagea dans les œuvres mortes du corsaire.

« Tue ! Tue ! » cria la voix de M. de Marle, et, tandis que des grappins à chaîne liaient le chébec à la galère, il sauta le premier sur le pont des barbaresques, suivi par les grenadiers entassés sur la rambade.

Du haut du trinquet et de l'arbre mestre, les mariniers faisaient pleuvoir des grenades sur le pont dévasté du chébec. Balayés par les soldats qui montaient à l'abordage, les Algérois s'étaient repliés derrière un retranchement qui protégeait leur château de proue, en laissant derrière eux des morts et des blessés qu'égorgeaient les soldats de M. de Marle. Du haut de leurs mâts, les pirates d'Alger lancaient aussi des grenades sur le peloton d'abordage arrêté par des madriers recouverts de voiles et de cordages.

« Tue ! Tue ! » hurlait le lieutenant qui sentait ses hommes plier.

Sur le château de proue du chébec, des canonniers s'efforçaient de retourner deux canons de chasse pour prendre le pont en enfilade. De la rambade de *La Superbe*, sur laquelle il venait de monter avec ses hommes, M. de Maroulles vit distinctement leur manœuvre.

« Vive le roi ! cria-t-il en sautant sur le pont du chébec. Suivez, enfants, et balayez-moi cette racaille. »

∴

La bordée que le chébec avait tirée, à bout portant, quand il s'était dérobé à la tentative d'abordage de *La Superbe*, était tombée à hauteur de l'arbre mestre, en plein centre de la galère. C'est par miracle que celle-ci avait pu poursuivre sa vogue, virer de bord et prendre son ennemi par la poupe. On aurait dit que les morts avaient continué à ramer et que les blessés n'avaient pas senti leurs blessures. Mais quand l'éperon de la galère se fut engagé dans les œuvres mortes du barbaresque et que les grappins de fer se furent crochés à son bord, M. d'Autigny put mesurer d'un coup d'œil le désastre de sa chiourme.

Un peu partout, des coups de mitraille avaient fait des morts et des blessés et, sur quelques bancs, de part et d'autre de la coursie, des boulets ramés, arrivés en enfilade, avaient massacré les cinq rameurs, du vogue-avant au cague-rageole. Cette terrible bordée avait ravagé la couverte, défoncé les courroirs, abattu les hampes des banderoles, fauché les grands fanaux, haché les pièces de bois, tordu les barres de fer, mieux qu'un ouragan n'aurait pu le faire.

L'esprit perdu, les oreilles bourdonnantes, Denis Ustain promenait ses mains sur ses membres, sur son ventre et sur sa poitrine, et s'étonnait de ne pas y sentir de blessure, alors qu'il était couvert de sang.

« Loué soit Dieu ! » pensait-il, mais il louait Dieu

sans pouvoir donner un sens à ses louanges, car il ne savait pas s'il était mort ou vivant. Il finit pourtant par comprendre que ce sang n'était pas le sien, mais celui de ses compagnons les plus proches. Le visage tordu par le rictus sardonique avec lequel il avait affronté tous les événements de la vie, le ventre ouvert, les doigts encore crispés sur sa manille, l'Avocat semblait faire nargue à sa propre mort. A côté de lui, le Croc n'était plus qu'un cadavre mou, recroquevillé au fond de son banc, le crâne défoncé et dégoulinant de cervelle.

« Si Jean-Pierre avait été là, se disait Denis Ustain, il serait mort à cette heure », et il ne pouvait penser à rien d'autre, à côté de ces deux cadavres mutilés, tandis que se poursuivait le combat à travers le pont du chébec sur lequel venait de sauter M. de Maroulles.

∴

Le sous-lieutenant de *La Superbe* avait compris que si les canonniers barbaresques arrivaient à retourner les deux pièces de chasse que portait leur château de proue, ils auraient vite fait de rendre le pont intenable.

« Suivez, enfants », avait-il donc crié à ses fusiliers, et il avait foncé vers un de ces deux canons, par-dessus le retranchement devant lequel était arrêté M. de Marle et son peloton d'abordage.

Jouant du sabre, après avoir lâché quatre coups de pistolet, il s'était fait jour jusqu'aux canonniers algérois et les avait cloués sur le bois de leur affût, en poussant des cris sauvages auxquels répondaient les hurlements de ses hommes. Au même instant, l'autre pièce avait fait feu à mitraille sur le peloton de M. de Marle.

« Tue ! Tue ! » avait hurlé celui-ci en escaladant la barrière de madriers, de voiles et de cordages qui avait brisé son avance. « Allez, enfants, ils ont lâché leur venin. C'est le moment de les attraper à la gorge. »

Les survivants de son peloton étaient arrivés d'un seul bond jusqu'au pied du château de proue, dans l'angle mort où ne portaient plus les coups de mitraille. Gigantesques, la tête entourée d'un turban, bondissant dans de longues culottes bouffantes, des janissaires avaient sauté parmi eux pour les attaquer à l'arme blanche. Des tourbillons de fumée s'abattaient sur les combattants et les dérobaient les uns aux autres, pour les démasquer brusquement. Ils s'égorgeaient dès qu'ils avaient pu se reconnaître. La proue du chébec était en feu, et les canonniers qui servaient la dernière pièce de chasse n'osaient plus tirer sur le pont où chrétiens et mahométans se mêlaient les uns aux autres. Ils lâchaient leurs bordées sur la rambade de *La Superbe*, dans l'espoir de démonter ses canons qui ne pouvaient plus tirer que vers le large.

M. de Marle avait rejoint M. de Maroulles avec une poignée de soldats.

« Ils sont à nous, avait-il crié dans le crépitement de la mousquetade. Bravo, Maroulles. Sans votre aide, ils nous auraient hachés sur la place. Il faut en finir maintenant. »

Des grenadiers, suffoqués par la fumée, vomissaient et se passaient les mains sur les yeux, en cherchant à recharger leurs armes pour donner le dernier assaut. Dans les tourbillons d'un nuage noir, on voyait jaillir, par moments, des langues de flammes. L'incendie ravageait toute la proue du chébec.

« Nous pouvons sauter d'un instant à l'autre, cria le sous-lieutenant. Il faudrait éteindre ce brasier, ou nous risquons de voir périr aussi *La Superbe*. Elle devrait se dégager du chébec pendant que nous finirons notre affaire. »

Comme le lieutenant jetait un coup d'œil sur la galère, il vit soudain une gerbe d'étincelles crépiter à l'arrière du chébec. Le navire entier était en feu.

« Ralliez notre bord, hurla-t-il aux soldats de *La Superbe.* A moi, Maroulles, il nous faut couvrir la retraite. Laissons ces mécréants dans les flammes de cet enfer. »

XXIV

« LA SUPERBE » REVIENT AU PORT

EPERON brisé, mature en pantenne, rambade enlevée au ras du rode de proue, couverte encombrée de débris de bois, de morceaux de fer, de cordages emmêlés, de filins lovés comme des serpents, dans un fouillis de fanaux brisés, d'armes tordues, de vêtements maculés de sang, *La Superbe* glissait lentement dans la nuit, comme un spectre de galère.

On aurait dit qu'elle allait être livrée aux démolisseurs, bâtiment hors d'âge, mis au rebut, qui ne conservait plus que sa forme. De proue à poupe, elle était dévastée comme par un ouragan et, cependant, malgré l'obscurité et contre les usages de la mer, le pavillon royal, lacéré par la mitraille des canons et le feu de mousqueterie, claquait à petits coups secs, au-dessus du tendelet du carrosse, comme il le faisait aux jours de fêtes ou au moment des combats.

De la poupe, entouré par les survivants de l'état-major, sa courtepointe couverte de sang, un bandeau serré autour de sa tête, une tache de sang constellant ce bandeau d'une étoile noire, M. d'Autigny contemplait ce cercueil flottant et mesurait le désastre de sa galère.

Sur tous les bancs, les morts mêlés aux vivants semblaient se raidir pour paralyser les manœuvres. Les comites, les argousins et les proyers déferraient les cadavres, et les soldats les faisaient basculer dans la mer, par-dessus les garde-fous. Des mariniers prenaient les places des morts et l'on voguait, en dedans du banc, avec ce qui restait de rames.

Les blessés semblaient fatigués de pousser des hurlements de douleur et gémissaient doucement. Leurs plaintes se confondaient avec les sourds craquements des membrures de *La Superbe* en train de se disloquer.

Loin, sur la mer, du côté de Maguelonne et de Sète, le chébec en feu faisait crépiter des étincelles, sous une coupole noire et rouge.

« Comment ont-ils protégé leur sainte-barbe ? murmurait M. d'Autigny. Ils auraient dû sauter depuis longtemps avec un pareil incendie. »

A côté de lui, assis sur une des banquettes de la poupe, la tête basculée en arrière, fermant les yeux et grinçant des dents, son fils abandonnait au chirurgien son bras gauche fracturé par un coup de barre de fer, au moment où il s'était replié sur *La Superbe*.

« L'os sort, monsieur, lui disait l'homme de l'art en mettant en place un appareil de fortune, mais il est magnifique et rien n'est plus franc que sa cassure. Vous aurez un bras tout neuf d'ici cinq ou six semaines.

— Quand avez-vous vu notre enseigne pour la dernière fois ? demanda le capitaine à son fils.

— A bord du chébec, quand le feu nous a contraints à faire retraite, répondit celui-ci en faisant effort pour parler d'une voix calme, malgré ses souffrances. Je l'ai reconnu à cette steinkerque orange qu'il avait nouée autour de son cou. Il avait rejoint le peloton qui a cloué les canonniers sur leur pièce, et s'est battu comme un brave.

— On l'a cherché partout, dit à demi-voix le Tustaïre. Il n'est pas avec les blessés qui sont sur le rode de proue.

— Il a pu être tué au moment où nous avons fait retraite, ou bien il est de ceux qui sont tombés à la mer, quand nous avons débordé, répondit le lieutenant qui grimaçait de douleur tandis que le chirurgien achevait de réduire sa fracture.

— Je n'avais jamais eu un enseigne aussi gentil, dit le capitaine en clignant deux ou trois fois les paupières. Il était encore trop jeune pour avoir peur de sa hardiesse. Il aurait fallu qu'il ait eu la chance d'être blessé plusieurs fois... Et Maroulles ? reprit-il, en changeant de voix.

— L'aumônier est avec lui. On l'a étendu sur la proue, sans chercher à le descendre dans la chambre qui est déjà pleine de blessés. Au reste, il est inutile de le tourmenter.

— Il a dû recevoir un coup de pistolet dans le ventre, quand nous avons abandonné le chébec en feu, répondit M. de Marle d'une voix sourde. Pendant un moment, nous avons été côte à côte, à jouer du sabre pour permettre aux nôtres de regagner la galère. C'est alors qu'un de ces marauds m'a brisé le bras et qu'un autre a tiré à bout portant sur Maroulles. Deux grenadiers l'ont aidé à sauter sur notre bord et je ne sais plus ce qui s'est passé par la suite. »

La galère voguait doucement vers Marseille et s'éloignait du chébec qui continuait à brûler. Ce n'était plus qu'un tison ardent au fond des ténèbres.

« Comment ont-ils protégé leur sainte-barbe ? se demanda, de nouveau, M. d'Autigny. Il y a de la sorcellerie, là-dedans. Ces mécréants ont dû faire un pacte avec les démons. »

Au même instant, des gerbes de hautes flammes s'élevèrent au-dessus de cette poussière incandescente, perdue au fond de la mer. Le chébec venait de sauter. On aurait dit un de ces feux d'artifice que le roi faisait tirer, par les beaux soirs de printemps, au-dessus des frondaisons de Versailles. C'était un bouquet de fusées qui s'éparpillaient dans le ciel.

« Vive le roi ! » criaient les soldats accroupis le long des courroirs.

Ce fut seulement après quinze ou vingt secondes qu'un grondement sourd se fit entendre, comme un coup de tonnerre après un éclair lointain. Il roula d'un bout à l'autre de *La Superbe* et se perdit dans la nuit.

« Nous voilà récompensés de nos peines, dit froidement M. d'Autigny. Il aurait été dommage que nous ne puissions pas assister à ce spectacle. Nous l'avons payé assez cher. »

⁂

C'est en couvrant la retraite de ses fusiliers, contraints d'abandonner le chébec en feu, que M. de Maroulles avait reçu une pistoletade, à bout touchant, au moment où il allait sauter sur *La Superbe*. Porté par les siens et rassemblant ses dernières forces, il était venu s'écrouler au milieu du rode de proue, parmi les débris de la rambade, devant les canons démontés par une ultime bordée des canonniers barbaresques. Au même instant, la galère se détachait du corsaire et prenait le large, tandis que les derniers soldats du peloton d'abordage tombaient à la mer, en croyant regagner leur bord.

Prévenu par les fusiliers qui criaient dans leur provençal : « An tua Moussu de Maroulles ! » l'aumônier vint s'agenouiller à côté du sous-lieutenant, inclinant la tête vers lui, pour mieux l'entendre au milieu de l'affreux tumulte de cette fin de combat.

« Je meurs, mon père », avait murmuré le jeune officier.

M. Bion l'avait installé de son mieux, tête calée sur un rouleau de cordages, reins soutenus par un justaucorps imprégné de sang, en répétant plusieurs fois de suite : « Mais non, mais non, nous allons vous tirer d'affaire. »

Il avait pourtant vu assez de blessures, dans ses

aventures de mer, pour avoir compris, au premier coup d'œil, et pour sentir, du bout de ses doigts, que la blessure du sous-lieutenant était mortelle. Sur son flanc gauche, un peu au-dessous des côtes, à travers la courtepointe brûlée, il sentait battre le sang d'une artère, comme l'eau d'une source sortant du sable. Déchirant un morceau de sa chemise, il l'avait enfoncé dans cette blessure béante, tandis que l'agonisant se mordait les lèvres et que son nez se pinçait.

La nuit tombait, mais l'incendie du chébec, encore tout proche, illuminait cette scène. Il faisait danser des lueurs dans les yeux gris des mourants et le sang devenait plus rouge sous ses reflets d'écarlate.

Impuissant à sauver la vie du jeune officier, l'aumônier l'avait entendu en confession et l'avait administré au milieu des morts et des mourants.

« Allez, mon père, avait dit M. de Maroulles après avoir reçu le viatique. D'autres que moi ont besoin de vous. A présent, je peux faire seul ce qui reste à faire.

— Je vais revenir dans quelques instants », avait répondu M. Bion, en bénissant une fois de plus le jeune homme.

Il était parti, le dos courbé, cherchant les mourants au milieu des morts, murmurant des consolations, remettant des péchés, pansant des plaies, apaisant des âmes, ne sachant plus s'il était encore sur cette terre ou, déjà, entre terre et ciel, en train de montrer le chemin du paradis à ceux qui, dans un instant, tenteraient d'en franchir les portes. Il lui semblait qu'il était comme entraîné au-delà du monde par cette cohorte, mais il ne pouvait pas oublier M. de Maroulles, et sans se l'avouer à lui-même, il espérait que la mort avait mis un terme à son angoisse et à ses souffrances. Ce fut presque avec désespoir qu'après avoir fait le tour de la proue, il le retrouva vivant, les yeux grands ouverts, et toujours lucide.

« J'ai peur, mon père, murmura le moribond, d'avoir commis un péché sans en avoir conscience, et sans pouvoir, en raison de cette faiblesse, m'en repentir devant Dieu.

Pourquoi, mon fils, avoir des idées pareilles ? Vous avez fait votre acte de contrition. J'ai vu le fond de votre âme, et je peux répondre de vous.

— Pourquoi donc ai-je subit tant d'épreuves, si je ne les ai pas méritées ? Comprenez bien, mon père, ce n'est pas de la mort que je parle. Mourir n'est rien, quand on est marin et soldat. Mais il est bien tard pour vous faire ces confidences... J'ai connu, voici quelques mois, une plus profonde tristesse... J'ai perdu, sans savoir pourquoi, ce qui faisait la joie de ma vie. Quelle faute avais-je commise pour mériter ce malheur ?

— Je sais, mon fils, ce qu'a été cette épreuve. Un ange vous a quitté et vous a précédé dans le ciel. Il va vous y recevoir aujourd'hui, bien qu'il soit encore sur cette terre. Imaginez son chagrin si sa vie avait été unie à la vôtre. La Providence avait arrangé votre union dans la gloire du paradis.

— Pourtant, mon père, il a dû y avoir une faute... quelque péché... un péché dont je n'ai même pas eu conscience.

— Aucun péché que vous ayez pu commettre vous-même, mais sans doute le péché qui pèse sur tous les hommes, celui dont chacun de nous doit porter le poids pendant toute son existence, le péché que notre Seigneur Jésus-Christ est venu laver de son sang. Soyez en paix, mon fils. Vous n'êtes pas plus pécheur que l'enfant qui vient de naître, mais aucun de nous ne peut se vanter d'être net de toute souillure. Sans notre Sauveur, nous serions pareils aux criminels les plus endurcis, mais il est auprès de vous dans ces minutes d'angoisse. »

C'est à ce moment-là qu'au fond de la nuit, le chébec avait sauté dans une gerbe de flammes et qu'un grondement sourd avait roulé sur la mer, au milieu des clameurs de joie sauvage que poussait l'équipage de *La Superbe*.

« Le péché de tous les hommes », murmura

l'agonisant, dans un souffle, en fermant les yeux.

Il avait découvert cet invisible péché que chacun est capable de commettre sans en avoir connaissance, et qui ressemble à l'écho du péché originel. Il venait d'entrevoir que, peut-être, il était coupable envers Dieu et envers les hommes. Ce fut le dernier sursaut de sa conscience. Jamais, au cours de sa vie, en dépit des phrases apprises, des prières, des oraisons, des exhortations des prêtres, il n'avait vraiment compris ce qu'il venait de comprendre. Illuminé par cette révélation, il glissait déjà dans les ténèbres, au milieu de son propre sang. Sa tête bascula soudain en arrière, comme pour mieux contempler le ciel que ses yeux ne pouvaient plus voir, et M. Bion, qui avait pris sa main dans la sienne, ne sentait plus qu'une chair inerte et déjà glacée.

*
* *

La Superbe voguait lentement, dans la nuit, la proue tournée vers le point de l'horizon où se trouvait le port de Marseille et sur lequel, dans six ou sept heures, devait apparaître la première lueur du jour.

« Si nous devons couler, disait M. d'Autigny, debout devant la portière du carrosse, il nous faut serrer la côte pour sauver le plus de monde possible. Qu'on déferre tous les forçats pour qu'ils aient au moins une chance. Ils ont montré qu'ils étaient encore des hommes. Qu'ils ne se noient pas comme une portée de chiots. »

Cet ordre était à peine donné que l'on entendit le bruit des marteaux faisant sauter les goupilles, entre les bancs, dans des profondeurs où la nuit paraissait plus sombre, comme si la galère avait entraîné avec elle les plus noirs lambeaux des ténèbres.

« On mettrait les blessés dans le caïque et dans le canot, reprenait la voix du capitaine. Quant aux morts, il faut les jeter à la mer, pour alléger la galère... Pilote, combien de pieds d'eau, dans la compagne ?

— Toujours trois pieds, répondit la voix du pilote. On a calfaté du mieux qu'on a pu, et les mariniers font la chaîne pour empêcher l'eau de monter. Je crois quand même, monsieur, que nous arriverons à Marseille. C'est une affaire de temps, mais nous marchons mal avec ce qui nous reste de rames. Par bonheur, le vent d'ouest vient de se lever, et l'on pourrait déferler le tréou, faute de pouvoir hisser le maraboutin ou la voile du trinquet.

— Déferlez le tréou... Je crois aussi que si nous mettions plus de toile, nous abattrions l'arbre mestre. »

Des mariniers exécutaient déjà la manœuvre, et la galère serrait le vent, en augmentant son allure.

« Les morts à la mer. Les blessés sur les courroirs et sur le rode de proue, disait M. de Marle de sa voix de commandement, redevenue nette et brève. Qu'on répare les fanaux qui peuvent encore servir. Changez les hommes de chaîne qui travaillent dans la compagne, aussi souvent que possible. »

Vers la proue, dans le coin le plus obscur de *La Superbe*, un petit groupe de mariniers, occupés à débarrasser la couverte des décombres de la rambade, avait entonné la litanie des jours de détresse :

Christe nous mando boun vouyage et boun passage
Fasen preguiero a Diou e a Madamo Santo Heleno
Que Diou sauvo l'aubro e l'antenno...

Au même instant, à l'autre extrémité de la galère, sous la clarté d'un fanal qu'on venait de rallumer, d'autres voix répondaient à cette prière des gens de mer en péril :

Que la mar siegue bonasso,
E largo siegue lou vent...

« Deux pieds seulement dans la compagne ! cria

le pilote émergeant des profondeurs de la cale. La voie d'eau est aveuglée. Nous arriverons à bon port.

— A-t-on fait le compte des morts ? » demanda M. d'Autigny.

Il y eut un court instant de silence, et la voix de l'écrivain se fit entendre, nasillarde et pointue, mais aussi calme et indifférente qu'elle pouvait l'être en dénombrant les barriques et les ballots qu'on montait sur la galère, avant de prendre la mer.

« M. de Maroulles qui vient de passer.

— *Requiescat in pace...* » psalmodiait M. Bion, au fond des ténèbres, et sa voix devint un bourdonnement confus, répondant à chaque annonce de l'écrivain en train de lire sa liste funèbre, à la lueur d'un fanal.

« M. du Cairon qui a dû tomber à la mer. Le sous-comite. Le maître canonnier et deux de ses aides. Deux codegardes. Dix mariniers. Trois caporaux et au moins trente soldats. Quant à la chiourme, on n'a pas encore arrêté le compte. Il est au moins de quarante-cinq... Pour les blessés...

— On les comptera à Marseille, répondit sèchement M. d'Autigny. D'ici là, beaucoup seront morts. »

∴

Il faisait encore nuit noire quand, à l'appel de la cloche, sœur de l'Incarnation sauta de son lit, et se mit à genoux, sur les tomettes glacées, pour faire une courte prière. Aussi étrangère au monde que ceux dont la vie venait de finir, pendant cette nuit, il ne lui suffisait pas d'être séparée de ce monde par une infranchissable clôture mais, au moment même où elle sortait du sommeil, il lui fallait encore reperdre son âme en Dieu, et s'abîmer dans l'extase.

Enchaînant les Pater et les Ave à l'intention des recteurs et des bienfaiteurs de la maison du Refuge, comme il était prescrit par la règle, dévidant son chapelet grain à grain, elle obligeait son esprit à ne rien penser par lui-même. L'âme en paix, elle se mettait alors à prier pour la rédemption des filles perdues dont elle partageait l'existence, sans véritablement les connaître. Elle n'entendait même pas leur piétinement, tandis qu'elles se rendaient dans la grande salle, avant de gagner le chœur, où elle allait descendre avec elles, pour répondre, avec dévotion, aux litanies murmurées par la mère supérieure.

Rien n'existait plus, au-delà de la clôture du Refuge, pour celle qui avait été la fille fière de la Camargue, l'ornement des salons de la ville d'Aix, l'adolescente intrépide et délicate, promise à tous les bonheurs de la vie. En quelques mois, elle avait perdu le souvenir de cette existence raffinée et de cette existence sauvage, des concerts de clavecins, des bals, de la comédie, des galops fous, derrière les taurillons qui cherchaient à rejoindre la manade, des retours tardifs, dans la plaine vaste comme le ciel, où le vent semblait se teinter de bleu en sifflant dans les saladelles.

Sa robe à grands plis pesants, aussi droits que ceux des gisants de pierre, lui donnait toujours l'impression d'avoir été mise au cercueil. Les mystères de la religion, les exercices spirituels, les cérémonies, les rites, les fastes de la liturgie, les moments de ferveur et d'adoration, isolaient son esprit comme une autre robe monastique. Elle ne pensait même plus à ceux qu'elle avait aimés, et les confondait, dans un même amour, avec les autres créatures de Dieu. Elle était au-delà de la charité, dans un état d'attente et de soumission, au bout duquel s'entrouvraient des béatitudes éternelles.

Quand elle eut fini de s'habiller et qu'elle eut terminé ses prières, elle était descendue dans la grande salle où les filles condamnées et les religieuses se mettaient en rang, en silence. Elle avait pris sa place, à côté de sœur Sainte Claire et quand sœur de Tiran avait entonné le cantique qu'on chantait en allant au chœur, sa voix s'était élevée, haute et pure, au-dessus de celles de ses compagnes.

Au même moment, sur le rode de proue de *La*

Superbe, à côté des canons aux affûts brisés, couché sur le dos, la face au ciel, le jeune officier qui avait aimé Lucrèce de Montal et venait d'expirer dans les bras de M. Jean Bion en découvrant le péché originel, continuait de fixer ce ciel que ses yeux ne pouvaient plus voir. Au même moment aussi, l'obscur galérien dont les souffrances avaient été allégées par l'œuvre de miséricorde d'une jeune fille inconnue, exhalait son dernier souffle de vie dans la salle des agonisants de l'hôpital des forçats.

∴

Un lumignon chétif éclairait l'étroite soupente dans laquelle on avait transporté Jean-Pierre, comme on y transportait tous les galériens qui n'en finissaient pas de mourir. Il y stagnait l'odeur immobile des cadavres. C'était à la fois la chambre de mort et la morgue, car on n'en sortait que pour être mis en terre. Emmitouflés dans leur capot rouge, leur bonnet tombant sur les yeux, deux vieux criminels rusés dont c'était la tâche habituelle avaient allongé le moribond sur un grabat et, malgré leur accoutumance à de semblables spectacles, ils s'étaient émerveillés de le voir encore vivant.

« On ne peut jamais savoir comment l'âme se détache, avait dit l'un d'eux, le plus petit, qui avait une taie sur l'œil gauche, en se penchant sur Jean-Pierre pour mieux entendre son souffle. C'est comme les fruits, sur les arbres. Des fois, ils tombent tout seuls, sans le moindre coup de vent, et d'autres fois on ne peut pas les arracher de leur branche... J'avais cru que celui-là était mort pendant que nous le portions. Je ne sentais plus que le poids de son cadavre qui ne pèse pas bien lourd.

— Vivant ou mort, il n'aura donné de peine à personne, répondit l'autre forçat, en grattant de l'ongle son crâne sous la bure de son bonnet. Tu crois qu'il faut attacher sa chaîne à son lit ? reprit-il, avec un geste hésitant. C'est la règle, mais il ne risque pas de nous fausser compagnie, si ce n'est en rendant le dernier soupir, et personne ne peut lui défendre de le faire, ni les argousins, ni le roi, ni les Ordonnances, ni les fers.

— Attachons-le ! dit le borgne, dans un haussement d'épaules, et va quand même avertir le père. Il a dit qu'il voulait lui parler encore, au dernier moment... C'est un huguenot opiniâtre, et s'il se convertissait, à l'articulo, comme on dit, nous aurions une récompense. »

Le père vint, en robe de chambre, les yeux bouffis de sommeil, trottant menu, ses pantoufles battant le pavé, et il s'agenouilla auprès de Jean-Pierre. C'était un vieux père de la Mission, un petit homme au cœur simple, à la barbichette blanche, trop débile pour affronter les fatigues de la mer, trop naïf pour tenir tête à des galériens au plein de leurs forces. Il administrait ceux qu'on envoyait mourir à l'hôpital et, dans cette routine funèbre, il ne poursuivait qu'un seul rêve : celui de faire abjurer quelque huguenot opiniâtre, *in articulo*, comme il le disait à ses aides, car avant l'articulo, comme disaient ces derniers, la chose lui paraissait impossible.

« Renoncez à vos erreurs. Il est encore temps de le faire. Un signe, un mot, un seul battement des paupières, et votre pauvre âme est sauvée, disait-il à demi-voix, avec des intonations suppliantes. « Je viens vous arracher à l'enfer, à la griffe du démon », reprenait-il avec une douleur véritable, car il se représentait l'enfer comme on le faisait deux siècles avant sa naissance, dans les temps hallucinés des danses macabres. Il l'imaginait comme une terrible galère environnée de flammes et de vapeurs sulfureuses, où l'on souffrait deux ou trois millions de fois plus que sur une véritable galère. C'était, pour lui, l'horreur de l'horreur, car il pensait que sur les galères du roi on ne peinait, à tout prendre, que trois ou quatre fois plus que dans toute existence terrestre, cette vie n'étant que peine et misère, même pour les heureux de ce monde.

« Renoncez à vos erreurs », répétait-il une fois de plus, mais il avait l'impression de parler à un cadavre.

Il lui semblait qu'il luttait avec des démons, comme la chose était arrivée au Sauveur lui-même, mais que ces bêtes d'enfer s'étaient déjà saisies de cette âme et l'avaient emportée avec elles, en ne laissant sur ce lit qu'une dépouille mortelle, l'ombre de l'ombre d'un homme qui allait tomber en poussière.

Les deux forçats s'étaient retirés dans un coin obscur de la salle, mais la flamme du lumignon découpait leurs silhouettes sur le mur blanchi à la chaux, et les faisaient paraître plus grandes. Celui qui avait un voile de nacre sur le globe de son œil gauche regardait Jean-Pierre avec son œil de cyclope et, par moments, il faisait « non » de la tête, en disant à demi-voix :

« Ce n'est pas un homme mort.

— Comment tu peux faire la différence ? » répondait son acolyte en lui montrant les quelques grabats alignés à côté du lit de Jean-Pierre. Deux de ces grabats étaient vides, sur deux autres on apercevait la forme d'un corps recouvert, de la tête aux pieds, par un drap qui lui servait de suaire, un autre enfin était occupé par un moribond qui faisait entendre un faible râle.

Au moment où le père allait cesser le combat qu'il livrait aux lucifers invisibles, parce qu'il croyait que Jean-Pierre venait de pousser son dernier soupir, il le vit entrouvrir un œil, et cet œil était celui d'un homme vivant. On aurait dit cet œil de l'Esprit, ouvert tout grand dans un halo de lumière, l'œil qui voit tout et ne se ferme jamais. Le père tressaillit, comme s'il avait été témoin d'un miracle, et l'espoir de sauver une âme fit battre son cœur à grands coups.

« Vous voilà semblable à Lazare, commença-t-il en se sentant frappé de terreur par ce qu'il avait l'audace de dire. Dieu vous a rendu à la vie pour vous permettre de vous repentir... Saisissez-en l'occasion...

— Laissez, monsieur, dit soudain l'agonisant d'une voix étrange, distincte et forte dans son extrême faiblesse. « Gloire à Dieu ! Célébrons cette bienheureuse journée ! Je vais paraître au pied de mon juge, et le sein d'Abraham s'ouvre devant moi. »

Le vieux père leva les yeux, comme s'il avait dû voir apparaître, au-dessus du lit, sur la nudité du mur, la robe à grands plis, entrouverte entre les deux mains du patriarche, toute fourmillante d'âmes, comme on la voit sur les chapiteaux ou sur les tympans des églises.

A ce moment, la mèche du lumignon grésilla comme si elle allait s'éteindre et, tout d'un coup, elle reprit force en faisant une haute flamme.

L'œil de Jean-Pierre était toujours grand ouvert. Le père le regardait, et ne pouvait plus rien dire. Il y eut un long moment de silence, et la voix étrange reprit, très lentement, en marquant un temps d'arrêt tous les trois ou quatre mots :

« Cela va bien... bon et fidèle serviteur... entre dans la paix... de ton Seigneur. »

L'œil de Jean-Pierre s'était refermé.

« A ce coup, il a cessé de mourir », dit un des forçats.

Le père se releva péniblement, en prenant appui sur les montants du grabat, et il sortit de la salle, le dos courbé, la tête dans les épaules, en serrant sa robe de chambre autour de son corps.

« Il est mort constant en sa foi », reprit le borgne d'un ton railleur, comme pour tourner en dérision la formule consacrée que tous les galériens huguenots allaient se dire, les uns aux autres, quand on leur annoncerait la mort de Jean-Pierre.

« En tout cas, répondit son compagnon, il faut lui faire creuser son trou dans le cimetière des musulmans. Ces obstinés n'ont pas droit à la sépulture chrétienne... Je crois quand même qu'il a dû aller au sein d'Abraham, ajouta-t-il avec un voile d'angoisse au fond de la gorge. Il y a eu comme une ombre et une lumière sur le mur, au-dessus de lui, quand il a dit qu'il allait paraître au pied de son juge. »

∴

La Superbe glissait lentement, sur l'eau noire. Loin, devant elle, aux limites de l'horizon, on apercevait, par moments, le fanal qui brille, la nuit, devant le port de Marseille, à la pointe du fort Saint-Jean.

« A présent, nous sommes sûrs d'arriver. Nous avons aveuglé toutes les voies d'eau et presque vidé les cales, disait le pilote. Il faudra reprendre la vogue quand on aura passé Ratonneau. »

Dans la confusion qui avait suivi la fin du combat, les forçats qu'on avait libérés de leurs chaînes s'étaient groupés à leur guise, et les galériens pour la foi s'étaient réunis, en avant de l'arbre mestre, pour rendre grâce à Dieu d'avoir épargné leurs vies. Aucun d'eux n'était mort dans cette rencontre, et si quelques-uns étaient blessés, leurs blessures étaient légères.

« Louons Dieu ! disait Marc-Antoine Capdur. Sa droite nous a gardés dans cette bataille.

— Il veille toujours sur nous comme un père sur ses enfants, lui répondit Jacques Vigne. Voilà plus de quinze ans que je suis ici, et je peux en porter témoignage. Depuis quinze ans, chaque jour, Il a été parmi nous.

— Aujourd'hui, Il a même veillé sur Jean-Pierre, dit la voix de Denis Ustain. Si Jean-Pierre avait été là, il serait mort à cette heure. Un boulet a tué celui qui était assis à sa place... Malheureusement, on m'a dit qu'il est bien malade, et qu'on l'a transporté à l'hôpital des forçats...

— La mort n'est rien, répondit Marc-Antoine Capdur, surtout pour ceux dont la vie est tribulations et misères. Mais le chrétien doit prier pour mourir de mort naturelle, au moment où il plaît à Dieu de le rappeler à Lui. Ce n'est pas bien mourir que de mourir au combat, comme nous aurions pu le faire aujourd'hui.

— Serait-ce le cas de ceux de nos frères qui sont morts en luttant pour la liberté de leur conscience, pendant ces dernières années ?

— Non, Denis, ceux-là sont morts dans la gloire, et cette gloire était celle de l'Eternel. Elle ne vient pas du boulet, ni du sabre, ni de la balle, mais de la résistance au persécuteur... Chantons, mes frères, non point tant pour glorifier l'Eternel d'avoir protégé nos vies, mais pour le remercier de pouvoir rester fidèles. »

A demi-voix, d'abord, la tête penchée en avant, les mains jointes, les galériens pour la foi chantèrent deux ou trois psaumes. Il leur semblait qu'ils venaient d'être ravis dans les airs et transportés dans les solitudes de leurs montagnes. Ils ne voyaient plus la galère, ils n'entendaient plus gémir les blessés, ils ne sentaient plus, derrière eux, ni les proyers, ni les argousins, ni les comites. Ils étaient libres comme ils l'avaient été au Désert, ou dans leurs maisons de famille, avant le temps de leur servitude.

Insensiblement leurs voix se faisaient plus fortes. Elles s'accordaient les unes aux autres en s'affermissant et, tout d'un coup, elles formèrent un chœur qui domina tous les bruits, une sorte de chant triomphal qui déchira le silence.

Que Dieu se montre seulement
Et l'on verra soudainement
Abandonner la place...

Jamais ce psaume que les camisards avaient entonné tant de fois, au moment de livrer bataille, genoux à terre et la main serrant le canon du fusil, n'avait éclaté avec une force plus grande. On aurait dit qu'il était chanté par des milliers d'hommes, par tous ceux qui étaient morts pour leur foi, par tous ceux qui vivaient encore pour elle. Ce n'était plus le cantique des batailles, mais un choral de triomphe qui donnait un sens nouveau au combat que venait de livrer *La Superbe*, à sa victoire et à son désastre, au destin des confesseurs enchaînés à ses bancs de rame :

Comme la cire auprès du feu,
Ainsi des méchants devant Dieu
La force est consumée.

« Allons, messieurs, dit soudain la voix de M. Jean Bion, d'un ton de gronderie amicale, n'abusez pas de la bienveillance du capitaine. On vous a libérés de vos fers pour que vous puissiez vous sauver si nous avions fait naufrage, et vous en profitez pour faire les séditieux. Vous feriez mieux de remercier le Bon Dieu en revenant à sa véritable Eglise. Ce jour de deuil doit porter à la réflexion. C'est le moment de faire retour sur soi-même...

— Nous ne manquons pas de le faire, répondit Marc-Antoine Capdur.

— Pourquoi M. de Maroulles est-il mort ? continua M. Bion, comme s'il s'était parlé à lui-même, en s'asseyant au milieu du groupe des huguenots. Pourquoi M. du Cairon a-t-il dû quitter cette vie, et tant de braves soldats, et tant de vos compagnons ? Si nous n'avions pas les consolations de l'Eglise et les certitudes qu'elle nous donne, ce serait à désespérer...

— Désespérer ? répéta Denis Ustain, en bégayant un peu plus que d'habitude, sous le coup de l'émotion, tandis que *La Superbe* approchait de l'entrée du port. Comment pourrait-on désespérer, monsieur, quand on sait que tout se fait, dans ce monde, au nom du Père, du Fils et du Saint-Esprit...

— Amen », dirent les galériens pour la foi, en rendant grâce aux premières lueurs du jour qui se levait sur Marseille.

TABLE

Troisième partie

LE BRAS DE CHAIR

Quatrième partie

LE VENT DU SEIGNEUR A SOUFFLÉ DESSUS